日出会龙山

张雨祥 著

内蒙古文化出版社

图书在版编目（CIP）数据

日出会龙山 / 张雨祥著 . — 呼伦贝尔：内蒙古文化出版社, 2024.3

ISBN 978-7-5521-2456-9

Ⅰ.①日… Ⅱ.①张… Ⅲ.①长篇小说—中国—当代 Ⅳ.① I247.5

中国国家版本馆 CIP 数据核字 (2024) 第 067907 号

日出会龙山
RICHUHUILONGSHAN

张雨祥 著

责任编辑	王 春
特约编辑	王 花
装帧设计	百悦兰棠

出版发行	内蒙古文化出版社
地 址	呼伦贝尔市海拉尔区河东新春街 4 付 3 号
直销热线	0470-8241422　邮编　021008
排版制作	哈尔滨百悦兰棠文化传媒有限公司
印刷装订	河北朗祥印刷有限公司
开 本	787 毫米 ×1092 毫米　1/16
字 数	413 千字
印 张	24
版 次	2024 年 3 月第 1 版
印 次	2024 年 6 月第 1 次印刷
书 号	ISBN 978-7-5521-2456-9
定 价	98.00 元

版权所有　侵权必究

如出现印装质量问题，请与河北朗祥印刷有限公司联系。联系电话：022-69211638

把壮丽的诗行镌刻在野脉横流的土地上
——序张雨祥长篇小说《日出会龙山》

张铁成

二十天前,接到了市作家协会副主席李阳的电话,说他的一位朋友写了一部长篇小说,是反映当年"土改"和剿匪的,想让我看看,并希望我能为之写上一篇序言。说句实在的话,我已经离开工作岗位多年,尽管依然如当年那样关注全市的文学创作,但毕竟不在其位,不可再谋其"政"。看看,倒是一件难得的乐事;至于写序,真的让我很是为难。然而,李阳又是我文学界多年的挚友,无论如何也不能拂了他的面子,左思右想,还是诚惶诚恐地写下这篇姑且算作"读后感"的文字吧。

打开《日出会龙山》的电子稿,那种北大荒特有的物候与风土人情即刻如诗如画般铺展在我的眼前:"……天儿倒是响晴的天儿,但眼前这个冬天好像比往年的冬天冷,而且出奇的冷,就连空气都被冻住了一样,满是混沌、暗淡和压抑。西北风像刀子一样,声嘶力竭地刮过丘陵,沿着大平原向东呼呼吹去。""尽管如此,高大直挺的白杨树和矮小的柳树,还有那同样掉光了叶子的杏树,在西伯利亚吹过来的大风和三江平原那漫天大雪的合击下也没有放弃挣扎的心思,虽然看起来有点蔫头耷脑,但还在寒风里颤抖着,挺立着,秃秃的枝丫倔强地伸向天空。"

这就是北大荒独特的冬天,那肆虐的风雪,那倔强的老树,那丘陵,还有那大平原……给我们描绘出一幅严酷的背景,以及那严酷中的可以感受到的不屈与倔强。在这种象征性极强的开篇中,带领我们走进那段日本侵略者无条件投降之后,新政权尚未完全建立,土匪异常猖獗,旧势力趁机作乱的特殊岁月。

随着故事的深入展开,那个年代人们的那种生存状态逐渐展现在我们的眼前。风雪中孤独矗立的小小的村落，临近年关的不同家庭的不同情景，还有那人们不得不全身心顶礼笃信并给予无限希望的求神问卜……我们仿佛能够在分享故事的同时，闻到了浓浓的辛辣的老旱烟的味道，听到了夜色将阑时那一声声沉重的叹息……当淳朴的人们终于悟出了这样一个道理：把日本侵略者从这块土地赶出去，是在共产党英明领导下，依靠广大人民群众万众一心奋起抵抗的结果。同样，建立革命的政权，剿灭横行乡里、欺压百姓的匪徒，依然需要紧紧跟着共产党，实施土地改革，让广大人民群众成为这块土地真正的主人。于是，涌现出了郑天牧、卢忠、路雪峰等一大批优秀的可歌可泣的共产党员和那些淳朴可爱的生于斯、长于斯的典型的老东北人的光辉形象。在那些人的身上，我们看到中国共产党人的坚贞、智慧、无私奉献的精神，看到那些作为中国最底层的劳苦大众忍辱负重、矻矻前行的坚忍、刻苦与抗争的人性的光辉。

　　作者十分善于破解各个阶层人们心灵深处的密码，并把他们各自投放在那一场波澜壮阔的伟大斗争之中的不同位置，尽情地展示他们不同的内心世界，进而，使得这个故事更加丰满，更加个性鲜明，更加色彩缤纷。

　　作者十分善于运用语言的技巧，在东北方言的使用上尤其显得娴熟老道、恰到好处。和那些同样是描写大东北的一些作品相比，没有那种刻意为了使用方言而使得作品生硬、偏狭、逼仄，从而失去通俗性。

　　作者十分善于景物和场面的描写。那些景物和场面的描写，色调和氛围、情绪同时代背景的吻合，增强了岁月的质感。阅读起来，会让读者不由自主地产生一种身临其境的感觉，仿佛他们就是整个事件的参与者，在同小说中的人物在对话。

　　作者十分善于使用心理的描写。通过对一些主要人物的心理描写，深入反映出那个时代各个阶层人们的精神面貌，从细微处反衬出人与社会、人与时代以及人与人的关系。小说极力摒弃那种脸谱化的描写，把复杂的人性展示出来，使得高大的人物并不单纯的高大，猥琐的人也不全都是猥琐。

　　总之，我是喜欢这样的作品的。个中最主要的原因可能是我格外喜爱这块野脉横流的土地。那种莽莽苍苍的大平原，那种奔腾不息的大江大河，那种粗犷豪放的东北汉子和泼辣朴实的农家姑娘……张雨祥的这部作品，应该说，满足了我的期待。

　　掩卷沉思，我很是佩服雨祥同志的毅力。创作这样一部作品，不仅仅需要挖掘历史资料，采访当年的亲历者，对那些真实的历史事件进行考证，还需要对作品的细节进行反复斟酌和推敲。我想，雨祥同志或许对这片土地的感情比我更加真挚、更加深切，他把那些重大的历史事件幻化成一卷壮美的诗行镌刻在北大荒这块英雄的土地上。

我相信，在张雨祥同志的笔下一定会有更多更好的作品诞生。

这，是我和广大读者由衷的期待！

（作者系中国作家协会会员，佳木斯市政协原副主席，佳木斯市文联和佳木斯市作家协会原主席）

目 录

第一章　会龙山下跳大神 / 001

第二章　暗杀副市长 / 015

第三章　工作队进村 / 036

第四章　老地主的如意算盘 / 051

第五章　选举主席团 / 061

第六章　万里锦绣的天 / 067

第七章　特务的哀鸣 / 075

第八章　张专员到了 / 085

第九章　山村的夜晚 / 095

第十章　暴风雨来了 / 107

第十一章　贫雇农的强大气势 / 132

第十二章　不到黄河不死心 / 145

第十三章　地主的四姨太 / 154

第十四章　半山腰的枪声 / 161

第十五章　吴家烧锅 / 176

第十六章　扫堂子 / 184

第十七章　人靠衣裳马靠鞍 / 194

第十八章　黑辕马的病 / 201

第十九章　女人的心思 / 210

第二十章　黑油油的土地 / 219

第二十一章　王娟的喜事 / 228

第二十二章　永恒的主题 / 239

第二十三章　彻底坦白 / 251

第二十四章　俺也是农会的人 / 260

第二十五章　伏击战 / 273

第二十六章　跑腿子与地主婆 / 287

第二十七章　农会的新会长 / 301

第二十八章　李大胡子 / 306

第二十九章　"郑主编" / 315

第三十章　枪毙暗胡子 / 333

第三十一章　重煮夹生饭 / 354

第三十二章　心底的呐喊 / 364

第一章　会龙山下跳大神

刚刚过了1946年的阳历年，天儿倒是响晴响晴的天儿，但眼前这个冬天好像比往年的冬天冷，而且出奇的冷，就连空气都好像被冻住了一样，满是混沌、暗淡和压抑。西北风像刀子一样，声嘶力竭地刮过丘陵，沿着大平原向东呼呼吹去。

尽管如此，高大直挺的白杨树和矮小的柳树，还有那同样掉光了叶子的杏树，在西伯利亚吹过来的大风和三江平原那漫天大雪的合击下也没有放弃挣扎的心思，虽然看起来有点蔫头耷脑，但还在寒风里颤抖着、挺立着，秃秃的枝杈倔强地伸向天空。

佳木斯，这座饱经沧桑的北国边城，原名"东兴镇"，是桦川县所辖的一个镇，和桦川的另一个大镇子悦来镇一样，都是松花江下游南岸的码头重镇。佳木斯是过去伪满洲国三江省的省会，也是现如今东北民主政权所辖的合江省省会，也是桦川县民主政府所在地。日本关东军总部在向日本本土的东京大本营汇报"满洲"自然情况和资源分布的情况时，用了"小小的哈尔滨，大大的佳木斯"这样近乎夸张的语言，足见佳木斯在整个北满乃至于整个东北地区的战略地位。此刻，佳木斯静静地靠在松花江下游南岸的一片丘陵漫岗地上，像一艘抛锚停泊的船，搁浅在滔滔松花江的岸边。

在佳木斯的东南面，走出去不到二十里地，有个不大的小山，山上树木葱茏、灌木布满了山坡。这个山叫会龙山，在会龙山的东坡，靠近山脚，有一大片村落，这，就是洪家围子。

洪家围子，是佳木斯附近挺大的一个屯子，二百多户人家，千八百口子人，过去的老辈子人都把洪家围子叫拧劲子屯儿，因为这个屯子是依靠西面的会龙山的山势而建，使得屯子里的房屋和地势也高低不平，有上岗也有下坡，几趟不是很直溜的街道也走向不一，七扭八挣儿。洪家围子出了南边村口，再往南约莫着有二里半地，是一个只有二十几户人家的小屯子，叫眯眼儿屯，意思就是屯子很小，眯起眼都看到全屯子了。在这个眯着眼睛都能看到全屯的小屯子的东南方向八里多地，就是丛林密布的老母猪山。

　　老母猪山是因为山上野猪成群、数量很多而得名，当然，野猪很多那已经是头几十年的事了，因为自打有了枪这个家把什以后，这老母猪山上的野猪就已经少了很多了，因为野猪们都在噼里啪啦的枪声里，成为人们饭桌上的美味佳肴了。

　　洪家围子就是处在这丘陵和平原的接茬，屯子东面不远，就是个一眼望不到边的大草甸子，雨水好的年头，芦苇子、小叶樟成片成片，因此就成了放牧牛羊等牲口的好地方，冬天还能割草，用来苫房、喂牲口，所以十里八村的人都把这地儿叫羊草川。我们再说说洪家围子的北面，就是铃铛麦河，它也是松花江的一条支流，也是水患频发的一条河，最近一次涨大水是1926年，铃铛麦河大水猛涨、加上松花江水倒灌，冲开了铃铛麦河脆弱的堤坝，一夜之间就淹了两千八百多垧好地。这铃铛麦河由东南的山间起源一路奔流向北，绕过洪家围子一直向西北流去，在佳木斯东门外的老发电厂附近注入了滔滔东去的松花江。

　　进了腊月门都半个多月了，眼瞅着就要过大年了，可这洪家围子的里里外外却没有一丝要过年的气息，就连屯子西头的几个地主和大户人家，也没啥大动静儿，靠屯子东头的穷人家，就更是死气沉沉、没啥年味了。

　　日本鬼子就像那涨大水的河堤一样瞬间坍塌了、投降了。东北大地上的人们在经历了十四年的日伪统治以后，还没有回过神来。这块土地上，无论静静的村庄和默默的人们，都像受伤的野兽，消停地卧在那里，舔舐着自己的伤口。

　　大烟炮就像上瘾了一样，一气连刮了好几天，就在马上要刹风的半夜时分，洪家围子屯子东头靠道边，一个破旧马架子的里里外外，反倒是渐渐地热闹起来。

　　这是洪家围子赵老鸹儿的家。赵老鸹儿原名赵本堂，是十几年前从安徽闯关东来到这里的。因为他人老实巴交，一天也没有几句话，就知道闷着头干活，所以就有了"赵老鸹儿"这个外号，赵本堂这个本名却再无人提及。

　　热闹的原因不是别的，是赵老鸹儿家请了大神和二神，今天夜里要跳大神，因此上，屯子里不少人都闻讯来这儿看热闹。

　　除了大神、二神，和老赵家几口子人，这马架子的里外几十号人都是来凑个热闹，来看跳大神的人们。

"咱们日落西山黑了天啊，
家家户户把门关，
十家都有九家锁，
就有一家门没关，
不关屋门为哪般？
原来要把老仙搬。
鸟奔山林虎奔山
家雀鸽子奔房檐
左手拿起文王鼓，
右手拿起武王鞭，
文王鼓，武王鞭，
今日到了手里边，
烧香打鼓把神搬，
老仙家你要来俺也搬
你不来俺也搬，
搬到来年三月三，
搬得那王母娘娘懒得去蟠桃会，
搬得那九天仙女下了凡，
……"

这鼓声和唱曲一起，就是开始请神了。

赵老鸹儿家的马架子不高，严格来说，这是个马架子和地窨子的混合体。门朝向东面，开在东房山上，掀起门帘子，下三个台阶，才能下到低了一尺多的外屋地，外屋地和里屋的门边以及放油灯的小马窗户前都是跑来看跳大神的屯里人，有几个淘小子还站到了老赵家土锅台上，把个赵老鸹儿的小马架子挤了个严丝合缝。

马架子的里屋也不大，靠西墙也点着一盏洋油灯，和马窗户上的那盏灯对着，把里屋照得通亮。

里屋低矮的小土炕上，赵老蔫儿佝偻着坐在炕梢，小脑瓜不大，两支小短腿耷拉在炕沿下，嘴里叼着大烟袋锅，在吧嗒吧嗒的声音里，吐出蓝白相间的烟雾，向着房盖飘升开来。老蔫儿这个时候更蔫了，他低拉头耷拉脑，眉头都拧成了大疙瘩儿。炕头躺着一个四十岁左右年纪的妇女，盖着一床蓝色的打着补丁的被子，清瘦的脸颊铁青着，眼帘低着，紧抿着嘴唇，头上系着黑蓝色的布头巾。这是赵老蔫儿的老婆，因为赵老蔫儿兄弟里排行老四，屯子里都叫这个女人是老赵四婶。因为这个女人得了痨病，有好几年了，抓了好些的药，都不见好，实在是没有法子了，赵老蔫儿只好听邻里乡亲的劝说和提醒，去福利屯请来了一伙儿跳大神的，给自己的老娘们儿瞧瞧病。

在炕里蜷缩着的，是赵老蔫儿的三个孩子，两个大一点儿的是姑娘，小的是小子，三个孩子扯着一床被子，两个姑娘穿着衣裤，小小子没穿裤子，已经知道害羞了，用破被子捂着自己的下半身。从目光里，看出这几个孩子既好奇又恐惧，老大有个十四五岁的样子，破旧的衣服掩饰不住已经微微鼓起的胸脯，模样很清秀，她焦虑而心疼地看着母亲，时不时给躺着的母亲擦擦脸上的汗水和眼角滑落的泪水。另外一个姑娘和那个小子，瞪着眼睛看着来到自己家的这么多的人，偶尔两个人还悄悄地唠几句嗑儿。

屋地中间，就是跳大神的两位主角：大神和二神。

大神是个瘦瘦的老女人，看起来有五十来岁，嘴唇抹得红红的，一双三角眼不大，却使劲瞪着，一张倭瓜脸上擦着厚厚一层白粉，头上戴着插着几根鸡毛的奇奇怪怪的帽子，穿着挺扎眼的红色裙子，红色还不是正经八百的红，是介于土红和大红之间的一种红，大神一边敲着手里的扁鼓一边猛烈地哆嗦着，从脑袋顶到脚后跟，全身没有一个地方不哆嗦，间或，哆嗦得要倒，可她却还是没倒。

大神的对面有个神位，上面有红纸写着黑字，神位前有个香炉，有三炷香燃着，有烟在升腾着。

大神的旁边，就是二神，岁数也就四十左右，却是个魁梧、高高大大的男人，浓眉大眼，大手大脚，却在眉心点了一个红点。他站在大神旁边，眼睛故意不看着大神，只是听大神唱着问一句，他唱着答一句，却总是能对答如流。

当香炉上那三炷香燃到一大半时，"神"就要被请下来了。

大神此刻就不再坐着了，她兔子一般跳跃起来，在这狭小的屋地里蹦过来蹦过去，述说着附体于她的那位很难得下界的神灵的起源、下山的经历，如何驾着云，乘着风，后来音调突转，又说起自己此行来得艰难，老赵四婶的病是怎么来的，需要准备什么东西和祭品来接神。

赵老鸹儿暗暗在心里叹了一口气，小短腿却没有犹豫，"嗯嗯"地答应着，里里外外忙不迭地张罗着请神的东西。大神告诉他，他实在是没有听懂，最后还是二神走过去，低声地附耳告诉他马上准备：一只大红冠子的大公鸡，二斤猪里脊肉，一块六尺六寸的红布。

这大神啊，跳到了午夜时分，看完了病，也就要送神回山了，大神的神鼓敲得更加响，嘴里的神调唱得也格外的好听，二神也加大了嗓门的应和声，从低矮的马架子传出的打鼓声、大神的唱曲声、二神的应和声，在屯子的一角传播开来，隔个十几二十几家都听得到。

看过了请神和送神的精彩部分，围观的人们再也没有了最开始的兴趣和好奇，就又循着来时候的道路分散开来，一个个都佝偻着手伸进袖筒子里，挪动着杂七杂八的破旧棉乌拉鞋，急急地行走在凛冽的寒风里。

1946年的佳木斯，刚刚从日本鬼子长达十四年的统治下解脱出来，迎接着新生命一般的崭新开始。佳木斯市街面虽然不是很大，却融汇和集合了中式、欧式、日式等多种元素的建筑风格，从东至西横贯全城的就是最繁华的中央大街了，中央大街与通江街的交叉口算得上是佳木斯城里最繁华的地方了，这个街口，集中了佳木斯的精华，有金银首饰店、布店、油盐店、茶叶店、药店，也有一个美国人开的牙医店，墙上画着一口一人多高的一排白牙。当然也有烟馆、妓院、赌场和酒楼，饭馆更是不少，十字路口的东北角就是十几年来始终纸醉金迷、歌舞升平的伪满三江俱乐部和原伪三江省警察厅。最繁华也最埋汰的北市场就在三江俱乐部后身的一大片空场上，离着松花江边有个七八十米的样子，这里过去是佳木斯三教九流集聚、鱼龙混杂所在。

街口西北角就是佳木斯最大的百货商场了，名字是"利福德百货商场"。楼房不高，就三层，但进深不小，外墙上隔个十米八米就垂下来各色的彩布，上面自然是"货品齐备，童叟无欺"之类的广告，这些彩条布全都在冬日的寒风里摇曳着，抽打着墙壁和窗户，发出"啪啪"的声响。

通江街一直向北，走出去几百米，就到了松花江边了。松花江起源于吉林长白山的天池，在小丰满附近的松花湖那稍微地打了个站儿，继而向西北冲开小兴安岭的山山坎坎，奔进了那里的丘陵和浅山，却又突然回身向东，一泻千里，涤荡着亘古荒野的大平原。

顺着十字道口往南，也就是二百来米，就是老三江省银行和现在的苏联红军佳木斯卫戍司令部。卫戍司令部的门口站岗的士兵有四个，两个苏军战士，还有两个东北民主联军的战士，四个人的衣着都好几个色儿，但同样都是荷枪实弹，手中的步枪上四把闪亮的刺刀在寒夜里放着幽光。

再往南走出去一里多地，就是佳木斯火车站，是一排灰色的长条二节楼，那是票房子，二楼的西北角还缺了一块，那是苏军的飞机轰炸日军留下的弹痕。三个拱形里黑色的铁门朝北开着，黑洞洞的像张开的大嘴。火车站门前有个挺大的空场，孤零零地立着几杆路灯，幽幽地发出昏暗的光。

火车站再往西南，跨过几道铁路线，就是臭名昭彰的日本鬼子宪兵队，一长排两层砖楼，现在已经是人去楼空，几排碎了玻璃的窗户，看上去黑乎乎的，像一张张血盆大口，对着吹过来的西北风凶狠地龇着牙。

火车站广场对着一条宽阔的南北大街，顺着这条大街一直向北，就是佳木斯的水路码头，码头上有几座歪歪扭扭的塔吊和几大排库房，靠仓库边上那最高的建筑就是伪港监署大楼。

自打日本鬼子投降以后，佳木斯江边伪港监署大楼的楼上曾经一直并排悬挂着两面旗帜，一面是象征红旗一角的东北抗日联军军旗，一面是苏联红军海军军旗。这是这个过渡时期东北地区的常见的一道别具特色的景观。

远在几百里外的哈尔滨，也是一番严冬的景象。

哈尔滨被人称作"东方小巴黎"，虽然距离不算太远，但此时的哈尔滨还是比佳木斯稍微暖和一些，松嫩平原吹过来的那微微加温了的风吹过宽阔、笔直而又规整的街道，吹动着道路两侧的梧桐树和丁香树。

在最具欧式风格的中央大街的南头，就是索菲亚教堂，是用手工烧制的红砖建起来的一个拜占庭式建筑，通体遍布着精美的砖雕，这是远东地区最大的东正教堂。她静静地伫立在那里，默默地见证着哈尔滨的磨难和历史变迁。

在老南岗果戈里大街的一幢二层小楼里，刚刚抵达哈尔滨的中共中央委员陈放和郑天牧正在进行着到达东北后的第一次深入交谈。

"老郑，坐，坐，来！尝尝我从延安带来的红枣。"陈放五十岁左右，略显清瘦，个子很高，一双大眼睛炯炯有神，头发向后背着。他把郑天牧让进房间，拿出一个干干净净的白布袋子，敞开袋子口，里面是红红的闪着光亮的杨家岭红枣。

房间不大，但灯光很亮，铺着深红色的木质地板，纹理清晰可见，靠着南窗下是一个大的办公桌，靠西墙有一个旧沙发，牛皮的，红里有黄，在电灯光的照射下，反射着暗光。东墙上是一幅地图，用黄绿色的绒布遮盖着，地图下是个单人床，一套行李，叠得方方正正，上面是一床黄色的毛毯。

"好的，好的，你大老远还带了这个，老陈，你真行啊。"郑天牧边回答边坐下来，摘下眼镜，从裤子口袋里掏出一块青色的软布擦拭着。

郑天牧四十六七岁的样子，体态匀称，个子中等偏上，团脸儿，一副黑边眼镜后面是一双睿智的眼睛，透出儒雅和内秀，由于刚刚进屋，他有些不太适应电灯的强光，在努力地适应着。

警卫员走了进来，沏了两杯茶，放在茶几上，随后，转身，轻手轻脚地关上门离开了。

"老郑，我们从延安来的这一路上，虽然是一走一过，但能看出来，目前东北的形势还是比较严峻的。"陈放说道。

"是啊，就东北的这几个大城市而言，我们实际控制的可能也就是哈尔滨了。"郑天牧咬了一口红枣，回答道。红枣很甜，带着陕北黄土地的气息。

"昨天我和东北民主联军的几位领导同志一起分析了一下，就目前的局势，正如党中央和毛主席的预料，建立稳固的战略后方和根据地，对于今后东北地区的革命斗争，是迫切的，重要的。"陈放说着，坐在了沙发上，点燃一支烟，注视着郑天牧那微微反射灯光的脸。

"在整个东北地区，目前形势比较乐观的应该是最先解放的松江省和三江省了。"郑天牧说。

"从敌我兵力部署和态势来看，哈尔滨这里的情况也不容乐观。虽然国民党当局目前对于离苏联较近的地区有所顾忌，虽然有松花江作为防御的一道天然的屏障，但从现在情况来看，坚守哈尔滨，做到不丢失的可能性有，但不是很大。"陈放望着郑天牧，吃了一个大枣，又抿了一口茶，继续说："这次中央派两万干部和十一万部队挺进东北，是下了大决心的，如何落实主席和中央的战略意图，值得我们几个深入思考和研究啊。"说完，他习惯地向后捋了捋头发。

"目前，已经进入东北地区的国民党军有近三十万，还不包括正在空中、海上、陆路正按照蒋介石的命令拼命赶过来的敌人。"陈放接着说。

"我也在考虑这个问题，我们要想在东北站稳脚跟，那么根据地和战略后方必须迅速建立和巩固起来。"郑天牧扶了扶眼镜，说道。

陈放点点头。他静静地看着、听着。他知道他的这位几十年并肩作战的老战友郑天牧轻易不多说话，但只要说话就是深思熟虑的结果。

郑天牧沉吟了一下，接着说："我们来到哈尔滨这几天里，我和先期从各方向上来到这里的同志们也详细地唠了唠，也找哈尔滨地下党的同志了解了一些情况，自己认真思考了一下，感觉有一个地方我们应该重视起来。"

"哦。"陈放凝重地看着郑天牧。

说着，郑天牧站起来，大步走到东墙边，"哗"一声，拉开了绒布，露出了墙上的地图，这是东北民主联军司令部昨天刚刚拼接和标注完成并送过来的《东北地区全图》，上面还用红蓝笔标注了敌我兵力分布。陈放也站起身来，走到图前。

"就是这儿！"郑天牧用手指向地图的右上角，"佳木斯！你看佳木斯这一片儿，像一把沙发椅，背靠苏联，一边是朝鲜，是极好的战略后方。"

"嗯嗯。"陈放边点头，边凝视着地图。他知道这个地方，这个叫佳木斯的地方，位于黑龙江、乌苏里江、松花江共同作用形成的冲积平原——三江平原腹地，依偎在小兴安岭和完达山的怀抱里，肥沃的土地到处都是黑油油的沙土，资源丰富、物产富饶，堪称"鱼米之乡"。

"佳木斯的北面以黑龙江、乌苏里江与苏联接壤，西面依托小兴安岭，东南是完达山，进可攻，退可守，是天然的大后方啊。"郑天牧继续说道。

郑天牧接着分析："佳木斯这个地方解放最早，远离交火线，资源丰富，粮食富足，有群众基础，有革命传统，最主要的还是靠近苏联，交通便利，利于被援助。这个地方作为我们东北革命根据地的大后方、总后方最为合适。"

陈放微微点头。他非常同意郑天牧的分析，看来郑天牧同志已经针对这个问题做了详细的调查研究。

"合江地区目前形势确实很复杂，是东北地区匪患最多的一个省份，这无疑是一个很不利的因素，但只要我们紧紧地抓住战机，一手抓紧合江地区的剿匪建政，一手抓好解放区的土地改革，积极团结合江地区的广大人民群众，利用一段时间集中消灭和瓦解土匪，最后消除匪患。我想佳木斯的安全和巩固是没有问题的。"郑天牧来回踱着步子，说道。

"一旦战争形势发展对我军不利，一旦我们要被迫放弃哈尔滨，那么佳木斯无疑就将成为最有力的支撑和大后方。"郑天牧又说道。

"老郑，我也思考过这个问题。情况确实如此，昨天我和东北民主联军的几位同志也谈到了这个问题，他们也认为佳木斯在北满的地位是极为突出的，重要的。"陈放稍加思考，接着说："我想，土地改革我们可以借鉴1933年我们苏区个别地区的'土改'经验，再结合北满地区的实际情况加以完善；至于剿匪斗争，我的考虑还是要动员主力兵团，分若干个区域组织实施，以加快剿匪的步伐和加大对匪患的打击力度。当然，这只是我不成熟的想法，老郑，你认为呢？"

"嗯，我同意你的观点。这样佳木斯的稳定和发展就切切实实地有了保障了。我记得民主联军的一号也是对佳木斯情有独钟啊！"郑天牧说道。因为他知道就在不久前，来到了哈尔滨的东北民主联军的一号军事主官，曾经致电延安和毛主席，建议党中央迁往东北，落脚地点就是这个佳木斯。

"嗯嗯。"陈放应道。

"那我们就向一号提出建议，抓紧召开东北局扩大会议，再统一一下思想，分头搞搞调查研究，摸准各种情况，争取尽快把东北的现实情况和敌我态势形成个完整翔实的报告，以东北局的名义上报延安，老郑，你的意见呢？"陈放急切地问道，同时兴奋地大手一挥。

"我同意，另外，要向党中央和毛主席明确汇报，说明佳木斯在北满乃至整个东北战局中的重要地位和作用，并切实加强合江省的领导力量，在苏联红军撤回本国以前要尽快加大佳木斯及周边地区的我军军事力量的部署，以应对日益猖獗的土匪。"郑天牧神色凝重地对陈放说。

"嗯嗯，我也是这个意思，要通过一系列艰苦卓绝的努力，让佳木斯确实成为我们在东北地区稳固的战略后方和根据地。"陈放注视着眼前这位自己的老战友，他看到郑天牧的鬓角已经有了几根白发。

"那我们就是不谋而合了！呵呵，英雄所见略同？"郑天牧笑着说着，紧紧握住了陈放伸出来的双手。两双大手紧紧握在了一起。

"陈放同志，我请求党中央和东北局同意我到佳木斯去，参加合江省的工作，参加创建根据地和大后方的工作，请你和东北局各位领导给予支持和考虑。"郑天牧用力摇了摇陈放的手。

"嗯嗯，我们先在东北局的会议上研究，形成一致意见后再向延安汇报。"陈放答道。

赵老鸹儿的老婆，也就是那位老赵四婶，最终没能熬过1946年的新年。小年的第二天，腊月二十四，她在三个孩子的哀鸣声和抽泣声里咽气了，把三个孩子和那个破马架子留给了赵老鸹儿。洪家围子的人们倒也没感觉有啥奇怪的，是啊，兵荒马乱的日子过了好几十年，尤其最近的这十多年，该天杀的日本鬼子来了以后，哪天没死过人，哪家没死过人呢，有啥大惊小怪的呢？三个孩子的心里倒真的感觉天都塌了，哭得死去活来，赵老鸹儿眼睛红肿着，矮小的身体佝偻得更加厉害了，劝完这个孩子又劝那个孩子，有时低语，有时高声，说了他老实巴交了半辈子都不曾说过的话。

老赵四婶就这样草草地用炕席卷起来，放在屯东的雪地里，等到了阴阳先生看好的一个逢单日子里，被赵老鸹儿放在一架爬犁上拽出了屯子，埋在了荒草没柯的会龙山南坡的那片树林里。

左邻右舍都看着老赵家这爷四个儿，不老少人都犯了寻思，都替这一家子人上火，这没有了家里缝缝补补、洗洗涮涮的老娘们儿，还有三个不大的孩子的穷日子，今后可怎么过啊？

可是，赵老鸹儿自己，却没有别人想的那么绝望，他现在比任何时候都好像活得有盼头，因为他还有三个孩子，看到孩子，他感觉从来没有过的踏实。他感觉自己要像屯子北头的那棵大柳树一样，把根扎得深深的，多多伸展枝条，给三个孩子遮住三伏天的毒日头。不管自己有没有这两下子，他也要这样去过以后的日子，因为是个男人，都在这样硬挺着活着。

和老母猪山同为张广财岭的余脉，在老母猪山西南一百来里地，有一个更大更高的山，很陡峭，山坡上的林子比别的山也密实了不少，不少都是几十年、上百年的大树，这就是大青山。

在大青山的南坡，在茂密的灌木丛里，有一个从外面很难发现的山洞。今天这个夜晚，却很热闹，因为闲来无事，躲在这里的土匪头子杨老虎正在领着自己手下的一帮土匪在喝酒、吃肉、唠闲嗑儿。

山里的夜晚可不太宁静，时不时地传来几声山中野狼的撕心裂肺的嚎叫，几只猫头鹰在山洞门口的矮树上打着盹儿，眼珠子还在不安分地转悠着。

靠着山洞的后墙那里，空间比洞口宽绰了不少，几个匪首聚在一个八仙桌前，洞里隔不远就燃着一簇松明或者火把，把本就不大的洞内空间照得通亮。

说起这个杨老虎，在三江平原上是赫赫有名。要说他的故事，还真得从日本鬼子占领东北进入桦川说起。

1931年九一八事变以后，日本鬼子进了东北，为了加强对东北的殖民统治和物资掠夺，向桦川、勃利、依兰三个县大量移民，1934年日军广赖师团组建收地特别工作组，采取高压手段强行收缴地照，没收农民土地。为了防止农民反抗，日军大搞"治安肃正"，收缴民间的枪支弹药；所到之处，烧杀抢掠，无恶不作。日军还强迫各屯子送妇女到军营，供日本人发泄兽欲，老百姓深恶痛绝，民怨极大。

当时是三道梁保长的杨老虎，原名杨明贵，他早就暗地里和小汊河子保长李福彪组织了自己的自卫团，并且鼓动农民反抗日本移民，强抢耕畜和农具，因此，杨老虎被日本鬼子撤职。没过多久，杨老虎的自卫团又在冲突中打死了几个日本移民，马上得到当地农民的热烈拥护。

1934年春节过后，杨老虎联络桦川境内附近七个保的保长秘密举行了大暴动，打死日伪军二十余人，缴获枪支四十多支。队伍人数最多的时候曾经一度扩大到三千多人。

这次暴动成了中国农民较早打响的抗日枪声。香港《大公报》、美国《纽约时报》、英国《泰晤士报》都以大幅版面报道了此事，杨老虎从此是一举成名天下知，一下子成了北满大地上众人敬仰的抗日英雄。

后来在抗击日本鬼子对暴动的镇压的战斗中，杨老虎和他的部队还击毙了被日军美化为"开拓之父"的日军开拓督导官大佐龟田。1936年9月，杨老虎的部队在汤原地区改编为东北抗日联军的一部分。

可是，由于革命的意志不坚定，革命动机不纯洁，忍受不了艰苦环境和生死考验的杨老虎，在1938年秋天带着一部分队伍投降了日本鬼子，并且杀害了抗日联军里的几个共产党员，就这样彻底走向了人民的对立面。这个五毒俱全的投机分子，终于暴露出罪恶的本质。

这个凶残狠毒、杀人如麻的杨老虎是佳木斯和三江平原上最大的匪患。他助纣为虐，日伪统治时期双手沾满了人民鲜血，倡导"以华治华"的日本人自然视他为珍宝，还让杨老虎作为伪"满洲国"的"东亚共荣典范"，远赴日本东京，受到了日本天皇的接见。

日本刚刚宣布投降，杨老虎当时就好像丢了魂儿，毛了脚儿，像一个输干爪子的赌徒一样红了眼。他知道自己是个不折不扣的大汉奸，当然也知道自己多年来反复无常、罪孽深重，便带着几百个匪徒，逃离了勃利县里自己占据的高宅大院，一路上捎带着把勃利县城和路过的桦川县湖南营子洗劫一空，拉着粮食、武器弹药，跑上了山高林密的大青山。到了大青山后，这个家伙也没有消停，整天就是四处布眼线，拉兵游说，杀猪宰羊，联络旧部，招兵买马，大摆流水席，密谋东山再起，与共产党、民主联军和新生的民主政权对抗。

杨老虎此刻正坐在一把铺着黄色黑斑老虎皮的椅子上，四周都是那些一直追随他抗日和降日后又一起当了可耻汉奸的党羽、哥们儿和狗腿子。

说起杨老虎屁股底下的这张老虎皮，这是杨老虎花了一百两大烟土从密山一个有名的猎户手里买来的，却被杨老虎吹嘘成自己独自一个人在老林子里遇到一只老虎并打死了得到的虎皮，这张象征着杨老虎智勇双全、威风八面的老虎皮，时不时被拿出来摆弄显摆一番。杨老虎乐意别人叫他杨老虎，而不是他的本名杨明贵。好像这样就能吓唬住别人，也给他自己壮胆。

杨老虎五短身材，五十多一点的年纪，一脸的连毛胡须，胖得肚子溜圆，一双小眼睛倒是活动自如，透出来狡猾和凶残。坐在铺着虎皮的椅子上，缩着短得可怜的脖子，就是活脱脱一个地缸子模样。

"大哥，昨儿个后半晌儿，山下来人，有啥好事吧？"坐在对面的一个大个子问杨老虎。

"我听说是请您当勃利县的副县长啊？"一个小瘦猴子，尖嘴猴腮，眯着眼睛问道。

"嗯嗯！"杨老虎轻捏了一个自己的大鼻子，哼哼了两声。

勃利县当时还没有成立民主政府，所以勃利县的大户和商户一起出钱，想给杨老虎一个副县长的身份，让杨老虎这伙土匪给勃利的这些大户们保境安民。没有想到，不说不要紧。这一说倒把杨老虎惹急眼了，把拎着礼物来谈事的人打了几个嘴巴子，礼物留下了，人给撵下山了。

"大哥，你说咱哥们儿啥时候可以回城里享福去了？弟兄们可有几个月没逛窑子没碰娘们儿了。"大个子憨着脸说。

"哈哈哈……"众人哄笑起来。

"二迷糊，你小子也他妈就这点儿出息啊。"杨老虎用短手指头指了指大个子骂道。

"来！我敬兄弟们一碗！"杨老虎抹搭着眼皮，举起了手里的大黑瓷碗。

"谢谢大哥！""干、干、干！""走着！"众人都是一饮而尽。

"兄弟们，你们啊，除去知道个吃喝嫖赌，还知道个屁？"杨老虎放下大海碗，"嗷"地一提嗓门。

"燕雀安知鸿鹄之志啊！"杨老虎这个大字不认识几个的土匪头子还拽上词了。

"勃利的这帮土鳖财主啊，他们也太小看我杨明贵了。就我杨老虎，老子当过堂堂东北抗日联军，真刀真枪和小日本子干过，要不日本人能派人来和我讲和，还敬我三分？现在虽然说世道变了，但给我一个破勃利县的副县长干？我呸！这是瞧不起我杨老虎啊！去他妈了个巴子吧！"杨老虎狂妄地骂道。

杨老虎扭歪着身子，把自己腰间的双枪往两边推了推，用俩小短手指头往西北一指，用嘶哑的大嗓门子说："咱哥们儿就是要有大气魄，别老惦记那芝麻粒大小的事儿，咱们哥们儿的目标就是要打进佳木斯！统管三江省！"

"哥几个，你们给我听好了，你大哥我杨老虎过去是多么地风光，人多马壮啊，可是现如今咱们哥们走了下坡路了。但是咱哥们也不能气馁啊，咱不能老当'光杆司令'啊，得拉大旗，抓紧拉大队伍，你们几个都他奶奶给我抓紧点，耽误了我的大事，我可不惯着！我们一起蹭蹭高儿，好图个大好前程啊！"杨老虎眉飞色舞地描绘着自己心中的"宏伟蓝图"。

"放心吧！大哥！"

"我们保证不耽误事！"

"实在不行，就下屯子去抓人！"

"对对对，我们抓紧扩军，不会耽误进佳木斯！"

几个土匪头子随声附和着。

"对！咱哥们嗷嗷地拿下佳木斯，这三江省地面上看看还有谁他妈不服！哈哈。""佳木斯那地方窑子的娘们儿也挺带劲儿，咱也整几个玩儿！哈哈！"大个子又开始抬轿子了。

"二迷糊，你自己瞅瞅你那熊样，真是他妈的骚玩意儿，多亏你现在还是跑腿子，你要是娶了媳妇儿也是那王八命儿！"杨老虎手下的参谋长于三骂道。

"三哥，瞅你说的，你啊，就是饱汉子不知道饿汉子饥，敢情你把俺三嫂领上山了。切！"大个子觍着脸反驳。

"嗯哪，俺瞅三哥这些日子都嘚瑟掉膘儿了！"于三旁边的一个麻子脸，眯眯着绿豆眼儿调侃道。

于三笑骂着："滚王八犊子，去你奶奶的吧！"

"哈哈哈……"这一桌子的人都哄堂大笑，其中杨老虎那嘶哑的破锣嗓子听着最刺耳。

第二章　暗杀副市长

这会儿，洪家围子也随着日本鬼子的投降和覆灭而没有了压抑的日子。人们默默地隐藏着自己的笑容，在猜测和观察着这日子的发展和走向。

这几天，洪家围子靠西头的洪家大院渐渐地热闹起来，里里外外都在准备着1946年的新年，洪家大院住着洪家围子这个屯子里最大的大地主，那就是洪德福。这个大地主是从心里往外地坏，一等一地罪大恶极。他有个四十六七岁的年纪，一副刀条脸儿，小细腿，瘦高个，眼睛倒很大，估计得占据了小脑袋的大部分面积。他其实没念过几年书，但是就是老装着有学问，时不时还嘚嘚瑟瑟地舞文弄墨。日本鬼子投降这几个月来，这家伙一边看书，一边安排家里的丫鬟、长工、短工一干人等出去四处探风，打听事儿，看看这个世道要奔啥样去，结果把洪德福自己这阳虚肾亏的体格子熬的，本来小刀条儿脸就蜡黄，现在更没有多少血色了。

日本人走了，洪德福打心里面不安宁了，不落地了，不托底了。因为他知道，起风了，风是雨的头，有风就有雨，雨就在风后面，这世道真的要变了。于是，洪德福这几天偷偷把金银细软还有那房契、地契用自己的大马车运到了佳木斯城里，他没敢放在自己在佳木斯开的烧锅房里，花钱买了个靠南城墙根两间不起眼的破土房子，把值钱的玩意儿放在一个大腌酸菜缸里，封好口子，埋在了里屋地下，又叫人抹抹墙、苫苫房顶，把窗户纸糊好，溜好窗户缝子，准备了劈柴和桦子，又让自己并不知情的侄子洪老歪领着俩老实巴交的老跑腿子住在那里看着、守着。他还不放心，也隔三岔五地蹽过去瞅瞅。

这工夫，他放下那本并没有读进去的书，端起茶杯，抿了一小口，嗯？看看茶杯里的茶叶，是铁观音啊，可是今天的铁观音怎么不是味儿呢，自己不禁摇了摇头。

哪里是茶叶变味了啊，是自己已经没有心思去品鉴这亲戚从奉天城大老远给他捎回来的名茶啊。

此刻，洪德福心里是百味俱陈。

伪"满洲国"成立以后，洪德福靠着依附日本人开始发家。他帮了日本鬼子不少忙，也仗着日本人的势力，在江北的望江、东城的松江统共买了三百多垧地，在洪家围子一左一右还有他二百来垧地，佳木斯城里靠西门还有自己的烧锅房，他最多的时候长工就十来个，短工三十多，他像喝血一样剥削和压榨自己的佃户和长工，坏事没少做，女人呢没少玩儿，有的是自己勾引的，有的是强奸的，也没少坑蒙拐骗，自己都干过啥缺德带冒烟的事儿，洪德福自己心里清楚。所以他心知肚明地知道在这个世界上恨自己的人确实是不少。

这洪德福干得最缺德的事，就是像个孙子似的把佳木斯宪兵队的龟田小队长和一个小队的日本鬼子一整就领到洪家围子住一段时间，总是住在自己的洪家大院里，也睁一只眼闭一只眼地让老龟田睡了自己的几个女人，虽然全屯子的人都说洪德福是个活王八，但洪德福感觉自己没啥丢脸的，适逢这个战乱年头，自己找个靠山没啥错，是不是王八或者是不是活王八他根本不在乎，他也就是想借日本人的手把自己的日子越过越好，还祸害了不少洪家围子和周边村屯的老百姓。

在洪德福的心里，认为日本人和"满洲国"应该就能万古千秋、坐骨生芽，有了日本人这个靠山，他怎么靠怎么是，想怎么靠就怎么靠，怎么靠也不会有啥大闪失。

洪德福万万也没想到，1945年这一年，发生了翻天覆地的大事，日本人投降了，"满洲国"就像砍断了柱脚的苞米楼子"轰隆"一声垮台了。日本人死的死，蹽的蹽，老龟田在佳木斯靠西门的福丰街窑子里被不知道是国共哪方面派出的高手给用刀抹了脖子，身子和脑袋都分了家了。单单就把他洪德福这个后娘养的晾在这个小屯子，像个跑丢了、找不到母牛的牛犊子，没着没落的。他自己那个先是"农民抗日英雄"后来又是"东亚共荣模范"的大舅哥杨老虎也躲进大青山里不敢出来了，让自己连个正儿八经的商量事儿的人都没有，其实洪德福从骨子里从来就没看得起杨老虎，但在这个当口也只有依靠这个穷凶极恶的土匪了，杨老虎因为多次的出尔反尔，和共产党、和民主联军是再无合作、和好的可能了，必定是反动到底，死扛到头，并且这杨老虎贪图享乐、五毒俱全，大可以花钱买通，可对于共产党，他洪德福就是使出浑身解数也是不好使啊，再说就是自己做的那些事，共产党绝对饶不了他啊。一想到这里，洪德福不禁叹了一口气，他有些迷茫，今天这样过去了，明天又是啥样呢？洪德福感到了一种强烈的从来没有过的恐惧。

1946 年 1 月 31 日，腊月二十九，还有一天就过年了，冬日的阳光似乎也有了一些暖意，此时，佳木斯街头巷尾也有了一些过年的色彩，微风中偶尔也飘过带着鱼和肉味道的诱人的香气。在佳木斯的大街小巷，吃吃喝喝、啥样的美食都能找到，人们在新年到来前也都破例开门营业了，北市场里人潮涌动的繁华和凌乱景象依旧还在演绎，毕竟是经历了十四年的日伪统治和摧残，现在终于光复了，迎来了中国人自己扬眉吐气的第一个大年，所有人喜悦的表情都挂在了脸上。

在秃秃的杏树环绕着的佳木斯市政府里，民主政权的同志们还在忘我地忙碌着，毕竟刚刚迎来光复后的第一个新年，许多涉及安全警卫、救济慰问等方面的事情需要安排和布置。

上午九点钟，市政府一楼的大座钟"当当当"响了起来，从街口那边推开大门走进来一个年轻人，他让警卫战士看了证件以后，向楼内走去。这个人三十来岁，颧骨突起，瘦小的个子，眼睛不大，但露着凶光。这，就是国民党特务李长路。

此人原来就是哈尔滨附近的五常县的人，早期他加入了红枪会，在一次战斗中被日本鬼子抓住了，这个家伙心肠狠，骨头却软，受不了酷刑，投靠了日本人，摇身一变又成了日本特务，日本鬼子投降以后，他被国民党三江省党部收买，豢养成了国民党特务。这个家伙一直隐藏在佳木斯伪三江省政府里面，从事提供情报和暗杀活动，没有公开过身份，公开身份是伪三江省政府粮政科副科长。佳木斯被民主政府接管后，因为机关工作人员缺少，加之这个有文化、有能力的李长路又善于伪装，积极表现，所以通过了严格的政治审查，就被留用原职了。

李长路今天打扮得很精神，也非常利索，一身草绿色军装，腰上扎上了武装带，一顶绵羊皮帽子耳朵也系起来，腿上扎了一条黄色的绑腿，脚穿的是一双新的大头鞋，右肩左斜挎着一把驳壳枪。

一进市政府的一楼大厅，迎面走来了一个漂亮的女战士，是和李长路对面屋的民政科的小朱。

"小朱，你干啥去？一会儿不是开会吗？"李长路问小朱。

"我马上要去安排给江北的救济粮，那边现在可着急了，都来好几次电话催粮食了！"小朱冲着李长路笑了笑，露出一排白白的牙齿。

"你忙吧，我得先走喽！"小朱像个小鹿一样，几个小碎步就出了大楼。

李长路望了望小朱的背影，少许，转身绕过影壁，顺着楼梯往楼上走去，每走一步，他的心跳就加快一些，这次他的任务是暗杀共产党佳木斯市政府的副市长陈林。

李长路边上楼，边从口袋里掏出来一个大口罩戴上，并顺势把驳壳枪的子弹上膛，他突然感觉自己的全身都在颤抖。

到了三楼，陈副市长的办公室在走廊的尽头。在一步一步走向那扇微掩的门的这一段路程里，狡猾的李长路依据着自己对陈市长办公室去过几次的记忆，以及今天参加会议的人员构成，在头脑中想象和设计着屋内几个人的基本位置和态势，这个在日本特高课和国民党军统都受过特训的特务，已经在自己的头脑中有了大致的轮廓：陈副市长应该在南边窗户下办公桌后，公安局长、商业局长应该在办公桌对面沙发上。

到了陈副市长的办公室门口，他没有犹豫，掏出驳壳枪，一脚踢开门，冲了进去。

陈林副市长正在和公安局长和商业局长研究春节的安全和食品供应。一见有人踢门进来，马上拿起挂在墙上的手枪，刚刚把枪拿出来，就被李长路连打三枪，中弹倒地。公安局长一枪击中李长路左臂，李长路反手一枪，打在了商业局长的腿上，他又疯狂地向公安局长胡乱开了几枪，然后就跑出副市长办公室，踹开走廊窗户，顺着下水管滑到了楼下，不一会儿就在树林里消失了踪迹。

这几声枪响，打破了佳木斯过年的平静与安详，本来大街上就不多的人流，顷刻间不见了踪迹。

警报声起，苏联红军的坦克和装甲车，和大队荷枪实弹的士兵，布满了佳木斯的大街小巷和每一个路口、关卡。

民主联军的战士们眼含着泪水，咬紧了牙根，在全城展开了大戒严、大抓捕。

陈林副市长没有能抢救过来，公安局长也没有抢救过来，这两位千里迢迢从延安来到东北的优秀共产党员，光荣地牺牲在对敌斗争的前沿和自己的工作岗位上，陈林副市长甚至连自己从延安赶过来正在路上的妻子和刚刚出生的儿子都没来得及看上一眼。

一连十几天的明察、暗访、搜寻、逮捕，国民党在佳木斯的地下党部、维持会、宣抚师、保安队等形式各样的反动力量已经大部分被摧毁，剩下零星几个漏网之鱼，也吓得缩头乌龟一样躲了起来，见不得阳光。杀害陈副市长的凶手李长路虽然还没有落网，但是正义的事业是永恒的，正义的人们是永远不会忘记这个深仇大恨的。

1946年的春天，就这样蹒跚地来到了关东大地，东北这块被日本侵略者蹂躏了十四年之久的土地，又迎来了艰难的阵痛，因为松花江南北两岸隆隆的枪炮声，伴着阵阵的春雷，已经在大地上鸣响。满街的丁香和梧桐吐露着墨绿色的芽孢。

松江省的省会哈尔滨，东北局临时办公地，更是一片忙碌。

半夜时分，三楼会议室依然灯火通明，东北局扩大会议正在进行。

参加会议的有东北局组成人员、东北十一个省的主要负责同志、东北民主联军几位军政主官，小会议室里座无虚席。

抗日战争结束以后，党中央和毛主席高瞻远瞩，及时、果断、迅速地从陕北、山东、晋察冀、江苏等地向东北派干部、派部队，一直在苏联整训的东北抗日联军也返回了祖国。值得一提的是中共中央政治局委员就派来四位，中共中央委员更是派来了二十位，真可谓是共产党人千军万马闯关东啊。

会议由东北局副书记陈放主持。

"同志们，我们刚刚收到了延安的来电，毛主席和党中央完全同意我们对当前东北地区局势和敌我态势的分析和判断，原则上批准我们对于东北各地兵力部署和战略安排。"陈放说道。与会众人互相看了看，都会心地点点头。

"中央对于我们在合江省和佳木斯等方面的安排也完全同意，对于佳木斯成为东北地区总的战略后方和根据地，几位中央领导同志也高度统一了思想。"陈放继续说。

"我在去年年底，就和中央有过与此相关的提议，几位中央首长想必也已经相应地考虑过东北的问题了。东北地大物博啊，是我们能够纵横驰骋的大战场啊。"一个年轻的声音在响起，说话的是东北民主联军的一号首长，消瘦的面庞，四十岁左右，他语气不高，但穿透力极强，掷地有声。

"是啊，我们的一号首长，对于东北地区是进行了细致的研究啊。"坐在一号首长对面的郑天牧说。

"是啊，实事求是嘛，不扎扎实实地搞好调查研究，我们就无法开展工作，更哪里来的发言权嘛。"一号首长说话的语气还是那样平缓。

"是啊，目前东北地区处于暂时的相对稳定时期，我们一定抓住这一个有利时机，除了抓紧扩编和整训部队以外，抓紧建设稳固的后方基地也是非常重要啊。"东北局的另一位副书记、东北民主联军的政治委员、二号首长说道。

一号首长精瘦的身子站起来，目光如炬地审视了一下全场，说道："同志们，毛主席和党中央早在去年的12月18日发来的《建立巩固的东北根据地》的重要指示，就已经明确指出：现在东北的任务，是建立根据地；建立巩固根据地的地区就是距离国民党占领中心较远的城市和广大农村；工作重心就是群众工作；要将正规部队的相当一部分，分散到各军分区去，主要从事发动人民群众，消灭土匪武装，建立各级政权，组织游击队、民兵和自卫军，以便稳固地方，配合主力野战军，粉碎国民党的全面进攻。这是当前乃至今后一个时期内我们东北的中心任务。这是我们共产党人在东北大地能不能站稳脚跟、发展壮大的根本。我希望东北局所辖东北民主联军所部，各级、各地坚决彻底地抓好落实！"

与会的同志们在认真地听，认真地做记录。

一号首长接着语重心长地说："今天我们在东北还没有根据地，还没有家，如果我们以后还没有家、没有房子，就好比流浪者、漂来漂去的二流子，遇到狂风暴雨就会无家可归。无房子可住，就会被狂风吹掉、被暴雨淋死，遇到严寒就会冻死饿死，才真是死无葬身之地啊。"

众人频频点头。

"针对建立稳固的后方根据地的问题，东北局已经形成了方案并报党中央同意，希望同志们理解和领会党中央和我们东北局的战略意图，坚决实现战略目标，下面请陈放同志宣布一些人事上的安排。"一号首长语速不快，但很沉稳、老练。

"下面，由我宣布经东北局扩大会议研究并经党中央批准的关于合江省的干部任命决定。"陈放环顾一周，大声说道。

"为了加强根据地的强有力领导，东北局决定并报党中央批准，任命郑天牧同志为中共合江省委书记、合江省军区政委！"陈放的话语高亢而凝重。

会场上响起一阵掌声。

一号首长神情凝重，他一边捏着手里的烟卷，一边对郑天牧说道："中央对于合江省和佳木斯以及三江平原的地位和意义已经有了高度统一的认识，这次党中央还决定把在延安、热河以及沈阳的对我党的建设和革命有重要作用的学校、机关、文艺团体和社会知名人士以及文化名流的大部分陆陆续续地搬迁和转移到佳木斯去，到了那个时候，佳木斯就成了我们在黑土地上的又一个延安啊。同时啊，也必然给匪患猖獗的合江省的工作带来不小的压力，天牧同志，这点，你要有充分的思想准备。希望天牧同志到佳木斯以后，坚决地站稳脚跟，迅速地打开局面，确实建立起牢固、扎实的东北地区的战略大后方，给即将到来的我们和国民党军争夺东北的军事斗争提供源源不断的后方支援啊。"说着，他把烟卷放在烟灰缸里，大步走过去，紧紧握住了郑天牧的双手，用力地晃动起来。

郑天牧郑重地点着头，注视着一号首长。这个时候，两个人深邃的目光里都透着坚定和睿智。

由于哈佳铁路在日本鬼子投降前被炸毁，哈尔滨到佳木斯的铁路已经停运了，正在组织修复中。为了尽快到合江省与先期到达佳木斯的东北抗日联军的同志和延安、山东、热河到达佳木斯的同志们早日会合，在原来合江地区的省、市、县政权在1945年底就全部建立起来的良好基础之上，用大东北的大思维、大兵团的大战略的眼光和举措，开拓合江省工作的新局面，加快建立和巩固东北战场的大战略后方和稳固的根据地，合江省委书记郑天牧一行人没有在哈尔滨停留，而是经滨绥线先到了牡丹江休整了一段时间以后才适时转道林口前往佳木斯。

火车在张广财岭的山区艰难地爬行着，走不了多远，就会在某个山坡或者道口看到碉堡、工事或者铁丝网，这就是日本侵略者十四年来给东北大地留下的最直接的印记，就犹如一张原本很干净漂亮的脸庞上突然长出了好多麻子和疙瘩，怎么看怎么不顺眼。

一路间，偶尔也会看到有不少的人们在铁路两侧挖野菜来充饥的点点身影闪过，缺衣少穿的穷老百姓有时只好拿野菜和树皮来充饥，维持着艰难的生活，延续着脆弱的生命。

郑天牧在临出发前，东北民主联军细心的一号首长特意让原来抗日联军五军的领导同志给郑天牧详细地介绍了一下佳木斯的情况，并且安排专人陪着郑天牧到驻扎在哈尔滨城里老太平的三棵树附近的抗联教导旅也就是大名鼎鼎的苏军远东红军独立第88旅挑选了一个连的士兵，外加二十个军官，清一色的东北籍战士，连同郑天牧的警卫排一起，组成了一支一百多个人的队伍，和郑天牧一起去佳木斯。为了对外保密，也不给铁路部门增添不必要的麻烦，这一行人就直接坐上普通的"绿壳子"闷罐车，扰扰喳喳地奔佳木斯前进。

这些人加上武器装备、文件器材正正好好一个车皮。一路上，土匪袭扰和不时传来的冷枪和冷炮，让郑天牧一行人体会到了北满地区土匪泛滥成灾的社会现实，也催促着郑天牧的内心，他希望能快一点赶到佳木斯，那个日后必将载入史册、成为白山黑水的小延安的地方。

车厢里，大多数都是穿着苏军军服的军人，武器装备也都是清一色的苏式武器装备，但都没有佩戴军衔，1946年的4月苏联红军就分批次陆续回国了，东北局要求远东国际旅不再佩戴苏军军衔。

为了东北的解放付出了鲜血和生命的英勇的苏联红军战士，有的回国了，也有牺牲了的同志永远留在了中国。这些英雄们，他们值得我们永远去纪念和缅怀！

"这次回佳木斯，怎么也得回敖其看看俺的老妈啊。"靠窗户的一个络腮胡须的大个子军官，挎着一挺苏式转盘冲锋枪，枪口对着车窗外，自言自语道。

"是啊，老卢，咱俩要不是参加特遣队先期到黑河侦察，估计也早就回到佳木斯了。"另一个年轻一些的干部说。

此时，省委书记郑天牧穿过狭窄的人和人之间的空隙，走了过来，身后是俩挎着"快慢机"的警卫战士。

"你们家是北满哪儿的啊？"郑天牧站住问道。

"首长！"坐得整齐的战士们全体起立。

"坐，你们也坐！"郑天牧坐在络腮胡子旁边。

"首长，我家是佳木斯西边敖其的。"络腮胡须说。

敖其在佳木斯的西北，咆哮的松花江本来由西向东，在敖其这里，却向南画出了一个半圆，形成了一个江湾，这里居民多以渔猎为生的赫哲族居多。

"你叫什么名字？他呢？"郑天牧问络腮胡须，还有他旁边的那个年轻人。

"我叫卢忠，他叫吴占河，我俩是一个屯子的老乡，都是赫哲族，抗联第五军的，1940年腊月过江到了苏联，都进了远东教导旅特遣队。"

郑天牧在哈尔滨听取情况时了解了一些合江地区的情况，也了解了一下合江地区的特有少数民族。赫哲族人千百年来，逐江河而生，依青山而立，有"水上民族"的美誉。男女个个都是捕鱼高手，无论在寒风刺骨的严冬，还是在江水滔滔的盛夏，都能看到赫哲人捕鱼的身影。赫哲族是佳木斯地区特有的少数民族，所以，也引起了郑天牧的高度关注。

"这是我们营长，我是连长，他是陆军上尉，我是陆军中尉。"小吴倒是快言快语。

"哦哦，你们俩俄语说得怎么样？"

"天天练，还凑合呗。不过俺们的军衔没有了，不让戴了，这身红军军装就显得不是那么带劲儿了。"吴占河抢着回答道。

"在抗击日本侵略者的浴血奋战中，广大的人民群众包括我们的各族人民都作出了突出贡献啊，尤其东北的十四年抗日战争的胜利来之不易啊！"郑天牧说。

"苏联红军撤回去了，我们再佩戴苏军军衔显然已经不合适了，不过大家可以放心，以后我们人民军队一定会有我们自己军队的军衔啊，也别着急嘛。"郑天牧一口浓重的江苏口音，让同志们感觉格外新奇。

"你们家里还有啥人啊？"郑天牧问络腮胡子卢忠。

"我家有父母和哥三个，就剩下我了，呵呵，父亲和两个哥哥，都是陆陆续续地参加了抗日联军，现在都牺牲了啊，现在我家里就剩下了一个老妈，眼睛也看不着了，自己过呢。"卢忠说道。

"我家还有一个老母亲和一个姐姐，现在租种着地主家的土地呢。"吴占河说。

郑天牧说："土地是农民的命根子，我们东北局 3 月 20 日就下发的《关于处理日伪土地的指示》，我们来东北的目的不但是来解放东北的，还是来建设东北的。我们既要解放大中城市还要解放广大农村和广大农民，我们到佳木斯以后，马上就要在个别地区实行土地改革的试点，试点成功后，还要在全省全面铺开，要坚决彻底地打倒封建地主阶级，实现'耕者有其田'，让千百万农民拥有自己的土地！"

"这次我们到合江省、到佳木斯工作，你就可以抽空多回敖其去看看啊，你那革命的老妈妈，你们一家子出了四个坚定的无产阶级革命者，真的很不容易啊。"郑天牧对卢忠说。

"首长，听您的口音，您是哪里人啊？"卢忠问道。

郑天牧笑着说："我这就是乡音不改啊，我是江苏人。"

"哦哦。"卢忠看看郑天牧，没再问下去。

郑天牧看了看大家，说："同志们都抓紧休息吧，眯一会儿，我们到了佳木斯以后的工作会更加艰巨的。"说完，他轻轻地从战士们中间走过，去休息了。

"是！是！"众人答道。

络腮胡须的卢忠抱着冲锋枪，呆坐在那里，想着自己这些年的战斗和生活经历，还有自己无比伤感的情感历程，郑天牧书记关于土地改革的话题也让他浮想联翩。

卢忠的思绪回到了1940年的3月。

当时，外面飘着雪，在苏联远东地区的一幢大木屋子里，屋子中间的火炉子发出温暖的热气，火炉上一壶开水就要开了，刚刚经抚远入境到达苏联的卢忠在听着旅领导的讲话。

"我们这次入苏整训，我们完全是为了国内的抗日大局着想，我们也会随时派小分队进入东北，我们计划分成两个营地：第一个营地设在距离伯力不远的雅思克，依山傍水，既能和外界联系又很隐秘；第二个营地我们考虑设在海参崴和沃罗斯洛夫之间的密林里。"旅领导介绍道。

卢忠在88旅训练了几个月，军政素质突飞猛进，被任命为一营副营长，陆军上尉。

夏日的山岗清风习习，卢忠一个人坐在一个绿草如茵的山坡，面朝着南方，凝望着。他是思绪已经飞过了滔滔大江，回到了三江平原，回到了故乡，回到了老母亲的身边，出国快半年了，卢忠对祖国的思念溢于言表。

忽然，他被一阵优美的旋律吸引住了，这是用口琴吹奏的，优美的旋律打断了卢忠无限的遐想，这是苏联著名的歌曲《三套车》。卢忠站起来，循着口琴声而去，来到一个小江岔子的岸边，只见一个穿着军装的女军人背对着自己，面对着江水站在那里，专心地吹奏着。

吹奏完这个曲子，女军人转过身来，卢忠才看清，原来是远东国际旅的俄语教官玛莎洛娃同志，陆军中尉。

"你好！玛莎洛娃同志，你怎么在这里呢？"卢忠笑着问这个美丽的苏联姑娘。

玛莎洛娃笑着说："卢忠同志，难道这里是您的领地吗？呵呵！"

卢忠笑着，指了指玛莎洛娃手里的口琴，说："玛莎洛娃同志，你吹得真好听啊。"

玛莎洛娃笑着说："谢谢你的夸奖。你喜欢听我再给你吹几首曲子吧，好吗？"玛莎洛娃的蓝眼珠很好看地眨巴着。

"哦哦，不用了，谢谢你，玛莎洛娃同志，我还要回去呢。"卢忠不太适应玛莎洛娃中尉这些日子以来看他的时候那火辣辣的目光。

玛莎洛娃很失望地看着卢忠，说："还早呢，离熄灯时间还有一个多钟头呢，陪我一会儿好吗？"

卢忠转身想离开，就回答："对不起，我还要查岗呢！"

卢忠迈开大步想走，忽然玛莎洛娃从卢忠身后紧紧地抱住了他！卢忠一下子傻了，愣住了，呆呆地立在那里。

玛莎洛娃紧紧地抱住卢忠，说："卢忠同志，我很喜欢你，可以吗？"

卢忠都有些结巴了，急忙说："我还……有事呢，玛莎洛娃同志，请放开我吧。"

"难道我不漂亮吗？难道你不喜欢我？"玛莎洛娃还是没有放开卢忠，她仰着脸看着卢忠已经红了的脖子，还在执着地问着。

"你赶快放开我，玛莎洛娃同志！"卢忠有些慌了，别看他革命多年，但还没有经历过爱情呢，他感觉这比让他端个日本鬼子的炮楼还难受。

玛莎洛娃中尉放开了卢忠，卢忠一面整理着军装一面对不好意思地笑着的玛莎洛娃说："玛莎洛娃同志，我们是革命同志，你有文化，又很漂亮，是个机智、勇敢又有国际主义精神的优秀红军干部，为了我们88旅的建设也作出了很大的贡献，我代表我的祖国感谢你！"

"你很漂亮，我很喜欢，但目前我的祖国还在日本侵略者的铁蹄的践踏下，我们不应该考虑这些，何况我们是军人有铁的纪律。你明白我的意思吗？"

"明白！我的黑人同志。"在整个教导旅中层干部里，卢忠是长得比较黑的，所以啊，这玛莎洛娃同志总是开玩笑地叫他"黑人同志"。

玛莎洛娃神色也严肃起来："卢忠同志，革命者不应该都是单身汉吧，也要有七情六欲，我们就在战斗的生活里检验我们的爱情吧，再说了，我现在还没有打算接受你的求婚啊。"这话一出，把刚才尴尬的气氛冲得烟消云散。

玛莎洛娃中尉对着卢忠笑着问："卢忠同志，你给我讲一讲你们赫哲族的有趣故事吧。"

"好啊，你想听什么，我先给你讲讲刹生鱼的传说吧。"卢忠笑着说，刚才的紧张和拘谨已经没有了。

玛莎洛娃笑着说:"好啊,说说吃的,我愿意听。"

卢忠拉着玛莎洛娃坐在了江边的一块大石头上,开始讲述了起来。

赫哲族的饮食的独到之处,就表现在不同的吃鱼方法。除了熘、炒、煎、炸之外,还有吃生鱼的习惯,还有一个著名的刹生鱼的故事。

传说,早年在一个赫哲族的村子里,住着一户姓卢的人家,家里是一个寡妇领着一个儿子过日子。寡妇有个腰腿疼的老病,经常躺在炕上不能下地干活,什么缝缝补补,洗洗涮涮连个人手也没有。她想给儿子卢德娶个媳妇,却没有对心思的。

一天,寡妇想吃生鱼,儿子挺孝顺,就答应去捕几条活鲤子回家妈妈刹生鱼吃。不凑巧,卢德出去了一天了,也没遇上一条大鲤子,眼看夕阳要落山了,心里十分着急。这时候,从远处江岔子里传来了一位赫哲姑娘的歌声。卢德一听是自己熟悉并喜爱的姑娘莎丽坤的歌声,他非常高兴,掉过船头就迎上前去了。

他和莎丽坤见面以后,就把妈妈想吃生鱼的事告诉了她,莎丽坤知道卢德很孝顺他的妈妈,也知道他妈妈不太喜欢自己,就因为自己长得不怎么出众。她没想到卢德能喜欢自己,可是当她向卢德表达爱意的时候,卢德没有肯定的表示,看来好像有什么心事。莎丽坤心想:给他妈妈叉几条鲤鱼吃吧,也许慢慢会对自己好起来的。她便说:"我给你叉几条拿回去吃吧!"说完她把鱼叉拿在手里,将小桦皮船轻悄悄地划向了一个柳丝垂扫江面的甩湾的地方,卢德也紧紧地跟在后面,他们来到这里,看到鱼群直翻花,莎丽坤问卢德:

"要鲢子,还是要鲤子?"

"要鲤子。"

只听"嚓"的一声,鱼叉就甩出去了,正叉中一条鲤鱼。莎丽坤取上鱼来,又接二连三地叉上来好几条,都是大鲤子。莎丽坤让卢德把鱼都拿回去给妈妈刹生鱼吃。卢德感激得了不得。也说不上为什么,他对莎丽坤更亲近了,就觉得她那么聪明贤惠,心灵手巧。他向莎丽坤道了谢,莎丽坤说:"还谢什么?你明白我的心思就行了。回去给妈妈代问好!别忘记了提咱俩的事儿。"

"我一定提,你听信儿吧!"

卢德答应一声,转身就跑了。他高兴地急忙回到了家,给妈妈刹生鱼。

生鱼刹好了,他妈妈尝了尝,很新鲜、很爽口,连连夸奖儿子很孝顺。卢德一看妈妈高兴了，就想把心事向他妈妈谈谈。

"妈妈，你吃的这鱼好不好？"

"这大鲤子真好啊，在哪儿得的？"

"在甩湾处得的，你知道是谁得的吗？"

"不是你还能有谁？"

"不是我，你猜猜是谁？"

"是村东头儿的吴老头儿？"

"不是！"

"是小伙子葛得利？"

"也不是！"

"是谁呢？我猜不着了。"

"是莎丽坤特意为你老人家叉的。"

"卢德！你不是嫌弃她长得丑吗？"

"别看她丑，她心眼可好了！"

"你真的喜欢她？"

"妈妈，你就答应我们的婚事吧！"

"那你叫她上咱家来梳上双辫子吧。"

……

讲到这里，玛莎洛娃笑着对卢忠说："卢忠同志，你讲的这是不是在你家发生的故事啊？江甩湾是不是就是你常说起的你家住的敖其湾啊？我可是长得不丑啊，另外，我也能给我们的妈妈叉鱼吃，做刹生鱼。"说完玛莎洛娃调皮地呵呵笑起来。

"对了，故事里妈妈同意了卢德和莎丽坤的婚事，可为什么让莎丽坤姑娘梳双辫子呢？"玛莎洛娃大大的眼睛转动着，不解地问卢忠。

卢忠也笑着说："这可不是我家发生的故事，是我们赫哲人代代相传的、古老的关于刹生鱼的美好传说。'梳双辫子'的意思就是结婚。"

玛莎洛娃重重地说："嗯，我明白了，卢忠同志，等革命胜利了，我要和妈妈刹生鱼，我要和你一起梳双辫子，一起照顾革命的老妈妈！"

卢忠对玛莎洛娃说："嗯嗯，我们共同努力！"

卢忠和玛莎洛娃一起向营地方向走去，边走着边又改成了用俄语对话。

这在革命战火里萌发的跨国的爱情之花,就是这样悄悄地绽放着,他们一起学习、一起训练、一起憧憬着伟大的世界反法西斯战争胜利的那一天,期待着世界和平、阳光普照以后他们组成家庭的美好未来。

到了1945年6月,卢忠率先遣队一行从黑河入境先期回到北满地区,对日本关东军在北满地区的兵力部署和战略纵深实施抵近侦察,为苏联红军的后期进攻做准备。在匆匆忙忙之间告别了玛莎洛娃,后来,东北全境被苏军解放以后,卢忠的部队在哈尔滨三棵树驻扎的时候,卢忠特意向远东国际旅后续部队的同志们打听玛莎洛娃的情况,才得知玛莎洛娃参加了苏军先头突击部队,在解放虎林的日本鬼子虎头要塞的战斗中牺牲了,倒在了全世界反法西斯战争的最后一战里。

知道了这个消息,就犹如当头一棒,让卢忠肝肠寸断,十分悲痛。他感觉玛莎洛娃早就如同自己的亲人一样,和他三个牺牲的兄弟一样,将永远鲜活而生动地活在卢忠的心里,成为卢忠这一辈子的永远记忆。

这次和郑天牧书记回到佳木斯,自己离故乡、离瞎了双眼艰难度日的妈妈又近了,卢忠心里是五味杂陈,不是个滋味。卢忠早就听说要实行土地改革,他感到这是天大的好事,自己家也能分到土地,结束那艰难困苦的生活,也让自己双目失明的老母亲好好地享几年福啊。

想到这里,卢忠的心里对千百万那些和他一样的穷人即将迎来拥有土地的美好未来,充满了无限的期待和向往。

车厢里没有了声音,只有车轮碾过铁轨接缝的哐当声和蒸汽机艰难的喘息声。人们有的睡着了,有的因为思考而进入了沉默。

在这战火纷飞的年代,在艰苦卓绝的岁月,中华民族的每个困苦家庭都没有停止过痛苦的挣扎,也都有一大堆辛酸的埋在心底的往事。

窗外,树影穿梭,大地复苏,一片阳光明媚。

晴朗的春天里,湛蓝色的天空,显得格外地明净。即将落下会龙山顶的夕阳,闪射出耀眼的金光,照着这个临近铃铛麦河的洪家围子,村子前面一马平川的黑土地,也照着村子西面的会龙山的高坡和树林。向东照射过去,碧绿的羊草川一望无际,孕育着迷人的春色。

洪家围子的大街小巷,也是一派灿烂的初春的景色。路边水沟的冻结着的冰面,此刻也泛起了雁翎水,在温暖的阳光照耀下,闪着银白色的光亮。村子周围直立的白杨，也在微风中摇曳着已经长出发青的紫色骨朵的枝条。明净的天空里，飘动着几缕鹅毛一般的云朵，街道、胡同、园田地都升腾着雾一般的水汽，在飘动、回旋、流转。

轰轰烈烈、如火如荼的土地改革运动，像晴天里的震天雷，震醒了封建地主阶级的美梦，也开启了洪家围子前所未有翻天覆地的开始。

洪德福的洪家大院里，再没有了往日的安逸和平静，洪德福那长脖子上被眼睛占去一大半面积的脸，也没有了往日的神气活现。

越要开春，他这脾气越大，逮谁儿骂谁，好像他有没头没脑的怨气和怒火，就连他的几个老婆，还有和他平日里老摩摩挲挲、捅捅咕咕的丫头小翠香，都被他骂过。

后半晌，洪德福自己一个人栽楞个身子躺在炕上，腿耷拉在炕沿下。

"二姨夫，我看到县里的工作队进屯子了！"

洪德福二房老婆的娘家外甥张大炮，扑通扑通地走进了里屋，憨憨的大粗嗓子，震得房上的泥都要掉下来。

"啊，咋这么快就来了！"

洪德福的小脑袋顿时就出了一层细细的汗珠子，他本能地一下子从炕上坐了起来。

共产党要实行土地改革运动，要往屯子里派"土改"工作队和有关"土改"的一些事，洪德福早些日子就知道了，佳木斯西边大莱岗他有个表亲的四舅，今年的二月二，也就是龙抬头的那天，来洪家围子洪德福他家串门，就和他唠起了这个事。洪德福的四舅是个灵光人，知道的消息也多、也早。平日里不怎么搭理他四舅的洪德福，倒是有个格外的热乎劲儿，打听这打听那，还留四舅在他家住了好几天，临走还送给四舅好几张皮子、十几袋朝鲜屯的好大米，对了，还有一颗老山参呢。

这"土改"，无非就是分地、分房子、分家产呗，还能怎么的呢？如果屯子里没有啥仇人捅咕自己，洪德福感觉自己昧着心眼子做过的那些要命的事儿漏不了。可是这？自己的仇人可是不老少啊。

分地不怕，地给穷鬼们，他们也背不动、扛不跑的，到时候变了天，一声吆喝，都得给我圆回来！房子也没有办法分，我看谁还能搬我这大院套儿里来住？就是这钱物啊，还得划拉划拉藏起来，真要让这些穷光蛋给分了，可再没地方寻摸了，没有法子再找回来了。

可是就是没想到，"土改"工作队这么快就来到了洪家围子，倒叫洪德福有一些始料不及，好在自己有个好使的脑瓜子，早已转移出去了一些值钱的东西。想到这里，洪德福不由得嘴角掠过一丝得意的奸笑。

"共产党的'土改'工作队来了多少人啊？在屯子哪疙瘩住下了呢？现在都干啥呢啊？"洪德福这个时候，似乎对刚刚进了屯子的"土改"工作队突然间产生了无限的兴趣，一连串的问题也就随之脱口而出。

"在咱屯子东头、二忾子家的粉坊呢，有二十来个人呢，都带着家巴什，扛着一架机枪，剩下都挎着长枪，对了，还有两个人带着'盒子炮'。"张大炮眼睛翻翻着，为了说清楚，不但说得嘴里直冒唾沫星子，而且手里还比画着手枪的样子。

"咱屯子那帮穷鬼都谁往跟前儿凑了？"洪德福咬起牙问道。

"那还能有谁？路大个子路雪峰呗！"张大炮恨恨地说。

"哦，还是这个路雪峰。"洪德福未置可否地应着。

洪德福太不了解路雪峰这个人，但他看到路雪峰就感觉到自己的心里没底儿，整不明白这个人。说心里话，他洪德福称霸一方，洪家围子他谁都不害怕，就怕这个路雪峰，这个人胆子大、主意正，像是见过大世面，可不是他洪德福能吓唬住的。

这个时候还顾得了那么多了呢，还是走一步，看一步吧。

洪德福眼睛转了转，看看眼前这个自己的忠实走狗，说："大外甥啊，你说说，二姨夫这些年对你咋样？"

张大炮都没打喷儿，习惯性地哈下腰说："二姨夫看你说的，您老对俺那没啥说的，比俺亲爹都好！"

洪德福点了点头说："好好，大外甥，这些日子挺要紧的，你加小心点儿，给我瞄着点工作队这帮人，有啥情况和动静立马告诉二姨夫我。"

"嗯呢，你就放心吧，二姨夫！"张大炮连连答道。

这个张大炮，心眼儿不多，可是就是乐意耍钱儿，乐意嫖娘们儿，自己又没钱，背靠大树好乘凉，他就扑奔洪德福来了，一来二去，自然也就天天围着洪德福转悠，成了不折不扣的狗腿子。

"对了，大外甥，你现在手头还有零花钱吗？来给你！先花着！你还得多上点儿心啊，多留心点儿工作队的动静啊。这些给你留着花吧。"洪德福笑着对张大炮说，伸手从兜里掏出几块大洋放在了桌子上。

"二姨夫，我还有呢。"张大炮嘴里推辞着，却把那几块现大洋拿起来，赶紧放进了自己的口袋里。

洪德福对张大炮说："你这些日子别的都撂下，就专心瞄着工作队吧。行不？大外甥。"

张大炮满脸堆笑地答应着。

"那你这就赶紧去瞅着点儿吧，大外甥。"洪德福着急知道工作队的情况，赶紧安排张大炮去盯住工作队。

"嗯嗯，俺这就去！"

张大炮答应着，猫着腰儿，穿过里屋门，出去了。

洪德福又躺下了，头上垫了个枕头，倚靠在炕立柜的一角，大眼珠子盯着天棚上糊的花纸，静静地发起呆来。

这时候，里屋的门帘微微掀动，一个打扮得溜光水滑的年轻女人正偷偷地往外瞅看。这个女人擦着胭脂的嘴唇，露在雪白布帘子外面。这个女人，是洪德福的四姨太。她看到张大炮出去了，洪德福又是这个蔫巴样子，小嘴一撇，无趣地离开了。

洪德福是屯子里有头有脸的人物，四个大户他是头一家，在洪家围子说一不二。过去"满洲国"时他因为有日本人罩着自己，当过屯长、保长，交朋好友，黑白两道，出入大小警察署就像走平道似的。

这个家伙，手长，心狠，大钱不过，小钱不落，大小通吃，所以，钱往他家聚堆儿，地也往他家连片儿，要放在过去，他屯里西头一跺脚，屯子东头都颤巍巍。

可是，现在呢，他是心里老没底了。能咬牙挺过去就挺过去，不能挺就靠墙根儿眯着呗，看看共产党能欢实多久，等国军和杨老虎打回来、得了势，反过来把了，咱还过咱的舒坦日子。

看来呀，除了等待救兵，自己还得想点儿办法，能保一些家产就保一些家产，要不靠啥东山再起啊。

想着想着，洪德福昏昏沉沉睡着了。

眼瞅着，就到了天擦黑儿。

一双又嫩又白的小手，给洪德福盖上了一件夹袄，原来是丫鬟小翠香进屋来了。

小翠香有个十八九岁，因为家里穷，1941年被卖到佳木斯北门里靠着江边的大窑子玉春楼，这个玉春楼的老鸨子恰好就是洪德福的老相好，没等小翠香开始接客呢，就给洪德福捎信，让洪德福给买回来了，一直做贴身丫头。

这丫头长得确实是带劲儿，丹凤眼，瓜子脸，黝黑的头发梳理得板板正正，又会拿情儿，把个洪德福稀罕得啊，一直就想着纳小翠香为五姨太，可无奈这洪德福大老婆高低不干，洪德福的大老婆四十岁左右，因为在娘家时，能烙远近闻名的白面大油饼，所以"大油饼"就成了外号，本名杨玉珍却没有几个人知道了。最要命的啊，这是杨玉珍不是别人，正是这大青山上土匪头子杨老虎的亲妹子，洪德福哪能不对她打怵呢？要换了别的主，那还不早叫洪德福给打出家门了。

洪德福醒了，一看外边天黑了，屋里都开了灯了，自己身上还披了件褐花夹袄，再一看炕沿上坐着的小翠香，这小子乐够呛，立刻起身坐起来，就一把抱住小翠香一顿亲，把个小翠香撩拨得也是红头涨脸。

小翠香索性直接坐到了洪德福的大腿上，搂着洪德福那长脖子，撒娇地问："老爷，你当初说娶我，现在还算数不了啊？"

"当然，老爷我说到做到！"洪德福在如此状况下，自然不假思索地保证。

"你啊，这是嘴会说，时间长了就不稀罕了俺了。"小翠香撅起了小嘴。

洪德福此时哪里还有了骨头，赶紧说："小宝贝儿，听话，别闹，等过了眼前'土改'这个坎儿，我管他妈什么杨老虎杨老猫的，我一定娶你！"说完就在小翠香身上是一顿摩挲。

这一天，一推开门，便是个湿漉漉的假阴天。

洪家围子屯子里的街道、场院、沟坎，到处都在融化。空气里弥漫着潮湿的雾气。天，也因此显得很阴冷，太阳有时从云缝里露一下脸，映出一抹淡黄色的光，接着马上躲进云层，顿时黯淡下来。屯子四周，平坦而辽阔的土地上，不时地掠过忽明忽暗的阳光和云影。

到了晌午，阳光最终战胜了阴霾，把乌云驱散，阳光暖暖地照着天和地，早晨的假阴天已经没有了一点痕迹。

在这个春天里，正儿八经的庄稼人是不会闲着的，就连女人们也在干着力所能及的事情。

三个女人一台戏，穷人家的女人也不例外。

洪家围子南头的三婶家，此时，聚拢着不少的妇女，在骨碌黄豆籽儿。

虽然日子艰难，生活挺苦，但屯子里的女人们照样还是带着快乐和对美好的渴望。

"二嫂，递给我那个麻袋来！"一个年轻的媳妇喊道。

接过麻袋，发现有个破洞，新媳妇说："这个漏了，还有吗？要是没有我回家去取个好袋子吧。"

"想回家你就去呗，干啥找由头啊，你是去看看家里去生人没有吧！"一个妇女调侃道。

新媳妇红着脸打了说话那女人一下。

"是啊，快回去看看吧，你家栓柱再跟人跑了，呵呵。"三婶在外屋做饭，也不忘记插上一嘴。

"三婶，你都五十多的老太太了，你还跟着一起闹？"小媳妇回应道。

"你们小媳妇，多溜须掌柜的，才能招人稀罕啊。"

三婶外屋探出头说道。

小媳妇不再吭声，她知道这个时候只有装作老实巴交地才能从自己身上岔开话题。

大家果然哄笑一会儿就停了。短暂的沉默，只有外屋的灶台烧柈子的声音和锅碗瓢盆的碰撞声和里屋炕上小炕桌上黄豆流淌的声音。

"都跑这儿帮忙呢！这些老娘们儿！"外面传进一个大嗓门，声音高、尖、细。众人都不用猜，准是李玉环来了。

一起进来两个女人。

果然是李玉环，她很标致，小细腰，好像一阵大风就能给吹折了。

李玉环的旁边站着一个同样漂亮的女人。那是同样漂亮的春芝。她的胸好高，就像两座对立的山包。小肚子似乎已经有点鼓起，这让眼睛好贼的、靠着西山墙被褥架的那个奶孩子的年轻女人看出来了。

"啊，你这是又有了啊？"

春芝笑着说："像你们呢！怀里抱一个，肚子里揣一个。"没等自己说完就哈哈大笑起来。

"三个月了，都没看出来？"春芝装不下去了。

中年妇女放下奶饱睡着了的孩子，顺手在春芝肚子摸了一把，她亲昵地笑着："你啊，是不是整夜搂着老爷们儿啊？"

春芝脸微红:"去你的,新媳妇才那样呢!"

"你也不旧啊,怎么也是八成新啊。"李玉环调侃着说道。

女人们都哄笑起来,每个女人都在调侃的话语里,脸红着,心跳着。

"这帮娘们儿,别闹了,开饭,大饼子,酸菜汤!"三婶吆喝开饭的叫声,才叫停了这台属于女人们的戏。

郑天牧一行,终于来到了佳木斯。

此时,佳木斯城里,我们的政权早已经建立了起来:1945年的8月,在苏联的伯力召开的会议上,决定东北抗日联军教导旅返回祖国。1945年9月,教导旅一百余名官兵在李龙的带领下从苏联伯力来到了佳木斯,成立了中国共产党佳木斯地区委员会,书记为李龙,并以佳木斯苏联红军卫戍司令部副司令员的公开职务开展党的工作。11月,我们党从延安派来的干部陈林和东北抗日联军的于长录和于国强等同志相继来到佳木斯,成立了中国共产党合江省工作委员会和合江省政府。佳木斯市区也设立了佳木斯地区专员公署,陈林任专员,兼任佳木斯副市长。

郑天牧一行的到来,使合江省的工作格局随之而改变了,合江省工委改为中共合江省委,郑天牧任省委书记。进一步健全和加强了党的领导,人民的政权进入了一个崭新的阶段。

郑天牧一行人走出出站口,就看见了火车站那不大的小广场上几棵刚挂上绿叶子的杏树和柳树,合江省工委和省政府迎接郑天牧一行的人们,也在广场上等候着呢,大家握手互致问候,也没有过多的寒暄,都心领神会地往车站外走去。郑天牧抬起头,望着眼前这饱经沧桑的,明显带有日本侵略者统治痕迹的边陲城市,心中不由得生出无限的感慨。

这绿树吐芽、春光乍现的佳木斯即将成为为整个东北地区的战略后方,此刻是多么迫切需要发展和振兴,多么迫切需要稳定和繁荣啊!

想到这里,郑天牧,心里生起了神圣的使命感,他和前来迎接的几位合江省领导一起,简单地交流了几句,就带着随行的这些人,坐上了十几辆卡车向城里驶去。

郑天牧就是这样,在几十年的革命工作中都是严谨务实、雷厉风行。在来到佳木斯上任的第二天,郑天牧同志就开始走访了合江省委、省政府,佳木斯市委、市政府，还有桦川县委、县政府。他了解和听取各个部门的工作汇报后，在纷繁复杂的局势下，找到了工作的切入点。

接下来的工作中，郑天牧书记主持召开了几次座谈会，邀请了大量的基本群众和佳木斯各界人士参加。并且通过深入细致的走访调查，郑天牧心里对佳木斯，对合江省的省情、社情、民情、匪情都有了一些初步的了解，也在头脑中有了合江省日趋完整的工作规划。

他了解到，目前合江地区形势仍然很动荡，国民党留下来的军警宪特实施了几起暗杀事件，佳木斯市副市长陈林同志和公安局长都牺牲了。匪患情况更不容乐观，以盘踞在大青山的杨老虎为代表，共有数十股匪患，他们对我们新生的民主政权构成了巨大的威胁，时不时地袭击县、区政府，杀害农会干部和工作队员，造成解放区群众心里没底，也就不敢旗帜鲜明地拥护共产党的领导，和地主阶级和资本家进行坚决的斗争。

针对这个实际情况，郑天牧通过大量考察和调查研究，很快在错综复杂的局势里找出了主要矛盾，并结合实际情况，提出了合江省目前阶段的"一个中心，三项任务"：以发动群众改革封建土地制度为中心，完成剿匪、支前、发展生产三大任务。因此，合江省抽调了几千名干部充实到"土改"的一线，和各个地方的干部和积极分子一起抓好土改工作。

为了保证迅速地发展，郑天牧组织人员，在接管旧政权管理的银行、邮电、铁路、航运、电力和经济部门的基础上，进一步清理和整顿了队伍，通过认真地审查，留用了一大批管理、业务、技术人才。

接下来郑天牧审时度势，建立了掌握国计民生命脉的公营经济，建立了粮食局、贸易公司、米面油加工厂、供销社、东北第二纺织厂、制药厂、印刷厂、木材厂、制砖厂、农具厂、文具厂、火柴厂、肥皂厂等一大批公营工商业，基本满足了整个北满地区的需求。

为了稳定局势，合江省军区在原有部队的基础上组建了合江地方军团，总兵力达到五万多人，很好地保卫了新政权建设和土地改革的顺利进行。

1946年3月，原八路军一二〇师三五九旅的七一七团和七一九团来到了合江省，加入了波澜壮阔的剿匪斗争。

从此，古老的合江大地，开始了崭新的蜕变。

第三章　工作队进村

洪家围子的工作队，统共有十七个人，带队前来的队长和副队长，就是省委书记郑天牧不久前从哈尔滨带到佳木斯的卢忠和吴占河，两位优秀的赫哲族干部。到达佳木斯后，合江省委、省政府马上就审时度势，抽调精干的力量组织了土地改革工作队，先进行试点，开始部分地区的土地改革运动。

卢忠坐在行驶的马车上，从佳木斯到洪家围子这一路上，他也没有怎么言语，在他的头脑中，对土地改革是陌生的。此刻他不由得回忆起了自己学习过多遍的党中央的《五四指示》，想起了合江省委土地改革动员会议上的情景。

当时，省委书记郑天牧在合江省土地改革运动试点动员会上说："同志们，党中央和毛主席'向北发展，向南防御'的指示，是当前我们东北工作的最重要的战略方针。就我个人的看法，这就意味着我们首先要建立稳固的大后方和根据地，这个大后方和根据地在哪里呢？就在我们的脚下，就在佳木斯和附近的广大区域，就是我们合江省！那么这就要求我们要首先解决广大农民群众的生活和土地问题，才能真正地建立巩固的根据地。我们建立了政权，有的同志认为就高枕无忧了，这样的想法很幼稚，很可笑，也很危险！今天这个动员大会，就是要和同志们进一步说明只有我们深入到广大农村去，深入到群众中间，了解群众的疾苦，脱下皮鞋换布鞋，放下钢笔拿锄头，到老百姓里去交朋友，谈心。扎扎实实地搞好土地改革运动。毛主席就说过一句话，要想知道梨子熟了没有，只有自己亲口去尝一尝。很有道理嘛。大家要牢记我们共产党人全心全意为人民服务的宗旨，身子沉下去，抓起来，动起来。农村的工作会很辛苦，但我们要克服，要确实总结和归纳出指导全省的土地改革的经验和做法，以便我们把土地改革运动在全省全面铺开！今天啊，我祝你们取得辉煌的成绩。祝同志们一路顺风！"大会让全省的土地改革工作队同志们群情激昂、豪情满怀。

他也想起了昨儿下晚儿在佳木斯杏林路县委大院和其他的队员讨论怎么样发动群众、开好头、起好步的问题。群众还没有发动起来，或没有真正发动起来时，太早地开始对地主进行斗争是不妥当的。容易把人民群众这个主人推到看热闹、光看着不行动的位置上。废除几千年来的封建制度，是一场你死我活的战斗。这不是一件平平常常的事情。事情到底该怎么起头？

卢忠一行人坐着县里派来的两挂大马车进了洪家围子，卢忠指挥着车子，自己也左右观察着，在沿路的一帮老百姓关注的目光下和猜测的话语声里，引领着马车，老半天才来到了屯子东头靠中间的一户人家，那是两间小土房，低矮的土墙围成个小院子，院子里有几棵大杨树。

卢忠让大家在院子门口等着，他自己推开了柳条子门，门上拴着的一个铃铛响起来，也招来了墙角里一条小黄狗汪汪的叫声。房子的门开了，哈着腰走出个高大、魁梧、健壮的中年人，大方脸，络腮胡须浓密黝黑，一双大眼睛炯炯有神，透着精神头。这就是洪家围子的屯长——共产党员路雪峰。

日本鬼子投降以后，在敌我都没有实际控制的真空时刻里，因为有抗日根据地的基础，洪家围子屯子里的党员干部都恢复了明面上工作，党政群团组织和基干民兵队伍也建立起来了，但因为缺乏上级组织的有效领导，村级政权的能力很有限，很难开展活动。

路雪峰出来一看到穿着军装的这些人，尤其是已经走到自己近前的卢忠，突然一下子愣住了，又猛然间喜笑颜开，咧着大嘴，两步就到了卢忠跟前，双手一把握住卢忠的手，激动地说："啊，老卢，怎么是你啊？"卢忠笑着，紧紧地攥了几下路雪峰的手，边摇边说："没想到吧？老路同志，这次，我带着工作队来到洪家围子了。"

路雪峰小声问卢忠："是'土改'吧？分地！"卢忠也小声回答说："嗯，你说对了。"两人没再细聊，就一起来到大门外，把工作队的同志们一一介绍认识了。

路雪峰赶紧把同志们都让进了自己的屋子里，一时间两间小土房里都是人了。

路雪峰喊着自己的媳妇李玉环给大家烧水喝，李玉环是个很漂亮的中年女人，破旧的衣服显然是遮盖不住她的美丽。她对卢忠说："快坐，快坐吧，你看俺家屋里也没有个宽绰的地方。"

路雪峰说:"你赶紧的,'土改'工作队的同志们从佳木斯来的,快点烧水做饭啊!"

李玉环笑着:"知道了,马上我就做。我看啊,就是你嘴急。"说着,往锅里倒了半木桶的水,架起了木头柈子,做起饭来。

李玉环偷眼看看卢忠和路雪峰两个人,都是黑大汉,都是络腮胡须,个头也差不多,禁不住自己在外屋地偷着笑起来。

其实啊,卢忠、吴占河和路雪峰早就认识,一起并肩战斗,一起加入的中国共产党,同在抗联五军,一起转战三江大地,后来,卢忠和吴占河去了远东国际旅,路雪峰则在下江特委和桦川县委的指示下,回到洪家围子发展党的组织,立足佳木斯周边开展武装斗争。

卢忠拿出了县委的介绍信,说明了来意。

路雪峰看完了高兴地说:"好啊,早就传言土地改革要开始了,这回贫雇农得好了啊,斗争地主,让无地和少地的贫雇农得到土地,早都应该了。"

"消灭封建地主阶级,消灭封建剥削制度就是大快人心的好事!老百姓欢迎啊!"路雪峰这个人刚正不阿,性情耿直,手里拿着介绍信挥舞着喊道。

"过去我们是和敌人在正面交锋,你死我活,打得是痛快,过瘾啊,今后我们是要同躲在阴暗角落里的敌人和黑暗势力斗争啊。老路啊,咱们的工作方法和作风需要强化和适应啊。"卢忠对路雪峰说。

路雪峰大手一挥,吐出一大口烟雾,很有气势地说:"我们共产党员干革命就是要看清面前的形势,封建地主阶级和日本鬼子、国民党反动派一样,都是纸老虎,到了最后都不是人民群众的对手!"

盼望已久的"土改"工作队来了,把个路雪峰和李玉环乐得眉开眼笑,从屋里到院里,又从院里到屋里,忙个没完,倒水添水,抱柴火,几个工作队员帮着挑水,把个水缸装满了,警卫班里也有会做饭的两个战士帮着忙乎,不一会儿,就把饭做好了。

一大盆子酸菜,几大盘子苞米面大饼子,一大盆高粱米饭,还拌了一大盆子萝卜咸菜,这饭菜可是热气腾腾。

卢忠也是饿了,一见饭菜更是很高兴,他说:"好久没在屯子里吃饭了,吃了几个月的干粮了,现在这是来你家里改善生活啊。"他对着路雪峰和李玉环说:"对了,我们这帮大肚子汉这一顿饭下来,是不是够你们全家吃一个月了啊?老路。"

路雪峰笑着说："俺家实在是太穷了，也没有一点荤腥，你看。"李玉环说："这也没有啥好嚼裹，就是一口热乎的。"李玉环说着就给大家盛饭、盛汤，拿大饼子，卢忠制止道："嫂子，我们自己来吧！"吴占河抢过勺子给大家盛起来，年轻的工作队员乔斌咬了一口大饼子，说："真香啊！"工作队员郭文声说："你再来一口小咸菜，喝一口酸菜汤试试，绝对是正儿八经咱关东风味儿！"众人香甜地吃着。

路雪峰看着大家吃饭很香甜的样子，自己的心里别提有多么高兴了。

苞米面大饼子、酸菜汤、高粱米饭、萝卜咸菜，这一顿贫苦农家的美味佳肴把十几个工作队员都稀罕完了，卢忠、吴占河、郭文声、乔斌还有警卫员小丁，大家伙儿都吃得满头大汗、浑身发热，卢忠接过老路递过来的毛巾擦着脸上的汗水，对大家说："哎呀，同志们，咱这就是在老路家过年啊，这洪家围子第一顿饭整得带劲儿哪！"一帮人都乐了。

吃过了饭，卢忠和路雪峰商量了一下，路雪峰建议把工作队安顿到二牤子的粉坊去住，那里有大锅灶，还有两大铺南北炕，院子也很大，最重要的是视野开阔，便于安全保卫。卢忠问："这个二牤子应该是个什么阶级成分？"路雪峰说："按理说应该是中农，二牤子没有媳妇，就一个老爹，人很老实，没啥问题，年顶年就是种几垧地的土豆子，到冬天漏了粉去佳木斯城里卖，日子还勉强对付，伪满时期，还帮助我一起护送到江北梧桐河开会的抗联干部呢，很可靠，我们可以先租他的屋子。"卢忠同意了这个建议。吴占河看大家都吃完了饭，就粗略地踅摸了一下，塞给李玉环一把钱，就跑出来了。李玉环追出来，卢忠笑着说："嫂子，别破坏我们的纪律，拿着吧。"李玉环看着丈夫路雪峰说："这……"路雪峰一挥手，对李玉环说："拿着吧，这是工作队的纪律！"

二牤子的粉坊，是个挺大的长筒子房。因为漏粉条子的时间都是在冬季，这功夫正好空出来了。二牤子的粉坊空旷而通风，外间是个很大的灶台，穿过灶台，进到里屋就是南北两铺大炕。棚杆下都绑着横棍子，密密麻麻，那是晾粉条用的，炕上没有炕席，只有些小叶樟铺在上面，勉勉强强盖住了炕面子泥。靠西墙有个大长条桌子，很厚的油泥，是个揉粉面子的案子，正好，这个大揉面案子，用东西刮刮油泥，在盖上一块干净的桌布，就成了工作队的办公桌了。

放下了行李卷以后，卢忠就和同志们一起动起手来，把院里的荒草和大青蒿子都连根拔走了，用锄头铲平，用碌子轧平，把窗户上缝子都用黄表纸又糊了糊，防止往屋里进邪风。卢忠仔细地端详了一下，路雪峰说得果然没错，这个粉坊地势较高，确实有利于屋里向外观察。

这个粉坊是在屯子的东北角，后面的一片密实的柳树林子，刚刚飘完柳絮的树林一片碧绿，在柳树空隙间，麻雀在蹦蹦跳跳、上下翻飞、叽叽喳喳地鸣叫着，间或有几只，飞到粉坊的椽子头，自己的窝里，激起小麻雀们新一轮的欢叫。

粉坊的四周，是豁牙露齿的一圈板障子。偶尔有几个看热闹的小孩子穿过板障子的大豁口，怯怯地扒在粉坊的窗户上看看，继而就一哄而散，跑没了。

"土改"工作队一进了洪家围子，在二牤子的粉坊里住下来，感觉到惶恐不安的可不光是洪家围子屯子西头那些地主，洪家围子的农会主任杨万生就如坐针毡一般，一颗心也吊在了嗓子眼儿上，总放不下来。杨万生媳妇看他这个样子，不禁嘲笑起杨万生来。杨万生轻蔑地白了几眼自己的媳妇，没言语。虽然是多年的夫妻，可是人心隔肚皮，杨万生做过的事情，有的媳妇知道，有的是媳妇根本不知道的。杨万生不想让媳妇知道的事情，媳妇是一辈子也不可能知道的。

杨万生喝了一碗开水，坐着屋子里看着自己的院子出神，自己的屋地刚刚铺了新砖地，屋门口也是刚刚垒起了几级台阶，院墙也是开春新修的。太阳光在自己屋子的南窗户上无声地移动着，他坐在那里，怎么也理不出个头绪来，心里就像长了草一样，感觉自己什么也干不下去了，这也不是，那也不是，自己挺宽敞的小院，突然好像变得无比狭小，好像出去的门都被堵死了，根本就没有出去的道路。他有点不愿意见到人，也怕到街上去。他心里又是烦闷，又是焦躁，这个自己的小家建设起来也是不容易的。杨万生祖祖辈辈也是贫雇农出身，过去靠打短工，自己还开个豆腐坊养活着自己的一家人，也是饥一顿饱一顿地过活。杨万生头脑灵活，有着买卖人的精明，可是自打进了农会以后，外人不知道，不知道怎么弄的，杨万生的房屋、院子都修缮一新，杨万生自己还从地主曲大祥手里匀了几垧好地。至于这钱是哪里来的，除了杨万生自己，没有人知道。

"你别肉肉地发愣了，土地改革工作队来咱屯子了，你是咱屯子农会头头儿，不去看看打个照面儿，你也是真够呛了！"杨万生媳妇过去也是妇女干部，也有一些文化，说起话来像蹦豆一样，干净利落。

杨万生说："你拉倒吧，我知道啊，我还不如你了呢，你能不能别跟我磨叽！"话虽然是这样说，但确实他感觉自己很机灵，但他琢磨明白了，在自己的媳妇面前表现得越愚钝、表现得越老实就越好。因为只有这样，他那些见不得人的隐秘的东西才不会在媳妇的面前露出馅儿来。

杨万生的媳妇听到杨万生这样说话，脸一下子阴沉下来，说："谁磨叽啊？你得干啥吆喝啥啊，让你去怎么了？有啥错了？你啊，我早就看出来了，你这是嫌弃我了，想让我赶紧地给好人腾地方啊！"本来，杨万生和媳妇很恩爱，可是这一年多来，杨万生就像吃了什么迷魂药似的，心里像长了草，怎么也安不下心了。为了这个问题，杨万生的媳妇可是没少掉眼泪，这个聪明的女人有了不好的预感。

土地改革工作队来到洪家围子的第一个会议就在二牤子的粉坊里召开了。

参加会议的除了十几个工作队员还有洪家围子的屯长路雪峰和农会会长杨万生以及基干民兵队长于静春。妇女队长老高二嫂出门不在村里，没有参加。

路雪峰满脸的络腮胡须，大眼睛炯炯有神。他叼着自己的那个一尺多长的大烟袋，眼睛里透着笑意，看着在场的同志们。

杨万生坐在南炕的炕梢，他的眼睛不住地转动着，看工作队的这些人，更多的是在卢忠和吴占河身上转悠。目光里有些许的兴奋，更多的是狡黠。

于静春个子不高，但很壮实，应该算是一个典型的"车轴汉子"。破旧的衣服都破了胳膊肘子，一张大团脸紧绷着，很认真地拿着一个小本子。

会议一开始就是合计从啥地方入手，开始"土改"工作队在洪家围子的土改工作。

"同志们，今天我们工作队一行十几个人，来到洪家围子，主要的任务就是开展土地改革运动，说白了就是斗争地主，把土地分给贫雇农，实现'耕者有其田'的大目标。今天我们开这个会议，就是希望同志们能畅所欲言，尤其是洪家围子村里的党员和干部，你们要多介绍这里的情况，以便于我们工作队多掌握一些屯子里的情况，好尽快地开展工作。"卢忠端详着几个村干部，清了清自己的嗓子，开始了开场白。

"我们东北地区长达十四年的抗日战争胜利了，全东北的人民都盼望着过上和平安宁的好生活，可是蒋介石反动派却又挑起了内战，妄图夺取我们的胜利果实，实实在在是个好战分子啊！"卢忠又说道。

"国民党反动派为什么不顾一切地打内战呢？因为反动派有两条老根儿我们没给它砍掉，一条是帝国主义——他的美国爹。一条是封建主义，那就是地主阶级。在咱全中国，如果不把这两条老根子给它彻底砍断，我们永远不会有好日子过！"卢忠喝了一口水，接着说道："国民党反动派的帝国主义美国爹，我们的大部队正在给他去根儿，这也就是个时间的问题；而我们进行土地改革运动就是要去掉封建主义的老根，把土地分给农民。只有这样做，才能发展生产，多打粮食支援伟大的解放战争，也改善我们的生活，这是个比天还要大的事情啊。我们在座的同志们都要一起努力，必须把土地改革这个事儿整彻底了，可是，我们土地改革工作队的成员，我们大多是来自民主联军的作战部队，当然也包括我和吴占河队长，对于农村和农民以及土地改革工作还都是'门外汉'，又是刚刚来到洪家围子，对这里的情况也不了解，所以希望村里的同志们，多把这个屯子的情况介绍给我们，然后我们才能一起商量着怎么去开展工作。"卢忠的讲话，有的放矢，掷地有声，众人都不约而同地点着头。

"那我说老路，我看哪，你就先开这个头吧！"吴占河对路雪峰说道。

路雪峰磕了磕烟袋锅，慢悠悠地说："行啊，我来说几句。土地改革的主要精神，咱工作队就是不来到咱屯子这里，我们广大的贫雇农也是听说了个差不离了的，地主阶级当然也更会知道的，现在的核心任务是彻底地发动群众，揭发和批判地主阶级，然后再清算地主阶级的罪恶。当前就咱们屯子来说，有的地主已经公开对外贱卖土地，我分析这件事其实就是地主阶级在变相地转移资产，值得我们警惕起来。"

杨万生听到这个心里一怔，连忙朝着四外看看，看到大家都在认真地听路雪峰讲话，干部就没有人注意他，这才缓过来神，也认真地听起来。

卢忠点着头说道："老路这话说得很对，地主阶级是不会甘心失败的，他们肯定要千方百计，想尽一切办法来对抗和抵制我们的土地改革运动。这一次我们就是要彻底地消灭封建制度，消灭封建地主阶级，消灭'地主'这个称呼，彻底地从根本上实现'耕者有其田'。这是一场极其复杂的斗争，这和过去的任何一场战争都不一样，是一次彻底的硬碰硬的斗争！"

卢忠接着说："个别地主贱卖土地是一个信号，给我们提了个醒，这也是个值得我们高度重视的举动，土地原本就是我们贫雇农的土地，地主根本就没有权利去支配，我们必须要快速发动群众，把地主老财的威风打下去，要打倒地主阶级，我们就要团结大多数，中农是贫雇农的亲兄弟，富农不反动的我们也不打击，我们就是要团结起来，集中精力把炮火对向地主，才能百发百中。是不是这个道理？"

参加会议的人都同意这个看法，纷纷点着头。

基干队长于静春说："我们民主联军的同志们，在前方，勇敢战斗、流血牺牲，打了无数的漂亮仗，国民党反动派就要挺不住了，我们在后方也要和地主下狠心，下大功夫，一定死磕到底！只要有共产党、毛主席给咱撑腰，咱们一起齐心协力，咱们贫雇农啥都不怕！"

杨万生也在一旁附和着："对对，是这个理儿，咱就是不怕！"说完，卖弄地挥了挥拳头。

路雪峰此时兴奋起来了，他把破上衣唰的一下敞开了，大烟袋往腰里一插，大声说："嗯哪，就是这个道理，就是要发动群众，有了广大贫雇农的支持，有了工作队的支持和帮助，别说咱屯子就那么几个地主，就是再多几十个地主，咱也能一个不留地把狗日的都彻底地打倒！"

"当前，我们要做的事情确实很多，最主要的最着急的就是要把全洪家围子的所有贫雇农都动员起来，这些缺地、无地的穷苦人，受了地主阶级一辈子甚至几辈子的剥削和压迫，要广泛发动他们，和他们讲清其中的道理，让他们放下包袱，没有思想顾虑勇敢地站出来，把一肚子的苦水都倒出来，我们就是要领着贫雇农和地主好好说道说道，好好算算地主阶级剥削贫雇农的经济账，好好算算封建主义欺压穷人的政治账，让所有的贫雇农，大家都敞敞亮亮地出出气，也让老百姓彻底地认清地主阶级的反动本质。"卢忠也激动地站起来说道。

卢忠扫视了一下粉坊里的所有人，接着说："再就是，我们现在底数不清、情况不明，怎么办呢？那就要通过大量的调查研究和入户走访，整明白我们屯子到底有多少个地主，到底有多少土地，屯子里有多少缺地和无地的贫雇农，都整明白了，我们才能按照政策和省委、县委的指示进行土地改革，大步流星地领着贫雇农向前走！"

路雪峰等人不住地点头赞许。

"我建议咱们马上就开始行动。先召开一个全屯子的群众大会，一是让老百姓知道我们是来洪家围子的目的和任务。二是借着开大会的机会彻底地发动一下群众。"吴占河说。他边说边在一个黑色外皮的本子上做着记录。

卢忠抬起头说道："我个人的意见是先入户走访，了解这个屯子的实际情况，摸透了情况以后再开会。如果咱们现在就召开群众大会，不了解实际情况，不熟悉屯子里群众的基本情况，恐怕开会的效果也不会太好的。"

"咱得先跟老百姓打个照面儿、交个实底儿啊，上来就冒冒失失地去家里走访，能唠出个啥啊？"吴占河这个教导旅的基层指挥员，现在面临着土地改革运动的历史洪流，感觉自己热情高涨、浑身是劲儿，他执拗地说道。

"呵呵，我们的老百姓，特别是广大农民，都已经在封建地主阶级的剥削和压迫下过了几十年了，只有取得他们的真心信任，和他们交了朋友，有了感情以后，这些农民才能相信你，才能说出掏心窝子的心里话，否则，啥都是白扯！"卢忠语气有些激动，语言有些急切。

"这……我？"吴占河一时无语。他实在没有理由去反驳卢忠，只好坐在那里，脸憋得通红。

"你们三个村里的干部，是怎么看这个问题的？"卢忠感觉自己的话说得狠了一些，他就没再说下去，而是大手一划拉，眼睛如电似的直视着洪家围子这三个村干部。

路雪峰是个祖祖辈辈的佃农，他这个高高大大的汉子，曾经是松花江南北两岸抗日队伍里赫赫有名的模范，原桦川县县大队的骨干，后来也在抗联五军当过侦察班长，没有念过多少书。他看了看卢忠，又看看吴占江，说道："还是要先调查研究为好，多了解情况，向群众宣传党的政策，在宣传政策的同时教育群众、发动群众。"这路雪峰倒是个爽快人。

杨万生不愧是出名的滑头，他知道这个时候自己是谁也不能得罪，在卢忠威严的目光里，他低着脑袋，吭哧瘪肚说了句："我看还是工作队说了算吧。怎么安排，俺们就怎么执行呗。"

于静春看起来很干净利落，说话也很大方，他不卑不亢地回应着卢忠的目光，说："先开会还是先走访，其实那就像一个房子的两个柱脚，开会也得开，走访也得走访，现在我们应该琢磨，怎么开好头，头开不好，就容易干卷刃喽。我认为还是可以先开个大会，让洪家围子的贫雇农都知道这个事，然后再深入细致地到老百姓那里访听访听。"

路雪峰抬起头看了看于静春，他没有想到这个愣小子说出这样有条理、有道理的话，看来，于静春这个年轻同志虽然年轻，但已经在革命斗争的实践里成长了，成熟了。

"好吧，我看基干队长于静春同志说得就很有道理，很有见地，我看就这样吧！事不宜迟，马上就安排人到屯子里通知开会吧！"卢忠也没有再多问，也没有去征求在场的其他人的意见，他感觉自己必须掌控大局，这次的土地改革对于他这个在作战部队成长起来的干部，简直不亚于一次大战役，所以他感觉自己必须持有第一指挥权，他要利用一切时间去观察一切的人和事，去思考和分析一切的迹象和动向，从而检验和修正自己的预想、判断和工作的每一个决定。

于静春立刻支使一个半大小子在全屯子通知开会，那个淘气的半大小子使劲敲起了手里那已经裂了纹的破铜锣，屯子东南西北走了好几遍，声音倒是不像破锣："工作队通知开会了，全屯子一家一个，马上到二牤子粉坊院里开会喽！"

通知开会是通知开会，可这参加会的人啊，哩哩啦啦一直到天快黑了，才凑了个差不多半个院子。

人们从洪家围子的各个角落，慢慢腾腾地汇聚到二牤子粉坊那刚刚铲平的院子里。卢忠叫一个战士从屋里拉出个灯泡，挂在窗棂上，扫视了一眼院里，大多是老头、老太太还有小孩。

吴占河有些失望，他红涨着脸，一屁股坐在粉坊窗台上。他清了清自己的嗓子，说："乡亲们，今天咱们在这里开个会，我们'土改'工作队就算正式入驻咱们洪家围子了。"

"这个会啊，主要就是告诉大家，俺们工作队来了，咱穷人要翻身了，怎么翻身啊？那就要和大地主和剥削阶级斗争，要把土地分给贫雇农，要把一切权利给咱们大伙！"吴占河按捺不住，自己先讲了起来。

"我们受了封建地主阶级多少年的欺负了，现在大伙儿再也不用怕了，现在枪杆子在咱们穷人的手里！怕啥？"吴占河怕老百姓害怕地主，所以他把自己的"匣子枪"拍得啪啪响。

卢忠没言语，犀利的眼睛在会场里跳跃着。

吴占河洋洋洒洒地讲了不少，最后他问："大家伙儿说说，大地主应不应该斗？你们都赞成不？"

"应该！"

"赞成！"

只有七八个声音在回答。

"我赞成。"一个老头儿慢半拍儿，说完还冲四周看看，有点哗众取宠、卖弄的味道。

"那咱洪家围子都谁是大地主啊？"吴占河着急了，他大声问道。

这一问倒好，更是没有一个人吭声。

闷了大约一袋烟的工夫。

"你说说吧，大爷。"吴占河问慢了半拍儿的那个老头儿。

"我刚刚过完年才搬来，我哪知道啊？！"老头儿胡子直颤巍，"咱这屯子好像没有地主。"

卢忠冷不丁地问了一句："你刚刚搬来的，你怎么就知道没有地主呢？"

"我……"老头儿答不上来了。

"我赞成斗地主，咱们要斗地主，咱可以去外屯子踅摸啊，外屯子兴许能有地主。"老头声音越来越低。

"老话说得好啊，人随王法草随风，您工作队说咋地俺们就咋地，对不，大伙儿？"一个小脚老太太说道。

"对，对，对。"底下，稀稀拉拉的掌声，从粉坊院子的各个角落里响起。

"我们大家伙儿都赞成了，我得赶紧回家了，我家啊，事多啊。墙没抹，炕没扒，烟筒桥子还要塌，活儿多着呢。"慢声细语的老头儿起身就走。

接二连三地，开会这些个人，都告假离开了，不是他有事，就是她闹肚子，一会儿就走个差不多了，剩几个孩子在院里跑着、闹着、玩儿着。

整个院子里，就剩下工作队员和村里的路雪峰和于静春，那个农会会长杨万生这时候也没有了影子。

吴占河没有想到是这个样子，他愤愤地走进里屋，一屁股坐在案子前，一动不动，咬着嘴唇，犯起愁来。

"小吴，其实这很正常，应该在我们的意料之中，第一次开会嘛，别着急。"卢忠走过来，拍拍吴占江的肩膀，安慰他说，"如果群众都有了觉悟，早都组织起来了，还用我们工作队来这里做什么啊？我们就是要慢慢来。"

"这很正常，老百姓心里不托底，哪里还能跟咱们掏心窝说实话啊。"路雪峰也劝慰吴占河。

吴占河红着脸，不好意思地看着面前的两个老大哥同志，卢忠和路雪峰也就不再提这个话茬了。

路雪峰这个时候，站起身来，对卢忠说："老卢，小吴，咱工作队还缺啥不？我想法儿去套弄，柴米油盐都齐备了吗？"

卢忠笑着告诉路雪峰："别麻烦了，我们自己带着干粮呢，烧点开水就行了吧，等俺们自己立伙儿的时候再说。"

"我们是来工作的，可不能我们一支支嘴，你们就跑断腿儿啊。"卢忠幽默地说起了顺口溜来。

路雪峰说："下级服从上级，这是我们党的老规矩嘛。"

卢忠让路雪峰坐在了粉坊的北炕上，说："老伙计，来坐下，我们谈谈。"

路雪峰也盘腿大坐地和卢忠抽起了大烟袋。

"老卢，我知道你前几年和我来过一次这个屯子，你对这个屯子有多少了解？"路雪峰问道。

卢忠说："那刚是一走一过，能了解个啥啊，今天和你多唠一会儿，就是想知道一些洪家围子的详细情况啊。"

路雪峰听卢忠这样说，就打开了自己的话匣子说开了。洪家围子是一个城郊村，离佳木斯路程不出二十里地，除了路雪峰还有老高二嫂、杨万生，一共就三个共产党员，1945 年光复以后，洪家围子归桦川县长发区管辖。

"我从咱队伍上回到洪家围子开始工作的时候，老百姓都不相信共产党能整得了日本鬼子，加上这里离佳木斯近，日本鬼子说来就来，都躲远远的，所以这个洪家围子组织发展得很缓慢啊，这个问题我有很大的责任。"路雪峰红着脸说。

"老高二嫂这个人党性如何？"卢忠问道。

"那是一等一的过硬，是真正的共产党员啊！"路雪峰把烟袋锅在破炕沿上磕了磕。

卢忠问："杨万生这个同志怎么样？"

路雪峰说："怎么样？这杨万生原来是个贫雇农，也做过一些小买卖，入了党以后工作还是很积极的，当了农会主任以后，赶上地主们贱卖土地，杨万生就用低价买了一些土地，有吃有喝了，日子不愁了，工作就没有劲头了，我看哪，在杨万生的心里，他自己的'革命'已经成功了！"

卢忠赶紧问："他蜕化变质了？"

路雪峰说："变没变质不好说，但是有传闻是被地主'招了驸马'了，可是这事儿也没啥证据。"

卢忠眉头紧皱，在地上走来走去，说："看来这个洪家围子情况还是很复杂的，老路，你看我们怎么开头呢？"

路雪峰也站起来，说："只有依靠最基本的群众，因为群众的眼睛是雪亮的。引导群众走一条稳妥的斗争道路，才能真正把群众发动起来。"

卢忠听了笑了，说："一点不错，你说得太对了。"

卢忠对路雪峰说："过去我们并肩战斗，现在又是这样，但这次和以前都不一样，这是耗子拉木锨——大头在后边啊！"

路雪峰说："是啊，消灭一个人的肉体很容易，转变一个人的思想观念和灵魂就太不容易了，无论是对地主的斗争，还是对贫雇农的发动和教育，我们面前还有很难、很费心的工作呢。"

卢忠坚定地说："老伙计，哪怕前面就是万丈深渊，咱老哥俩也义无反顾地跳了！"

路雪峰也拍了拍自己的双手，大声说："那是啊，为了受苦受难的广大贫雇农，我们要斗争一辈子！"

路雪峰走后，卢忠和吴占河以及其他工作队员又在一起认真分析和商量了一下，决定还是先走访，了解情况，走到谁家方便就吃在谁家，必须给饭钱，晚上回粉坊住。

天刚蒙蒙亮，工作队员就都起来了，整理完内务，烧了一锅开水，大家稀里糊涂地就着开水吃了一些从县里带来的干粮，就进屯子去了。

上午，卢忠在粉坊又认真地学习了几遍《合江省土地改革实施办法》，又和早早就来到粉坊的路雪峰唠了好半天的嗑儿。

晌午饭后，卢忠叮嘱了留守粉坊的四个负责警卫的工作队员几句，和路雪峰分了手，也向屯子里面走去。

前面是个大井，这是东北最常见的辘轳把子井。有个高大的中年汉子在打水，他就走了过去。

"卢队长，你吃过晌午饭了吗？"那个人笑着对卢忠打着招呼。

"老大哥，你认识我？"卢忠笑着问道。

"当然认识啊，那天粉坊开会我去了，但是我没吱声。"那个中年人也笑了。

"吃过了，老哥，您贵姓啊？"卢忠问。

"免贵姓武，我叫武连山。"中年人回答，卢忠瞅着这中年人手指粗壮，肩膀宽阔，一看就是老庄稼人。

"老哥，我帮你。"当这个叫武连山的挑起水桶，卢忠想要帮忙，但看到武连山挑起满满一挑子水的轻巧劲儿，自然也就说不出来了。他俩并排走在路上，武连山连喘气都没明显的变化，倒让卢忠更奇怪。

"咱庄稼人都习惯了干活儿，挑这点儿水这不算啥。"武连山看出了卢忠的心里所想，两个人唠着嗑儿往前走了几趟街，在一个马架子跟前站住了。

"这就是俺家。"武连山指着说。

武连山放下扁担，一手提着一桶水进了门，说是门，其实就是几根杨木棍子用麻绳绑的框框，上面蒙上几块麻袋片子。

"卢队长，你进来坐坐？"武连山对卢忠说，像是邀请更像是询问。走进外屋地，差点没把卢忠给摔到，屋里比外面低了最少一尺半，光线也很暗，半天，卢忠才适应了屋里的光线。这是一个很贫困的家，炕头一个女人在缝衣服，炕梢儿有一大一小俩孩子在玩儿"抓噶拉哈"。炕上没有炕席，只有几块破麻袋片，屋里啥也没有，有的只是尿骚味儿和阴暗潮湿的味道。

"队长，你千万别笑话俺，你看俺这个家穷得叮当三响的。"武连山涨红着脸说道。

"没有，没有。我家也是贫雇农出身。"卢忠真感觉好像到了自己家一样舒坦，他知道，只有这样的贫苦人家才是最基本的群众，才是土地改革的原动力和坚定支持者。

卢忠看都没看就一屁股坐着炕沿上，这水曲柳的炕沿不怎么平，还硌了卢忠屁股一下。武连山把这一切都看在眼里，记在心上了。他感觉这个队长还挺对自己的脾气的呢。

"老武大哥，你家有多少地啊？"卢忠问。

"哪有啥地啊，都是种洪德福家的地，好年头能够年吃年用，遇到不好的年头都不够人家的。"炕头的老武嫂子一旁说。

"唉，我们全家都是从关里家来的，那是民国二十一年，关里老家大旱，我跑出来碰运气，到这儿只好给老洪家扛大活儿，一年到头，还欠老洪家一百元老'绵羊票子'，第二年，把老娘和老婆孩子接来，这会儿租地种，结果一连出了两次劳工，地也没人伺候，全扔了。等好几个月以后回来，老娘饿死了，老婆孩子要饭呢。"武连山说着，却没有一滴眼泪。

这个山东汉子，宁可流血也不会流泪。

"洪德福这个人，怎么样？"

"怎么样？哼！啥屎都拉，就是不拉人屎，啥事儿都干，就是不干人事儿！"武连山不假思索地回答。

"他坏事做绝，当过保长，把日本鬼子领到家里住，是个地地道道的大汉奸，洪德福的大舅哥就是大青山上的胡子头杨老虎！"武连山低低地吼着。

"是吗？这个情况很重要啊。"卢忠说道，马上在本子上记录下来。

"村里有几户地主？"

"他们都能有多少土地？"

"都祸害过老百姓没有？"

"屯子里有没有过去的狗腿子和汉奸呢？"

卢忠的问题接二连三，武连山一一回答着。

整个下午，卢忠都在和武连山在马架子里很融洽地唠嗑儿，也了解到了好多关于洪家围子的情况，有的卢忠还记到了自己的小本子上。

晚上，卢忠和武连山一家一起喝了一碗糊涂粥，吃了大半个苞米面大饼子，放下饭钱，就自己溜达回到粉坊。

屯子里走访的队员还有几个没回来，卢忠在看书和整理自己的记录，大家在等待的时候，都各自擦拭起自己的枪支，一时间，粉坊的屋里安静得很。

月上树梢，陆陆续续，工作队员们都回来了，卢忠告诉大家明天继续接着入户走访，然后卢忠和吴占河布置完岗哨和警卫，就都躺下了。

第四章　老地主的如意算盘

在这个夜晚，屯子西头的曲大祥家，却是不平静的。曲大祥在洪家围子虽然不是首富，比起洪德福差了不老少，但这个如同笑面虎一样的地主，也不是个省油的灯，他虽然没有洪德福那么张狂，那么作恶多端，但也是喝贫雇农的血、吃贫雇农的肉发达起来的。和洪德福不同的是，这个曲大祥是个有城府、有心机、有手段的人。

"孩子！爹老了，这王八犊子一样的日本鬼子没少卡咱家的钱，现在总算垮台了，可是这共产党又来了，还要搞土地改革运动，爹现在是真的没底儿了，我看着这个架势，约莫着咱家这大房子就要被共产党带着这帮穷鬼给挖倒了，今天，共产党工作队进屯子了，你爹我这个心啊，一想起这个事儿啊就直颤巍啊。"曲大祥对刚刚从外面回到家里的女儿莲花说，说罢，他咧开他那大嘴，嘴唇颤抖着，眼泪鼻涕顺着鼻梁流下来。

莲花也曾经是屯子里的积极分子，是个很漂亮的姑娘，一直向往着新生活和新社会。但曲大祥心里，这些日子里逐渐萌生了一个龌龊的想法，那就是让自己的女儿莲花拉拢和腐蚀那些党员和村干部，达到曲大祥一家逃避斗争、保护家产、躲过土地改革运动的罪恶目的。这个老地主为了说服女儿，来充当自己的撒手锏，他使尽了自己的招数。

莲花看到她爹的这个样子，自己也非常明白，一场灾难就要降临了，一股无以言状的酸楚和内心无比痛苦的挣扎一起涌上了莲花的心头，她也一下子趴在炕席上，埋下头双肩抖动着，抽泣着哭了起来。

曲大祥多少年来的狡猾奸诈的思想，剥削阶级的本性，在过去的岁月里，只是尽情地花样繁多地施展到穷苦的贫雇农身上，现在为了能平安地度过眼前这个疾风暴雨般到来的坎儿，保住自己的万贯家财，他倒是要把自己的这些手段最大限度地施展在自己的女儿身上了。这个老家伙看见自己女儿哭泣了，他反而不怎么哭了。坐在炕沿的边上，看着哭泣的莲花，手里的大烟袋啪嗒啪嗒地抽着。

这时候，突然有人敲起门，曲大祥叫道："好像来人了，姑娘，你去开门吧。"莲花起身，拿毛巾擦了擦自己脸上的泪痕，就走出去开大门。

吱呀一声门开了，进来的是杨万生，就是洪家围子的那位农会会长。

这个杨万生也是一个老党员，抗战时期和媳妇两个一起做过佳木斯西边大莱岗交通站的秘密交通员，可是这几个月来，因为杨万生开始迷恋曲家这个漂亮的莲花姑娘，他反倒是突然间和过去从不来往的地主曲大祥走得近了起来。

"老叔在家吗？"杨万生问道。他问的是曲大祥，至于老叔这个称呼，也就是屯亲。

莲花露出白白的牙齿，笑盈盈地说："在家啊。"

杨万生点点头，像怕人看到似的，紧着往屋里走着。莲花在后面插好院门，跟着他走进自己的屋子。

莲花划着火柴，点着一盏小油灯，照得莲花屋里亮堂起来。

洪家围子因为离佳木斯很近，电线早就扯进了屯子，但用电灯的人家实在是不多，以曲大祥的抠门劲儿，愣就是没安电灯。

姑娘家的闺房就是不一样，干净整洁，屋地有个小方桌子，几把椅子，南炕上铺着全新的竹炕席子，炕头的一对包着铁角的柜子上叠着一床大花被子。

杨万生由刚才在街上和刚刚进门时的紧张马上变成了现在的愉悦，他轻松地迈步走进来，很自然地坐在椅子上。说起来也是够怪的，每当杨万生走进莲花的屋里，就如沐春风、浑身舒服。他闹心或者憋屈时，总想来这里坐一会，若有若无的馨香，让他感觉轻松和温暖。

这个时候，老地主曲大祥提着大烟袋，猫着老腰，笑眯眯地走进来，对着杨万生说："来了，万生。"

"我来了，老叔。"杨万生点着头招呼着。

"那几个看小牌的人今天不来了？"曲大祥问。

杨万生回答道："我估计是他们看工作队进咱屯子来了，备不住是不敢上你家来了。"

"那你不怕吗？"曲大祥若有若无地调侃着杨万生。

"我为啥要怕呢。"杨万生违心地充着好汉。

曲大祥笑呵呵地把话拉了回来:"嗯嗯,你是个领导嘛,他们都是小撺掇儿。"

这几个人这些日子都在莲花屋里看小牌,在东北流行了好多年的那种小牌里,《水浒传》里的一百单八将全有,还标注着各种稀奇古怪的图案,闲来无事,倒也是个玩物。最近这几个人经常到曲大祥家来玩小牌。今天其实杨万生也不想来,他也知道土改工作队已经进了洪家围子,在这个关键的时候,自己绝不能再和地主曲大祥家走得太近,今晚,他在曲大祥家附近的这个街口,溜达了半天,可是,就像有吸铁石吸着一样,鬼迷心窍般还是不由自主地来了。

曲大祥这时,小眼睛眨巴着抬起头来,说"莲花,看起来今天咱这小牌也看不成了,我和万生喝几盅!"

莲花看到杨万生并没有拒绝,她赶紧说:"行,我去炒菜。"她走到外屋,在灶台炒了一盘鸡蛋,拌了个凉菜,又热了一壶酒,笑盈盈地放在桌子上,说:"你俩喝吧。"

曲大祥早些日子,看到自己的女儿莲花把杨万生等几个人年轻人叫来他家看小牌,心里十分烦躁不安,有时候还在院子里指桑骂槐地骂几句呢。可是现在,他已经彻底习惯了,尤其是"土改"要开始了的这个时候,他就甚至有点热烈欢迎了。因为只有这样,他才能通过这些年轻人和干部知道屯子里的大事。有时曲大祥和杨万生他们几个村里有点小差事儿的一起唠嗑儿,还偶尔给出出主意。有时主意还被杨万生采纳,这就等于他曲大祥一只手已经插入了这个屯子的"政权"里面了。就像今天这个夜晚,他没从杨万生的嘴里得到土地改革和工作队的情况,怎么能让杨万生轻易地走出自己的家门呢?

曲大祥拿起筷子,指点着菜,对杨万生说:"万生,来,就着菜,咱爷俩儿喝点!"

杨万生在家里看到媳妇那一脸的不愿意,晚上也没有怎么吃下去饭,此刻一见菜和酒,来劲儿了,举起酒杯就喝了一大口,这酒很有劲儿,约莫得是烧锅的头溜子,一下肚儿,酒的热力顷刻间流遍全身。此时,杨万生就忘记自己姓啥了,也忘记自己是个共产党员,更忘记了自己是洪家围子的农会会长了。

他摇晃着脑袋,说道:"叔,这酒不错,挺冲,你也喝啊。"

"嗯嗯,这是给你留的,好,我也整一口。"曲大祥也抿了一口,顿时,曲大祥那圆圆的大脸盘子起了红晕。

就这样,两人喝着酒,有一句没一句地唠着闲嗑儿。

莲花看杨万生有些发呆,就悄悄用肩膀顶了他一下,笑着问:"万生,你怎么了,搁这想啥呢?"

杨万生说:"我在想一件大事。"

莲花笑着问:"啥大事啊?"

杨万生注视着莲花笑着的脸,说:"要开始'土改',要斗争了。"

莲花听了,漂亮的脸上顿时就没有了笑容,再没言语,默默地站在一边。

杨万生看曲大祥此刻也没有话语,就从椅子上站起身,有些不悦地说:"我回去了!"就往外走。曲大祥和莲花送出来。天很黑,看不到一个星星,黑沉沉的很压抑。

莲花开了门,对着杨万生说:"你慢走啊。"

杨万生出门,走了几步,又站住了,转身回来。

莲花看到问:"咋了,还有事啊?"

杨万生说:"没啥事。"停了一会,"我们出去谈谈溜达溜达吧。"说着向莲花递了个眼神。

莲花有些犹豫,要是在过去,她索性关上门就回屋睡觉了,可眼下,她不敢要小性子逞强,她知道这个时候自己的地主家庭和地主老爹有太多需要杨万生的地方了,看了曲大祥一眼,却没有在他爹的眼睛里读到准许或者反对的一丝丝反应,莲花索性出门就和杨万生走了。

曲大祥眼看着自己的女儿和杨万生远去,感觉心里很不是滋味,不过他一狠心一咬牙一跺脚,为了自己的大家大业和万贯家财,豁出去了,他头也不回地转身就回屋睡觉去了。

这天晚上,曲大祥躺着自己家的大炕上是辗转反侧不能入睡,最后稀里糊涂睡着了还做了几个噩梦,不是被日本鬼子拿着枪追着,就是有人推倒了自己的房子,再就是梦到自己被绳子缠住了脚。自己无论怎么跑来跑去,也迈不动腿,这一夜下来,曲大祥的小眼睛红红的,没有个正经色儿。

一直睡到中午,曲大祥才起来喝了一碗小米粥,抠了一个咸鸭蛋,之后就又溜达到街上去了,他感觉自己越到如此关键的时刻就越不能在家里装熊眯着,就越要在洪家围子最显眼的人多的地方转悠转悠。

曲大祥慢悠悠地走到屯子中间的南北道，迎面走过来了一个花白头发、花白胡须的矮胖子，这就是洪家围子另一个大地主白老毛儿，白老毛儿也是一个洪家围子的人物，自己家有个一百多垧地。白老毛儿只有五十多岁，却早早地花白了头发，也花白了胡子。敦敦实实的大个子，更显得又黑又胖，大肚子往外凸凸着，走起路来两条腿一哈巴一哈巴的。

白老毛儿看到了曲大祥，忙不迭地拉着曲大祥到没人的地方，问："老曲大哥，怎么样？听说'土改'工作队来了，你知道啥内部消息吗？都是怎么个意思呢？"

曲大祥警惕地看了看四周，闭起嘴摇了摇头，没吱声。

白老毛儿摸摸自己的白胡子，探过身子，看着曲大祥，问："没听杨万生和莲花叨咕这事？"这话一说，曲大祥恶狠狠地瞪了白老毛儿一眼，白老毛儿自知言语有失，忙给曲大祥装了一袋烟，划着火给曲大祥点着了，曲大祥的老脸才缓和一些。

曲大祥慢吞吞地说："这次啊，实在是摸不透啊。共产党的做事原则，你难道还不知道吗？"

白老毛儿这回意识到问题的严重性了，因为在过去的日子里，洪家围子里曲大祥的消息是最灵通的，有些时候洪德福和李永财都自愧不如，何况他白老毛儿呢，现在工作队进了屯子，曲大祥却不知道一点关于"土改"和工作队的口风，看来事要大扯了。白老毛儿急忙说："怎么？这次怎么这样保密啊？"曲大祥说："是啊，这个工作队都是外来的人，像铁桶一样，不太好办啊。"别看曲大祥这个人不叽叽歪歪，不舞刀动枪，但这个老狐狸在不动声色地琢磨着自己的家业，琢磨着共产党和民主政府，尤其是土地改革工作队的一举一动。

白老毛儿知道土地改革工作队一来，心里就烦躁，也不知道自己能落个什么样的结局。这两个老地主唠着嗑，眼看着夕阳在落下，照在大杨树上。

"去他妈的，不管那些了，该着河里死，井里死不了！"白老毛儿低声说道，"走！不管了，咱哥俩去喝口好茶去！"

两个人说着，往村子西北角走去了。

一天，武连山领着乔斌和郭文声去找李东，在大井边儿碰到了他，他正在饮马。这个年轻的人咧着白牙齿含笑跟武连山几个人打着招呼。他穿着那件露了窟窿的破汗衫，穿着露脚丫子的一双布鞋，在井台上打水。乔斌跑上去帮他转动辘轳把儿，武连山介绍他们认识以后说："你们唠唠吧，我还有点事。"说罢，走了。

原来是卢忠告诉武连山要多领着工作队员去和一些基本的贫雇农多认识、多交流，所以今天武连山把工作队员领着来见李东这个苦大仇深的贫雇农。

李东把水桶里的水倒进一个石头盔子里以后，牵着马站在那里，一边抚摸着那匹大白马的剪得整整齐齐的鬃毛，一边跟乔斌和郭文声唠嗑儿。

李东今年才二十六岁，但是看起来很显老。他起小就是一个苦孩子，长到十二岁，没穿过裤子，八岁上，他娘就死了。十三岁，他爹李玉田给洪德福扛大活儿，带了他去当马倌和羊倌。

李东刚刚当马倌和羊倌的时候，有一天，黄昏时分，他正牵着几匹马，赶着一群羊从会龙山下来，远远地看到一只母狼，张着大嘴，向他的羊群扑过来。李东一看，急忙跑到跟前，一面大声喊叫，一面挥舞自己手里的鞭子。母狼没有被李东吓住，它龇着牙，瞪着眼睛，绕着圈子跑，跳跃着，寻找机会就向羊群扑去。羊群慌张地拥挤在一起，畏缩地躲着母狼。李东一个人和母狼干起来了，鞭子打折了，只剩下半截鞭杆，他没有停止和母狼的搏斗，捡起石头狠砸母狼，母狼受伤跑掉了，李东这"和母狼斗狼"的故事在洪家围子就传开了。

有一年，李东的爹因为得了肺痨病，洪德福家怕传染，把爷俩撵出洪家大院去。不多日子老爹就死了，苦了李东啊，这些年，他到外屯捡碗碴子，摘山葡萄叶子，打零工，扛半拉子活儿，度着半饥半饱的生活。等到十八岁，他的肩膀长得宽宽的，挺能下力气，老也不待着。这洪德福倒是好占便宜，又笑呵呵地雇他干活儿，到了年底洪德福就是一分钱不给，这把李东惹急眼了，一声儿不吱，拿起一把四股叉就奔洪德福去了。洪德福一溜烟儿跑进里屋，拿了住在他家的日本宪兵小队长龟田的一把手枪，喀巴喀巴的，子弹上膛，几步蹿出来，用枪指着李东胸口，喝叫道："操你个妈的，你个小瘪犊子，你要敢动我一个手指头，我他妈就毙了你！"

老王八犊子龟田，也手插着裤兜，踱出来，站在一边，瞪着一双金鱼眼，盯着李东。李东站在门边，气得嘴里喘着粗气，老半晌没吱声，没办法，只有忍着。

没过多久，洪德福和老龟田一起合计，就把李东整去给日本鬼子建造虎头要塞去了，好几年李东才自己想法找机会偷着跑回来了，从那以后就再也不给洪德福家扛活儿了，来到了曲大祥家当起了长工。

说到这里，李东对乔斌和郭文声说道："洪德福跟我们老李家是父子两代的血海深仇。"

"那我们开会斗地主，你敢说话吗？"乔斌问。

"怎么不敢，我就不怕他，我看他那个日本鬼子爹还护着他不？！"李东拍着胸脯说。

"不但你自己要敢干，还要多联络联络屯子里的穷哥们儿，人多才能力量大嘛！"郭文声说，"你得多找那些心眼儿实，不会里挑外撅的人，找那些跟这几家地主有深仇大恨的穷哥们儿，一起抱成个团儿，那可就谁也不怕了。"

"嗯，我马上就联络穷哥们儿！"李东站起来说。

"俺这个东家也不是个什么好饼，也就是有一点应人，不管挣多挣少，就是不差工钱。"李东往正屋撇了撇嘴。

经过四五天连续不断地入户走访，晚上，"土改"工作队召开了第一次碰头会，地点还是在二牤子粉坊。

灯光下，十几个队员聚精会神，严肃认真，一点都没有了初到洪家围子的新奇和陌生。

卢忠盘腿坐在北炕上，手里还是习惯性地拿着自己的大烟袋，他咳了两声，说："咱们'土改'工作队来洪家围子已经好几天了，我们都分头走访了群众，今天就是要在一起兜一兜情况，给咱们这个洪家围子这些人都号号脉，为咱们今后的工作全面展开起个好头。"

队员们都掏出了自己的记事本，翻弄了起来。

吴占河看看卢忠，征询地说："队长，我先说吧。"

"行，你先说。"卢忠点着头。

吴占河："这几天我哩哩啦啦地走了二十多户，大多是屯子东头住马架子和地窨子的穷人家。"

"这围子穷的不少，也穷得很厉害，有的真看不下去眼儿啊，一家几口人穿一条裤子，谁出屋、谁下地干活儿谁穿啊。我看着想着，咱这疙瘩这日本鬼子投降都快大半年了，老百姓还这样苦，让人看着真揪心啊！"吴占河眼睛湿润了，其他工作队员和卢忠也都有些伤感。

"听说我们'土改'工作队来了,大家伙儿都很高兴啊,土地就是农民的命根子,没有命根子就活得不安心哪!"吴占河接着说。

　　"大多数农民是没有啥顾虑的,饿死冻死也是死,跟地主阶级斗争大不了也是一条命呗!就是有的贫雇农怕国民党反动派打回来,不敢太往前伸头啊,还是怕变天啊!我走了几天,更感觉这个洪家围子很不简单啊,很复杂,这个屯子很有说道啊。"吴占河越说越激动。他站起身来,手扶着桌子。

　　"首先,我了解到这个屯子有四个大户,也就是四个大地主,最大的是洪德福,还有曲大祥、白老毛儿、李永财。洪德福民怨最大,曲大祥一肚子坏水,李永财说打人就打人,霸道得邪乎,白老毛儿能算到佃户骨头里,这四个家伙没有一个好饼!"吴占河不看本子了。

　　"对对!"

　　"洪家围子就这几个祸害!"

　　"我了解的也是这几个人!"

　　其他同志忍不住应和着,一时间会场嘈杂起来。

　　"别吵吵!同志们,不要急!"卢忠很高兴地看着同志们,挥手制止道。

　　"小吴,据你了解还有哪些情况呢?你接着说。"卢忠对吴占河说。

　　"队长,在走访中,我也发现了一些贫雇农里的积极分子,像北头的赵林,还有南头靠山边的王铁匠,还有放牛的黑老李。这几个都苦大仇深,革命和斗争的态度都很坚决。"通过几天的走访,吴占河逐渐心里没有了浮躁,更多的是对广大贫苦农民的同情和对地主阶级的仇恨和鄙视,他分析问题也有了自己的判断和思考。吴占河从十几岁就进了抗日联军的队伍,虽然他是农民的孩子,但并不是真正地了解和熟悉农村,可是现在这个从没有接触过地方工作的抗联基层指挥员,正在逐渐向一个合格的土地改革工作队员转变。

　　卢忠满意地点点头。

　　"还有什么情况?"

　　"再有就是,感觉村里的群众好像对这个屯子的个别干部好像不托底,有很大的意见,具体的我追问也没问出来。"吴占河边说边坐下来,"我就说这些吧。"

　　"好,那其他同志说说!"卢忠说道。

　　"我来说,我的情况基本相似,但发现这样一个情况,就是介于地主和贫农之间的那一部分人，也就是我们所说的中农和富农，这一部分人现在的情况很特殊，都在观望和看着，他们心里不知道'土改'对于他们这样的成分是啥样的对待法儿。"一个戴眼镜的队员翻着本子说。

"我这情况基本也是这样，老百姓都盼着快点斗倒地主分田地呢。"

"对对。"

"基本这样。"

"我认为洪家围子贫雇农的热情还是很高的，最主要我们还要通过教育和实际行动，让群众彻底地打消顾虑，群众没有了顾虑，就会有使不完的干劲和力量！"工作队员郭文声大声说。

工作队员们你一言我一语，就把这洪家围子的基本情况说了个大概。

"这几天同志们都很辛苦，也掌握了很多重要的情况，下一步我们还是要多找群众谈话，尤其那些中农们，要让他们都知道，中农是我们贫雇农团结的对象，要让他们心里托底，把他们牢牢团结在我们的一边，这样才能形成土地改革运动的最基本力量。"卢忠说道。

卢忠看看吴占河，说："小吴，我们俩的重点就是对这个屯子的村干部进行一次摸底谈话，也算一次考察吧。"

"好的。"吴占河现在对自己的这个老上级是敬佩有加。一起经受过战争的洗礼，这两位优秀的少数民族干部又要一起接受土地改革的风雨磨砺了。

"土改"工作队来到洪家围子，好几天工作下来，让卢忠感触很多，武连山、赵林、王铁匠、黑老李、于静春这些贫雇农，恨不得赶快组织起来，立马就把地主们斗倒，把失去的土地夺回来。有不老少的一些人呢，本来穷得不行不行的，又非常盼望分到土地，但是又害怕国民党卷土重来，杀个回马枪，所以顾虑重重，不敢靠前。

而此时，洪家围子的地主们和坏分子也在忙碌着杀鸡宰羊，大吃大喝，转移财产。看起来这股歪风必须得坚决刹住和严厉打击了。

晚上，卢忠躺在被窝里，其实心里像压上了一块大石头，好像有点喘不过气来。他深深感到土地改革工作的艰难，这"土改"工作队刚刚一进这个村子，各色人等、各种思想都在暗地里开始了活动，工作队必须打主动仗，快速出手，快速应对，才能很好地控制住局面。

卢忠翻过来翻过去睡不着，睡在旁边的警卫员小丁看到队长在火炕上直"翻烙饼"，就问："队长，你睡不着吗？"

"是啊，想起过去的贫雇农的穷日子，想起俺死去的亲人，还有我的瞎老娘，再看看这个洪家围子遭罪受苦的穷乡亲们啊，我怎么能睡着呢？"卢忠说着，眼泪在眼眶里转悠。

"嗯哪，我也是。"小丁说着，自己也哭了起来。

卢忠一看急忙问道："小丁，你哭啥啊？"

小丁抽泣着说："穷人和穷人就是想到一块堆儿了，我也想起自己还没有参加在咱部队时，跟着我妈妈四处去要饭时受的那些大罪啊。"

卢忠趴在被窝里，装上一锅子烟抽着，说："小丁，我们俩都不要再难过了，我们是党组织派到这里来搞土地改革运动的，咱合江省、咱佳木斯、咱桦川这疙瘩按照党中央的政策搞好了，搞成功了，全国各个解放区都要跟着搞起来。再说'土改'让我们贫雇农都有了田地，有房子住，过上了无比幸福的好日子。咱们应该高兴才是啊。"

小丁说："嗯嗯，高兴！唉，队长，等到'土改'结束了，你就回家种地吗？"

卢忠说："不知道啊，我是共产党员，是干部，要服从党的指挥，党叫我干啥我就干啥，党叫我去哪我就去哪，我怎么也不能自作主张啊。"

小丁接着问："队长，像我们这样在队伍上的人，村子里还能给咱分地吗？"

卢忠说："按照合江省委的政策，我们不在村子里也照样能分到地，军人、教员和干部，只要在村上有登记，都能分到一份土地。"

小丁抿嘴乐了，说："那敢情好啊。家里人都有了饭吃，我就放心地革命了，不用总惦记他们了。"

两个人唠着唠着，小丁睡着了，而卢忠听着小丁一起一落的鼾声，却无法入睡。望着粉坊的梁柱，陷入了沉思。

工作队紧锣密鼓地工作着，他们通过入户走访更感觉到贫苦的农民的艰辛，这些面朝黑土、背朝天的农民付出的不仅仅是汗水，有时是血和泪，情绪需要鼓舞，仇恨需要铭记，工作队员被感动着，他们夜以继日，决心一定要完成"土改"任务，真正让"耕者有其田"在洪家围子早日成为响当当的现实。

第五章　选举主席团

　　洪家围子的北门外,太阳从西边斜照在铃铛麦河水面上,水波映出晃眼的光芒。河的两边,长着确青的蒲草,燕子从水面掠过。长脖老等从河沿飞起,向高空翔去,转一个圈又回来,停在河沿。河的南面和西面是宽广的田野。拔节的苞米和高粱发出了宽大的叶子。向日葵黄灿灿的小花盘在成长中转动着撵着阳光。一派和谐的乡村景象。可是洪家围子的每一个人都知道这是一场惊涛骇浪开始之前的平静。

　　每当大圆月亮正挂在榆树的梢头,每当正午的太阳正毒的时候,洪家围子的贫雇农都没有闲着。晚上在月亮地里,白天在背阴地里,在地头垄尾,在园子里,在铃铛麦河的河沿,常常有三五个破衣烂衫的农民,小声唠嗑儿。下晚,屯子的南头跟北头,从好些个小草房的敞着的窗口看去,也看见有三三五五的人们在闲扯,有生人去,就停止说话。这是洪家围子的土地改革工作队组织和带领下的贫雇农积极分子所联络的基本群众小会。穷人们尽情在一起吐苦水,诉冤屈,说道理,打通心,团结紧,酝酿着成立贫雇农主席团的事和对几个大地主的斗争和批判。

　　鸡叫声此起彼伏,此时天已破晓,就像一幕黑纱被人揭开。屯子的清晨,一片宁静。村庄树林笼罩着一团乳白色的轻雾,轻轻地荡漾着。铃铛麦河里的水碧绿碧绿的,幽静地流着。河边的柳树,使劲地伸展着枝条,抽出越来越宽的叶子。天空里的那几颗明亮的星星悄悄隐没了,又红又圆的太阳从地平线上缓缓升起,使天空上的几片云,增加了色彩,变幻成灿烂的云霞。

　　这个晚上,杨万生一夜没睡,前半夜在莲花家里,后半夜在于静春家里,太阳刚刚露头的时候才从路雪峰家出来。这个过去的农会会长,知道了要开会选举贫雇农主席团,连夜铆足了劲儿在暗地里串络事儿呢,对于静春和路雪峰这两个人未置可否的回答和嘴角掠过的微笑,杨万生心里是十五个吊桶打水——七上八下,很是没有底,但他确实也不敢太过分,因为他在于静春和路雪峰的眼睛里看到了自己的丑态和人家对自己这种行为的鄙夷,这使他有了被组织遗弃的感觉。这一夜下来,杨万生熬得焦黄的小脸儿,眼泡都肿起来了,眼角都是眵目糊,跟跟跄跄走回家去。

今天的确是要召开全屯子的贫雇农大会,选举主席团。

那面破锣还是那么响,震动着仲春的晴空,像在宁静的水泡子里扔下一块大石头,激起无数波澜。人们听到锣声,不约而同地抬起头来,向着天空笑着,看着天空的云彩像大海的波涛一样汹涌澎湃。

赵林正端着碗在灶台边蹲着吃饭,听到了这急促的锣声,他使劲听听,脸上有了笑容,他活动活动有些蹲麻了的双腿,把碗往锅台上一蹾,对媳妇喊了句:"孩子他妈,我去开会去了!"几个大步就出了柳条障子围成的小院子。这时,大街上,人们缕缕行行,一边走一边说笑着。

王铁匠正在生着铁匠炉的火,听到了锣声,细听了一下锣声里的喊话内容,就赶紧扔下了木头样子跑出了屋。

"土改"工作队到村以后,这是第二次开大会,和第一次的大会很不同的是,这次来的可都是各家各户顶门户、说了算的当家人。大家互相见了,比过年穿了新衣服还高兴呢。已经八十多岁的杜大爷挂着拐棍儿,眯眯着眼睛,笑着说:"哎呀,耕者有其田,好啊,这是八辈子都遇不到的好事啊!"

这时候,卢忠叫几个战士把粉坊里的大揉面案子抬出来,放到了窗户下。

卢忠两手扶着大面案子,看看在场的人们。看见有十多个人站在角落和柳条障子外面,就招呼说:"那边的同志们,都靠近点吧!"旁边站着的于静春给卢忠使个眼色,小声附耳说:"他们那几个都约莫是中农!"卢忠听完了,故意大声说道:"中农?中农我们也欢迎来参加这个大会啊,无论是贫农、雇农,还是中农,都是农民阶级!"

卢忠这么一说,站在角落和边上的人,大多数聚拢了过来了,有几个反而躲得更远了。

卢忠看到了,笑了笑,也没有言语,他看到村里人来得差不多了,就对路雪峰说:"那就开会吧!"

站在旁边的路雪峰听到卢忠这样说,就大声喊道:"开会了!大家伙别吵吵了!"

院里院外的人群,还是那样叽叽喳喳、吵吵嚷嚷。一张张被晒得黝黑的脸庞,向上扬起来,望着这从没有见过的场面。

好一会儿,才安静下来。

卢忠扬起手,向人们打了个招呼。

他挺起高大的身躯,微微前倾,大声地讲了起来。

"乡亲们,大家已经知道了,我们是县里派来咱们洪家围子的土地改革工作队,今天我们召开咱洪家围子的贫雇农大会。按照党中央的指示,咱们全国解放最早的合江省和佳木斯地区,要实行土地改革,发动和支持贫雇农自己行动起来,把地主阶级多占和霸占的土地夺回来,分给无地和少地的农民。从今个儿开始,全体贫雇农就彻底站立起来了,苦日子再也没有了,贫雇农乡亲们,让我们团结起来,一起和地主阶级作斗争吧!"

人群里开始有了不小的议论声。卢忠又接着说:"土地改革,是要依靠省委、县委和工作队,但也要依靠我们自己屯子的党员干部,更重要的是依靠洪家围子的贫雇农,尤其要注意,要团结中农。中农想当初就支持抗日战争,就和我们抗日联军一起打日本鬼子,现在还要和我们一起打倒蒋介石和国民党反动派,还要和贫雇农一起打倒地主阶级,将来,中农还要和我们一起建设根据地和东北的大后方、大本营呢!"人们听了卢忠的话,都点头:"是这个理儿!"

卢忠大手一挥,举起来向群众招了招手,会场上就像大海退了潮一样,安静下来。

卢忠说:"乡亲们,我们工作队来了也有十几天了,今天才召开这个贫雇农大会,是我们的工作太慢,没有把工作做好啊!我代表中共合江省委和中共桦川县委向广大的贫雇农表示慰问!你们受苦了!"卢忠说完敬了一个标准的军礼。

会场有人喊:"不要紧,你们来得正是时候,一点儿也算不晚!"

卢忠继续说:"按照中共中央指示,启发和开拓农民自己的觉悟,组织和发动农民群众,自觉地行动起来,和地主阶级和封建势力展开决死的斗争,让广大的贫农、雇农、无地和少地的人们真正翻身;我们要分房子、分地、分粮食、分种子、分牲口农具等等,这就会给农村带来翻天覆地的变化,好几千年来,在封建主义、帝国主义、官僚资本主义这三座大山重压下的农民要彻底解放，经济建设和完善农村基层政权这是我们的目标！也一定可以达到！"

听了卢忠的讲话，群众一起鼓起掌来，像春雷滚过古老的三江大地，拍了一阵又一阵，大家跳跃着，欢呼着："共产党万岁！毛主席万岁！"

卢忠望着欢乐的人群，听着震耳的口号声，禁不住热血沸腾，他大声说道："贫雇农同志们，我们东北用了十四年的时间，在共产党、毛主席的领导下，取得了抗日战争的胜利，我们也一定能打败蒋介石，解放全中国。现在我们要彻底地闹翻身，把地分好，把'土改'整好，过去，我们在帝国主义、封建主义、官僚资本主义的压迫下过着牛马不如的生活，他们用苛捐杂税、地租、高利贷剥削我们，刮了我们身上的肉，抽了我们身上的筋，就给我们剩了一副骨头架子……我们苦啊！"说着，卢忠抑制不住的热泪流下来。

这个贫苦的农民的儿子，此刻和洪家围子的贫雇农的心紧紧贴在了一起。

卢忠高举起双手，对着群众，大声喊道："穷哥们儿啊！姐妹儿们！我们的土地被他们夺去了！我们的房屋被他们占去了！我们怎么办！？"

人们齐声呐喊："我们一定要把土地夺回来！夺回我们的房子！夺回我们的家产！要和地主阶级算总账，和大地主们势不两立！"喊声应着四面房屋、树林的回声，由近及远，在天地间轰隆隆地作响。

赵林，昂着通红通红的一张脸，一下子跳到卢忠身旁。向上张着两只大手，喊道："贫雇农兄弟姐妹们，几百辈子了，地主阶级凭着他们有钱有势，狠着命地剥削压迫我们，让我们给他们当牛做马，老牛老马还得吃草呢，可是我们吃不饱，穿不暖，最后落个饿死冻死。大地主洪德福害死了我的老爹，把俺家的房子和土地都给霸占去了，这回，俺一定要夺回来！"赵林喊叫着，泪水像断了线的珠子，落在地上。洪家围子的老少爷们，还真就是第一次看见赵林哭呢。

"打倒吃人肉喝人血的地主阶级！"

"向地主阶级讨还血债！"

"夺回土地！"

"夺回房子！"

"共产党万岁！毛主席万岁！"

口号声又一次响起，震动着万里长空，震动着北满大地，震动着洪家围子的大街小巷。古老的村落在强大的撼动下，苏醒了，贫雇农们要站起来了，地主阶级要垮台了。

这时，卢忠啪地跳上了面案子，说道："乡亲们，同志们！"大家立即安静下来，有的用衣角擦着泪水。"我们贫雇农，祖祖辈辈受苦受难，缺衣少穿；地主阶级不下地不干活儿，却有万贯家财。他们的粮食是哪儿来的？他们的深宅大院是哪来的？我们大家想一想！"

卢忠这样一问，贫雇农一齐呐喊："粮食是我们种出来的！房子是我们盖的！"

卢忠："那我们应该怎么办？"

会场都是举起的攥紧的拳头，人们高呼："夺回来！夺回来！"

洪家围子愤怒了，贫苦的人们愤怒了。

会场上，一会儿欢呼，一会儿鼓掌。

卢忠摆了摆手，说："下边，咱们呢，要选举贫雇农团主席团，来领导咱洪家围子今后的'土改'运动，主席团我们安排有九个人，看看大伙儿有没有意见？"

"没有！"会场上异口同声地赞同。

"那咱们怎么个选举法呢？"卢忠问。

大家伙儿一通呐喊："直接提名吧！谁啥样，秃头上的虱子——明摆着呢！"

"好，那就直接提名，同意的举手，过半数有效！"卢忠说道。

卢忠问："谁先提名？"

这个时候，远处传来一声喊："慢着，我说几句。"大伙儿都回头看，原来是杜大爷，他蹒跚地向会场中心走过来，人们都刷地闪开了一条道。

杜大爷站在中央，胡子颤抖着，大眼睛有力地扫过会场，看着众人说："今天，俺说句话，今天的选举是为了我们自己的土地、房屋，咱老少爷们儿一要选立场坚定的！二要选能给咱贫雇农办大事办好事的，别选那些吃里爬外的二流子！三要选那大公无私的，贪小便宜的不能选！我就这话，没了！"这老爷子说累了，索性就坐在了揉面案子上。

路雪峰举起手，说："我来！我提名赵林、王铁匠、黑老李，还有武连山，张冒烟儿。"

人们一听，一齐举起手，大喊："同意！"村南头以杀猪为生的王一刀，大粗嗓门一吼："俺提名路雪峰、于静春、高二嫂还有孟大眼镜儿！"众人沉默了少许，都举起手来，大喊："同意！"又有人提名几个，但赞成的群众都没有过半数的。

　　戗戗了半天，才有了确切的提名结果。

　　提名选举的结果是：路雪峰、赵林、王铁匠、黑老李、武连山、张冒烟儿、于静春、孟大眼镜儿、老高二嫂当选，选完主席团，会场上顿时轻松了，人们嘻嘻哈哈起来。

　　这个时候，连一个提名都没有的农会原会长杨万生，差点没找个地缝自己钻进去，真是可悲啊，他自己跑了一夜，竟然就是这样的结果，他一想起过去洪家围子的群众对自己的信任，就后悔最近自己这些日子的所作所为，但此刻杨万生就像一个抽惯了大烟的瘾君子，明明知道前面是万丈深渊，却恋恋不舍地不愿意转身回头。他耷拉着脑袋，趁这会场上大伙儿没注意，悄悄离开了会场。

　　卢忠大声说道："下面请主席团成员到前面来，让大伙儿看看！"这个提议引起大家一片掌声。

　　九个贫雇农主席团的成员在粉坊的屋檐下站成了一排，高高低低的，大多数人都很不好意思呢。

　　群众又是一阵欢呼："共产党万岁！毛主席万岁！"

　　大会散了，时间也到了后半晌。

　　吃过饭后，卢忠和吴占河召集贫雇农主席团当选的九个人在粉坊里一起开了个会，一致推举路雪峰为主席团主任，赵林为副主任，并确定了主席团的近期工作任务还是要继续深入广泛地发动群众，做好与地主阶级作斗争的思想准备。

第六章　万里锦绣的天

第二天黎明时分，路雪峰早早就起来了，屋里还不是很亮呢。

路雪峰真的睡不着了。自从昨天他被选上贫雇农主席团主任，他这位 1938 年入党的老党员就感觉自己肩膀上是担子好重啊。是啊，十四年的抗日战争过去了，解放战争又开始了，这会有了土地改革这个挺大个任务，怎么开始？怎么推动？这是他睡不着觉总在想的问题。

他因为穷家底子出身，没上过几天学，但他啥都明白，对于洪家围子的一切一切他心里都很清楚，只不过，多年的战斗经历和斗争经验，使他成熟了，话语虽然不多，也不喜欢说出来，但心里有数，头脑也在不停地思考。

在这一点上，让有些地主和坏人还真是捉摸不透路雪峰这个人，但他在贫雇农心里就是一座山，一个到啥时候都是靠山的山，他也愿意这样像山一样支撑起洪家围子贫雇农的一切。

路雪峰走出自己家的院子，踏着晨雾向粉坊走去。在大井旁边，卢忠正在摇着辘轳把子在打水，路雪峰走过去，帮着卢忠摇起来："老卢啊，起这样早？"卢忠笑着说："洪家围子的选举挺顺利啊，我高兴啊，睡不着了。"路雪峰仰起头，看看天色，昨天夜晚，虽然有一点起风，但今天的天还是蓝蓝的，飘着一小片一小片的白云，阳光照在云朵上，像缎子绣了金边儿。

卢忠和路雪峰把水桶放在了大井的台子上，老哥俩坐在一块破碾盘子上，唠起嗑儿来。

不一会儿的工夫，那万里锦绣的天，彻底亮了。

路雪峰伸展着双臂，舒展着身体和自己兴奋的心，说："哎呀！天真好啊，庄稼到了好时候了！"

"啊！我们老农民就是喜欢这好天啊，种庄稼是大事啊，地是糊弄不得的！我们这次的土地改革也是糊弄不得的，关系着子孙万代的饭碗啊。"卢忠坐在路雪峰身边说道。

路雪峰说："是啊，后面的任务还很艰巨，我们千千万万大意不得啊。"

其实，路雪峰和卢忠以及吴占河都是原来活跃和战斗在桦川一带的抗联五军的老底子，也一起爬冰卧雪、出生入死，洪家围子没有人知道路雪峰是老抗联，屯子里都知道他出去给烧锅当大师傅。因为考虑到各种因素，工作队进到洪家围子时，这三个老战友相约装作原来不曾相识，以便于了解更多更真实的现实情况，按照组织的安排，路雪峰在卢忠和吴占河去远东国际旅的时候，也就是1940年的冬天也回到了洪家围子，这也是下江特委和桦川县委的安排。别小看了佳木斯和三江平原这个地方，抗日战争时期，东北抗日联军共建立了十一个军，有八个军曾经在这里诞生或者战斗过，可以说，三江平原是东北抗日的主战场之一，一点都不过，闻名全国、气壮山河的"八女投江"英雄事迹里的指导员冷云其实就是桦川县悦来镇南门外小学的郑志民老师；还有东北抗日联军三军三支队政治委员赵敬夫同志也是桦川县出现的另一位知名的抗日英雄。

卢忠想起和路雪峰一起度过的艰苦岁月，他拍拍路雪峰的肩膀，不禁慨叹道："你能选上贫雇农主席团主任，给我们工作队打开了很有利的一个开头啊。"

路雪峰眉毛轻挑，对卢忠说："你看看，老卢啊，你不能把一个人的力量估计得太高，离开了群众谁也办不了啥事！"

卢忠笑着说："理是这个理，那也得有个好领头雁啊。"

两个人一人拎着一个水桶，回到了二牤子粉坊，把水倒进大水缸，两个人坐在北炕的炕梢，继续着兴高采烈的谈话。

他们正唠嗑儿呢，于静春从外面跑了进来，这是个胖子，个头不大，能有三十岁左右，于静春是前几年从山东逃荒来的，在老家练就了一身的功夫。

于静春气喘吁吁地对卢忠和路雪峰说："昨天晚上我带民兵巡逻，听见屯子西头的狗叫了半宿，过去看看倒没发现啥，我估计肯定是那些恶霸地主们在偷偷摸摸地转移财产，对抗咱们的土地改革运动！"

卢忠指了指一个小板凳，示意于静春坐下，他意味深长地问："这个是很可能的，昨天成立了贫雇农团，我们的'土改'运动就要深入开展了，地主阶级的狗鼻子灵着呢，越到最后，他们的剥削性越凶狠。小于队长，你认为我们应该怎么办？"

于静春一拍大腿，站起来，说："卢队长，我们就是要硬磕硬地对着干，快点出手对付地主阶级，他们不是要转移吗？那我们马上就抓紧没收，要不然，我们贫雇农团最后不就剩个干爪子了吗？"他一时激动，两个大眼睛瞪得溜圆。

这个小胖子把卢忠逗乐了，他拍拍于静春的肩膀，说："光着急不行啊，我们要看群众发动得怎么样了，群众真正地发动起来了，我们才能够分地、分财产、分房屋，要不然我们就是把一锅好饭整夹生了。"于静春说："从昨天开会和选举，咱这群众发动得也差不多了。"

路雪峰笑了笑，没再争论，他对于静春说："昨天成立了贫雇农团，今天你把各个民兵小组里的全体民兵都审查和整顿一下，由你牵头组建新的基干民兵队，这是我们自己的武装，就是用来保卫'土改'、保卫胜利果实的。"

"嗯！"于静春立正答道。

卢忠又问："洪家围子原来有多少民兵？多少装备？"

"二十一个民兵，有一把撸子、七支三八大盖儿、八枚手榴弹。"于静春答道。

卢忠对路雪峰和于静春说："我跟军区和县里再要一些装备，但具体人员还是需要你们俩认真核查，要清理和净化我们的队伍，绝不能让那些斗争不坚决的、两面三刀、和地主阶级藕断丝连的人混进基干民兵队伍！"

"嗯嗯！"路雪峰和于静春都郑重地点着头。

"放心吧，我这就去安排！"于静春果然是个风风火火的人，说干就干，他转身就走，一阵厚实的脚步声随着于静春的身影消失在院门外。卢忠和路雪峰看着于静春的背影，不约而同地点了点头。

卢忠说："现在开始，一切工作都由贫雇农团做主了，我们就是参谋了。"

路雪峰一听抿着嘴乐了，说："我的老伙计！不要推嘛，贫雇农团刚刚成立，担子多重啊，你可别躲清静儿啊！"

卢忠说："哎呀，我哪有那想法啊？还不是天塌下来一起顶着？"说着两人都哈哈大笑。

这两个曾经让日本鬼子闻风丧胆的抗日英雄，以后又能在一起工作和战斗了，能不高兴吗？

吃过早饭，卢忠走出粉坊，沿着村里的一条南北街向村外走去。走到北村口，向前一望，大道的两旁都是高大的杨树，春天的阳光照着高高的树梢，照着新发的树叶，向东那一望无际的草甸子和其间夹杂的庄稼地，像一块块绿色和黄色的地毯，铺展在大地上。

他回过头望着洪家围子，想到他应该和贫雇农主席团的成员们都见个面，轰轰烈烈的土地改革，核心还应该紧紧依靠贫雇农主席团，只有发挥他们几个的主动性和创造性，才能把土地改革搞好。

不远处，有两个小孩一人背着一捆柴火从树林里走出来，看到卢忠，也知道是粉坊的工作队里的人，就嘻嘻地笑着。

"你们知道黑老李的家吗？"

"黑老李家就在那儿！"一个大一点儿的小孩儿用手一指，村子最后门朝东开的一个柳条编的门。

卢忠踏着大杨树地下一条干硬的小道，来到了柳条门前。院子里是两间小土房，是拉哈辫子扭的房子，围着一圈用烂青砖头子摞起来的围墙。

卢忠伸手一推，柳条门就开了。他走进院子，这时，从土房子里跑出个人，正是黑老李。

黑老李，姓李，岁数不大，长相显老，因为在屯子里数他长得最黑，所以一副牙齿就格外显得白，大手大脚，三十出头了，也没有娶上个老婆，是个跑腿子，因为长得黑，还特别显老，人们把他的姓氏放在了名字的最后，叫他黑老李。

黑老李一看是卢忠，很高兴，露出一排白牙，对卢忠说："卢队长，你来了，进屋里坐！"

院子里靠角落是个柴火垛，窗台下靠着一把铁锹，旁边扔着两个破柳条筐子，再就啥都没有了。

黑老李领着卢忠，猫着腰进了里屋，里屋的屋地比院里的地面低了不少。一个白头发老太太坐在炕上做着针线活儿。黑老李说："妈呀，这是咱屯子'土改'工作队的卢队长！"黑老李他妈一听，忙放下手里的针线，就下了炕，笑着说："卢队长！真是稀客啊，你看，俺这屋子窄吧，快坐下吧！"老太太眉开眼笑，拿起炕笤帚扫扫炕沿，张罗卢忠坐下，就起身去烧水。

卢忠阻止道："大娘，咱们呢都是穷人，天下穷人是一家，说会儿话，唠会儿嗑儿就得了，不用烧水，省点柴火吧。"

黑老李他娘说:"你瞅你说的,你来了还能不让喝点热乎水?"说着出去抱柴火。点着灶火,烧起水来。

卢忠坐在炕沿上,这个小炕有一大块没有炕席,是用一块圆盖帘子垫着呢。

"卢同志,是不是土地改革了就是要分地啊?"老大娘好像突然想起什么事,在外屋地问道。

"是啊,大娘!"卢忠回答。

老太太高兴得合不拢嘴了。

黑老李也十分高兴。他对卢忠大声说道:"日本鬼子在咱这的十多年里,俺可是从来没服过软、拉过稀。现在共产党和民主联军把日本鬼子打跑了,狗日的蒋介石派一帮瘪犊子跑来抢胜利果实,咱们不能惯着他!"

"是啊,我们贫雇农要团结起来,保卫我们的胜利果实!"卢忠也攥紧了拳头。说着话呢,黑老李他娘水已经烧好了,倒了两碗水,放在炕沿上。

"大娘啊,你们一家人就你们娘俩儿啊?"卢忠问。

黑老李的老娘说:"他还有一个姐姐,逢年过节来瞅瞅,平时不怎么来。黑子是独苗啊,也到了说媳妇的岁数了,可就是我家穷说不上媳妇!他爷爷那辈还有个十几亩地,养活一匹黑骡子。有一年大旱,颗粒无收,一家人穿衣吃饭都没有了着落,借了地主家点钱,这下可好了,每年打点儿粮食,还不够还利息的呢,那可是驴打滚儿、利滚利啊,最后没招儿了,黑子他爹卖了地卖了房卖了骡子搬到这屯子了扛活儿呗。"黑老李的娘眼泪流出来,自己扯着衣襟擦着,哽咽着继续说:"可是啊我们黑子他爹心窄,想起自己的地和房子就憋屈,没几年就没了。我自己把孩子拉扯大了,就盼着黑子能娶个媳妇,让俺们老李家不绝户,我也就安心了,就是不知道啥时能看到啊。"

卢忠听到这里,也想起自己的一家人和自己的老母亲,心里产生了强烈的共鸣,不由得鼻子发酸,眼泪夺眶而出:"大娘,天下穷人是一家呀!我们都是一样的受苦人,怪就怪地主阶级剥削压迫我们,吃我们的肉、喝我们的血啊,不让我们好好活啊!"说完自己也泣不成声。

黑老李娘指着黑老李说:"我当着队长的面,可以交个底,虽然黑子是老李家独一个,我现在就把他交给共产党了,斗完了地主,分完了地,跟你们一起打天下去!"

黑老李也红着眼圈,使劲把胳膊一撸,说:"对,先打倒地主,再打倒国民党、蒋介石！"

卢忠说："大娘，您别难过了，咱贫雇农的好日子这就到了，我们是共产党、毛主席派来的工作队呀！就是帮助咱们贫雇农夺回土地闹翻身的啊！"

黑老李娘说："卢队长，我受苦了一辈子，这回真摊上好事了？该着我们穷人翻身了？"

卢忠说："对啊，咱们就是要组织贫雇农团，打倒地主，分地、分房，分财产，彻底消灭剥削阶级！"

说到这里，黑老李的娘露出了笑容，她高声说："那敢情好啊，卢队长，你是按照毛主席的话来帮着咱贫雇农办事的，只要你在前面领着，咱洪家围子的贫雇农就在后头紧跟着！"

说着话，温暖的阳光已经洒满了小屋，窗户纸上亮堂堂的。

卢忠站起身来，对黑老李娘俩说："我得走了，快晌午了。"

黑老李一把拉住卢忠，着急地说："卢队长，你可别走啊，你一说农民翻身做主人，我这浑身都是劲儿，再唠会儿吧，中午就在俺家吃饭。"

说着黑老李和自己的娘忙去抱柴火做饭。

简单的饭菜，很快就做好了。黑老李搬过两个树墩子，说："太窄巴了，也没有个饭桌子，咱就将就着在灶台吃吧！"卢忠拿起筷子，坐在树墩子上，黑老李娘也坐下，说："卢队长，咱穷人家的，好吃赖吃你多担待些！"

卢忠端起碗来，喝了一大口粥，捞起一块萝卜咸菜，大口吃了起来。

贫雇农出身的卢忠越吃越香，直吃得身上热乎乎的，鼻子尖都出汗了，黑老李随手递给卢忠一条布巾，卢忠擦了擦汗。

卢忠吃完了饭，站在小院子里，伸展了一下自己的胳膊和腿。下午的阳光照在杨树趟子里，反射着银白色的温暖的光亮。

卢忠对在收拾碗筷的黑老李的娘说："大娘，吃饱了喝足了俺也该回去了。"说完他把饭费扔在灶台上，就往外面走。

黑老李在后面追了出来，悄悄地对卢忠说："卢队长，你可千万要得注意杨万生这个人。"

卢忠冲着黑老李点点头，向粉坊走去。

曲大祥在洪家围子贫雇农团的选举会后，就更加地郁闷起来，这个杨万生，平时咋咋呼呼地，关键时刻怎么就这样的不行事呢？连个贫雇农主席团都没能进去，这距离曲大祥的期望实在是差太多了：曲大祥的意思是让杨万生不但要进主席团，还要当主任，这样一来，他家面临的灾难就可以平安无事地度过去了。此时，曲大祥感觉自己无论如何还是真的高看了杨万生这小子，这莲花……唉！曲大祥越想越闹心。

响午饭后，曲大祥倚在炕琴上打着盹，莲花走进来说："爹！"曲大祥眼睛都没睁开，"哼"了一鼻子。

"杨万生来了，在我屋里呢。"莲花对曲大祥说。

莲花刚刚见到了两天没着面的杨万生，进了院门以后，莲花问杨万生："听说你没有选进主席团里？"杨万生没吭声，莲花也没有再问下去，她和杨万生一起进到自己的屋里，指着椅子说道："坐下吧。"莲花能体会到杨万生此刻的失意心情，也想尽可能地安慰他。

杨万生坐在熟悉的椅子上，看了看屋里的摆设，感觉似乎有了变动，就问："这屋子好像有旁的人刚刚来过啊！"

莲花忍不住笑了起来，丰满的胸部也跟着在起伏颤抖，她嗔怒地指着杨万生说道："你那是狗鼻子啊？你也不想一想，除了你还能有谁来啊？"

杨万生无比尴尬地笑了。

杨万生早就忘记自己还是个共产党员了，有好几次他也想到自己是有媳妇、有家庭的人，和曲莲花的感情虽然是个好梦但终究是圆不了的，可是他无法摆脱莲花那鬼魅般的吸引，也就自然离不开曲大祥家了。

"哦。"曲大祥起身在炕上坐了起来，莲花看到，就转身往自己的闺房走去。

曲大祥跟着莲花后面进了莲花的屋子。

曲大祥还是先前那样的语调，有些慈祥地低声说："万生，听说你没选上？"

"嗯，没选上。"杨万生怯生生地回答，"不过，老叔你放心，你们一家对我杨万生不错，到了这个关键的时候，你家要是有啥事，我不能不帮忙！"

杨万生赶紧给曲大祥解释着，尽管曲大祥此时并不怎么愿意听他说这些没有用的废话。

这样一来，这个杨万生就已经完全站在了地主阶级一边了。

莲花在旁边站着，不由得也落下泪来，自己掏出个手绢擦着鼻子。

莲花这再一哭，杨万生就更心疼，有些惭愧地对曲大祥说："老叔，确实这些都怪我，是俺没整明白选举这件事，不过请您老人家放心，俺杨万生绝对不会过河拆桥的！"

杨万生都不知道自己怎么向这个老地主表态了，他说："老叔，你和我婶还有莲花、和那个我老兄弟一起，赶紧把家里贵重、值钱的东西收拾一下，抓紧藏起来吧，要是实在不行的话，我来帮着你们家倒腾出去！"杨万生此时还给地主阶级出着主意、想着办法。

曲大祥这个阴险的老地主，眼角往下耷拉着，他看着眼前这个已然在屯子里失了势、落魄了的年轻人，感觉杨万生还不完全是个啥也不是的笨蛋，在目前这个风雨飘摇的形势下，这个落魄的农会会长也许还真有一点用处，尤其是杨万生抓紧转移浮财的建议确实是真心地帮助自己，也很值得一试，就马上装着很可怜的样子，嘴唇和胳膊都衰弱般地颤抖着，对木然站在屋地里的杨万生说："大侄子，你老叔我们一家人都是知恩图报的人，以后俺家可得全靠你了。"

杨万生此刻，左手已经不知不觉就牵住了莲花的手，他感到了从莲花手心那里传递过来的柔软和温度，这更加给了他很大的勇气，他赶紧表态着说："老叔，你老人家尽管放心，我会对得起你们曲家、对得起莲花的！"

曲大祥此时那双不大的金鱼眼，放出了异样的兴奋的光芒，自己心里窃喜着，看来自己出手牢牢拉住这个杨万生，是真正走对了的一步好棋啊。

第七章　特务的哀鸣

晓月低垂，星光初现，天空中的浓雾结成厚厚的云层，在堆积着。

一匹枣红马上骑着一个荷枪实弹的战士，一溜烟儿地跑出了佳木斯东门，沿着江边向东猛跑，然后向南过了铃铛麦河上的小桥，直奔洪家围子而去。

卢忠和吴占河接到了合江省委的紧急通知，让他们立即回到佳木斯，到合江省军区司令部报到。是又有什么重大任务？到底是发生了什么重要情况呢？带着种种的猜测和疑惑，两个人赶紧安排了一下洪家围子工作队的工作，在屯子里找了两匹快马，连夜就往佳木斯市里赶。

不到二十里地的路程，说到就到，省军区门口站岗和执勤的警卫人员，都是他俩带的战士，看到他俩自然特别高兴。但也来不及叙旧攀谈，就有参谋人员引领他们俩到三楼把头的司令员办公室。

省军区司令员李龙正在自己的办公室里来回踱着步子，瘦瘦高高的个子，眼窝深陷着。李龙司令员就是苏联红军佳木斯卫戍司令部副司令员，是东北抗日联军远东国际旅的参谋长，苏军撤回国以后，根据东北局的安排，李龙同志留在了佳木斯，任合江省军区司令员。

此刻，他等待着自己的两个得力干将，来执行一项重要任务。

"报告！"两人到了。

"进来！"李龙大声道。

两个风尘仆仆的人走了进来。

"报告司令员同志，驻桦川县洪家围子'土改'工作队队长卢忠、副队长吴占河奉命报到！"

"哈哈，怎么样，二位，地方上土地改革的工作很复杂吧？"

"来来，坐坐！"司令员李龙让两人坐在沙发上，仔细端详了一下卢忠和吴占河，这俩人都瘦了，黑了，但更加结实了。

卢忠简单地汇报了一下洪家围子的"土改"情况。

李司令员边听着边点头。等卢忠汇报完，司令员站起身来，对卢忠和吴占河说："前一段，你们很是辛苦啊，农村工作和农民问题，尤其是我们面临的土地改革运动是我们党需要认真研究和讨论的重大课题，你们俩要多向广大人民群众学习，在土地改革的伟大实践中锻炼和提高自己啊！"

李司令员给卢忠和吴占河倒了水后，转身坐回了办公桌的后面，脸色凝重起来。

"连夜让你们俩回来，是因为有一个重要的任务，你们知道国民党特务刺杀了我们佳木斯的陈林副市长的事件吧？据我们敌工部门的调查，刺杀陈副市长的国民党特务李长路侥幸逃脱，跑出了佳木斯，一直隐藏在长春城里，我们民主联军的部队现在打进了长春，这个家伙又再一次逃脱，现在有情报显示，这个十恶不赦的杀人凶手已经回到五常老家。我现在命令你们两个在警卫营选一些军政素质过硬的战士去五常，寻找并伺机将李长路抓捕归案！"李龙大手一挥，紧咬着牙关。

卢忠和吴占河几乎同时从沙发上蹦了起来，眼睛瞪得溜圆，他们太痛恨这个暗杀副市长的狗特务了。

"司令员放心，我们保证完成任务！"

李龙拍拍两个人的肩膀，说："好！我相信你们，让你们俩带队去，是因为这个李长路也是个习武之人，你们俩去正好可以针尖对麦芒，来捉住这个穷凶极恶的刺客。你们可以自己在警卫营随意挑选人员，挑选武器装备，再和军区的情报科长研究一下具体情报。松江省的公安部门由咱们合江省公安机关联系，请他们给予协助。"

"嗯嗯！"卢忠和吴占河连连点头。

"那你们去准备吧，我还要和三五九旅的几个领导同志研究合江地区剿匪工作呢。没有工夫了，也就不留你们叙旧了！"李龙笑着说。

"是！"两个人站起身来，敬礼。

第二天凌晨时分，三十多个工人打扮的人登上了去哈尔滨的列车，那是卢忠和吴占河带领的小分队悄无声息地踏上了去五常县的追捕之旅。

下午时分，卢忠一行人悄悄地来到了五常县城，五常隶属于松江省，所以，卢忠把队员们安置在一个小客栈里，然后自己连饭都顾不上吃，就径直朝城东的五常县公安局走去。

公安局的刘局长是个陕北口音的老同志，也是延安来的干部，卢忠掏出了介绍信和自己的枪支护照，看到卢忠配枪的枪支护照上的中苏两国文字，刘局长说："早都听说大名鼎鼎的远东教导旅啊，抗日战争时期，机动灵活，坚持斗争，贡献很大啊。"

"呵呵，我们不都是为了打败日本侵略者嘛。"卢忠表情凝重，只是微微笑了笑。

刘局长马上进入主题，他对卢忠说："我已经接到了松江省公安处的电话，请你谈谈具体的情况吧。"

"刘局长，这次我们来到五常这里，是有重要的抓捕任务。有情报反映，在1946年1月31日暗杀佳木斯市副市长陈林的国民党特务李长路已经在长春解放以后潜回原籍，也就是咱们五常县，我们这次就是来抓捕这个国民党特务的！"接着他把自己的情况，以及李长路暗杀陈林后从牡丹江方向出逃，长春解放，元凶再次出逃，以及抓获的其他在佳木斯隐藏的国民党特务的供词，全都告诉了刘局长。

刘局长边听边记，连连点头，在卢忠说完以后，他走出去取来一本卷宗，从里面取出一张二寸照片，问道："是这个人吧？"卢忠接过来，又和自己从合江省军区拿来的照片比对一看，果然是那个罪大恶极的国民党特务李长路。原来合江省军区和合江省公安处已经给松江省有关部门和五常县发来公函，要求协查，但只知道李长路的家乡是在五常县，其他就不知道了。

"这个人我们也正在查，下一步重点在干部队伍里找，明天我看哪，就去查查县里正在办的三个干部训练班，别整成'灯下黑'了，让特务藏在咱们的眼皮子底下。"刘局长嘱咐卢忠安排好随行人员，注意枪支的保管和伪装，别打草惊蛇，听候他的消息。

第二天下午，刘局长穿着便衣来到了小旅店，告诉了卢忠一个好消息："那个潜伏很深的、罪大恶极的特务李长路找到了。巧的是这家伙在我们县里的干训班学习呢，还是个积极分子呢，这个干部培训班再有几天就结束了。不过这个李长路已经改了名字，不叫李长路，叫王亮了。"

卢忠等人听罢，群情激奋，眼睛圆睁，一时间激动的泪水模糊了双眼。

大家并没有着急行动，而是和刘局长一起认真细致、紧锣密鼓地研究一套稳妥可行的抓捕方案。

五常县的新干部培训班就要结束了，班里发了一份表格，让每个学员如实填写，其中有一栏"是否懂日文，程度如何"。干部训练班的班主任解释说："最近，在哈尔滨的平房地区，原日本鬼子的七三一部队旧址，发现了一大批机要档案，有关敌人使用细菌武器杀害中国人民的罪证材料，我们需要翻译出来，彻底揭露敌人的罪恶行径。我想，这就是组织上让大家填写这一栏的目的。"

表格收上来以后，在"王亮"的表格里，写着"日语会话二等"。于是，这个王亮和其他四位同志就被选出来，在干部训练班结束后，就和松江省公安处的同志一起前往哈尔滨平房地区报到了。

这个时候，国民党特务李长路精神焕发，傲气十足，以这般轻松愉快的方式潜回哈尔滨，是他做梦都也没想到的。自打跑出了佳木斯，到了长春，又跑回了五常，他一刻都没有放松过，现在好了，又巧妙地进入了共产党的核心地带了。这一步实在是非同小可啊，他这个党国的干将和人才，又要在北满地区干上一番大事业了！能立足"东方小巴黎"就等于飞黄腾达的开始，也许若干年后他的肩膀上就是将星闪耀啊，想到这里，就连他自己都佩服起自己来，他做着美梦，靠着座椅迷迷糊糊地睡着了。

五常到平房，只是不远的一段路程。

迷迷糊糊之际，一声汽笛响起，火车已经到了平房火车站，车厢里的人们都收拾自己的东西准备下车。

在站起来走过通道，刚刚走到车门口的一瞬间，李长路这个狡猾的狐狸感觉带有些不对劲：怎么车厢里的人都在平房火车站下车呢？门口的两个人为什么总戴着口罩？先下车的乘客为什么不出站，而是站在车门的周围和附近呢？

一阵突如其来的恐惧顿时涌上心头，就在他犹豫着怎么躲避的时候，站在他身后的卢忠猛地抬起一只大脚，一脚把李长路蹬下了火车车厢，没等李长路落地，也没等李长路反应过来怎么回事呢，他就已经被抓住双手反剪，用手铐铐得紧紧的。

"啊！"李长路发出了一声低沉的哀鸣，他什么都明白了。

卢忠和吴占河，组织一个排的特别行动队，押着李长路，又转乘火车，回到了佳木斯。

知道了刺杀陈林副市长的国民党特务抓住了，整个佳木斯都振奋起来了。不少的人们纷纷来到杏林河畔的烈士墓前献花、烧纸，纪念年轻的副市长和公安局长。李长路，这个潜逃几个月的罪大恶极的国民党特务、暗杀干将，终于落入了人民的手里。天网恢恢，疏而不漏，多行不义必自毙。

卢忠和吴占河一行人出色地完成了任务，得到了合江省委、省政府和省军区的通令表扬。

卢忠和吴占河在佳木斯只是打了个站儿，心里惦记着洪家围子的土地改革，就马不停蹄地回到了洪家围子。

一回到洪家围子，卢忠和吴占河马上找路雪峰碰了一下情况，得知这几天还是在入户走访，这回他们三个人都感觉还是不能操之过急，还是要更广泛、更深入地充分发动群众，才能保证"土改"斗争的效果，才能真正打倒封建地主阶级，实现土地改革的全面胜利。

第二天一早，卢忠和吴占河一起去洪家围子主席团里唯一的一位妇女成员——老高二嫂的家去走访。

两个人捋着南北道，穿过几趟街，走到了屯子的最南头，向西一拐，就看见了三间土坯房子，没有院子，房子前面是几棵大杨树。

卢忠和吴占河站在大杨树下面，向屋里喊道："老高二嫂在家吗？""谁啊，进来吧！"说着屋门打开了，一个四十岁上下的中年妇女走了出来。是个高个子，很消瘦，大脸盘，很端正，头发乌黑，忽闪着一双大眼睛。

"卢队长，吴队长，你们怎么来了！？"这个中农妇女就是老高二嫂，在选举贫雇农主席团的时候她见过卢忠和吴占河，自然认识这两个工作队的领导，但她没想到两位队长能一起来到她家，所以既有惊诧也有高兴。

老高二嫂赶紧地让卢忠和吴占河进来屋子，她用笤帚扫了扫炕席，说："你俩坐，快坐炕上吧！"

卢忠打量着屋子，屋子还算周正，虽然没啥像样的摆设，但非常整洁，屋地里铺的青砖擦得铮亮，屋子的每一个角落都没有一点灰尘，明眼人这一看，就会知道这个家庭的女主人是个勤快、爱干净的妇女。

卢忠被让着坐在炕沿上，他问老高二嫂道："嫂子，你怎么住得这么靠边啊，挺偏啊？"

老高二嫂叹口气说:"别提了,原来俺家也有一座房子在村子里头,当腰的地方,买个柴米油盐酱醋茶啥的,都挺方便的,可是被大财主白老毛儿他爹给换到这里来了,这换房子的事还是我儿子他爷爷那辈子的事呢。"

　　吴占河火气挺盛,"腾"一下站起来,说:"你这么一说,这就是霸占,他就是恶霸地主!"

　　老高二嫂语调起伏着,说:"平白无故谁愿意换啊,那不是欠人家钱吗?孩子他爷爷来到洪家围子,就给白老毛儿他爹扛了一辈子大活儿,风里来雨里去地干活儿,三更半夜喂牲口,白天赶车干活儿。眼瞅这岁数也大了,体格也不行了,可这赶车的活儿也撂不下啊。那年白老毛儿他爹在内蒙古买了一匹生马,费好大劲驯差不多了,赶上秋天去拉庄稼,车到一个大下坡子,马毛了!老头子两只手使劲拉紧缰绳,也没捞住,结果大车一下子翻个了,整个把我老公公扣在车底下了。等大伙儿跑过来把车抬起来,老头儿也没多少气了,我孩子他爹正在地里给李永财割谷子,听说了赶紧蹽过来,老公公已经咽气了。"

　　老高二嫂说着说着,不禁落下泪来。

　　"车翻了,那个马也窝了一下,伤到了,不几天也死了,这下可坏菜了,白老毛儿他爹,那个老头子硬逼着我们赔他家马,好说歹说也不行,他急眼了,还找来了衙门的人来吓唬我们。俺家也是实在没了法子,只好把屯子里的房子给了老地主,顶了账,搬到这屯子边上来了!"老高二嫂心里难受,越说越快,脸通红,泪流满面。

　　吴占河很气愤,他直喘粗气,咬着牙说:"这大地主,乘人之危,真恨人!"

　　老高二嫂不好意思起来,说:"你看看,你们两个同志来俺家,我倒把你们俩整憋屈了。"

　　卢忠接过话:"占河,老高二嫂这件事,说明了地主阶级的剥削和压迫的本质,别看他们现在表面老老实实,不知道在想什么阴谋勾当呢。"

　　吴占河说:"是啊,我们要斗争就要彻底,就要狠一些,把地主阶级彻底消灭,让穷苦的老百姓真正翻身!"

　　"是啊!"卢忠点点头,转过脸问老高二嫂:"你家几口人啊?"

　　老高二嫂:"有一个姑娘,有一个儿子,儿子参加民主联军了,现在好像在四平一带呢,姑娘今天去山上捡柴火去了。"

　　吴占河问:"你家大哥呢?"

老高二嫂听吴占河这样一问，一下子愣住了，老半天才叹了口气说："咳！别提他了。"说着心里一热，眼泪噼里啪啦地落了下来，没法儿再说下去了。

　　原来，老高二嫂的丈夫，叫高成，在抗日战争时期是洪家围子的民兵队长，他是远近闻名的好猎手、神枪手。1939年，日本鬼子在马显忠大桥的交叉道口建起了炮楼，住着个日本小队长佐藤，这小鬼子可坏透了，今天要花姑娘，明天要花姑娘，还时不时出来抢漂亮女人。这可把高成恨死了，有一次他在区中队的民兵大会上说："我洪家围子的高成要是端不了这个炮楼，整不死这小鬼子佐藤，我他妈不是人揍的！"有一天晚上，高成扮成了年轻姑娘，由一个假扮汉奸的民兵领着，高成在大棉袄里藏了手榴弹和匣子枪，走到吊桥前面，"汉奸"大喊："皇军，放下吊桥啊，我来送花姑娘来了！"鬼子马上就放下了吊桥。假汉奸和高成扮成的"花姑娘"一起上了炮楼。佐藤一看见姑娘，乐屁了，小眼睛眯眯着。没等他动手，高成的枪响了，两个人一顿手榴弹，一顿"匣子枪"，把个佐藤和十几个日军和七八个伪军都打死了，炮楼也炸个稀里哗啦。日本鬼子为了报复，多次来洪家围子扫荡，都没捞到什么好处，鬼子今天找高成，明天找高成，可就是找不到高成。自此以后，洪家围子就成了抗日先进了，高成也就自然而然成为三江平原地区的传奇人物和老百姓心目里的大英雄了。

　　高成后来在东北抗日联军最艰难的时候，毅然决然地上山当了抗联。他在东北抗日联军第四军里当连长，转战密山、虎林一带，在密山大青沟和日本鬼子吉野联队的遭遇战中被敌人的迫击炮弹打中了，抬回抗联在山里的密营后，没能抢救过来，牺牲了，现在安葬在密山南山的老林子里。

　　老高二嫂说到这里，泪水再也止不住了，卢忠和吴占河也心如刀绞。在十四年的东北抗日战争里，黑土地上，有无数的抗日英雄出现，也有无数的烈士壮烈牺牲，战争的胜利来之不易，就更要倍加珍惜，一定要不遗余力地搞好土地改革，只有这样才是对抗日英烈的真正纪念和缅怀。

　　老高二嫂擦了擦眼泪，马上就换了笑脸，她接着说："打小日本嘛，死个人也不算啥，谁还拿生死当回事啊。自从高成死了以后，我可就真急眼了，我就当了洪家围子妇救会和妇女班长。1944年也是开春，有一次，我到佳木斯城里送情报，几个鬼子盯上我了，我假装没看到，到城外树林子里，几个鬼子围过来，耍起坏心眼儿，想占我的便宜，让我两个手榴弹撒过去，就全给炸死了，我背着几把枪，抱着一包袱皮的子弹，黑灯瞎火地跑回洪家围子。这事越传越邪乎，从那以后啊，咱屯子这几个大地主洪德福、曲大祥、白老毛儿、李永财一看到我，腿都打战，都不敢用正眼看我，我干点儿啥，他们屁都不敢放一个！"说着，老高二嫂咯咯地笑起来。

卢忠看这老高二嫂，心里很敬佩，怪不得贫雇农都乐意选她呢，老高二嫂的丈夫高成无疑是一位英雄，老高二嫂她也是英雄，而且还非常具有革命的乐观主义精神，有了这样坚强、勇敢、不怕牺牲的贫雇农主席团成员去带领广大贫雇农，我们洪家围子的"土改"工作还怕啥呢？

吴占河对老高二嫂说："嫂子，现在好了，我们搞土地改革了，就是要打倒地主阶级，消灭封建剥削，要家家有地种，有房子住。"

老高二嫂说："要想做好土地改革，有个问题得先解决，要不解决这个啊，这地主阶级恐怕是打不倒。这事儿啊，那就是要纯洁我们屯子的干部队伍，有些人和地主纠缠不清，看见了狗地主就像看到亲爹，有的还和地主的姑娘搞破鞋，有的人一肚子死心眼儿，这哪能行啊？"

"路雪峰和于静春这都是好干部啊，尤其路大个子路雪峰那是有功劳的，洪家围子如果没有路雪峰，早就让地主那伙子人给整垮了！要是咱们搞'土改'，坚决打倒地主阶级，只要是他路雪峰牵头领着，我们妇女不落后，在后面一步不落地坚决跟着！"老高二嫂说。

说着话，就到了响午时分了，太阳照在屋子前的杨树上，影子打在土房子的墙上。

卢忠和吴占河告别了老高二嫂，往粉坊方向走去。

卢忠和吴占河走了以后，老高二嫂坐在屋子前的一个小板凳上，望着晴朗的天空，一片湛蓝，没有一丝云彩。可是在她的心里却风云激荡起来，因为她已经隐隐地感觉到了，一场史无前例的巨大的风暴就要来了。

卢忠和吴占河回到了粉坊。卢忠坐在北炕的炕梢那里，整理了一下自己走访的记录，刚刚翻开本子，一眼就看见了自己用红色的铅笔标注的那一天贫雇农主席团选举会上记录的选举结果。

要搞好土地改革运动，就要摒弃一切由"土改"工作队包办代替的工作方法，要让贫雇农自己去发动、认识和组织起来，那么前提就是必须选出一个坚强的有战斗力的贫雇农团作为贫雇农在土地改革运动中的领头雁，所以贫雇农主席团的人员必须个保个是立场坚定、敢于斗争的、贫雇农信任的自己人。卢忠看着这九个人的名单，陷入了深深的思索。

这个时候，大个子路雪峰走了进来，看到卢忠和吴占河在揉面案子一边一个坐着，一个在想事儿，一个在写字，就开玩笑地对卢忠和吴占河说："哎呀，两位队长这是在学习啊？俺进来没打扰你们吧？"

卢忠和吴占河都笑了，抬起头招呼着路雪峰："欢迎你来打扰啊，老路，快坐！"

卢忠和路雪峰两个人呢，都坐在北炕沿上，都点着了大烟袋，吧嗒吧嗒地开始鼓起烟雾来了，呛得吴占河急忙往南炕里一出溜，躲得好远。路雪峰和卢忠哈哈大笑着。

卢忠突然好像想起了什么，他问路雪峰："老路，我正要找你呢。有个情况我得问问你呢。"

"啥事啊？我这不是来了嘛。"路雪峰笑着回答。

"关于这贫雇农团主席团的这九个人，你都满意吗？你都了解吗？"卢忠把手里的本子举了举。

"我当然满意啊，一个屯子住着，我也全了解啊，都是屯子里百分之百的贫雇农！"路雪峰习惯地拍着大腿。

"这个人呢？听说他是从长春回来的，书还没少读啊。那怎么不在长春城里面待着却回到咱这个洪家围子来了呢？"卢忠说着，把本子递给路雪峰，让他看自己打了个大大的问号的一个名字：孟大眼镜儿。

路雪峰笑着说道："你说他啊。更没有问题，我敢打包票啊！孟大眼镜儿虽然有文化、有学问，但他也是个不折不扣的贫雇农，虽然是在长春待过几年，但骨子里还是咱贫雇农，还是一个专为咱贫雇农写写算算的先生。"

"他去长春到底是怎么回事啊？为什么又回来了呢？"吴占河在南炕里大声问道。

路雪峰常常地叹了一口气，慢声说道："这些事啊，要是说起来，话可就长了啊。老孟大哥在洪家围子一开始就是个贫雇农，他有个大爷在长春，是晚清一位贫困潦倒的末代秀才，老两口就是没有儿女，也是过着很穷的日子，老秀才代人写字为生。而咱洪家围子老孟大哥这一股呢？嘿，正好反过来，还就是小子多，拢共哥们兄弟四个，孟大眼镜儿排老三，上一辈人啊就把孟大眼镜儿过给了他大爷，就这样，在1926年的时候，把那时才十六岁的孟大眼镜儿给送到长春他大爷那儿做继子去了,他上的这些学都是在长春那个时候上的,也有是老秀才自己个教的。等到后来,王八犊子一样的日本鬼子炸了张作霖,占领了东北,那个啥也不是的'满洲国'的宣统皇帝把长春改成了新京,要登基坐大殿当傀儡皇帝,那个时候,全中国的人民都齐声反对,孟大眼镜儿的那位秀才老爹,气得胡子直颤巍,就领着长春不少的老百姓啊学生啊上街上游行、示威和抗议,结果是被日本人用机枪给打死了。秀才的老婆本来就是一个病病恹恹的小脚老太太,没过几天也憋屈死了。孟大眼镜儿在长春也无依无靠了,再待着也没有啥意思了,就草草地发送了两个老人,在1933年的秋天领着自己刚娶到家的媳妇往咱洪家围子老家跑,结果在那陶赖昭的火车站,他媳妇被日本鬼子看到了,他们打昏了孟大眼镜儿,把他媳妇整屋里给糟蹋了,孟大眼镜儿的媳妇一股火,就自己个儿趴了火车道了,让火车给轧死了。孟大眼镜儿醒过来,啥都晚了。结果他自己是破衣烂衫、一路要饭跑回的洪家围子啊,你看他戴个眼镜,文质彬彬的,平时不怎么愿意吱声,可他心里的苦一点也不比咱们的少啊!"

"啊,原来是这样啊,没有想到老孟同志还真是苦出身啊,真没少遭罪啊。"卢忠和吴占河感叹道。

吴占河猛地"咣"一拳砸在南炕上,骂道:"咱们穷人在过去那吃人的年头里,就没有一家有过好日子,这次咱进村搞土地改革运动,豁出自己的命,咱也不能让贫雇农再遭罪、受气、丢性命了!"

"是啊,自打剩了半条命回洪家围子来以后啊,老孟就一个人陪着老爹和老妈一起过苦日子,再也不提说媳妇和自己有文化这个茬子了。逢年过节的,全洪家围子的贫雇农家里写个信和对联、福字什么的,都靠孟大眼镜儿了。他参加贫雇农团对我们以后写写算算、记记账目啥的还是能用得着的。"路雪峰已经眼泪在眼圈里直转悠了。

卢忠也眼睛湿润了。他站起来大声地说道:"为了贫雇农过去的悲剧不再重演,再不受压迫和剥削,咱们三个就是死也要死在土地改革运动的最前头!"

"对,我们一起砸碎这旧社会,给穷人一个新天地!"路雪峰和吴占河也站了起来,坚定的目光越过窗棂,看向村后那无垠的玉米地。

第八章　张专员到了

　　大青山的匪首杨老虎，这些日子啊，就像那牛犊子叫街——蒙了，他知道自己什么德行，所以盼星星盼月亮，盼着天上掉下个救星来。你还真别说，倒是真的终于盼来了国民党，只可惜啊，这就是从哈尔滨跑出来的国民党一个所谓的三江省特派专员和一个随从。

　　自打去年上山以后，这杨老虎就没有刮过胡子，他也没有那个心思，这让他那一脸又黑又密的络腮胡须更加浓密和粗壮，也让那张本来就不小的脸显得更大了。

　　杨老虎就是典型的投机主义者，无论在屯子里种地养猪还是后来暴动抗日，乃至于后来的变节投敌当汉奸，这小子都没一门心思地正儿八经干过，他的眼里只有金钱、女人和自己的地位。杨老虎他打心里也没瞧得起国民党这些人，十四年东北抗日的时候，国民党把东北军几十万人马调到关里。有的国民党部队暗地里还和日本人勾搭连环的，现在日本鬼子投降了，日子太平了，国民党又跑出来装正宗、占地盘了，还想他妈幻想收编我的部队？天底下哪有这样的便宜事啊？

　　这个国民党的三江省特派专员叫张红升，年纪能有五十岁左右，刀条儿脸，个儿不高，像个小瘦猴子一样，戴着金丝眼镜，说话咬文嚼字。杨老虎一看这小子就不怎么地道，更不像是啥英雄好汉，其实杨老虎挺烦这样的人。不过杨老虎也明白，眼下他是姥姥不亲舅舅不爱的土匪，现在上天无路、入地无门，怎么地也得有个靠山，有个名头儿啊，所以也就对这个专员礼遇有加、待为上宾了。

　　这个专员似乎也抓住了杨老虎的软肋，知道杨老虎前前后后杀了不少的共产党人，想走回头路已经根本就没有可能了，加之这位专员大人善于忽悠和吹捧，这一套言语下来就把杨老虎给整得不知道东南西北了，陡然间，杨老虎感觉自己又走对了一步棋，走活了一方宏伟的"事业"了。

在给这个国民党的三江省特派专员接风的酒宴上，瘦猴子专员煞有介事、像模像样地拿出个委任状，宣读起来："兹委任杨明贵为国民党东北先遣军中将军长，隶属于第五集团军，此令，国民政府东北行辕！"

接过委任状的杨老虎咧着大嘴，大鼻子头泛着红光，这个高兴啊，这小子骨子里那种"有奶就是娘"的信条现在是彻底地暴露无遗。杨老虎为了庆祝自己晋升中将了，让手下一帮匪徒下山抢了几头牛羊和猪，打死打伤好几个无辜的老百姓，还抢回来好几个女人供几个匪首淫乐，又欠下了合江人民一笔血债。

昏天暗地地大吃大喝几天以后，瘦猴子国民党专员随即就和杨老虎提出建议，说是赶紧出兵去占领牡丹江。据潜伏的特务提供的情报，说牡丹江的共产党军队去东宁县剿匪，致使城内空虚，现在就是一座空城，城内目前还有大量的日伪军的军火弹药和物资辎重仓库，并且守卫部队只有共产党的民主联军一伙小部队。

杨老虎一听这个消息，馋得心里直痒痒，有那么多的洋落儿可以捡，自然让他这个伸惯了狗爪子的土匪动心了。可是他又怕中了民主联军的埋伏，他眼珠子一转计上心来，说："专员，我看还是劳烦您的大驾，请您带队去牡丹江一趟吧，让我们也看看您智勇双全的指挥才能啊！"

杨老虎的嘴是这么说，心里却另有打算，这个专员要是这一仗胜利了，嘿嘿，自己得洋落儿，要是这个专员完犊子一个，把自己的队伍带散花了，那就收拾他！国民党算啥？是骡子是马，得拉出来遛遛！

这个国民党的张眼镜专员也认为这是一个给自己扬名立万的好机会，此一战，如果自己旗开得胜，那可以威信大增，可以更好地拉拢和控制好杨老虎的队伍，自然满口答应了。

于是，几十辆大马车，拉着几百号匪徒就奔牡丹江去了。

结果刚刚走到林口，就被东北民主联军给包饺子了，战斗刚刚打了不一会儿，这个废物专员根本就不懂得行军打仗，扔下了那些小喽啰就跑回来了，结果，杨老虎一伙匪徒死了百十来个，其他的都溃不成军，分好几拨跑回了大青山，这个张专员这回丑媳妇不敢见公婆了，在山下的一个屯子里眯起来了，没敢再回山上来，怎奈是胳膊拗不过大腿，最后还是让杨老虎派人硬给整上了大青山。

"你他妈什么专员？我看你就是个笨蛋，简直就是一个蠢猪！啥也没捞着，还他妈损失一百多弟兄！"杨老虎一见面就不由分说地骂起来。

"杨军长不要生气，胜败乃兵家常事，一次两次失败很正常，有啥啊？"这个专员小眼珠子眨巴着还不服气地犟咕着，手里的烟卷还冒着青烟呢。

"去你妈的，我看你这瘦猴子就是来抢我的山头，拉我的队伍的！"杨老虎更生气了，他看到瘦猴子专员那牛哄哄的样子就气不打一处来。

这个张专员更不示弱，他感觉自己是个混迹官场多年的老牌国民党，对付这些鱼鳖虾蟹一样的土匪自然是不在话下。于是，这小子腰一掐，头一扬，小脖子一梗，指手画脚地说道："杨军长少安毋躁！杨军长的部队早就已经在总裁和党国的领导下，要服从党国东北的剿共大局嘛，咱们要精诚团结啊，这样才能成就大业！"

"什么？"杨老虎一听火冒三丈，他的手下更是怒不可遏，杨老虎忽地站起来，指着专员的鼻子："我告诉你，你别拿着鸡毛当令箭，我杨老虎的队伍就是不服你的管辖！什么他妈的专员，狗屁！"

"来人啊！给我把这小子捆起来！"杨老虎越想越生气，对着众匪徒大吼道。

众匪徒呼啦上来，扭胳膊的扭胳膊，按脑袋的按脑袋，缴枪的缴枪，一窝蜂把这个专员五花大绑捆了个结结实实。

"杨老虎，你他妈反了，你这样狂妄，你眼里还有党国吗？"此刻这个国民党的专员本该求饶，但他还在装特派专员的派头。

"妈的，什么他妈狗屁党国，我他妈毙了你！"杨老虎急眼了，抄起手枪对着这个眼镜专员的脑袋就是两枪，这个国民党的张专员一声都没哼就死在了杨老虎的脚下。

这工夫，有个匪徒跑进来："报告军长，共产党的部队包围了大青山！"

"什么？"杨老虎故作镇静地说道，"别慌，别慌！"他知道，这是那个狗屁专员把共产党部队引来了，要不不会来得这样快。

"有多少共军啊？"杨老虎问道。

"大哥快想办法吧，共军这次来得是铺天盖地啊，估计得有上万人啊！"众匪徒一时惊愕。

"告诉兄弟们，都给我顶住！"杨老虎一边抽出腰间的两把驳壳枪，一边吩咐道。

杨老虎这边告诉众匪徒继续抵抗，另一边收拾金银财宝，赶紧扯呼了。

就在这个时候，四周都响起了震耳欲聋的枪声，中间还夹杂着炮弹的呼啸和爆炸声，民主联军四个主力团尾随着那个国民党专员的溃败队伍，追到了大青山，进而全面对杨老虎的匪帮进行围歼。巨大而严密的包围圈正在逐渐地收缩着。

卢忠和警卫员小丁一大早就坐着马车进了佳木斯，中共桦川县委要求各个工作队汇报各自村屯的土地改革进展情况和目前存在的主要问题，卢忠自己对洪家围子的情况心里有数，也没来得及准备材料，就直接出发了。

一个多小时的路程，说到就到，他们来到杏林河畔，县里的工作人员把卢忠和小丁领到了合江省政府和桦川县政府两个大楼中间的县委领导居住的一个幽静的小院子。那是一片青砖瓦房，没有牌子也没有岗哨，院子跨度很深，打扫得很干净，进了二道门，院子里静悄悄的，没有一点儿动静，一个挎着两个"快慢机"的警卫战士在院里来回地走动。

卢忠向他说明来意，警卫战士进去报告，卢忠示意小丁在院里等待。

"好的，请卢忠同志进来吧！"屋里一个洪亮的声音说道。

卢忠进了屋子，端详起来，这屋子墙壁雪白，地面更整洁，一尘不染，靠南窗有个办公桌，东墙挂着一幅《合江省地图》，一个四十多岁、头上却有了不少白头发的同志站起来招呼他："进来，卢忠同志！我们还没有来得及见过面，我是新来的桦川县委书记蔡强。"卢忠在握手的时候感觉蔡书记的右手只有两个手指，他很好奇却没好意思问，不过，即使不问，卢忠也知道原因，也看得出蔡书记是个作战部队走出来的经历无数战火洗礼的地方领导。

"卢忠同志啊，我刚刚看了你的资料了，很不简单啊，老党员、老抗联啊。东北抗日联军的同志们都是好样的，那个时候东北的形势很艰苦卓绝啊。你还是神枪手和搏击高手啊，在远东国际旅还因为射击比赛胜过苏军教官。这次抓捕杀害副市长的国民党特务李长路就是你带队去的，我虽然刚刚来到桦川县，可听到省里和县里的好多同志都提到过你啊，说你文武全才，思想作风很过硬，是个多面手啊。所以组织上派你去搞试点啊，多为土地改革运动积累宝贵经验和探索实践规律。"蔡书记说的这些话，让卢忠不好意思起来。

"你本身还是贫雇农出身，我们党少有的赫哲族干部。怎么样，农村工作还习惯吧？你一直在大部队里，涉及农村和农民的土改工作以前没接触过吧？"蔡书记问道。

"报告蔡书记，我从小就生在农村，长在农村，也是长工出身，后来才参加了东北抗日联军。"卢忠站起来回答。

"'土改'工作，别说以前我们没经历过，可以说是闻所未闻啊，这次也是在摸索着干。"卢忠接着说，他不知不觉有点紧张。

蔡书记按着卢忠坐回椅子上，这个时候，卢忠看到蔡书记左手只有两个手指，右手也缺两个手指，心里很钦佩。蔡书记说："我也是农村孩子啊，老家在湖南的山区，我在咱们的部队做了二十几年的部队工作，现在因为蒋介石给咱带来的身体上的残疾，才离开军队到地方工作，好啊，咱两个都是贫雇农，在土地改革的斗争中，让我们一起努力吧！"说着，他走到墙角，在小桌子上的暖水瓶里给卢忠倒了一杯水。

蔡书记把水递给卢忠，又说："土地改革运动是目前我们党、我们县的中心工作，是目前合江地区革命斗争形势发展的需要，是党中央给我们北满和合江根据地的重大任务，我们桦川县是合江省委、省政府确立的土地改革试点县，我们桦川的干部群众要努力工作，为以后更多地方土地改革积累点经验啊！打倒帝国主义、封建主义、官僚资本主义，劳动人民才能彻底翻身抬头，广大农民群众也在迫切要求解决土地问题啊！"蔡书记一面说一面看着卢忠，卢忠点点头，没言语，在本子上记录着。

蔡书记接着说："蒋介石是我们的老冤家了，还差一点要了我的小命啊！"说着，他笑着解开衣服的扣子，露出了胸膛和胳膊上的多处疤痕，又恨恨地说道："在红军时期，我参加了农民暴动，打了多年的仗，跟着毛主席进行了二万五千里长征，蒋介石真是不够交情啊，都是老朋友啊，还给我打了五个眼儿啊，你看看！"

越说越激动的蔡书记，站着说道："这个蒋介石一贯就是说话不算数的，现在又是这样，撕毁了双十协定，偷偷摸摸地往东北增兵，党中央毛主席指示我们要在合江地区先行开展土地改革，发动贫雇农，彻底消灭反动派的社会基础，就是要巩固我们的根据地和战略后方。集中人力、物力、财力支援前线，这是最迫切最主要的任务。我们要打大仗了！要彻底消灭蒋匪军，战争的规模和特点都发生了变化，只有广大农民群众获得了土地，我们才能有强大的工业的基础，才能有巩固的工农联盟。"

蔡书记说到这里，坐了下来。

"事实证明,我们的土地问题解决好,广大农民群众就会坚决地站在我们一边;解决不好,老百姓就会观望和动摇。根据这样的实际情况,我们就必须彻底地消灭地主阶级,消灭封建剥削制度,实现'耕者有其田',彻底地解放农村生产力。这是一个新工作,在摸索阶段,我们多探讨,多深入研究。"蔡书记说着。看得出来,他非常重视土地改革也进行了深入的思考。

蔡书记一面说着一面端详着卢忠。

卢忠自己身上也伤痕累累,那都是日本鬼子给他留下的。但他怎么好意思在蔡书记的面前说出来呢。

蔡书记高兴地从挎包里拿出两本油印的文件,递给卢忠,说:"抗联老同志啊,你是从战场来的,这个是十几年前苏区的两个土地改革的文件,你拿去看看,再结合我们桦川县、佳木斯和合江省的实际,看看怎么去做,我们现在和过去的苏区情况不同了,我们东北民主联军截至目前军队员额已经接近四十万了,我们还是全国最先解放的根据地,但和过去的相同点还有,那就是我们还面临着蒋介石这个老冤家,还有他背后的美帝国主义。"蔡书记讲得很兴奋,两眼炯炯有神,语调铿锵有力。

最后,他说:"目前我们的'土改'运动,有利条件很多,不利因素也不少,需要我们扎下根,弯下腰,把工作做好啊。"说完他笑呵呵地看着卢忠。

卢忠随后把洪家围子的"土改"工作情况,简单汇报了一下,也把目前自己认为需要好好把握的问题兜了出来。蔡书记听了很满意,不时地插上几句话。

临近中午,卢忠离开了蔡书记的办公室,蔡书记留他吃午饭,卢忠说还有一些工作需要处理,就和小丁在省军区司令部食堂吃了午饭后回到警卫营的宿舍休息,因为第二天要召开全县土地改革推进大会,所以,就在佳木斯住下了。

下午,卢忠看了半天蔡书记给他的文件,越看越兴奋,一直看到夜晚,他躺在炕上,还是翻来覆去地睡不着。这两个油印的文件的内容很丰富,和自己在洪家围子开展"土改"时遇到的情况是多么的相似啊!有老的村干部的教育和如何使用的问题,有如何对待中农和富农的问题,也有如何划定阶级成分的问题,也有如何启发、引导、发动群众的问题,他认真地读着,头脑里分析、判断着。

夜深了,卢忠试着努力平静下来,合上眼睛,很久才睡着。

第二天的九点钟,全县的土地改革推进会议准时召开了。

县里的会议用了大半天的时间,听取各个工作队的工作汇报,到最后一个才轮到卢忠的汇报。参加会议的人们听到闻名全省的卢忠要汇报了，都特别安静地听着，会场没有一点声音。卢忠用他习惯的缓慢语速谈着，很详细：怎么进到村里，怎么和村干部对接，怎么访贫问苦；怎么了解基本情况，怎么发动群众，怎么界定阶级成分，怎么确定斗争对象，怎么选举贫雇农主席团和主任，怎么宣传土地政策；广大贫雇农对于土地改革的迫切要求，各个阶层尤其是中农对于土地改革的不同反映，怎么全心全意依靠村屯干部和基本群众，说了老半天。卢忠的汇报不但说了自己的做法，而且说出了自己采取这些做法的原因和现实条件，也对自己即将进行的工作作了介绍和说明，通俗易懂，言简意赅，显示了自己的精细思考。

卢忠的汇报引起了与会同志的极大的兴趣。蔡书记兴致勃勃，高兴得哈哈大笑地说："卢忠同志，你这个抗联老同志，你是既有前一段的实践经验，又有对发现的共性问题的前瞻性思考，我发现你这个老卢的的确确真的不简单啊！"卢忠被蔡书记给夸得不好意思了，他红着脸没有吱声。

蔡书记最后作总结讲话。

他声若洪钟地说："伟大革命事业给了我们新的历史性任务，这次合江省的土地改革是具有重大历史意义的，是用于指导其他解放区下步工作的指导性工作，所以很重要很艰巨。我们桦川县呢，担负着试点工作，要给合江省全省带个头。所以我说我们才是重中之重！在旧社会里，土地制度极不合理，占农村人口不到百分之十的地主、富农，占有百分之七十到八十的土地，残酷地压榨和剥削农民。占农村人口百分之九十以上的雇农、贫农、中农以及其他劳动人民，只占有百分之二十到三十的土地。灾难深重的旧中国农民，匍匐在地主阶级的脚下，吃不饱，穿不暖，这是中华民族贫困落后的重要根源。"话语所及，振聋发聩。

蔡书记讲话时，会场上静得没有一点儿声音。

蔡书记接着说道："同志们，'土改'运动是一场更广泛的阶级斗争，这个阶级斗争是残酷的复杂的，我们所有的共产党员都要坚决地站稳立场，和广大贫雇农站在一起，用党中央、毛主席确立的'土改'政策武装贫雇农群众，把土地改革进行到底！"

会场响起雷鸣般的掌声。

蔡书记又说："关于具体的措施和办法嘛，我也谈一谈。工作队进屯子，先访贫问苦，了解基本情况、阶级情况、干部情况，发动贫雇农，组织贫雇农团领导

'土改'运动，这个做法是比较可行的，在'土改'过程中也要穿插进行整顿党的组织，大量吸收贫雇农参加，更不要歧视村里的老干部，更要帮助犯错误的干部在实际工作中去改正错误。"

蔡书记接着说："那种一进屯子，就开始就张罗着对地主进行斗争的行为，由于对阶级情况和干部情况还不是十分了解，就很容易陷入盲目性，如果再火急火燎地急于分地，就更容易把土改运动彻底地搞乱，这里有我们党员干部的因素，也有群众情绪激动，急于分地、分物的因素，更不排除阶级敌人煽动群众有意破坏土改的因素，应当引起我们的高度重视啊！同志们！"

"关于地主阶级和富农杀鸡宰羊大吃大喝，贱卖土地、贱卖大牲口这个问题，我们必须刹住这股风，绝不能允许阶级敌人用任何手段去负隅顽抗。有些中农也跟着杀鸡宰羊，不参加生产劳动，这就是我们工作队宣传'土改'政策不够彻底，再加上阶级敌人蓄意造谣破坏造成的。这个问题要通过我们工作队耐心细致地做好宣传和解释政策的工作，来打消群众的顾虑。另外，我们最近还要专门下个民主政府的正式条文，对此事明确要求！"

讲到这里，蔡书记停了下来，叫大家休息一会儿。顿时会场里热闹起来，几十个烟袋冒起烟来，整的会场里是香烟缭绕；还有喝水的，大家讨论着各自的体会。

"蔡书记，能不能给我们讲讲全国的形势，我们也好向广大贫雇农宣传一下啊？"卢忠趁机提出了要求。

"好啊！完全可以。"蔡书记欣然同意。

他喝了一口水，慷慨激昂地说道："当前国民党的几百万军队在全国各个战场上都打了败仗，从1945年的10月到现在，国民党军已经被我们消灭了九十个师。国民党再也神气不起来了，蒋介石错误地估计了我们共产党人的战略战术，他张罗着要和我们共产党人争夺东北啊，如今都快到十个月了。事实已经证明，我们党中央毛主席对国民党和蒋介石集团的分析和判断是正确的，蒋介石虽然有美帝国主义的支持，但本质上还是外强中干，他的命运只能是众叛亲离，全军覆灭！"说到这里，蔡书记乐呵呵地说："我们距离全面的胜利只是个时间的问题，同志们，让我们鼓掌庆祝吧！"掌声似潮水般响起，一阵又一阵。

蔡书记的讲话给了卢忠无限的鼓舞。他兴奋地鼓着掌，他要把胜利的消息早点告诉洪家围子的乡亲们和自己的工作队员，让他们高兴高兴。

蔡书记接着又说:"今天我们进行土地改革,把地主、汉奸、卖国贼的土地分给无地少地的农民,是目前中国革命的另一条强大的战线。我在这里再一次强调一次啊,我们此次土地改革运动的指导方针就是:依靠贫雇农,巩固地团结中农,中立富农,消灭地主!"

蔡书记讲完,人们又是频频鼓掌,最后大家都站立起来。

会议开得很成功,由于太晚了,卢忠和小丁也就没有回洪家围子。卢忠走了好几个地方,和警卫营的同志们,以及参加会议没走的几位住宿的同志们聊了大半夜。

第二天,卢忠和小丁起个大早,迎着东方的光亮,徒步回洪家围子。

一路上,两个人并排走在土路上,心里想了很多,卢忠想的是马上要开展的下步"土改"工作,小丁想的是自己远在通河家乡的妈妈。

小丁名叫丁腊月,是腊月出生的,他妈就给他起了这个名字。他是松花江北岸通河县农合镇人。父亲是东北抗日联军夏云杰的第六军的一个营长,也曾经任过北满通河县委副书记。1938年冬,他父亲被伪满通河县警察署捉住,打得快死时也问不出什么口供,日本鬼子把他和别的三百多个抗联同志一起,一个一个装在麻布袋子里,在冰雪封住的松花江上,挖个冰窟窿,把麻袋一个个丢进江里去了。三百多人全部壮烈牺牲。那个时候,丁腊月还只有十二岁。伪满当局捕捉得更紧,他们跟抗联的大部队又失了联络,一家人不得不四散逃亡。

丁腊月十三岁那年,就是跟他妈逃难到西满的第二年,8月的一天,太阳正毒,母子俩在大道上走着,天上起了乌云,雨下得很大,老远望去,雨雾像一块帘子从天到地,带着湿气的大风猛刮着,把那夹着雷轰电闪的雨云飞快地刮了过来。丁腊月的妈一双小脚,跑不快,附近又没有一个躲雨的地方,他们挨浇了。等他们母子连走带爬走到一个地窝棚的时候,两人露肉的衣裳早都湿得往下滴水了,腊月冻得直哆嗦,他妈把他紧抱在怀里,眼泪一滴跟着一滴落下来,落在孩子仰着的脸上。

"妈呀!"十三岁的小腊月懂事地大哭起来。

"儿子!"母亲一边擦眼睛,一边说,"你要能长大成人,可别忘了你爹是怎么死的呀!"

丁腊月十六岁那年,就成了地里的半拉子劳力。他辛辛苦苦挣的每一分钱,一分不花地都交给老妈。

东满解放以后，老太太态度坚决地让腊月参加了民主联军，先是在独立二师，后来就一直在合江省军区警卫营，是一个过硬的警卫战士。开春的时候，省里和县里建立土地改革工作队，丁腊月被卢忠抽调到工作队里来了。

两个人一会儿就出了佳木斯东门，卢忠和小丁沿着铃铛麦河的高低不平的堤坝向东南走去。虽然太阳还没有跃出地平线，但能看出是一个大晴天，东南风顺着河床里的柳条毛子吹过来，远处的烟雾弥漫着清晨的气息，一丛一丛的是树林，一簇一簇的是村屯，卢忠和小丁两个人心情愈发地欢畅起来，大声地说着话，快步前行，不时惊起堤坝和林间的鸟儿飞走。

沿途，青青的麦苗已经吐出嫩绿的叶子，随着风儿摇摆，苞米苗刚刚露头，规规矩矩地出现在垄台子的裂纹里，这一切都让人欢喜，物产丰饶的三江大地，处处生机盎然，在这生机盎然的背后，卢忠感到了责任和光荣，他叫道："小丁，快点儿走吧！"小丁看到队长的表情，立即答道："是！队长！"随后这两个人坚定地大踏步向洪家围子走去。

第九章　山村的夜晚

天蒙蒙亮的时候，洪家围子的地主李永财，猛地在睡梦中惊醒了，他骨碌着两只大眼睛，长长出了一口气，摸摸自己的秃瓢脑袋，把烟叶笸箩拉到枕头边上，拿起大烟袋，伸出大拇指装了一锅烟，把墨玉烟嘴含在嘴里，睁圆猫头鹰的眼睛一样的黄眼珠子骨碌转着，看着房笆抽了一袋又一袋，抽得满屋子烟雾缭绕。一边抽烟，他还一边琢磨着事。

李永财家炕上此刻蹲着一只老狸猫，也和李永财一样被外屋地的胖娘们儿给磨叽醒了，它依偎在李永财的胳膊上使劲蹭着自己的毛，不料想被正在烦心的李永财一巴掌给扒拉一边去了，大狸猫懊恼地喵了几声，走到炕里的一个角落里又打起盹儿来。

他的胖老婆晃荡着大乳房，在灶台前生火做饭呢，嘴里还在嘟囔着："你怎么还不起来呢，这不管要发生啥事，咱这日子还不得接着过啊！"

李永财不高兴了，对着外屋喊道："你个败家娘们儿，你他妈在外屋地磨叽啥呢！"

"你也不叫刘江来帮着我做做饭。"胖娘们儿还磨叽着。

李永财急眼了，大声冲着外屋地喊："你别他妈地又犯懒了，刘江不得下地干活儿啊？没长心的玩意儿！"

外屋地顿时就没有了动静。

自从日本鬼子败了，"满洲国"灭了，共产党、抗联回来了。李永财自己也就渐渐地不得势了，甚至连说话都不敢大声了。可是，直到现在他还是不甘心，前一个多月，这个坏地主自己还偷摸地联系福利屯的匪徒姜大牙，惦记着找一伙人马给自己撑腰呢。李永财自己也成天地在屯子里上下串络，像个没褪净毛的老狗，呲着大牙，随时可能咬人。

白白胖胖的李永财老婆走进屋，怯怯地说："你别琢磨了，快起来吃饭，人家外面都传着土地改革要分地、分钱财，咱哪，也该盘算盘算了，你咋还像个没事儿的人似的呢？"

李永财眉头皱皱着，丧气地说："现在这年头儿，真是没有办法啊！过去那时候，我是要多威风有多威风，可是现如今，我他妈是啥也不是了。"接着，他又冷笑一声，嘟囔着："哼哼……这共产党太厉害啊，咱可斗不了。"嘴上这样说，可他心里还是不服气，老是感觉自己的肚子里有一口气憋着没出来。

李永财老婆也无可奈何地说："我说，快别磨蹭了，你赶紧吃饭吧！这饭哪，还不知道咱家能吃多久呢。"

李永财叹口气，说道："天有不测风云，人有旦夕祸福啊！多少次大风大浪，我都挺过来了，这个土地改革也不知道能不能挺过去啊！"说着，他翻身起来，穿上衣服。这要是往日里，他就会穿上干净的短衣襟小打扮，蹬上新鞋，出去练练腿脚，回来再吃饭。这个李永财会些拳脚，有点儿硬功夫，也没少欺负洪家围子的老百姓。自打小鬼子来了以后，李永财不练了，他知道没有用，反倒给自己找麻烦。日本人投降以后，他又开始练功了，"土改"工作队一进屯子，这家伙那是又像坐上了露底儿的破轿子，成天就像有小猫抓心，烦躁不安，哪儿还有心思练功啊，他现在就是想着怎么对付共产党、对付"土改"工作队。

李永财稀里糊涂地吃完饭，找了一身破衣服，戴了一顶破帽子，似乎穿戴成这个样子就不是地主了。他对着镜子像模像样地端详了一下自己，黝黑的大脸，八字胡子，头发也白了许多，但身形还是那么五大三粗的。窗外，阳光肆意地洒满院子，挂在北墙上的鸟笼，也被阳光罩住，那只伶俐的百灵鸟也感到了温暖，唧唧啾啾地欢叫起来。李永财看看这鸟，叹口气："咳！现在是鸟比人好啊，只要有吃有喝，就能欢实地叫唤几天。人可是不行啊，提心吊胆地活着还他妈地不如不活着！"

他自己家的院子是个大二进院，他走出里屋。走出了二道门，站在青砖台阶上，探出头往外瞄了瞄，家里的长工们都下地了，马棚里没有人，只有一溜骡马在吃草。他磨头就回来了，边走边咬牙，走在里屋的柜子跟前，拉出一个小抽屉，找出几根铁钉，还有一小轱辘铁丝，攥在手里。

他走出来，在草垛里扯了一小捆小叶樟，去外屋地喝了一口水，"噗"的喷在叶子上，用这些湿乎乎的叶子把那几个铁钉和铁丝严实地包住，攥在手心里，走进了马棚。

看见有人进来，马棚里的这几头大牲口顿时兴奋起来，都大张着嘴要草吃。

李永财拍拍其中一头黑色的大辕马，说："咳！你别怪我啊，你知道我是多么稀罕你啊，几年前我花了好几百块大洋从佳木斯中兴马市把你买来，如今，眼瞅着工作组和贫雇农团要分了你了，我心里难受啊！别怪我啊！"说着，就把手里的草捆扔给了大黑马。这大黑马看到最喜欢的小叶樟，就像饿得发昏的人看见了一只熟透的沟帮子烧鸡，几口就吃下去了。

李永财脸上奇奇怪怪的表情让人捉摸不透，伸出手抚摸着大黑辕马的头心，说："这回，你就得好喽！"他好像做完了一件大事，心上一块石头落了地。他出了自己家的大院，左看看，右看看，见大街上没有人，快走几步溜进了小胡同，对着阳光向屯子东头人多的地方走去。

在卢忠去佳木斯汇报工作的时候，吴占河继续组织工作队员走访群众，他们白天走，夜里走，就是想通过多了解、多听、多看，把洪家围子的群众情绪和历史及现实状况摸个底儿朝天。

晚饭后，吴占河在粉坊里待不住，他决定去找贫雇农团主席团的副主任赵林去唠唠。

走到赵林家门口，刚好赵林碾完谷子，在道南的碾盘里走出来，手里拿个扫帚，浑身上下都是谷糠，半截破褂子、裤子、鞋上，眉毛和手的关节上，全是谷糠。这让吴占河有点儿眼生，已经不像选举会上的那个赵林。"老赵哥，你推碾子去了？"吴占河问道。赵林看看自己的身子上下这模样，笑着说："是啊，进屋吧，吴队长。"两个人脚跟脚，进了柳条障子围成的小院。

他俩进来屋子，这个屋子很破，屋里的破纸棚大窟窿小眼子，外屋地的水缸还掉了一块碴儿。地上摊着踩扁的豆秸、烂土豆子还有鸡粪，一股扑鼻的骚腥味很浓烈。北墙角摆了一堆破烂杂碎，是啥吴占河看不太清楚，只看到最上面是一簸箕苞米粒子。

赵林的媳妇不在家，只有一个半大小子领着几个更小的孩子在炕上、地下、屋里、屋外地疯跑着。

吴占河当然不会嫌弃贫苦农家的埋汰，他一屁股坐在炕沿上，就和赵林唠了起来。

唠来唠去，这吴占河没有一点架子，那赵林也是个大实在人，碰到对心思的人，有话就想往出说，有苦就像往出诉。

聊了一会儿，赵林才想起来，自己应该去洗手洗脸、拍打一下身上的灰和糠，于是就笑着去了外屋了。

吴占河看着这屋子就想起自己住的屋子，想起没有参加抗日联军时在自己的家乡时也是这样的凌乱和贫困。

赵林粗略地抹了一把脸，擦擦衣服，就走进了屋里，坐在了吴占河的对面。

"……大片荒地看不到边啊，那时候没有犁杖，也没有牲口，只好人当牲口使唤，我老爹啊，一刻不停地砍树林子、打草，放火烧荒，从太阳出到太阳落。晚上还打着松明照亮。不知干了几年，镐头都整卷刃了，手掌都掉了好几茬茧子，一滴血一滴汗地开了八垧荒地，可真不容易啊！后来，衙门来量地，洪德福他爹领了一个照，却把我们家的地给圈进去了，讲好的是分开，可一劈开就叫他家给劈去三垧多地，俺家就剩了四垧硬绷点地了。到了民国五年，东北军派人来咱们这疙瘩放官荒，说原来的土地照在衙门里已经不好使了，这不，就又让官荒给俺家裹走两垧地，到了'满洲国'，日本关东军宪兵队占莱地，死逼无奈，这又让日本鬼子没收一垧地。最后，只剩下一垧多地，我爹临咽气还告诉我，地是庄稼人的命根子，千万保住这一垧多地啊，所以从那个时候起，再怎么困难，吃多大苦，我也不让这一垧多地出了我的手！"

赵林说着，眼睛湿润了。

"为了这一垧多地，洪德福怎么看我都来气，去年开春，洪德福当屯长，日本人派工，洪德福家出了一个大青马，一派工就派我头上了，让我赶着大青马拉车出工，没有办法啊，那就去呗，我们一出佳木斯西门，就被苏联的飞机撵着一顿轰炸，大车是炸得人仰马翻，日本人和劳工都炸死不老少，洪德福的大青马也给炸死了，俺们几个身体好的又躲又跑，费好大劲才跑出日本人的枪口和老毛子的一顿轰炸，等俺们回到家的时候，鞋都跑丢了，光着脚，累个半死，回来还大病了一场。"

说完，赵林喘着气，眼睛茫然地注视着前方，似乎还在回想着死里逃生的情景。

"能跑回来就算是福天的了。"吴占河点点头，安慰道。

"穷人啥时候都没有个好啊！"赵林抬起头来，"保住了性命了，这还不算完呢，洪德福一看自己家的大青马死了，就非得让我赔啊，还扬言让日本鬼子和警察狗子来收拾我，逼得我实在是没有办法了，只好把最后的那一垧多地给了洪德福，顶了那大青马钱，这不，这下子彻底啥也没有了，溜光了！"

赵林愤愤地说："我看哪，这地主不彻底打倒，不消灭干净，我们穷人是不带有好的时候了啊。"

赵林想起了自己过去的苦日子，被洪德福和李永财两个大地主欺负够呛，那一年交不上租子，洪德福气急败坏地让两个狗腿子打自己的嘴巴子，这让赵林现在回想起来心里还是像刀割一样难受，无以言状的羞辱比身体的疼痛更让这个汉子揪心。

"咱穷人自古都受欺负，没有个出头之日啊，现在好了，毛主席、共产党派'土改'工作队来了，我们八成能出头了。"赵林眼里含着泪水，心里波澜起伏。

吴占河看到这个样子，猛地站起来，握住赵林的大手，说："共产党、毛主席就是让我们来进行土地改革，让穷人翻身的，赵大哥，放心吧，好日子快来了！"

两双大手紧紧地握在一起，两个人的心也紧紧地连在了一起。

"嗯嗯！我赵林这一辈子就跟共产党走，跟工作队走，跟着贫雇农团走了！"赵林忙不迭地说，笑起来他那原本很深的抬头纹这一刻都好像舒展了许多。

洪家围子"土改"工作队的乔斌和郭文声，在一个没有月亮地的晚上，一人背着一杆长枪往村子西头走去。

村里的道儿挺黑，两个人走到李永财家下屋的小角门。乔斌敲了敲门，不一会儿，就听见门推开一个小缝，露出了一线光亮。有个人在黑暗里问道："谁啊？"

郭文声说："是我啊，工作队的郭文声，我和工作队的乔斌来你这里串个门。你是张树林吗？"

张树林就是当选贫雇农团主席团的张冒烟儿，这人烟瘾大，走到哪大烟袋抽到哪，所以都管他叫张冒烟儿。

张冒烟儿在黑暗之下，逐渐看到了乔斌和郭文声的面形，憨声憨气地笑了一下说："啊，是你们俩啊！"就开门让他们进去，随后又把偏门关上，领着两个人往里走。

这个张树林，是个出名的老庄稼把式，在李永财家做长工，是个打头的。

三个人走到和马棚连脊的屋子，推门进去，一铺大炕，炕席破了一大块，炕上摆着几床被子，估计原来的底色是白的，现在也骨碌成黄褐色了。西山有个门，是草料棚子。东山也有个门，那就是马棚子，马棚子里有两个大牲口槽子，槽头上拴着五个大牲口，一个大黑辕马，一个老白马，两头大青骡子，一头大叫驴，牲口在槽头上咯吱咯吱地吃着草。墙上挂着一盏小油灯，灯光昏暗。满屋子的豆腥味和马尿味直打人的鼻子。这些给地主扛活儿的长工们就是这样和牲口住在一起，在过去的年代里，他们认为自己天生就是受苦的命，但现在明白了：明白了剥削与被剥削的关系，明白了压迫与被压迫的关系，明白了只有斗争才能翻身，只有翻身才能当家作主，才能有好的未来。

此时，屋子里的炕上躺着两个人，躺着，双手放在脖子底下，嘴里哼着那传遍大江南北的抗日歌曲《松花江上》："我的家在东北松花江上，那里有森林煤矿，还有那满山遍野的大豆高粱……"这两个人，一个是车把式祝平，一个是李永财家的打杂刘江，这两个人岁数小，又闲来无事，轻声唱着歌，倒是没注意进来了三个人。

郭文声进来一看，打趣地说道："嘿！你们这儿也是不错啊，整得挺乐呵啊！"边说边和乔斌把长枪靠在墙边的炕沿边上。

张冒烟儿用脚踢了踢祝平和刘江两个人的脚，说道："别像掉了牙似的直哼哼了，快点儿起来，你看咱'土改'工作队的郭同志和乔同志来了！"

这两个人一听，马上一骨碌从炕上坐起来。

祝平小眼睛眯眯着，说："光听说'土改'工作队来了，要没收地主的土地分给贫雇农，我们就等着闹翻身呢，可是光听见这辘轳把响，没看到井台子到底在哪儿啊。"祝平的胡子好像有些日子没收拾了，长了老长了。

刘江也说："来！快坐下吧！你们土地改革工作队来了，咱穷哥们儿总算有盼头了。"刘江是个眉清目秀的小伙子，细高挑大个，里里外外透着一股精神劲儿。

因为他长得精神、好看，这李永财的那白白胖胖的老婆总没事来厨房，还没话找话，把个刘江烦够呛。

看到工作队的郭文声和乔斌来了，刘江从炕上一蹿，就站在了屋地上，在一个墙角里拿起一把大扫帚划拉了几下炕席，说："快点儿坐下，歇歇。"

刘江从打记事起，就和他爹来到了李永财的这个院子里做长工。这个马棚虽然经过了几次修缮，但比起李永财其他的屋子低了好多，住着很憋屈，但又能有啥办法啊。

坐下来后，乔斌问："这里说话方便吗？"

这是大地主李永财家的院子，这个李永财家里人不多，但土地不少，养着五个大牲口，雇了远近闻名的祝平当车把式，张冒烟儿也是个老板子出身，更是庄稼地里的一把好手，而刘江呢干活儿也挺地道，啥活都行，有时还到厨房里帮助做饭。

张冒烟儿摆了摆大手，对乔斌和郭文声说："没事，这李永财平时晚上就不怎么出屋，这些日子更是瘪茄子了，整天老脸拉挺长，跟他妈咱棚子里的那个叫驴似的。"

杜平和刘江也说："没事，这老家伙黑天不出来。"

刘江心直口快："我这受地主阶级压迫和剥削了一辈子，现在终于见到亮光了！"

"你小子才多大啊？你啊现在也就算是个生瓜蛋子吧，还一辈子呢。"祝平调侃道。

这时，郭文声从炕上跳了下来，站在屋地里，面对着屋里这四个人，他左手叉腰，右手抽着张冒烟儿递过来的大烟袋，说道："那我问你一句，你为什么受压迫和受剥削啊？"

刘江眨眨眼，说："这我倒没想过，我也想不清楚。"

郭文声接着问："那你为什么从小就扛大活儿啊？"

刘江想都没想就回答说："我一没地，二没房子，我爷爷那辈就扛活儿，我爹也扛活儿，到了我这一辈儿，压根儿就没想过能干别的，还是扛活儿呗，我十六岁就来给李永财扛活儿，不就是因为咱没地没房子嘛。"

郭文声把左胳膊伸直，手掌一翻，说："唉！说得对，有地、有房子谁给人家地主扛大活儿啊？风里来雨里去，穿的是破衣服，吃的是猪狗食，住的是牛马圈，老少三辈子扛大活儿，小刘江啊，你真是个正儿八经的受苦人啊！"

乔斌两只拳头打在一起，说："咱们长工就是穷光蛋！啥也没有，毛主席也知道咱们贫雇农在受苦，派我们工作队来组织贫雇农一起闹翻身，打倒地主阶级，彻底消灭封建，分地、分房、分财产啊！"

刘江听到这里，严肃起来，转而又露了个鬼脸，笑起来，说："照你这么说，咱贫雇农可就有盼头了呗！"

乔斌说："当然是啊！咱要坚决地斗争到底，要有房子有地有饭吃，那才是真翻身咧。"

这个时候，调皮的刘江突然在地上往上蹿了一下，双手举起来，说："老天爷，俺要翻身了！"

郭文声吓了一跳，随即跺起脚来，笑着大声说："你净瞎说，什么老天爷？要依靠共产党！"

刘江听后一愣，马上改口说："对对，是我高兴糊涂了，是要依靠政府，依靠共产党，依靠毛主席！"听他这样一说，张冒烟儿和祝平都笑了。

张冒烟儿说："几辈子了，地主阶级老让我们看不到天，这会儿咱们不但能看到天了，还是个亮瓦晴天呢。"

刘江说："过去老是觉得身上冷森森的，今天见到太阳了，身子一下子暖和起来。"说着，几个人哈哈大笑。转而又各自想起过去那些无数让自己伤心的往事，又都是眼眶里含着泪水。

郭文声拿出了兜里揣着的本和笔，对三个贫雇农说："哥儿几个，到现在了，我们工作队来了，你们别光顾着难受了，说说咱屯里以前的村干部和屯子里的情况吧。"

说到这里，人们可就停住了，不说不笑不言语，自己在心里琢磨起屯子里的这些干部来了。

刘江说："我们成天价光是闷头干活儿，我就知道路雪峰和于静春都挺好的。啊，对了，还有老高二嫂也挺好的一个人，老高二哥高成就是为了我们穷人过上幸福的好日子而去打鬼子牺牲的。"

乔斌问："那别的干部呢？"

张冒烟儿说："我接触多一些，感觉路雪峰、于静春、老高二嫂都是好样的，别看路雪峰瞅着挺蔫巴，但是这个人可是真有内秀啊，心里是透亮实喳的，你看他嘴一瘪嘟着，眼睛干瞪着，那就是想事儿呢，聪明着呢；于静春粗中有细，胆子大，不怕硬。老高二嫂呢，是女中豪杰，像穆桂英。"

乔斌说："其他人呢？"

"路雪峰是这个。"张冒烟儿竖起大拇指，然后又举起小拇指头，说："你敢情那个杨万生？就是这个！"

屋里几个人都没有用语言去说破，因为这两个手指头，已经是把洪家围子的干部问题说得明明白白了。

乔斌和郭文声听到这里也算是得着了个头绪了，已经是深夜了，东屋的几头大牲口都耷拉着脑袋刨着地，打着响鼻。

乔斌站了起来："你们也该睡觉吧，明天还要干活儿呢，我们不耽误你们睡觉了，俺俩就先回去了。"

走到院里，郭文声悄悄问张冒烟儿："咱屯子地主都有谁啊？只是洪德福、曲大祥、李永财和白老毛儿这几个吗？"

张冒烟儿低低地说："是啊，洪家围子也就是这样子。最可恶的就是洪德福和俺们这个老家伙。"说完，他朝里面的二门里努了努嘴。

一边说着一边往外走。马棚里的几头大牲口听见动静，以为来喂草呢，顿时都欢实起来，尤其是那头大叫驴，兴奋的食欲使它抻着长脖子一顿猛烈地叫，这刺耳的驴叫声打破了洪家围子深夜里的宁静。

夜已经深了，满天空也没有几颗星斗，洪家围子在一片黑暗里入睡了。

在屯子的西南角儿，靠会龙山东坡的高处，却有个屋子里闪动着人影和灯火，那这是王铁匠的铁匠炉。走得近一些，就能听到里面传出叮叮当当的打铁声。

睡不着的吴占河，循着这光亮走过去。没注意脚下，在上坡的时候，被一堆路边堆放的苞米秸秆给绊了一下，差一点儿就摔倒了，吴占河只好在黑暗里放慢了脚步，一点一点试探着行进，走近了叮当作响的铁匠炉。

这是一个四面透风的土房子，举架很高，房子正中间的一个烧得红红的大砖炉子，一个挺大的烟筒伸出屋顶，指向黑幽幽的天空。屋子的四面墙都有个大窟窿，没有窗户，连窗户框都没有。炉子的旁边，有个二十多岁的年轻小伙子，穿着个破短褂子，大襟掖在腰带里，站在炉子风箱前，来回拉着把手，炉膛里的火也随着风箱的拉动，跳动着火苗，火苗子跳跃着，底下是红色的，顶端就变成蓝色，烤得整个屋子都热乎乎的。

离炉子几米远，东墙上挂着一盏马灯，靠屋子的东南角，在一个大树墩子上是一个大铁砧子，一个四十出头的大汉在打铁，只见他左手拿着大火钳子，夹着一块烧红的铁块，右手举起一个锤子，叮当地击打着，不紧不慢。大汉光着膀子，穿着灯笼裤，古铜色的肌肉在炉火的映衬下，透着光亮，一双浓密的卧蚕眉，方面大耳，这就是王铁匠。

"老王大哥！"吴占河喊着，走在了木头板子钉的门前。

屋里的击打声停了，拉风箱的声音也停了。

"谁啊？"是个小伙子的声音。

"我是'土改'工作队的吴占河！"吴占河说道。

"进来吧，门没挂！"这次的声音厚重，是王铁匠的声音。

话音没落，木板门已经开了，王铁匠迎了出来。

"哎呀，吴同志，这么晚了，你怎么来了？"王铁匠握着吴占河的手说道。

吴占河边进屋边说："老哥，你这么晚不是也在干活儿呢吗？我看到了光亮才过来的啊！"

两个人进屋后，坐在了北墙根一个大长条凳子上，长条凳子中间是一个大铁水壶和两个大黑碗，凳子有一条腿还是接的，用麻绳子绑着。

两个人坐下后，王铁匠的儿子懂事地独自烧火、打铁、淬火。

"老哥，你们总是晚上干活儿吗？"吴占河问。

王铁匠笑了笑，对吴占河说："差不多吧，活儿多了，我们爷俩就熬夜干，不能等到天热了打铁遭罪啊。也就是冬天的时候，天头太冷，才把铁活儿攒在一起，为的是防止总生炉火，也费烧的，那样就可以白天干。"

"老王哥，你家就靠打铁为生吗？"吴占河问道。

王铁匠说："别的也不会啊，没有地，没有牲口，就从关里带着打铁的手艺来闯东北，一家老小全指着打铁养活呢！"他说着拿起一块青色的布巾，擦拭着脸上的汗水。

这时候，王铁匠的儿子，接着烧铁、打铁了，他的击打也很有力。

"王大哥，这次选进了贫雇农主席团，有啥感想啊？"吴占河凝视着王铁匠。

"能有啥感想啊，那是穷乡亲们看得起俺啊，我长到四十多，啥罪都遭过哦，就是没想到共产党、毛主席给了咱老农民一个天下，让咱们说了算！"王铁匠激动了，他那打铁的大手在挥舞着。

王铁匠说："过去俺们穷人哪有啥活路啊！"他又握紧了拳头咬着牙说："我家原来有个大丫头，洪德福看中了，要我和他做亲家，让我大姑娘给他那傻呵呵的儿子当媳妇，我死活不干，我那姑娘还把媒婆给骂跑了，这下可好，彻底结下仇了，1943年的挂锄时节，洪德福和日本鬼子使坏，硬说我们家是抗联，把我们全家都抓到佳木斯，扔小鬼子地牢里去了，在日本宪兵队，拷打了好几天，最后把我和儿子放回来了，可我媳妇和大姑娘却不知道去哪了，乡亲们把我和我儿子抬回来，我们也起不来炕啊找也没法找啊，等到伤要好了，媳妇和姑娘的尸首给送回来了，说是这娘俩私通抗日分子，被抓住后畏罪自杀，这俩人都被折磨得没有人样了，把我和儿子肺子都快气炸了！"王铁匠含着眼泪，大拳头重重地砸在大腿上。

旁边，王铁匠的儿子，那个打铁的小伙子，年轻的面庞揪在一起，也使劲地挥动着锤子，重重地击打着。

王铁匠的浓眉大眼，瞪圆了双眼，瞪着窗外。

吴占河咬紧了牙关，愤愤地说："早晚有一天我们要打倒地主阶级，和这些狗汉奸、狗地主、黑心的家伙算总账！"

"以我的脾气，我当时就要去杀了洪德福为那娘俩报仇，可那个时候我这个小子还小，另外，日本鬼子有一个宪兵小队就住在洪家大院，想了想，还是先忍了，君子报仇，十年不晚，我他妈就不信了，小日本子还能在咱这儿生了根？"王铁匠瞪大了眼睛说道。

"去年日本鬼子投降后，我好几天没睡着觉，我们穷人要看到光亮了，没过几天，说国民党要来接收，他妈个腿的！日本鬼子在咱这横行霸道的时候，国民党在哪避风呢？啊，现在苏联红军帮助抗联打跑了鬼子，这些国民党人模狗样地出来接收来了，真他妈脸大！"王铁匠越说越来气，重重地吐了一口唾沫。

"现在好了，共产党占了天下，老抗联的同志们都回来了，我一家的血海深仇也快能报了！"王铁匠眼睛瞪得圆圆的，眼球上布满了红血丝。

吴占河拍了拍王铁匠那厚重的肩膀，说："哪一个穷人和地主、汉奸、日本鬼子没有仇恨呢？我们'土改'工作队来到洪家围子就是帮助贫雇农翻身，报仇、分田地、分房子和财产的，选出主席团，也是为了咱们穷人自己当家做主！老哥啊，你们几个就是洪家围子'土改'的定盘星啊！"

王铁匠一下子站起来，长条凳子往起一翘，差一点儿把坐在凳子另一头的吴占江给整得摔坐在地下，王铁匠赶紧扶了吴占河一下，说："你看，说着说着给忘记了。我呀，不但要报自己家的仇，也要和大伙儿一起报大家伙儿的仇！报国家的仇！"王铁匠握住吴占河的胳膊，坚定地说道。

吴占河也激动起来："那就对了，让我们一起，和地主阶级战斗吧！迎接我们自己的好日子！"

"嗯嗯，妥了！"王铁匠高兴了。

吴占河走过去，对王铁匠的儿子说："小伙子，去，烧火去，我和你爹来打铁！"王铁匠的儿子高兴地答应着。说话间，吴占河摘下身上的短枪，放在长条凳子上，挽起了袖子，在砧子底下捡起一把锤子。

王铁匠从儿子手中接过火钳子，右手抡起大锤，和吴占河一替一下，打起铁来，王铁匠的儿子嘴角微微笑着，杠子一般的手臂使劲拉动着风箱，炉火蹿着高地燃烧着。

"吴同志，我说你这打铁的本事不孬啊。"王铁匠夸奖道。

吴占河说："你不知道啊，俺是赫哲族人，我们赫哲族人原本就是以渔猎为生，什么铁器都是自己打的，什么鱼叉啊，猎刀啊，打猎的激达扎枪，不都得自己打嘛，我参加抗日联军以前就打过铁啊！"

"怪不得呢，下锤准，力道也对啊，共产党是能耐啊，队伍里啥手艺人都有啊！"王铁匠夸奖道。

"哈哈，我们共产党就是要团结一切力量，共同向我们的幸福生活前进！"吴占河喊道。

"我们就是要砸碎这旧社会的一切！砸出我们穷哥们儿自己的一个天地！"又是一顿猛砸。

"对！砸！"王铁匠应和着。

夜更深了，可铁匠炉里的击打声却越发有力，这击打声像一面面战鼓在擂响，震动和激荡着洪家围子混沌阴沉的黑夜。

第十章 暴风雨来了

卢忠从佳木斯回到洪家围子，立即召开了会议，全体工作队员和洪家围子的原有老村屯干部和贫雇农团主席团成员都来到粉坊子参加会议。

卢忠坐在炕上，看了看参加的人员，说："这几天我去佳木斯开会了，咱们桦川县委专门开了几天的土地改革运动的会议，我们桦川县委的蔡书记参加了会议，关于各个地方的土地改革的进展情况，各个工作队的队长都作了汇报，也提出一些遇到的新问题、新情况，并且进行了热烈的讨论。最后，县委蔡书记也作了重要讲话。"卢忠不紧不慢地说着。

卢忠因为文化程度并不高，会议记录记得不全面，但凭着很强的记忆力和刻骨铭心的感同身受，也做到了原原本本地向开会的同志们传达了蔡书记讲话的全部精神和具体指示，特别是关于土地改革的相关问题，他说得很详细、很透彻，且通俗易懂，让同志们都听明白了。

"尤其是各个村屯怎么对待中农和富农，对于怎么发动群众，蔡书记都给我们讲明白了，我也向大家原原本本地传达和讲解了，成为指导我们今后开展土地改革工作的重要依据。"卢忠环视了一下粉坊里坐着的几十个人，大家听得很认真，也在埋头记录着。

卢忠严肃地对大家说："关于地主和富农杀鸡宰羊成风，上级马上就会下发禁止的布告，凡是地主富农乘机宰杀家禽家畜、制造混乱的，一律按破坏'土改'论处。"众人频频点头称好。

卢忠接下来又神采飞扬地传达了一下在全国各个战场我军取得的辉煌战绩，尤其是东北民主联军的迅速发展和壮大，引来了开会的同志们一阵热烈的掌声，工作队员和洪家围子的贫雇农们打心眼儿里为民主联军的胜利感到高兴。

卢忠站起来，说："同志们，全国各个战场形势喜人啊，我们的任务也更加艰巨，只有我们在这里把土地改革搞好了，才能有力地支援前线的民主联军，咱们桦川县是合江省的土地改革试点，我们就是要闯出一条新路子，为东北和全国的其他解放区土地改革积累经验。这就要求我们不能松劲儿，要一鼓作气，不彻底消灭地主阶级绝不收兵！不取得全面胜利绝不收兵！"

卢忠更加严肃起来，他强调着说："所以要求我们要保持高昂的斗志，一鼓作气，乘胜前进！当前，我们要注意三个问题，一是对中农的走访和了解洪家围子的全面情况也要抓紧进行，要进一步团结咱屯子的那些中农，形成土地改革的合力；二是加强我们屯子基干民兵队伍的建设，我这次去县里开会已经和县大队联系好了，要了不少武器装备，得抓紧把这些武器装备取回来，我们就是要通过纯洁我们的民兵队伍，扩大和强化我们自己的武装力量；三是全体工作队员和贫雇农团的同志要提高警惕，时刻保持清醒的头脑，防止地主阶级转移财产和伺机报复贫雇农、反咬我们一口！"

卢忠用手敲击着面案子，说："我说的这三个问题希望大家伙都牢牢地记在心里，时刻不能放松！"

"我们工作队就是要在土地改革运动的实际工作中考察每一位同志，包括我在内，都要在土地改革这个战场上再立新功！"卢忠这句话带来了一阵热烈的掌声。

卢忠参加完县委的会议，尤其是听了蔡书记的讲话后，感觉自己心里有数了，眼界开阔了，言之有物了。他扫视全场，说："我们'土改'工作就是要按照相关的政策办事，这样我们才能做到不跑偏。"他从挎包里拿出那两个油印的文件，举着说："这两个文件我学习了不下十几遍，虽然里面说的是1933年我们党的老苏区，但也能对我们现在的'土改'有很好的指导作用咧！"

卢忠刚刚把两个油印的文件放在长条案子上，吴占河和乔斌离得近，一人一把飞快地抓了一本油印文件，嘴里都嘟囔着："我得先学学。"卢忠看着他俩，不由自主地笑了。

卢忠最后布置着说："最近几天，我们也要马不停蹄地工作，贫雇农和中农以及富农都要走到，我看哪，去地主家看看也可以嘛，是不是，不过别中了地主阶级的糖衣炮弹就行啊，呵呵！"众人哄笑着。

会议结束了，参加会议的人们都陆续离开了二牤子的粉坊。

地主李永财家的厨房里，此刻升腾着呼呼的热气，这个阳奉阴违的老地主这时又使起了坏心眼儿，他让打杂的刘江杀了四只鸡，说是这些日子大家伙干活儿挺累，给大家开开荤、解解馋，实际他心里想什么，明眼人都能知道，他就是宁可自己和长工把鸡都分着吃了也不愿意让贫雇农分了。

刘江正蹲在地上褪鸡毛，因为烫鸡毛的水太烫，刘江就寻思晾一会儿，这工夫，李永财的老婆，扭搭扭搭进了厨房，这个女人又白又胖，大胸脯鼓鼓着，肚子腆腆着，手里攥着一把瓜子，大厚嘴唇子翻翻着，嗑着瓜子。

"刘江啊，干啥呢？"李永财的老婆又是没话找话。

刘江硌硬她，所以没吭声。

胖女人又说："你怎么不搭理俺哪？你是嫌俺长得砢碜吗？"说着拍打了刘江一下。

刘江烦得不行，说："婶儿，我忙着呢，你起开这儿！"

"管谁叫婶呢？俺有那么老吗？"胖女人说着，把一张西瓜一样的大脸凑过来，脸上带着淫邪的媚笑，把刘江恶心得差点吐出来。

刘江看都没细看凑上前来的这张大脸，十分厌恶地说："我告诉你，你再这样，我不做饭了！"

胖女人更来劲儿了，她凑上前去，淫荡地贴近了刘江，那两个大乳房都快贴到刘江的脸了。刘江来了倔脾气，一把推开了胖女人，站在了厨房的门口气呼呼地生着气。

胖女人也气急败坏地急眼了，她骂起来："看把你能耐的，都说这外来的野狗喂不饱、交不下，还真是他妈说得对！"

刘江气得扔下烧火棍，对着胖女人说："你骂谁是狗呢！？"

地主婆子恼羞成怒，更来劲儿了，她直蹦跶，浑身的肉都跟着颤巍，她骂道："我就骂你！你就是个不识抬举的王八犊子！"

刘江气得说不出话来，他把烧火棍往门外一撇，头也不回地跑出院子，正好这时候张冒烟儿和祝平下地回来。张冒烟儿听刘江说了事情的经过，气得眼珠子瞪得溜圆儿，马上就一路小跑去到了二牤子粉坊，把这个事情告诉了工作队队长卢忠。卢忠听完了，点点头，告诉张冒烟儿先不要声张，也别有啥反应，等待工作队的统一安排。

乔斌和郭文声，又结伴出来走访了，在这个洪家围子，在"土改"工作的第一线，两个以前根本不认识的同志成了好兄弟，他们性格互补，有粗有细，乔斌和郭文声说了句："你看咱俩一哼一哈地，真快赶上哼哈二将了。"郭文声笑了笑，没言语，他打心里喜欢这个比自己小四个月的同龄人，一起来到这个洪家围子才几天，他俩就好得像一个人似的，吃饭，睡觉都挨着，走访入户都是一组，这才是革命的友谊真正在革命中产生。

乡村的夜晚，月暗星迷，走在大街上，只是偶尔有的人家矮墙上和后窗户里露出一束灯光，郭文声和乔斌两个人摸着黑走了一段路，来到了洪家围子屯子中间的一个场院里，场院的一边有几棵高大的杨树，据说有百八十年的树龄了，很粗壮，离树一丈多远，有一个石头桌子，四周有四个石凳子，这是村子里几个老头儿白天闲唠嗑儿和妇女娘们儿择菜的一处所在。

走到这里，乔斌说："咱俩歇一会吧，这摸着黑真难走，孟大眼镜儿家在最南头呢。"

郭文声回答道："听说是赵老鸢儿家的西院啊。"说着两个人就坐在了石凳上。

夏天的夜晚，微风吹来，还有些凉意呢，两个人刚刚要站起来接着往南走的时候，那几棵大树后突然有了动静，郭文声一下子警惕起来，他看见大树下向他们飞来一个黑乎乎的东西，在微弱的星光里他看见乔斌躲闪不及，"哎呀"叫了一声，就倒在了地上。大树后一个人向西猛跑去了，郭文声端起长枪，追了几步，大喊："站住！有坏人！"听到了叫声，全屯子的狗都狂吠起来。郭文声举起枪来，想射击，可是夜幕沉沉，已经没有了那个人的影踪。

郭文声大喊道："来人啊！快来人啊！"他跑回到石凳跟前，弯下腰去扶乔斌，感觉到很沉重，怎么也拽不起来乔斌，急得郭文声大喊起来："来人啊，有敌人啊！"他警惕地端起枪，准备应对可能出现的突发情况。

最先跑过来是老高二嫂和几个妇女，她们几个正在附近一个妇女家里剪布鞋样子，听见人喊声和狗叫声，几个人拿着锹啊镐啊就出来了，其中一个妇女还拿着一把卷了刃的菜刀。

这几个妇女一边跑向空场，一边用又尖又细又高的嗓门喊着："贫雇农们！快起来！有敌人啊！出大事了！"这一顿狂喊，往这儿跑过来的人越来越多。

跑到空场，老高二嫂看到一个黑影好像端着枪站在石凳旁边，她问："那是谁啊？怎么了？怎么了？"郭文声赶紧说："老高二嫂，是我，我是'土改'工作队的郭文声，你们来了，不好了，乔斌让敌人给打伤了！"

老高二嫂和几个妇女跑了过去，在黑黑的夜里眼睛瞪得老大，问郭文声："怎么回事？乔斌在哪儿呢？"

郭文声领着这几个人就来到石头桌凳的旁边，见乔斌仰面躺在地上，看样子是昏迷了。

就在这个时候，基干队长于静春带着几个民兵跑步过来，离老远就大喊："那是什么人？站住！不许动！再动我开枪了！"

郭文声听见是于静春的声音，就放开喉咙大喊道："是我们，别误会，我是工作队的郭文声！"

这时，于静春带着民兵已经跑了过来，急急地问："这怎么回事啊？"

老高二嫂愤愤地说："乔斌同志遭到坏人暗算了！"

于静春马上警惕地问："敌人在哪儿？往哪儿跑了？"

郭文声指着黑暗里影影绰绰的大树，说："就在大杨树后面藏着，撇个东西打倒了乔斌，人就奔西面跑了。"

于静春端着枪就冲过去，猫着腰，看了看，没有发现什么。

老高二嫂着急地催促说："别说了，快救人吧！"

几个人七手八脚地把乔斌抬起来往粉坊走，这时，乔斌苏醒了，他感觉到自己的腿上的伤痛，边低声哼哼边嘴里骂着。郭文声和老高二嫂跟在后面，大家心情都很沉重，工作组进入洪家围子才刚刚十几天，斗争刚刚起步，地主阶级还没有打倒，封建势力还没有消灭，一个年轻的工作队员就被坏人给打倒了，肯定是地主阶级和封建势力干的坏事，地主和狗腿子如此嚣张，实在让人愤慨。

这时，前面有个声音大喊："前面是干什么的？"

于静春听得出是路雪峰的声音，也大声喊："路主任，我们是基干民兵队，我是于静春，工作队的乔斌同志被人打伤了，我们抬着他回粉坊。"

走了个对头碰儿，是路雪峰肩上扛着一个四股叉子，卢忠和小丁提着枪也跑了过来。路雪峰说："我们还没有睡呢，正和卢队长商量工作呢，听见了一阵喊声，估计是出了什么事情，就赶紧跑过来了。"

在这个时候，张冒烟儿、刘江、赵林、黑老李、武连山……还有不老少的贫雇农们，有的拿着铁锹大镐，有的拎着菜刀，一群群地跑过来。卢忠皱着眉头观察着四周，看见王铁匠拿着一把打铁的大锤，气势汹汹，拍拍他的肩膀，说："王大哥，不甘心灭亡的封建地主阶级，要向我们贫雇农发动疯狂地进攻了！"说着，心里感觉火烧火燎的。

王铁匠咬着牙，低声吼着："操他个妈的，我倒要看看地主阶级是怎么进攻的，我一锤子打死他！"

于静春和民兵们抬着乔斌回到了粉坊，大家的心情都很沉重。老高二嫂把乔斌安置在炕头上，扯过来一床被子盖上。在灯光的照射下，乔斌的脸苍白，没有个血色，又昏迷过去了。这时大家才想起要找伤口，原来是右小腿受伤，骨头明显折了，因为都能看见骨头支出来了，皮和肉都翻翻着。

乔斌躺在炕上，失血过多了，昏昏沉沉的。

这个时候，卢忠在深深地自责，都是自己这个当队长的不注意安全，警惕性不高，没有考虑到土地改革斗争的复杂性和危险性，没有保护好自己的战友和同志。他不住地在心里检讨着自己的错误，就是自己没有考虑周全，现在和地主阶级的残酷斗争即将进入了高潮，工作队员在黑天走访没有提高足够的警惕和采取有效的安全措施，这是很不谨慎的。卢忠把大家叫到一起，严肃地说："这是个深刻的教训啊，是我的责任，这事也给我们提了醒，以后要注意提高警惕。我建议，立即连夜把乔斌送到佳木斯省里医院去治疗，千万别耽误了。"路雪峰和大家也都同意。于是，决定张冒烟儿和赵林回家套车，老高二嫂给乔斌简单地包扎一下，由吴占河带两名战士亲自送到佳木斯去。

乔斌这时看起来清醒了一些，他急赤白脸地对卢忠说道："队长，我没事，我要参加'土改'，我要参加斗争，我可不能走！"卢忠严肃地说："乔斌同志，我理解你的心情，但你这是重伤，必须去佳木斯省医院治疗，要不就得落下残废了！"乔斌一看也只好服从，他叹口气，嘴里不住地骂道："妈的，地主阶级是真狠毒啊！"

"好了好了，出发吧，注意安全！"卢忠催促道。

人们心情复杂、五味杂陈地目送着马车远去。

往屋里走的时候，路雪峰对于静春说："目前你们民兵最首要的任务就是抓紧搜索敌人，尽快捉拿住凶手，一定要把这个坏人揪出来！"

于静春接受了任务，气呼呼来到院子里，犹豫了片刻，大喊一声："民兵队给我集合！"几个民兵听到呼喊，都一路小跑集合起来。于静春大声地说道："民兵同志们，卢队长和路主任命令我们趁热打铁，破案抓凶手去，跑步走！"他带着民兵跑步去了案发现场。

于静春带着民兵一路奔跑来到了事发那个场院的大树下，石凳子旁边，因为天太黑了，啥也看不清楚，于静春就打发一个民兵去家里取马蹄灯，那民兵不敢急慢，飞一样跑去取来，灯一照，看见在石凳子附近一大摊子血，还没有凝结，血泊里有一把马锤子，就是给马挂掌用的钉子锤，看来这就是凶器。

他们用灯照着走到了那几棵大杨树后。大树后面有一片新踩过的土，有个脚印宽而短，是一个人，而且这个人肯定不高、不太胖，挦着大树向西，一溜更加明显的脚印，看起来是一个人躲在树后撇的马锤子砸伤了乔斌。

脚印到了正街上，土挺硬就没有了。于静春急忙拿着凶器回去到粉坊汇报。

一切安排妥当以后，路雪峰和卢忠两个人还不睡觉，他们坐在粉坊的北炕上，商量着今后的工作。卢忠打着火，点着烟袋，对路雪峰说："老路，洪家围子我们进驻以来，群众发动起来了，主席团选出来了，我们屯子的土地改革运动正在热乎劲儿上，地主阶级派凶手伤人，这形势挺严峻啊。"

"是啊，形势很紧啊，真的无法预料明天和后天还会发生什么事情啊。"路雪峰说。

"依我看，擒贼先擒王，挽弓当挽强，我们来个先下手为强，马上就开始行动，先把洪家围子几个大地主都给他妈抓起来，先压一压地主阶级的气焰再说！"卢忠一拍大腿。

路雪峰抬起头想了想，说："我刚才也想这样说，可是又一考虑，地主一抓，就会打草惊蛇的，所以抓地主的同时，也要没收地主的财产、粮食和房屋，这就是个惊天动地的行动啊，从此，我们屯子的'土改'运动就是开了锅了。"

卢忠手里握着烟袋，沉思了片刻，对路雪峰说："你说得很对，但现在地主阶级已经抢先下手了！"说着他瞪圆了双眼，叼起烟袋猛吸了一大口，接着，右手向前猛地一抓，说："我们就是要再给他加一把柴火，把这锅呀，再烧热一些，让它彻底地开锅！现在，我们只有抓住时机，先下手为强，先打他们个措手不及，才能很好地控制住局面。要不然，我们始终在明处，他们地主始终在暗处，说不定啥时候又跑出来捅咕我们一下子！"

两个人心有灵犀，互相警觉地一对眼神，一前一后走出了粉坊，在黑暗无光的院子里，又精心地商量了一番，下定了决心：抓地主、斗地主，挖浮财，没收财产，通过轰轰烈烈的大行动促进人民群众热火朝天的大发动。

卢忠回屋里躺下睡了，路雪峰回到自己的家里，怎么也睡不着，自打当上贫雇农团的主任以后，路雪峰感觉有千斤的重担压在自己的肩上，经常是一整夜一整夜地睡不着觉，抽着自己的大烟袋，趴在桌子上瞪着大眼睛想着事情，今天这一天，发生了这么多的事，地主婆子侮辱贫雇农，工作队员被敌人打伤了。对路雪峰来说，这个夜晚，又是一个不眠之夜。

路雪峰认真琢磨了一下，已经有了一个初步的方案：把这四个地主抓起来后就关在曲大祥家的场院里的小屋子里，场院位于村子北头，可以把农具和车马都放在场院里，这里离现在工作队的驻地二牤子粉坊还近，方便看守和审讯、批斗。没收的财产都放在洪德福家外院的东厢房里，那个屋子高大、干燥，贫雇农团和工作队进驻洪家大院，民兵队部设在洪德福家西厢房……大大小小的事情都在路雪峰的脑子里过了一遍，这个外形粗犷、内心细腻的汉子把自己彻底融入了土地改革的历史洪流。

太阳刚刚一露红，路雪峰、于静春亲自出马了。

他俩在洪家围子屯子的一南一使劲北地敲起锣来，大声喊道："洪家围子的贫雇农们！男女老少都到粉坊集合啊！今天谁都不要下地了，都到粉坊开斗争会啊！"

锣声很响，喊声很大，在洪家围子的上空回旋激荡，人们大多是在梦中被惊醒，树上的乌鸦也吓坏了，在树上飞起来，咕咕呱呱地绕着屯子盘旋飞舞，就是不离开，也许这些鸟儿也知道要有惊天动地的大事发生。

曲大祥这人鼻子最灵，这几天来早有准备，他在天还没亮的时候，就吃完了饭，坐在椅子上，抽着大烟袋，他等着这事态的发展呢。

工作队来到洪家围子也二十多天了，昨晚屯子里折腾了大半夜，说是有坏人打伤了工作队员，他马上就知道他恐惧的那个最后的时刻终于到来了。

清晨的第一声锣声就把他吓到了，那锣声震动着他的心，使他心惊肉跳，眉毛不住跳动。那锣声就像催命的锣声，预示着天塌地陷、山崩地裂马上就到来了。

他扬起自己不大的头，往上看了看天，天空依然还是那样的明媚，可一不小心，自己的大烟袋锅掉在了地上，他也没捡，他直勾勾地望着头顶上的天，眼泪鼻涕顺着鼻梁子流下来。

曲大祥一生可以说是顺风顺水，没这样难受过，可他现在这艘船是搁浅了、漏水了，要沉底儿了。

莲花从屋子里出来，看见爹这个样子，她走过去对曲大祥说："爹，你怎么了啊，别这样啊。"听见一阵比一阵急促并且更响亮的锣声，莲花也明白了。但是为了自己的老爹，她不得不假装镇静。曲大祥含糊不清地说："完了，时候到了……姑娘，扶我一把。"莲花不知道他爹要做什么，就走过来扶着曲大祥从椅子上站起来。又是一阵急促的锣声和喊声，曲大祥两腿一软，又差一点儿坐在地上，他一步一步挪到屋子门口，说："莲花啊，咱爷俩给老祖宗上炷香吧！"

莲花走在北墙下，点着了墙上镶嵌着的祖宗牌位前的两只蜡烛，又点着了三根香，插在牌位前的香炉里，一阵香气顿时飘散开来。

"来吧！莲花。"曲大祥用手按住莲花的肩膀，泪眼婆娑地看着牌位，爷两个都跪在青砖地上。

爷俩趴在地上，恭恭敬敬地慢慢磕了三个头，曲大祥此刻抬起了头对着祖宗的牌位说："我们曲家祖坟里的列祖列宗，不肖子孙曲大祥给你们跪下了。几百年，我们老曲家一辈传一辈，继承着你们创下和留下的家业，到了我这辈算是到头了，我无能为力啊！！！"曲大祥说着眼泪扑棱扑棱掉在衣襟上。曲大祥作为地主阶级中的奸猾分子，还是有头脑的，平时他见人三分笑，实际是恶毒的，贫雇农主席团选举后，他没有甘心，但今天的这锣声，他知道这一切都要结束了，可他还是不怎么甘心接受这必然到来的失败。

路雪峰和于静春围着洪家围子好一顿敲锣，这锣声敲得又重又急，像是万马奔腾，又像是杀声阵阵，锣声里隐约有春雷阵阵，又似乎有千百万贫雇农响亮的齐声呐喊，也好像有封建地主阶级的垂死挣扎。

响亮的锣声也使洪家围子的贫雇农们精神振奋，他们在这锣声下和喊声里彻底地苏醒了，立即放下碗筷，穿上衣服，跑了出来，男的女的，老的少的，大人小孩都从每条街道、每个巷子里走出来，潮水一样涌向粉坊，一边跑着还互相打着招呼："好啊！好日子到了！""我们受苦遭罪这些年，可算得好了！"贫雇农们心里跟明镜儿似的，从今天开始，在毛主席、共产党的领导下，贫苦的劳动人民彻底翻身了！

粉坊的院里院外，人越聚越多，于静春把民兵队伍带到了这里，民兵们全副武装，卢忠从县大队要来了几十杆枪和一些手榴弹，齐装满员的民兵队个个都显得很精神。民兵分成几个组维持着场面的秩序。

人来的很多，粉坊的院里，人都站不下了，有的就干脆坐在了柳树的树杈上，卢忠、郭文声、老高二嫂等站在一起说着话，路雪峰把两手叉在腰上，来回走着，招呼着人。二牤子是个中农，秃着头，叫几个人把那揉面案子从屋里抬出来，放在了院子中间，对路雪峰说："路大哥，咱这案子挺结实，讲话你就站这上面讲！"路雪峰点点头，拍了拍二牤子的秃脑袋瓜子，二牤子憨笑着，摸着自己的后脑勺子，跑到人堆里去了。

路雪峰看到人到得差不多了，向卢忠示意了一下，这个示意，是想让卢忠讲话，卢忠连忙摆摆手，大声地喊着说："你来讲吧，这台大戏该着你唱主角了！"

乡村的早晨，天空湛蓝，一轮又圆又大的太阳从东方升起，照射着每一个贫雇农兴奋的脸庞。

路雪峰今天是脸色通红，他一个大步就跃上了揉面案子，一手叉腰，一手摸了一下自己的头发，他睁大了眼睛快速地把会场扫视了一周，晃了晃宽大的肩膀，伸出右手，向上高高一举，大声喊："同志们！洪家围子的贫雇农们！"这一喊，像一口大铜钟在半空里鸣响。会场上顿时鸦雀无声。他接着喊道："我们在县里'土改'工作队的领导下，工作也快一个月了，挨家挨户进行了宣传发动，组织起了贫雇农主席团，要按照毛主席、党中央的'土改'政策打倒地主阶级。"他提高了声音说："开弓没有回头箭！我们祖祖辈辈受地主阶级的压迫和剥削，逼着我们吃不饱饭，穿不上衣服，有多少家好几口穿一条裤子啊，现在就是我们回过头来和地主老财算总账的时候了！"说到这里，路雪峰红涨着脸，举起大拳头，高呼："打倒地主阶级！消灭封建势力！"

听了路雪峰的讲话，群众马上就振奋起来，成百上千的拳头举起来："打倒地主阶级！""枪毙洪德福！""打倒曲大祥！""枪毙大地主！""打倒李永财！""打倒白老毛儿！"

路雪峰举起手，叫大家安静，他撇着嘴说："咳？洪德福这个地主头子，他往日里多他妈威风啊，真是站在屯子西头一跺脚屯子东头都乱颤啊……"一说到这里，人们又不由自主地举起拳头一起大喊："打倒洪德福！"路雪峰又瞪大了眼睛，说："可是，今天他的威风哪儿去了？曲大祥背着小手满屯子瞎转悠的威风哪儿去了？李永财那说打就动手的威风哪儿去了？白老毛儿那收高利贷时牛逼哄哄的威风哪儿去了？"这时，群众又是阵愤怒的吼声。"地主们还他妈地有什么威风啊？因为有毛主席、共产党做靠山，我们贫雇农要和他们算总账了！"一片掌声和喊声压过了路雪峰的说话声。

等到静了下来，路雪峰又提了提嗓门大喊道："昨天发生的事情，大家伙想必都知道了吧？地主婆子死不要脸，竟然戏弄和辱骂咱们受苦受累的长工，封建地主阶级的黑势力还敢暗中打伤我们的'土改'工作队员，我们贫雇农现在应该怎么办？"人们一起喊着："捉拿凶手！打倒封建势力！消灭地主阶级！""给乔斌同志报仇！""毛主席万岁！""共产党万岁！""劳动人民万岁！"

路雪峰挥动右手，举起来又从空中向下一劈，斩钉截铁地说："嗯哪，同志们说得对！众人拾柴火焰高，那我们一起动手！现在就行动！于静春同志，你带几个民兵去捉拿大地主洪德福。张冒烟儿同志，你带几个民兵去捉拿曲大祥，王铁匠同志，你带几个民兵去捉拿李永财，赵林同志，你带几个民兵去捉拿白老毛儿！"说完，路雪峰对着于静春和气势正旺的基干民兵们说："民兵同志们，养兵千日，用兵一时，今天就看你们的了！"

民兵们都立正站好，都齐声高呼："勇敢战斗，不怕牺牲，坚决捉拿地主阶级！"

人们又是一起欢呼。

卢忠在一旁也大声说："咱们工作队也分成四组，带上武器，配合行动，我和小丁留下，做饭的留下，其余每组三个人，行动！""是！"工作队也分到各个组里，几个年轻的工作队员和民兵把子弹都压上了枪膛。

"各组出发！"路雪峰大喝一声。

贫雇农也全体出动了，屯子里顿时乱马人花了。大街上，人们聚堆又分开，满大街都是人。

于静春带着一伙民兵，走过几趟南北街，直奔西头的洪家大院，后面的贫雇农越跟越多，这让于静春心里更踏实了，大摇大摆地走在队伍前面。路边一只大公鸡给吓毛了，"咯咯"叫着飞到了路边的苞米楼子上，一头老母猪吓得嗷地窜进了胡同，几条狗向着人群龇着牙汪汪叫唤着。

到了洪家大院黑色的大门，一推那黑油漆的大门，一下开了，大家伙儿都冲进了洪家大院，人们也顾不得理会别的，直奔正屋去了。

这时，突然从洪德福家西厢房里冲出一只日本大狼狗，人们记得这条狗还是老鬼子龟田在洪家围子洪德福家住的时候留给"活王八"洪德福的纪念品呢，这狼狗显然是岁数大了，退役了，龟田送给了洪德福，给他看家护院，这狼狗已经没有了精力和体力去追着咬人,只是站在西厢房的门口龇着牙汪汪地叫个不停,于静春看了,十分来气,举起枪"砰"的一枪就把这条狗打死了。枪声很响,吓得跟在于静春后面进院子的几个贫雇农直捂自己的耳朵。

大伙儿都吓了一跳,都站下脚步看着,于静春脸不红、心不跳,收起枪,背到身上,一挥手,大家又变得气势汹汹,一窝蜂地就奔里屋去了。

洪德福不在里屋,他那大老婆,也就是杨老虎的妹子大油饼儿,坐在洪家围子独一份的很阔气的黄色炕毡上,盘着小短腿,叼着大烟袋,两个大奶子在衣服里自由地耷拉着,虽然穿着一身好衣服,但一张白瓜瓢子脸白得瘆人。于静春一脚踢开上屋门,走到了洪德福大老婆面前,对着她大喊一声:"洪德福在哪儿呢?"

洪德福大老婆也没整明白怎么回事,看见一下子进来这么多的人,尤其是外面的那一声枪响,让大油饼心里有点发毛。

她很紧张地问:"你们这是到底要干啥啊?把俺家的狗给打死了干啥?"

"打死活该!一个日本鬼子的狗!瞎他妈地叫唤啥?找死!洪德福跑哪儿去了!"于静春不耐烦地问道。

于静春打量了一下屋子里,看到炕梢的烟笸箩里,洪德福经常叼着的玉石烟袋还在,就知道他没有走远,他一边对其他的民兵示意搜查,一边对洪德福老婆说:"快点儿说!洪德福那老家伙去哪儿了?"

洪德福的大老婆此刻明白了怎么回事,却把脸一端,鼻子一撅,死猪不怕开水烫地说:"我哪儿知道啊。"

这工夫,洪德福听到枪响吓得从茅楼赶紧地也跑回来了,看到于静春这些人荷枪实弹站在屋里,这个大地主心里一颤,倒也没怎么害怕,他立楞着大眼珠子喝道:"怎么地?你们打死我家狗干啥?你们这帮人真长能耐了,还管得着我拉屎放屁?"

"你这个老地主,还他妈挺邪乎啊!"于静春大眼睛直直地看看洪德福,想起过去的年代里,日本鬼子住在洪德福家里,这个地主那个威风劲儿啊,他越发仇恨起来,恨恨地说:"我们贫雇农,就是啥都管得着!"

"那么我请问各位贫雇农,今天到我家里有啥公干啊?"洪德福笑里藏刀地问道。

于静春对着洪德福和另外几个民兵大吼:"今天来你家总共就两个事儿——打

死那日本狗和抓你洪德福，来啊！上人！把他给我捆起来，带走！"

上来几个民兵就把洪德福给五花大绑地捆起来，二话没说，拉起就走。洪德福翻翻着眼睛，倒也没有挣扎和反抗，他说："我洪某到底犯了什么法，这又绑又捆的啊？"

"你他妈快走吧！跟这磨叽什么！惹急眼了我送你一粒花生米！"于静春猛推了洪德福一下。

洪德福暗地里冲着自己白白胖胖的大媳妇使了个眼色，就乖乖地跟着民兵走了。

洪德福的大老婆，坐着炕上半天都没动弹，也没说啥，大脑袋瓜子好像在想事，一时间屋里倒是安静了下来。

"还瞅啥啊？开始翻东西，都给我拿走！"于静春对人们大声说，这下开锅了，人们开始翻东西，往出拿。

于静春跳上炕去，打开红色油漆的柜子门，众人齐动手，把屋子翻了个底朝天，孟大眼镜儿拿个本子——登记落账。

一个民兵用刺刀对着一个大白布口袋就扎了一下子，哗啦啦洒出了不少白花花的大米，里面一个舀米的青花碗掉出来，摔在砖地上碎了。

于静春看着有些心疼，对旁边人说："都给我小心点儿，千万别糟蹋东西！"

"我们不是打倒地主吗？都祸祸碎乎得了。"

于静春正色地说："你们怎么虎了，这些东西被我们没收了，可不就是我们的东西嘛？"

"怎么都成了你们的东西！"洪德福的大老婆突然从炕上站起来，对着于静春吼道。

"我们就是来没收你的家产的！"一个民兵调侃。

"你们这些穷棒子，穷疯了，来抢我们家的东西！"洪德福大老婆鼓鼓着白眼珠子，流着鼻涕眼泪，大吵大闹起来。

于静春对孟大眼镜儿说："孟哥，你把东西都造册，然后把粮食放西厢房，贴上封条，把洪德福家这些人都归拢到前院的草棚子，剩下的人，接着翻院里、屋里的东西，无论是啥，都不许自己昧下，都要登记归拢到东厢房！"

"对了，把那死狗拽出去，扔屯子外边去，日本鬼子和地主阶级的狗，咱贫雇农不稀罕吃！"

"嗯哪，知道了。"

于静春经过这一段的斗争也成熟了起来。

洪德福的大老婆，心里不舒服，对着于静春说："你个穷棒子，有能耐，你他妈把房子也抬走吧！"

于静春回答得也很干脆："嗯哪，可是俺们用不着抬，明后天我们就搬过来了！"

"赶紧的，都快点！"于静春组织大家继续没收地主阶级的财产。

张冒烟儿此时领着几十个人，扛着枪，挎着手榴弹，迈开大步一顿跑，来到了曲大祥家，他推门就进去了，站在院子里他大喊一声："屋里有人吗？"

莲花此刻在北屋里，听见有人在院子里喊就走出来了，一看这些人，忙笑着问："有人啊，请进屋吧。"

张冒烟儿走进屋子，阴沉着脸，对莲花说："都这个时候了，别装模作样、嬉皮笑脸了！说！曲大祥在哪儿？"

莲花说："我爹在东屋里。"

张冒烟儿和祝平手里端着枪，刺刀明晃晃的，气势汹汹地进了东屋。曲大祥听见民兵的动静，还故作镇静，坐在炕沿上，抽着烟袋，确实他的内心是颤抖的。看见张冒烟儿等人进来，颤抖地问："来我家有啥事啊？坐啊。"

张冒烟儿一个箭步蹿过去，一把揪住曲大祥的衣领子，说："我们就是来打倒你这个地主阶级的！怎么地？跟我们走吧！"

曲大祥知道自己最怕的时候到了，不由得一抬腿儿从炕上下来，冷冷地看着张冒烟儿这几个人。

张冒烟儿说："你自己最好是带床被子吧！"一听说让带被子，曲大祥腿更颤巍了，费好大劲儿从炕琴里搜出一床被子，夹在自己的胳肢窝里。

张冒烟儿对曲大祥说："你老实点儿，咱就这样走，你要不他妈老实，我们就绑了你！走！"曲大祥嗯嗯地答应着。

他带着曲大祥往外走，后面跟着几个民兵，曲莲花看到曲大祥被带走，一脸无奈和心疼。

张冒烟儿回头告诉祝平："把财产没收、登记，然后把人员都集中在一个屋里，粮食农具都封存起来。""好咧。"祝平答应着。一挥手，一群人分头去翻东西、封财产去了。

张冒烟儿带着曲大祥，来到大街上。大街上，已经有人在张贴标语，他们看见民兵押着曲大祥走过来，都一起高喊："打倒地主阶级！打倒曲大祥！"

　　一时间洪家围子人心沸腾，地主家是鸡飞狗跳。没离开会场的人们一看洪德福和曲大祥都抓起来带过来了，就像开水锅一样翻起花来，路雪峰大喊一声："把大地主洪德福、曲大祥押上来！"人们顿时闪出一个胡同，洪德福耷拉个脑袋走过去，曲大祥都麻木了，直钩地跟着走，没等到面案子呢，洪德福的衣服都让人们撕烂成条了，曲大祥的屁股上也挨了好几脚，这俩地主被叫上了揉面案子，直溜溜地站在上面。

　　就在这个时候，一个挎枪的民兵跑进院子，来到路雪峰和卢忠的面前，说："报告，老地主李永财不服抓，在家里要他妈地和我们动武把操儿！"

　　路雪峰一听，火冒三丈，他说："这王八犊子老地主是要翻天啊？你手里的枪是他妈的烧火棍吗？"

　　那个民兵瞪着红红的眼睛，骂骂咧咧地说："操他妈的，我能开枪打死他吗？这不犯错？要不是怕犯错误，我早他妈的一枪毙了他了！"

　　卢忠严肃地在一旁听着，说："好的，别着急，我知道了，我们过去看看。"

　　说着，他从腰里拽出驳壳枪，小丁也抽出枪，路雪峰从那个回来报告的民兵手里拽过那杆长枪，都奔李永财家去了。

　　拐过街口，就听见李永财家院里王铁匠严厉的声音，走进二门，看见李永财光着大膀子，露出满身横肉，气势汹汹地立在当院里。王铁匠正在劝说他："……你是地主分子，我警告你，顽抗到底对你没有好处！"可是这李永财就是死猪不怕开水烫，一点儿也不进咸淡，死活不肯束手就擒。

　　李永财抬头一看，看到了卢忠和路雪峰进了院子，慌了神，猛地一下子，蹿到墙角，抱着墙角就上了房，就在这时，卢忠把自己手里的驳壳枪扔给了身后的小丁，身子一挺就到了墙根儿，几个箭步就站在了房顶上，院里的一大帮人一看到这个情景，顿时都忘记了紧张和气愤，有几个年轻的民兵禁不住鼓起掌来，都喊着："卢队长，好功夫啊！""收拾这条李老狗！"

　　这时的李永财，已经是骑虎难下了，他原本想亮个武把式的花架子吓唬一下想抓他的这帮人，可是一看到工作队长卢忠这一手上房的功夫，他知道自己显然不是对手。

　　卢忠用手指着李永财，冷笑着说："你就是李永财吧，你就是个不折不扣的地主阶级，怎么？你还要顽抗吗？我希望你自己考虑清楚，别把自己撞个头破血流！"

李永财没言语，他知道今天已经没有啥盼头了，想到这里，他把屁股往下一蹲，然后就势往前一蹿，双拳就奔卢忠的脑袋去了，卢忠一低头躲过去了，底下一脚踢在李永财的腿上，李永财晃了晃，没怎么地，可他自己疼自己知道，他转身就顺着房顶想跑，可是没等他起身，卢忠已经一个箭步上前拿住了他的肩关节和手关节，他已经动弹不了了。

"李永财，我告诉你！你胆敢顽抗到底，再敢对抗土改，我们可就严肃处理你了！现在你再他妈扑腾，我立马废了你一只胳膊！"卢忠低声喝道。

"嗯，我服了。"李永财疼痛难忍，不再挣扎了。

卢忠掐着李永财的手臂的两处关节，两个人一起从房上跳下来，众人一哄而上把李永财五花大绑，左一道，右一道，最后来了个杀猪死扣。路雪峰怒目圆睁，对李永财说："你这老家伙，怎么还死不悔改啊？看来得给你开点小灶了！"

卢忠在旁边看着，冷冷地笑着，指着李永财说："我告诉你李永财，你是有些本领，但那是过去你可以横行霸道的年头，在今天的共产党和贫雇农的面前，你那一套本事已经不好使了！"李永财做梦也不会知道，卢忠在整个远东国际旅的散打和擒敌功夫那是头子啊。

经过这次屋顶惊心动魄的较量，洪家围子的贫雇农们深刻地知道了封建地主阶级表面看起来似乎很强大，实质就是和纸糊的假人一样，在共产党和广大人民群众的巨大力量面前是根本不堪一击的。

民兵带走了李永财，卢忠和路雪峰不放心剩下的另外一组，就一起走向了白老毛儿的家。

一进白家大门，就看见白老毛儿那一脑袋白头发特别显眼，他自己跪在院子里头，正在赖赖唧唧地号哭着，赵林等人正在到处贴封条、牵牲口。

看见卢忠和路雪峰进来院子，白老毛儿跪在那里，向着他们俩扬起脸说："你们共产党工作队也要讲理啊，我哪儿是什么地主啊，我是本本分分的劳动人民啊。"

卢忠笑着："白老毛儿，你这是干什么？"

路雪峰一见，也笑出声来了："他奶奶的白老毛儿，今天你还学会泡蘑菇了是吧，快滚起来吧！"

白老毛儿赖赖唧唧地说:"报告,我冤枉,我爹才是地主,家产都是他传给我的,我不是地主啊。"这老小子这个时候竟然把他爹推出来了。

一个民兵走过去,踢了白老毛儿几脚,说:"别他妈尿叽了,快起来,走!"

白老毛儿没招儿了,朝着自己家的正屋磕了几个头,掉了几滴眼泪,跟着民兵走了。

卢忠和路雪峰走回了会场,广大的贫雇农还在那里等着呢,看见李永财和白老毛儿也抓住了,一起围拢过来,李永财和白老毛儿一起被整上了揉面案子。这四个洪家围子的地主,没想到今天聚齐了,四个人站在一起,高低胖瘦都不一样,怎么看怎么不顺眼。

会场上顿时人声鼎沸,卢忠、路雪峰和张冒烟儿、王铁匠几个人在一起合计了一下,路雪峰大声喊:"乡亲们!"这时沸腾的人声停止了,会场静了下来。

路雪峰说:"同志们,现在我们洪家围子的四个地主都被我们抓来了。几辈子了,他们吃我们的肉,喝我们的血,我们流血流汗地干活儿,给他们挣出了万贯家财。他们住的青堂瓦舍,吃得油滋麻花,这都是哪儿来的,这都是我们贫雇农给他们挣来的,我们一定要夺回来!"

"我们要地要房子!"

"我们要讨还血债!"

群情异常激愤,人们涌向几个地主,连掐带打,还扔土块儿和石头。

路雪峰马上制止:"乡亲们,不要这样,我们一定要按政策办事,不要打人!"人们立即停下手来。

路雪峰说:"既然地主阶级的财产是从我们身上剥削去的。那我们就要夺回来!"他这样一说,人们像山呼海啸一样一起呐喊:"夺回来!夺回来!"

洪德福、曲大祥、李永财和白老毛儿在广大人民群众愤怒的吼叫声里,浑身发抖着。

路雪峰和于静春商量了一下,于静春大声对民兵宣布说:"现在我命令,把这四个狗地主给我带到曲大祥场院的小屋子里,关押起来!"民兵押着四个人就去了场院小屋子,关起来上了锁,派人看起来。

大会开到这里,路雪峰宣布散会。主席团安排民兵留下几个人看守关押地主的小屋,其他所有人全都去没收地主的浮财。

洪德福的正房变成了贫雇农主席团和"土改"工作队的办公地,大门的左右各挂着一个木头牌子,写着"洪家围子村贫雇农团"和"洪家围子'土改'工作队",一看就是孟大眼镜儿写的。东厢房里里外外都是衣服、器具、金银首饰等浮财,来来往往都是运东西、登记的人们,西厢房是民兵的营房,门口也有个纸牌子,是于静春自己歪歪扭扭地写的"洪家围子基干民兵队"。

路雪峰让于静春在洪家大院的门口放上双岗,在"土改"期间,洪家围子的一切权力属于贫雇农团了。

老高二嫂领着几个妇女在洪家大院里检查着,她把洪德福的四个媳妇和那没来得及做上五姨太的小翠香以及一干人等都叫到了二道门院子里,说道:"今天,我就说一句话!你们除了现在身上穿的、头上戴的,这个屋子里的一针一线都不能动。你们要是老老实实接受改造,将来土地和吃的、住的、穿的也会有你们一份儿,要是不服管教,那就啥都没有了。"说着她看了看面前的这几个女人,洪德福的四姨太本来确实是挺苗条的一个女人,可是今天这怀里鼓鼓囊囊很可疑啊,老高二嫂一伸手,撩开她的衣襟,狠狠地从怀里拽出个大包袱,往地下一扔;又叫小翠香过来,小翠香不敢言语,颤抖着走过来。"你跟我进屋!"只听老高二嫂一声叫喊,小翠香就哆嗦了,直打寒战,进屋以后,老高二嫂一把扯下小翠香的裤子,从裤裆里掏出一小包沉甸甸的东西,不用看就知道是金银首饰。老高二嫂脸红得发紫,骂道:"你个不要脸的东西!裤裆里藏着硬头货,也他妈不怕让男人们笑话!"等小翠香系上裤腰带,老高二嫂把她推出屋子,小翠香低着头,没敢言语。

老高二嫂对另外几个女人说:"谁还藏着东西呢,赶紧给我拿出来,拿出来啥事没有,让我翻出来,可就罪加一等了!"

几个女人都不言语,洪德福的大老婆说:"真没有藏的了,不信你看嘛。"老高二嫂又检查了一遍,然后对她们说:"你们都到这个门外等着!这个院子以后归贫雇农团了,你们也别舍不得了,本来也不是你们挣的!"

路雪峰指着外院的东屋对老高二嫂和于静春说:"让他们住那儿!把粮食发给她们,让他们自己支锅做饭!我们也按党的政策办,不能饿死人。"

白老毛儿的家里,张冒烟儿和祝平正在搬运家具。他们把白老毛儿家的桌子、椅子、橱子、柜子、大皮箱、锅碗瓢盆、大缸小瓮以及农具都搬到了外面院子里,张冒烟儿是头打头的庄稼把式,他笑眯眯地看着满院子的家什,就叫祝平套车把农具拉到曲大祥场院里。你看这些东西在屋里不怎么起眼,放在院里就是一大片，装车，拉走，费了不少事。张冒烟儿和雇工们脱了大光膀子，嘻嘻哈哈，兴高采烈，干得很起劲儿。多少年来，这些贫苦的长工们总是在替地主阶级干活儿，今天，是为广大贫雇农服务了。

忙乎差不多，卢忠和路雪峰回到了洪家大院，一进门，看见院子里全是东西，都插不进脚了，路雪峰笑着看看这、瞅瞅那，抽着大烟袋蹲在门口，寻思起来。说着话的工夫，张冒烟儿进来了，路雪峰对他说："老张，这四个地主家的所有农具、牲口都归你管了，你登记好，牲口要喂好，不能掉膘，农具要保管好，一件都不能损坏或者丢失。"张冒烟儿赶紧答应着一溜烟地跑出去张罗了。

卢忠和路雪峰又把孟大眼镜儿、老高二嫂、赵林、武连山都叫到了院里，路雪峰对老高二嫂说："这些包袱和单衣、棉衣、被褥都由你负责管理。这些东西不能风吹雨淋，也不能让虫子、耗子给咬了，都搬到东屋里，登记好、保管好，别受潮，不能有一点儿损失，把这些东西交给你保管，是贫雇农对你的信任，要是损坏了，就是你的责任！"老高二嫂说："这你就放心，差一点儿你找我！"他又对赵林和武连山说："你俩负责家具，要求我就不多说了，登记，保管，归类。行不？"赵林和武连山答应着，忙不迭地去落实。路雪峰对孟大眼镜儿说："兄弟，你的任务最重，所有的金银财宝和首饰现金都归你保管。行吗？""行啊，那我可就是洪家围子一夜暴富的最大财主了！"孟大眼镜儿笑着调侃道。

于静春听见了，说："那好办，我们就接着打倒你呗。"

孟大眼镜儿说："被别人打倒的滋味可是不怎么好受，我还是当我的贫雇农吧。"

卢忠和路雪峰商量了一下，说："孟哥，你就在这里办公吧，给你派俩助手。"说完，安排两个警卫战士归孟大眼镜儿指挥。

"啥助手啊，就是给我配俩警卫员呗。"孟大眼镜儿很幽默，在困苦的日子里，贫雇农们也没有断过自己的笑声。

众人又是一阵哄笑。

卢忠也让郭文声把所有这些都登记造册，上报县委。

路雪峰看看满院子的东西，笑呵呵地背着手进了正屋。这是大三间的房子，窗户又大又敞亮。他找了一把长把扫帚，把屋子、炕上、地下一顿扫，在院子里找个大八仙桌搬进来，摆上几个长条凳子，对卢忠说："老卢，咱们在这里办公，咋样？"卢忠连连点头："挺好，挺好。"

路雪峰问于静春道:"你们基干民兵队在哪儿办公呢?"

于静春马上就指指西厢房,对路雪峰说:"我们就在西厢房吧,保卫工作队!保卫贫雇农团!"

路雪峰突然眼睛一瞪,满脸严肃地训斥道:"你这个当队长的是怎么想的啊?你们怎么住在洪德福两个姨太太的屋子了?让民兵睡在娘们儿家的屋里,还不把身子骨都睡软了啊?""啊?是吗?还有这说道?"于静春懊恼地挠着头发,发起愁来。卢忠一拍于静春的肩膀,说:"老路他逗你呢,房子在地主的手里,他愿意让谁住谁住。到了咱贫雇农手里,咱贫雇农愿意叫谁住谁住。房子也要受住的人的支配。"路雪峰忍不住笑起来。于静春才醒过腔来,他学着女人的姿势扭搭扭搭地走了几步,引起大家一片哄笑。

这时,路雪峰问于静春道:"唉,于队长,我怎么听说今天那一声枪声是你开枪了?打死了老王八犊子龟田送给洪德福的那条老狼狗?你怎么擅自开枪呢?狗呢?整哪儿去了?"

于静春很自豪地大声说:"是啊,我是开了一枪,把那条日本狼狗打死了,头响我告诉人把那死狗给撇屯子外去了。怎么?你要啊?那我这就派人整回来。"

"呵呵,你啊,这都快一天了,现在早就让野狗和猪给拱了,还要个啥啊。"路雪峰笑着说。

卢忠此时脸色阴沉起来,严肃地说:"于静春同志,是谁让你擅自开枪的?如果不小心,你伤到无辜的群众怎么办?你作为民兵队长怎么可以这样没有纪律性呢?"

于静春和路雪峰都意识到开枪的错误了,都很不好意思地看着卢忠那严肃的脸,也没有回答的话了。

"越到了斗争紧迫的时候,我们越要时刻提醒自己,注意做遵守纪律的模范,无论是谁,无论有多大的功劳,咱也不能得意忘形啊,这个问题以后值得我们大家都注意啊。老路,静春,你们认为我说的有道理吗?"卢忠的眼睛直视着面前的两位村干部。

"是,卢队长,你说得很对。我是不应该擅自开枪,当时有老百姓捂耳朵,我就有些后悔了,我承认错误,以后一定注意和积极改正。"于静春红着脸诚恳地说。路雪峰呢,则是不好意思地不住地点头。

这时候,工作队的郭文声走进来,说:"李永财是个老地主,种着几百垧地,也有不少年头了，只整出这些东西不对劲儿啊。金银财宝、绫罗绸缎，不知道整哪儿去了呢？"

路雪峰抽着小烟袋，仰着头，想了一会儿，说："一点儿也不能少，都叫他吐出来！"

说着话，张冒烟儿和祝平、刘江等人笑呵呵地走进来，伸出两手摸摸屋地当中又红又亮的八仙桌子，又摸摸新炕席，高兴地试着在椅子上坐着，在炕上躺躺。听到郭文声说起这个，张冒烟儿一下子从炕上坐起来，说："还是藏起来了！"卢忠也说："肯定是！"刘江说："那还等啥啊，走！翻翻去！"几个人起来就奔李永财家去了。

到了李永财家，路雪峰和几个人，用烟袋锅子这里敲敲，那里敲敲，敲到李永财家正屋的东墙，声音不对。路雪峰说："给我刨开！"于静春和另外一个民兵拿着大镐，几下子就把墙干漏了。往里一看，全是箱子、柜子和包袱，民兵们大喊："这老王八犊子，这里藏着这些东西！"

卢忠大声说："过去，让这些地主老财吐出一个大子儿都费劲，这回咱要屋子、院里、炕台上、锅台、鸡窝、马圈，犄角旮旯儿都要刨到！"

他回头对路雪峰说："告诉其他几个组，也要再细细地把所有的地方翻一遍！"

"嗯嗯。"路雪峰跑着出去安排。

忙碌起来，好像时间就过得很快。

不知不觉就到了黄昏时分，卢忠对正在说话喊叫的路雪峰说："眼看天就要黑了，咱们都干一天了，水米没打牙，也该回家吃饭了吧。"

路雪峰抬起头望望，说："穷了大半辈子，除非在共产党的领导下，要不哪来的这快乐日子啊，饭都没吃也忘记了，这回还真有点饿了呢。"他站在台阶上大喊："同志们！天黑了，回家吃饭去吧！明天接着干！"人们东奔西跑地闹腾了一整天，也都忘记吃饭了，听到路雪峰这样一喊，一直处在亢奋中的贫雇农同志们还真有点儿饿了。

于静春这时跑过来问卢忠和路雪峰："那些老地主怎么办？地主家的大人孩子吃饭问题怎么办？"

卢忠说："封建地主阶级是典型的剥削阶级，确实是有罪的，但还是我们的改造对象，再说浮财还没有彻底挖完，还没有斗争和审判他们，不能饿死他们。地主家的大人孩子一律给饭吃。"

路雪峰说："这回民兵有了用场了，于静春你带民兵把地主分子严密地看守起来，地主家属不许乱说乱动，要是不服管教，就不给他们吃饭！"

卢忠说："你让老高二嫂也辛苦点儿，重点照顾一下地主的家属，都是妇女居多，男同志毕竟有不方便的地方。"

于静春问："叫他们吃什么啊？"

路雪峰说："剥削阶级、地主分子，鸡鸭鱼肉、大米白面，估计他们都吃腻了，叫他们换换口味儿吧！都吃红高粱米！"路雪峰又把孟大眼镜儿找来，叫他负责地主和家属的吃饭问题，定时定量地发给粮食。于静春在库里找出一口小黑锅，放进了曲大祥场院小屋里，大声地告诉四个地主自己做饭吃。

几个地主早饿了，李永财懒洋洋地弄了一些高粱米搁在锅里，添上水，白老毛儿抱柴火生火。柴火潮湿，火烧不旺，光冒烟不起火。白老毛儿趴在地上，伸出粗脖子去吹，吹得烟气缭绕，呛得白老毛儿一阵阵咳嗽，鼻涕眼泪都下来了。李永财实在太饿了，锅还不开，就问："差不多能吃了吧！"曲大祥白了李永财一眼，说："这是整个的高粱米，哪能那么容易熟啊！"白老毛儿边擦着眼泪边说："等熟了，你看看吧，这高粱米饭指定不会好吃的！"

这话，恰好让于静春听到了，他生气地骂道："你们狗地主，就凑合点吧！过去你们是在天堂，现在是在地狱，你们吸贫雇农的血好多年，你们的福也应该享受到头了。"几个大地主都没敢言语，那三个地主在做着饭，唯独洪德福一个人阴沉着长条脸躺在草堆上。

过去这些地主衣来伸手、饭来张口，哪里到过锅台、碾台、井台、磨台这些地方啊，现在做起饭来笨手笨脚，愚蠢得要命。白老毛儿嘟囔着："咳！没想到做个饭还真他妈费劲啊。"曲大祥说："这早先啊，看着别人做饭挺容易的啊，怎么咱自己做起来就费劲了呢！"曾几何时，这几个地主在这个屯子是说一不二、威风八面，到如今就是做一顿给自己充饥的饭，地主阶级也都很难自己完成。

于静春安排民兵分拨站岗，看守地主，看守这院子里、屋子里的浮财。卢忠也把工作队的同志们排了班，轮流检查全村的情况，指导民兵执勤和保卫工作。

路雪峰大声地对所有人发下狠话："现在这些所有的玩意儿，往后都是咱洪家围子贫雇农的东西了，哪个人也不准给我丢失或者损坏一件！"

这个时候，吴占河几个人从佳木斯回来了，看到洪家围子这样的状态，他眉宇间都透着高兴，对卢忠说："队长，这洪家围子变化真是太大了，对地主斗争的行动真快啊，只是可惜啊，我们几个没赶上。"卢忠拍拍吴占河的肩膀，说："别着急嘛，这才刚刚开始，是万里长征才刚刚走了一步啊，更艰巨的任务在等着我们呢，乔斌同志怎么样？你吃饭了吗？""吃过了，我回屯子先到的二牤子的粉坊，二牤子家做好了饭，拉着我在那儿吃了，对了！乔斌的腿伤挺重，医院的大夫说如果送晚了就得截肢了，幸亏送得及时，今天上午我在医院守着，已经把手术做完了才回来的，现在没啥事了，就是得在医院养几个月呢啊。"

卢忠高兴地说："没事当然最好啊，不能落下啥残疾吧？"

吴占河肯定地说："我特意问了，大夫说指定不能留残疾。"

"嗯嗯。"卢忠很高兴地点点头，对吴占河说，"你马上组织工作队的同志们搬东西，我们工作队和贫雇农团以后就在这洪家大院办公了。"

吴占河说："那敢情好。我马上就去安排和落实。"

卢忠说："也不是很着急，我们工作队今天晚上能全部搬过来就可以，对了，你一定要和二牤子算明白租粉坊的钱，别让人家有意见。"

"嗯，你放心，我这马上就去！"吴占河去屯子里找二牤子去结账了。

路雪峰吃完饭回到洪家大院，张冒烟儿正在屋里等他，看见路雪峰进来，张冒烟儿笑着问路雪峰："你吃完饭了？"路雪峰说："刚刚吃完。"张冒烟儿伸出食指指了指自己的肚子，说："你猜我吃饭没？"张冒烟儿虽然受了几十年的苦，但乐观和坚强永远在他的骨子里，他胡子撅撅着，和路雪峰脸对脸看着。路雪峰糊涂了："老张，你这是怎么了？"张冒烟儿没憋住，笑了出来，说："我的大主任，你官僚主义了，你吃饭了，把我们忘记了。"说完用手比画着自己的肚子。

这时，路雪峰才猛然想起来，地主抓起来了，仓库都封了，长工们去哪儿吃饭啊？想到这儿，他感觉自己面子有些过不去，挺难为情。他调侃道："咱们贫雇农是铁打的，饿个三天五天没事。"

张冒烟儿也笑着说："你倒站着说话不腰疼啊，敢情是你有家有业，说吃就吃，你以为俺们喝西北风就能长个呢。"

路雪峰笑着说："确实怨我，确实怨我，咳！饿坏了贫雇农同志们，我负不起责任呢。"这两个人对着一阵笑。

张冒烟儿说："土地改革是个新鲜事儿，谁能想得那么周全啊，今晚上俺们先凑合一顿吧！"

路雪峰不干,说:"土地改革是我们千年不遇的,今天都挺辛苦,哪能凑合呢?今天大家伙儿都挺辛苦的,这几个地主家的米啊、面啊、油啊、肉啊,你们都可以吃,自己去做好嚼裹吧!"

张冒烟儿一听,笑出了声来,把屁股一拍,说:"雪峰同志要是这么说,那就相当于给我们这些雇农过年了!明天俺们再加把劲儿挖地主阶级的浮财!"

正说着,卢忠和吴占河走了进来,听说了这几位贫雇农还没吃饭,也心疼和懊恼得直搓手,张冒烟儿哈哈大笑着,其他人也都笑了。

这工夫,几家地主家的车把式把牲口都牵到了贫雇农团,把牲口拴好了,一个白胡子的老车把式来到办公室,对路雪峰说:"老路,这会儿俺可把马鞭子交了。打今天起,俺就参加分房子分地,再也不当雇农了!"

路雪峰笑着,说:"老哥,你可小心喽!有了房子有了地,半垧地一头牛,老婆孩子热炕头,那可就不是无产阶级了啊!"

老把式一听,瞪起双眼,张张着两只手,半天说不出话来,过了好一会儿才说:"那可怎么办?照这么说,那我宁可不要地不要房子,也要做无产阶级!"

路雪峰哈哈大笑,说:"老哥哥,俺是开玩笑,相信党相信群众嘛!你不要,他不要,这些房子和田地分给谁去啊?再说了,消灭地主阶级,消灭封建势力就是为了我们无产阶级啊。"说完,两人都笑起来,老把式指着路雪峰说:"你啊,你啊,没个正形呢?"

张冒烟儿把全村的雇工都叫到了李永财家的院子里,打头的、赶车的、打杂的、做饭的都来了。几个人把李永财家大厨房打开一看,嘿!一大缸白面,还有早上没吃完的一大块焯好的肘子肉,油盐酱醋,是啥也不缺。大家就一起动手,眨眼之时,烙油饼,炖肘子肉,小米绿豆粥,做好了。刘江用大勺子把大锅沿敲得当当响,尖着嗓子大喊:"伙计们,开饭了!"张冒烟儿站在台阶上,大喊:"伙计们,来吃饭吧,路雪峰主任犒赏三军了!"祝平和白胡子老把式一前一后盛上饭,祝平左手端着一碗肘子肉,右手拿着一张白饼,坐在炕沿上吃起来,老把式更是把饼里卷上肉,直接吃起来。

卢忠和路雪峰这时也过来看大家了,众人高兴地一一握手,雇工们和卢忠握手以后,都摸到了卢忠手里厚厚的老茧,顿时感觉心里热乎乎的。

张冒烟儿说:"到底是阶级兄弟啊,心连着心啊。"卢忠说:"我们无产阶级走到哪里都是一家人啊,各位雇农兄弟,我们马上要斗争这四个地主,你们可要出把力啊！"张冒烟儿一听，又是习惯地一拍大腿："哈哈，知道大地主底细的还是咱长工啊，到了斗争大会，看咱们怎么揭这些操蛋玩意儿的黄皮疮！"

刘江接着说："看俺们要是一揭发出来，地主不疼得心肝肺颤巍才怪呢！"

卢忠笑着说："这倒是真的，地主就是需要广大群众去斗争，斗争了才清醒，才觉悟！"

吃饭完事，众人也不愿意散去，又谈起将来幸福的日子，几个人就像喝醉了酒。抓了地主，挖了浮财，缴了牲口，尝到了自由和解放的滋味，人们都觉得身上格外轻松，心里想了多少年的幸福生活，终于摆在了眼前了。

第二天，人们接着挖浮财，老高二嫂带着孟大眼镜儿和十几个妇女在东厢房收拾东西。

一边收拾着，老高二嫂一边对众人说："这些布匹、衣裳、被褥还没有分到户，有个耗子咬、受了潮，损坏了贫雇农的利益，咱们可是有责任！"

孟大眼镜儿推了推眼镜，说："一点儿不错，革命的事业就是要一丝不苟、千方百计地做好。"他搬来一张小桌，一个小凳子，找来纸笔，说："来吧！一样一样开始登记。"

老高二嫂和几个妇女归置着那些绫罗绸缎包好，装箱的装箱，入柜的入柜。地主人家穿不了，还置办了那么多。这些东西里有的还需要晾晒，然后再入库。直到中午，这几个人才归置清楚。为了更加严实，老高二嫂又找来两块草帘子，把窗户又挡了一层，门的上亮子也用草捆堵严实，这样就是麻雀钻不进去、风吹不着、雨淋不着了。

老高二嫂她们这边归置着衣服被褥，张冒烟儿、武连山、赵林和几个贫雇农们把家具归家具、农具归农具、缸归缸、瓮归瓮，一样一样归置清楚，一笔一笔记在账上。犁杖、耙、碌子、搂耙……一切农具都放置在场院里，用苇席盖好，免得损失。

从此以后，贫雇农团的工作进入了正常的轨道，工作队、贫雇农团、民兵队都开始办公了，洪家大院正式有了新名字，叫"贫雇农团团部"。

第十一章　贫雇农的强大气势

接下来几天，洪家围子的人们都在忙碌着，陆陆续续又有一些地主们藏匿的浮财被发现，这引起了卢忠和路雪峰两个人的高度警觉。

他们把于静春叫了过来，严肃地说："从现在开始，立即切断地主分子洪德福、曲大祥、李永财和白老毛儿与外界的一切联系，不许地主们在场院里活动，也不许和家属见面，更不许家属给地主送东西，上厕所必须有人跟着，吃饭做饭都在小屋里！加强岗哨，严密监视！明白吗？"于静春立正答道："明白！保证完成任务！"卢忠也对于静春说："我们民兵绝不能松劲儿啊，地主老财绝不会甘心失败啊，我们必须警惕起来！""嗯嗯！"于静春心里很清楚，这才是到了关键的时刻，他这个贫雇农的后代，一个正直诚实的年轻人，决心在毛主席、共产党的指挥下，和地主阶级战斗到底。

曲大祥看到场院里总是人来人往，就格外地紧张。看见人们都议论着什么，比比画画，好像很神秘，他的心里愈发地不安，他特别想知道贫雇农主席团的底细消息，总是不停地支起大耳朵想听听，转着眼珠子想看看，一听见点儿大声的吆喝声他就吓得心惊肉跳。

日本鬼子占领东北的十四年里，这些地主阶级用尽了各种手段，公开或者秘密地对抗着革命的力量和历史的洪流。东北地区的广大人民群众在中国共产党和东北抗日联军的领导和带动下越战越勇，越经历残酷的斗争，越勇敢不屈，越坚强。现在把日本鬼子从合江打跑了，把国民党也从合江赶跑了，现在又进行了史无前例的土地改革来势很猛，如大海的波涛汹涌澎湃。地主阶级已经再没有了还手的力量，可还是心有不甘，一有机会，就兴风作浪，给土地改革这个伟大的革命运动捣乱破坏。

洪家围子的四个大地主住在这个小屋子里，吃着高粱米饭，睡着草铺，只能隔着门或者是隔着小窗户看看蓝色的天空，他们真搞不清哪块云彩是他们的了，甚至感觉这一小块天空也不是他们的了。

　　民兵已经叫他们把锅灶都搬到了屋里，做起饭这锅就更不好烧了，一起火，就狼烟地洞，黑烟白雾满屋子，直往小窗户上窜，可这小窗户才一尺见方，烟气老半天也放不尽，呛得几个大地主趴在草铺上咳嗽个没完没了。

　　有时候看烟太大，民兵也开起门来给他们放放烟，然后就关上。关起门来，四个人就什么也看不到了，因为这几个地主都是各怀鬼胎，所以他们互相之间也是不怎么唠嗑儿，就是高粱米饭还不熟——干焖着。

　　曲大祥这几天里特别地烦闷，一锅子接一锅子抽着烟，偷偷地顺着木板门的缝隙往外面看，因为缝隙实在很窄，他只看见屯子里的人们把农具啥的都拉进了场院里，归置好，用草帘子苫好盖好。曲大祥心里不禁很伤感，这些东西原本都是自己家的，就连这个宽绰的大场院也是他曲大祥家的，可现在呢，自己还有什么呢？现在这洪家围子是贫雇农的天下了，自己逍遥自在的好日子是真到头了。

　　白老毛儿注意到，曲大祥老是蹲在门板那里往外看，以为能看见啥呢，也费劲扒拉地爬过去使劲地向外看，却发现什么也看不到。

　　曲大祥魔魔怔怔地自言自语："怎么地也得给人家留点啊，这都给没收了，还让我们怎么缓过来啊。"

　　白老毛儿和曲大祥眼对眼，说："你说我们就这样完了？"

　　李永财看着这俩家伙，自己一个劲儿地直撇嘴，这曲大祥和白老毛儿就是熊包完蛋货，他咬着牙说："不杀光这些穷鬼和共产党，就保不住我们子孙万代的好日子！"

　　曲大祥很不耐烦地瞟了一眼李永财，心里看不起没有心智的李永财，但嘴上没有说什么。

　　李永财看见他们几个在那扒着看，自己也在草铺上躺了下来，耳朵认真地听着外面的动静，可是他啥也没听见。曲大祥对白老毛儿说："你稳住架，别他妈一惊一乍的，不是说了嘛，打倒地主阶级，打倒，也不是打死，怕啥？人不该死，总有救，谁知道以后刮什么风、下什么雨啊？"李永财没言语，他的心里已经有了主意，和工作队、贫雇农团绝不承认自己是恶霸地主，自己充其量就是个屯儿混混，对贫雇农团的审问能顶住就顶住、能糊弄就糊弄，顶不住也糊弄不了了，就横下心来随便了。从土地改革运动的一开始，李永财就没抱啥希望，但是他就是心里不服，觉得一味地服从不是自己的性格。他想，也许国民党、蒋介石会打过来，会有人给他们这些人一点活路，也许自己正在掉进万丈深渊的过程中，有一朵美丽祥云正好飞过来托起自己呢，他总在没事的时候自己想入非非。

　　白老毛儿就不这样想，一开始他就认为，自己可能真的不是地主，即使是地主也是不大的小地主。他想着真的要有那么一天，即使土地被贫雇农分了，他还是要领着子子孙孙们努力地过好日子，从贫农干到中农，再从中农干到富农，再能过到以前那种红火的好日子。此刻，他的心里充满了希望和幻想。

　　而洪德福，自己的一堆一块、所作所为他自己是清楚得很，他在盘算着自己的未来。想来想去，好像也只有自己的大舅哥杨老虎可以救自己于这水深火热之中了，这个顽固的地主整天在小屋里像个死倒儿一样地躺着，只有吃饭时才起来，也不说话，其他三个人因为了解这个洪德福的狠毒和阴险，所以都不惹他，也不攀比他干活儿，洪德福大眼睛始终瞪着，望着棚上的檩子、椽子，不说话。

　　这几天，他们把小屋子打扫干净，搭上草铺，盘上锅台，搁上碗筷。在这个小屋子里，除了吃饭就是睡觉。

　　洪德福、曲大祥、李永财和白老毛儿，四个地主是四个性格、四个心思。

　　洪德福自己知道自己这些年都干了什么，如果没收土地、没收家产能过关，自己也愿意，有命才好活着啊。李永财是茅楼里的石头——又臭又硬，横下一条心地和革命去顶牛，和贫雇农为敌。曲大祥跟李永财还不同，过去他是最狡猾的地主，用尽一切聪明才智跟无产阶级、跟贫雇农明争暗斗，他为了和革命力量斗争，不惜牺牲自己的女儿，就是现在也是磕头作揖，希望自己的性命无忧。白老毛儿和他们还不一样，他是认准了一个道理，那就是好汉不吃眼前亏，为了个人利益，为了生命安全，他是俯首帖耳，听话得很。

　　中午饭，白老毛儿磨磨叽叽地和看守他们的民兵商量，民兵给了他们几个咸萝卜，把这几个人高兴够呛，白老毛儿一手托起咸菜，一手在墙角拽起个菜板子放在地上，猫下腰用刀把咸萝卜切成薄片，端到几个人面前。

　　于是，四个人各自拿起自己的碗筷，盛饭吃饭。吃饭也很简单，一碗高粱米稀饭，就着咸菜片吃，晌午都过了，肚子早都饿了，虽然说是稀饭就咸菜，空着肚子吃起来也感觉很香甜。要说香甜，也只是在眼下这情况来说，在过去，地主家吃个饭，那不是烙大油饼、摊鸡蛋，就是大米饭，隔三岔五，也缺不了大鱼大肉啊。可是如今，他们被没收了土地房屋和财产，被关在这个小屋子里，贫雇农给他们吃碗饭，就已经是不小的宽大了。

黄昏时分，卢忠和路雪峰来到场院，检查了一下农具的保管和登记。二人一起往贫雇农团团部走去。卢忠对路雪峰说："看起来地主的浮财有很多，我们还没有找出来啊。"

路雪峰说："不把他们藏的埋的浮财找到，他们随时可以偷走、运走啊，那时候那些东西就还是他们的财产。"

卢忠说："这样不行啊，我们也不可能满大街乱挖啊。"

路雪峰胸有成竹地说："依我看，俩办法，一个是接着挖，一个是攻心，叫他们自己报。"

卢忠把手往炕沿上一拍，说："对！我们要发动群众揭发，还要叫地主老实交代，把隐藏的浮财吐出来！"卢忠接着说："正好我要把四个地主区别对待，分开处理呢。"

两个人商量了一会儿追浮财的事。吃过晚饭，路雪峰就让于静春叫张冒烟儿、赵林、王铁匠、武连山、老高二嫂、孟大眼镜儿、黑老李等人来到了贫雇农团团部。听说要对地主攻心深挖浮财，大家都挺高兴。路雪峰拉拉着脸，对大家说："大家要站稳立场，给地主阶级点颜色看看！应该严厉起来，和风细雨感动不了阶级敌人！"

路雪峰和于静春搬了几条板凳摆好，把几个电灯泡子挂在高处，把个贫雇农团团部照得通亮。民兵们都拿着大枪，枪上上着刺刀，排列在台阶旁边。路雪峰、张冒烟儿、老高二嫂、郭文声、赵林、武连山、王铁匠七个人坐在板凳上，卢忠坐在炕上叨着烟袋。路雪峰挓挲着胡子，压抑了多年的阶级仇恨在他胸膛激荡。他把胸脯一拍，说："先带李永财这个狗日的！"

于静春带着俩民兵一路小跑到场院小屋，打开门以后大吼一声："李永财，出来！"

李永财刚刚吃完了还是高粱米饭的晚饭，四仰八叉地躺在草铺上抽着烟，听于静春一声叫，不由得浑身打了个冷战，但很快他就平静下来，他搞不清这次自己出去是吉是凶，转着黄眼珠子瞅瞅门外，慢慢腾腾地坐起来，在屋子地上磕了磕烟袋里的烟灰，提上鞋子，一步一步走出来。见于静春领着俩民兵提着大枪等着他，李永财知道最困难的时刻来到了，但他还是老老实实地跟着于静春向贫雇农团团部走去。

洪德福警觉地侧过脸看看，随即又闭起了眼睛。曲大祥和白老毛儿睁着眼睛看着，直到民兵押着李永财远去，感叹道："是福不是祸，是祸躲不过啊。"

李永财一进院子，就看见屋子里灯火通明、阵仗齐备，知道今天这一关不好过啊。他低下头，垂着肩膀一步一步走上台阶，眯着眼睛站在门槛前边。

屋里鸦雀无声。

不一会儿，路雪峰问李永财说："李永财！问你个事呗？你的大黑辕马是怎么病的！"

李永财这个地主加恶棍是很有经验的，多少年来，他也没少见过大阵势，在往贫雇农团来的路上，他就把自己的口供都想好了，他下决心不多说一个字。他一听问道黑辕马的"病"，他没打奔儿，就说："不知道！"

路雪峰见李永财这个顽固的样子，火气一下子冲上来，说："李永财，你为啥不睁开眼睛？看你闭目哈赤眼儿的样子！"他又啪啪地拍了几下桌子，说："叫你睁开眼！你落到今天这样，都是你们压迫和剥削的结果！"

李永财还是闭着眼睛，低着头不说话。

路雪峰停了一会儿，说："你不睁开眼睛不是你害怕，而是你死不悔改！"

李永财猛地抬起头，瞪圆了黄眼珠子，转来转去，说："呦呵，你们好大的阵势啊，我说话怎么地？不说话又怎么地？我愿意说话就说话，不愿意说话就不说话！"

路雪峰看见这个老地主这样嚣张——黝黑的脸庞，满脸的横肉，满脸的灰胡茬子，两簇灰白的眉毛挺立着。他心里的火腾地就上来了。还没等他吱声，张冒烟儿、老高二嫂、郭文声一齐站起来伸手指向了李永财，说："老地主，你老实点儿！你以为还是你整维持会的那时候吗？"

赵林站起来，说道："是狗改不了吃屎，是狼改不了吃肉，真是一点儿不错啊。地主就是和狼和狗一样，打倒了还想咬人吗？"

郭文声红着脖子说："这回啊，我也知道了地主阶级的反动了，不撞南墙不回头，不到黄河不死心啊，抓他的时候，他还动武把操呢。今天我们挖浮财，还不老实交代！"

路雪峰强压住心里的怒火，说："李永财！你放明白点儿！你睁开你的狗眼睛看看这是什么地方！日本鬼子叫我们打跑了，国民党反动派也叫我们打跑了。现在是共产党的天下,再也不是你们土豪劣绅大地主的天下了,如今,洪家围子是我们贫雇农的天下,你还不老实?!"说着,路雪峰走上前去,用手指指李永财。

李永财冷笑了几声,没说话。

于静春大喊一声:"你个老地主!"蹿过去照准李永财的屁股噔地就是一脚,李永财扑通一下扑在地上。就是这个时候,听说夜审地主,贫雇农们都来到贫雇农团团部,争先恐后地挤进院子,齐声大喊:"打倒恶霸地主李永财!""打倒土豪劣绅李永财!"一阵阵叫喊声像浪潮一样涌上来。有人气得要动手,郭文声走上前劝导:"有话好好说哦,不要违反政策。"院里一阵混乱。民兵把人们拦住,审问接着进行。

主席团得到广大群众的支持,路雪峰更加信心十足,他坐了下来,说:"李永财!你在洪家围子横行霸道,多少人被你害得倾家荡产、家破人亡?多少人被你剥削得卖儿卖女、妻离子散?今天到了算总账的时候了!你要是把浮财都交出来,算你立功,给你一个宽大处理!"

说到这,老高二嫂止不住红涨着脸,满眼都是泪花,指着李永财说:"李永财!你吃人肉,喝人血,断子绝孙的老东西!这工夫你还不服气,不交出浮财!我和你拼了!"说着,一下子就向李永财扑过去,大家赶紧给拉住了。

于静春伸出右手捏住李永财的耳朵,提起他的头,叫他仰着脸看看前后左右的人们,又突然松开,把李永财摔在地上。

李永财无时不刻不在暗地里想着何时才能重振自己的威风,一雪这失败的耻辱,何时能从穷鬼们手里夺回自己的土地,重现自己过去的繁荣。可是这权势已经不在自己的手里了,这次的失败就如同秋风扫落叶一样。在他的心里,共产党的政权就是无边无沿的黑夜,国民党不打回来,他的权势永远回不来,他的土地、他的房子,他的全部财产,甚至他的一切一切都回不来了。他唯一的希望就是蒋介石卷土重来,又得了天下,那他的一切就都回来了。可是经过这接近一年的解放战争,他也知道,国民党反动派,无论是军事,还是政治,还是经济,都打了败仗。李永财知道自己的希望早已经成了泡影。想到这里,又听见人民群众的怒吼声,这老地主那铁青的脸庞,不住地颤抖。

张冒烟儿伸手指指李永财,说:"李永财!你也别哆嗦,你照这样下去,遭罪的时候在后面呢!你不要把我张冒烟儿当傻子,我在你家扛活儿七年,你家房子、地、你家的坛坛罐罐,就连你家炕有几块砖我都知道。'土改'工作队进咱屯子以后，你晚上捅捅咕咕地，你以为俺们不知道？老话说得好，要想人不知，除非己莫为。我告诉你说，你的财产怎么藏起来、怎么倒腾走的，是你自己说出来，还是我们说出来。"

武连山、郭文声、老高二嫂、于静春都一起伸出胳膊，气愤地指着李永财大喊道："老地主！看看你现在到了啥地步？"

卢忠在路雪峰的身后，看到了这火热的革命斗争场面，心里十分高兴。土地改革既充分发动了群众，又培养和锻炼了革命的骨干。

卢忠笑呵呵地走过去，对李永财说："李永财！顽抗到底对你没有好处！土地改革是一场暴风雨，你能一个人用手就遮住太阳？你一个人能阻挡历史前进的车轮？你只能被车轮轧死！"卢忠的这几句话，使得屋里屋外顿时一片寂静，李永财也心里一颤，耷拉下脑袋。卢忠接着说："共产党对地主阶级还是有政策的，顽抗到底、死不改悔的，依法惩办！低头认罪，接受改造的，可以分得一份土地和生产生活用具。你自己掂量着办吧！"

路雪峰接着说："卢队长的话你听见了，你是破罐子破摔还是争取宽大？你的那些事全屯子都知道。只要你低头认罪，服从监督和改造，把浮财吐出来，你的家人还可以分地、分房，如果你顽抗到底，我看你快进监狱了！"

这时候，主席团的人，你一言，我一语。老高二嫂说："说不说都在你，没有不透风的墙啊！"

李永财在贫雇农的强大气势下，在政策的威力下，顽抗到底的思想动摇了起来。可是琢磨自己藏起来的财产是说出来呢还是不说出来呢。说了吧，金银财宝不是自己的了，不说吧，怕又得不到宽大。再说家里的那些长工能不知道他藏哪儿了吗？万一长工们给抖搂出来，就更不好整了，东西没有了，宽大也没有了。他最怕贫雇农团把他交给贫雇农处理，那他还不被打死啊！他想到这里，心里发起抖来。他曾经想到过逃跑，离开这个洪家围子，可是，这东北，尤其是北满，遍地都是共产党、民主联军，遍地闹"土改"，遍地都是贫雇农团掌权。藏也藏不住，躲也躲不开啊，再说自己还有些事见不得天啊。看起来只有老老实实接受监督改造，兴许还可以蒙混过关。想到这里，他不得不像演戏一样，表演一番，想着把今夜糊弄过去。他趴在地上磕起头来，说："我老实！我老实！争取宽大处理！"

路雪峰说："那好！你拿点儿实际行动！"

李永财一听，眨巴眨巴眼睛，浑身打了个冷战，嘟囔着，不说什么。

路雪峰说："你说吧！"

卢忠说："你说吧，说出来算你老实！"

李永财此刻心上犹如沉沉地压上了一块儿大石头，他瞪着两个眼睛，把嘴闭得紧紧的。

路雪峰说："用不着犹豫，你想捣鬼吗？你捣鬼也捣不出贫雇农团的手心！"

院里的群众听到这里，又往屋里冲，还大喊起来："李永财不老实，给他个死路一条！"

郭文声再也忍耐不住了，伸出手，拍着桌子，说："早就看透了你个老地主，你别打算蒙我们，实话告诉你，今天你不说出浮财，你别打算过去！"

这时的李永财，就像是一个木头人，直挺挺地杵在那里。在进到农会这个屋子之前，他早就在心里打定主意了，让他说出财产那是万万不可能的。说出来就暴露了自己的万贯家财，也整没了自己的万贯家财，那他就更是满盘皆输了。他只有闭紧嘴，憋着气就是不言语了。

路雪峰看李永财不言语，拿出烟袋抽着了烟，站起来对卢忠说："看起来地主阶级要是能回心转意、争取宽大处理很不容易啊！"

卢忠说："这就是地主阶级的反动本质，所以啊，我们一定要彻底消灭地主阶级！"

人们一看审不下去了，会场的气氛也就逐渐地缓和下来。三个一堆，五个一伙儿，抽烟，唠嗑儿。

李永财此刻的心里十分为难，他感觉失点钱财是小事，要是把帮助自己的人给递出来，自己可就没有啥缓头了，就永远没有还手取胜的那一天了。想到这里。他想起有一个地方藏的东西可以交出来，还不暴露帮助他的人。

路雪峰看着李永财的黄眼珠子转悠起来也没有完了，他清了清嗓子说："李永财！你想好了吗？我们不能老是等着你！你要是不交代浮财，就说说那大黑辕马的事！"

李永财听见大辕马的事，浑身一激灵，马上下定了决心交代那浮财，把大辕马的事糊弄过去。为了下定这个决心，他把牙咬得嘎嘣响，说："我说，我有些财产藏在北屋的房檐下了；还有一些东西，埋在东房山的夹墙里头了。"说到这里，这老地主的顽固思想又在头脑里占据了上风，立马后悔起来。

大家伙以为李永财真的要交代，等李永财说完。人们不由得一阵哄堂大笑。

路雪峰问："李永财！你真老实吗？"

李永财回避着路雪峰的目光，低下头说："我真老实。"

路雪峰抿嘴冷笑了几声，说："你这也叫老实啊？你的眼珠子比谁转得都快，脑瓜子晃荡得像货郎鼓似的，我实话告诉你，你说的那两个地方我们早就知道了，也早就把东西翻出来了！"

当李永财交代的时候，人们还没吱声，听路雪峰这么一说，人们一下子醒过腔来。张冒烟儿很气愤，说："李永财，你这个狗地主，你这是拿我们寻开心呢！"跑过去，照着李永财的脊梁骨就是一大拳头。"要不是'土改'有政策，我看应该揍死你个老东西！"李永财被打得直龇牙。

郭文声说："好你个老小子！你跟俺们扯淡！"

路雪峰说："李永财，你个恶霸地主，你这个阶级敌人很不老实！"他把大手一挥，说："把他带下去！"

于静春和一个民兵走过去，于静春抬起脚照准李永财的屁股扒拉了一下，说："狗地主，滚回去！"两个人拉起李永财就走，拽得李永财跟头把式。

路雪峰说："把曲大祥带过来！"

于静春和那个民兵把李永财带回了场院小屋，于静春伸手操了李永财一把，李永财跟跟跄跄地扑倒在草铺上。

于静春提高了声音，喊："曲大祥，出来！"

曲大祥听到叫他，慌忙扔下烟袋走出来。这是夜深人静的时候，刚才审问李永财，现在轮到他了，腿不由自主地颤抖起来。跟着民兵进了屋，他腰弯着，脸也哭丧着。

路雪峰说："曲大祥，你想明白没有，地主阶级有没有罪？"

曲大祥腰弯得更低了，说："有罪，有罪，我们地主剥削有罪！"

于静春从鼻子里冷笑了几声说："呦呵？学乖了，真的假的啊？"路雪峰一听，一手掐腰，一手把膝盖一拍，说："你别听他的胡话，那就是在麻痹我们！"这么一说，屋里的贫雇农都明白了。他们现在才知道路雪峰早就是个有着丰富斗争经验的同志，抗日战争时期就勇敢机智，是远近闻名的传奇人物。卢忠在一旁看着，心里也很钦佩。卢忠接下去说："好啊，曲大祥，既然你知罪，那你就说吧！你把浮财转移到哪儿去了？"

这时，曲大祥心里已经凉了半截了。他心里知道，真正的难关到来了。他说："现在，我明白了，钱财乃身外之物，房子和土地都不是我的了，浮财能值几个钱？"

路雪峰说："你心里明白，我心里也明白，说吧！只有你能保护你自己。"

说到这里，曲大祥心里打起鼓来，看了这个架势，不说过不去关，说了就把杨万生给递出去了。他瞪大眼睛说："要说我没藏浮财，那是扯淡，走吧！在我家东厢房的北山墙里，有五百块现洋，我贡献出来给贫雇农，从此以后我一家人就靠贫雇农赏口饭吃了！"

路雪峰望着曲大祥，问："你保证能起出来吗？"

曲大祥恭恭敬敬地说："我敢保证！"

路雪峰把肚子一拍，上前几步，说："你领道儿！"

于静春和张冒烟儿拽起曲大祥，于静春说："糊弄贫雇农，我要你的脑袋！"

曲大祥说："绝无差错，我曲大祥过去有罪，从今往后，我老老实实听贫雇农的。"

曲大祥在前边走，大家在后面跟着，到了曲大祥家的东厢房，孟大眼镜儿掏出了钥匙，开开门，说："曲大祥！你说吧，在什么地方？"曲大祥指着北墙的一个角落，说："就在这底下。"路雪峰瞄着曲大祥，说："真在这？别耍花样啊！"

曲大祥连连点头说："就在这儿！"

于静春拿起大镐，照着曲大祥指的地方，吭吭几下子就刨开了，出现一个木头箱子。打开木头箱子，全是现大洋，刘江在旁边说："这就是洋钱？"孟大眼镜儿拿了个簸箕，把木头箱子里的钱都抠出来，数了数，果然是五百块。

路雪峰走到曲大祥跟前，问："还有呢？"

曲大祥弓着腰，低头说："没有了！"

路雪峰说："你骗三岁小孩子呢！你好几十垧地，又放高利贷，你就这点儿浮财？又想骗人！"

曲大祥早料到会这样，他低下头，腰都快弯到地上了，说："我多大的一家子呢，人吃马嚼的，开销也大啊。"

卢忠在一旁冷笑道："他不说实话，叫他回去自己反省！"

民兵把曲大祥送回了场院小屋，叫出白老毛儿。这个白老毛儿也不知道是真是假，一听见叫他，就浑身筛糠，鼻涕眼泪一齐流，嘴里不停地在说："我有罪！我有罪！"

这老地主一进贫雇农团，就跪地下了，说："别审了，我自己说，我藏了浮财了！"

当贫雇农团审问李永财和曲大祥的时候，白老毛儿真害怕了，他问洪德福："怎么整啊？"洪德福闭着眼睛，没搭理他，李永财一回去就一边擦汗一边说了审问的细节。白老毛儿想，与其遭罪受苦，不如自己说出来。

路雪峰一见白老毛儿这个架势，笑眯眯地说："你倒挺利索，那你说吧，浮财藏在哪里？"

白老毛儿说："在我家的马棚里头！"

于静春说："真的假的？我们没工夫和你磨牙！"

白老毛儿抬起头说："真的！"

路雪峰说："既然是真的，就先让你回去，要是糊弄俺们，你看着！"

民兵把白老毛儿押回了场院小屋，大家一起来到白老毛儿家的马棚，拿了铁锹大镐就刨起来。只累得于静春、张冒烟儿几个人大汗淋漓，也没刨出啥玩意儿。于静春叫路雪峰和卢忠来看也没看到啥，路雪峰生气地一挥手，说："把白老毛儿带过来！"

民兵端着大枪跑回小屋，把门打开，横眉怒目地喊道："白老毛儿，滚出来！"

白老毛儿吓得一激灵，从草铺上爬起来。民兵上去就是一脚，说："老东西，你敢骗贫雇农！"

白老毛儿扭过脸，摸摸屁股，笑着说："我没骗人啊，咋的了？"

民兵用刺刀尖指了指白老毛儿，说："走！找不到浮财，我给你扎个透心凉！"

白老毛儿鞋都没顾得上提，在民兵前面小跑着，来到他家马棚。

路雪峰一见白老毛儿，红着脸说："你不老老实实啊，俺们刨了半天，哪有啊！"

白老毛儿猫着腰，他用手指在一个地方画了个圈儿。说："这块如果没有，你要我的脑袋！"

于静春猛劲地抡起大镐，在画了记号的地方刨起来，刨下去二尺多深，一大镐下去，听见咔吧一声，大镐刨到了一大缸上。老高二嫂没等于静春再刨，就上前扒拉起来，大缸有苇席盖着，里面有半下子都是现大洋。老高二嫂、孟大眼镜儿、武连山往出拿，路雪峰和卢忠装袋子，装完一过数，整整一千大洋。

老高二嫂笑着说："这是我们贫雇农的大胜利！"

白老毛儿这个时候，来劲儿了，骄傲地说："我说有就肯定有！俺不敢骗贫雇农啊。"在回场院那个小屋的路上，白老毛儿咧着嘴，不知道是哭还是笑。

白老毛儿是又高兴又心疼啊，高兴的是混过眼下这一关了，心疼的是那些现大洋白瞎了，在北满，在佳木斯，在这个屯子里，能积攒一千块大洋那可不是容易的啊，那得花费多少年的心血，剥削多少个长工、短工和雇农、佃户啊。

半夜了，天很黑，白老毛儿被带回到了场院小屋，白老毛儿一进屋，民兵就咣当关上了门，上了大锁头。

小屋里很暗，小油灯的火苗不大点儿，白老毛儿一个人立在小屋里的地上，怵了好半天，曲大祥懵懵懂懂地睡醒来，看见白老毛儿站在屋地当中，就低声悄悄地问："你怎么样？"

白老毛儿此时有气无力地说："我说了。"

曲大祥也点点头，低声地说："多少得吐点儿啊，不吐点儿好像也过不了关啊！"

李永财和洪德福也没有睡着，洪德福还是那样，就是不睁眼睛。李永财来气了，一翻身坐起来，抻着脖子，翻着眼珠子，说："没有过不去的火焰山，我就他妈不吐，我看这些穷鬼能把我怎么地？"他停了一会儿，又对着指手画脚的曲大祥和白老毛儿喊道："你们就在贫雇农团面前买好吧！你们装作开明是吧？他妈个巴子的，我把话撂在这儿，我要是死了我也得他妈拉几个垫背的！把我惹急眼了，我就整死你们这些王八犊子！"李永财恶狠狠地看着曲大祥和白老毛儿。

这曲大祥和白老毛儿是真吓坏了，两个人跑一边睡去了，和李永财之间隔着洪德福，可是睡也不敢睡太死。这两个人心里都知道，这个李永财心狠手辣，还有点儿功夫，要真是想弄死个人，那还真就不是啥难事。李永财自己顽固不化，豁出去了，自己再一样地犯虎，和李永财这个疯狗较劲儿，就吃大亏了。

这么多年来，这个李永财就一直和革命的队伍唱对台戏。他知道共产党的政策是要斗争地主，给群众分田地，他感觉自己祖祖辈辈留下来的家产，说啥也不能让共产党给共产、给分了，所以李永财骨子里多年的顽固，多年来对共产党的抵制和仇恨，曲大祥和白老毛儿这两个地主也是早就深知的。

可是，都后半夜了，曲大祥和白老毛儿实在困得不行了，也就迷迷糊糊睡着了。

贫雇农团团部里，路雪峰说："去带洪德福！"

卢忠阻止道："别！这个洪德福，我们对待他，要和别人不一样，不叫他，闷着他！这小子问题不少！"

路雪峰想了想，点点头，说："那行。大家都回去睡觉吧，赵林和孟大眼镜儿把挖出的浮财归置好入库，于静春，你们民兵要精神儿的，丢了浮财坚决不行！"

卢忠接着说："都回去吧！要提高警惕，防止地主阶级的残渣余孽捣乱！"

他对老高二嫂说道："二嫂，明天我看你负责突击审问一下这四个地主的那帮儿家属，我们要把浮财挖利索。你看咋样？"

老高二嫂腾地站起来，说："卢队长，俺估摸着行，没啥问题！"

"嗯，那就都睡觉。"卢忠挥了挥手。

吴占河和于静春在一起研究执勤和站岗巡逻，又四处看看，才躺下睡觉。

第十二章　不到黄河不死心

老高二嫂起了个大早，和女儿吃完早饭，把自己家的猪喂完，又把家里收拾利落了，就来到了贫雇农团。

她和几个妇女队员简单商量了一下，又让于静春给安排了两个荷枪实弹的民兵，给妇女队员壮着声势，就开始了审问地主家属、抠浮财。

第一个带来的是洪德福的大老婆。老高二嫂一边问一边劝，把个洪德福的大老婆整得都要蒙了。这个时候，屯子里的大姑娘小媳妇来了不少，挤挤擦擦地站了一屋子，屋子里顿时喧闹起来。

"看那个洪德福媳妇胖的，跟个老母猪差不多！"

"你看这个地主婆子，还在那疙瘩拿架子呢！"

议论声越来越大。

洪德福的大老婆站在老高二嫂面前的屋地上，胖身子一点儿也没看出瘦来，大嘴唇子噘噘着，脸白一阵儿红一阵儿，两只手都不知道往哪儿放了。

老高二嫂正色地对洪德福大老婆说："快说吧，你家掌柜的都坦白了！"

洪德福的大老婆吃了一惊！难道是真的？还是糊弄自己呢？她瞅瞅屋里的人，有的冲她笑，有的瞪眼睛，有的不搭理她，仿佛这个屋子里的所有人都和自己有几辈子的仇恨似的。她害怕起来。

"老高家的，我……"

"你快点儿说实话！"

"我说……"洪德福大老婆顺口答应着，却又不想说。看见老高二嫂瞪起了眼睛，她只好接着说："在我家的后园子里埋着几个大缸，里边都是麦子。在会龙山西坡我家的地窝棚里，藏了五头牛。"

"还有呢？"

"没有了，如果你们再找出啥，把我脑袋割下来！"

这个洪德福的大老婆也确实不知道，因为洪德福啥事也不告诉她，要不是看在他哥哥杨老虎的面子，早就不要她这个黄脸婆了。老高二嫂一看也没啥抠的了，就叫洪德福大老婆回去，叫别人了。

一整天，老高二嫂一气审问，午饭都没吃，在几个地主家属身上也翻出了首饰，又挖出不少的金银首饰和衣服被褥，也都相应地登记入库了。

就在老高二嫂带着妇女挖浮财的时候，于静春手里拎着一杆长枪，四处走着、看着，他每天都要到这四个大地主家去挨个地检查一下。

当他走到李永财家的小角门的时候，发现有点不对劲儿，李永财家里的几个人，包括那个白白胖胖的大老娘们儿，看到自己来了，眼神不大对劲儿，有紧张，也有恐惧。于静春看到这里，把手里的长枪端起来，在这帮地主家属的注视下，一脚踢开了二道门，走进了里面的那个院子。

于静春进到了里院，突然看到在李永财原来住的房子的前屋檐下，有了一个大大的深坑，看这个痕迹，是一个很大的长条箱子，肯定是夜里偷摸抠出来，转移走的。

于静春火冒三丈，感觉自己的眼前直冒金星，赶紧又四处再看了一看，在屋子的东房山也有一个大圆坑，圆圆的，好像是一个大缸的痕迹。这一看，就明白了，肯定是几个人一起，把这里原来埋的大缸给抠出来，整走了，这个大缸留下的圆坑还没有来得及填上。

于静春这下子气得不轻，他不由自主地把自己的满口白牙咬得咯吱咯吱响，嘴里大骂着："操他妈的，这帮地主阶级真是地地道道的阶级敌人啊，就是他妈的舍命可以、舍财不行啊！"于静春气哼哼地往院子外面走，刚刚出了李永财家的院子大门，还没有走下台阶呢，就看到了昨晚执勤的王明亮和赵虎两个背着大枪的基干民兵从东面走了过来。

于静春看到了这两个人，气不打一处来，瞪起了大眼珠子，一蹦老高地喊道："你们两个家伙不好好地在这里看着李永财家，刚才跑到哪儿去了！"王明亮和赵虎，一看自己的队长于静春耷拉着脸，大眼珠子瞪得像灯泡似的，脸上和脖子上的肌肉都在颤抖，着实是吓得够呛。

王明亮岁数大一些，十九了，他低声地回答："回家吃饭去了。"

"你呢，赵虎？"于静春喝道。

"我也是，回家吃饭去了。"赵虎才十七岁，他害怕地看着于静春。

于静春的脸拉拉着老长，对着王明亮和赵虎瞪着眼睛说："就你们有家吗？就那么想家里啊？谁像你们这样啊？说！你们俩昨天夜里都干啥了？"

王明亮有些心虚地回答："昨天晚上，我们俩在这里待了大半宿，后半夜，我们两个一看这李永财家也没有什么大动静，我们俩实在是太饿了，俺俩就商量着回家吃点饭去，再眯愣一小觉儿，也没睡多大会儿，我们俩就赶紧回来了。"王明亮说完这些还不算完，又辩解道："我们俩都好几天没睡好觉了，我们吃点儿饭、睡一觉也没啥毛病吧？"

话音还没落，于静春已经气呼呼地上去，就给了王明亮一脚，嘴里嘟囔着："为什么不换班地睡觉和吃饭？嘚瑟什么啊你们俩，都他妈是混蛋猪脑子吗？"王明亮可真是没有想到，这于静春队长还真的翻了脸了，还踢了自己一大脚，也难堪地红了脸，瞪大了眼睛，对于静春喊道："我们擅自离岗了，有错误可以批评啊，你怎打人骂人呢？你这就是违反政策！我要告诉卢队长和路雪峰主任去！你骂谁是混蛋猪脑子啊？"

"好，你们自己长眼睛自己来看看！"于静春怒吼着，拉着两个民兵就来到了李永财的里院，看了正屋房檐下的大坑，又看了东房山的大坑。"你们要是不瞎，你们看看这都是什么？"于静春说着，嘴唇不由自主地颤抖个不停，连气带急地喊道："咱们基干民兵队就这个熊样吗？执行个看守的任务都干成了这个样子，咱怎么和贫雇农团和工作队交代啊！"说着，于静春的眼泪止不住地流出来，滴落在前衣襟上。

这个时候，王明亮和赵虎的心跳一下子扑通扑通快了起来，再也不敢犟嘴了，站在那里，像霜打的茄子，也不知道说什么好了。

王明亮说话了："队长啊，我们错了，都是我们的不对，我们擅自离岗，让地主阶级把浮财给挖出来偷跑了，我请求严肃处理我，治我的罪。"王明亮的话语里开始只是带着哭腔，到后来就是鼻涕眼泪一起下来了，他感觉到自己由于疏忽大意给民兵队抹了黑，心里很痛苦，哭得非常伤心和难过。

赵虎也在哭哭唧唧地号啕着，嘴里念叨着："我也请求组织上处分我，我不对。"

于静春此刻还在落泪，他噘着嘴，对两个民兵吼道："现在说处分不处分的有啥用啊？你们以后可得长点儿心啊，把自己的工作做好了，像咱们这样看丢了地主阶级的浮财，我们基干民兵队没有办法向全屯子的广大贫雇农交代，没有办法向贫雇农团和土改工作队交代啊。"

　　自打土地改革工作队进了洪家围子以后，于静春和基干民兵队就没白天没黑夜地执行着警卫和看押等任务，抓地主，挖浮财，看押地主，守卫贫雇农团，任务很多而且很繁重，有时都没有人换班吃饭，都快整不过来了，于静春还非常警觉，信不实、不托底的人于静春也不要。所以这帮民兵同志们有时一天吃一顿饭，有时可以吃到两顿饭，有时呢，只能在家拿个苞米面大饼子揣在衣服兜里，饿了就啃一口。睡觉呢，就更费劲了，不管是黑夜还是白天，也不管是在什么地方啊，只要是得闲容空，不管是苞米秸秆堆里，还是谷草垛里，都能困得眯一会儿。昨天晚上，王明亮和赵虎两个民兵实在是熬不住了，肚子饿得咕咕叫，还困得眼睛睁不开，就好像商量着跑回去了家，吃了一口东西，睡了一小会儿，可是没有想到啊，刚刚离开这个岗位一会，就出了这样大的事。王明亮感觉自己岁数大一些，自己的责任大，就对于静春很过意不去地说："是我们粗心大意了，是我们没有尽到基干民兵的责任，责任主要在我，是我给组织带来损失的，我请求严肃处理我！"

　　于静春这个时候已经不哭了，他愣在那里，大眼睛叽里咕噜地转动着，心里在思考着问题，因为没有想明白，所以站在原地一句话也说不出来了。

　　王明亮和赵虎这两个民兵，今年一个十九岁，一个十七岁，都是"土改"后重新整顿民兵队伍时，路雪峰和于静春亲自挑进基干民兵队的，虽然说已经是基干民兵了，但还是岁数小，没有斗争经验，刚进基干民兵队就担当了这样重要的执勤任务，因为一时的疏忽大意，是可以理解的事情。想到这里，于静春的气就已经消了一半了，他现在想的是为什么地主阶级能这样准确地知道两个基干民兵走了呢？在这个时候又是哪些人乘机转移走了浮财呢？是不是还有一双眼睛在暗地里盯着工作队、贫雇农团和基干民兵队呢？这些让于静春感觉后背发凉，引起了于静春的高度警惕。

　　于静春脸色和蔼了许多，他对也站在院里不知所措的王明亮和赵虎说："你们知道被地主们偷走的能是什么吗？"

　　王明亮赶紧说："也就是个粮食囤子。"

　　于静春大声说道："你净是往轻了说啊，那要是两大缸绫罗绸缎呢？"

　　王明亮听到这些，心里吓得一阵颤抖，弱弱地说："那要是两大缸现大洋，我们俩的罪过那可就更大了！"

于静春走到王明亮和赵虎跟前说："我琢磨着，一定是特别值钱的东西，要不然，地主阶级也不会埋在地下，更不会三更半夜地偷着整走。"

王明亮是越想越害怕，急得一个劲儿地直跺脚，又哭了起来，说："刚刚参加民兵队，怎么也没有想到出了这样大的错误啊，这可怎么办啊？"

于静春说："我一直告诉你们，别骄傲自满，要小心谨慎，你们可倒好，都当耳旁风了。"

王明亮突然说："唉，队长，我看那帮地主的家属的脸色怎么这么可疑呢，好像是他们搞的鬼啊。"于静春也感觉想起刚刚地主家人的行为，是啊，不对，这里有事。

他们三个把大枪一端，跑到了二门的外面，把地主的家属都给叫到了一起，问道："你们昨天晚上，听到里院有什么动静了吗？不说出来，都给你们镇压喽！"

听见民兵们这样问，李永财那白白胖胖的媳妇，悠荡着两个大乳房，慌里慌张地走过来对于静春他们说："俺们是什么也没听见，什么也不知道啊。"说完干笑了几声，给自己家的其他家属使着眼色，说："你们是不是也不知道啊，也没听到什么啊？"

李永财的姑娘，一个二十出头的没有出阁的女人，吓得浑身发抖，她对于静春回了一句："昨天后半夜，听见里院有动静，好像是有人跳墙进了里院。"

那胖地主婆子一下子变了脸色，对着自己的女儿大喊道："姑娘，怎么就你耳朵尖呢？你傻啊，还是缺心眼啊？我怎么就什么都没有听见呢。"

一句话把李永财的女儿整得没了言语，低声说了句："是真的听到了还是我在做梦，我真就记不清了，正是睡得稀里糊涂的时候了。"

于静春来气了，对李永财媳妇这个胖娘们儿就骂了一句，说："你这胖地主婆子，谁他妈让你说话了！"

地主婆子翻翻着眼皮，死猪不怕开水烫地说："俺们就是啥也没听到！啥也不知道，怎么地？"

气得王明亮拿起枪托就要去砸这个胖地主婆子，被于静春给拉住了。

不管地主李永财的家属怎么样遮遮掩掩，但这一大箱和一个大缸的浮财反正是被地主阶级偷运走了，有基干民兵在执勤，还敢在半夜跳墙进来偷运浮财，可以肯定一点，那就是一定有人在暗中盯梢，知道了民兵执勤和换岗等活动的规律了，昨天夜里，得着机会就下手了。从这件事来分析和判断，阶级敌人是有组织、有预谋、有计划的一次行动，这不是一个简单的案子，而是一个很危险的信号，那就是在我们抓起来的地主阶级以外，还有阶级敌人在活动。

于静春和两个民兵，一看也问不出什么来，就又回到里院，坐在大屋门口的台阶上犯起愁来。

赵虎岁数小，他带着哭腔说："既然咱们都已经犯下大错误了，没有别的，去向贫雇农团告罪吧。"

于静春也说："你们俩犯了这样大的错误，我也没有脸见人啊，我处理不了，咱还是让贫雇农团来处理吧。"

三个人说着，就往贫雇农团团部走回来，卢忠和路雪峰都不在贫雇农团，这三个人就坐在基干民兵队的门口等着处理了。

赵虎呆呆地把头低着，抱着膀子，一向就不怎么爱说话的他，现在就更成了闷葫芦了。他在想，要是能做一件立功的事，将功赎罪，那该有多好啊。他站起来，焦虑地在院子里走来走去，走到西厢房的东南角，他突然发现靠墙根儿有十几块砖好像是新铺上的。他低下头，端详着这几块砖，心里在想：这几块砖底下要是有一大缸的地主阶级埋的现大洋，那可是该有多么好啊。

他这么一想，就仿佛看到了砖底下的现大洋了。赵虎心里一亮，禁不住叫出声来："啊，现大洋！"似乎一大缸的现大洋就在自己的眼前发着无比美丽的光泽。他索性把这些新铺的砖都抠了出来，咦，这底下怎么都是干土呢，没有一点潮湿的迹象，他的心跳立刻加快起来，看来果然是有问题啊，妈妈的，该着啊，呵呵，他马上进屋找来了镐头和铁锹，把王明亮叫了过来，于静春也发现了问题，三人一起刨啊，挖啊，忙活了起来。王明亮只刨了几下，就听到咣的一声响，刨到一块石板上了。赵虎高兴地蹦了起来，大喊着："他妈的，该着咱们立大功啊！"于静春也跟着大笑起来。

看到这三个人忙忙碌碌、捅捅咕咕，贫雇农团其他人都围拢了过来。

王明亮拿起铁锹把表土清理得干干净净，于静春一使劲儿自己就把那大石板给搬到了一边，只见一个黑色的大缸埋在石板的底下，"看哪，这是一个大缸！"这一声喊，引来了王明亮和赵虎赶紧过来看，其他人也看到了。

于静春两条腿站在大缸的沿儿上，往出拽东西，一个包袱、两个包袱，一口气拽出来七个大包袱，缸底下还散堆着挺厚的一层现大洋，打开包袱都是绫罗绸缎和上好的皮子,都是好衣服,可以看明白,这就是洪德福的几个女人的好衣服都搁这里呢。赵虎乐颠儿颠儿地骂着:"他奶奶的,这地主阶级真狡猾,他们啥招儿都能想出来啊。"

这工夫,张冒烟儿、赵林和孟大眼镜儿从外面回来了,所有的人看了眼前的这一幕,都喜怒交加,喜的是又得到了一笔地主的浮财,怒的是地主阶级真的是不甘心失败,诡计多端地不肯交出压迫和剥削得来的财产。张冒烟儿大声说道:"这真应了那句老话儿啊,鱼过千层网,网网都有鱼啊。"

孟大眼镜儿说:"这地主啊,就是不到黄河不死心的主,整个东西可世界地藏啊、埋啊,真是本性难移啊。"

王明亮和赵虎是最高兴的人,王明亮说:"要不是被阶级敌人偷走了东西,咱还真放心不了这些东西呢,看来地主阶级的浮财还得老多了!"

全体民兵就像接到了命令一般聚拢在西厢房的这个墙角里,于静春起出了缸底下的现大洋,一数,正好三百块,就直接连同那七个包袱一起,都交给了孟大眼镜儿,孟大眼镜儿抱着这些东西进到里屋,归大堆以后,在账上落了笔。

民兵们坐在西厢房的台阶上唠起嗑儿来,于静春这个时候跟大家伙儿说了昨天晚上丢东西的事情,告诉大家以后一定注意警惕,防止阶级敌人乘机作乱。民兵们都恨得直来气,心里也在暗自警告着自己别犯错误。

路雪峰和卢忠从外面走了回来,看到民兵像是开会一样,都聚拢在西厢房门口,便走了过来。

于静春看到卢忠和路雪峰走了过来,紧张地站了起来,拉着王明亮和赵虎到了卢忠和路雪峰的跟前,说:"你们两个自己说吧!"

王明亮和赵虎俩人就把昨天晚上回家睡觉,被人挖走了浮财,后来又在洪德福这个院子里,也就是贫雇农团的院里挖出了七大包袱的衣物和三百块现大洋的事情,原原本本地向卢忠和路雪峰说了一遍,又深刻地检讨了自己的错误,说是他们的失职行为对不起洪家围子的贫雇农,对不起工作队和贫雇农团的信任,请求处分,那样才能严肃纪律。

路雪峰和卢忠听着两个民兵的报告和检讨,不禁心潮起伏,十分感动,他们看到了洪家围子的年轻一代在革命的大熔炉里正在锻炼和成长。

卢忠此时不由得仰起头,哈哈大笑:"王明亮和赵虎同志疏忽大意,丢了东西固然是不对的,可是要知道你们才是十几岁的年轻人,第一次担当这样重要的任务，在又饿又困的情况下，出现问题是可以原谅的。你们一要吸取教训，把今后的任务完成好。二是你们一定要知道，地主阶级和其他敌人一样，不会自己缴枪投降，不狠狠地打击他们，他们是不会主动地退出历史舞台的！"

"你们年轻人，就要在斗争中努力学习，勇敢积极地斗争，还要有头脑、有智慧，我们才能收获到自己革命和斗争的丰硕果实。长江后浪推前浪，我相信，你们必将是将来革命的中坚力量！"路雪峰也在一边满怀希望地说道。

卢忠一手拉过王明亮，一手拉过赵虎，满含深情地说："同志们，你们打小就和我们一起斗争，可以说是革命的新生力量，要记住，我们不用枪杆子保卫自己的革命政权，我们就会被敌人毁灭。我们不拿起枪杆子向地主阶级发动进攻，土地改革就永远不会成功！"

听到这里，于静春、王明亮和赵虎感动得流出了眼泪，在场的民兵们都群情激奋，说不出话来。

"现在我命令，从现在到天黑，全体的工作队员全面接替基干民兵队的勤务，让这些年轻人都去吃饭睡觉，然后接着斗争！"卢忠的命令下达以后，十几个工作队员接替了基干民兵队的岗位，这些年轻的民兵同志们终于可以睡个好觉了。

于静春、王明亮和赵虎还在那里发愣呢，路雪峰说："还傻看着啥啊，去吧，我们共产党人允许犯错误，更允许去改正错误。这可不是我说的，这是毛主席说的话。对于你们年轻一代，就是要放手让你们在土地改革运动是大风大浪里捶打和锻炼，你们这点错误不算什么，改正了，注意了，还是好同志啊！"

这于静春和两个民兵这才心里有了底，乐乐呵呵地跑回去吃饭睡觉了。

老高二嫂一连气地挖了好几天的浮财，把个地主家属审得是战战兢兢，抠得是心惊肉跳，喘不过气了。

在挖浮财的过程里，老高二嫂突然发现地主的家属少了人，洪德福的四姨太和二姨太的外甥张大炮不在这群人里面。但是她没有说出来。她感觉这件事很蹊跷，她想，看起来得告诉卢队长和路雪峰，需要一起商量商量了。

"卢队长、路主任，我有个情况要报告！"老高二嫂风风火火地走进了北屋，屋里卢忠和路雪峰正在商量着斗争会的事情，看到老高二嫂进来，忙给她倒了一碗水，告诉她："别着急，慢慢说。"

"洪德福的四姨太和张大炮不见了！"老高二嫂说。

"什么时候发现的？"路雪峰问道。

"今天我审那些地主家属时就没有看到这俩人了。"老高二嫂说。

"于静春！于静春！"路雪峰对着西厢房喊道。

"有！"于静春和俩民兵跑过来了。

路雪峰对着于静春吼道："洪德福的四姨太和张大炮怎么不见了？怎么回事？"

于静春也蒙了，他依稀记得开始斗地主和抓地主时这俩人还在呢，现在怎么就没有了呢？他也回答不上来路雪峰的问话，于静春急眼了说："路主任，卢队长，我马上带民兵进行搜索，一定把这两个人抓回来！"他没等路雪峰和卢忠表态，就领着几个民兵气势汹汹地满屯子搜查去了。

卢忠对路雪峰说道："这俩人不见踪影，只有两个可能。"

"啥？"路雪峰和老高二嫂都问。

卢忠抽了一口烟，说："一种可能是他们带着浮财逃跑了，二就是可能去联系土匪回来报复贫雇农，这个洪德福不是杨老虎的妹夫吗？"

路雪峰和老高二嫂对视了一眼，看来卢队长对情况还是比较了解的。

"我可以肯定地说，第二种情况是极有可能的！"卢忠拍了一下八仙桌子。

路雪峰也明白了，他说："这说明我们的斗争越来越复杂了，我们还要应对土匪对我们的骚扰啊。"

卢忠说："当前我们要抓紧行动，批斗会抓紧开，挖浮财尽快结束，衣服被褥和房子抓紧分给贫雇农，和省委、县委的电话要尽快接通，时间很紧啊！"

"我同意！老卢，罪大恶极的洪德福和李永财，跟曲大祥和白老毛儿，处理要有区别，才能落实我们的'土改'政策，真正消灭地主阶级！"路雪峰说道。

"嗯，你说得很对，我也在考虑向县委汇报并从县里再调一些力量支援我们，毕竟地主阶级是不会甘心情愿地退出历史舞台的。"卢忠郑重地说道。

"衣服、被褥也要抓紧分下去，我怕捂了就白瞎了。"老高二嫂这个时候插了一句。

卢忠和路雪峰都点点头。

于静春带着民兵找了半天，也没有搜查到洪德福的四姨太和张大炮的踪影，只好回去向路雪峰和卢队长报告。卢忠告诉他，不用找了，看管好几个地主和挖出来的浮财就得了，别的事情不用操心。

第十三章　地主的四姨太

洪德福的四姨太吴玉珠和张大炮，这两个人到底跑哪儿去了呢？原来是洪德福安排这两个人报信去了。这个恶贯满盈的恶霸地主洪德福知道自己不会有好下场，受尽他欺压的广大贫雇农不会饶过他，被他害死和强奸的冤魂和妇女们也不会放过自己，自己只有垂死挣扎，一线希望就在杨老虎和国民党的身上了。所以啊，洪德福事先就叮嘱了四姨太吴玉珠和张大炮，一旦自己被共产党、工作队抓起来，就去大青山报信，让大舅哥杨老虎来救自己。为什么他安排这俩人去报信呢？因为这个狗地主有自己的小算盘，四姨太这小娘们儿年轻漂亮，又风骚，几年前杨老虎来洪家围子就老色眯眯地盯着吴玉珠。这个四姨太水性杨花，没少和杨老虎眉来眼去的，要不是碍于情面，这个杨老虎早就把四姨太给整走了，在危急关头杨老虎不看僧面看佛面，在四姨太的说合下也能来救他这个落难的妹夫啊。至于张大炮嘛，杨老虎来洪家围子时就相中了张大炮的虎了吧唧和实诚劲儿，想领走张大炮，洪德福好说歹说没让领走，毕竟自己仇人众多，身边也需要这样的人替自己挡挡风遮遮雨啥的。可是如果让自己的大老婆大油饼去呢，又怕这个胖娘们儿一是肚子浑圆，行动蠢笨，耽误事；二是自己的大媳妇不见了，共产党、工作队和洪家围子的贫雇农发现了这事，一急眼再把他押送到佳木斯去就坏菜了，就没法儿再救他了；最最主要的是洪德福怕那凶狠狡诈的杨老虎看到了自己的妹子跑出来了，就不会再冒着危险、兴师动众来救他了。所以说，在这报信去搬救兵的人员安排上，洪德福算是绞尽脑汁了。

洪德福实在是没想到，共产党、工作队的行动这样突然、这样迅速，没等他把人派出去，自己就被工作队和贫雇农抓起来了，幸亏洪德福自己早安排好了，事先把书信都写好了，早就缝在张大炮的线裤里了。洪德福也没有像以前那样抠门,他也给了张大炮和四姨太一些钱,让他们藏起来,去大青山搬救兵时用。

洪德福被工作队和贫雇农抓起来以后,张大炮和四姨太吴玉珠就在洪德福被抓起来的那天晚上趁着乱马人花的时候找个机会跳墙跑了,顺着洪家围子屯子西面的壕沟就奔正南眯眼儿屯方向去了。因为这两个人着急,也就没有走现成的道路,顺着横垄地就往大青山的方向走去。

跑出了几里地,到了眯眼儿屯,两个人都没敢进屯子,在屯子西边斜着就穿过去了,感觉到后面确实没有人追,两人这才放慢了脚步,一前一后地在黑夜里走着。

"大炮,你慢点啊,你倒是等我一会儿啊,我快累死了。"吴玉珠嗲声嗲气起对张大炮说。在漆黑的夜里,她越来越感觉到好害怕好无助,作威作福的地主阶级的奢侈生活让这个女人感觉好留恋,后悔自己没有在拥有的时候多吃点、多穿点。

"哎呀!你快点儿走吧!我二姨夫都让共产党工作队给抓进笆篱子了!不救他他快没命了!"张大炮在前面走着,很是着急,但领着个老娘们儿,自己怎么也快不了啊。张大炮自己比谁都清楚洪德福这些年是个啥德行,但他感觉只有洪德福能给自己好吃懒做的生活一个牢固的支撑,不管洪德福这个人坏到啥样,干了多少坏事,只要对自己够意思就行,他感觉自己不是在救洪德福,而是在救自己、救自己的好日子,他在着急去找到杨老虎,救出洪德福,自己才能继续过优哉游哉吃喝嫖赌抽的舒坦日子啊。

"我歇一会儿,我走不动了!"吴玉珠实在走累了,心里十分懊恼,就不由得来了脾气,坐在一个土坎上,索性不走了,一动不动了,连惊吓带劳累,这个瘦小的、打小也没干过啥累活儿的女人哪里还挺得住啊。

"哎呀!你……唉!"张大炮没有了办法,只好也停住了脚步,赶紧把自己的青布衫子脱下来,给吴玉珠垫在身底下,然后到一旁闷头坐着去了。

吴玉珠坐在那里,揉着自己走累到酸麻的双脚,心里像打翻了五味瓶,说不出是啥滋味了,她在想自己进了洪家大院才不到四年,就没有了吆三喝四、锦衣玉食的好日子,这老天爷也不公平,自己的福还没有享够,就摊上了日本人完犊子了,老龟田住在洪家大院的时候就稀罕她,连大油饼都怕自己三分,那时吴玉珠都快成洪家大院当家的了。可是后来老龟田也被人给杀死在佳木斯,日本投降了,国民党和土匪还不成气候,才闹到了这步田地,自己因为形势逼迫,没有办法才从洪家围子跑了出来,跟着这个傻乎乎的张大炮遭罪来了,洪德福的生死,说实话吴玉珠倒并不是非常关心,她关心的是洪德福的家产,关心的是自己的未来,关心的是自己的风花雪月。

"大炮啊,你给我揉揉脚啊。"吴玉珠对着张大炮喊道。这个女人,她就是有这个自信,所有的男人都会看好自己,都会在自己的面前骨头发软。这个四姨太人还算漂亮、标致,还会穿衣打扮,又会眉来眼去,确实是个招蜂引蝶的女人。

"我哪会那个啊,你就消停的吧,四姨。"张大炮知道这个女人想的是啥,平日里这个四姨太吴玉珠在洪家围子也没少勾引自己,时不时地挑逗自己几句,说实话他也想把这个女人弄到手,可是他害怕洪德福,知道洪德福过去虽然对日本人礼遇有加,老龟田小队长想玩洪家大院的女人随那老鬼子心情,但对于他张大炮,却不会也那么惯着了,自己还指着洪德福这棵大树纳凉呢,怎么能动歪心思呢,想玩儿,咱自己去窑子玩儿。所以他根本就没理会四姨太的挑逗。

吴玉珠恨恨地看着黑暗里张大炮那张大脸,自己落到了这步田地,也算报应啊。想当初,自己娘家开的那是佳木斯数一数二的烧锅,名字是"泰富记",在佳木斯以东那是大有名气的。因为洪德福也刚刚开烧锅,和自己的老爹常来常往,认识了她,臭味相投,俩人一来二去,就王八看绿豆——对上眼儿了,她娘家爹也有点儿看上了洪德福的势力和家财,但洪德福已经有了三房媳妇,她没有办法,只好做了小,成了洪德福的四姨太。

看到张大炮这个样子,吴玉珠心里的那一团跳跃的小火苗顿时熄灭了,也就索然无趣了,她又歇了一会儿,站起身来,愤愤地说道:"走吧!"径自往南走了下去。张大炮忙不迭捡起自己的衣服跟了过去,他明白这个女人不能得罪,这个吴玉珠在洪家大院吃香受宠,到了大青山,杨老虎这个大色狼肯定喜欢,也会当祖宗一样供着她,如果得罪了她,自己闹不好容易吃亏。张大炮其实一点儿都不傻,他心里是什么都明白。

两个人就这样走了大半夜,才笨笨卡卡地走到老母猪山下,他俩影影绰绰看到了大山的轮廓,黑黑的山影像扑上来的魔鬼,因为天快亮了,两个人找了个不怎么显眼的地窝棚猫了起来,垫巴一口干粮,靠着柳条子墙歇会儿睡会儿,又一想起自己出来是干什么的,这两个人心里着起急来,歇了一小会儿,就都站起来接着往南走,直奔大青山。

一路上,虽然没有人追这两个人,可做贼心虚啊,所以老是走走藏藏,也确实是不容易，走了好几天，好歹算离着大青山不远了，张大炮和吴玉珠都累够呛了，他们刚刚爬上一个高高的山坡，就感觉南面偏西的大青山方向，传来了连续不断的枪炮声，这两个人不敢再往前走了，他们俩就往脚下这个山的高处望去，想看看大青山到底发生了什么。等到了脚下这个山的最高点，可以清晰地看见不远处的大青山喊声连天，山坡上密密麻麻有无数的黄色或者灰色的点点在向山上汇聚，枪声密密麻麻，偶尔夹杂着山炮和野炮的轰鸣和爆炸声，大青山的山尖和南坡都有浓烟升腾起来。

张大炮和四姨太吴玉珠对视了一会儿，心里明镜一样清楚，大青山出事了，不能再上大青山了。

可是这去不能去，回也没法儿回，张大炮紧皱着眉头，坐在一块大石头上发起呆来。四姨太靠着一棵大树，望着大树林里的一小块天空，也没有了主意。这两个人就这样在原地藏了大半天。

大青山轰轰烈烈的枪炮声响了一整天，到了黄昏才渐渐平静下来。

张大炮和吴玉珠悄悄地下了这个山，往大青山走了一阵子，眼看要黑天了，到了大青山的脚下，眼前是一个屯子。这屯子不大，只有二十几户人家，都是清一色的破马架子。

"四姨，我看咱俩进这个屯子吧。"张大炮对吴玉珠说道。

四姨太吴玉珠累得够呛了，出来时故意换的一身破烂衣服也让树枝刮花了，鞋也湿透了，她看张大炮也很狼狈不堪，一件青布衣服全是衣服条子扎着，满脸都是汗水。两个人带的干粮吃没了，这一天是水米没打牙，她哪里还能反对啊，就对张大炮说："行呗，也没啥好招儿。"

靠屯子东头的一个马架子里，张大炮和吴玉珠看到了一个老太太，吴玉珠走上前去，满脸堆笑地对老太太说："大娘啊，这是哪儿啊？我们两口子去勃利走亲戚，迷路了。"张大炮瞟了吴玉珠一眼，也没反对，于是对着老太太直点头。老太太看两人这身打扮是破衣烂衫的屯子人打扮，就说："这是黑背屯儿，你俩进屋坐一会儿吧。"老太太又问："你们吃饭了吗？"四姨太吴玉珠赶忙回答："没有，我们俩都一天没吃东西了。"老太太心软地说："你瞅瞅，这罪遭的。"说完拿出几个苞米面饼子给他们吃，又给他们倒了两碗开水。说心里话，这是四姨太吴玉珠和张大炮过去从来不吃的东西，可是现在却吃得格外的香甜。张大炮使个眼色给四姨太吴玉珠，吴玉珠就亲热地问老太太："大娘啊，大青山怎么的了，又打枪又放炮的？"老太太脸上的皱纹都颤抖，笑着说："杨老虎这个瘪犊子这回可他妈够呛了，共产党、八路军从佳木斯派来的大部队正在打大青山呢！俺们屯子担架队都上去了！打得欢呢。"原来，这是合江省军区的主力部队在攻打大青山上杨老虎一伙匪徒，民主联军集中了四个团的主力部队，其中就包括在全国都有名的八路军开垦和建设陕北南泥湾的三五九旅的七一七团和七一九团。

听到这个消息，这张大炮和吴玉珠这两个来搬救兵的全傻了眼，他们的救兵杨老虎一伙土匪被围剿，这救兵还怎么搬呢，张大炮和吴玉珠顿时就像泄了气的皮球，感觉浑身都没有了力气，又怕人看出来，只能假装认真地听着老太太的兴奋的描述。

不一会儿，屯子里热闹起来，去山上抬担架的十几个人回来了，绘声绘色，路过老太太家房后，几个大嗓门在大声议论着。"杨老虎也他妈不像人们传的那么邪乎啊，被活捉了押回佳木斯去了！""土匪啊，就是和咱老百姓装厉害，碰到硬头货就完犊子了！""真过瘾啊，咱抗联现在的武器真是厉害啊！""现在不叫抗日联军了，叫民主联军了。""拉倒吧，别白话了，赶紧回家吃饭，晚上轮流站岗，别让打散的土匪跑进咱屯子！""好咧！"

这些对话让张大炮和四姨太吴玉珠一句不落地听到了，这个消息无疑就像五雷轰顶一样，使这两个人彻底没有了希望。张大炮看看吴玉珠，吴玉珠看看张大炮，心里都明明白白。看起来，这几天的辛苦是白费了，幸亏好心的老太太眼睛不太好使，两个人才没有被看出来。好心的老太太说："天太晚了，你们两口子就在我这儿住一晚吧，我就一个人。"两个人一想，也没有别的办法啊，只好这样了，于是就在老太太家留宿了一夜，张大炮自己在万字炕上睡，四姨太和老太太在炕上睡。第二天一大早，老太太给两个人煮了苞米面粥，两个人出了屯子，合计着一定要验证杨老虎被抓的事，两个人决定去佳木斯走一趟。这回两个人不管不顾了，拉倒吧，不躲不藏了，明着走吧。就奔正西的公路，这去佳木斯可就容易多了，不到一天就到了。黄昏时分，就从四丰山向北进了佳木斯。

佳木斯西门里的"泰富记"烧锅，也就是四姨太吴玉珠娘家老爹开的烧锅，一派热火朝天的热闹景象，似乎比过去还红火，合江省委、省政府大力鼓励工商业发展的政策使大战以后的佳木斯焕发了勃勃生机，同时也显示出了极强的生命力和高度符合现实实际的适应力，得到了广大工商业和小手工劳动者的大力拥护。禁止跨区域"扫堂子"挖浮财和哄抢佳木斯的工商业者这些政策的强力实施，给百废待兴的佳木斯注入了无穷的动力。

红红火火正指挥干活儿呢，吴玉珠那开烧锅的老爹见到女儿这个样子到来，不免心疼起来，打听了前前后后的经过，吴玉珠的老爹吴长发不由得长叹了一声，赶紧招呼人给邋遢无比的吴玉珠和张大炮洗头洗脸、换衣服。

"孩子，是爹没管住你，让你进了火坑啊！"老人家虽然开着挺大的烧锅，但人还是不错的，其实不是他没管，是他根本管不住自己的这个女儿。

"爹啊，不怨你，我自己认命。"四姨太低头说道。

"不认命怎么整，你就是个不听话的败家玩意儿！"吴长发越想越来气，指着两个人骂了起来。

吴玉珠低着脑袋，不敢犟嘴了，但又忍不住要打听杨老虎的下落。

"爹，你知道杨老虎被抓住了吗？"四姨太拉住老爹的手问起自己最关心的事。

"咳，怎么不知道啊！共产党、民主联军的面前，就连国民党几十万部队都完犊子了，他杨老虎那些狗东西算个屁啊？"老爷子大声说，"昨天就用大汽车给押到佳木斯了，还捋着中央大街游街了呢。"

吴玉珠和张大炮相对而视，就知道是这个结果，但之前还是有些侥幸。

"姑娘，你俩我看千万别回洪家围子了，回去就完了，肯定也得让政府给抓笆篱子里去！"老头儿对着两个傻了眼的人说道。

"那不行，我得回去把这消息报告给我二姨夫啊！"张大炮腾地站起来。

吴玉珠的老爹早就看明白了事情的来龙去脉，也预料到了结果，他呵斥着张大炮："你嘚瑟啥玩意儿，你能耐啊？你俩去联系杨老虎，就是通匪；跑出洪家围子，就是抗拒土地改革，我也不是不知道洪德福是个啥人，也不是不认识你，你还起高调了呢？"

吴长发老爷子的一番话，把女儿吴玉珠和张大炮都镇住了，也都明白了这就是目前的实际情况，都哑口无言了。

"洪德福能不能活下去还悬呢，你们再回去自投罗网？"老头儿接着数落着面前这两个人。

"我说，你张大炮有没有人命啊？要是有，你就趁早离开我家！"老头儿好像想起什么，对这张大炮就变了脸。

张大炮"扑通"就跪下了，对吴老爷子说："我真的就是给我二姨夫跑腿学舌，我可没干过伤天害理的事啊！"这张大炮倒是说的心里话，洪德福就是把他当个马弁使唤，大活儿和难事儿这张大炮还真就干不了，洪德福也不信任他。

　　吴老爷子也知道这些，脸色缓和了许多，转脸对自己的闺女说："你啊，就是个不听话啊，嫁给个地主，大你二十来岁，你都他妈没长心啊！气死你爹我了！你给我在家消停待着，一步不能出院子门，等洪家围子'土改'看看啥信儿吧。听见没有？"

　　吴玉珠低垂着眼睑，说："嗯，爹，我听话，我也后悔了。"

　　"你呢？想怎么的？"老爷子审视着张大炮，他知道这个年轻人身上毛病很多，但不是一个坏透了骨子的人。

　　张大炮支支吾吾地说："这……我……也没有地方去啊。"

　　吴玉珠对老爷子吴长发说："爹，他也没有个地方去，让他在你的烧锅干活吧。"

　　"干活儿行，没工钱！白干！"老爷子喊道。

　　"行！给吃穿就行！我干！"张大炮忙不迭地答应道，他用不同以往的眼光看了看吴玉珠，吴玉珠意味深长地冲他笑了笑，就进里屋歇着去了。

　　"还不跟我去干活儿！我告诉你啊，嘴给我严实点儿！"吴长发起身往外走。

　　张大炮又像跟着洪德福那样跟在吴老爷子的后面，一个劲儿地"嗯嗯"答应着。

第十四章　半山腰的枪声

东北地区的时局和斗争形势稳定了，东北民主联军把蒋介石的美式装备的部队打得大败，打得国民党部队在东北抬不起头来，龟缩在南满的几个大城市不敢露头，好消息传到了北满的洪家围子，人们高兴得不得了。

洪家围子通往佳木斯的电话终于接通了，在电话里卢忠听到了蔡书记那洪亮的声音，感觉浑身充满了力量，蔡书记简要地听取了洪家围子前段抓地主、挖浮财的情况汇报，指示工作队要趁热打铁，马上发动广大贫雇农揭发和批判地主阶级，让群众彻底明白地主阶级压迫和剥削的本质。同时，要完善村屯干部队伍建设，加强警惕性，防止土匪报复和袭击。最后，蔡书记告诉卢忠，近日，我民主联军刚刚包围了大青山，消灭了大部分匪徒，活捉了罪大恶极的匪首杨老虎，目前只有几十个土匪逃出了大青山，希望洪家围子和长发区这一带的土地改革工作队和民兵组织要注意防范。

结束了和蔡书记的通话，卢忠感到十分振奋，一旁的路雪峰也高兴得直跺脚，路雪峰实在是抑制不住自己的喜悦，笑着对卢忠说："老卢，这真是亮了天了，看它地主阶级还拿什么撑腰打气？"

卢忠也激动地拍了拍路雪峰的肩膀，说："老路，这回咱们放开膀子大干吧，胜利将永远属于人民！"

"老路，我看是时候召开斗争会了。对这四个地主剥削和压迫贫雇农的罪恶进行揭发和批判，让老百姓看清楚这些地主的反动本质，对于那些罪大恶极的恶霸地主我们经过请示县委，还要坚决地镇压！"卢忠一拳打在桌子上，把桌子上的几个大黑碗震得蹦了起来。

"我同意，老卢，也到了和地主阶级算账的时候了！"路雪峰大声说道。

这时，于静春听到了屋里巨大的声响，从西厢房跑过来，手里拎着一支九九式，身后跟着几个民兵，几个人都提着上了刺刀的大枪。

"怎么了？卢队长！路主任！"于静春进门就喊道。

"没啥，我们唠嗑儿呢。"路雪峰看看卢忠，卢忠看看路雪峰，都大笑起来。

于静春挠挠脑袋，没明白是怎么回事。

"小于啊，你马上通知工作队和贫雇农团全体委员到这个屋开会！"卢忠命令道。

"是！我马上通知！"于静春一溜烟儿跑回西厢房，安排几个民兵分头通知去了。

晚上，贫雇农团团部里灯火通明，几十个人围坐在八仙桌子的四周，兴趣十足地听卢忠讲着话。

当知道了土匪头子杨老虎已经被佳木斯的民主联军活捉，大家顿时一阵欢呼。

赵林第一个站起来，说："这个杨老虎，那年来洪德福家串门，走在屯子边，正在铲地，他叫我给他去洪家大院去通报，我没搭理他，结果他上来就给我一木头棒子，打得我三个月都没起来炕啊！"

老高二嫂说："高成活着的时候，就说过杨老虎参加抗日联军，不一定是发自真心的，结果后来杨老虎这个王八蛋真就是投降日本鬼子，成了最大的汉奸！"

路雪峰说："这一次啊，这个胖头胖脑的杨老虎就算是真的嘚瑟到头了！"

大家你一句我一句地唠起来了，有时好几个人，甚至有时好几个人抢着说话。

卢忠让大家随心所欲地唠了一会儿，他看差不多了，就说："同志们，别吵吵了，现在开始开会！"

这话一出，会场上顿时鸦雀无声了。

卢忠示意路雪峰发言。

"我们刚才听了卢队长传达的县委指示，可以说形势一片大好啊！但我们的工作才刚刚开始，今天，我们开这个会，就是寻思研究一下对四个大地主怎么样开展斗争，大家有什么好主意都说一说。"路雪峰先来了个开场白。

王铁匠先说："我看把四个地主，拉出来一起斗，让他们看看现在贫雇农的力量。"

张冒烟儿直摇头，说："那不行！四个人太多，火力不集中，另外，这四个地主的情况也都不一样，一起批斗整不了啊。"

卢忠点点头。

老高二嫂说:"我看哪,把地主婆子、地主的儿子、姑娘也都拉出来批斗一下,这些作威作福的坏女人,也没少欺负咱屯子的贫雇农!"

"不行不行,都搁在一起斗,把劲头儿都整分散了,就把批斗会整得乱七八糟了。"武连山在一旁冷不丁冒出了一句,他想了想接着慢声细语地说,"地主就好比是一棵大树,地主婆们、地主羔子们好比就是树枝和树杈子,把大树给砍倒了,树枝和树杈子那也活不了!"

"我说两句,我看还是一个一个地慢慢斗这四个老王八蛋,让那些受欺负的有冤屈的一个一个说道说道!也好让大家伙儿都明白明白。"黑老李说。

"黑哥说得在理,一个一个地斗争才能把这些坏蛋地主的压迫人、剥削人、祸害人的罪过掰扯清楚、论个明白,该枪毙枪毙,该蹲笆篱子的蹲笆篱子!"于静春大嗓门子开喊了。

"我看哪,明天我们就一个人拿一个镐把儿,看地主阶级老实不?"蔫巴的孟大眼镜儿也来劲儿了。

吴占河说:"批斗大会的秩序和警戒要整好啊,对地主有怨气,巴掌撇子打几下行,可别违反了政策啊。"

"这个,吴队长说的这个事,大家都得注意啊,这个屯子和地主有仇恨的可老鼻子了,可千万别出啥事啊!"路雪峰也意识到了这个问题。

路雪峰接过话茬,说:"嗯嗯,这确实是个事,咱们得格外加小心。"

卢忠说:"同志们,我们斗争地主的目的,就是让广大人民群众看清楚地主阶级剥削压迫贫雇农的本质和地主阶级的反动,只有这样,才能让大家伙儿都明白地主是怎么剥削咱们贫雇农的,才能教育广大的贫雇农、发动广大的贫雇农。"他又说:"刚才大家想得都挺周全,我看这样,警卫班出四个战士在主席台附近,负责维护秩序。"

"这样好!这样好!"于静春忙不迭地说,他知道自己的基干民兵队二十几个人都是屯子里的贫雇农,都是苦出身,到了批斗会上,真就指不定能不能控制住自己呢,所以控制整个批斗会还真没把握。

同志们就这样你一言,我一语,把批斗大会的相关问题讨论得差不离了。

看到同志们的热情,卢忠和路雪峰不住地点头称赞。

路雪峰和卢忠商量了一下,就宣布道:"咱们的这个会,就开到这,明天召开批斗大会，明天大家伙儿早点儿吃饭，早点儿到场！"

赵林问道："干啥非等到明天啊，要斗，今儿个晚上就斗呗！"

"今天晚上，大家回去，再分别和群众唠唠嗑儿，再酝酿酝酿，开始批斗了就必须一连溜儿地斗倒！斗服！斗出头！"路雪峰大声喊道。

路雪峰问卢忠："卢队长，你看你有啥意见？"

卢忠摆摆手，说："我没啥意见，就这么办吧。"

会议散了，人们都回去找苦大仇深的穷哥们儿唠嗑儿去了，也都把前方的胜利和剿匪的成功，带到了贫雇农的家里和炕头，整个洪家围子处于一种难以名状的亢奋之中，人们抿着嘴透着笑意，这是过去不曾有过的事情。

大多数人都还真把好好的镐敲掉了镐头，准备好了斗争时使用的镐把儿，没有找到镐把儿的呢，三五成群赶紧跑到屯子西边会龙山上，砍棵硬杂木，现做一个镐把儿，人们真正到此时才有了底气，腰杆也硬了。

这是一个明朗的晴天，天空如东去的松花江水一样澄清。风把前几日阴雨带来的潮湿刮干了。田野更加翠绿了，高粱叶子和苞米叶子越来越宽厚深绿。

洪家围子的老老少少，满怀着喜悦和期待的心情向场院而去，大多数人都扛着镐把儿，还有几个拿着柳条棍子，等到天大亮时，场院里已经是里三层外三层，全都是人，场院附近的人家也挤满人了，门楼屋脊，苞米楼子，窗户台上都是人。

靠北边的小屋前，搭了一个高台子，台子左右，贴着标语：共产党万岁！毛主席万岁！横批是：洪家围子地主阶级批斗大会。一看就是孟大眼镜儿的手笔。台上靠中间的位置是一溜长条桌子，卢忠、吴占河、路雪峰、赵林等在桌子后面坐着。

路雪峰看了看卢忠，卢忠点点头。

路雪峰站起来，喊道："贫雇农同志们，都别吵吵了，今天我们在这儿，开批斗大会，就是我们穷人报仇说话的时候了！"

路雪峰又提高了声音："把大地主洪德福带上来！"

"来了，来了。"人们注视着主席团后面，有的跷起脚。

洪德福五花大绑被四个警卫班战士押着，绕过主席团，然后从另一边上了主席台，站在了长条桌子前头。

洪德福这些日子着实也消瘦了许多。贫雇农们连白天带黑夜地挖浮财，审了李永财、曲大祥和白老毛儿，就是不审他洪德福，这让洪德福感觉到，事情远远没有自己想的那样乐观，大事不好了，自己真正的危机终于到来了。他现在唯一的希望就是寄托在四姨太和张大炮的身上，只能幻想着杨老虎带着人马冲下山来，真刀真枪地和共产党、贫雇农干上一仗，把自己给搭救出去，其他的招儿是没有了。想到这里，他的长脑袋就耷拉得更狠了，根本就没有力气抬头看看这个自己曾经说一不二的洪家围子了。

整个场院差不多有三十多个荷枪实弹的民兵和工作队员在维护着秩序，这样的大阵仗让洪德福打了几个冷战。他耷拉头，闭目哈赤眼地站在那里。

路雪峰说："贫雇农们，这个洪德福是我们屯子最大、也最猖狂的地主，大家有什么冤屈有什么仇恨就说说吧！"

洪德福头也没抬，一动没动，他知道早晚会有这一天的，但他从骨子里就是不相信自己就真的这样完了。

赵林在桌子后面站起来，走到洪德福身边。一看见洪德福这个样子，他更来气了，他手指着洪德福说："你看你这个熊样，你以为你大舅哥杨老虎赶明儿个会来救你吗？我告诉你洪德福，你就别做梦了，杨老虎前几天已经被民主联军活捉了！现在就关在佳木斯的笆篱子里！"

这句话无异于一声惊雷在洪德福的头顶炸响，他猛地抬起头瞪了一眼赵林。目光里既有仇恨，也有猜疑。他不相信杨老虎手里有上千号兵马，就这样轻易地完蛋了，自己安排四姨太和张大炮去报信了，怎么这个时候有了这个信儿了呢？不对！这帮穷鬼想忽悠我洪德福。想到这里，他又低下头死硬起来。

"洪德福！你是不是希望四姨太和张大炮给你带来好消息啊？"卢忠对洪德福说，他看洪德福没动声色，从自己的口袋里掏出一张报纸，是一张《合江日报》，上面有活捉杨老虎时杨老虎五花大绑的照片，说："你这个十恶不赦的地主阶级，就是他妈的不见棺材不落泪！"他递给一个警卫战士，警卫战士把报纸用力摔在洪德福的脸上。

卢忠指着报纸对洪德福说："你自己看看！这是什么？"

洪德福哈下腰赶紧捡起报纸，赫然看到了照片，杨老虎五花大绑跪在地上，旁边两个民主联军战士端着枪对着杨老虎。

洪德福感觉此刻一下子头昏脑涨，有点踉跄着要倒，几个战士用力抓住一提，没倒下，会场上响起了贫雇农们的一片哄笑声。

赵林一把夺过洪德福手里的报纸，卷成个筒，比量着洪德福的小脑袋，说："你这个大地主、大汉奸，你比日本鬼子还他妈邪乎啊，你和小日本做套儿，让我出劳工，一去就是大半年，等回来的时候，地也瞎了，我姑娘也死了，我媳妇带着孩子，四处要饭，你多缺德啊！"说着，赵林的脸面向人群，继续说道："他霸占我家的土地，那是我家几辈子开荒的地啊！""你洪德福就是个天打五雷轰的大汉奸！是不？"

"是！是！"很多人答应着。

赵林擦了擦眼泪："今儿个大伙儿都说说，这个王八犊子干的坏事！"说着，赵林回到自己的位置坐下了，还不住用衣襟擦着眼睛。

这工夫，上来个年轻人，头发很短，穿一件补丁摞补丁的坎肩，他指着洪德福说："洪德福，你把日本人领自己家里住着，仗着日本人的势力，你对穷人不是打就是骂，你自己比日本鬼子还没人性呢，我给你家扛大活儿，到年底，管你要钱，你不给，还把我抓去劳工。你今天说说，有没有这事儿？"

"打倒大地主！打倒大汉奸！"于静春带头喊起来，很多人应和，人群里有不少人挥动镐把儿要打洪德福，被民兵给拦住了。

"我有话要说，有仇要报！"一个白发苍苍的老头儿，蹒跚着走上台子，原来是七十多岁的孙老汉。

他走到长条桌子前，对洪德福用手点点，说："1936年，我从关里家来到这屯子，租你三垧地，在地里支了个马架子，我辛辛苦苦干了好几年，硬是啥也没攒下，都给你赶网了。"

孙老汉的老泪在脸上流淌，接着说："洪德福，你不是人啊，有一年夏天，我们三口人在地里铲地，你看见我姑娘，就想祸害啊，她不愿意，你就把她按到草垛上，脱她的衣服啊，她一脚蹬你裆上了，你火冒三丈，掏出王八盒子就给俺姑娘腿给打折了，你多狠哪！结果俺家没钱治病，可怜我那十七岁的姑娘，不到俩月就死了！"说到这里，孙老汉痛苦地抽泣起来。

"打倒大地主！""打倒洪德福！"呐喊声四起，有人从远处扔过来一个砖头，差一点儿打到洪德福的小脑袋，洪德福吓得脸都白了。

"打死他！整死他！"人群在呐喊。

在靠西撒的人群里，走出来一个中年人，于书贵。他手里拎着一个镐把儿，走到洪德福跟前，瞪大了眼睛恨恨地看了洪德福一会儿，忍住了用镐把儿打几下洪德福的冲动,他转过头面对着人群。

"洪德福是我的大仇人,我给他家扛活儿七八年,啥也没捞着,有一年,为了要钱,俺和洪德福吵了一架,他倒好,和小日本子合计要把我抓劳工,我知道信儿就跑了,这个王八犊子把我妈抓佳木斯扔笆篱子里了,结果我妈没几天就死在笆篱子里了。今天,我就要给我妈报仇,我揍他行不行?"

"揍死他!""揍死他!"

从四面八方,喊声就像春雷滚过旷野。人们都举起了镐把儿和棍子,往主席台冲过去。洪德福看到这个情形,腿一软,就倒在了台子上。

"你装什么蒜?"路雪峰训斥道。

无数的镐把儿、棍子,像齐刷刷的树林子,一起向洪德福身上招呼着。有的人前边挨了后边的打,也全然不理会,几下子,洪德福就鼻青脸肿了。

"别打了,别打了,咱们继续批斗和揭发!"卢忠和路雪峰大声制止道。

人群渐渐地消停了下来。

洪德福那鼻青脸肿的小脑袋刚刚离开地面,只一个穿着黑色衣服的老太太——吴寡妇。她走到洪德福面前,举起镐把儿,狠狠地打在洪德福的肩膀上,洪德福又被打倒在地上。

老太太扔下镐把儿,坐在地下哭起来。她边哭边说:"这个老王八犊子,真不是人,那年我给我儿子娶了一个媳妇,才一个多月,洪德福看见俺儿媳妇长得漂亮,就动了坏心思,没几天,他就派人把我儿子偷偷整死在会龙山了,儿媳妇活不下去了,也上吊了,这事洪家围子哪有不知道的啊!"老太太这一哭,在场的上了年纪的妇女们都哭了起来。

"你还我的儿子和儿媳妇!"吴寡妇拉住洪德福并用牙咬他的胳膊,洪德福像个死猪一样挺着。

年轻的李东一个箭步来到洪德福面前,他指着洪德福说道:"你这个老王八犊子,你剥削了我们几辈子,你雇工不给钱,仗着老日本鬼子龟田是你爹,你都干了多少坏事,你自己说说?"说着,上去当胸就给洪德福一大脚,洪德福一下子仰面朝天倒了下去,可是他连声都没敢出。几个民兵和工作队员赶紧把李东拉到一边。

男女老少都上前质问,喊声一浪高过一浪。

卢忠高声地告诉吴占河和孟大眼镜儿:"一定要记录好洪德福的罪恶!"

"嗯嗯！""放心吧！"

就这样，一个一个诉苦，一个一个说理。一直说到了黄昏时分，吴占河和孟大眼镜儿的本子上密密麻麻记了不老少：于静春被冻死的老爹，赵林被饿死的姑娘，吴寡妇被害死的儿子和儿媳妇，于书贵的老妈，等等。一归拢，洪德福亲手整死的人命一共有十一条。此外，还有和队伍失散了跑到洪家围子被洪德福抓住给杀害的两个抗联五军的战士，被他强奸、霸占的妇女有十六个。这个洪德福看来也真是恶贯满盈了。

"打死他！""打死他！""杀人偿命！""这个祸害不能留着！""整死他！""扒了他的皮！"已经分不清是谁的声音了。整个场院都回荡着这愤怒的声音。

这个洪德福果然是坏事做绝了，他家的租粮也最重。凡是租他地种的人家，没有几家不倾家荡产的。他雇长工，从来没给过钱，谁要起刺儿，洪德福就会和日本鬼子龟田勾结起来，把人抓去当劳工，没有几个人能活着回来。

这时候，整个一个场院的洪家围子老百姓已经听得不耐烦了，有人喊着："对洪德福这个王八蛋，啥他妈也不用说了，好事找不着他，坏事准定离不了他！""政府如果不整死他，我们今天也不回家了！""共产党万岁！""毛主席万岁！""打倒地主阶级！"这喊声是此起彼伏，在洪家围子上空回旋激荡。

卢忠和吴占河把路雪峰叫到一边商量了一下，考虑到洪德福确实罪大恶极，应该马上请示县委，把洪德福这个手上沾满贫雇农和抗联战士鲜血的恶霸大地主枪毙了，但问题在于关起来四个地主，场院小屋里还有三个地主呢，是不是等都审问和批判完成后一起开大会处理呢，三人有些拿不定主意。

卢忠仔细权衡了一下，果断地说："我看啊，利索一个是一个，处理这个洪德福对那三个地主也是极大的刺激和震慑，也利于进一步发动和鼓舞广大的群众！"

"嗯嗯！是这个理！"路雪峰又是习惯地一拍大腿。

"我同意！"吴占河说。

"那好，那我打电话请示县委蔡书记！你们在会场继续组织，罪恶一定要清楚明白、笔笔有宗！"说着，卢忠和小丁就向贫雇农团团部快步走去。

会场上，人们一个都没走开，他们要看看这个作恶多端、无恶不作的洪德福到底是什么样的下场。

卢忠在贫雇农团团部打通了蔡书记的电话，他详细汇报了洪家围子批斗洪德福的经过，主要说明了洪德福所犯下的滔天大罪，说得很细致，蔡书记也认真地听，并且特别要求参加批判大会的所有同志都要在记录上签字画押，作为证据，我们不能靠嘴上生气去干革命，要按党的政策去开展工作。卢忠最后请示蔡书记，洪德福的这些罪恶，实际存在而且罄竹难书，民愤极大，工作队准备马上处决，请县委指示。蔡书记说："我送你十六个字，回答你的问题！杀人偿命，欠债还钱，罪大恶极，当场宣判！"卢忠说："是！我明白了，蔡书记！"

卢忠走进场院，人们连忙闪开了一条道，他腾腾几步就走到了主席台上。他向底下摆摆手，说道："乡亲们，静一下，恶霸地主洪德福恶贯满盈，我刚才请示了中共桦川县委的蔡书记。"他稍有停顿，环视了一周，人们都不出声地望着他。

卢忠大声喊道："县委同意，杀人偿命，罪大恶极，立即枪决！"

"打倒恶霸地主！"

"共产党万岁！"

"毛主席万岁！"

"坚决拥护民主政府！"

"打倒一切反动派！"

千百个声音在呐喊，人们欢欣鼓舞，欢笑的脸上还有泪水，人们在地上跳着，笑着，再也不压抑了。

路雪峰和于静春一人提着一杆上了刺刀的长枪，揪着已经吓得瘫软的洪德福，就往台下走。大家更毛了，都跟着跑。一时间，尘土飞扬。

洪德福知道自己今天是彻底完了，这个十恶不赦的大汉奸、大地主再也没有力气挣扎了。他闭着眼睛，被架着的两根细腿儿在地上拖动着烟尘。

于静春对路雪峰说："我说主任，咱们费那事干啥啊，就在这场院里，毙了这个王八犊子得了？"

路雪峰说："不行，别让这老小子的血脏了咱贫雇农的场院，这里以后可是咱贫雇农打粮食、晒粮食的地方！"

这几个人在头里走，后面跟着全屯子的一千来人。洪家围子除那些被关起来的地主和地主家属，差不多都来了，有好几个破衣烂衫的老头儿和老太太在叨咕："孩子，共产党给咱报仇了。"

会龙山的半山腰，响起了三声枪响，洪德福的脑浆四溅，结束了罪恶的生命。这枪声也惊起了一大群飞鸟，在山坡盘旋着，鸣叫着。

枪毙了恶霸地主洪德福，这可是一下子把洪家围子翻了个个儿，广大贫雇农这才真的相信自己当家做主的日子终于来到了，有的还要求继续斗争剩下那三个地主，还有年轻的小伙子要求参军上前线，把国民党、蒋介石的"遭殃军"打得服服帖帖，保卫自己的胜利果实。

　　工作队和贫雇农团也忙起来，卢忠和路雪峰合计了合计，让于静春把报名参军的都登记下来，参加村里的民兵执勤和训练，先提高一下军政素质，具体参军的事等过几天报告县委再定。于静春一统计，自己都有点傻了，洪家围子全屯子报名参军的一共七十四个人，小的年纪十六岁，大的四十八岁了，于静春乐颠儿颠儿地跑去报告路雪峰，路雪峰大手一挥，说："都登记下来吧，完事再说！"

　　贫雇农团、工作队连夜召开会议，会议很简短，意见也很集中，决定一鼓作气，扩大战果。

　　就隔了一天，洪家围子接着开批斗大会。

　　在公审洪德福的那一天，主席台后面的小屋子里，剩下的三个地主是啥都听见了，都被吓得没了魂了，远处西山坡上的三声枪响，彻底打碎了李永财、曲大祥、白老毛儿的幻想了。

　　李永财啥都听到了，杨老虎这个完犊子玩意儿被活捉了，自己的那些现大洋又打水漂儿了，国民党这帮笨蛋玩意儿看来是打回不来了，自己命运多舛，也就快跟着洪德福一样自生自灭了。他知道自己也是罪大恶极，杀人没有？杀过。强奸妇女没有？干过。联络过土匪没有？自己也干过。所以自己好像也活到头儿了，下一个，就轮到自己了。

　　曲大祥也明白了，自己怎么也逃不过命运的安排了，看来自己以及自己的女儿曲莲花和杨万生的事不说，他安排杨万生帮助他转移浮财和账本，这件事看起来也是瞒不住了，不说的话，群众也不会放过他，可惜了自己的漂亮姑娘莲花了，让杨万生这个王八犊子得手了。好在自己没有人命，兴许能逃过这次的劫难，看来钱财是不能保了，还是保命吧。

　　白老毛儿心里倒是没有怎么害怕，他知道自己也就是剥削贫雇农，但也没有坑害过人命啊；雇工给钱是少了点儿，可自己毕竟还是每年都给啊；自己的地还让李永财给抢去一垧呢；强奸妇女，自己没有过，倒是年轻时和邻居妇女搞了几次破鞋，你情我愿能算强奸吗？不能算吧，我这回好好交代财产吧，争取一个宽大处理吧，回头领着老婆孩子好好种地、踏实过日子吧。

还是场院那个会场，还是靠边的那个台子，还是那些群情激奋的贫雇农，哦，对了，人比批斗洪德福时少了一些。批斗大会开始了。

"带恶霸地主李永财！"路雪峰一手叉腰，一手在空中挥动着。

李永财五花大绑地被战士们拖出来，怎么叫拖出来呢，因为他早就全身瘫成一堆烂泥了，到了主席台上，这个学过一身硬功夫的恶霸地主全然没有了往日的威风，瘫在长条桌子前面，起不来。

"李永财，你起来啊，你不是会武功吗？你那武功哪儿去了呢？"于静春在一旁用镐把儿捅着李永财。

"要杀要剐！老子都他妈不怕，你们随便吧！"李永财这个狗地主瘫在地上还在嘴硬，垂死挣扎着。

"打死他个王八犊子！""整死他！"群众又群情激愤了，几个贫雇农拿着镐把儿就往前冲。

"乡亲们，别着急，大家还是先揭发他的罪恶，然后按政策办！"卢忠对下面喊道。

"行！听卢队长的，先别打！"群众齐声喊。

张冒烟儿第一个站起来，说："李永财，你别他妈地在这里装大尾巴狼，你是个啥样的人，我们都很清楚，你仗着你会点儿功夫，这些年没少欺负洪家围子的父老乡亲，你和那土匪姜大牙在福利屯那儿论起来，还有点亲戚关系呢，对不？"

"啊？有这事？怪不得这王八犊子牛逼哄哄的呢。"大家伙儿有的是头一回知道这码事，都很诧异和愤怒。

李永财脑袋都快耷拉到裤裆里了，只是无奈地点点头。

"就在日本鬼子投降以后，你他妈还偷偷地派人给土匪送去三千现大洋，让他抓紧招兵买马、囤积力量，无论如何保你平安无事呢，对不？"张冒烟儿接着说。

"你勾结土匪与人民为敌，你就是死罪！"张冒烟儿说着，用手里的镐把儿捅了一下李永财。

"李永财，你个王八犊子，你强奸我媳妇，害得她跑回了娘家，我他妈成了跑腿子！"一个年轻人说。

"李永财，我爹因为拉条子的事和你拌了几句嘴，晚上就莫名其妙地死在大井沿上了，是不是你干的？"一个梳着大辫子的姑娘说。

"李永财，洪德福坑我让我出劳工，我媳妇和女儿都让你乘机给祸祸了，你把她娘俩给卖到佳木斯窑子去了，不到半年就都折磨死了，你这个老王八犊子，我日你八辈祖宗！"一个中年人跳着高指着李永财骂道。

"你勾结土匪，密谋杀害了咱们长发区农会的一个年轻干部，你啊，真是祸害啊！"路雪峰站起来说。

经过一番斗争和揭发，洪家围子的广大贫雇农，都知道了李永财的罪恶，他手里有六条人命，强奸过八个妇女，也是罪大恶极。

经请示县委，洪家围子贫雇农团对李永财也当场执行了枪决。

一样的刑场，一样的行刑人，与人民为敌、顽抗到底的反动地主阶级，注定也会是一样的结局。

这曲大祥和白老毛儿，倒是简单多了，几个民兵把他俩一带到批斗会的主席台上，就什么都说了。什么浮财啊，什么金银首饰，骡马牛羊，统统说出来了。就连记录的吴占河和孟大眼镜儿都忙不过来，不停地告诉曲大祥和白老毛儿慢点儿说。

曲大祥还把杨万生为自己打掩护，转移财产和账本的事情说了个仔仔细细，卢忠马上派人把正在家里喝着闷酒的杨万生抓了起来，送到了县公安局进行进一步审查。

白老毛儿见没有人揭发自己搞破鞋的事，也就没自己交代，只是如数地把财产全部交了出来。

这没枪毙的两个地主这么一坦白，就让洪家围子的工作队和贫雇农团又足足干了三天，才把浮财都找了出来，登记造册，分类保管。

这个时候，洪家围子已经完全是个欢乐的海洋了，一些大粮户也都来交地、交牲口，中农们知道了他们在土地改革运动里是团结的对象，也有了劲头儿，富农知道自己离地主阶级太近了，离贫雇农太远了，是站在悬崖边上的危险分子了，也都积极参加村里的活动，纷纷捐地、捐钱、捐物、捐牲口，把个贫雇农团忙得脚打后脑勺子。

县委蔡书记在一个早晨打来了电话，传达了合江省委《关于扩充新兵给各县的指示》，就是根据战争发展的需要，要补充新兵入伍，作为"土改"工作的先进区里的先进村，长发区的洪家围子的新兵征集也要走在全县的前面，为全县开好头。卢忠和蔡书记表态，坚决完成任务。

洪家围子的参军动员大会，也是在场院举行的。场院四周插了很多面红旗，迎着风在飘动。原来在于静春那里报名的都到了场院，还有上次落下的几个人在找于静春商量，央求他给加上。

会上，卢忠进一步向群众讲解了军属待遇问题、前线的战争形势，并号召青壮年踊跃报名参军。

有个刚刚结婚几个月的年轻人在老妈妈的带领下来报名参军。

开粉坊的中农二牪子也报名参军了。他不动声色地把粉坊家什都归置好，封好了门窗，直接到于静春那里把名报了。

于静春问他道："二牪子，你要参军？"

"对啊！我要上前线，当英雄！那样以后好说媳妇。"二牪子憨笑着回答。

王铁匠的儿子也报名了。

最后于静春拿给了卢忠和路雪峰一个名单，报名参军的总数正好是八十个人，最后卢忠把岁数大的和小的勾掉了，留在名单里的都是年龄在十八岁到二十八岁之间、身体健康、体格健壮的。这样一来就剩下了三十九个人。又把和地主有直系亲属，尤其是被镇压的洪德福和李永财的直系亲属划掉了四个，再就是1945年8月15日以后来到洪家围子的外来户，对以前情况不掌握的，又划去了七个，最后去掉了家里已经有参军的了，属于军属的，这样的有四个人，那就剩下二十四个人。

卢忠却对着这二十四个人的名单发起愁来，这个名单有于静春这个基干民兵队长啊，在前一段的斗争中，于静春表现很好，也有很丰富的经验和胆量。说实话，卢忠打心里不愿意让于静春去参军，这工作有点儿棘手。

说曹操曹操到，于静春风风火火地进来了，看到卢忠在团部，他很高兴。

于静春说："卢队长，我报名参军去！"

"你想去参军？"卢忠看着于静春问。

"嗯嗯，我决心已定，就去参军去！"于静春拍着胸脯说。

卢忠看看红涨着脸的于静春，问："那咱屯子的民兵队伍以后怎么办？"

"咱屯子有的是能人，我要上前线，打垮蒋介石！"于静春决心很大。

"我考虑考虑吧。"卢忠说。

于静春急了，说："你考不考虑我也去！"

说着，他跑出屋子去找路雪峰去了。

卢忠感到自己不能把眼光老放在自己眼前的洪家围子，应该有共产党员应该具备的宽广胸怀，自己刚才的小气劲儿，不正是和屯里的娘们儿一样吗？自己的大局观念在哪里呢？想到这里，他发自内心地笑起自己来。

第二天的上午，贫雇农团的大伙房里，刘江领着两个大师傅开始忙活起来。老高二嫂领着几个妇女打下手，切菜，炖猪肉，洗咸菜，忙得不亦乐乎。这是在准备欢送参军青年的酒席。村子北头的道口，也扎起了一个大牌楼，都是用松木杆子钉的，中间是用柳树编的芯。大红纸上写着八个大字：一人参军，全家光荣！在贫雇农团团部的西厢房里，十来个妇女在剪着彩纸，扎着大红花。

人们如同对待过年一样对待当家做主的每一天，也可以反过来说，洪家围子贫雇农当家做主以后的每一天都像过年！

中午吃完饭，全屯子都来给参军的送行，整得洪家围子满街筒子都是人。

这是六月末的北满，早已经不见了冰雪的影子。山上下来的水在呼呼地流过路边的沟子向北流向铃铛麦河。一群群鸭鹅在沟子里嬉戏。

彩色的旗子迎风招展，人们来得很多，还有民兵、老人、小孩和妇女都来到了村北大牌楼下。两挂大马车早已等候在这里，一个是张冒烟儿，一个是老把式。

路雪峰从佳木斯请来的鼓号手吹起了鼓乐，渲染着送别的气氛。

二十四个新兵，在于静春的口号声里走着并不太整齐的步伐，走到了北门，面对西面一字儿排开成一行，站在路边。老高二嫂领着妇女们手里拿着不老少的大红花，走过去给这二十四个人戴上，老高二嫂给于静春戴上，于静春说："二嫂，我去把蒋介石打败了，再回来种地！"老高二嫂连连点头，说："行啊行啊。"卢忠拍了拍于静春的肩膀，说："静春啊，你这回到了主力部队，希望你勇敢作战，早日立功受奖，为咱洪家围子争光！"于静春立正答道："请大家放心，我一定给咱屯子争光，当一个战斗英雄！"

二牤子原以为自己是个中农，参军根本就不会有希望，没想到自己也被批准参军了，他高兴得大嘴咧咧着都合不拢了，卢忠给他戴上红花，对他说："祝愿你也成为英雄，为咱屯子争光！"二牤子说："放心吧，我一定勇敢战斗，当英雄，我还要给部队做粉条子，让他们都吃饱了，多干死一些国民党反动派！"二牤子的话把大家都逗乐了。

王铁匠眼看着从没有离开家的儿子，眼泪在眼圈里直转悠，说："儿啊，你好好干，把国民党反动派打败了，爹给你盖个大的铁匠炉，说一个漂亮贤惠的媳妇……"王铁匠说不下去了，给儿子戴花的手颤抖着。王铁匠那健壮的儿子，握住了王铁匠的手摇晃着说："爹！你别上火，你老人家就放心吧，我不会给爹、给洪家围子丢脸的！"

卢忠看大红花戴完了，他大声说道："同志们，我代表工作队和贫雇农团向大家敬礼！"他敬了一个标准的军礼。接着说："你们上前线，多打胜仗，俺们在后方，纺线，做军装，做军鞋，好好劳动，多打粮食，你们吃了我们送去的粮食，更有力量，早日打败国民党反动派，回家过我们的好日子！"

大家都热烈地鼓掌。

卢忠最后说："好，不多说了，你们上车吧！祝愿你们早日胜利返回家乡！"

众人上车后，张冒烟儿大鞭子一甩，"啪"一声清脆的鞭响，两辆大车载着二十四个洪家围子的新兵直奔佳木斯而去。

第十五章　吴家烧锅

　　洪家围子的恶霸地主洪德福和李永财相继政府被镇压的消息，过了十好几天，才传到了佳木斯西门里的"泰富记"烧锅。

　　这天大清早，天才刚刚蒙蒙亮，老掌柜吴长发就带着张大炮和几个伙计赶着马车去北市场买苞米和高粱米。因为现在是夏天，卖粮食的商家和农民不多，加之战乱刚刚结束，人们的口粮都成问题，买卖粮食的摊铺啊，总是冷冷清清的，所以"泰富记"烧锅的老掌柜的领着伙计几个人特意起了个大早，好抓些好粮食。吴长发这个烧锅之所以开得红火，就是因为原料好、手艺好，酒也不掺假。吴长发领着几个人一挂车慢慢悠悠刚刚拐进北市场的后仓库，就看到了一挂四匹大马车，驾辕的正是原来李永财家的大黑辕马，车上坐着一大一小、一胖一瘦两个人，是洪家围子的张冒烟儿和赵老鸹儿。张大炮一看到这两个人，吓得心跳都快要停了，他猫起腰嗖一下就窜进旁边一个胡同里，因为天刚刚亮，张冒烟儿和赵老鸹儿正在唠嗑儿，也没有看到张大炮。

　　老爷子吴长发看到张大炮这个样子，啥都明白了，他微微一笑，冲另外几个伙计说："我有点事，你们先去前面粮食摊子！"伙计们都去了粮食摊子，吴长发向着洪家围子那挂马车走过去，老爷子知道这挂大车肯定是洪家围子的，要不张大炮不能这样害怕，像个兔子一样躲起来。

　　"敢问老板子，是哪个屯子的啊？"吴长发对着正在抽着烟、和赵老鸹儿唠嗑儿的张冒烟儿问道。

　　"老哥，我们是洪家围子的，也是起早来买豆饼。"张冒烟儿看有个老头问自己，就赶紧下来了车，对吴长发说道。

　　"买豆饼喂牲口啊？"吴长发站在车旁边，看着张冒烟儿的大个子，瘦小的吴掌柜感觉自己很压抑。

"嗯哪，老哥，我们屯子土地改革要分大牲口，贫雇农团还要用地主的浮财买一些大牲口，缺草少料啊。牲口也得抓紧催膘啊，好拉秋地呢。这不都得抓紧备上啊。"张冒烟儿大口大口地抽着黄叶，看着眼前这个小个子老头儿。

"是啊，看你用的这几个牲口，真合套啊，都溜光水滑，挺周正啊！"吴长发看着车上套着的几个牲口，赞不绝口。他也曾经是正儿八经的老庄稼人，有了一些积蓄才进了佳木斯开烧锅，所以对于牲口的好与坏，还是很在行的。

"老大哥，看你就是行家啊，俺们这四匹马，在洪家围子就是报头名！"赵老鸢儿在一边兴致盎然，他眉飞色舞地和吴长发说着、比量着。

"嗯嗯！"吴长发频频点头。

"你们屯子土地改革改啥样了，我听佳木斯西边有些屯子还没有搞呢。"吴长发忍不住扯到了"土改"上面了。

"嗯哪，俺们屯子离省委、县委近，那必须先搞啊！俺们工作队说了，这叫试点。"赵老鸢儿的嗓门也不小。

"老哥，"张冒烟儿郑重地对吴长发说，"老哥，先搞后搞，反正都得搞，这土地改革运动就像一场暴风雨，只要是解放区，哪个地方也落不下啊。"

"你们屯子最后是怎么处理恶霸地主的啊？"吴长发提出了自己最想知道答案的问题。

"根据罪过，区别对待。"张冒烟儿轻描淡写地说，他感觉和这陌生但感觉很面善的老头说多了也不好，好像自己是个碎嘴子似的。

赵老鸢儿这会儿可是一点都不鸢儿了，他接下来像顺口溜一样地说道："有大罪的枪毙，没大罪的赎罪！"

"啊？这又是怎么个说道呢？"吴长发的胡子颤抖着问赵老鸢儿。

"来，老哥儿，坐着唠嗑儿。"张冒烟儿接过话来，拉着吴长发坐在马车的车铺板上，对着吴长发说："老哥，你听俺跟你说，咱们屯子吧，有四个大地主，前几天都让工作队和贫雇农团抓起来了，一审问一批斗一揭发，这些个地主还真就是封建剥削阶级啊，个个家财万贯啊，没少喝老农民的血啊！"

"嗯嗯，还有呢？"吴长发赶紧问。

张冒烟儿这个时候，也不忘记狠狠地抽了几口烟，说："当然了，工作队和贫雇农团也要区别对待的，对于没有啥大罪过，最主要是手里没有人命的地主白老毛儿和曲大祥只是没收了他们所有的财产，让他们滚出了原来自己住的深宅大院，给一个普通的屋子，当个普通的农民了。"

"那些有罪的呢？"吴长发问。

"总共有两个罪大恶极的地主，一个是洪德福，手里有十三条人命，害死了好多贫雇农，其中还有抗日联军战士的性命，强奸祸害的妇女就十六个，你说说多他妈恶贯满盈！还有一个是李永财，手里六条人命，强奸和霸占妇女八人，也是十恶不赦！"

"啊？那么大的罪过啊？"吴长发心里一翻个，他原本知道洪德福不是个好人，没承想这个家伙果然真的是罪恶滔天啊，自打自己那不省心的女儿嫁过去以后，他气得一次都没登洪德福的家门。

"像洪德福和李永财这样十恶不赦的恶霸地主，共产党、工作队能放过他们吗？广大受苦受难的贫雇农能放过他们吗？"张冒烟儿说到激动处，眼睛都有些冒火。

"镇压了？走红了？"吴长发预感到事情已经像他估计的那样了。

"那还能不镇压，开完批斗会就拉到西山根给毙了，那脑浆子都喷了一地！"赵老鸢儿这时候才插进去话。

"嗯哪，镇压了，都是经过请示上级同意的，上级有明确政策，罪过也是笔笔有宗，那还不就是个坚决打击嘛！"张冒烟儿手还攥着拳头。

"唉，要是真像听你俩说的那么大的罪过，是该枪毙。"吴长发自言自语地叨咕着。

"老哥儿你问这个做什么？"张冒烟儿问吴长发。

吴长发也是个老江湖，他对着张冒烟儿一龇牙，笑着说："你不知道啊，我老家也是乡下，在东板子房，我打听一下'土改'都啥模样啊。"

"老哥，土地改革是咱老庄稼人翻身的天大好事，祖祖辈辈当牛做马，这次咱才真做个主人嘞！"张冒烟儿和赵老鸢儿都和吴长发述说这翻身做主人的感受，听得吴长发一阵热一阵冷，心里很复杂。

"那地主的那些家属啊什么的都怎么处理啊？"吴长发向前探着身子问张冒烟儿。

张冒烟儿远远地看到买豆饼的已经朝他招手，告诉装车了，就对吴长发说："作恶多端的是地主本人，和地主的亲戚和家属没有一毛钱关系，现在地主家属们也就是没有长工、短工、丫鬟、老婆子那些人伺候着了，但共产党、工作队和贫雇农团也不会让她们饿着，都有饭吃，也不能让她们没房子住、去住在露天地，优待俘虏嘛。"他着急地对吴长发说："老哥儿，我得装车了，别唠嗑儿了，耽误事就不相应了。"

说着张冒烟儿把车赶起来就走，赵老鸢儿颠儿颠儿地跟着走了。

吴长发看着他们远去的背影，默默地站了一会儿，事情果然如自己所料，洪德福这个恶人在土地改革的历史洪流里无法保全自己罪恶的生命。本来老爷子想问地主被镇压了，地主的那些老婆尤其是小老婆的，怎么处理和安排啊，可这样一问，那得有多明显啊，别说是现如今的这个形势下，就是过去吴老爷子他也从来不提自己的女儿给人家当四姨太的事，刚强了一辈子的吴老爷子嫌太丢人、太碜硬。

吴老爷子神情恍惚地来到了北市场的粮食摊子，张大炮和几个伙计已经看好了几份儿好粮食，张大炮跑过来对老爷子媚笑，问："掌柜的，您老问了吗？"

吴老爷子一横眼，瞪了瞪张大炮，骂道："问你奶奶个腿儿！滚一边儿去！"

张大炮知趣地腆着笑一边站着了。这些日子以来，张大炮才知道这个吴老爷子确实可不是个一般人物，俗话说"不怒人自威"，老爷子虽然好骂人，说一不二，但手艺精妙、办事公道，有时还自己动手干活儿，这让张大炮渐渐地佩服起来，感觉跟着吴老爷子干活儿是一件乐呵事。

吴老爷子亲自把关，一堆一堆地看，用牙咬，用手抓，精挑细选了一大车粮食，卖粮的小贩都说："老爷子，知道你是行家，没有人敢糊弄你啊。"老爷子笑着说："呵呵，你们这些家伙可没准儿啊，粘上毛比猴子都精呢。"

众人一片哄笑。

"你们几个过秤、装车、码好，每样儿都做上记号，快点儿！"吴掌柜告诉张大炮和几个伙计。自己却因为刚才和张冒烟儿和赵老鸢儿关于洪家围子和洪德福的谈话，没有心思干活儿了，叼着小烟袋，蹲在一旁吞云吐雾起来。

到了天大亮，车已经装完了，吴长发就和几个人爬上了粮食车，顺着中央大街往西门方向走，一路上，太阳在身后不断地升腾起来，照得车马和几个人落在地上的影子越来越短。

也没有多远的道，不一会儿就到了"泰富记"烧锅。

进了大院，老爷子告诉张大炮："你领着他们几个把粮食放东屋，一样码一擦，懂不？"

张大炮忙不迭地答应着："懂，懂。您放心吧！"就赶快领着几个人卸车、扛包、码摞。

来到佳木斯四姨太老爹的烧锅以后，张大炮对生活有了新的认识，以前自己奸懒馋滑，从来不干活儿，没有想到逼到这个地步也可以干活儿，并且不比别人差劲，这让张大炮有了些许的自信，烧锅的活确实是个整劳力的活儿，每天都不知道自己出了多少汗，但心里舒坦，饭量也大了，苞米面大饼子张大炮也和别的小伙子一样能吃十多个，还得来两碗酸菜汤，最让张大炮感觉快乐的是在吃饭的时候，吴长发老爷子从来不发火，笑呵呵地看着大家吃饭，还一直叨咕："多吃多吃，我过去就能吃，一分饭量一分活儿啊，不能吃也就不能干活儿啊。"这让张大炮和其他的伙计们心里暖融融的，像这六月里的一阵微风一般舒服。这不禁更让张大炮想起洪德福来了，他这个现在吉凶未卜的二姨夫的确很有钱，但也很抠，平时闲来无事无灾无难的时候，张大炮如果多吃点儿好的，或者多花了洪德福一些钱，或者是大半夜耍钱回去晚点自己饿了找饭吃，这个时候，洪德福都给他吊小脸子，只有洪德福需要用得着张大炮跑腿学舌、出力效力的时候，才对他好得像亲儿子，领着自己吃吃喝喝、逛窑子、嫖女人、耍钱，可张大炮自己的心里很清楚，自己也就是洪德福拥有的很多狗腿子里其中的一个，以至于在佳木斯这些日子里，让张大炮对洪家围子的生活已经彻底没有了一丝一毫的留恋。

此时，老掌柜吴长发坐在上屋的门槛上，吧嗒吧嗒地抽着烟袋，他无法平静下来，尽管自己的女儿不争气，跟了大地主洪德福，但目前的情况是洪德福被枪毙了，女儿成了寡妇，女儿的未来是什么样的呢，自己再也不能让吴玉珠再走错自己年轻的人生道路。

可是，怎么去和自己的女儿说呢，女儿虽然不太稳当，张狂了一些，可这没了丈夫，会怎么样呢，女儿倒是可以在自己的家里一直住着，择机再找个婆家，可是这跟着女儿吴玉珠一起来的张大炮呢，回到洪家围子能怎么样呢，这个张大炮没有父母，才去了洪德福家，以前没和这个小子在一起待过，都说是个花花公子，现在一看不是，张大炮能干活儿，也能吃苦，不几天就学会烧锅师傅的手艺，还像模像样的呢，有时还能帮助自己张罗事呢，是个好帮手。吴老爷子好骂骂咧咧，但看事情看人都很准，这次，吴长发犯了寻思。

"是福不是祸，是祸躲不过！"老吴掌柜还是下定了决心，当面把洪家围子的情况原原本本地告诉女儿吴玉珠和张大炮，让这两个人自己决定和选择。想到这里，吴长发再无羁绊，轻松地背着手在院里看来看去，嘴里哼起了东北二人转小调。

车卸完了，张大炮领着人在烧锅里，用独轮车推着酒糟，烧锅特有的气息让人回味悠长。

这个时候，吴老爷子进来了，他对张大炮说："你！跟我来。"

"唉。我马上！"张大炮应承着，跟了出来。

"你快去洗洗你那狗爪子！然后进正屋，我有事！"吴老爷子笑着骂道。

张大炮憨笑着跑进了水房子，老爷子看着张大炮的背影，笑了笑，转身进了屋，坐在了自己那张几十年的八仙桌子旁边，端起茶杯，喝了一口，咦，这茶水还热着呢，一定是自己的闺女给自己新泡的，老爷子微笑着，品味着。

张大炮洗完手，乐呵地进来了，他站在门口，犹豫着，观察着。

吴老爷子指着他，说："你傻呵呵地杵在那儿干啥？给我进来。自己找个板凳坐下！"

张大炮听话地找个凳子坐在了南边窗户下。

"老姑娘！玉珠！到外屋来！爹有事儿说！"吴老爷子的嗓门也是够洪亮的。

"嗯哪！"吴玉珠答应着就出来了，她穿了一身旗袍，这是她在家做姑娘时的衣服，现在穿着还合身，让她特别回味和留恋过去的日子。

张大炮直瞪着吴玉珠，他才发现这个女人是如此的美丽，怎么自己就没有早看出来呢。吴玉珠瞪了张大炮一眼，笑了一下，就坐在八仙桌子的另一边。

"今天我在北市场买粮食，看到了洪家围子的两个人，是两个老板子，也把洪家围子那边的消息打听到了。"吴老爷子语气平淡地说道。

"啊？"吴玉珠和张大炮几乎同时发出一声惊叫。

吴长发对着两个人说："洪德福已经被政府给镇压了，已经枪毙十多天了，家产也得分给贫雇农。"

这回张大炮和吴玉珠却没有发出惊呼的声音，一是因为这些日子一来，这个结果已经悄无声息地在张大炮和吴玉珠的心里产生和伸展开来了，是意料之中的事；二是真正的祸事来临，反而能让人平静了下来。

吴玉珠和张大炮的眼睛里都有了泪水，一丝残存的情感在这两个人心里徘徊，让人很压抑。

过了一会儿，吴玉珠说："死就死了吧，都是他自己做出的祸事，谁能有啥招儿呢。"

张大炮眼泪流了下来，自己哭着说："我就知道他一个劲儿地横行霸道，啥事儿都干，早晚有报应。"

"你啥都知道，有没有你啥事啊，你个傻狍子！"吴玉珠对着张大炮喊道。这不一会儿就变成惦记张大炮了，看起来，她和洪德福的婚姻就是金钱做的介绍人。

"我没有啊，我就是跑腿学舌，没动过手，也没有和土匪联系过啊。"张大炮吓得脸色煞白，腿直哆嗦。枪毙了洪德福，再次给了张大炮一个打击，他越来越明白了"多行不义必自毙"的道理，他庆幸自己没有陷入太深，没有和洪德福一起做下伤天害理的罪恶，要不自己也是该枪毙了。

吴长发也神色凝重地问："大炮啊，你可要说实话啊，现在都啥时候了。"

"掌柜的，我真的……说的都是真的真话啊。"张大炮情急之下整出了绕口令了。

吴玉珠对着自己的老爹吴长发说："爹，他也就是个骚鞑子，洪德福也不信任他，我估摸着没他啥事。"

"那还行，但是姑娘啊，洪家围子你不能回去啊，听说啥都要没收，地主家属自己做饭和种地，你也啥也不会，洪德福那个王八蛋死了省心了，可你怎么整啊？"吴长发犯愁了。

吴玉珠娇嗔地说："爹，你要撵我了？你不让我在家待着了，你嫌弃你姑娘了？"

"胡说些啥啊，哪有爹妈不心疼自己的孩子，不要自己的孩子呢？"吴长发又气又急地看着自己这个不省事的孩子。

"可他？怎么整啊？"吴长发指了指还耷拉着脑袋的张大炮。

"张大炮，你倒是放个屁啊，你要回洪家围子吗？"吴玉珠站起来问张大炮。

"四姨，我？"张大炮结巴了。

"谁是你四姨？啊？我他妈就是我，我就是我吴玉珠！"吴玉珠彻底愤怒了。

张大炮脸憋得通红，他说："玉……珠，我不想回洪家围子，我就想在这里干活儿。我好好干！"

"大叔，我在这里干活儿行吗？我不要工钱，管我吃、穿、住就行。"张大炮又开始问吴长发老爷子。

吴长发和女儿吴玉珠都不约而同地笑了，父女俩心照不宣地对视了一眼。

"你别磨叽了，赶紧出去干活儿，以后干活儿给钱，工钱我给你放起来，要不你又该胡花了。"吴玉珠对着张大炮说。

"去吧，干活儿去吧，好好干，别再胡混了啊。"吴长发也对张大炮笑得很慈祥。

"嗯哪，我听你的！"张大炮答应着，冲着吴玉珠一个憨笑，跑出去干活儿了。

第十六章　扫堂子

　　同样是在阳光灿烂的日子，同样是在繁华热闹的佳木斯城里，中共合江省委、合江省政府的办公楼里都在紧张地忙碌着，在二楼最里面的办公室里，郑天牧神色凝重地在看着各地报上来的有关土地改革的汇报材料，眉头紧锁着，面对这错综复杂的民情、社情，各地都有自己的办法，也有各具特色的工作方针，但可以看得出来，大家虽然有很大的工作热情，但是没有认真发动群众的耐心，有的地方甚至所有的工作都是工作团在做，代替了广大贫雇农，成了包办的"土改"工作队。最让郑天牧担心的是各地普遍存在着打击面过大的问题，对中农和中立的富农的利益侵害很大，这是与土地改革总策略和方针相违背的。郑天牧看到这里，在文件上用红蓝铅笔大了一个大大的问号，他要理清问题，及时果断地下达全省"土改"的纲领性指示，防止土地改革运动跑偏。

　　就在这个时候，有人敲门。

　　"请进！"郑天牧说道。

　　进来的是省长于长录和副省长于国强，一高一矮，一文一武，也都是东满地区知名的抗联领导人，现在是郑天牧的得力助手。

　　"天牧同志，这是我们省反奸清算要处决的第一批犯人。"

　　"哦？"郑天牧接过了于长录递过来的几张纸，对两个人说，"你们请坐！"就看了起来，于长录和于国强坐在了郑天牧办公桌对面的木头椅子上。

　　郑天牧看完了，抬起头，看着眼前的两个人。

　　"天牧同志，大土匪杨明贵，就是那个杨老虎，在监牢里要死要活地要见你一面，他说他过去抗日了四年多呢，杀了很多日本鬼子，应该算'对国家的有功人员'，应该给他一次机会，网开一面，饶他一命。"副省长于国强看着郑天牧说。

郑天牧微微一笑，放下了手里的几张纸，说："杨明贵确实有过辉煌的历史，他带头打响了中国农民抗击日本侵略者的第一枪，很是有名啊，但是在中华民族最危急的时刻，抗日联军异常艰苦卓绝的关键时刻，他杀害了我们党的同志，彻底背叛了自己辉煌的过去，站在了人民的对立面，成为可耻的民族败类！特别是日本鬼子投降以后，他又投身于国民党反动派，祸害三江地区的老百姓，杀害农会干部，欺压广大群众，明目张胆地和我们共产党和民主政府顽抗到底。"

于长录也深有感触地说："是啊，这个杨老虎是个典型的投机主义者，在他人生最关键的几个节点上，都没有把握好啊。"

郑天牧轻轻地点着头："没有什么好见的，这个人罪大恶极。"说着，手里的红蓝铅笔用力地在名单上杨明贵的名字上打了一个鲜红的勾。

"我对这个段喜清有一些我自己的思考。"郑天牧指着名单上段喜清的名字说。

于长录说："天牧同志，这个段喜清可是佳木斯最后一任日伪市长啊，是理所当然的三江平原第一号大汉奸啊！"

"这些我都知道。"郑天牧指着自己办公桌上的一叠材料对两个人说，"正如你所说，就凭段喜清这个日伪市长的身份就应该杀了他。但是我昨天晚上调阅了一下段喜清的档案，发现这个人是个难得的人才，是日本东京帝国大学地理采矿系的优秀毕业生啊。他当这个伪市长也只有三个多月，而且没有人命也没有太大的罪恶，我在想，咱佳木斯的周边有好多的煤矿和资源，像兴山、福利南、勃利、鸡西等地方，都需要我们逐步地去开发，我们现在缺的就是这样的人才，现用现培养是来不及的，那我们何不把段喜清这样的人才改造过来，让他为我们服务，为新生的民主政权服务呢？"

于长录和于国强都不住地点头，钦佩地注视着郑天牧。

郑天牧接着说："我们共产党人，不但要能打天下，而且要学习怎么去治理和建设天下啊，一切要往长远看啊。"

三个人又谈了一会，郑天牧问道："你们对我的考虑发表一下你们各自的意见。"

"我同意！"

"我同意！"

"那好，就这样决定了，一定要做好准备工作，尤其是安全保卫和防止残匪骚扰，要保证处决顺利完成，既杀一儆百，警醒那些顽固分子，还要教育群众、发动群众。要把这个意见再会同省军区的李龙司令员，一起商量一下，形成合力，攥紧拳头啊。"

说着，郑天牧举起了握紧的一只拳头。

眼看着进7月了，这个天啊，是越来越热，洪家围子的四周，都是满眼的绿色，看不到边儿的庄稼地，高的是苞米和高粱，矮的是黄豆、谷子和糜子。屯子东面的羊草川，野莲花开着硕大的花朵，一片一片铺展在水面上。更多更茂密的是蒲草和浓绿的小叶樟。屯子西面和南面的群山，像画片一样，贴在蓝色的天际。燕子夹杂在麻雀中间，欢叫着，飞来飞去地觅食，忽而停在屋檐下，用尖细的喙梳理着自己的羽毛；忽而又一飞冲高向林子间飞去。今年的雨水调和，各家小园子里种下的瓜菜，都长得绿莹莹的，透着水灵劲儿。

工作队进村，有些时日了。路雪峰、赵林、王铁匠、黑老李、武连山、张冒烟儿、孟大眼镜儿和老高二嫂几个人，没白天没黑夜地在工作，卢忠和吴占河是全看在眼里了，记在心间了。卢忠和吴占河都为有这样淳朴善良和勇敢的贫雇农骨干而感到高兴，也对洪家围子未来的好日子充满了期待。

由于于静春参军了，屯子里基干民兵队需要有人来领导，贫雇农团想起了一个人，适合做洪家围子的民兵队长，那就是苦大仇深的李黑孩。说到李黑孩，路雪峰的眼里都是泪水。

李黑孩家的祖祖辈辈，都是铁匠。传到李黑孩的参李玉柱这一辈，已经是第四代了，洪家围子就一南一北两个铁匠炉，南山脚下是王铁匠的铁匠炉，屯子北头的是李玉柱李铁匠，手艺很好，为庄户人家打镰刀锄头，给骡马牲口挂掌，虽然两口子勤劳能干，但还是过着半饥不饱的日子。

日本鬼子侵占桦川和佳木斯以后，这里的人民并没有屈服，他们不甘心做亡国奴，抗日联军应运而生。

1938年的冬天，在一个风雪交加的夜晚，李玉柱和媳妇红霞抡了一天的大锤，打了一天的铁，刚刚压上炉火，准备歇息。突然，铁匠炉进来一个人，用大手拍打着身上的雪，摘下大大的狗皮帽子，李玉柱认出来是经常从洪家围子往南进山打猎的齐大海。

齐大海看到屋里没有别人,就坐下来,喝了一大碗水,然后关上了木头门,取出别在腰间的大烟袋,就着炉火点着,吧嗒吧嗒猛抽了几口。

"老李大哥,这日子过得咋样啊?"齐大海问道。

"咳!别提了!"李玉柱叹了一口气说,"这混蛋世道,哪有啥好日子啊。"

"世道不好鬼怪多啊。"齐大海握紧了拳头,忽地向下砸下去,接着说,"越不让咱活,咱还就偏要好好活,和他们干!"

"干?和谁干?咋干?"李玉柱有些没明白。

"跟日本鬼子干!跟汉奸狗腿子干!"齐大海说。

"李大哥,你说是不是应该?"齐大海问李玉柱。

"那怎么不应该呢,这帮鬼子不好好在自己那几个破岛子上待着,到中国来祸祸人,真可恨!还有那汉奸狗,吃里扒外,真应该把他们一起收拾了!"

齐大海笑了笑,对李玉柱夫妻说:"既然大哥大嫂是这样想的,那就帮兄弟一个忙吧!"说着,他从棉皮袄里拽出一把带裤的扎枪头,递给了李玉柱,说道:"李大哥,你比照这个样子打六十把。"

"这是……谁要啊?"李玉柱问。

"实话说吧,我早都加入抗日联军了,我们缺武器,现在有扎枪也可以啊。"

李玉柱两口子很高兴地接受了任务,几天几夜没睡觉,把任务完成了。

打那以后,李玉柱和红霞的家就成了抗日联军在洪家围子和佳木斯以东的情报站和联络点,铁匠炉嘛,自然也就成了抗日联军的武器修理所了。

后来到了1940年,抗日联军进入了最艰苦卓绝的时期,要经常转移和躲避日本鬼子和伪军的围剿,非常需要修理武器的人,李玉柱就主动要求跟着抗联的部队进了山,跟屯子里说去外地卖手艺去了,家里混不下去生活了。

李玉柱临走的时候,把十一岁的儿子李黑孩拉到自己的面前,用满是老茧的大手抚摸着自己儿子的头,对儿子说:"儿子,爸爸出远门,你可要听你妈妈的话,多帮她干活儿啊,要听话啊!"幼小的李黑孩点头应承着,嘴唇紧咬着。

孩子很懂事、听话,和妈妈红霞一起支撑着没有爸爸的家。

第二年五月节刚刚过去,齐大海又来到了李家铁匠炉。这一次,齐大海可是很严肃,没有了以往的笑容。一进屋,就坐在木头凳子上抽烟,眉毛拧成了大疙瘩。

"出什么事了?"红霞感觉到不对劲儿,她惊诧地看着齐大海。

齐大海看看红霞看看黑孩，说："嫂子，我们进里屋说吧。"

小黑孩非常懂事地自己在外面玩儿，忽然听见里屋传来妈妈撕心裂肺的哭泣声，黑孩跑进屋一看，齐大海和自己的妈妈红霞都在哭泣，看到他进来，赶紧拭去了眼泪。

晚上，妈妈红霞紧紧地抱着自己的孩子，告诉黑孩，自己的爸爸李玉柱，在和日本鬼子的战斗中光荣牺牲，葬在了宝清西南山上了。李黑孩那一夜哭得很伤心，他已经习惯了爸爸的大手抚摸自己的脑袋，让自己骑在脖颈子上玩耍，可现在，爸爸没有了，他要和妈妈一起接着斗争。

红霞经受着悲痛的打击，反而把铁匠炉的炉火烧得更加红火，十一岁的黑孩帮着拉风箱，红霞照样打铁，照样给部队做大刀啊扎枪啊，还给抗日联军送情报。

一天，一个小队的日本鬼子和几个班的伪军路过洪家围子去太平镇抢粮食，红霞及时报告了山里的抗日联军，抗日联军集合人马在仁和屯设伏，等鬼子往佳木斯返回时，打了一个伏击战，全歼了这伙敌人，缴获了大量的粮食和武器弹药。

哪知道被洪德福的狗腿子知道了底细，报告了日本鬼子，老龟田带着几十个鬼子就奔李家铁匠炉来了，在洪德福家当长工的赵老鸢儿的大哥赵老拴当时还没有病死呢，他先于鬼子来到铁匠炉，给红霞送了信儿，红霞托赵老拴把黑孩给领到南边的山里，找个地窝棚藏起来了。

赵老拴和李黑孩刚刚跑出屯子，红霞就收拾东西就往北跑，可是北面也是敌人，红霞义无反顾地向东进了羊草川的沼泽地，跑了一里多地，就陷入了泥潭，只露出肩膀以上的身体，鬼子们不敢追，远远地打枪，洪德福还喊着："打死你个穷鬼娘们儿！"红霞中弹了，身体沉入泥沼里，失去了影踪，侵略者和反动地主阶级又欠下了劳动人民一笔血债。

李黑孩在山里的猎户家，也是抗日联军的联络点和密营，一直到日本鬼子投降，这孩子练就了一身的打猎功夫和枪法，成了远近闻名的枪手。洪德福自己知道是怎么回事，在街上遇到李黑孩都躲着走，惹得李黑孩哈哈大笑。

李黑孩虽然才十七岁，但是心里很清楚自己的身世，父母双亲都是为了革命而牺牲的，自己也不能辜负父母的期望。他已经深深懂得，是共产党、毛主席给了自己这个孤儿第二次生命。在他十七岁的生命里，已经把自己跟国家和革命联系在一起了。

卢忠感觉这李黑孩是个好苗子，感觉可以重点培养一下，就让吴占河带着李黑孩这些民兵训练，教民兵们射击、个人战术和攻防战术。吴占河也使了劲了，把个民兵队整得嗷嗷叫，洪家围子基干民兵队的技战术水平明显提升。

这一天，卢忠和吴占河起早赶去佳木斯开支前工作会议，路雪峰自己在贫雇农团团部忙活一个上午，到了晌午，他回家吃了中午饭，抽了一袋烟，就往贫雇农团去了。

这工夫，迎面跑过来一个民兵，因为着急，这民兵有些跌跌撞撞。对着路雪峰喊道："卢主任，不好了，贫雇农团团部来了不少的人，是别的屯子人来'扫堂子'来了！"

"啊？哪儿来的？"这让路雪峰很吃惊。

民兵答道："西面松江屯的，来了一百多号人呢！"

早听说过扫堂子的事，是在松江省哈尔滨附近先开始有的，就是本屯的贫雇农到外屯子去斗地主挖浮财。听说过，没见过啊，可这下却真来了，倒把路雪峰吓了一跳。

路雪峰想，这得赶紧告诉卢忠和工作队啊，他告诉这个民兵快点骑马去佳木斯，找到卢忠，请示一下应该怎么处理，自己忙不迭地赶到了贫雇农团团部。

松江屯的七八辆新旧不一的马拉大车，都停在贫雇农团团部高大的门楼外，一百多个松江屯贫雇农男女，也是破衣烂衫的，但精神头十足，打着十几面大红旗，敲着锣鼓，都聚堆在自己的大车跟前，唠嗑儿、抽烟。路雪峰赶紧走上门口的台阶，大声喊道："松江屯的乡亲们，大老远地来到洪家围子，我是洪家围子贫雇农主席路雪峰，欢迎你们，快进院吧！"

听了路雪峰这番话，贫雇农团门口荷枪实弹的几个洪家围子的民兵这才让出道来，松江屯的人们一股脑地拥进贫雇农团的办公室，本来挺大的房子现在挤了个严严实实。有的洪家围子的贫雇农也都闻讯赶来看热闹，洪家围子贫雇农主席团的人也都来到了，一个个瞪大眼睛看着这些松江屯的人们。

松江屯的贫雇农团长走出来对路雪峰说道："路主任，俺是松江屯贫雇农主席团主席纪国生，俺们知道你们屯子大地主洪德福被斗垮了、镇压了。可他在俺们屯子有一块飞地，这就是说他也剥削过俺们，俺们是来扫堂子的！"

站在一边的张冒烟儿站起身来，大眼睛瞪得溜圆，对松江屯的贫雇农团长说："你这话，我不愿意听，关于飞地的问题，县委有指示，我们没差样儿地执行了！"

　　这时候，松江屯的贫雇农团的纪团长身后，转出一个瘦高个子，抢着说道："那就是革命不彻底！斗争不彻底！"

　　路雪峰笑着对松江屯的贫雇农们说："我们正在进一步对地主阶级的财产进一步核实，对破坏土地改革的地主和地主的狗腿子进行打击和处理，也可能存在不少问题，请大家给俺们多提建议呀、多批评啊。"路雪峰这句话说得真是恰到好处，既说明了情况，态度又诚恳，把个松江村的贫雇农说得没有了下话。

　　赵老鸢儿也来了，他一开始看到贫雇农团团部来了这么多的大车，松江屯的人都挎着大枪和扎枪，大喊大叫说是来洪家围子扫堂子的，着实把这个鸢巴人是吓了一跳。"扫堂子"这话的意思，他是最明白的，跳大神的扫清家宅的孤魂野鬼，叫扫堂子。他寻思松江屯的人怎么敢来洪家围子扫堂子，是不是咱们屯子土地改革干错了什么事了？民主政府不同意了，派松江屯贫雇农来的？起初，他站在人群的大里头，靠着门口。这时候，他瞅瞅洪家围子这些个贫雇农，见了这样大的阵仗也没有一个人害怕。他顿时间胆子就大了起来，一双小短腿倒腾几步就挤了上去，从张冒烟儿的大体格子后探出头来，冲松江屯的贫雇农团的纪团长嚷道："亏你还当团长呢，啥好名不能叫？叫扫堂子。咱屯子这次枪毙了两个大地主，斗争最彻底，最坚决，你们呢？再说你们来就来呗，还起个跳大神的名头。依我说，你们屯子的土地改革运动还得和咱洪家围子学着点儿呢。"

　　这时候，路雪峰怕两下顶嘴，把事儿闹大，走去拉着纪团长的手，挤出人堆，走到外屋。他蹲到灶坑边上，取下别在腰里的烟袋，装一锅子烟，在灶坑里对上火，给纪团长抽着，两个人就唠起嗑儿来。在县上村屯干部和积极分子开会的时候，路雪峰和这个纪团长见过面，彼此认识，因此路雪峰一开头就开诚布公地说实话，他对纪团长说："你们来斗咱屯的地主，帮咱们贫雇农翻身，俺们是挺欢迎的，就怕你们半截腰儿插杆子，越整越乱套啊。"

　　"咱们两个屯子开个会，一块堆合计一下好不好？"路雪峰问道。

　　"好啊，我们还是商量着来吧，俺们来得是有些草率。"同样是庄稼把式的纪团长也有些不好意思了。他是知道了哈尔滨附近的屯子有人搞过扫堂子，加之松江屯有几个贫雇农一个劲儿地串络，就带着大家来了，现在也有点儿后悔。但是现在已经是骑驴下不来了，他也不知道怎么收场。

　　看到路雪峰和纪团长这样的和谐景象，两个屯子的人们也都不剑拔弩张了，认识的互相唠嗑儿，不认识的也坐在一起喝开水，两个民兵跑来跑去一个劲儿烧水也供不上喝。

这个时候，去佳木斯请示卢忠的那个民兵骑着马回来了。人和马都出了好多的汗，看起来是没轻跑啊。那个民兵把路雪峰叫到院里，在耳边嘀咕了几句，路雪峰点点头，让他回去歇着，自己又乐乐呵呵地陪着松江屯贫雇农团长老纪唠嗑儿去了。

这时候，窗外院子里，红旗飘动，锣鼓喧天。松江屯的人，把他们的红旗，挂在房檐上。洪家围子也学他们的样子，取出红旗来，插在院里粮食囤的尖上、墙窟窿里和苞米楼子的木杆子上。松江屯的人，使劲地敲打着锣鼓，洪家围子由赵老蔫儿领着也敲打锣鼓，赵老蔫儿还找来了洪家围子的两个喇叭匠子，还吹上了喇叭。

洪家围子的妇女由老高二嫂领着陪着松江屯的妇女，到西屋民兵队的办公室里拉起了家常。松江屯的妇女低低嘀咕了一会，就一起齐声叫道："欢迎洪家围子的姊妹们唱歌。"

老高二嫂挺不过去，只好站起来，满脸通红地站在炕上，指挥洪家围子的几十个妇女，唱了一个《解放区的天》。唱完，老高二嫂正要回敬一下，准备热烈鼓掌请松江屯的妇女姐妹们也唱一个歌，这个时候，路雪峰大喊着开会，就都又回到正屋里来了。

路雪峰一个箭步蹿到炕上，眼睛大大地注视着洪家围子的贫雇农。他说："今天，人家松江屯的贫雇农来咱们屯子，帮咱们洪家围子的贫雇农兄弟姐妹翻身，咱们大家伙儿欢迎不欢迎，乐意不乐意啊？"

几百个声音回答："欢迎！乐意！"

路雪峰又问："也欢迎，也乐意，那得咋办呀？"

好大一会儿，没有一个人吱声。这时，赵老蔫儿的公鸭嗓子从一个角落里传了出来："那咱们也上他们松江屯扫堂子去，帮他们屯里的贫雇农兄弟姐妹翻身呗。"

大伙儿都笑了，连松江屯的一百多号人也笑得闭不上嘴，气氛顿时活跃起来。

路雪峰笑着说道："这倒不用了。松江屯比咱们屯子都先走了一步。他们是来斗洪德福的。我寻思着洪德福被镇压了，财产和土地也没收差不多了。松江屯的乡亲们，他们来回跑一趟，实在辛苦，咱们得匀出点儿东西，送给他们乐乐呵呵地回去啊，洪德福在他们松江屯的地群里有一块地，当然也就是剥削了松江屯的贫雇农，松江屯的贫雇农来斗争洪德福也没啥毛病。大伙儿说说，匀啥给他们？"

孟大眼镜儿推推镜子，大声对路雪峰说："洪德福家后院还有几车木头和柳条子，匀给他们吧。"

松江屯的瘦高个子说道："你们把金银财宝、粮食米面、衣裳被褥都没收干净了，只剩下点木头和柳条，这不是上坟用苞米叶子——糊弄鬼呢吗？"

"老李二哥，别瞎说！"松江屯的纪团长说道。

瘦高个子红着脸不言语了。

两个屯子的贫雇农这时候又吵起来了，各自说着各自的道理，男对男、女对女地吵嚷着。

路雪峰站在炕沿上，看到这乱七八糟的场面，反倒没有着急，他一面摆动着大手，一面可着自己的大嗓门子叫道："咱两个屯子的贫雇农都别吵吵了！自古以来，咱们穷人都是一家人，有啥事儿好商量，不能吵吵、掐架，叫那些地主阶级笑话咱们，这天下都是咱们的了，咱们洪家围子少要一点胜利果实，也喝不了西北风，也没啥大关系。我看哪，你们松江屯如果牲口缺草料，洪德福后园子里有三个谷草垛，外加几百块豆饼，都是给咱洪家围子贫雇农团自己留下备用的，今儿个啊，就给你们松江屯了，你们都拉走吧！"

听路雪峰这样说，松江屯的贫雇农都不吵吵嚷嚷了，也都不好意思起来。

这时候，松江屯的贫雇农团长老纪也腾地站起来说道："松江屯的人听着，洪家围子的穷哥兄弟们待我们像一家人似的，还要匀点儿胜利果实给俺们，这果实是他们屯子农会留下做生产用的，俺们松江屯贫雇农能不能要呀？"

松江屯的一百多人人雷雷鸣般地分好几拨喊着回答。

"不能要！"

"决不能要！"

"人家的果实归人家，咱们坚决不能要！"

这么一来，原来是彼此相争的两个屯子，逐渐变得彼此相让了。两个屯子的干部和积极分子在正屋坐在一块儿，合计了一会儿，结果，洪家围子的人逼着松江屯的贫雇农收下几百捆谷草、一百块豆饼，补足他们的牲口草料。

路雪峰大声地告诉着刘江和赵老鸹儿带几个民兵做饭去了。

这时候，路雪峰站在炕沿上，大声地对在场的贫雇农们说道："我才刚打发人去佳木斯请示了卢队长，卢队长又请示了县委，也回信儿了。洪德福的家产和土地还是归咱们洪家围子来整。可是，来扫堂子的松江屯的贫雇农乡亲，也是一片好意，咱们两个屯子绝不能起冲突，洪家围子的人都帮助刘江他们好生备饭，招待客人。松江屯的贫雇农同志们，咱们早准备下饭了，没啥好吃的，大糙子大葱蘸大酱管够。太阳快落山了，饭怎么样了？咱们抓紧吃饭！"

一个宏大的吃饭情景展现开来，贫雇农团部的几个屋里、灶房和院里都是手拿饭碗吃饭的人，洪家围子的贫雇农给松江屯的贫雇农盛饭、盛汤、拿干粮。路雪峰大声喊道："洪家围子的贫雇农们，咱这回也借个光，都一起吃饭吧！"顿时院里又是一片欢腾。刘江在灶房大声应和："都吃吧，我还做着呢，可劲儿造，管饱！"

大伙儿吃着，松江屯的那个瘦高个子夸这饭焖得好，汤做得有味儿。被正在盛饭的赵老鸹儿听见了，忙搭话："你以为闹着玩儿呢？就俺们屯子这个大厨，老霸道呢，在佳木斯以东名气不小呢，咱这疙瘩就是材料不齐全，要是能淘弄到那些稀罕东西，俺们小刘江满汉全席都照样能舞扎！"瘦高个子一听，接过话茬，夸张地说："哎呀，是吗？那俺今天可来对了，这洪家围子还有御膳房呢！"引起大伙儿一阵快乐的笑声。

吃过饭以后，松江屯的贫雇农在洪家围子的众人的帮助下，用大马车拉着豆饼和谷草，欢声笑语地奔西北走了。

看着渐渐远去的松江屯的大马车和成车的人，赵老鸹儿一边打着饱嗝儿，一边自言自语道："这扫堂子真挺好啊，实在不行的话，咱也组织组织去别的屯子扫堂子？咋也不能让咱们空着手回来吧？"

一看自己的四周，也没有人听他叨咕这些，赵老鸹儿顿时索然无味，于是，他哼着二人转小调，倒背着小手回家去了。

第十七章　人靠衣裳马靠鞍

在贫雇农团团部，路雪峰、赵林和张冒烟儿几个人带着二十多个贫雇农，用了好几天的时间，把整个洪家围子的贫农到中农来个了大排位，跑腿子最靠前，中农最后，最后孟大眼镜儿抄了一份名单给路雪峰，路雪峰用手举了举名单，对大家说："以后咱就按照这个分地、分房、分浮财！大家伙儿说，行吗？""那敢情好了，这才是公道咧！"黑老李说道。大家也都同意这个分配法。

这时，卢忠走了进来，看见几个人忙活的样子，笑呵呵地问道："浮财都清点完了吗？"

路雪峰答道："都清点利索了，就是这金银财宝和首饰没法儿作价分给贫雇农啊。"

卢忠笑着说："这也有招，去佳木斯北市场变卖啊，然后给大伙儿分钱不就完了嘛。"路雪峰挠挠头，说："我怎么没有想到呢？看来还是工作队长脑袋好使啊！"

卢忠对着他的胸口给了一拳，说："你这家伙啥时候还学会奉承人了呢？"

众人哈哈大笑。

路雪峰把名单给卢忠看，卢忠认真地看完后，说："我看这个名单很好，我们界定一个人的阶级成分，就是要看历史，看现实条件。这样才是对工作负责，也对每一个人负责。"他点燃了烟袋，猛吸一口，又吐出，接着说，"我们要特别注意鉴别真假贫困，地主被打倒了，也必须高度地警惕。绝不能让地主阶级离开贫雇农的监督和管理！"

"对！对！"

"绝不能让他们还阳！"

众人纷纷赞同。

从四个大地主家没收的粮食很多，有苞米、高粱、粳米和小麦，按照大名单，由孟大眼镜儿算好账，分到了各家各户，正是青黄不接的季节，贫雇农们乐颠儿颠儿地把粮食领回去了。

这四个地主家共有十几头大肥猪，也都到了出圈的时候了，还有那一百多袋的白面，再不发呢，就发霉了。路雪峰和贫雇农团的同志们商量了一下，把猪杀了，和面一起分给贫雇农和中农，让群众感受到斗争的革命成果，猪再喂就搭料儿了，一时半会儿也卖不了。这下子把村里人乐够呛，议论了好半天。

还有一千块豆饼、四千捆谷草，暂时没往各户发，计算好了账和牲口，牛羊的数量摊到了牲口头上，将来分完牲口，豆饼、谷草跟着牲口走。

接下来就是分衣服和被褥。

贫雇农团先是把每件衣服和被褥作价，用纸条标在衣服和被褥上，再按名单排名发给相应的盖着路雪峰和卢忠两个人手戳的小纸条当作"钱"，然后再去取衣服，虽然挺麻烦，却是洪家围子的人们从来没经历过的，便感觉到无穷的乐趣。

忙活完这些，就黑了天了，贫雇农团决定一鼓作气，晚上发衣服。

洪家围子的场院，摆起了好几趟衣服被褥，花花绿绿的在电灯泡子的照射下，直晃眼睛，基干民兵在外围拉起了绳子，就是警戒线，在场院的南门是入口，人们排队进去选衣服，交票，登记。门口，王铁匠和武连山，一人站在一个桌子上，嗓子都喊哑了。

"大家别挤，排好队，拿票进来取衣服！"路雪峰站在场院的衣服大街中间，大喊着。

"别挤，衣服被褥好多呢，小一千件呢！"孟大眼镜儿左手拿着算盘，右手拿着纸笔，对着圈外喊。

黑老李排在刘江的后面，刘江笑着对黑老李说："李叔，你到我前面吧。"

黑老李摇头道："不了不了，这样就挺好了。"

人太多了，两个人身子挨着身子，脚挨着脚，一点儿一点儿地挪动着。

电灯把场院照得雪白通亮，民兵拉起的绳子系着大红布，像一个盘旋回转的长龙。

好半天，黑老李才排到了场院门口，这时他才看清楚场院里的东西，真是琳琅满目啊，有日本黄大衣、缎子夹袄、女人的花衣服，几摞毛毡子、几摞大花被、秋衣秋裤……还有好多，场院上都是，看不清楚了。

在场院的东南角，先进场院的赵老鸢儿和孟大眼镜儿说着话。

"这个黑棉袄多少钱？"

"一万，合适，就是你买布都够呛够呢。"

中农李宝英也排在黑老李不远处，在向场院里张望，问黑老李："老李大哥，到中农这是不是没啥好玩意儿了吧？"

"你急啥啊？东西有的是，好饭不怕晚嘛，宝英兄弟。"黑老李笑呵呵地对李宝英说。

屯子里的妇女在绳子外，急得抓心挠肝，纷纷在场外拿着主意，指挥着男人们。

老高二嫂已经在场院里挑衣服了，她在特别稀罕地抚摸着一件鸭蛋青色的呢子衣服说："这是老早的衣服了，到了现如今，好像有点儿不时兴了。"

旁边一个挑花了眼的老太太乐着说："我活了大半辈子，也没有像今天这样开了眼。"

场院内外的人们都来了精神，大声地笑着。

"快来看啊，那个红色的大氅，衣服里子都发着亮呢，真带劲儿！"

"人靠衣服马靠鞍，老话没错啊。"

"这年头啊，穿着暖和就行呗。"

"在过去，小日本子把咱祸祸的，谁没穿过麻袋片子？"黑老李说道。

"还提那苦日子干啥啊！"老高二嫂接着说，"俺出门子那时，连被都没有啊。"

"数九寒天去东甸子打柴火，都能冻死人啊！"赵老鸢儿这时也很高兴，眯着眼睛，瞅着场院里这些衣服，又笑起来，说："我这辈子，就没穿过一件好衣服。"

武连山在一旁，笑着对赵老鸢儿说："这会儿你选个鲜亮点的衣服，兴许还能再说个老婆呢。"

赵老鸢儿红着脸，说："俺才不扯那个淡了，领着仨孩子好好种地喽。"

黑老李在场院里，选了一件日本黄大衣，手里还有票，就经过衣服之间的小窄道，沿着花花绿绿的衣服堆走来走去。

张冒烟儿进了场院选衣服，他一贯也不在意什么衣着，所以走来走去，也没个主意了。

孟大眼镜儿看到了："老张，你挑啥呢？"

张冒烟儿还真被问住了，他眨巴眨巴眼睛，没言语，场院里东一摞衣服，西一摞衣服，走回来走过去，看看成色，瞅瞅价钱，又放回去。他挑了一件坎肩，又拾起一件棉袄，又捡起一件黄色的华达呢裤子。挑来挑去，还真是挑花眼了，结果一件也没相中。

"大眼镜子，来，帮我挑一件吧！"

"好嘞！"孟大眼镜儿答应着。

孟大眼镜儿递给张冒烟儿一件灰色的呢子大衣，有八成新，还带个毛领子，绿色缎子的里子，挺瓷实。张冒烟儿马上就认出是洪德福的大衣，他有点儿犯磕硬。

"张大哥，你穿这个大衣赶车，多大的风也冻不着你啊。"

"可这是死人的啊，再说哪儿有老板子穿这个啊？"张冒烟儿笑着说，"我好抽烟，再给烫个窟窿，怪心疼的。"

"现在咱们穷人翻身了，啥都能穿！"孟大眼镜儿哈哈大笑着。他们又走到了另一堆衣服前，这堆里有西服，有女人的秋衣秋裤，还有红毛衣，却一件也没有中意的。

挑了半天了，外面的人都着急了，张冒烟儿不好意思起来，走到北头一个堆里，挑了一个黑棉袄、两床唐绒褥子、一红一绿两床被子、一件蓝色衣料子和那件呢子大衣，正好票子够。他把衣服包在呢子大衣里，扛起来就离开了场院。

老高二嫂家的东院是王老太太家，今儿个发衣服的夜晚，老王家一家子也精神起来了，半夜时分，也没有睡觉呢。这个老王家可不是一般人家，他家是中农，更主要的是他家的姑娘王娟和曲大祥的儿子，也就是莲花的弟弟去年定了亲，虽然这个王娟啊，是一百个不愿意，可她妈老王太太，也没问王娟的意思就收了曲大祥的聘礼。可这刚刚订了婚，没有几个月，工作队来了，曲大祥被打倒了，王老太太脸上挂不住劲了，有些后悔了，左也不是，右也为难，好几天都没出屋了。

在王老太太的屋里，这个老太太没有拉着自己难看的脸，叼着大烟袋，盘着腿坐在炕头里，一边和老高二嫂说着话，一边笑眯眯地，王娟呢，倚靠着妈妈的肩膀，听着妈妈和老高二嫂说话。老王头儿，坐在一边编着柳条筐和土篮子，默不作声，也在听着孩儿他妈唠嗑儿。

屋子里很亮堂，红松的炕沿板齐边齐沿，几个箱子、炕琴和被褥架都擦得一尘不染。地下是一个带抽屉的大桌子，靠北炕梢放着一个炕桌子。棚杆上吊着一盏电灯，把屋子照得通亮，墙上的大镜子反射着屋里几个人谈笑风生的笑脸。

老王太太带着笑，用自己的膝盖碰了碰老高二嫂的膝盖，问道："她二嫂，你家领了啥样的衣服啊？"

"我领了一件花棉袄和一块呢子布料，姑娘领了三件缎子衣服。"老高二嫂高兴地说，"对了，还有两床大红被。"

老王太太好奇地问："场院有多少衣服啊？够分吗？"

老高二嫂一拍大腿，说："老姐姐，人家好像一千多件呢，场院上这一堆、那一摞的，还不够分？我估摸着最后得剩！"

老高二嫂没来之前，王娟自己溜达到街上，她站在南北街上，就能看到北边场院的灯光和人影，听到光影里飘荡的嘻嘻哈哈的欢笑声，也看到有的人扛着包袱乐颠儿颠儿地走过。王娟很羡慕，但由于自己妈妈定的这门亲事，自己领不了衣服和被褥了，王娟心里很不是滋味。

老王头儿问老高二嫂："你家姑娘挺乐呵吧？领了那些好衣服。"

"怎么不乐呵呢，无论大人还是小孩，都愿意过好日子啊！"老高二嫂说。

王娟听见衣服的事，一双大眼睛暗淡了下来，好半天不说话。老高二嫂说完，她忍不住小嘴噘起来，没敢对她妈，对老王头儿说："爸，你看看，人家……"

老王头儿说："敢情你们好了，唉！"

老高二嫂说："贫雇农和中农都得到好了！"

屋子里进入了短暂的沉默。

这时，老高二嫂的姑娘高玲，拉着北院李大刚家的小姑娘秀云走进了老王太太的家门。这俩孩子都半大不小，走进外屋地，扑腾扑腾地响。走在前面的是秀云，穿着一件小花衣服，衣服上有个小立领，底下是一条裤子，一条黑辫子在立领的周围晃来晃去，十分可人。高玲穿着一件大花布衫，胸前是一朵大牡丹花的图案，下面是一条紫色的华达呢裤子，在屋里电灯的照射下，很鲜艳。王娟给晃得直眼花。

老王太太摸着俩孩子的衣服，不住嘴地夸："这俩孩子穿得多好看啊！"高玲和秀云笑着在地上转着。

真是人靠衣裳马靠鞍啊，在平日里，高玲这孩子就是个不起眼的姑娘，身材不高，长相也一般。可是今天她穿上这身衣服，精神头十足，小红脸蛋，高鼻梁，大眼睛，好长的黑睫毛，真地好漂亮，把个老高二嫂高兴得说不出话来。高玲一举一动，浑身上下都泛起娇嫩可爱的气息。

王娟站在高玲的对过，目不转睛地看着，很羡慕，也很激动，也有不少的失落和哀怨。

高玲跑过去握住了王娟那双柔软的小手，拉着王娟到了老王头儿跟前，说："我叔，你看我的衣服好看吗？"

没等老王头儿吱声，老王太太早已经拿出老花镜。仔细看起了高玲身上的衣服，这衣服做工细作，不露一个线头儿，牡丹花是印染上去的，一看就不掉色儿。

"这身漂亮衣服是谁家的呢？"老王太太问老高二嫂。老高二嫂没吭声。

老王头儿也正在夸赞这衣服，说："好！正合适，这衣裳就好像是给你做的一样啊！"

高玲笑着对老王头儿说："王叔，你说错了，这不是给我做的。"

王娟和高玲挨着站着，她也感觉这身衣服穿在高玲身上很合适，她对高玲说："玲，这衣裳真是像给你做的。"

"不是给我做的啊！"高玲看着王娟显露出的神情，想笑还不敢笑，又憋回去了。

秀云在一旁忍不住笑了，说："这是曲……"

"秀云，不许说，看我不收拾你！"高玲追着秀云，屋里光听到两个姑娘的嘻哈声了。

王娟感觉有些不对，她脸红了，一双大眼睛死死地盯着，咬着嘴唇，说不出话来。老王太太更明白了，可对这俩孩子也是笑不出、恼不得啊。

老高二嫂说："衣服就是个面儿，没啥。"

老王太太在一旁赶紧说："衣服谁穿都一个样儿。"

"妈……"王娟是啥都明白了，原来这衣服是曲大祥家给自己预备的，这个时候，她感觉自己耳根子都发热啊，真是羞恼啊。

老王家老两口子对视了一下，又看看自己的孩子，想说啥，又不想说，迟迟疑疑地闷了好半天。

"老王叔，王婶，我说一句话吧！"高玲站在屋地里，大声说道，"让王娟和地主儿子黄了吧！"

屋里人都乐了。

老高二嫂直盯着老王太太，就是不吭声。

"她二嫂啊，我想起这门亲事啊，有点儿后悔了。"老王太太闷不住了，她看见女儿这样的状况，心都要碎了，普天之下，哪有妈妈不疼孩子的呢，老王太太知道，曲大祥被斗倒了，本来就不同意这婚事的女儿可怎么办啊。

老高二嫂有些开玩笑地说："你多能耐啊，你还是自己的梦自己去圆吧！"

老王太太膝盖使劲拱了老高二嫂一下，说："看你那熊样，还拿把了呢！"

老高二嫂笑着指着老王太太："你真听我的？"

"听！""听！""听！"老王家三口人一个声音。

"这事明摆着呢，还琢磨啥啊？黄！"老高二嫂腿一伸，下了炕，对老王家一家说，"现在是民主政府给我们撑腰，婚姻自由，咱怕啥？"

"对，和王八犊子地主阶级一刀两断！"老王太太也跳下炕来，扬起了刀条儿脸，这个姿态可是好些年没看见了。

屋里又响起几个女人清脆的笑声和一个憨憨的老头儿的说话声。

第十八章　黑辕马的病

　　整个洪家围子二百八十多户贫雇农和中农们都分到了东西，缺衣服的领衣服，缺铺盖的领被褥，缺口粮的，扛回来了粮食。贫苦的农民，成年半辈子连个油星都没有见到过，现在也可以吃着细粮，炒点荤菜，一家人盘腿大坐在炕桌上吃，人们都合不拢嘴。

　　一大清早，李宝英就来到原来地主李永财的家，现在被打击的没收财产的地主家所有牲口都集中在这里，这个院套里好几排大马棚子，门口两个基干民兵在站岗，刺刀闪着冷漠的光芒。院子里除了房子就是谷草、豆饼和牲口粪，还不时传出马的咴儿咴儿的叫声。

　　"你干啥？站住！"两个民兵看到李宝英，都问道。

　　"我来看看牲口，看看吃头和膘儿。"李宝英打小学过点兽医，也在佳木斯干过兽医店，日本鬼子来了以后才回到洪家围子种地为生。所以日子过得不错，有地有牲口有钱花。

　　其实啊，李宝英来这里是看自己的枣红马，他就这一个牲口，只是他的枣红马在没收地主财产时，在白老毛儿的马棚里，被白老毛儿借去上羊草川拉苫房草去了，现在被当成地主阶级的财产给没收了，圈在这里了。

　　两个民兵一想，李宝英是中农，卢队长说中农是可以团结的对象啊，"进去吧。"就让开了，但其中一个民兵始终用眼睛瞟着李宝英。

　　起太早了，李宝英一边往牲口棚子走，一边揉着眼睛。

　　这里真是牲口的天下了，什么色儿的都有，在这乱遭的马棚里，李宝英一眼就看见了自己那匹高高大大的枣红马，大概这枣红马也认识李宝英，抬起脑门，在大木头槽子上抬起头，打了一个响鼻。

"你啊，好像有点瘦了。"李宝英摸摸马脑袋。

枣红马用前蹄刨着马棚子的地，脑袋晃着。

李宝英有些心疼了，这几天屯子里是又开批斗大会又分衣服被褥，忙得要命，这牲口也都没侍弄好，这哪能行呢。

李宝英急眼了，他原来不敢说自己的马在白老毛儿家，怕自己也被打成地主阶级，现在他懂了，自己就是个中农，是可以团结的朋友。自己的马也就是朋友的马，还能不让牵回自己家去？

看看现在这天，才亮，再等会儿找卢队长和路主任？不！李宝英他等不及了，转身就奔贫雇农团团部疾走过去。

路雪峰这个时候正坐着看卢忠带回来的那两本苏区"土改"的油印文件，路雪峰字认识得不多，所以看得很慢。

"路主任，你忙着呢？"李宝英进来了。

路雪峰抬起头来看了看眼前的这个小个子中年人，眼睛小，但精神头十足，衣着虽然不是什么好衣服，却干净利落。

"宝英兄弟，来，坐坐！"路雪峰放下文件，让李宝英坐下。

"主任，咱集中起来的牲口，都没好好喂着，都瘦了！"李宝英水也没喝就喊道。

路雪峰拍了拍李宝英的肩膀，笑着说："这几天又是斗争，又是分东西，这些牲口倒真是疏忽了，我马上派专人管理。"

"嗯嗯，这才行呢。"李宝英想说自己的事，可又没敢言语，只是假装好奇地四处看着屋子里的摆设。

"宝英啊，我和卢队长已经知道了你家的枣红马混在白老毛儿的牲口里给没收了。"路雪峰直盯着李宝英说道。

李宝英没想到自己想提起的事让路雪峰说出来了，他小眼睛瞪大了，说："我的马被他借去了，就裹一起了。"

"宝英啊，你是中农，按照政策，中农是贫雇农团结的对象，是朋友。"路雪峰看李宝英没吱声，接着说，"我和卢队长合计了一下，你的枣红马，你自己牵回去吧。不分你的马！"

李宝英这下高兴了，满脸的笑意，他说："真的吗？路主任，不带糊弄人的。"

路雪峰也笑了，说："放心吧，不是闹玩儿的！"

李宝英高兴得一下子从椅子上跳起来就往外走，他恨不得马上把自己的枣红马牵回家呢。

"宝英，别着急啊，我还有事儿问你呢。"路雪峰大声叫他。

李宝英站住了，他回头看着路雪峰，蹦出一句："你个堂堂的贫雇农团主任可不带后悔的。"

路雪峰笑着说："不后悔，枣红马你牵回去！宝英啊，有个事儿我得问你，李永财的大黑辕马你知道不？"

"知道啊，怎么了？"李宝英又坐了下来。

"最近这个大黑辕马不吃草，很蔫巴，你给看看呗？"路雪峰神色沉重地对李宝英说。

"行啊，我这就去看看，可别是李永财给喂啥了吧？大黑辕马在咱屯子可是头子啊。"李宝英也知道李永财的这匹马，作为一个兽医，他喜欢牲口。

"拉倒吧，我还是不跟你唠了，我这就去瞅瞅！"李宝英头也不回地走了。

路雪峰看着李宝英的背影也笑了。

卢忠和路雪峰正在召集贫雇农团和工作队开会，研究分牲口、插犋，成立互助组的事。

卢忠先说："同志们，按照我们的工作安排，就剩下分地、分大牲口了，这两件事，我看分地赶趟，咱就等到挂锄的时候分，行吗？"他看了看大伙儿。

王铁匠说："分地是赶趟，但青苗怎么办呢？"

"青苗也分，随地走！"路雪峰说道。

赵林点点头，开口说道："这账也要算好，别落下地，不然最后就不好整了。"

卢忠对路雪峰和孟大眼镜儿说："这是一个很艰巨的任务，还是慢工出细活儿吧，别着急，争取一次性成功啊。"

大家都认可卢队长的话。

卢忠接着说："目前，大牲口的分配迫在眉睫，大家伙儿也都看到了，牲口的集中管理，是个很难的事情，有的牲口已经明显瘦了不少，这样下去不行啊！"

路雪峰说："可不是咋的！我看着也上火，快分给贫雇农得了，连剩下的谷草和豆饼都分下去！"他又说："李永财这个狗地主，枪毙他真他妈不冤枉，他给大黑辕马喂钉子！"

"啥？有这事儿！"

"这老王八犊子，临死不留好念想！"

大家都很气愤。

"我让李宝英给看看，嘿，你别说，这李宝英真不白给，拿个吸铁石就给试验出来了，他说能治，今天早上，我让他牵着去佳木斯治了。"

张冒烟儿说："李宝英是有点儿能耐的，就是滑头一些。"

卢忠说："这就是我们积极按土地改革政策办事、团结中农的结果，事实证明，我们必须团结一切可以团结的力量，才能更有力地打击地主阶级，实现土地改革运动的全面胜利！"

众人点着头。

卢忠说："我有个初步的想法，我们应该把牲口分配和插犋分配、组织互助组这几个事结合起来，一起考虑，因为一头大牲口拉不了大车，也拉不了犁杖，这不利于我们种地、耕地和拉地、打场。"

"对啊，怎么也得够一副大犁啊。"张冒烟儿插了一句。

路雪峰也说："我看哪，还是先分配插犋，然后自愿地成立互助组，再分大牲口。"

卢忠说："这个方法可以考虑，但我们要让贫雇农知道自己可以分到啥牲口，和几户合分一个牲口，这样分配插犋和组成互助组就容易了。"

孟大眼镜儿站起来，推推大黑眼镜，说："这个大伙儿放心，我沙楞地把账算明白，不耽误事！"

"嗯嗯，那就抓紧吧！"

"另外，我要传达个合江省委和我们桦川县委的重要指示，这个事很要紧啊。"卢忠严肃地看了看屋里的众人。

大家都没有了声音，都看着卢忠。

卢忠说："我们合江省在土地改革的过程中，出现了几起贫雇农进城斗商户挖浮财的事件，省委已经开会研究，一定要制止这股进城挖浮财的风气，如果把城里的工商业搞垮了，不仅严重影响城市和村屯的正常生产生活，而且会妨碍我们民主政权的工作开展！"

卢忠手在桌子上敲了敲，接着说："省委已经明确有了指示，那就是，凡属封建买办资本家，政治上坚决打击，经济上适当给予清算，绝不留情；对逃跑了的官僚资本家，没收其全部财产归国家所有。对民族工商业者我们分两种情况，对少数与敌伪有联系、有一定民愤的，政治上给予应有的打击，经济上给予适当的清算，以平民愤，但不采取消灭政策；对大多数则采取保护政策，以利发展生产。对小手工业者，不仅要保护，还要扶持，以活跃经济。"

大家都在记录，遇到不会写的字，在互相问着。

卢忠接着说："省委指示，农民不得直接封工厂、商店，或者直接没收工商业者的财产，或者私自抓人、罚款，农民土地改革也坚决反对到别的屯子去'扫堂子'。这作为我们'土改'工作队和县、区和村屯政权组织的一条铁的纪律，谁违法就处理谁！"卢忠一拳砸在桌子上，声音很大。众人都为之一震。

卢忠讲道："土地改革不是已经大功告成了，而是到了最关键的时刻，尤其是我们工作队、贫雇农团和民兵队伍，只要我们不折不扣地落实上级的政策，就不会让贫雇农失望，就能让贫雇农翻身做主人！"

大家伙儿一起鼓起掌来。

其实，洪家围子贫雇农团里的这些人，有好几个这些日子合计着拉着人马上佳木斯斗资本家，去趟佳木斯也用不了大半天工夫，捎带脚给洪家围子的贫雇农整点外快，资本家嘛和地主一样，都是剥削人的，地主打倒了，分光了，也不能落下城里这些资本家啊。现在听到卢队长传达了省里县里的指示，他们相对而视，都笑了，幸亏没去啊，去了就犯错误了，让人家笑话咱洪家围子了。

"好，今天我们就开到这里，路主任你把贫雇农团分好伙儿，分头行动，算账，清点豆饼和草料，组织插犋和互助组，工作队也都入户，马上落实！"卢忠果断地决策道。

"唉！""是！""明白！"参加会议的人们答应着，都走出贫雇农团团部去分别工作去了。

插犋，成立互助组，最后洪家围子的贫雇农用了最原始也最公平的方式，十几个互助组用抓阄的形式完成了分配大牲口、草料和农具。

赵林因为是贫雇农团副主任，恰好昨天晚上在贫雇农团值更，还带着民兵巡逻了几圈，早晨刚刚打了个盹儿，就被北场院里的人喊马嘶整醒了。

赵林穿着刚刚分到的灰白色的上衣，走在大街上，向着北面的场院走去。

场院里一连溜地十几辆大车都摆在空场里，人们正在按照抓到的结果，往车上装草料和农具。马在咴儿咴儿叫着，牛犊子在四处找着妈，人也在喊叫，在谈笑，哪里还能听出个个数啊。

"哎哟，整得可是挺热闹啊！"赵林边自言自语，边走进了场院里。因为在自己的互助组里，自己并不是组长，所以他还真不知道自己的互助组的贫雇农分到的牲口和车马、草料、农具在哪儿，都是啥样儿。

"老赵哥，过来！咱们小组在这儿呢！"

赵林一直也没抬头，正在走着、看着，突然听见背后有人叫他。

他回头，看见张冒烟儿站在靠场院里面一挂大车的旁边，正在向他招着手，一张大脸盘子上挂着笑意和汗水。

赵林走过去，看到了自己小组的那挂大车，车子半新不旧，驾辕的竟然是那匹吃了钉子的大黑辕马，李宝英还在稀罕巴叉地在那摩挲着马脑袋呢。其他两匹马，一匹是大青马，一匹是白骟马，都挺精神。

"宝英啊，你确实真有两下子，这大黑马硬是让你给救了，你这兽医不是吃干饭的。"赵林对着李宝英说，用手拍拍李宝英的肩膀。

"哼，我这医术也不是吹出来的！"李宝英好像终于找到了自己的优点，小嘴撇撇着。

"看看，你就是不禁夸，夸几句就要上天啊。"张冒烟儿笑着调侃道。

众人顿时哈哈大笑，这回李宝英倒真的没有脸红，他知道真的多亏是自己救了这匹大黑马，李宝英在佳木斯给这马治病，还自己多掏了三块大洋给人家长发兽医学校的朝鲜族老师呢，人家才铆足劲儿给治的，他不打算把花钱的事说出来，就认自己花了，一来自己确实喜欢好牲口，二来自己家的枣红马也牵回家了，自己心里从里往外都透着高兴，所以回来他就跟路雪峰说是过去的老同行给大黑辕马看的病，也没多花啥钱，这样使路雪峰也十分高兴。

看到都忙着，李宝英就去看别的组的大车和牲口了，嘴里还哼着小曲，美着呢。

赵林小组里的所有人都动起了手来，赵老鸢儿正蹲在车辕子底下整理着辕马套，张冒烟儿在车铺板上用锤子把露出的洋钉子帽都打回去，还有小刘江背着手在车前车后瞎转悠，看了又看，稀罕得很。

赵林走过去对刘江说:"走,你可别光顾着高兴,咱俩看看农具去!"

赵老蔫儿蹲在车下,干得很起劲儿,他一边拴套儿,一边看着牲口说:"共产党、工作队来了,这回咱这些穷棒子算是真的熬出头了。"

在车上的张冒烟儿哈哈大笑着:"那是啊,老赵大哥,你这翻身了也该再找个媳妇了。"

赵老蔫儿半红着脸,说:"那个啊,还真就备不住呢。"

这时,刘江看完农具走回来听见他们唠嗑儿,就说:"这回啊,咱就知足喽,赶以后,我去佳木斯溜达,愿意赶车就赶车,愿意骑马就骑马,怎么地?咱就是牛逼!"

"大牲口是咱种地用的,是给你嘚瑟、给你显摆的吗?"赵老蔫儿绷着脸说道。

刘江抿嘴一乐,没搭理赵老蔫儿,对张冒烟儿说:"张大哥,快点儿吧,整完咱得拉东西呢!"

不一会儿,赵老蔫儿整完了车套,从车底下爬出来,张冒烟儿也钉完车铺板了。刘江轻轻地一盘腿儿,就坐在了车上,张冒烟儿拿起系着新缠上了红绸子的大鞭子,打了个响,赶着大车奔豆饼垛去了。

装完了豆饼和谷草的大马车和牛车,一个接一个离开了场院,上了洪家围子的大街。人们在快乐地逗着闷子,斗着嘴,武连山赶着一个牛车跟在张冒烟儿赶的马车后面。武连山的牛车,车挺新,拉车的是两头黄牤子和一头大黑母牛。

"这大黑辕马是真带劲儿啊!"武连山看见那匹大黑辕马的稳健和壮实劲儿夸道,他接着说:"对了,这匹马就是被李永财喂钉子那匹吧?"

张冒烟儿愤愤地说:"可不是嘛,就是这匹马,这不是在佳木斯治好了嘛。"

张冒烟儿不轻不重地抽了一下大黑辕马的屁股,后头看看武连山赶的那几头牛,说道:"牛车才省心呢。"说完张冒烟儿自己都乐了,这显然不是他的心里话。

"省心啥啊,就是一帮稀屎牛。"武连山本来就是个慢性子,他喜欢自己选的几头牛,却在笑着贬低着牛,这也是他表达喜悦的一种方式。

"你说啥呢?母牛下母牛,三年五个头啊!"赵林在前面的马车上插话说。

"不管几个头,往后咱们的日子不发愁!"武连山说完哈哈大笑起来。

张冒烟儿赶着大车穿过几趟街,穿过了几个草垛,到了临近大井边的原来的李永财家，张冒烟儿和刘江两个跑腿子，分到了原来李永财家外院的两个屋，互助组里就这两个人新分的院子大，还有个破棚子，他们这个组里的车和农具就搁在这里。张冒烟儿跳下车，把马拴在一个半截树桩子上，大伙儿就一起动手卸车，刘江跑进屋去用木桶拎水饮给几匹马喝，他用木梳梳着大黑辕马的毛，赵老鸢儿看着，边卸车边说："小厨子，你这领了牲口，多暂说媳妇啊？"

　　"你别再管我叫小厨子！行不行！"刘江有点儿生气，眉毛立立着，脸绷绷着。

　　"我看现在啊，马比媳妇儿有用！"刘江气哼哼地还在梳理着。

　　"快卸车吧，咱们还要商量事儿呢。"赵林催促道。

　　人多好干活儿，不一会儿车就卸完了，张冒烟儿把马也牵到槽头，喂上了。

　　这个互助组的小会马上就开起来了，大家认真地谋划着这个大伙儿的组怎么去生产和挣钱。

　　"牲口归我使唤！"张冒烟儿说，"扶犁咱也行。"

　　"摇葫芦点籽我来！"赵林深深地抽了一口烟，把烟从鼻孔里喷出来，说道。

　　赵老鸢儿干啥都是一把好手，啥样的庄稼活儿也不报二洼地，虽然鸢点儿，但今天也说了话："叫俺干啥都行啊。"

　　"还有吴大哥呢，他在哈尔滨干瓦匠活儿呢。"赵林望着五十来岁的吴嫂子说，"等收秋地时，我吴大哥他能回来吧？"

　　"俺都写信了，过几天就回来了。"五嫂回答着，笑盈盈地。

　　"那就好。"赵林和张冒烟儿对视了一下，接着说，"说点儿正经事儿，咱这挂车、这个组，还有啥东西没落地的？"

　　张冒烟儿磕了磕烟灰，刚刚抽完这一袋，又装了一锅烟，点上抽着，对着大伙儿说："四匹马才能拉一副大犁呢，现在咱这组里就是缺一头牲口了。"

　　这张冒烟儿是个庄稼活儿的行家里手，一下子就说到了骨头里。小组里的人把话都拉回到插犋的话题了。是啊，缺一头牲口可怎么办呢？

　　就在这时，李宝英惦记着大黑辕马，所以又跑来了，进院就喊："老张哥，大黑辕马没啥事儿吧？"

　　张冒烟儿对外边喊："没啥事儿，大黑辕马挺好的，进来吧！宝英。"然后，扭过头对赵林悄悄说："咱缺的那一头牲口这不有了吗？"赵林也眼前一亮，心领神会地点点头。

李宝英是惦记着大黑辕马，所以来看看。他乐颠儿颠儿地进了屋，看到好多人，好像在开会，就有些迟疑了，说："你们这开会呢，我先走了。"

　　赵林叫道："别走啊，俺们正找你呢！"

　　张冒烟儿更是直脾气，他拉过李宝英，让他坐在炕沿上，开门见山就问："咱们合伙插犋吧？"

　　李宝英也正在为着插犋的事犯愁呢，一听张冒烟儿这样问，就怯怯地问："我可是中农啊。"

　　赵林哈哈大笑，指着李宝英说："你啊，怎么还老不进步啊，贫雇农和中农是一家，都是农民阶级，卢队长和路主任讲过八百六十遍了，你怎么还这样说啊。"

　　李宝英挠着自己的小脑袋，不好意思还带着高兴地说："那可敢情好了，我也正在琢磨呢，要是我今年配不成插犋，那以后怎么种地啊？"

　　赵林指着炕上的桌子说："贫农、雇农和中农，还有咱卢队长带来的工作队，就好像这炕桌子，缺了哪条腿儿都放不稳当啊。"

　　"好，这个比方真好！"

　　大家都点头赞同着赵林的比方。

　　张冒烟儿喊着："刘江啊，你还得接着当你的厨子啊，赶紧地，做饭，炒菜，庆祝我们互助组组织插犋胜利完成！你看行不？赵副主任？"

　　赵林轻轻地捅了一下张冒烟儿，笑着说："啥副主任啊？就是过去的打头的，行啊，做饭！吃饭！"

　　刘江笑着道："好，瞧好吧！"他往外走了几步，又停住了，转过身对赵老蔫儿说："老蔫儿哥，你得来给我打下手，当我的关门大弟子！"

　　"唉！来了师傅！"赵老蔫儿痛快地回答着，脚下也一点儿没耽误，跟着刘江就去了厨房。

第十九章　女人的心思

　　自打工作队进了洪家围子，路雪峰就没怎么动过家里的活计，他整天忙得脚打后脑勺儿，有时吃饭都顾不得回家，就在外面对付一口，这洪家围子大大小小的事情都等着他这个贫雇农团主席去定夺去安排呢。

　　路雪峰的媳妇李玉环总是自己一个人领着孩子吃饭，心里也委屈得不得了。在家当姑娘的时候，李玉环是福利屯里的第一朵花。她漂亮，干净，爱打扮，一样的衣服穿在她身上就能显示出不一样的风韵。可自打嫁给了路雪峰，李玉环就记不得以前的自己了，自己的唯一的嫁妆也就是那件褡花红棉袄，被她自己拿到佳木斯北市场给卖了，因为那时路雪峰明着去烧锅当大师傅，实则暗地里去参加抗日联军，好几个月没音讯，她和刚刚生下来不到一生日的孩子，日子实在难以维系了。自打那个时候起，爱美的李玉环就没有再穿过自己很喜欢的十分像样的衣服了。

　　路雪峰在抗日联军这两年多里，李玉环自己带着俩孩子租李永财的地种，风里来雨里去，忙活了一年也扯不起一件好衣服，何况还有孩子的两张嘴儿，她那羸弱的肩膀硬是挺过来了。

　　路雪峰1940年回到了村里，可把李玉环乐够呛，因为家有男人在，她更加有底了，本来过去洪家围子村里的地主、坏蛋、二流子都因为很惧怕路雪峰，都离李玉环远远的。尤其是路雪峰从抗联回来以后，成熟、稳重了许多，不过脾气倒是越来越不好了，嗓门也大了。可是嫁鸡随鸡嫁狗随狗，李玉环认定了自己的男人，也就没埋怨了。至于路雪峰每天都干啥，都忙些什么，她都不打听。

　　工作队进了洪家围子以后，成立了贫雇农团，自己的男人成了主任，是个头头儿了，她也没感觉有啥不一样。但是，这路雪峰成天地开会啊、斗争啊，李玉环挨了大累，啥活儿又是一个人干了，累倒是其次，李玉环主要还是担心。洪德福的二姨太和儿媳妇扭搭扭搭一起来过她家几次，闲拉起了好多家常，还说洪德福传话，过去的日子里，十事九不周，如果有啥对不住的地方多包涵，都是一个屯子住了几十年了，人不亲土还亲呢，凡事往后想，工作队也不能在洪家围子住一辈子，李玉环虽然说根本就没太在意，但心里也确实有些犯了寻思。

好几天，李玉环常常在寻思这些事，想到洪德福那些地主过去曾经干过的那些坏事，她还真有些害怕。有天夜里，李玉环都睡醒一觉了，路雪峰才回来，往炕梢一躺，就对李玉环说："明儿个早点儿吃饭，明天开会。"

李玉环坐起来，说："他爹，你可悠着点儿干，别太过分了啊。"

"睡你的吧！你个老娘们儿家家的知道个屁！"路雪峰翻身没脱衣服就睡了。

第二天早上，李玉环起来时，路雪峰已经早走了。她去抱柴火，看见借邻居三婶的几捆干树枝子就剩不丁点儿了，再看到装水的二缸里没有多少水了，禁不住心烦意乱起来。外面是个假阴天，屋里有些凉意，李玉环干脆坐在炕上没动弹。

"啥时候了，还不做饭，在那坐福啊！？"路雪峰回来了，一进屋就发火。

"柴火没柴火，水没有水，要啥没啥，我搁啥做饭啊？"李玉环也急了。

"你不会出去上隔壁借点儿啊？"路雪峰有些懊恼。

"借借借！人家给你打的柴火啊？"李玉环也不让着。

两个孩子醒了，都很懂事地望望爸爸，又看看妈妈，一声没吭。李玉环一看，就给两个孩子穿着衣服，不再吱声了。

路雪峰想起今天还要开大会，还要审地主，挖浮财，又是个硬仗啊，不由得又来了火气，他冲李玉环说："我昨夜黑儿告没告诉你今天要开会，让你早点做饭？！"

"开会？开会能当饭吃啊？"李玉环边收拾孩子边说。

路雪峰说不出话来了。他拿起炕笤帚往外屋地一撒，外屋的几个小鸡吓得扑棱棱地飞上了锅台，把一个葫芦瓢给碰到地下。路雪峰"啪"一声把门猛关上就走了。屋里爆土扬尘，孩子给吓哭了，李玉环也伤心地哭了。

直到隔壁三婶来劝她，李玉环才止住了哭声。

晚上，路雪峰好像忘记了早上发生的事情了，吃饭时津津有味，还和李玉环说："群众的力量就是大啊，看这些地主都快吓尿裤子了，好日子真来了。"

李玉环心里还生气呢，本来不想理路雪峰，可还是忍不住，就接话："别图眼前痛快，以后日子长着呢。"

"以后？"路雪峰望着自己媳妇那还有些红肿的眼睛，说，"以后怕啥，俺是个共产党员，还怕地主阶级报复？有共产党和民主政府给咱穷人做后盾，咱屯子人一人一口吐沫能淹死那些狗地主！"

"就你能耐，自己家过得这个熊样！"李玉环也不服。

见自己的媳妇李玉环又开始磨叽起来了，路雪峰几步就出来家门，没闲工夫和你个娘们儿家磨磨叽叽，自己晚上还要开个主席团会呢。

日子就在无声无息里流逝着，在一个阳光明媚的早晨，黄灿灿的太阳照得人心里很畅快。吃过早饭，李玉环正要端起簸箕去磨黄豆，路雪峰腾腾地迈着大步走进来，把一件红缎子上衣和一件黑灯笼裤撇在了炕上。

李玉环的眼睛被吸引过去，她盯着那两件衣服。

"这是哪儿来的啊？"李玉环问。

"昨个儿分的呗。给忘在贫雇农团团部了，才取回来！"路雪峰说着就往外走，还有好多事情等着他呢。

李玉环拿起红缎子上衣，仔细地打量起来。针线做得真讲究，下摆、袖口、领子都嵌着小黑边，李玉环把这衣服铺展在炕上，用手比了又比，量了又量。然后就往身上穿，刚刚伸进一支袖子，又赶忙脱下来，把原来身上的已经不像样子的破上衣脱下来，才又把新衣服穿起来，扣上扣子，正合身。

李玉环穿着衣服，像模像样地站在屋地上，她感觉满屋子都红起来了。

李玉环好像想起了什么，忽然把锅里添起水来，在灶底下生起火，然后，踩一个板凳在炕琴上取下一块缺了角的镜片摆在马窗户上，洗头，梳妆起来。

李玉环看着镜子，感觉自己那长长的眉毛还是和从前一样浓密整齐，用不着修，也用不着描。是因为刚刚洗净还是新衣服衬托的呢，今天自己怎么这样带劲呢。

李玉环和路雪峰拜天地那个时候，也穿的是红衣服，可是那件衣服是借的，就穿了一会儿，这是李玉环嫁给路雪峰的第一个委屈，为了这个只穿了一会儿的红衣服，路雪峰也对李玉环感到愧疚，所以，这次分衣服，特地给媳妇挑了一件红衣服。

李玉环又穿上了灯笼裤，换了一双新花鞋，让俩孩子自己在家玩儿苞米棒子和"嘎拉哈"，自己径直走出了家门。

李玉环路过井台，远远地看见给洪德福放猪的老宋头儿一手提了一块肉，一手提了一袋白面迎面走过来。老宋头儿乐颠儿颠儿地走着，走一步看看手里的面和肉，差不点儿就撞上了李玉环。

老宋头儿抬起头，满脸笑得皱纹都舒展开了，他翘着胡须仔细端详，然后拉长了声音说："啊，是你啊……老路家的啊，你这红衣服一穿，我以为谁家闺女呢！"

李玉环脸一红，忙打岔道："宋叔，干啥去啊？你这是在哪儿买的面和肉啊？"

"啥？买的？你家路雪峰主席没告诉你今天分粮食和猪肉啊？"老宋头儿很诧异。

李玉环未置可否。

"那你快去吧！"老宋头儿说道。

"你稍微等一会儿也行，一会儿就砍到后鞧了。"老宋头儿低声告诉李玉环。

李玉环差点乐出声来，她看见老宋头儿身后的地下有一溜白印，急忙说："快！面袋儿漏了！"

老宋头儿回头一看，赶紧地把面袋子往怀里一抱，忙不迭地往家跑去。

贫雇农团的院子里，吵吵嚷嚷挤了不少人，院里摆着几摞面袋子，还有几个大炕桌上面是半扇猪肉，杀猪匠王一刀和厨子刘江手里都拿着一把闪亮的砍刀，刘江笑呵呵地和围观的孩子们逗着乐。

"这开会得喊老半天，这一分东西，都是点香就到啊！"刘江对旁边人说。

"那是啊，都不傻啊，好吃好喝的哪能剩下啊。"旁边的人调侃着。

这时，靠墙根唠嗑儿的妇女们都向门口走去，原来是看到李玉环来了。女人们把路雪峰的媳妇李玉环给围住了。

"是你啊，玉环！"三婶眼睛眯眯着说。

"真没认出来啊！"一个胖女人说。

"年轻十了多岁啊！"一个高个子女人摸着李玉环的红衣服羡慕地说道。

三婶对几个女人说："这日本鬼子和那败家的'满洲国'把人坑苦了，女人呢都不像女人了……玉环在家当姑娘的时候，福利屯一带谁不知道啊，花儿一样！"

"可不是嘛！好花也得好水养啊。"胖女人拉着李玉环的手，笑呵呵地端详着说，"这以后可好喽，年轻人有的是好日子啦。"

几个女人扯起红缎子衣服的下摆，仔仔细细地端详和研究起来。

"这才是正儿八经的石榴红呢。"

"嗯哪，你看这色儿多正啊。"

"看这黑边齐边码沿的。"

"这是缎子吧？"

"就是，这是缎子！"

李玉环起初被大家围着、看着，有点不好意思，不敢抬头，过了一会儿也就很自然地和大家一起说说笑笑了。

女人们说起谁家分的衣服好看，谁家分的大花被，谁家分到了洪德福家的大铜包角箱子了。李玉环看到这件红衣服，想起了路雪峰对自己的好，心里就涌起了无限的暖意。

"你们这些人啊，还要不要肉了啊？"王一刀和刘江一通喊，女人们才说说笑笑地奔肉案子这边来了。

"哎呀，路嫂子，你这，挺带劲儿啊！"刘江才看到李玉环。

李玉环脸上发着热，没回答，但头却抬得高高的，觉得自己脸上很有光彩。女人们领了肉又领了面。李玉环最后一个从贫雇农团团部出来，也是一手提着肉，一手提着面袋子。虽然面袋子不轻，但怕整埋汰了自己的漂亮衣服，她就用手提着。

陆陆续续地过来几个男人，也都是来领面和肉的，他们看到李玉环的背影，就议论起来。

"你们看，那是谁家的新媳妇儿啊？"坐在碾盘上的赵老蔫儿盯着背影问。

"哪是新媳妇儿啊，是路主任的旧媳妇儿——李玉环。"杨二在院里说。

"啥？这是路雪峰主任的媳妇儿？"一个穿着新衣服的年轻人很诧异。

李发一脚蹬着磨盘，比画着说："是她，你们哪里知道啊，路主任的媳妇想当年在福利屯是数一数二的一枝花啊。"

"看人家的媳妇长地，你再看看我那媳妇儿，像老母猪一样！"杨二狠狠地吐了一口唾沫，说道。

李发笑道："就你那样还嫌弃自己的媳妇儿呢，你看你长得像个马猴子似的。"

刘江在院里大喊："你们几个快点儿来领肉和面，我可要回屋做饭了，早上饭我还没吃呢！"

人们没有心情再闲聊了，一股脑儿都进了贫雇农团。

李玉环一回到家就切肉，剁好了饺子馅，和面，开始包饺子。到了黄昏，水也开了，饺子也包好了，就等路雪峰回来就下锅了。李玉环这时候心里平静了许多，她想，这会儿贫雇农真是翻身了，地主好像得不了势了。

过了好半天，路雪峰才忙完贫雇农团的事，踱回家来。

路雪峰一进门，顿时感觉屋里亮堂堂的，俩孩子在高兴地叫"爸爸"，炕上早已经摆好了炕桌子，有一小盘子瘦肉和一小碟子蒜泥，还有个白菜心和大酱。

李玉环边用抹布擦着锅台，边对路雪峰说："卢队长来咱屯子都这么长时间了，你咋没请人家工作队的同志们再上咱家吃点儿饭呢？"

"人家工作队吃饭还得给钱啊，咱请了不好啊。"路雪峰盘腿坐在了炕上。

女人从灶台上拿来了温热的一壶酒，笑着说："共产党和工作队真是天下最规矩的队伍啊。"

路雪峰笑着看着李玉环说："这个队伍好不？"

"当然好啊！"女人笑着答道。

路雪峰对着她挤了挤眼睛，说："我早就是这个好队伍里的人了，知道不？"

"嗯哪，你能耐，你厉害。"女人娇嗔地说了一句，转身去外屋地煮饺子。

路雪峰先喝了一口酒，夹一片瘦肉放在嘴里，肉切得很薄，原来自己的媳妇还有这样一把好手艺。路雪峰回过头来，女人正在煮饺子，女人俊俏的脸被灶下的火映得通红。

女人把饺子用碗盛上来，笑着对路雪峰说："你尝尝咸淡！"

路雪峰夹起饺子咬一口，是猪肉萝卜馅儿，真鲜亮啊！路雪峰此时就感觉自己好像是这辈子第一次吃饺子。

路雪峰因为屯子里的工作已经全面展开，自己无形中也来了兴致，一盅盅地喝起来，和媳妇唠起了嗑儿来。

"咱们穷人哪能想到有今天啊，这下子终于是出头了！以前，咱下晚做个梦，吧唧吧唧嘴都是苦的，现在是干啥都顺心啊！"路雪峰对这媳妇说道。

"快点儿吃吧，多吃点儿啊。"李玉环笑盈盈地对路雪峰说。

"赶明儿个我抽空去羊草川打点柴火，省的老借人家的。"路雪峰吃饱喝足了，对媳妇说道。

"你这老在村里工作,是不也得做身新衣服啊,也得要个样儿啊。"女人心疼起路雪峰。

"以后就好了,咱也不能带头比穿戴啊。"路雪峰说着,抬腿就下了炕,走到外屋地。

豆秸夹杂着柳条在灶坑里噼啪作响,火映红了李玉环的衣裳,映红了李玉环的脸,路雪峰感觉此时此刻自己的女人是那样的干净,那样的端正,那样的动人。

路雪峰一把抢过烧火棍,对女人说:"你去吃吧,我来烧火。"

女人的脸更红了,她幸福地走回里屋去吃饺子了。

夏天就是这样,三天两头就是一场雨,可洪家围子里还是忙忙碌碌的,各个互助组和插犋户,都在屋里屋外忙活着修补大车、修理农具,工作队办的扫盲班也经常是灯火通明。

这天,县委来了电话,要求工作队迅速分地,并且告诉卢忠和吴占河,要大胆地用洪家围子的成功经验去指导整个长发区的全面工作,并授权卢忠和吴占河从即日起领导桦川长发区的土地改革运动。

卢忠和路雪峰马上召集贫雇农团主席团和工作队全体人员以及贫雇农骨干,连续开了好几天的会,布置眼前都挺紧要的工作。卢忠和路雪峰两个人因为这些日子来的劳累,两个人满脸络腮胡须的面庞都消瘦了,胡子拉碴的,但精神头却很足。

卢忠说:"通过前一阶段,我们对四个地主的批斗和揭发,进一步发动了群众,我们还镇压了洪德福和李永财这两个罪大恶极并与人民、与民主政权为敌的、手上沾满抗联和贫雇农鲜血的地主,教育和改造了曲大祥和白老毛儿两个地主,分了牲口、粮食和衣物被褥,洪家围子的贫雇农都很高兴。"众人一个劲儿地点头。

卢忠扫视了一周,接着说:"我们下一步还要把没收的金银财宝和贵重物品变卖,把现钱分给广大的贫雇农或者买大牲口和农具分给贫雇农!"

卢忠又说:"当前,县委指示我们要迅速地把土地分到贫雇农的手里,实现土地改革的真正意义。那么我们的当务之急就是打地,不但要把屯子附近的地打出来,也要把地主在外地购买或者霸占的土地打出来,这都是我们洪家围子全屯子广大贫雇农的财产,我们要保护好、丈量好、分配好。这个任务很繁重啊,工作量大，边框四至找起来困难，所以今天开会，我们就是要重点研究土地丈量问题。"

"那打地分地，现在的青苗怎么办？"赵林问道。

"青苗就跟着地走，摊上啥就是啥，秋天就收啥！"路雪峰大声说着。

"对对，路主任的办法可行。"卢忠同意路雪峰的办法。

"那怎么个量地法呢？"吴占河问。

卢忠说："我在这几天初步也有了个想法，我现在说一说，然后咱们大家再合计合计。"

大家都看着卢忠。

卢忠翻开自己的本子，原来他对于分地量地已经琢磨了好几天了，大家也都拿出来自己的本子记录起来。

卢忠说："为了加快打地的进度，我想把工作队和贫雇农团分成五个组，这样可以提高速度，第一组，由路雪峰主任带领，去江北和佳木斯周边查清和丈量咱洪家围子这四个大地主的飞地，由吴占河副队长配合，再领几个贫雇农代表；第二组，组长赵林，负责打洪德福在洪家围子的土地，孟大眼镜儿配合；第三组，组长张冒烟儿，王铁匠配合，负责打李永财在洪家围子的土地；第四组，组长黑老李，赵老蔫儿配合，因为于静春同志入伍了，我们补选了赵老蔫儿同志为主席团成员，这次打地也希望赵老蔫儿同志积极工作，四组的任务是打清曲大祥的土地；第五组，武连山负责，我和老高二嫂配合，我们的任务是打清白老毛儿的土地，对了，我们第五组还要继续抠出地主没有交代的土地。"

卢忠说得井井有条，布置得头头是道，众人很是钦佩。尤其是第一次参加会议的那些贫雇农骨干，都听傻了，第一次参加主席团会议的赵老蔫儿更是不住地点头。

"同志们，这个打地的任务，很艰巨、很辛苦，每组去两个工作队员或者警卫战士，带两支长枪，每一组还必须要有两个以上的贫雇农代表参加，也要登记好台账，把四至做好记号，方便我们分地时使用。"卢忠非常严肃地强调着。

卢忠看看孟大眼镜儿，说："老孟大哥，要给各个组准备好丈量工具和经费，尤其是绳子和约尺杆等工具，我看可以去佳木斯定做几个，这样打地快，还准称，外出的要每天安排一挂大车，不论用到哪个互助组的大车都要给车脚钱，这是纪律，哪个组都必须这样做，明白了吗？"

孟大眼镜儿腾地站起来，说："明白！在座的都听到了吧？我就是按卢队长这个去安排钱物。"

路雪峰敲了敲烟袋，说："才刚，卢队长都布置完了，我们俩琢磨这个事儿好几天了，咱们贫雇农再加把劲儿，再吃几天辛苦，把土地丈量好、计算好、分配好，那我们才算真赢了、真翻身了！"路雪峰看看贫雇农骨干，说道："这需要各位贫雇农骨干的参加和配合，你们可得发挥作用啊！别躲清静、偷懒啊！"十几个贫雇农骨干让他说乐了。

准备了一天的时间，按照分工，各个打地小组都行动起来了，路雪峰带着七个人赶着张冒烟儿那个互助组的那挂大马车出了洪家围子的北门，直奔佳木斯而去。

卢忠白天和武连山和老高二嫂一起量地，晚上找地主和地主家属以及长工谈话，不几天，又抠出了十几垧地。

第二十章　黑油油的土地

卢忠在量地时，和老高二嫂聊了很多，也知道了这个贫苦的农村妇女对于新社会的期待以及对地主阶级、日本帝国主义和国民党反动派的刻骨仇恨，而老高二嫂也知道了卢忠的苦出身，知道了卢忠在抗日战争里所建立的功劳，他和自己的丈夫高成一样，都是英雄。

在谈话间，卢忠对老高二嫂说："二嫂，我们土地改革的目的绝不是仅仅分土地、分财产，而是彻底打破这个地主阶级的垄断和剥削压迫，那就要在实现'耕者有其田'的基础上，发展生产，支援前方！"老高二嫂笑着说："是啊，分了地，有些不着调的懒家伙也会撂荒。"

"我们最主要的是动员人们起来想办法扩大生产，增加收入。"卢忠说，他想了一想，接着说，"尤其是咱屯子的妇女，你们妇女会要尽快组织妇女们纺线、织布，给前线的部队做军装用，还要做军鞋，这都是对前线的有力支援啊。按照我当兵十几年的经验，我们东北就要打大仗了，所以肯定对后勤保障有很大的需求，我们支援前方，才能真正稳固后方！"

卢忠又说："另外我也琢磨了，现在咱这屯子也有好多营生可以搞啊，我看了一下，山上的蕨菜、木耳、蘑菇、沙果，不都可以采回来吗？除了自己吃，还可以去佳木斯北市场卖钱嘛。"

老高二嫂对卢忠说："你这个当队长的心还真细，我们每年都去采，但是都不敢走出去太远，怕土匪啊。"

卢忠说："现在好了，我们工作队和基干民兵队在保卫打地的任务完成以后会全力搞好生产的警卫工作，你就尽管把大家动员起来吧！"

"我有办法，现在我们妇女也正是劲头儿十足呢！"老高二嫂笑着回答着。

老高二嫂真是个雷厉风行的女人，她利用一早一晚的空闲时间，找全村的贫雇农妇女唠了个遍，把支前工作和副业生产安排了下去。

　　洪家围子此刻，男人在积极地量地，女人在积极地支前，好一派热闹的景象。

　　屯子西北角的刘桂泽的家，是一个四口之家，刘桂泽是贫雇农骨干，作为贫雇农的代表正在和贫雇农团一起量地，他的媳妇叫西翠，家里有个五岁的孩子小明子，西翠的婆婆是个小脚老太太。这一家在洪家围子是最最普通的人家了。

　　这一天，儿媳妇西翠大清早就出去了，也没说去哪儿，一直到晚上还没有回来。婆婆吃完了晚饭，领着小孙子小明子去贫雇农团团部后院的夜校里去看热闹，也是天黑才回来，一走进屋子，就看屋地里放着一个纺车，又看见儿媳妇西翠正拿着抹布在擦拭着纺车子，累得满脸是汗，老太太就明白了，儿媳妇准定是回娘家了，把自己娘家的纺车给扛来了。自打过门，进了这个老刘家，儿媳妇西翠没少提起自己当姑娘时用过的纺车，就像惦记一位多年不曾相见的亲人一样，念念不忘。前个夜里，屯子里的妇女主任老高二嫂来到家，和儿媳妇唠了半天，儿媳妇一晚上都高兴，村里号召纺线织布，做军鞋，村里回收给补贴钱，这让儿媳妇劲头十足。今天硬是步行了二十八里地，回娘家宋家庄，把纺车扛回来了。

　　看到了纺车，婆婆一句话都没有说，在一边绕过去，坐在炕沿儿上抽起了大烟袋，一手拿着烟袋，一手摸着自己已经被包裹得早已变形的三寸金莲，静静地看着忙碌的儿媳妇西翠。

　　儿媳妇西翠在灶台上自己扒拉一口饭，就接着擦拭着纺车，擦完了又不知道疲倦地俯下身子用手搓着刚刚从老高二嫂那里领来的棉花，脸上弥漫和荡漾着微笑。

　　婆婆这个老太太想说点儿什么，但还是没有说，她往炕里挪了一挪，盘腿坐在那里，儿媳妇西翠也没说话，把小明子抱在大腿上，静静地看着纺车发呆。

　　刘桂泽打地回来了，带着一双大泥脚，浑身上下也一下子尘土，西翠用笤帚给丈夫扫了扫衣服，用湿抹布把丈夫的鞋给擦干净，刘桂泽洗了手、吃过饭，也是一屁股坐在炕上，刘桂泽岁数不大，在洪家围子是个出名的老实巴交本分人，也没有多少话语，这让儿媳妇西翠有时感觉到有点儿不太可心如意，不过转念一想，在这个年代里，能嫁这样的一个老实人也不错啊。

　　小明子在西翠的怀里睡着了，西翠把小明轻轻地放在炕上睡好，关上里屋的灯，打开了外屋地的那个灯，就对刘桂泽说："你先睡吧！"

刘桂泽没吭声，自己在整着铺盖，西翠在外屋地，坐下来，凑近了纺车，拿起缠着布条的摇把试着摇了几下，然后把棉花捻子接到纺车上，开始纺起来。

"嘎吱——嘎吱——嘎吱——"

这声音在西翠的耳朵里就如同甜美的乐曲，西翠听着有说不出的高兴，好像又回到了几年前自己在家做姑娘的时候了，大姑娘、小媳妇坐在一起纺线是最有意思不过的事情了，大家一边纺线，一边天南海北、天马行空地唠嗑儿。可是自打嫁到这洪家围子以后，就再也没有那个有趣的情景了，每天和她做伴的纺车也与她分别了。

婆婆在被窝里咳嗽着，时不时用眼睛瞟着儿媳妇，疲倦和困意包围着她，可是婆婆还是看着外屋的灯光，她格外心疼那点儿电，自己在家从来都不开灯。

这时，儿媳妇因为手生，正在为老是断线而烦恼着，哪里顾得上婆婆想的是什么啊。

婆婆听到纺车的声音还在继续，心里都直翻个儿，既很难受，又很闹心，但强迫自己忍耐，忍到了最后，忍不住了，就嘟囔起来："这是干啥啊，整得点灯熬油啊？"

已经很困倦的刘桂泽被扰得也来气了，忽地坐起来，粗声粗气地说："你赶紧上炕睡觉！"

还没缠几圈的线又断了，纺车也没有了声音。

丈夫刘桂泽粗声粗气的叫声和老婆婆烦人的嘟囔让西翠心里七上八下的，一种委屈在她的心里不可抑止地蔓延开来。她放下了线，站起来，轻轻地上了炕，和衣抱着小明子就躺下了。

婆婆还在咳嗽，婆婆平常嫌弃儿媳妇老跑去开会什么的，儿媳妇又嫌弃老婆婆太落后，再加上寡言少语的刘桂泽，这一家又是陷入了沉闷之中。

身旁的丈夫因为一整天的劳累，已经沉沉地睡去了，可西翠怎么也睡不着。

贫苦的家庭总有无尽的苦恼，西翠不想让自己的男人一个人受累，现在地主打倒了，也要分地了，可是家里的底子太差了，自己也要想办法，纺线织布，做鞋子，既可以支援前线，又可以得到补助。西翠知道这件事是有好处的，没有一点儿坏处。婆婆嫌晚上纺线费电，那自己就白天干！就这么办！西翠想着想着，不知不觉也睡着了。

第二天天刚刚蒙蒙亮，西翠就起来做饭。吃过饭后，刘桂泽又坐车出去打地了，西翠洗涮利落，她就坐在纺车的旁边，把断了的线接好，右手摇起摇把子，左手就纺出长长的那个线来。纺车叫着。可是因为好几年没干了，西翠有点手生，有时也断线，或者摇把卡住。婆婆在里屋眼睛都没离开儿媳妇和纺车。小明子淘气地一会儿扯线，一会儿夺摇把，婆婆看不下去，就喊道："来！跟奶奶玩儿，你妈正忙着呢！"老太太抱起小明子，在脸上啃了几口。

　　儿媳妇西翠胳膊都累酸了，她很纳闷，自己真是完蛋，怎么纺线的手艺还不如当姑娘时了呢？是好几年不纺线的缘故吗？西翠坚持着。

　　纺车就吱呀吱呀地一直叫着，越叫越顺畅，纺出来的线越来越多，儿媳妇劳累加上兴奋，脸红着，鼻子尖上渗出细细的汗珠。她对婆婆说："妈，这就是用来织布的线，要是再纺细一点儿，把两股合一起，就是咱用来缝衣服的线啊。"

　　婆婆没言语，因为自己从来没有纺过线，其实她压根就没见过纺线织布。到了天黑，儿媳妇西翠才从纺车边站起身来，腰酸腿麻地跑过去赶紧用钩秤称了一下，高兴地冲婆婆喊道："妈，今天纺了八两多呢！"

　　丈夫刘桂泽回来了，依然还是很疲惫的样子，西翠喜悦地告诉丈夫自己的劳动成果，虽然刘桂泽也只是"嗯嗯"两声，就把个儿媳妇西翠兴奋得连晚饭也不吃了，也不管天黑不黑了，用包袱皮包起纺线就去贫雇农团团部找老高二嫂了。回来的时候，她就再也掩饰不住自己的喜悦了，没进门就高声地喊了起来："妈，你看，贫雇农团当天就发补助，我换了五斤白面呢！看！"

　　小脚老婆婆着实是很吃惊，她看着儿媳妇手里的小面袋子，细细地摸着，沉默的刘桂泽虽然没有说什么，但他的眼睛里全是温存和光彩。

　　三寸金莲的老太太有些激动，看看自己的儿媳妇西翠，说："翠儿啊，我也……纺线吧……"

　　媳妇高兴地笑着，说："你不会啊，妈！"

　　婆婆嗔怒着："儿媳妇，不是有你吗？你教我！"

　　于是，儿媳妇西翠就开始教婆婆。

　　婆婆脚小，手其实也不大，还不很灵活，左右手还配合不好，捋线忘记摇车，摇车忘记捋线，而且老是断线。婆婆叹了声气，停下来，仔细端详着儿媳妇熟练的双手、不假思索的动作，眼里有说不出的羡慕，心里很奇怪自己怎么会不满意这个能干的贤惠的儿媳妇呢？

这会儿，她感觉儿媳妇出去开会也是正事，自己以后必须多帮儿媳妇多看着孙子小明子，好让儿媳妇去没有顾虑地去办自己的事。

这个时候啊，这个老太太感觉自己怎么就不顶事呢，自己真的好笨啊。

"妈，你千万别急啊，慢慢学呗。"儿媳妇西翠现在怎么看婆婆都是那样亲，这使老婆婆一阵温暖涌上心头："对，俺不着急，俺慢慢学！"

一天，儿媳妇西翠去开会去了，回来的时候，婆婆忙不迭地从锅里端出几块热乎乎地大豆腐来，让儿媳妇吃。

儿媳妇纳闷地问："妈，你哪里来的钱啊，买这些豆腐？"

婆婆笑着说："你饿了吧，快吃吧，小明子已经吃完了，你就甭管怎么来的了，反正不是偷的啊。"

西翠突然明白了，指着婆婆，笑着说："妈啊，难道你是自己去贫雇农团交线去了？！"

"快吃吧，我给桂泽留了好几块呢！"婆婆笑眯眯地，没有直接回答儿媳妇。

儿媳妇高兴地进里屋吃饭去了，婆婆又坐回到纺车跟前，不太熟练地摇起纺车来。

儿媳妇西翠在里屋调笑道："我的妈啊，你是要当模范啊！"

婆婆丝毫也没有不好意思，回答道："你这做儿媳妇的是模范，我这当老婆婆的也不能落后啊！"

这家的娘俩儿有说有笑地忙碌着。

太阳刚刚露头，赵林的打地量地小组就出了屯子，奔铃铛麦河边洪德福的那一大片地去了。今天的天气凉爽，赵林和孟大眼镜儿还有那中农兽医李宝英走在最前面，后面跟着四个贫雇农代表和两个背着长枪的警卫战士。

打地进行了好几天了，也快接近尾声了，大家心情都很高兴。

两个年轻的警卫战士哼唱起歌来："解放区的天是明朗的天，解放区的人民好喜欢……"

赵林回头看了看，笑了，手里拎着自己做的量绳和约尺杆，也甩起了圈，孟大眼镜儿推推眼镜，对赵林说："老赵大哥，你这也是挺舒坦啊。"

赵林笑着："那是啊，咱贫雇农的天下，咱说了算啊，咱俩的这个小组多打出二十多垧地呢，凭啥不舒坦啊？"

孟大眼镜儿指着前面，说："今天打的河岸这片地，也指定是虚泡胀肚，地数也不准，一定也是个多啊。"

"咱必须给他打个明明白白的，让贫雇农们多得到点儿地啊！"赵林说道。

孟大眼镜儿点点头，说："是啊。这才是彻底的革命呢。"

走到一个岗包，有一片榆树林子，麻雀在树梢欢快地鸣叫着，不远处，可以看到西北方向，佳木斯的城墙、楼房和大片的平房在冉冉升起的炊烟里影影绰绰，能看清楚的是更近的发电厂，烟筒冒出烟柱，很粗很长，因为没有风，笔直地向天空插去。

赵林领着打地小组进了河沿地，这地很不平坦，也不怎么成片量，几块大片的地都是清一色顺着河堤坝的东西垄。大家进地以后，马上行动起来，从西往东排尺，赵林和一个贫雇农代表拉着一根绳子和约尺杆打东西长，另外两个贫雇农代表排南北，几个人一会儿到南头，一会儿到北头，量数，记庄稼的品种。孟大眼镜儿记数，还画了个草图，他蹲在地头，手脚利落地打着算盘，把两个警卫战士羡慕得直吧唧嘴。

赵林顺着地边和荒地的边，来到了一个四面高、中间凹的地块。这是洪家围子大家都知道的大洼塘子。夏天，这地经不起大雨，下几场雨，垄沟的水就淹没了垄台子，是个蛤蟆的天堂，站在村北头，就能听见蛤蟆呱呱的叫声。可以说，这块地是十年九不收的破烂地。

赵林对李宝英说："宝英啊，这地给你吧，两垧换一垧，你干不？"

李宝英笑着说："老赵哥，你可别逗俺了，白给俺也不要啊，我可不养蛤蟆。"

孟大眼镜儿说："这块地就是排水不好解决，水排出去了，这地就是上等好地！"

"是啊，分完地，我们和卢忠队长和路雪峰主任真得合计合计这地里排水的事，争取多打粮食啊！留够口粮送军粮，打垮国民党和蒋介石！"赵林看着眼前的土地，说道。

李宝英站在垄台子上，向东面望着，不小心一个趔趄，差一点摔了，脚底下踩折了几棵苞米，孟大眼镜儿说："宝英，你小心点儿，咱是来打地，不是毁地来了。"

"那怕啥？地主的苞米苗都是封建剥削阶级的苗！"李宝英答道。

"你这会儿怎么还糊涂呢？现在这苞米苗子还是啥地主的苗啊，这以后就是咱广大贫雇农的苗了，你脑袋瓜子进水了吗？"赵林真的有些不高兴了。

李宝英涨红着脸，说："知道了，老赵哥，我小心点儿，行不？"说完，对着赵林笑着，小心翼翼地走着。

赵林也笑了："你啊。"

"这地就是不露汤，还窝风，不愿意干，肯定野草成片，不好伺候！"一个岁数大一些的贫雇农代表说。

"这以后就是咱贫雇农的地，咱得好好治理、好好伺候着，保准错不了！"赵林大声回应道。

说话间，量到了一块不大的抹邪子地块，这地很平，全是黑油沙土，一看就是好地，大伙儿一量，孟大眼镜儿一算，还不到一垧地，孟大眼镜儿逗李宝英："我说宝英啊，我看这地就分给你吧，看这黄豆长得多带劲儿！""行啊，归我啦，你们都别踩坏我的黄豆秧啊！"李宝英也开起了玩笑，他感觉自己一个中农在贫雇农这个队伍里也感觉到很快乐，卢队长和路主任说中农和贫雇农血肉相连，是朋友，这做朋友的滋味还真就不赖呢。

再往东面量下去，就是一个挺大片的地，地势很平坦，种着好几样庄稼，长势都不错。

赵林此刻站在地边，心情很复杂。他知道，这就是自己老爹开的地，后来让洪德福给整去了。这地是他老父亲用镐一点一点刨出来的，砍树棵子，放荒，成年倒辈子地开成了熟地，都多少年了。他年轻时到这地里送粪排水、扶犁点籽，每年铲三遍蹚三遍，割地，拉地，渐渐地把这块地都摸熟悉了，知道这地认啥庄稼、要错开啥茬口，自己全家的心就在这块地里扎下了根。自打被洪德福和鬼子和张作霖的官荒给霸占去了以后，他就有一股火窝在了心里，烧得自己迷迷糊糊的，像大风天里的小树，晃晃悠悠地没着没落。

现在，赵林又来到了这里，这会儿土地都是咱贫雇农的了，他沿着地走着，感到十分的亲切，感到无比的轻松和惬意，就像一个千里远行的人，千辛万苦回到了自己的家里，就感受到了家里的温暖和亲热。他眼睛湿润了。

孟大眼镜儿看透了赵林的心事，悄悄问："老赵哥，你乐意要这块地吗？"

赵林不假思索地回答："怎么能不乐意呢，这块地我家种了几十年了！"

李宝英此刻神色也很凝重，他看着脚下的土地，嘴上对赵林说："那就让你家的老地回到你家吧！"

赵林面对着自己跟前的这几个人，用手直拍打自己的胸口，说："因为这块地啊，我这一口气，都憋了多少年了！"

"现在土地改革了，不是都好起来了嘛，老赵大哥。"孟大眼镜儿劝说道。

赵林心里自然知道这个道理，在心里高兴的同时又有很多的感慨。他说："做梦也想不到啊，现在土地是贫雇农的，我们出头露日了！"

"你没想到？那是谁都没想到啊！"孟大眼镜儿说。

赵林大手一挥，说："共产党、工作队不来，一辈子咱也梦不到这事儿啊。"

"这才不是做梦呢，这是真的咧！"李宝英笑着说。

"不是做梦，可像做梦一样啊。"孟大眼镜儿说

"以后咱好事多着呢。"李宝英说。他高兴地继续说："我得好好活着，享一下好日子的福！"

赵林哈哈笑着，大声说："是啊，都好好地过咱的好日子！"

众人唠着嗑儿，量着地。

到了一块窄条子地，也就是几十米宽，几个人看见河堤上有个矮趴趴的打鱼窝棚，窝棚的烟筒冒着烟，一阵阵炊烟飘进地里，挟着庄稼地弥漫着，扩散着。

"这地也挺有劲儿啊。"李宝英说道。

"嗯嗯，啥地到了咱手里，也能给种好！"赵林的口气是那样的自信，他好像看到了土地分到了自己的手中，就得抓紧看住大草，好好收地，然后给地里送粪，准备下一年了。过去自己老看着人家的脸子过日子，现在自己当了贫雇农团副主任，带着大家斗争，自己家也分了东西，配了插犋，还有啥啊，还怕庄稼种不好？想到这里，他嘴角荡漾着舒心的微笑。

李宝英拉着绳子排地时，心里想着自己的那几垧好地，如果能不打乱一起分就好了，自己好好过自己的小日子，他自己有自己的过日子打算。

"老赵哥，咱的互助组分好插犋了，分地时最好挨着，省工啊。"李宝英对赵林说。

"怎么个省工啊？"赵林问李宝英。

李宝英在垄台子上用鞋尖划拉个圈，比画着对赵林说："地连片有好处，假设我的地蹚完了，也要黑天了，近了就可以再给你蹚几条垄啊，如果一个互助组，分到了屯子南一块，屯子北一块，那就把工夫都搭在道儿上了。"

"宝英，好主意，确实省工！"赵林听明白了。

"地挨地，边界得整清楚啊。"赵林又说。

李宝英说："我看没问题，贫雇农和中农团结起来是一家人，也不像地主阶级拱垄头子！"

"我看行，等打完地和工作队好好汇报一下。"赵林高兴地说。

"老赵哥，你看我们今天能打完这片地吗？"李宝英问赵林。

"紧赶慢赶也得赶，贪黑争取打完！"赵林很实在地说道。

李宝英也说："咱还是抓紧吧，别落在其他那几个组的后面就砢碜了。"

孟大眼镜儿推推眼镜，说："不能啊，咱这组当时就出数，哪像他们还得晚上回去算账呢！"说着他特别骄傲地拍拍自己手里的本子和算盘子。

"那是啊，别的组也没有人敢戴大眼镜子啊。"李宝英比画着眼镜的样子，调侃道。

众人一阵哄笑。

"大家抓紧，往前抢，但必须得整准称的！"赵林看看天，催促着大家。

第二十一章　王娟的喜事

　　为了推进支前工作的开展，再给妇女们鼓鼓劲，老高二嫂在卢忠和路雪峰的大力支持下，召开了洪家围子第一次全体妇女大会。在贫雇农团的屋子里，坐着的都是屯子里的妇女，李玉环坐在桌子跟前，身上还是那件红缎子衣服，成了整个会场的亮点。西翠手里拿着一个包袱皮子，里面是婆媳俩新纺的线，奶着孩子的春芝，一对大乳房不管不顾地露着，还有几个年轻的小媳妇聚堆唠着悄悄话。

　　高玲和王娟是后进来的，两个人手拉手，好得像一个人似的。

　　王娟一进屋，就感觉到乱吵吵的，满眼都是女人的脸和各式各样的衣服，想到了自己，王娟由不得心里难受，很是惆怅。在洪家围子分衣服的那天以后，因为这是第一次妇女开会，却成了女人们好衣服的亮相和比赛了。

　　老高二嫂大声说道："大家别吵吵了，开会了！"

　　好半天，这会场才安静下来。

　　老高二嫂拿起了一个本子，读着这些日子全屯子妇女纺线和做鞋的数量和得到的相应的补贴。这工夫，王娟仔细地打量着这个屋子，黄土炕，白墙，上面贴着花花绿绿的标语，老高二嫂穿着新的黑华达呢上衣，高玲还是穿着那件曲大祥家给自己预备的新衣服，一看到这里，王娟的心就更难受了。

　　屋子里响起了掌声，叽叽喳喳的说话声又响了起来，名单里纺线最多的是刘桂泽家的西翠，做鞋最多的是路雪峰主任家的李玉环。老高二嫂在表扬这俩人，号召广大妇女学习她俩呢。

　　这工夫，老王太太进来了，她好像有心事地没搭理在场的妇女们跟她打的招呼，坐在一个不起眼的角落里听着，手里的大烟袋不时抽出一口烟雾，在房间里弥散开来。

"通过支前,我们妇女纺线,做鞋,不但支援了前线,也改善了我们自己的生活!"老高二嫂在讲话。

"苦日子结束了,但好日子我们也不能老依靠共产党,工作队,我们也要自己动手去过好自己家的日子,妇女要支持家里的男人去闹翻身,为全屯子的贫雇农去忙活,咱们可不能拖后腿啊!"老高二嫂说完,会场里一片哄笑。

"现在我们彻底翻身了,妇女也是主人了,姐妹们再也不受欺负了,我们也是革命者!"老高二嫂大声说道。

"李寡妇,政府提倡婚姻自由,现在你翻身了,是不是找个爷们儿啊?"一个小媳妇取笑旁边的寡妇。

"那可不一定啊,说不定俺到佳木斯还能找个工人呢。"那个妇女毫不避讳地说。

"哎呀,那你可快点儿找,赶明儿个我去佳木斯,你得请我下馆子啊。"小媳妇又来一句。

"嗯哪,吃饭那是指定的,你家柱子如果愿意,我还能给你整个拉帮套的呢!"寡妇出了狠招儿。

"去你的,败家娘们儿!"小媳妇笑着骂了寡妇一句。

在这时候,角落里的老王太太闷不住了,王娟和曲大祥儿子的那桩尴尬的婚事好像一座大山,压得老王太太喘不过气来。她狠了狠心,走到女儿王娟的身边,对王娟说:"娟儿啊,你站起来,给大伙儿说说吧!"

正在那里忧郁着的王娟听自己的妈妈说起来,心也跳得快了起来,脸蛋红了,手直发抖,真是磨不开说自己的事,可不说呢,大家还都看着呢。就在犹豫不定的时候,高玲用手抠着王娟的手心,又使劲握了一下王娟的手,鼓励着王娟,王娟一使劲,站了起来,绷着脸,说:"我……不和地主的儿子……"

她勉勉强强说了半截话,看到无数的眼睛看着自己,她没勇气把话说完,这可急坏了老王太太。

老王太太豁出去了,她自己大声说道:"大家伙儿给俺评评理,俺家是中农,在土地改革前和曲大祥的儿子订婚了,我家现在就是要和地主阶级划清界限,解除婚约,这政府让不?犯法不?"

"婚姻自由,不犯法!"

"女人也是主人,也没卖给他老曲家!"

"我们都支持你家！"

这话一出，全场都骚动起来，有几个年轻妇女还喊起了口号："妇女再也不是奴隶！""男女平等！""婚姻自由！""支持王娟和地主家解除婚约！"

老高二嫂对老王太太和王娟说："你们做得对！要相信共产党和民主政府，贫雇农团和妇女队给你们做主！"

老王太太也说："我的老脑筋开了窍了，就相信共产党，相信民主政府，和老曲家一刀两断！"

这个结果，让洪家围子的妇女们很是满意。最高兴的还是老王太太和女儿王娟，老王太太看到自己的女儿终于有了笑意，自己差一点儿把孩子送进了火坑，幸亏工作队进来了，自己现在的愧疚少了许多，也算对得起自己的宝贝闺女了。王娟现在就像卸下了山一样重的负担，她感觉自己现在才是真正地长大了，自己以后也能挺起自己的身板，去为了好日子努力了。

老高二嫂望着这母女俩，心里也像开了花一样，她在想，王娟的好日子来了，和王娟差不多一般大的自己的女儿高玲也老大不小，也该找个好婆家了。

经过十几天的艰苦工作，洪家围子全部的土地面积都打出来了，卢忠和路雪峰特意去佳木斯，到桦川县委找蔡书记专程汇报了一次，因为洪家围子的情况非常特殊，涉及跨区的飞地，尤其是洪德福在江北和汤原县的地块，经过和合江省委及汤原县委汇报和沟通，飞地还是保持租赁关系不变，适当照顾原来的租户，到秋天飞地里打出来的粮食收回后，拉回屯子里分给贫雇农，眼前这次分地就先分屯子跟前的地，一次性分利索。

经过吴占河和孟大眼镜儿一遍一遍测量和计算，洪家围子一个贫雇农能分六亩地，分地原则是有牲口的户分远点儿，没有牲口的分近点儿，原则就是"个人选，大家评"。依据孟大眼镜儿整出的台账，先召开会议，把大名单和互助组配好插犋的名单结合起来，确定基本的地块。

卢忠和路雪峰商量了一下，感觉还是多开会、多合计，发挥群众的主观能动性，让群众做自己的主人，大家都渴望分地，分地比分浮财还积极，都说话，都要地。通过讨论，贫雇农们一致同意，依据《合江省土地改革实施办法》：地主的地，全部没收，不留地，再按照他应得的数，分一份土地；中农的土地不动。就是在这个问题上，大家起了争议，有的说中农的地不动，就不好分，最好一起打乱重分，也不让中农吃亏啊。这一来就好分地了。卢忠看着会场里的情形，他问坐着一边的李宝英:"老李,你怎么看?打乱重分行不行?"

"是啊,怎么想的就怎么说呗。"路雪峰在一边说道。

这李宝英本来不想说啥,挺着呗,可是见卢队长和路雪峰都非常和蔼地问自己,他壮了壮胆,慢声细语地说道:"让我说,我就说几句。我家那块地,是我家几辈子人辛辛苦苦,汗珠子掉在地上摔成八瓣伺候出来的,也就三垧多一点,我种了好几年,地性也摸熟了,地头还有我爹妈和我俩大爷的坟埋在那里,逢年过节,烧个纸还方便,我不同意打乱重分。"

还没有等他说完,黑老李就急眼了。他站起来说:"你这是啥封建脑瓜子啊?就是换地不换数,你个顽固分子!"

"你?"李宝英也来劲儿了,他起身就往外走,嘴里还嘟囔着,"还团结中农呢,就这样个团结法儿?"

卢忠大声说道:"同志们,贫雇中农们,我说几句,咱们共产党的政策,是坚决地团结中农。贫雇农是骨头,中农是肉,贫雇农和中农就是骨肉至亲啊,一起打江山、坐江山!李宝英的地,自己不愿意打乱,我们就不动他的地。咱们洪家围子的地,李宝英比较熟悉,虽然他不参加分配土地,但我们还是欢迎他进分地组,大家说呢?"

"同意!""行啊,欢迎!"

就这样在贫雇农团讨论了三天,最后贫雇农都有了基本满意的分地思路和顺序。

接下来就是召开会议,上地里实际去分,路雪峰告诉各个组,每户都要在地里的交界处立一个橛子,大家伙儿一开始都不愿意整橛子。

"整那个没啥用,都是一个屯子的,谁不知道哪块地在哪儿啊?"赵老鸹儿说。

"必须得插橛子啊,要是不插橛子,分青苗时肯定乱套,打仗声天的!"路雪峰坚定地说。

洪家围子大多数人都下到各自分到的地里插橛子、做记号去了。贫雇农团团部的院子里,没一点声音,静悄悄的,卢忠自己一个人在屋子里,感觉自己无比地轻松和快乐,贫雇农去分地了,卢忠觉得自己总算是没有辜负组织和洪家围子广大贫雇农的希望,为了广大贫雇农办成了一件大事。他坐在八仙桌子边,头脑里浮想联翩。彻底消灭封建势力,就是彻底消除几千年来阻碍我国生产力发展的地主经济。现在封建地主被打垮了，贫苦的农民家家分了可心的土地。土地问题初步解决了，就扎下了我们经济发展的根子。翻身农民在共产党的领导之下，只会向前进，绝不会再落后。想到这儿，卢忠的两眼湿润了，眼泪在眼圈里直转悠。他自己出门在外，着实是惦记着一个人住在敖其双目失明的老妈妈，虽然自己抽空已经回去看了，敖其的村干部对自己的老母亲也很照顾，也有专门的妇女干部定期去看望，但现在卢忠这眼中的泪花，不光是思念和牵挂，还是胜利的喜悦和安慰。

就这样，在卢忠和路雪峰的监督下，分四个组进行了分地，人分等，地不分等。个人要，大家评，互相比，大伙儿评。忙活了整整一个礼拜才分完，贫雇农们都非常满意，他们在自己家地的木橛子上又不嫌费事地立上了大木杆子，钉得深深的，系上大红布条子。一时间，洪家围子四周那绿色的田野上，无数的红缨在迎着风飘扬着，像一朵朵鲜艳的花儿在大地上恣意地开放。

在以后的每一个夜晚，洪家围子看起来都是静悄悄的，但这只是表面现象。其实对于洪家围子来说，每一个夜晚都是不平静的夜晚。人们不断地议论着这些做梦一样的日子，抓地主、斗地主、镇压地主的惊涛骇浪，谈论着挖浮财、分车马、分衣服、分粮食的欢天喜地。这是几千年的封建时代里从来没有过的事情，真叫人兴奋不已啊！即使在将来，在多少年以后，中华民族的后代子孙们也是不会忘记这段历史的。广大贫雇农的孩子和后代们，会深深知道他们的祖辈们是怎么样没有土地，怎么样租种地主的土地，怎么样在艰难地饿着肚子给地主交租子。怎么样借下地主的高利贷，又在怎么样的困难情况下向地主付出高利息，先辈们为了交租子付利息，不得不勒紧裤腰带，在地主阶级的土地上去劳动。当然也会知道，在这个年代里，在毛主席、共产党的领导下，祖辈们怎么样消灭了地主阶级、消灭了封建剥削制度。几千年来，贫雇农只能为地主种地，但从今往后，贫雇农却是为了革命种地、为了贫雇农自己种地！在人类的历史长河里，土地改革运动不是一件平凡的事情，这件事情让广大贫雇农兴奋和快乐。在每一个白天和夜晚，人们无时无刻不在议论着、回味着、思量着、幸福着，有时，即使在睡梦里，这暴风骤雨般的土地改革运动的斗争和革命还在人们的脑海里继续着。

清早起来，卢忠走到院子里，伸展了一下自己的肢体。多日来的劳累，他感觉自己瘦了一大圈，但他心里很高兴，因为这段时间以来在洪家围子进行的土地改革运动是成功的，对整个长发区的示范和引领作用是十分明显的，但是目前仍然存在这一些问题,需要去克服。在吃早饭的时候,他还在想问题,他对吴占河说道:"占河,运动进行到现在这个阶段,有些问题也显现出来了,我们有必要开会进一步强调一下啊!"

吴占河说:"是啊,有些问题是具有倾向性的问题,在长发区的各个村屯都不同程度地存在,我也正想和你汇报,有些情况可能会和土改的政策有些出入。"

卢忠和吴占河交谈了几句,就转身对正在擦枪的小丁说:"小丁!通知贫雇农团和工作队早饭后在这里开会!"

"是!"小丁一路小跑地出去了。

开会的人还没有到齐的时候,卢忠就溜达着在屯子里转了转,跟人们闲聊着、打听着,也在记录着、琢磨着。

开会的时候,人们议论着,争辩着。虽然说了好多,但意见不外乎两种:一种是要继续斗争,挖浮财,分东西;一种是马上停止斗争,按政策控制打击面,转而完善落实群众的生产和生活。

卢忠和路雪峰一边一个,坐在炕桌边,记录着大家的发言,听了差不多,他放下了笔,对着大家问道:"我想知道,咱们斗地主是为了啥?"

有人回答:"为了报仇雪恨!"

有的说:"为了彻底斗垮地主!"

卢忠说:"那我们斗垮地主又是为了啥呢?"

"为了消灭剥削。"

"为了分地。"

"为了吃饱穿暖,过个舒坦日子啊。"

"为了老婆孩子热炕头啊。"

大家你一言我一语地回答,也不时地发出笑声来。

"大家说得很对。我们闹革命是为了大家伙儿,为了广大贫雇农都过上好日子。可是我们怎么做才能达到这个目标呢?"卢忠笑着问道。

贫雇农团的南北大炕,都坐满了开会的人,因为每天要给工作队和贫雇农团没家的人做三顿饭,所以炕还热乎呢。

"分了地、分了房子,分了牲口,配好插犋、进互助组,那就是好日子呗。"赵老蔫儿这回可没蔫儿。

"你说得可真轻巧啊,我问你,牲口不够怎么办?虽然咱有互助组并配好插惧了，但是老庄稼人都知道，就这些牲口能把全屯子这些地都侍弄过来吗？"张冒烟儿和黑老李反驳着赵老鸢儿。

卢忠说："没有大牲口和大车、农具，都是不行的。生产工具一样都不能少，别看现在我们分的是青苗，但我们要想着秋天怎么收地呢？来年开春怎么种地呢？是的，我们现在有了土地和生产工具，就是翻身，但是翻身了，也不能忘本！"卢忠一拳头砸在桌子上，脸上有了怒气。

"我们是翻身了，可还有多少人惦记着搞生产呢？我们可以用没收地主的米、面、肉过一辈子吗？包括我在内！"卢忠说着，环顾着南北大炕上的人们，他也知道屯子里贫雇农分猪肉的事，自己也并没有阻拦，自己确实也有责任。

"我们如果把金银财宝和首饰、肥猪、鸡鸭鹅等东西整到佳木斯去变卖，买车马、买农具是不是更好的事儿呢？"卢忠启发着贫雇农们。

一旁的路雪峰说："咱们洪家围子，再买进七八十头牲口，就差不多够用了，这几个大地主，'光复'以后杀了十几头牲口，真他妈败家！我们也跟着杀猪，是错误的，是我的责任。"

卢忠说："我们都有责任啊，老路，但我看最主要的是我们分青苗，使大家伙儿忽视了生产问题，我这几天也到地里看了一下，有的地，苗让草都欺负住了，还有的地里正发大水呢，也没见有人去排水，这到秋天怎么能有好收成呢？"

"我们分地的目的不仅仅是打击地主阶级，更重要的是要发展生产，解放和发展生产力，让贫苦的贫雇农都过上长久的好日子，而不是吃一顿饺子、来几顿大米饭！"卢忠越说越激动。他站起来，靠着屋地上的那个八仙桌子，对着大家说："现在的主要任务不再是斗争，而是一方面抓紧督促贫雇农把分到的地伺候好，锄草、铲、蹚都不能耽误；另一方面是抓紧变卖物资，购置牲口农具，妇女们接着纺线、做鞋，男人们准备组织大车队和担架队支援前线。"

他挥了挥手，对吴占河说："占河，你和郭文声把工作队分成三个组去咱们长发区别的屯子去看一看，发现问题及时纠正和解决。"

吴占河和郭文声起立，答道："是！"

卢忠问路雪峰："老路，我们和地主展开的批判和斗争，全屯子除了地主都参加了吗？"

"那可倒是没有啊，参加的也就能有百分之八十吧，有些虽然是贫雇农或者中农，但没有参加活动和斗争，算是落后分子吧。"路雪峰说道。

"我想强调一下，中农的问题，我再明确一下啊，中农也是农民阶级，是我们的朋友，是可以团结的对象，这是条硬杠。对于富农，我们的政策是中立，如果支持我们的'土改'，有进步的表现，我们是欢迎的；而继续向地主靠拢、囤积财富的，我们的政策更明确，坚决打倒！"卢忠说。

"上级给我们斗地主有个参考的百分比数目字儿，我看用不着那个，只要我们按政策，每个村屯根据实际情况开展工作，就不会跑偏，不会出岔子。"卢忠郑重地看了看会场上了同志们，卢忠的一大番话，震撼了同志们，引起了同志们的思考。

"有一部分人我们也要积极发动，那就是成分是贫雇农但不参加活动，这些人不是老弱病残、就是鳏寡孤独，不是二流子、就是悠荡户，我们要广泛发动这些人。"卢忠说完，大伙儿都笑了，也确实有这些人，卢忠说到点子上了。

正说到这里，县委的通信员到了院里，带来了县委的文件和蔡书记的亲笔信。

文件的大意是：在土地改革运动中，打击面太宽，必须迅速缩小打击面，纠正对中农的侵犯；"土改"果实要尽快分完，集中精力抓好大生产的准备和支前工作。

蔡书记的信里说：要求卢忠和吴占河从现在开始全面负责整个桦川长发区的土地改革和支前工作，原长发区整个农会和党的组织班子即日起到佳木斯开办整训班。

看完了信，卢忠和吴占河感到了很大的压力，长发区几十个村屯，任务重，临近佳木斯，情况复杂，县委的信任使这两个老抗联又面对了一个新的战场。

"会就开到这里，同志们尤其是贫雇农团的同志们也要认真思考，千方百计地团结一切可以团结的力量，争取我们研究的方案都板上钉钉地落实好。"人们热烈地讨论着，陆陆续续地走出了贫雇农团。

路雪峰和卢忠站在窗户看着众人的背影，卢忠说："土地改革不仅仅是和封建制度和地主阶级的斗争，也是和我们这些干部和贫雇农的思想和旧观念斗争的过程。"

路雪峰说："是啊，革命真的不是请客吃饭啊，而是需要思想的统一和行动的统一啊。老卢，责任很大啊。"

"嗯嗯，老伙计，还得加把劲啊。"卢忠拍拍路雪峰的肩膀。两个人的目光似乎穿过了房屋和树林，看见了绿色的一望无垠的原野。

当黄昏将近的时候,要落山的太阳,从村西会龙山上低矮的灌木丛向村庄洒下黯淡的光辉,天边开始抹过一片淡淡的紫色。王娟还是习惯地坐在门槛上,望着西面的山顶掠过的云霞,发着呆。

在王娟二十年的人生道路上,从没有如此的安宁和恬静,自打自己记事开始,她就生活在这个屯子里,过着年复一年、日复一日的生活,平淡无奇,有的只是对世道和改变的一丝浓重的担忧,王娟知道自己的母亲老王太太,之所以让她和曲大祥的儿子定亲,也是对这样的担忧的一种应对和防范。

确实,对于曲大祥的儿子,王娟说不明白,不喜欢也不讨厌,她只是感觉,新的社会了,新的政府了,自己的婚姻也应该有一点新意了,必须自己来做主,自己找丈夫,哪怕找个还不如那曲大祥的儿子呢,她也愿意。不过她也理解母亲,但她在想,我自己找的丈夫,也许更对自己的母亲好一些呢,那不也是更好的事儿吗?

沉思的原因是王娟有了心事,有了喜事。

这几天王娟心里是真高兴,脸颊红彤彤的。一碰到人,别人还没怎么样,她自己就把黑缎子一样的头发一甩,忍不住咧开嘴笑了。

"哎哟!怎么这么快就有了喜事了,高兴得嘴都抿不住了!"村里和王娟很要好的妇女们,见了面都开她的玩笑。

王娟确实有了喜事,再过两天,就要和一个互助组里的李杰结婚了。这是年轻人一生中头一件喜事,为什么不高兴呢?再说人家王娟和李杰两个人是自由恋爱处的对象,没有一星半点儿不满意的地方,自然更该乐呵啊!

王娟的喜事,村里谁都说和往日不同了。王娟自己从前也见过屯子里的姑娘们出嫁,前两天就饭不吃、门不出,坐在炕角里哭鼻子,想象着自己未来的生活和从来没有见过一面的陌生的丈夫,心里感到恐惧和不安。这种心情,在王娟来说是半点儿都没有的,早在半个月前王娟就和李杰商量好结婚要做的衣服、要买的东西,李杰也都去佳木斯置办回来了;衣服,鞋子,被褥,每样王娟都很满意,这几天王娟约了她的几个好伙伴,一面赶缝嫁衣,顺便就又讲起自己和李杰的故事来了。王娟一点儿也不封建,她因为婚姻和妈妈老王太太在做着各种各样的方式的斗争。原来和地主曲大祥的儿子的婚事,母亲都答应了,王娟也没有反对,但现在土地改革运动来了,婚姻自由了,王娟马上就向也已经挺后悔这件婚事的母亲提出抗议说:"过去的社会把妇女当牲口卖,现在是新社会,政府提倡婚姻自主，这婚事就是不行！"老王太太眼睛一瞪，说，"你懂个啥？泼出去的水，在哪儿还能给收起来啊，我都答应人家了，还有啥办法呢。"

"地主阶级的儿子，我死都不要！"王娟白了自己的妈妈一眼，说："打死我，我也不要！"

在贫雇农的支持下，尤其是老高二嫂的劝导下，当然，最主要是在王娟自己的坚持和老王太太对宝贝女儿的疼爱下，王娟和曲大祥家儿子的婚约很快就解除了，民主政府的婚姻自由已经深入人心。曲大祥知道自己的时代已经一去不复返了，自己咋咋呼呼指挥贫雇农的日子也已经一去不复返了，哪还有心思去探讨婚事呢，自然是对老王太太提出的解除婚约唯命是从。

就这样，王娟成功地解放了自己，把自己融入了洪家围子火热的斗争生活，感觉自己像一只出笼的百灵鸟在自由地飞翔。

变得漂亮开朗的王娟，在很短的时间里，根据自己的条件，看上了李杰，他要求进步，是个骨干民兵。

李杰呢，也爱王娟。两个人的条件，自然是一拍即合的，这才向家里面提出来。

李杰的爹来找老王太太探话："他大婶，你看李杰和王娟他俩……你是个啥意见呢？"

"唉！这自己处的对象怕是不合老规矩吧！"老王太太此时拿起了架子，对李杰爹说。

"哎哟！"李杰的爹摇着头，说，"如今的世道你不看，可不是过去了！孩子们都能耐着呢，再说他们自己给自己的婚姻自由，将来我们不落埋怨，闹革命、抓生产、过日子，人家能合到一块儿，也省得打仗声天的。"

"嗯，也是的，是这个理儿！"老王太太想起自己年轻的时候所经历的痛苦，想起刚刚解除不久的王家和曲大祥家的婚姻，自己的心里也美滋滋的。

"如今这是年轻人的天下，咱这老脑筋啊，不好使了，由他们年轻人去吧！"

老王太太头脑里想了想李杰这个小伙子，虽然相貌黑点，但是个好小伙子，也还如意，便问自己的姑娘王娟说："李杰你可是自己选的，他可是脸黑啊！"

"黑怕什么？"王娟对老王太太说，"又不贴在墙上当画儿看！"

老王太太明白现在的自己已经不是过去的自己了，她现在很容易地就被王娟说服了，不禁发着感慨："如今这世道啊，就是幸福了这帮年轻人喽！"

"对嘛！妇女解放就是为了这个嘛！"

也不用找先生看日子，也没用两家人在一起唠，王娟和李杰两个人商量了一下就定了日子。

院子里一派新气象。傍晌午，鞭炮"噼里啪啦"地想起来，大秧歌队的锣鼓敲得震天响。这时，李杰穿了一身新的青色的衣服，胸前戴着一朵大红花。王娟穿了一身红衣服，也戴着一朵大红花，格外惹人喜欢。

屯子里帮头忙的张冒烟儿当司仪，他扯起嗓子喊了一声："注意！"秧歌队的胡琴和二胡马上就转成了喜庆的调子，声音悠扬动听。

"向父母行礼！"李杰同时转身，李杰刚刚拉开腿跪下，被王娟拉住了，路雪峰站出来说："别吵吵啊，新式结婚是鞠躬礼！"李杰和王娟便向坐在正面椅子上的李杰爹和王娟妈鞠了一躬，接着张冒烟儿喊着"向来宾行礼！""夫妻互相行礼！"李杰和王娟站成了对脸，两个人互相看了一眼，都羞得低下了头，周围的人群里，爆发出一阵阵掌声和笑声，好似看戏的喝彩声。

礼毕以后，路雪峰出来讲话了："今天，李杰和王娟结婚，是自由婚姻，过去的陋习得改啊，我们祝李杰和王娟永远幸福，也祝愿我们洪家围子的所有姑娘和小伙子都自己找个好对象！"

掌声中，张冒烟儿宣布酒席开席了。

第二十二章　永恒的主题

在一个风和日暖的下午，位于松花江下游的佳木斯，在杏林路边的桦川县委门口，一大群人挤挤擦擦走出来，散开在沙石铺成的大街上。他们三三五五地走着，抽烟、攀谈和说说笑笑。到了十字街口上，大家用握手、点头、好心的祝福或开玩笑的戏弄来互相告别。分别以后，他们有的往北，有的奔南，有的奔东，有的奔西，回到各自的"土改"工作点去。

田宇刚刚二十三岁。1946年初，她随东北大学迁到了佳木斯；7月份，就到桦川县委工作了。在校期间，她就参加了中国共产党。在党的培养之下，又凭着自己的刻苦学习和革命斗争经验的积累，她很快适应了本职工作，如今是青年团桦川县委副书记。这回全县全面推进土地改革运动，组织上决定把她派到"土改"的第一线，接受斗争的考验和实践的锻炼，另外也利用她的文字功底，好好总结一下洪家围子土地改革在全县乃至全省的典型经验。

田宇转弯抹角，出了佳木斯，沿着铃铛麦河大坝，踏着路上的山影、树荫和偶尔的泥泞，越来越接近洪家围子。田宇累了就坐在大坝的柳树旁边看着身后的佳木斯和前方的洪家围子。

田宇的脚步越走越快了，心里却很不平静，有些不安。她想，土地改革运动，在她年轻的经历中，是个很陌生的新工作。省委开过动员会议后，县委又开了几天的会，讨论和学习了党中央毛主席关于解放区土地改革的有关政策和决议，这使她这个东北大学的毕业生对党在农村的理论、政策，理解得都比以前透彻了；怎么开展工作，怎么配合贫雇农团，县委也有详细的交代。但田宇心里还是没有底，因为田宇始终感觉：自己没有实际动手做过的事情，总觉得摸不着路数，心里没有底，不晓得会发生一些什么意料不到的问题。好在临走时，县委的蔡书记又单独找她谈了一回话,并且告诉她:洪家围子有个很好的工作队和队长卢忠、副队长吴占河,贫雇农团长路雪峰是个老党员,老抗联,他和群众的关系也不错。她又从卢忠的战友、同志的口中打听了他的出身、能力和脾气,知道他是一个可以依靠、作风过硬、能力突出的同志。想起这些,她高兴地哼起歌来。

田宇才想到这里,就看见佳木斯的方向爆土扬尘,来了一挂大马车,车上坐着两个中年人,一个高大壮实,一个瘦小精神,原来是洪家围子的张冒烟儿和赵老蔫儿,去佳木斯城西的中兴看牲口刚刚回来。

"你好,前面是洪家围子吧?"田宇是一个很泼辣的女同志,她回过头来就向马车喊道。

"嗯哪,前面不远就是洪家围子,同志,你这是?"张冒烟儿上下打量了一下田宇,说道。

田宇说:"我是去洪家围子工作的'土改'工作队队员,刚刚在县里开完会,我去屯子里报到。"

听到这个,张冒烟儿和赵老蔫儿赶紧把马车停住,赵老蔫儿跳下车,对田宇说:"闺女,俺们就是洪家围子的贫雇农,是卢主任派我们去佳木斯看牲口的,你怎么走着去呢?也不搭个方便车,累不?快上车!"说着,摘下田宇肩头背着的背包,放在了车上。田宇高兴地坐在了马车的车铺板上,说:"那太好了,正好捎我一段路,谢谢了!"张冒烟儿笑呵呵地看着田宇,告诉她:"谢啥啊,你坐好了,咱走了!"说完一甩大鞭子,"啪"一声清脆的响声,几匹溜光水滑的马扬蹄向前跑去。

"大哥,咱屯子的地都分完了吗?"田宇问道。

"早分完了,俺们的办法就是'个人要,大家评',各个屯子后来都是这样整的。我们屯子插犋和建立互助组都完事了,这些日子来咱们屯子参观和学习的可老鼻子了呢。"赵老蔫儿在一边抢着说话,这土地改革让赵老蔫儿活跃了起来,在他身上是怎么也找不到以前的那蔫巴劲儿了。

"嗯哪,我也在县里听说了,我就要求来洪家围子,我要多向广大的贫雇农学习啊,向卢队长和路主任学习啊。"田宇爱说爱笑,看到洪家围子这两个人就感觉得格外的亲切。

张冒烟儿头也没有回,问田宇:"姑娘,你是学生干部?看你是个文化人啊,是吗?"

"啥文化人啊，我就是县上的青年团副书记，我也没有什么工作经验，我老家就是沈阳街边皇姑屯的，我爸爸是个裁缝。"田宇这个年轻人果然是直来直去。

"呵呵，孩子，土地改革就是好啊，要说我活了五十来岁了，斗地主、分田地是头一回遇上啊，你看这谁能有经验呢？如果没有毛主席、共产党，穷人算穷掉了大牙也得往肚子里咽啊，还惦记着分土地？做梦吧。"赵老鸹儿小腿不长，在车上直悠荡，嘴也不闲着，说着洪家围子的里里外外、大事小情，倒是让田宇对洪家围子的情况知道了个大概。

"互助组成立了多少个啊？大牲口够用吗？屯子里中农数量很多吗？富农有多少呢？怎么安置地主和地主的家属呢？"田宇顿时来了兴致，她索性掏出了小本子开始询问起来、记录起来。

张冒烟儿看着这个很认真的姑娘，就慢悠悠地回答道："咱屯子互助组成立了有三十多个呢，都是自愿插犋的；大牲口倒真的是不够用，算起来也缺个六七十个好畜力。这不是，路雪峰主任派我们俩去佳木斯看牲口，寻思着用卖浮财的钱到佳木斯中兴大马市再买些大牲口，也快拉秋地了。"

"中农三十几户，也都分地了，富农七户，只要是同意和贫雇农一起插犋，组互助组，我们都欢迎啊，卢队长经常说，团结中农，中立富农嘛。"赵老鸹儿说得是头头是道。

张冒烟儿瞪着眼睛，对田宇说："对那些罪大恶极的恶霸地主，我们请示上级后给予了镇压；对民愤不大的，我们在教育和改造后，放回家去了。对斗争过的地主和地主家属，我们贫雇农团的政策就是给房子、给地、给生活出路，就是不给佣人和长工，让地主阶级从此以后自己养活自己吧。"

田宇笑着问："那我再问一个事，老同志，据我在县里看洪家围子的汇报材料，恶霸地主洪德福好像有好几房媳妇，洪德福被镇压后，他的那些媳妇都怎么处置了？"田宇是个细心的姑娘，她面对新生活，也不忘记妇女的新道路应该怎么去走。

张冒烟儿说："是啊，洪德福有四房媳妇。我们的政策是采取自愿，洪德福被镇压以后，他几个媳妇可以自谋生路，也可以改嫁，村里、区里和县里都给出证明。大媳妇和二姨太岁数都大了，也没有地方可去，就留在洪家围子，三姨太娘家也是苦出身，如今也没有个地方去，现在还在这里住着呢，至于四姨太嘛，洪德福被抓起来以后就跑了，没影子了。"

田宇点点头，她对洪家围子处理地主家属的办法非常欣赏，罪恶多端的是恶霸地主本人，家属应该在民主政府领导下的社会里拥有自己的一席之地，这可能就是县委蔡书记在大会上说的"中国人民的春天来到了"吧。

说话间，就接近了洪家围子的北门，田宇很好奇地观察这个自己即将工作和生活的村子，洪家围子土地改革的先进经验和雷厉风行的工作进度，让人们对这个普普通通的村落议论着、评价着。田宇虽然生长在沈阳，却从小爱乡村。她一看见乡间村落的草垛、炊烟、池塘，或是倭瓜花，都会感到亲切和快活。她兴致勃勃地一边坐着马蹄作响的马车，一边欣赏四围的景色，听着路边和屋檐里的各种各样的鸟啼，心里涌起无尽的快乐来。

车向西一拐，奔贫雇农团团部去了，田宇好奇地抬起眼睛，欣喜地看着这个屯子里的人，人们都在各自忙碌着，但忙碌中都可以看到脸上的喜悦，田宇知道，这就是贫雇农翻身做主人后的自信和喜悦。

快到贫雇农团团部的时候，田宇看见前面不远一眼支着辘轳架子的水井的旁边，有个穿件花布衫的，扎两条辫子的姑娘，挑一担水桶，正在打水。姑娘蹲在井边上，弓下了腰。两根粗大、油黑的辫子从她背上溜下去，发尖垂到了井沿。舀满两桶水，她站起来时，辫子弯弯地搭在她丰满的胸脯上。因为弯了一阵腰，又挑起了满满两桶水，她的脸颊涨得红红的，显得非常的俏丽。

这个时候，听见赶车的张冒烟儿问了一句："高玲啊，挑水呢？"姑娘微微吃一惊，回转头来，回答道："张叔，赵叔，你们从佳木斯回来了。我妈她们开会呢，家里没水了，我挑点儿水。"高玲看到车上的田宇，边说："呦，这是县里来人了？"张冒烟儿笑着说："是啊，县里派来的大学生工作队员。"田宇朝着高玲笑着摆摆手。高玲也摆手示意着，说："那快去吧，贫雇农团的干部们都在团部呢。"说话间，高玲把两只水桶挂在扁担的两头，挑起来，步履轻松地往屯子南边走去。这姑娘就是老高二嫂的宝贝女儿高玲。

到了贫雇农团团部，抬眼一看，让田宇很惊诧，在这乡下还有这样阔气的深宅大院，张冒烟儿看出了她的心思，就说："这是原来恶霸地主洪德福的院子，被政府没收后，成了土地改革工作队办公大院和贫雇农团团部了。"进到外院，看到里院和外院的中间有两个草垛子，一群鸡低着头，在地上觅食。一只大芦花公鸡，站在那里，看见有人来，它拍拍翅膀，伸伸脖子，"咕嘎嘎"叫着逗着正在寻食的母鸡们。

田宇刚刚跨过二门,还没走上台阶,就看见一位高大身材的壮年男子满脸含笑地从房间里出来,赶上几步,热情地握着田宇的手,笑着说道:"县里告诉我,说来了一个多才的女干部,我想一定是你。田宇同志,你走累了吧?我是卢忠,快进屋里坐。"两个人一前一后走进了北面的正屋,那是工作队和贫雇农团的办公室。他把门开着,请田宇在桌旁的椅子上坐下,自己坐在炕沿上。田宇掏出介绍信给卢忠。卢忠看了起来。田宇看到眼前的中年人一身军装,风纪扣扣得紧紧的,他的眉毛细长而齐整,一双眼睛总是含着笑。这个人,不用介绍,肯定是洪家围子工作队队长卢忠,对了,应该是桦川县长发区土地改革工作队队长卢忠,她知道,这位工作队长是贫农出身,年轻时候打过鱼、狩过猎,他心机灵巧,人却厚道,脾气非常好。恐怕整个合江省和佳木斯、桦川县的人们都晓得,随便什么惹人生气的事,要想让卢队长发个脾气,讲句重话狠话,倒是相当不容易的事。

在佳木斯的日子里,田宇听人说过,卢忠是位老抗联。在远东国际旅是上尉军官,这位掌管一个大区土地改革运动的最高首长,就是这样一位不急不缓、气性平和的人物。所有的贫雇农,无论大人和孩子,男的和女的,都喜欢他。

卢忠坐在贫雇农团团部的炕沿上,从自己衣兜里摸出一根黑乎乎的大烟袋,又从袋里掏出一片烟叶子、一匣洋火。他把烟叶放在桌子上揉碎,装在烟斗里,点起洋火。他一边抽烟,一边说道:"县里的会,啥时候开完的?"

"中午开完的,我就赶过来了。"田宇说道。

"嗯,你有文化,有思想,希望你在土地改革的实践中锻炼和充实自己,快点成长起来,你说呢?"卢忠笑着慢声细语地对田宇说道。

眼前这个小田,个子不高,漂亮、聪明、活泼、开朗,浑身上下都充满了青春的活力。这让卢忠想起老旅长周保中说过是一句话,那就是"革命自有后来人"。看起来,果然如此啊。

"请组织放心,我一定在学习中进步,在斗争里成长,请卢队长安排俺的工作!"田宇站起来大声说。

"好啊,坐坐!"卢忠挥了一挥手,让田宇坐下。

卢忠早就在几天前接到了县里的电话,知道是来一位女同志,有文化,有热情,正好把全区的妇女工作和青年团工作抓起来。

卢忠安排人去把老高二嫂叫到了贫雇农团团部,让小田和老高二嫂一起负责妇女工作,住宿也安排到老高二嫂的家里。

老高二嫂高兴地看着小田，两个人都有似曾相识的感觉，老高二嫂拉着小田的手，说让小田去她家住，也方便工作，她背起田宇的行李就走，卢忠和路雪峰笑着同意了。

一路上，老高二嫂问田宇："小田同志，啥时候来的啊？"

田宇说："起早出来的，刚刚到洪家围子。"

老高二嫂说："工作队的卢队长和吴队长，还有贫雇农团的路雪峰主任，都非常支持咱的妇女工作。我呢，也是几年的村干部了，没少和日本鬼子干。"

田宇敬慕地看着老高二嫂，说："我这一看啊，你就是个有实际工作经验的女干部，以后我要是有啥不懂的地方你可要多帮助我啊。"

老高二嫂拉着田宇的手，感觉到白皙、细嫩，就羡慕地说："啥帮助啊，一起努力呗，你看看你这双小手，保险能写会算，有文化！"

"嗯嗯，我还行。"田宇也是个实实在在的人，她不假思索地回答。

两个人拉着手，背着行李，边走边唠，走了好半天也唠了好半天，不知不觉走到了老高二嫂家门口的那几棵枝繁叶茂的大杨树下了。两个人一前一后进了屋子。

没想到老高二嫂和田宇一进屋，田宇一眼就看到了那个井边挑水的姑娘，高玲也十分高兴，就赶紧跑过去拉住了田宇的手，热聊起来。老高二嫂做饭，这两个姑娘唠得好惬意呢。

吃过了晚饭，三个人开始纺线，田宇向高玲学了好半天，才勉强不再老断线，三个人有说有笑。

晚上，田宇打开自己的背包，取出那床半新不旧的被子，铺在炕梢，高玲不干，说："小田你在炕头吧。"老高二嫂也叫小田去炕头，小田不同意，她说："怎么，高玲你不愿意挨着我？"高玲赶紧说："我就要挨着你睡觉！"田宇取下头绳，脱了军装，解开箍在裤腰上的皮带子，把一支挂在皮带上的带套的手枪掖在枕头边。

田宇走了不少路，有些累了，可是高玲还一个劲儿缠着自己讲大学里的事情，没有办法，田宇挣扎着断断续续讲着。

忽然高玲这姑娘亲热地低声叫道："田宇姐姐，你说说爱情是什么呢？什么感觉呢？"

"你说爱情么？我哪儿知道啊，我也没有恋爱过。"田宇有些困倦了，还是打起精神来回答高玲说，"不过，我听我的老师和同志们说过，这是一种特殊的感情，你如果有了爱情，你的志向、事业、精力，甚至于生命都会充满了光彩，都会五彩缤纷的。革命的爱情可以使人进步，可以在爱情的土地上生根发芽，再加以呵护和灌溉，就会得到天长地久的、年年岁岁的爱情和生活大丰收。"

"田宇姐，你说得真好，生根，发芽，灌溉，丰收。"高玲瞪大眼睛看着屋棚，不言语了。

田宇说："睡吧，高玲，不早了。"

不大一会儿，老高二嫂和高玲就听见了田宇微细的、均匀的鼾声。

田宇开始忙碌起来，她整天忙着走访、开会和跟贫雇农谈话，这个年轻人爆发了极大的工作热情和动力。

晚上，在一个互助组组长家的马架子里，灯火通明，互助组的八户到齐了，组长李永新。这位瘦瘦高高的年轻人，站在桌边，背着灯光，面向人群，从从容容。他没有稿子，也不拿本本，却把卢忠和路雪峰在会议上的讲话，通过记忆传达得一清二楚，这让参加小组会的田宇很是钦佩。

解放前，李永新家里顶穷。他只读得两年私塾。他是一个扎实可靠的贫农，他的记性非常好。开会时，因为眼睛有一点近视，又没配眼镜，他不记笔记，全靠心记。开完了会，他能把他听到的报告几乎不差地传达给大家。

他出生在这块地方，又在这里种了十六年的地。洪家围子的每一块土地，过去几十年的历史他都一清二楚。

李永新的媳妇刘月香是个只图享福的、小巧精致的妇女，看见丈夫当了互助组组长，时常误工，就不太愿意了，劝他别干这个破差事了。不过，她自己心里对互助组还是十分认可的。

田宇在记录着，她心里在想：动员群众的重要性毛主席和党中央早就明确指出了，可基层的实际工作也确实千差万别、错综复杂，自己需要学习的东西还很多啊。

8月初的一个傍晚，会龙山尖的夕阳，把洪家围子和屯子向东一望无际的平原镀上了一层金黄色的余晖。山脚下的苞米地里，苞米棒子正吐露着白色或者粉红色的丝穗，宽大的深绿色的苞米叶子在傍晚的微风中摇曳着、相互摩擦着，发出清脆但又细碎的声响。山坡和草丛里的各式各样的野花正在竞相开放，空气里弥漫着一股清甜芳香的气息。背着阳光的会龙山东坡，却是青绿的深色，好像涂了一层油彩。

路雪峰到洪家围子四周去转了大半天，看了看庄稼的长势，很让人欣喜，全屯子的庄稼都很好，如果后期灌浆时期没有大旱或者大涝，肯定是一个丰年。路雪峰又到铃铛麦河去看了看水势，水量基本和往年持平，从铃铛麦河沿往屯子里走，他走上了屯子后面的高岗，就看到了绿树掩映的洪家围子了。这时候，家家户户的烟筒里都升起了炊烟，烟柱像一根根手指，插向天空，然后扩散开来，融成一片淡蓝色的暮霭。

路雪峰被这美丽的乡村景色所吸引了。每当看到自己的家乡，他就会想起那些为了这片土地作出牺牲的人们，在这片土地上，贫雇农祖祖辈辈曾经当牛做马、受苦受难，有的甚至饿死、冻死，想到这里，路雪峰心中产生了无限的感慨，刚刚土地改革，工作队和贫雇农团带领广大的贫雇农取得了胜利，这胜利是来得多么不容易啊，自己绝不能让胜利的果实付之东流，要用自己的热血和生命去捍卫"土改"的胜利果实。

路雪峰正在往屯子里走，后面有个人走了过来，是赵林，他分到了自己的老父亲开的荒、后来被洪德福霸占去的那块河沿地了，他也去地里看看，捎带着薅了一会儿黄豆地里的大草，看到天要黑了，这才乐颠儿颠儿地往回走。

"路主任，你看咱屯子这个时间多美啊。"赵林说。

路雪峰也点头，说："是啊，这是我们的家园了，我们贫雇农要把这里建设成更好的家。"

两个人在路上走着，夕阳照着树的影子，越拉越长，夏末秋初的南风带来了谷物渐渐成熟的清香和野草蒿子的气息。北满大地，这是最美的季节，也是一年里最惬意的时候，因为天气不凉也不热，庄稼还没有熟透，地里还没有啥活儿，人也不太忙。

赵林忽然想起下午摘的几颗山里红，他从裤子口袋里掏出来几颗颜色暗红的野果子，递给路雪峰两个，自己拿起一个用手抹了一下就扔到了嘴里，马上就酸得不得了。路雪峰也吃了一颗，对赵林说："这山里红，割秋地的时候吃才正好呢。"

赵林"嗯"了一声，说："山葡萄比这还酸呢，几个就把牙干倒了。"

到了屯子边，一群白鹅和鸭子在道边的壕沟里嬉戏、游弋，看到有人经过，伸出长脖子，发出嘎嘎的叫声，并不害怕，也不跑开。在壕沟里有个人牵着马在饮马，招呼着路雪峰和赵林："两位主任溜达呢？"路雪峰和赵林笑着，回答着："嗯哪。去看看咱屯子这些地。"那个人又说道："嗯嗯，庄稼还是不错嘛。"

等到了路口要分开的时候，赵林犹豫地对路雪峰说："老路，我有个事儿。"

"说啊，赵大哥。"路雪峰站住脚步。

赵林鼓足了勇气说："我想申请加入中国共产党，我求孟大眼镜儿给我写了入党申请书了，我想交给你。"

"好啊，老赵哥，这很好，我会转交给卢队长和工作队，现在我们屯子急切需要壮大党员队伍，来领导贫雇农搞好生产、支援前线。"路雪峰笑盈盈地看着赵林，赵林从布衫口袋里小心翼翼地拿出了叠得四棱四角、板板正正的入党申请书交给路雪峰。

路雪峰说："我们会认真研究你的申请，按程序进行，老赵哥你放心！"

"好，我愿意接受党的考验！"赵林高高兴兴地回家吃饭去了。

路雪峰看着赵林远去的身影，嘴角掠过满意的微笑，他向贫雇农团团部大步流星地走去。

卢忠和路雪峰特意起了个大早，去佳木斯杏林路参加整个桦川县的土地改革推进会议。

县委的会议室里一百多号人都坐在那里，气氛和谐，带着些杂乱。

先是几个试点村的工作队队长汇报，然后是试点村干部评价工作队和前一段土地改革运动的成果。听取汇报的同时，蔡书记不住地点头。听人汇报发言时蔡书记对于哪怕一个数字，他也不肯含糊地放过，一定要问清楚，不然就过不了关。

蔡书记心里很清楚，土地改革运动很重要，东北局和省委、县委都派出工作队，要集中精力搞好试点，以点带面，另外侧重把基础薄弱、工作不力的区、乡利用这个机会强化一下，全县拉齐，共同搞好所有工作。果然如蔡书记预料的那样，省里也派来了工作队，加上原来县里的工作队，全县这些很少有人关注的村屯一时间人来客往、电话不停，变得十分热闹了。对于基础较好、上级直接派了干部的地方，蔡书记一个干部不添，就连县里也不总是过问。比如洪家围子，他知道有卢忠和路雪峰这样的同志在那里就不会有问题，即使出现了问题，这两个久经考验的基层干部也能处理得干净利落。

屋里电话铃响了，蔡书记起身进去，回来的时候，他跟主席台上县里的其他几位同志商量了一阵，就说："我讲几句吧，同志们。"

大家知道，这就是总结讲话了，顿时安静下来，坐直了身子，端起了笔和本子。

蔡书记大声说："听了大家的汇报，可以看出，我们全县土地改革运动的发展已经进入了一个新的阶段，当然发展也是不均衡的，在整个运动中，我们工作队和村里的骨干都能坚持'三同一片'的传统和作风，广泛深入地发动广大人民群众，事实证明，思想发动越彻底，将来的问题就越少，工作就越容易开展。我们还要注意工作方法，发动群众的时候，首先，要对症下药，多搞调查研究，你要发动和团结的对象害的什么'病'，你就用什么'方子'，不要千篇一律，不要死板和教条；其次，要注意选择和使用我们的干部，要选派合适的人去从事这个工作；最后，要尽我们的所能，优先解决贫雇农的生产和生活之必需。"

说到这里，他抽一口烟，又严肃地说："土地改革运动是人类历史上波澜壮阔的历史篇章，是封建地主阶级和无产阶级的大比武，对于我们根据地的广大农村是一次深刻的革命，是没落的生产力和生产关系的尖锐矛盾，必然波及每一个家庭，深入每一个人的心底。所以我们共产党人就是要开拓一切闻所未闻的新阵地，去干前人没有完成的伟业。我们要特别注意。要发动一切可能发动的积极的因素，共同努力，要特别注意两个问题，一个是地主阶级的打击和报复，要提高警惕，我们把地主阶级的家产分了、地分了，有的罪大恶极的大地主还被我们镇压了，更得需要我们警惕那些贼心不死的顽固分子的破坏、暗杀、纵火等行为和破坏活动；第二就是我们从上到下要进一步处理好富农、中农的问题，这个原则我不多讲了，我已经多次强调了，希望同志们把这个原则一以贯之，绝不能走样。"

蔡书记重新点起烟，说："同志们，我们全县的土地改革起步和开头不错，希望同志们继续努力，取得全面胜利。"

路雪峰听着记着，特别用心。他把蔡书记的讲话内容和其他屯子的经验都郑重记在本子上了，并且在重点和突出的段落下边连连打了几个圈。

路雪峰自己心里在想："土改"到了开花结果的时候了，表面上形势一片大好，不过这运动越到以后，矛盾越深刻、复杂，确实要警惕地主阶级和国民党敌特的破坏，还要保证土地改革的政策不走样、不跑偏；总之，我们既要快，又要稳，要随时随刻，提高警惕，防止敌对分子的破坏。

会议结束了，大家站起身来，蔡书记把卢忠和路雪峰留了下来，专门研究洪家围子和整个长发区的土地改革问题。

有人说，爱情是人类永恒的主题。这话真对。

晚上的月亮非常好，它挂在中天，虽说还只有半边，离团圆还远着呢，但它公平地把柔和清澈的光辉洒遍了人间。洪家围子的房屋、树林、街道、院墙和草垛，通通蒙在一望无涯的朦朦胧胧的轻纱里，显得缥缈、神秘和绮丽。这时候，在村东一个矮墙旁边，有个黑乎乎的人影移动着，另一个身影从南边走过来。两人接近了，又双双地走向了屯子后面的小树林，转入了横着大杨树的阴影，又徜徉在斜映着天上月亮清辉的杨树林间，他们慢慢地走着。

村里，间或传过来一两声人语、几声狗吠，接下来，就又是山村惯有的除了风声以外的宁静。

"你回去吧，我自己敢走，别送了！"两个人中的一个把收到的对方的一封信揣在怀里。这是洪家围子老高二嫂的女儿高玲。

"我们俩的事儿你和你妈妈说了吗？"高玲问道。

"说了，我妈说只要我同意，他们啥意见没有，他俩其实一听我说了你的情况就相中你了。"男子低沉地表达着。

"是吗？！"女子高兴地雀跃着，毫无顾忌地大胆地走近男子的身边："那我们真就要好好庆祝一下我们自己的胜利，就这样回家了，咱能睡着吗？"她的脸由于自己勇敢的要求，有点儿发烧了。

那个男子没有出声，两个人并排默默地走了一段路。温暖的、即将成熟的庄稼果实的清香和那刺鼻的野草的青气，混合在一起，随着山风，阵阵飘来。

女子又开口说了："我要成为共产党员了，你高兴吗？"

说到这里，高玲啊，美丽的少女脸上又是发热变红，心也跳得更剧烈。但在月光里，看不出来，她还是低了头，走了几步，她又开口了："以后，你要多帮助我啊！"那个男人也红着脸说："我也在成长和进步的过程中，我们一起努力吧，好吗？"口气还是含着公事公办的味儿，一点儿特殊情分也没有。

她很扫兴，就想离开这里，回家了，但心里一转，试探地问："别的女的入了中国共产党，你也这样高兴吗？"和一切坠入情网的女孩子一样，高玲嫉妒一切侵占她对象的心的人，不管男人和女人。

那个男子显然对高玲的心情没有细心地体察，说道："呵呵，我希望每一个人都进步，都高兴。"他鲁莽地回答。

"是吗？"高玲仰起脸来望着他，放慢了脚步，抽身想走了。她感到一阵遭人故意冷落伤感。

"是啊。"那男人答应着。忽然，他低下头来，在月光里，仿佛看见高玲一双黑白分明的大眼睛含着闪闪发亮的东西，她哭了。这使他大吃一惊，随即隐隐约约地有些感觉了。

于是，灵机一动，他连忙改口："不过啊……"

"不过什么呢？"

他说的"不过"这两个字，对于高玲来说，好像一扇放进希望的阳光的窗户，她满怀欢喜，连忙追问。

"你入党了我格外高兴！"男人转过脸，原来是吴占河，我们可爱的工作队副队长。

"那是为什么呢？"高玲笑了，"我和别的姑娘不是一样吗？"高玲陶醉在这一些愉快的质问里，轻盈地举步前进了。

"你很漂亮，好看，思想要求进步，你是烈士的女儿，你加入中国共产党，说明为了革命和新社会，我们共产党人薪火相传、生生不息，我们坚决和国民党反动派和封建地主阶级斗争到底，所以我格外地高兴。"吴占河的脸上很严肃，这让高玲不免增加了更多的爱恋。

"我爸爸牺牲时，我还没长大呢，后来我问了问我妈妈，说是我爸爸是远近闻名的神枪手，打得鬼子见到他就颤抖。我爸爸的坟在外地，我只去过一次，还有个纪念碑呢。"高玲对吴占河说。

吴占河说："你爸爸的英雄事迹会被永远传诵下去，也是我学习的标杆啊！"

"你也要注意提高警惕，别让坏人给伤到，对了，乔斌同志的伤好了吗？凶手查得怎么样了？"高玲突然想起了被坏人砸伤了腿的乔斌来了。

"好多了，前些日子还打电话要求回屯子呢，卢忠队长告诉他一定要养好伤才能回来，估计也就是这几天的事了。"吴占河说。

"高玲，太晚了，回去吧，影响不好，我明天给县委打报告，报告的内容就是关于我们的事，然后咱再和你妈妈商量。"吴占河对高玲认真地说。

"嗯嗯，我听你的，走吧，往回走！"高玲笑了。

两个人影又从北向南，奔屯子去了。

第二十三章　彻底坦白

一大清早，太阳刚刚跃出地平线。大地里，高高的苞米和高粱青绿色的叶子上，也抹上了炫目的金色光辉。黄豆叶子和谷子叶上的露水珠，好像无数银珠似的直晃人的眼睛。大道旁两侧的屯子里，做早饭的淡青色的炊烟，正从草房的烟筒里高高地飘散着。一群群牛马，从屯子里出来，往东面的草甸子走去。几个戴着破草帽子的牛倌，骑在马背上，用鞭子吆喝着大大小小的牛。

这时候，从佳木斯东门的方向，来了一挂四匹马拉的大车。轱辘滚动的声音，夹杂着赶车人的吆喝，惊动了这几个牛倌。他们望着这几匹撒欢奔跑的高头大马，啧啧地羡慕着。

在这个清早，四马大车从佳木斯出发，到洪家围子去，车上是乔斌和几个战士押着早些时候抓到县里去的杨万生。虽然是押着，但并没有捆绑，屁股底下还垫着一个草垫子呢。过了铃铛麦河的小桥，赶车的挥动大鞭，鞭梢卷起又甩直，甩直又卷起，发出枪响似的啸声来。马跑得快了，蹄子踏起的泥浆，溅在道边的蒿子上、苞米叶子上和电线杆子上。跑了一程，辕马遍身冒汗，喷着鼻子，赶车的张冒烟儿就没再抽打马，任其慢慢走着。

有一个战士，好奇地指着铃铛麦河南边靠近会龙山西坡的一排黄色的房子，问赶车的："那是哪儿啊？"

张冒烟儿乐呵呵用手指着那一片村落说："瞅那排房子，就是早先的日本开拓团。日本鬼子投降以后，开拓团的那些人全他妈跑了，咱们洪家围子屯里的人有不少人都来这里捡洋落儿，有几个捡到了日本鬼子扔下的骡子，有的还捡到长枪和短枪，也有人捡回了衣服和布。武器装备后来都归基干队了，小日本子跑得那个快啊，真是顾头不顾腚。"

"你说那个时候是不是这么个情况啊？杨万生？"张冒烟儿问杨万生。

杨万生似乎已经完全没有了压力，好像很轻松，接着张冒烟儿的话茬说："是的，老张大哥，咱们民兵还捡了几颗手榴弹呢，现在咱基干队还用着呢。"

"是啊，万生，你那时候多好啊，工作有劲儿，原则还强，要不怎么大家伙儿都选你当农会会长呢。"张冒烟儿恨铁不成钢地看着多日不见的杨万生。

杨万生脸红得要命，不好意思地对张冒烟儿说："张大哥啊，我的肠子都悔青了，我这是干的啥事儿啊？我对不起洪家围子的这些老少爷们啊。"

"不是我说你，你都干了些啥事儿啊，让洪家围子的老少爷们都看低了你了，这次回村子起地主的东西，你可别再糊涂了，你可真得长心了，要不贫雇农能打死你啊，拿出抗日那时候你在大莱岗干交通员的那个劲头儿，还有啥咱哥们儿干不明白的事儿啊！"张冒烟儿对着杨万生说道，既有惋惜，也有鼓励。

杨万生不住地点头，认真地听着。

"你啊，亏你还是个老共产党员、老地下交通员，你要是有的是劲儿，你怎么不对地主阶级使呢，倒是给我来一下子，你可真出息了啊，我说杨万生。"坐在杨万生旁边的乔斌用胳膊捅了一下杨万生，问道。

"我那天喝点儿闷酒，真犯糊涂了，乔斌同志，我对不起你啊，对不起党的培养啊！"杨万生这马上就又要流泪，他是真心地痛恨自己，后悔自己做了那么多助纣为虐、替地主阶级看家护院的坏事，这次在县公安局里他把自己的一切错误和罪过都作了彻底的交代，尤其是替地主阶级转移财产，打伤"土改"工作队员，和地主家属搞破鞋，县委决定让洪家围子把他接回去，交代和审查明白，起出隐藏的浮财，向洪家围子广大贫雇农讲清楚问题，达到教育本人、警醒群众的目的。

"哎呀呀，你可拉倒吧，节省点儿眼泪吧。大老爷们儿别老这样哭哭唧唧的。再说我也不记恨你，因为你也是被地主阶级拉拢和哄骗，才干了这些不着调的事儿。不过这回回屯子，你可得自己长点儿心了，你可得回去好好交代自己的问题，行不？"乔斌看着杨万生这个样子，拍了一下杨万生，笑着不再说下去了。

杨万生不住地点头，诚恳地说："嗯嗯，我这回算是想明白了，我如果再糊涂，我如果再隐瞒，我如果再不彻底交代，我就不是个人了，那才真是自己要作死啊，和人民为敌啊，就太王八犊子了！"

车子回到了洪家围子，直接把杨万生带到了贫雇农团团部。屯子里的很多贫雇农都来围着看，看得杨万生很砢碜，恨不得找个地缝自己钻进去，他耷拉着脑袋，走进了贫雇农团的办公室，还是一样不抬头地坐在靠近北炕炕梢的角落里，一言不发。

卢忠和路雪峰一起从外面进来了，后面跟着吴占河、郭文声等工作队员和洪家围子的不老少贫雇农。路雪峰坐在八仙桌旁边，端起大碗一口气喝了一大碗白开水，卢忠摘下武装带，挂在身后的墙上。卢忠看看路雪峰，路雪峰看看卢忠，像没有看到一样，都没有理会杨万生。几个人只是都围着乔斌看来看去，嘘寒问暖，乔斌高兴地看着大家伙儿，伤愈归队的无比喜悦都写在了乔斌那张年轻的脸上了。

"乔斌同志，你好利索了？"卢忠问道。

"报告队长，我好利索了，我归队了，向队长报到！"乔斌腾地站起来，向卢忠和路雪峰敬礼。卢忠和路雪峰笑着让乔斌坐下。

郭文声上去给了乔斌一拳，笑着说："你这家伙，在城里待舒坦了？怎么才回来呢！怎么样了？好了吧。"

"当然舒坦呢，把我都吃胖了。"乔斌也给了郭文声一拳，这俩"哼哈二将"又可以一起工作了

外屋地和窗户下，聚集了洪家围子很多的贫雇农。他们看着这屋里的情景，都纷纷议论着。

"唉，你说这个杨万生啊，咱可是真没看出来啊，怎么还成了地主阶级的狗腿子和帮凶了呢？没有想到啊，知人知面不知心啊！"

"人家想当'驸马爷'啊！"

"什么鸟儿驸马爷啊，就是他妈瞎整，搞破鞋呗！"

"唉，那个小年轻工作队员也回来了，不是上次受伤了吗？"

"哎呀，人家岁数小，体格也好，就是恢复得快呗，要摊上你这熊样的，估计早就趴铺了。"

"去你的，扯淡！"

都没听完这些议论纷纷的话，人群中有一个人就悄然离开了，这人就是曲莲花。她听说杨万生被工作队给带回来了，心里也着实地惦记着，就偷偷跑过来看看，听到人们这样的议论，不由得心里满是后悔和懊恼，加上羞愧难当，哪儿还有脸皮待在这里啊，转身就回自己的家了。曲大祥被打倒以后，全家被贫雇农团

安置在一个屯子中间的一幢两间土房里，曲莲花闷着头，直接抄了近道，很快就没了踪迹。

　　杨万生就在一旁默默地坐着。卢忠和路雪峰在谈论着怎么样把金银财宝和贵重物品带去佳木斯变卖，然后购买生产所需的大牲口，来完善各个互助组的插犋，大车和农具的配套和修补，为过些日子的拉秋地做好一切准备。卢忠和路雪峰有商有量的，坦诚相对。乔斌和同志们谈起在省医院养伤的事和在佳木斯的所见所闻，谈到土匪头子杨老虎在佳木斯游街示众，又怎么样被枪毙，那也是绘声绘色，引得在场的贫雇农很是畅快淋漓。听到和看到了这些，杨万生心里更加懊恼和悔恨，想当初，自己连自己的性命都不要，做了抗日联军的交通员，也是一个敢想敢做、无私无畏的共产党员，回来自己是领导洪家围子的一个基层干部，怎么就沦落到现在这样的田地了呢？这些日子以来，在县公安局，他深刻地反思了自己的错误，谁也不埋怨，就是怨他自己，是自己逐渐嫌弃了自己的媳妇，跟地主的女儿曲莲花有了男女关系。这能怨谁？自己低价购买地主变相转移的土地，只顾着过自己的小日子，这能怨谁？在广大贫雇农和地主阶级坚决斗争的关键时刻，自己反倒成了地主阶级的走狗和帮凶，替地主阶级转移资产，又能怨谁呢？是自己因为没被选进贫雇农团主席团，恼羞成怒，借着酒劲儿抡锤子打伤土地改革工作队员，而这又能怨谁呢？想到这些，杨万生感觉自己不能再这样坐着看热闹、闷着了，应该勇敢地面对自己的过去，尽快地交代自己的问题，马上去改正自己的错误，这样才是他杨万生应该马上去做的头等大事。

　　"卢队长，路主任……我……"杨万生终于要说话了，他感觉自己有好多话要对卢忠和路雪峰说。

　　卢忠果断地一摆手，制止了杨万生的话，他高声对屋里和院里的人们说："请同志们和贫雇农同志们，大家都回去吧，我和路雪峰主任要和杨万生同志谈一些事情，请大家离开吧！"他转头又看看杨万生，又对还站在原地的大伙儿说："杨万生同志离开洪家围子也有些日子了，同志们可以以后再和杨万生同志叙谈，有的是时间，可以吗？"

　　卢忠的这些话一说出来，院里、屋里的人都离开了。听到了这些话的杨万生已经抽泣着流下了眼泪。卢忠话里的"杨万生同志"和"谈事"以及"叙谈"等字眼，就像一个淋湿了全身的庄稼汉换了件干衣服、又喝了一碗热姜汤一样，浑身的每一个毛孔都透着热乎和温暖，杨万生这时才真正体会到了共产党人"惩前毖后、治病救人"这句话的含义。

只有一个人站在窗外没有离开，那是杨万生的媳妇，当时她正在家里给老人和孩子蒸着馒头，听邻居告诉她说杨万生被带回来了，就赶紧跑到农会大院来看看。此时此刻，她看着杨万生的这个样子，嘴唇紧咬着，这个女人很坚强，杨万生被抓走时她都没有哭过，此时她哭了，因为她知道杨万生的罪过还不大，政府和组织才给他机会，她也知道杨万生和地主曲大祥的女儿曲莲花搞破鞋的事也是真的，既然组织上都可以给自己的丈夫杨万生一个机会，自己也应该给做了十几年夫妻的杨万生一次机会啊。所以她心里又急又恼，也不知道自己应该说些什么了，就愣愣地立在那里，任凭泪花从眼睛里滚落。

杨万生知道自己的媳妇在看着自己，可他没有勇气去看自己媳妇，他低着头，就是没脸看自己辛辛苦苦的媳妇一眼。

路雪峰走过去，对杨万生媳妇说："万生媳妇，你别哭了，回去吧！"对着里面一挥手，老高二嫂和高玲、王娟还有田宇都走过来，劝着杨万生媳妇往门外走，边走还边用手扑棱着杨万生媳妇扎着的围裙上面粘的面粉，高玲还对着杨万生媳妇的耳朵悄悄地说着安慰的话。

路雪峰和卢忠坐在了八仙桌的一侧，让杨万生坐在对面的板凳上，两个押送的战士立即站起来，荷枪实弹地站在杨万生的身后，这俩战士也是警卫营的战士，卢忠对他们说："你俩一路辛苦了，去民兵队的办公室休息吧，这里有事儿再叫你们！"两个战士当然认得自己的老首长啊，两腿一并，答道："是！"就出去到西厢房去了。

"杨万生啊，现在就我和卢队长在，你有啥说啥吧！"路雪峰对着杨万生说。

"嗯哪，我向组织坦白。"杨万生答道。

卢忠看看杨万生，说："你能这样就算是对了，县委的蔡书记和我已经通过了几次电话，也谈了你的问题，你这就是腐化变质的问题，你争取个好的态度，把所有问题都交代清楚，然后才能没有思想包袱，争取轻装上阵，改正自己的错误。"说着，卢忠拿出并打开一个档案袋，拿出一些纸张，继续说："你在佳木斯这些日子所谈的案卷和笔录都给我转过来了，我希望你彻底地交代自己过去一段时间所出现的问题，说出地主阶级资产的藏匿地点，说出你自己腐化堕落的作风问题，这样才能取得组织的宽大处理。我希望你清楚这一点。"

"嗯嗯！我一定彻底坦白和揭发！"杨万生站起来向卢忠和路雪峰两个人保证着。

"嗯，你坐下说吧。"卢忠和路雪峰各自打开了笔记本，杨万生开始了自己的彻底坦白。

杨万生原原本本地把自打任农会主任以来的所作所为向卢忠和路雪峰一一交代，路雪峰和卢忠不时地插话询问。就这样，一整天三个人一直在谈着，午饭也没有吃，旁人也不让靠近，一直到了点灯时分，路雪峰从屋里走出来，告诉刘江做好饭端进去。

刘江端进去一小木盆大米饭和十几个馒头，一个炖豆腐，一个萝卜缨子咸菜。三个人吃起来，杨万生吃得格外的香，他感觉自己轻松了好多。卢忠和路雪峰也饿坏了，几口就吃下去一个馒头，就好像多久没吃过饱饭了似的。

吃过饭，刘江收拾了碗筷，路雪峰告诉李黑孩通知贫雇农团主席团开会，不到一袋烟的工夫，人都到齐了。

路雪峰严肃地说："同志们，这个杨万生为我们提供了很重要的线索，杨万生不但为地主曲大祥藏匿了财产，还被那个被镇压了的恶霸地主李永财用一百块大洋给收买了，帮助李永财藏匿了在外屯子地群里飞地的地照和一些枪支弹药。"

"啊？杨万生？这？怎么还有枪支弹药啊？"大家都不敢相信，人们都能想到杨万生能为地主曲大祥藏匿和转移财产，却怎么也想不到杨万生能为了李永财去转移财产，更可怕的是还帮着李永财藏枪。

卢忠站起来，对好半天还在惊愕的与会者说："这就说明，为了达到躲避斗争和变天反把的罪恶目的，封建地主阶级是啥样的事都能做出来的，女色诱惑、拉拢腐蚀那都是小意思，那自然不在话下了，咱们大家伙儿也不用大惊小怪，但请同志们要相信一点，那就是，再狡猾的狐狸也逃不过猎人的枪口，这不是现在都露出马脚了嘛。"

"是啊，恶霸地主李永财已经被政府镇压了，这事杨万生如果压住不说，恐怕就没有别人知道了。所以在这个时候，杨万生能够把替李永财藏匿财产和武器弹药的事主动地向组织坦白，说明杨万生还是认真悔改的，因为他只要不说出来这件事就永远没有人知道了。县里已经根据杨万生的表现，决定对其宽大处理了。现在我们的任务是要抓紧时间安排把这些东西，尤其是枪支，必须赶紧起出来。"路雪峰在一旁说道。

卢忠站起来，说："路主任，我先说几句，由于时间比较紧迫，我看哪，我们这样办。分两组，一组路主任带张冒烟儿、黑老李和武连山，领四个警卫战士，按杨万生提供的线索去江北鹤立去起曲大祥藏匿的财产。一组由我带队，赵林、王铁匠参加，也是四个工作队员，去佳木斯万发屯一个李永财的远房亲戚的土房子里去起李永财的财产，尤其是枪。孟大眼镜儿和吴占河在贫雇农团值班，随时沟通联络情况，杨万生就跟着路主任那组行动，老路，你看呢？"

路雪峰说："我同意老卢这样安排！"

卢忠果断地挥手说道："那就马上行动，每组都套一挂大车，拉人拉东西，出发！"

几个人和杨万生带着荷枪实弹的战士们坐上了两辆大车，一前一后出了屯子的北门，直奔佳木斯和鹤立而去。

这是一次成功的行动，两个小组都取得了很大的成果，尤其是卢忠这一组，在万发屯那里起出了李永财所有的地照和账本，还有两把镜面匣子，一杆九九式，还有几百发子弹，可以说是大获全胜。

杨万生因为主动坦白了自己的问题，只是被县委开除了党籍，没有追究其他责任，这让杨万生的媳妇感觉到很知足，她压根儿就没有想到是这个结局。路雪峰和杨万生推心置腹地深谈了好半天，就让杨万生媳妇把杨万生领回了家，杨万生感激涕零地跟在媳妇的身后，回家去了，他心里下定了决心，绝不再做地主阶级的走狗，要做一个堂堂正正的人，因为卢忠和路雪峰和杨万生说过，只要是认认真真地、全心全意地为人民服务，那中国共产党的红色大门对他还是敞开的。

火辣辣的太阳挂在天上，天气到了最热的时候了，虽然雨水不缺，但大中午的，地里的禾苗都被这热天烤得蔫了吧唧的，活像一个个"病秧子"，一副无精打采的样子。

赵林昨天到地里转了一圈，感觉自己的互助组的地里挺不干净，太荒，自己觉得脸上有点挂不住劲了，就赶紧张罗着本组的这些人家都派人上地来铲地锄草。

这地里倒是墒情不错，就是不知道是谁扶的犁杖，起的垄，大大小小，也不是很规整。

赵老鸢儿边铲地边嘴里念叨着:"老话说得好啊,娶媳妇不能娶老丫,铲地不能铲边拉。"

刘江没听明白,就奇怪地问:"老赵哥,你叨咕叽咕的啥意思?念经呢?"

赵老鸢儿捏邪着眼睛笑着说:"不明白了吧?你这小嘎子。我给你说道说道。"

赵老鸢儿告诉刘江,无论谁家,最小的老丫头都娇生惯养,都是闹人精,不好伺候,谁娶了谁遭罪。庄稼人铲地如果遇到大垄,苗多草也多,费时费力;遇到小垄,苗和草都少,就轻巧自在。最倒霉的是摊上两块地夹空的那条垄,这条垄保证是草多苗少,并且草肯定是大棵子的野草,像什么蒿子、刺菜、芦苇子啥的,最不好铲了。

"老赵哥,还有这么多的说道呢?"刘江说。

"小厨子,你不知道的事还多着呢,你就知道个满汉全席!"赵老鸢儿调侃着。

"你看你。怎么还管叫我小厨子?!"年轻的刘江生气了,转过去不理赵老鸢儿了,自己闷着头铲着地。

"你这小嘎子,怎么这样地不扛逗呢。"赵老鸢儿还在磨叽,赵林一看,笑了,对赵老鸢儿说:"老鸢儿哥,你和刘江回屯子整饭去吧,大饼子、土豆汤,做好了整点儿来,我们争取今天把这块黄豆地铲完,剩下苞米薅大草就行了。"

"行,那我得赶紧去,我看大伙儿也都是前心贴后心了。"赵老鸢儿说道,刚刚说完,自己的肚子却咕咕响了几声,声音很大,大家都听到了,禁不住都笑出声来。

赵老鸢儿笑着对刘江说:"请刘江同志,移驾洪家围子吧。"

刘江抬起头看这赵老鸢儿小眼睛眯眯着,一本正经的样子,也被逗笑了,放下锄头跟着赵老鸢儿向地头走去。

阴历的五月份,正是三江平原夏锄的关键时刻,庄稼侍弄好了,到了阴历的六月份,就到了雨季,再多摊上几场雨,加上持续的高温,肯定是个丰年。

张冒烟儿、赵林、赵老鸢儿、刘江、李宝英几个人都是起早进的地,临出来时有的扒拉了几口饭,有的干脆还没有吃饭,没等到正晌午,就听见肚子里咕咕叫。这一大气的活,把几个老庄稼汉也都累出汗了。

"歇一会儿吧!"李宝英也累了,但他心里是高兴的,加入了这个组,他感觉自己的决定很正确,看起来,共产党和民主政府果然是说话算话,他的那些顾虑也就荡然无存了。

"好啊,咱们都歇一会儿吧。"赵林招呼大伙儿坐下来歇歇。

李宝英掏出自己兜里的烟卷,在给大家伙儿发着,最后自己也点上了一根,吧嗒吧嗒地抽起来,乐呵呵地蹲在那里,笑眯眯地看着眼前的这些人。

这些日子以来,洪家围子的贫雇农始终在心里兴奋着、欢喜着,即使是在田间忙碌劳动的间隙里,也无法压抑这些普通农民的热情和激动。

第二十四章　俺也是农会的人

　　一个早晨，太阳还没有出来，会龙山后的天上，几片云薄如轻纱般点缀着天际，给洪家围子涂上了浅红的霞彩；过了一阵，山峰映红了；又过了一会儿，火样的圆轮从湛蓝的天海涌出了半边，慢慢地完全显露了它庞大的金身，通红的火焰照彻了大地；红光又逐渐化为纯白的强光。白天开始了。雾色的炊烟飘散在家家的屋顶。鸡啼鸭叫，牛也赶热闹，发出不很好听也不太难听的叫声。
　　卢忠和吴占河离开了洪家围子，留下了郭文声和田宇负责洪家围子的"土改"工作。路雪峰也被抽出来跟着卢忠跑全区的各个工作点。一晃就是一个多月，卢忠有一次去佳木斯汇报工作情况返回太平镇，晚上骑马路过洪家围子，索性就进了屯子，在贫雇农团住下来，一是歇一歇，二是想再看看洪家围子的工作进展。
　　屯子里的贫雇农不知道听谁说卢队长来了，一大早晨纷纷都上农会来。东方才放亮，看人还不真亮呢，贫雇农团的院子里，黑压压的一大片，尽是来看卢忠的人。老高二嫂和张冒烟儿在最前面，黑老李和武连山还有孟大眼镜儿也来了，王铁匠叼着大烟袋乐呵地看着卢忠，赵林因为福利屯有亲属过世，去出殡了，没有在家。
　　卢忠此刻还躺在炕上。张冒烟儿大嗓门地笑着说道："快起来了！到山海关了！别过站喽哇！"一面说，一面走近炕沿，要去叫醒卢忠。
　　孟大眼镜儿连忙挡住他，说道："别的，叫他再眯一会儿。回笼觉，二房妻。这会儿正香呢。"
　　"啥玩意儿啊？老孟大哥你这什么觉啊妻啊，你扯的是个啥啊，哈哈。"卢忠听到了一骨碌就爬起来，一面说着玩笑话，一面穿着衣服。这时候，到农会来的人越来越多了，里屋外屋，炕沿地下，都挤得满满堂堂的。

卢忠穿好衣服，转过身来抬眼望望大家，都是老熟人，不用和谁特别地打招呼。他坐在炕沿，两脚在穿鞋子，冲大家伙儿笑道："这么早就都起来了？都快坐下吧！"

"你这官当大了，管一个大区几十个屯子了，是不是把咱屯子都给忘记了吧？"老高二嫂还是直爽的性格，她笑着问卢忠。

"哪儿能呢，我是啥样的人你们还不知道？"卢忠笑着回应。

卢忠笑着，正要往下说，听见院子里车轱辘和马叫的响动，他随着众人，走到外屋的敞开的门口，往外望去，李黑孩赶着大车，拉一车木桦子来了。他喝住马，往正屋走来，把手里鞭子搁在房檐下，一面进屋，一面说道："卢队长，我给贫雇农团来拉点儿桦子，做饭用啊，你啥时候回来的？"卢忠很欣赏地看着李黑孩，看来这个孩子已经在斗争中成才了。这时。屋里几十号人，没有人吱声，都一拥而上，动手卸桦子。他们把这硬杂木桦子码在房檐下，像面墙似的。

"老路这家伙最近回来没有？他自己管好几个屯子呢。"卢忠看大家卸完车又进了屋，便问道。

众人都说："老路可是大忙人喽，有时回家当天就赶回去了，都黑了也瘦了。"

"嗯哪，土地改革的工作很辛苦，但是为了全天下所有的贫雇农都得到解放，都过上好日子，我们共产党员累一些是正常的。没啥。"卢忠笑着说道。

大伙儿又唠起了在一起挖浮财时的那些有意思的事情，说起了洪德福的丫鬟小翠香裤裆里藏起了硬头货的茬口，大家不禁哄堂大笑。老高二嫂笑着指着在场的人们，说："瞅瞅你们这些男人，捡起个话题，还没完了呢。"

"路主任去的那几个屯子群众基础和工作条件怎么样，好整吗？"孟大眼镜儿问卢忠。

卢忠叼着烟袋，摇着头，说道："基础好的屯子，我能分配给他？不过你放心，老路俺们俩一起战斗过，经验丰富，我相信他的能力和智慧。"

"对了，卢队长，我们只知道路雪峰主任以前是挺厉害的茬子，问他他也不说，我们啊，是光知道辘轳把子响，就是不知道井在哪里啊，你给说说呗。"王铁匠想起了这个话题。

"是啊！是啊！"

"给俺们说说吧！"

众人七嘴八舌地说道。

"好啊。"卢忠看着眼前这些熟悉的面容，心里热乎乎的，对于路雪峰，自己是再熟悉不过了。

"你们知道路雪峰打死日本鬼子萝北开拓团活阎王的事儿吗？"卢忠问道。

"活阎王？不知道啊，怎么回事啊？"众人问。

卢忠抽了一口烟，慢慢地讲起来："你们只知道老路去佳木斯和依兰烧锅当师傅的事，其实那个时候，路雪峰就是偷偷参加了抗日联军的队伍，并且很快成长为一个勇敢、坚强、立场坚定的基层指挥员。党组织为了掩护老路，特意安排他以去烧锅干活儿的名义离开洪家围子。1936年5月，老路被抗日联军派到萝北名山一带去发展抗日队伍，你们大家伙儿也都知道，那个时候是日本鬼子正猖狂的时候，也是东北抗日联军最艰难的阶段。就在那一年里，日本侵略者在咱中国的关里家遭到了我们抗日军民的坚决抵抗，遇到前所未有的经济和军事上的双重困难，所以他们赶紧回过头来，加紧压迫咱东北的老百姓，为了最大限度地压榨咱东北的经济，从日本国内整来了什么开拓团，这开拓团啊，占我们老百姓的土地，还负责组织督导班，逼迫我们老百姓交公粮。我们种地的一大半要给日本鬼子，可把咱这一片的老百姓祸祸苦了。那时候，萝北一带也有督导班。日本鬼子一到乡下，就把老百姓整到一起，一个挨一个地问，谁要是不交粮食，就抽冷子打倒在地，按在地上用大皮靴子、大头鞋、大皮带，连踢带打，还让别的老百姓在旁边看着。他们这些王八犊子是到一个屯子打一个屯子，经常是打得人鼻口蹿血，浑身紫烂蒿青，像个血葫芦似的，也没有人敢反抗，恨死人了！"

"嗯哪，那时候日本鬼子可邪乎了呢。"众人也有同感，因为都经历过啊。

卢忠接着说："当时萝北县派到乡下的督导班里，有一个叫武田的副班长，这个家伙是活生生的活阎王，他几乎就是打人打上瘾了，整天拎着个大木头棒子，一天不打人就吃不进去饭。有时他在大道上溜达，看谁不顺眼，上去照后脑海就是一棒子，一下就给打倒了。在萝北那一带，老百姓一提起武田，真是人人害怕、个个心惊胆战啊，有的在大道上碰到这个家伙，连瞅都不敢瞅，赶紧躲一边去。"

"哦，这个王八犊子，挺他妈狠啊。"黑老李和几个贫雇农，听得津津有味。

"老路当时带着几名战士在萝北一带活动，听说了督导班的这个事和武田这个人，就下决心要收拾这个罪恶多端的日本鬼子。一天晚上，活阎王武田领着督导班两人来到了萝北名山屯，当时老路正在名山屯建立和苏军的联络站。武田这个王八犊子一进屯子就挨家挨户地翻粮食，什么房前屋后、屋里屋外、犄角旮旯都翻个遍也没找到老百姓藏匿的粮食。后来，武田急眼了，就把名山屯的老百姓都集合在一个大院里，关上大门，一个一个地拷问，在一间小屋里，人们被打得头破血流，可地叫唤，就是没有一个人说出粮食藏匿的地点。这些老百姓在黑漆漆的院子里，咬牙切齿，都决心不说出藏粮食的地方。武田叫一个张老汉去过堂，老爷子直挺挺地站在屋地，像个铁塔一样，任凭活阎王武田怎么吓唬喊叫也不害怕。武田气急败坏，亲手用棒子毒打，几下子就把张老汉给打得晕死过去了。"

孟大眼镜儿等几个人听卢忠说到这里，气得都握紧了拳头，攥得咯咯响。

"这个时候，老路去屯子外接头回来了，一听几个猫起来的老百姓说活阎王武田来了，气不打一处来，像一只下山的老虎一样，就奔那个院子扑过去了。到了门口，就看见被打的老百姓们坐了一院子，他冲进了小屋里，看见在昏暗的油灯下，血流满地，老张头已经遍体鳞伤、奄奄一息了。老张头临死告诉路雪峰给他报仇，就咽气了。老路看到这个情况，肺子都气炸了，他问院里的人，王八犊子武田跑哪儿去了，确实，那工夫武田没问出粮食的下落，一看还打死了人，自己也困了，就回开拓团驻地了。老路从屋地捡起武田走的时候扔下的木头棒子，转身就从屋子里跑了出去，撵那王八犊子武田去了。"

卢忠说渴了，喝了一大口水，在场的人都没有人说话，卢忠接着说："那天晚上很黑，没有月亮，西北风呼呼地刮着。活阎王武田和督导班的两个人，打人也打累了，慢慢悠悠地顶着风往西走着。老路偷偷地跟在他们的后面，他们也没有发觉。当这几个人走过一片坟茔地的时候，老路蹿上去，抡起大棒子，照着武田的后脑海就是一下，武田都没有喊出声来，就'扑通'倒在地上，其他那两个人呢，听见声音，回头一看，见一个黑乎乎的大个子，从坟茔地的树林子里扑过来，以为是坟茔地里跑出来鬼了呢，是撒腿就跑啊。"

"哈哈，真他们过瘾，揍得好！"张冒烟儿一拍大腿，大声夸奖起来。

卢忠说："这俩人跑回开拓团驻地，说了这事，开拓团的头头带着十几个人，荷枪实弹，拿着电棒，来找武田。这个时候已经是大半夜了，也没找到啥痕迹，就都跑回去了。第二天一大早，日本鬼子和汉奸们带着大部队来到了那块坟茔地，仔细一找，看到了松树林里面停着一口大红棺材，棺材底下压着武田的脑袋，身子在外面露着，就像棺材在一点点儿吸着武田，吞吃着。把在场的日本鬼子和汉奸吓了个半死。后来，有人告密了，知道是老路打死了日本鬼子武田，到处抓老路，老路精得很，日本鬼子怎么也抓不住他。后来，组织上为了保护他，把他调回了抗联五军，就和我在一个部队了。这松花江南北两岸的老百姓把老路传得神乎其神，但谁都不知道这个路大个子是个啥样子。"

众人一阵兴奋，更了解了路雪峰这个高大憨厚的贫雇农团主任还有一段如此辉煌的历史，这让他们心生敬佩，也对多日不见的路雪峰，思念起来。

"你们可能是不知道啊，路雪峰同志在我们洪家围子的土地改革工作中成绩十分突出，县委有可能要把他提拔起来，为全县的工作作出更大的贡献，这次把他抽去别的村搞'土改'也是为了培养和锻炼他。"卢忠高兴地告诉大家。

"是吗？那倒是好事，可是俺们哪舍得路主任呢？"洪家围子的这些贫雇农，在斗争的实践里深刻地了解了路雪峰，这个人有胆识、有魄力，一心朴实地为了老百姓。大家都希望他发挥更大的作用，但心里又舍不得他。

8月初，小麦黄了。看不到边儿的绿色的庄稼地，有了好些黄灿灿的小块儿，这是麦地。屯子东边的甸子里，泡子里，菱角开着小小的金黄的花朵，星星点点的，漂在水面上，夹在雀青的蒲草的中间，老远看去，这些小小的花朵，连成了黄乎乎的一片。远远的老母猪山，只看到一个轮廓。天空没有完全干净的时候，总有一片或两片雪白的或是乌黑的浮云。在白天，太阳照射着，狗吐出舌头。可是，到下晚，大风刮起来，高粱和苞米的叶子唰啦啦响。西北起了乌黑的云朵，不大一会，瓢泼大雨到来了，夹着炸雷和闪电，因为三天两头地下雨，道上黑泥总是不干的，出门的人们都是光着脚丫子，顺着道沿走。

屯子里开了一个贫雇中农的全体大会，取消了贫雇农主席团，恢复了农会。路雪峰正式调走了，任桦川三区的区委书记，洪家围子农会有九个委员，里面有两个中农，路雪峰的媳妇李玉环也是委员之一，赵林当选为主任，张冒烟儿是副主任。农会宣布停止土地改革运动，准备秋收。

李玉环和老高二嫂从农会出来，想回家去。她俩一面走着，一面合计慰劳军属的事，李玉环首先开口道："这回慰劳，得兴一个新办法，八月节是个大节，家家都是十斤猪肉、十斤白面。""你这意见好，明儿咱们在会上提提，你孩子小，老路又没有在家，你回去吧，我去看看军鞋做了多少。"老高二嫂说着，就和李玉环分开了，自己去了屯子南边。

李玉环摸着黑儿，回到家里，推开虚掩的门，屋里黑洞洞的，这让李玉环想起路雪峰已经好多天没有回来了。李玉环还没有来得及拉着电灯，扑通一响，炕上跳下一个高高大大的黑影子来。她被吓了一大跳，赶紧转身往外就跑，那人几个大步撵出来叫道："玉环，是我呀。"听到这个熟识的声音，李玉环才停下脚步，但是也还是没有说话，她的心在扑通扑通地跳着，已经知道是谁了。那人火急火燎地靠近她身子，一把紧紧搂着她，亲着她的面庞，大胡子扎疼了李玉环，她也不管了。她笑着骂道："这真没个正形啊，都吓死我了呀，我还以为咱家进了坏人了呢。"

她握着他满是老茧的大手。他温柔地抚摸李玉环柔软的、因为刚才惊吓还在起起落落、心扑通扑通跳着而高高鼓起的胸脯。院子里寂静无声。屯子东头隐约传来有女人和孩子们婉转的歌声。他俩拥抱着，亲吻着，抚摸着。

也不知道过了多长时间，李玉环才推开了路雪峰，问道："你啥时候回来的？也不给个知会儿。"路雪峰说道："我回来半天了。你刚刚这是去哪儿了？这么晚才回来。"

李玉环笑着说："你去外面工作，俺在家也要工作，去农会大院开会了呗。"

她说着，走到小马窗户那里，摸到灯绳，拉着了电灯，顿时，屋里一片光亮和温暖。

路雪峰，是特意请假回来看看，但他想给李玉环一个意外的惊喜，就没开灯，猫在屋里了。这不管怎样泼辣撒野的女人，在出门很久的丈夫跟前，也都会展露自己温存的一面。可是，路雪峰媳妇李玉环的温存和柔情，却不间断地长久地维持着。她瞅着笑嘻嘻的身板壮实的大个子路雪峰，扬起她的漂亮的、漆黑的眉毛，说："你吃晚饭了吗？想吃啥？想吃啥你说，我就给你做。"

路雪峰笑着说："我还就真没吃晚饭呢。看到你我就不饿了。对了，咱家的孩子们呢？"

李玉环说："我去农会开会去了，几个孩子都在隔壁三婶家里呢。一会儿得赶紧接回来，回回都是老麻烦人家三婶，也不好意思啊。"

路雪峰一把搂过李玉环，亲了一个嘴，高兴地说："我去外面工作，家里辛苦你了，你在家受苦了，我的好媳妇儿啊。"

"你可拉倒吧，嫁鸡随鸡，嫁狗随狗，哪个女人不是这样啊？你别在外面再找个小老婆，那就算对得起俺们娘儿几个了！"李玉环的小嘴也不饶人啊，虽然她很信任丈夫路雪峰，但开起玩笑也挺厉害。

李玉环赶紧生火、做饭，等到她端着饭菜走进来，看见路雪峰已经伏在炕桌上在写字。他穿着一身八成新的军装，胳膊粗壮，袖子挽到了胳膊肘，他写得挺慢，偶尔还停下来静静地思考。瞅着路雪峰那正儿八经地认真工作的模样，李玉环一下子喜爱得不得了，她坐在炕沿上，笑着问路雪峰："咱可不可以吃饭了？路雪峰书记。"

路雪峰笑着，一面还是在写着字，一面连连点点头说："嗯嗯。我写完这一篇的，咱俩就开始吃饭，哦，对了。你参加咱屯子里的活动了没有？"路雪峰还是低着头，没有看李玉环。

李玉环笑着说："你想什么呢，我能不参加吗？我现在是农会的九个委员之一呢。"

听到这话，路雪峰把笔一放，惊诧地猛抬起头来，高兴地对李玉环说："我的乖乖媳妇儿，你倒可真是厉害啊，不愧是我路雪峰的媳妇儿啊！"

李玉环笑着，指着路雪峰说："俺进了农会，看把你能耐成这个样子。你啊。"

"你就是应该参加农会嘛，但作为一名新干部，要严格要求自己，注意和其他同志们搞好团结，要向身边的老同志多学习，这样子才能进步啊。"路雪峰郑重地对李玉环说，

李玉环自己也在思量着，丈夫路雪峰在区里工作，到底还是成长进步了。看他说话和唠嗑儿的水平都好像长进了。

路雪峰眯着眼对着李玉环问道："请问新委员同志，你知道什么叫剥削吗？"

李玉环笑着说："俺是新干部，不懂，请老同志指点。"

其实这两个字，她早听熟了。斗争地主时，就算过地主们的剥削账，孟大眼镜儿和吴占河把算盘子伸到大家伙儿跟前，她记得清清楚楚的，她说"不懂"是逗着路雪峰玩儿的。说了假话，她忍不住笑。路雪峰却正正经经，用自己在省和县的培训班里得来的知识，解释给李玉环听，他说："剥削，就是地主们剥夺你的劳动果实，像剥皮一样的。"

这下，李玉环可真有点迷糊了。剥皮她是懂得的，可是啥叫"剥夺你的劳动果实"呢？路雪峰知道她是真的不懂，紧接着就说："比方说，你种一垧地的大苞米，地主一年到头啥活儿不干，干要你四五成收成，这粮食是你劳动的果实，是你起早贪黑，大汗珠子摔八瓣，苦挣出来的。"

李玉环说:"地可是他们的呀。"

"你没学过土地还家吗?"路雪峰眉头开始紧皱着了。

李玉环笑着说:"你可别瞪眼,我就是没学过嘛,我也没进过培训班。"

路雪峰被逗乐了,他挥着手说:"土地也是穷人占草开荒砍柯子,一下一下开垦出来的,可地主是一手没伸,养得细皮嫩肉的,是吃香的喝辣的,却霸占着土地。咱们把地主的土地分了,就是土地还家,就是把本来就属于我们的土地要回来,就是这道理。还有,光有土地也不成,你家没有劳动力,不能翻地、下种、薅草、收地、拉地,纵有好地千万垧,管保你也收不到一个苞米粒子。"

李玉环不住点着头,下种、薅草、割地,她可是太懂得了。

路雪峰又说:"房子,粮食,衣裳都是劳动创造出来的。啥命运啊、啥时气的,都是地主阶级编造出来糊弄贫雇农的。"

李玉环听到这里,小声说:"快吃饭吧,一会儿饿坏了,想过教书先生的瘾,一会儿吃完饭再给我讲课。"

路雪峰笑了,拿起筷子说:"行,那咱就先吃饭。"

说到这儿,高玲像一阵风似的闯了进来。只是她原先那两个垂到肩上的辫子不见了。在电灯的光亮里,她的漆黑的短短的头发像一层厚密的细软的黑丝璎珞似的遮着脖子。她才从外头跑进来,两颊通红,轻巧而快活地笑着。

她对路雪峰点一点头说:"路主任,隔老远就听见了你们唠嗑儿。你多暂回来的?"

路雪峰笑着回答道:"我也是才刚回来的。你快坐吧,你妈妈还好吧?"

高玲挨近炕沿坐下说:"我妈妈很好。谢谢路主任惦念着。路主任你可不知道啊,你家我嫂子可惦念你呀,昨儿下晚,她还叨咕你了呢。"她又对李玉环笑着说:"嫂子,这下你可盼回来了。"回头又冲路雪峰说道:"大哥不知道,嫂子可真能干哪,她是咱们洪家围子农会的委员呢。"

她还没说完,李玉环笑骂道:"死丫头,看你这小嘴啊。"说着,假意起身拧她,高玲连忙讨饶道:"好嫂子,别拧我啊,我问问你,搁啥来接大哥的风呀?人都说'送行的饺子接风的面',路大哥,你吃面没有?"

路雪峰指着桌子上的荷包蛋热汤面也笑着说:"你看,这不是才要吃呢?"

高玲抢着说道:"嗯哪,我嫂子想的就是周到,这几天估计想你想得都没睡个囫囵觉!"

"看我不收拾你。"李玉环娇羞地骂着，却忍不住笑，起身要撵她，却又站住了。高玲又像一阵风似的，此刻早飞到院子里去了。可是想了想，高玲又飞回到窗户底下，隔着窗户喊道："嫂子，你可别乐蒙了，我走了，我妈让我告诉你说，明天咱屯子统一去区里送军鞋。"

李玉环在屋里头答应道："知道了，死丫头！"

第二天早晨，李玉环没有叫醒路雪峰，自己先起来了，到农会的办公室里去了，也是新当选的农会主任赵林冲她说："你回去吧，这儿今天没有你的事，老路回来一趟不容易。"旁边的老高二嫂也说："玉环，你回去忙吧，我已经安排好了，你不用管送军鞋的事了。"

李玉环笑眯眯地说："啊，没事儿，让他自己一个人歇着呗。"但是自己却不由自主地还是往院子外面走，一会儿就走到了贫雇农团的院子里了。赵林在屋里大喊道："你叫路主任到农会来坐一会儿，别老在家待着，别再把洪家围子这些老哥们儿都给忘了！"

当李玉环回到家里的时候，路雪峰还睡得正香。她干净利落地挽起袖子，抱柴火点灶火，烧开水煮鲜肉。因为她齐腰的大辫子也剪去了，只剩下了一头短头发。干净利索，又标致又好看。参加了屯子里的农会活动之后，李玉环性情变得更加温和了，她漆黑的眉毛不再打结和皱起来了，她不再无缘无故地发愁了，除了洪家围子的自己的本职工作就是惦记着丈夫路雪峰，再就是带好自己的俩孩子。现在路雪峰请假回来看她和孩子了，她的心情感觉非常快乐，就像这初秋的微风，惬意无比了。她一面听听里屋炕上路雪峰那节奏匀称、声音很响的鼾声，一面切着肉，一面低声唱着二人转的小帽儿。

一会儿，路雪峰在媳妇的哼唱声中醒过来，他坐起来，穿好衣裳，洗完了脸，就上农会大院找赵林和张冒烟儿等人唠嗑儿，到中午吃饭时才溜达回来。吃过午饭，屯子里的干部，从赵林起，直到张冒烟儿、赵老鸹儿、黑老李、孟大眼镜儿、武连山等一大帮人，都跑来看他。路雪峰家的门口，人来人往，川流不息。这两口子乐得嘴都合不拢了。

洪家围子的这些穷哥们儿，感觉路雪峰现在跟人说话，都有条有理、掷地有声，屯子里的人们也都更加地佩服他。

等到黄昏时分，人们都走了以后，路雪峰从他带回来的一个崭新的黄绿色帆布挎包里，拿出一张毛主席的像和两张画儿。这是他在佳木斯学习的时候买的，一张《民主联军大反攻》，一张是《分果实》。李玉环打了点浆子，把两张画贴到炕头的墙上，在东房山靠大镜子的顶上，贴上毛主席的像。路雪峰对李玉环说："玉环，咱们穷人翻身都靠毛主席，毛主席是咱们的神明、咱们的亲人。以后咱啥也不供，就挂毛主席的像！"

这个时候，东北局和各级党政军机关经过了几次大的精简，各级机关都抽调出了三分之二的干部，共一万两千人，全面组织了土地改革工作队，下到黑土地的乡村搞"土改"。

经过清算、分地斗争，1946年底，东北十一省，有四百万农民获得了三千一百六十万亩土地，分得牲口四十四万多匹、粮食一千四百七十万担。

一堆堆燃烧地契的烈焰，映照着一张张仇恨的脸和一双双被仇恨烧得通红的眼睛，千百年来被地主阶级欺压惯了的人们，那目光里有激动和兴奋，也有顾虑和恐惧：真的是这样了吗？他们怀疑着、观望着。

直到把写有"张老三""李老四"的界桩，叮叮当当地钉在了黑土地上，一些人还不能相信这是真的。房无一间，地无一垄，连力气都不是自己的，就这么几天，就这么几把火，就这么根木桩，这地就归了我了？有的人一夜去地里转了好几遍，看看那界桩是不是还在、会不会变了字号。有人搂着那写着自己姓名的界桩，就像搂着自己的亲人一样，枕着黑土地就睡着了。

农民有了土地，共产党人就有了家。

"翻身不忘恩，好汉去当兵！"

"保田保家保乡去！"

"胜利反攻，人人有份！"

在农民分得土地后，这样的口号，几乎写满了黑土地每个村庄、每条街道的每堵墙壁。

农民有了土地，再给他们一支枪去保卫土地，这实在是太顺理成章的事了。

在中国，我们敢说，没有任何一个政治集团，敢于像中国共产党那样敢于武装人民，因为人民一旦武装起来，就要用枪杆子解决自己的痛苦。这个党，那个党，你打我，我打你，反正都是"官家"，咱老百姓管不了，也不管。而当东家的房屋、车马和土地都变成了自己的以后，面对这一切，谁还能像过去那样漠然视之、无动于衷呢？

杀富济贫，开仓放粮，然后率领愤怒的饥民扑向另一座城池，中国历史上接连发生的农民起义，几乎无一不在重复着这样的画面。但是，没有任何一个阶级和政党能像共产党那样成功、那样彻底，那样更具历史的主动性和创造力。

  从这疙瘩到那疙瘩舌头紧靠着牙，
  民主联军和老百姓守住东北守住家，
  东北是我们家乡拼命保住它！
  眼泪里长着苗鲜血中开着花，
  打败那敌人保住我们的家！
  ……

唱着这支《从这疙瘩到那疙瘩》，黑土地上的农民，一批批挎上钢枪，一批批走上前线。

在东北的广大区域，在北满的大地的山川、平原，黑土地上的许多农民参加了共产党和东北民主联军的队伍，精神抖擞地向南开进。这还不算肩头背着枪、手里拿着锄头的成千上万的广大民兵。共产党人就是这样凭借自己的魅力，召唤起广大人民的热情，并凭借人民的力量做到了所向无敌。

我们再唠唠土匪，也就是"胡子。"

佳木斯地区和东北地区其他区域一样，都盛产东北的第四件"土特产"，那就是土匪，东北人称土匪为"胡子"。胡作非为，那些无法无天的"胡子"，也有自己的"法"和"天"。

"胡子"头叫"大柜"。联络官叫"尚贤员"，作战部长叫"总炮头"，执法官叫"总稽查"，看管、审讯"肉票"（即抓来的人质）的叫"秧子房"，通风报信的情报官叫"传号"，出谋划策的军师叫"搬舵的"，一般成员叫"小兄弟"。一般都有固定地盘，叫"绺子"。每个"绺子"的"胡子"都有"山规局事"，叫作"五清六律七不抢八不夺"："掌柜的"要得清（不能乱抢），"小兄弟"打得清，"传号"传得清，"稽查"查得清，"线火子"带得清；"大柜"不能吞大饷，不能奸淫妇女，"小兄弟"不能偷抢拐骗，不能反叛造谣，抢错了要送回，"秧子房"不能跑了"秧子"（即肉票、人质）；盲、哑、疯、瘫、僧、道、尼不抢；同是"胡子"不夺，娶媳嫁女不夺，送殡不夺，搬家不夺，山沟不夺,码头不夺,鳏寡孤独不夺,医生不夺。

最初也许"胡子"的规矩还有此古风,到后来就是什么规矩都荡然无存了,只是挂在嘴皮子上了。

国民党在1945年8月以后在东北地区委任的"胡子"头儿,"总司令""总指挥"有三十二名,"军长"有三十三名,"师长"有一百五十八名。仅仅佳木斯地区,就收编了四个旅的"中央胡子"。

从1946年6月开始,东北局和"东总"决定以师旅为单位划分地区,抽调三分之一兵力打"胡子",到1946年底,就消灭七万多"中央胡子"。

当最后一面"青天白日"旗在黑土地消失以后,人们开始了平静祥和的生活。

中共中央在后来的一天,给东北局的一篇关于东北工作的指示中,有一项就是继续深入开展剿匪斗争。东北局则回电:目前东北地区已基本无匪可剿。

这是千真万确的。

1946年8月,正是"中央胡子"最猖獗的时候,李龙是合江省军区司令员。

合江地区是太适宜繁衍"胡子"了。西南和南部是崇山峻岭,原始森林遮天蔽日,东部和北部都是大片沼泽地和草甸子。草甸子里的蒿草比人都高,夏天人畜进去,一会儿就被蚊虫叮成一副骨架。沼泽地更凶险,不熟悉路径,一脚下去,就别想拔出来,如此荒蛮之地,就成了"胡子"得天独厚的"极乐世界"。

东北土匪为全国之冠,合江为冠中之冠。

东北"胡子"狡猾,到处是眼线,人熟地熟,大部队呼呼啦啦还没到地方,土匪就跑没影了。有的时候围起来了,一打就散了,部队一走,"胡子"头儿一声呼哨,又拉起来了。

李龙司令员不这样干,他组织精干的小分队,逮住踪影就穷追不舍,而且务必咬住"胡子"头儿:追进老林子里打,追进草甸子里打,追进沼泽地里打。

东北有三件宝,人参貂皮乌拉草。我们的剿匪小分队也有三件宝,大饼子咸菜疙瘩乌拉草。

追"胡子"是十万火急的事,没工夫埋锅造饭,做饭有烟也会暴露。苞米面大饼子就着咸菜疙瘩,骑在马上边追边吃。

钻进深山老林就像钻进了大海。夏天满眼浓绿,冬天一片银白。大饼子咸菜吃光了,就吃野菜野果、松子榛子。夏天还好对付,冬天也能将就,扒开积雪找蘑菇木耳,老柞树上还有猴头。最难最苦的是没有住处,特别是"大烟泡"一刮,弄不好就捂里头了。有时碰见一棵空心老树，心头一喜，刚要钻进去，"嗷"一声怪叫，蹿出一只黑熊。

不过大雪也提供了"胡子"的踪迹。"胡子"很狡猾，排成一路横队，漫无边际地在老林子里窜。李龙司令员是你有多少路，我就追多少路。"兔子转山坡，踪迹不离窝。""胡子"也和兔子一样，迟早要归堆的。

没有雪的季节，就凭踏倒的蒿草追踪，夜宿的鸟飞起鸣叫也是报警器。马粪蛋子更是宝贝，捡一个看看，就能判断出"胡子"的距离。

李龙司令员强调要依靠群众。老百姓一开始不接近民主联军的剿匪部队，并不是不拥护我们的队伍，对于那些非抢即奸的"胡子"，老百姓恨之入骨，只是怕"强龙不压地头蛇"，怕报复，所以敢怒不敢言。只要耐心说服，并干出个样子来，总会有人敢说话的。我们的李司令就是凭借这些，在松花江和牡丹江两岸死死盯住一股股"胡子"，把他们一个一个吃掉。

从秋天又追到了秋天。李司令来东北后的第一匹坐骑，一匹没一根杂毛的白色的日本战马，累倒了，累死了。

第二匹是缴获"胡子"的枣红马，剽悍、刚烈，在松花江边滚下崖壁摔死了。后来他也病倒了，发起高烧来。深山老林，大饼子咸菜疙瘩都啃光了，怎么能养伤呢？大家要送李司令回佳木斯，他说啥也不干，弄副担架抬着，继续追击"胡子。"

因为李司令深深地知道，"胡子"的处境也绝不会比自己好。现在是拼决心、拼意志的时候，就看谁能坚持到底。只有在"胡子"疲惫不堪的时候，才能追上它。而要使对手疲惫不堪，自己也要疲惫不堪，甚至比对手更疲惫不堪才行。

最开始是坚持"首恶必办，胁从不问"，一些"胡子"头就抓住"胁从不问"大做文章：共产党要抓要办的人是我，我都不怕，你们怕什么？有些人本来就当惯了"胡子"，专吃这碗饭，结果是抓了放，放了抓，怎么抓也不见少。后来就变得严厉了一些，例如大青山的杨老虎就是被枪毙后，割下了脑袋在林口和佳木斯"悬首示众"。这虽然是古老而野蛮的办法，却收到了很大的文明效果，许多"胡子"缴枪投降，使得合江地区的治安和政权的稳固得到了大大的改善。

第二十五章　伏击战

　　天气阴沉，满天都是厚厚的、低低的云，西面的群山消失在雾气里，南面的群山也模糊了，东面美丽如画的大平原、沼泽地也好像骤然变得丑陋起来。

　　在这灰蒙蒙的日子里，似乎酝酿着更大的风暴。在老母猪山的北坡，此时，有几十个人躲在一片浓密的老林子里，这些人就是在大青山上溃败下来的杨老虎手下的残匪，其中领头的就是杨老虎的参谋长于杰"于老三"和那个色眯眯的大个子刘玉山，外号"二迷糊"。

　　这些日子，这几十个土匪是吃尽了苦头，东躲西藏，不敢露面。当天，循迹而至的民主联军的几个主力团攻打大青山，把个土匪们吓得屁滚尿流。他们做梦也没有想到，刚刚几个月的时间过去，共产党民主联军部队的武器装备有了天和地一样的巨大变化，不仅冲锋枪、轻重机枪多了很多，而且，还有好多的山炮、野炮，像天上的惊雷一样，打得大青山的土匪躲无处躲，藏无处藏，根本就没有还手的余地。

　　这个于老三和"二迷糊"刘玉山原来都是一个屯子的，住在鸡西东面的鸡冠山的山沟里，也都是穷人，因为好吃懒做，日子过得不好，在1933年这两个人色胆包天，趁着黑夜把鸡冠山一户大地主家的姑娘给轮奸了，完事儿还把人给杀了，没有办法，跑到了桦川地界，投奔了当时正在招兵买马的杨明贵保长，也就是杨老虎。从此开始了这两个人先正后邪最后毁灭的人生道路。

　　于老三到了杨老虎的队伍里，因为机智、有头脑、枪法好，还心狠手辣，所以很快受到杨老虎的器重，当了参谋长。二迷糊也不含糊，有股猛劲儿，做了杨老虎手下的团长，领着一百多个人。

　　在民主联军攻打大青山的时候，一开始于老三就感觉到支持不住，他让杨老虎先跑，自己掩护，利用这个机会，于老三趴在一块大青石的后面，负隅顽抗着。民主联军的火力很猛，压得于老三抬不起头来，于老三边撤边打，还是被火力压在了一个陡坡下面，于老三也看到杨老虎腿部中枪，被民主联军俘虏，自己那个带上山的老婆，在炮火中也香消玉殒，被炸死了。这于老三再也没有顽抗，三十六计走为上计，狡猾的他拉着二迷糊就跑，顺着北坡的陡崖连滚带爬地跑了出来，后面跟着三十多个土匪，就这样误打误撞地跑出了民主联军的包围圈，等到他们跑下来大青山，还隐约听见山上的枪炮声，这个于老三，很狡猾，他感觉应该向佳木斯的方向跑，越危险的地方越安全嘛，于是，于老三和二迷糊带着三十个匪徒往东北方向一顿猛跑，直奔老母猪山。

一路上，这帮家伙倒是一改习性，很消停地跑路，不敢暴露行踪，就这样偷偷摸摸地昼伏夜出，走了好几天才到老母猪山，因为杨老虎时刻想着进占佳木斯，当他的三江省长，所以杨老虎早就特意在老母猪山上修了一个非常隐蔽的落脚点，于老三那一伙儿土匪跟头把式地在一个中午，来到了这个落脚点。

这是一个密林里的地窖子。在外面很难看到这里还有个宽阔的空间所在。如果不走进来，在外面谁也想不到这个地窖子里面很大，能装四五十个人平躺着。顶上都是粗大的红松棚杆，里面平地都用树叶子和小叶樟铺着，入口在一棵大树底下，地窖子还有几个一尺见方的通风口，带着木头盖子，经常在山里转悠的土匪们，也了解和熟悉山林，准备的落脚点也实用和方便。

这些残兵败将都是筋疲力尽了，进了地窖子都不由自主地躺在地上，一个个睡得跟死猪似的，于老三注视着在这个大地窖子里横躺竖卧的几十个人，自己怎么也睡不着，对于杨老虎的被抓，他心里挺不是滋味。因为遇到了杨老虎，才彻底改变了于老三的人生，跟着杨老虎，他于杰是吃香的喝辣的，一人之下，一帮人之上。他有点感激杨老虎，没有杨老虎的收留和庇护，他于杰早就被鸡西的警察署派人给抓回去正法了。于老三和杨老虎最开始一起是三江平原上扬名立万的抗日英雄，后来一起做伪"满洲国"货真价实的汉奸，现在一起沦为人人喊打的土匪，在这如同变色龙一样的人生里，于老三无论得意时还是失意时，是什么道理都明白。于老三是个苦出身，从内心深处也不想和国家、民族唱反调，也知道漂洋过海到中国的土地上搞侵略的日本鬼子肯定待不长，他也试图劝杨老虎，但每次都欲言又止，他清楚杨老虎的心思，在杨老虎的心里，没有正义和邪恶，只有利益和享乐。他更知道杨老虎在日本鬼子投降以后有些后悔，后悔1938年投降了日本人，后悔当时杀了共产党派到自己队伍里的干部，因为他注意到了杨老虎好几天没睡觉，就是喝闷酒，还唉声叹气的，可现在这个时候后悔还有什么用处呢？尽管杨老虎没说什么，但心思缜密的于老三还是看出个八九不离十。

于老三也清楚地了解自己，当年做抗日联军的艰苦卓绝和生死一线，后来当汉奸的花天酒地和纸醉金迷，现在做土匪的海吃海喝和抢男霸女，对比很明显，自己也不是随波逐流地到了这步田地，这也是自己选择的道路。他想到这里，自己也苦笑了几声，自己和杨老虎就是一样的臭味相投，是投机者，是十足的赌徒。但杨老虎和他以及他们这一伙人这次是彻底地赌输了，好像再也没有翻盘的机会了，杨老虎这次被活捉，恐怕等待杨老虎的只能是死，杨老虎不死，天理难容。而自己呢？出路有吗？活路有吗？于老三凶狠的眼睛里泛着红血丝，他知道自己也罪大恶极，是首恶，也是匪首，落到了共产党手里，也没有啥活路，自己只好继续做一个坚定的赌徒，接着拿自己的命去完成人生这个赌局。于老三看着眼前这几十个人，也是他手里仅有的资本和底牌了，只有靠这些人马了。于老三现在这个时候脑袋里在幻想着东山再起，再拉山头。

于老三在满脑子幻想中也稀里糊涂眯了一会儿，睁开了惺忪的双眼，他就把躺在身边的二迷糊捅咕起来，二迷糊还没怎么睡好，揉着眼睛说："三哥，咱哥们儿以后可咋整啊，司令大哥被抓起来了。"

"三哥，要不咱去佳木斯救大哥？"二迷糊眼睛立了起来。

"救大哥？怎么救？你脑瓜子没进水吧？"于老三指着二迷糊，忍不住笑出声来。

他对二迷糊说："你要是想死得快点儿，你换个别的死法儿吧，还去佳木斯救人呢，你怎么寻思的呢？"

"那三哥，那咱们以后怎么办啊？这共产党也太尿性了，咱这些玩意儿根本也不是对手啊。"二迷糊赖赖唧唧地没有了主意。

"你等我好好地琢磨一下，你别他妈尿叽尿叽的！"于老三骂道，他需要思考，好好琢磨一下。

于老三对二迷糊说："你带几个人去附近看看，踅摸点儿吃的喝的，大个子，你给我听好了，不能暴露自己，不到万不得已不能开枪，如果被共产党发现了，就和他们玩儿命！千万不许像个傻狍子一样往现在这个地方跑！"

"嗯嗯，三哥就你放心吧，我办事你放心吧！"二迷糊答道。

"如果有哪个王八犊子不听我的，我他妈谁也不惯着！整死他！"于老三咬着牙发着狠，二迷糊吓得连连点头。

二迷糊其实不迷糊，他知道自己如果不跟着于老三，自己是没有出路的。所以他很听话，叫起来四个土匪，裤腰沿子别上几把短枪就出去找吃喝的了。于老三也马上把剩下了的睡着觉的土匪都叫醒了，在地窨子外面布上了四个按时轮流的暗哨，其他的土匪也都检查好各自的武器装备，在地窨子里坐着，不许抽烟，不许大声说话，等待着二迷糊几个人。

到了快黑天了，二迷糊一伙儿才回来，都光着膀子，用自己的衣服兜着几包东西，打开一看，有八分熟的李子和沙果，还有几十个苞米面大饼子，众匪徒看到吃的自然是很高兴。

二迷糊笑着对于老三说："三哥，这苞米面大饼子是我去山坡的地里偷的，呵呵，那户人家好多人在铲地呢，吃喝都放在了地头，我爬过去就给包圆了。"

于老三警觉地问道："你小子怎么能不加小心呢？你偷人家铲地的干粮，还拿那么多，不就怀疑是山上下来的了吗？那没让那些人看到吧？"

"保证没有看到，三哥！这荒山野岭的，没事儿，那帮傻狍子忙着干活儿呢。"二迷糊乐颠儿颠儿地说。

"那好吧，你给大家伙儿分一下，吃吧，别忘记给放哨的兄弟送点儿去。"于老三吩咐道，他无奈地看着眼前这些饿得够呛的弟兄们，不这样又能怎么样呢。

"好嘞！"二迷糊答应着，跑跑颠颠地忙活着。

这些匪徒别看平时很难约束，但现在这个严峻的形势，这帮土匪也知道只有依靠于老三这个狡猾得像狐狸的家伙，才能有一线生机和活路啊，所以都很听话，也很守规矩，吃饭、站岗都按部就班地进行着。

于老三也吃了个苞米面大饼子，自己靠在一个角落里，倚靠着一根柱脚，一撇小胡子好几天没洗，显得乱七八糟的，没有个样子。

于老三心里在计划着、盘算着。

"二迷糊，过来！"于老三招呼着。

"嗯哪，三哥，怎么的？"二迷糊走过来，坐在了于老三的旁边，靠着地窨子的土墙。

"二迷糊，我记得杨老虎大哥有个妹夫，是个大财主，在北边洪家围子啊？那年咱俩陪着大哥来过一回吧？"于老三小眼睛翻翻着问。

"嗯哪，我还记得呢，洪家围子屯子挺大的，好几百户人家呢，在北坡下面眯眼儿屯的后面，离佳木斯不到二十里地。"二迷糊的大个子站在于老三旁边显得特别扎眼。

于老三点点头，看了一眼排气口，他很清楚地想起了自己和二迷糊护卫着杨老虎到洪家围子去的情景，洪家围子挺富裕，要粮食有粮食，要钱有钱，这是于老三亲眼看到的。那次去了占尽了威风，在洪家围子给洪德福壮了大脸了，自己嘛，也玩了个小娘们儿，挺惬意呢。

想到这里，于老三对着大个子说："兄弟，你看我们干一下洪家围子行不？老这样猫着也不是个办法啊，咱这些兄弟们马上就快要混不下去了啊。"

二迷糊这个色鬼，现在听于老三一说，不由得又想起来洪德福家那几个如花似玉的女人来，不由得舔了舔自己的嘴唇。他此时哪能不愿意呢，急忙对于老三说："三哥，高啊，我看太行了，洪家围子有钱有粮有硬头货，还有大姑娘、小媳妇儿，不干一票太他妈憋屈了！"

"你胡扯啥？别扯王八犊子，我说去干洪家围子，主要是我们没有钱，没有吃的，还不敢出去活动，再不干都他妈玩儿完！"于老三不耐烦地骂着大个子二迷糊。

"是啊，三哥，我就是开玩笑，这些兄弟们都听你的，你说啥我们都没二话！"二迷糊脸色一紧，一本正经地说道。其实他也知道现在到了生死攸关的时候，必须听于老三的安排，才有可能找到一线生机。

"二兄弟，你赶紧把咱们的武器弹药清点一下，然后都整地道的，活儿好咱也得家什妙啊。"于老三对二迷糊一挥手。

二迷糊答应着，转身和一个小兄弟一起开始满地窨子清点着武器弹药。

不一会儿，这二迷糊就把武器弹药的情况和几个轻伤号的情况摸清楚了。

一共是三十一个人，武器三十二件，五支短枪，长枪二十七支，最让这些土匪咋舌的是一个车轴般的矮胖子土匪，竟然让这些土匪们都大吃一惊，跑了这么远的山路还没扔了于老三让自己扛着的一挺轻机枪，这让土匪们轻微地惊呼了一阵。他们现在有各类子弹七百多发，还有四十多枚手雷和手榴弹。

听到这结果，这个于老三和二迷糊顿时感觉自己高大了起来，腰杆子硬实了好多，一种唯我独尊的成就感在这两个匪首的心里升腾着。

于老三走到那个扛着机枪的土匪面前，竖起来大拇指，说："好兄弟，你真是让三哥我佩服啊，真是条汉子，以后立了山头，你就是三当家的！"

那个土匪呵呵地傻笑着，乐得直淌哈喇子。

于老三手往腰里一叉，手一挥，走到了地窨子中间，地窨子在外面看不出来，里面举架不矮，于老三气焰嚣张地对着面前的众匪徒说："各位三老四少，各位我于老三的弟兄们，你们都瞅着了，咱们在大青山打这一仗，死伤惨重，杨司令也被共产党抓了，可咱们这些人没死，说明咱哥们儿是福大命大造化大，我看杨大哥这次是够呛了，指定是完了，咱这些人和枪，想救大哥那是做梦娶媳妇儿——扯淡的事。"

于老三挑了挑自己那小细眉毛，又说："那咱们也得要个活路啊，在这里猫着？没有吃喝，喝西北风啊。下山投降政府？就咱们干的事，没有一件不够枪毙的。我看活路只有一条，接着干老本行！"

"如果你们这些兄弟们信任我，我就领着大家伙儿重打锣鼓另开张，再拉起大旗、立山头！"于老三环顾了一下地窨子里这几十张灰呛呛的脸，大声说。

众匪徒还没有在大青山的梦魇里醒过来，迷迷瞪瞪呢，一时间竟然没有人回答。

"你们这些瘪犊子，三哥可没少罩着咱哥们儿，你们愿意跟着三哥干不？倒是放个屁、给个动静啊！"二迷糊气得大嗓门子骂骂咧咧地喊叫起来。

"愿意！"一个声音响起来。

"跟着三哥干！"一群声音响起来。

"愿意，三哥你就放心吧！"地窨子里除了于老三，所有人的声音响起来，这让于老三仿佛看到了杨老虎过去的威风八面。

这些抱头鼠窜的几十个匪徒心里比任何时候都清楚地知道，于老三的脑袋瓜子好使，在杨老虎的队伍里无人可以相提并论，挺大个子的二迷糊的胆气和冲劲儿，连杨老虎都竖大拇指夸赞，这些都是他们这些残兵败将在这个危难之际的救命稻草，只有抓牢了、抓住了，才有苟延残喘活下来的希望，所以一个个都"立场坚定"地表示愿意跟着于老三和二迷糊沿着当"胡子"的道路走下去，也许会走到他们被共产党、民主联军消灭的那一天。

于老三手叉在腰间，十分得意地看着眼前的这些喽啰们，他甚至幻想着有一天自己当家的"绺子"风光万千、千军万马的繁华和热闹情景了。

然而，快乐的时光总是很短暂的。兴奋的心情总是稍纵即逝，冷静下来以后，这些"胡子"又在为着自己在光明的梦想后面惨淡的前途担忧起来，于老三头脑里想着怎么攻打洪家围子，二迷糊想着自己吃过的美味佳肴和曾经温存过的女人们，小兄弟们都在想着各自的心事，除了四个暗哨在位置上瞪大着恶毒的眼睛，夏日的风好像把夜晚也吹得酣睡了。

8月末的一个明朗的晴天，天空是清水一般澄清。风把地面刮干了。风把田野刮成了斑斓的颜色。风把高粱穗子刮黄了。荞麦的红梗上，开着小小的漂白的花朵，像一层小雪，像一片白霜，落在深红色的秆子上。苞米棒子的红缨都干巴了，只有这里，那里，一疙瘩一疙瘩没有成熟的缨子，还是通红的。稠密的大豆的叶子，老远看去，一片焦黄。洪家围子的屯子里，家家户户的窗户跟前、房檐底下，挂着一串一串的红辣椒、一嘟噜一嘟噜的山丁子、一挂一挂的洋菇娘、一穗一穗煮熟了留到冬天吃的嫩苞米秆子。人们的房檐下，也跟大原野里一样，十分漂亮。

这一天，赵林牵着黑辕马，张冒烟儿牵着白马，正在屯子南头路边的河沟里饮马，两个人有说有笑地唠着屯子里工作的事儿。这个时候，赵老蔫儿倒腾着小短腿儿，迎面跑来，气喘吁吁对他们说：

"你俩快点儿去农会大院吧！"

"怎么了？出啥事了？"

"卢忠队长回来了，让你俩马上到农会去开会，好像有很要紧的事，还带来了好多的兵呢，对了，还有两门小钢炮儿呢！"赵老蔫儿说完，又倒腾着匆匆走了，去叫别的村干部去了。

赵林和张冒烟儿一听到这话，就连忙翻身骑上手里牵着的马，一溜烟儿地跑到了农会大院。

一进大院，就看到院子里有好几十个民主联军的战士，在收拾和检查武器装备，院子靠北墙放着两门日式迫击炮，还有几个木头箱子，好像装的是炮弹，摞在屋檐下，人群里还有几挺轻重机枪。两个人看了直晃眼睛，没顾得上细看，马上就奔里屋去了。

卢忠正坐在那里擦拭着自己的那把佩戴了多年的镜面驳壳枪，抬头看见赵林和张冒烟儿走进来，就赶紧招呼他们俩，笑着说："来吧，进来坐！好久不见了，怎么样？"

"卢书记，你怎么来了？什么时候到的？"赵林、张冒烟儿和卢忠打着招呼，此时的卢忠已经被提拔为中共桦川县委副书记，负责全县的土地改革、清算反奸和剿匪工作。

卢忠也坐下来，说："我也是刚刚才来到咱屯子，刚刚进屋不大会儿，因为有十万火急的事情了。"

赵林和张冒烟儿还没来得及细问，洪家围子农会在家的干部都陆陆续续地来了，老高二嫂、武连山，还有李黑孩等人也都到了。李黑孩一身打着补丁的旧军装，肩膀上倒挂着一杆冲锋枪，从里到外都显得格外的精神。

"同志们，大家知道咱屯子被我们政府镇压的恶霸地主洪德福有个当土匪头子的大舅哥吧，就是咱合江地区的土匪头子杨老虎，他已经被人民政府镇压了，但大青山的土匪并没有全部消灭，有三十多人漏网。据侦查员报告，这些残匪跑到了老母猪山上的原始森林里猫了起来，这早早晚晚是个祸害啊。"卢忠开始说起来，大家的眼睛都看着卢忠，没有一点儿动静。

"现在据我们掌握的情况，隐藏在老母猪山的那些残匪最近要有大动静，就在前几天，县里接到眯眼儿屯的乡亲们报告，他们在大地里干活儿的时候，丢了好多吃的东西，估计是土匪断粮了，很可能要下山抢粮或者去佳木斯捣乱，那么，我们洪家围子是土匪们去佳木斯的唯一道路，也是佳木斯周边最大也最富裕的屯子，杨老虎曾经来过洪家围子，并且在这个屯子住过，很有可能这伙儿穷凶极恶的土匪会来袭击我们屯子，所以我们要从现在开始马上进入战斗准备！"

赵林和张冒烟儿腾地站了起来，愤愤地说："这帮王八犊子，还想成大气候呢？如果敢来咱就让他有来无回！"

"嗯，县委已经有了计划，要把这股残匪歼灭在洪家围子和眯眼儿屯一带，绝对不能让土匪进入佳木斯捣乱！"卢忠点头说道。

"光有决心还不够，我们要做好充分的准备。下面我来安排一下，我带来了一个加强排，还有两门迫击炮，一会儿呢，咱们吴占河同志会带着长发区小队赶过来，黑孩子，咱们洪家围子的基干队现在有多少人，多少武器？"卢忠在认真地算计着。

"报告，卢书记，我们洪家围子基干队共有民兵三十七人，人手一支枪，其中还有四支是冲锋枪！"李黑孩站起来，立正答道。卢忠很满意，笑着比画让李黑孩坐下。

"好，这样，我们就形成优势兵力了，下面，我安排一下警戒和哨位！"

卢忠安排了哨位，然后告诉随行前来的县里的警卫排长给村干部们都发放了武器并教着练习起来。

卢忠领着几个干部在农会的桌子上用一张草纸画了一个大概的图，把屯子东南西北都标注出来，让同志们一看就明白；还安排树林、山坡的战斗位置，北门的铃铛麦河小桥也安排了一个班和一挺机枪。

"郭文声同志，赵主任，你们负责告诉屯子里的乡亲们这几天别再上佳木斯赶集，也别去地里薅大草了，提高警惕，注意安全。"卢忠对郭文声和赵林严肃地叮嘱道。

"嗯嗯，马上就安排人通知！"赵林和郭文声赶紧马不停蹄地去安排了。

这个时候，外面一阵喧哗，是吴占河带着区小队的几十个战士们赶到了。区小队的同志们手里也大多是连发枪，后面紧跟着我们老高二嫂的女儿高玲。吴占河这个年轻的老抗联战士，在土地改革和地方建政的工作里逐渐成长和成熟起来，也因此而消瘦了许多，但显得更加精干利落了。他进屋先向卢忠敬礼，报告了人员情况和武器装备的配备，然后和在场的同志们一一握手问候，然后坐在炕沿拉起话来。

卢忠看看高玲，看看吴占河，确实挺般配，不由得嘴角掠过一抹笑意。吴占河正在和乡亲们唠嗑儿，没注意，可是高玲却看见了，她马上就不好意思起来，一转身就跑出了屋子，两个小短辫子左右晃荡着。

听说卢忠队长和吴占河都回来了，洪家围子屯子里老老少少的人们都三三两两到农会来了。这些曾经和工作队朝夕相处的贫雇中农还是无法忘记使他们彻底告别了水深火热的受压迫受剥削苦难生活的共产党工作队。

自然是一番嘘寒问暖，卢忠含着笑意，很热情地接待着。

黑老李刚刚在警卫排长那里领到了一杆长枪，练了好半天，很是兴奋，他大步流星地走进屋来，在炕沿边坐下，把枪抱在怀里。

"黑老李，如果土匪真来了，你害怕不？"卢忠开玩笑似的问黑老李。

"那怕啥啊！咱手里的大枪也不是烧火棍，土匪要是真来啊，咱早就给他们预备好了——一人一粒花生米。"黑老李拍拍手里的枪回答道。

"就一个菜啊？人家大老远来的，也太抠搜了吧？"旁边一个贫雇农插话道。

"除了花生米，咱还有炮弹当肘子肉、手榴弹当烤鸡，我看三菜也够交情了。"黑老李的幽默，引得大家都乐了。

"兵来将挡，水来土囤，咱手里有枪，有手榴弹，有小炮，实在不行还有扎枪头子。"黑老李站起来在地上踱着步子，一副运筹帷幄的样子，惹得众人一阵哄笑。

"听说胡子挺邪乎啊，一个个像活阎王一样，杀人不眨眼啊。"赵老鸹儿手里拎着一个扎枪，一进屋就听见大家的说笑，不由得也掺和进来。

"哎呀，我算看明白了，叫唤越欢，越完犊子，当年日本鬼子来的时候，不也叫唤着灭了咱中国吗？国民党、中央军叫唤得比谁都欢，现在怎么样？狗屁不是！土匪更不用提了，都是他妈的挑软乎柿子捏鼓，一到真章就趴窝了，怕个屁啊！"黑老李说着，激动起来，脸和脖子都红了。

"对，对，你带领屯子里基干队的二十个民兵，战斗位置就在屯子里。再给你们一挺轻机枪，如果土匪进了屯子，就利用墙角和房屋打击敌人。"卢忠对黑老李说道。他很赞成黑老李的话，也对这个贫雇农的觉悟感到高兴。

"卢队长，你这不是糊弄我呢吗？有你们在屯子外一打，土匪都让你们给收拾完了，还能进屯子？我估计俺们得啥也捞不着。"黑老李红涨着脸。

"黑老李，你可千千万万别大意啊，我们不光是要消灭来的土匪，而且还要坚决地保护好群众，还要密切监视村里的地主分子的动向，防止他们里勾外连，明白吗？"卢忠拍着黑老李的肩膀，语重心长地告诫道。

"嗯嗯，我知道，卢队长你在哪个位置呢？"黑老李问，"你还是在村里指挥吧。"黑老李还是习惯叫卢队长，而不是卢书记。

卢忠笑着说："我在南边指挥，因为关键部位还是屯子南门，十有八九，土匪要从南边打过来。"

卢忠又把黑老李和李黑孩叫到一边。他放低声音，十分严肃地说："黑老李，黑孩子，这几天，你们俩一定加点小心，留心是不是有地主阶级的残余势力，在这个特殊的当口，乘机出来活动。死死盯住那几个大地主和他们的家属，如果他们乘机作乱，就抓起来，无论男人还是妇女，要是敢勾结土匪，那就收拾他们，开枪打死他们不用偿命。"

"嗯嗯。"黑老李和李黑孩神色凝重地点点头。

黑老李、李黑孩和武连山以及其他农会大院里的人们都忙不迭地去布置了。卢忠自己拿起了桌子上的本子和钢笔，一挥手就迈出农会的大门，大踏步地往西门走去。沿着西门向南再向东，再向北，再向西，整个围着洪家围子转了一大圈，他的背后是郭文声、赵林和县里来的挎着双枪的警卫排长。这一圈下来，果然和卢忠在农会大院里画的草图一模一样，这让熟悉攻防和伏击战术的卢忠更胸有成竹了。

卢忠先是把岗哨加为七个点，一律变双岗，明哨改为暗哨，再把正南方向的三个哨位向南前移二里地，并且设立了平时不用的口令。赵林在一旁看着卢忠运筹帷幄、指挥若定的样子，心里很钦佩，他想：我们共产党人就是因为有了千千万万个像卢书记一样的能人，才有了今天的天下啊。

这工夫，也不知道是谁拿来了一面红旗，插在农会的大门楼子上，给这个新生的村级政权带来了不少的威仪和庄严。旗子下面，几个小孩子在跑动着、玩耍着。柔软通红的绸子旗子，飘动着，在东风里啪啪地拍动出声响。

到了第四天，一个云遮月的夜晚，终于等来了于老三那一伙儿大青山上溃败下来的土匪。

晚上快半夜的时候，前出的暗哨向卢忠回报，说突然听到南边眯眼儿屯里有动静，卢忠马上意识到这可能就是那伙儿残匪，这是直奔洪家围子方向来了，就马上派几个战士分头通知此刻在洪家围子的军民们赶快按原来的计划和位置迅速到位。

天气已经到秋半劲儿了，庄稼都是一人多高了。卢忠和吴占河各自带领几十个人出了屯子南门，挎着道路两侧的庄稼地里向南跑去。到了洪家围子和眯眼儿屯的中间地带，就是那儿已经准备好的阵地。这是一片东西走向密密实实的杨树林，队伍呼啦一下扩散开来，把手榴弹都摆在了面前的土坎上，赵林和张冒烟儿在卢忠的不远处，手里拿着长枪。卢忠告诉他们注意隐蔽，注意安全，这些人就一起趴在树林里，望着南面偶尔传来几声狗叫的眯眼儿屯。吴占河带着一组战士围成了一个半圆形的防御队形，也严阵以待了。杨树林子的周围也都是高粱和苞米棵子，人走进去，露不出头来。

天也黑，庄稼也高，有些从没参加过战斗的村干部和基干队民兵，吓得老老实实趴在杨树林里。卢忠笑着招呼他们道："别怕，别怕，咱这是有利地形，注意隐蔽好。"这也让同样紧张的赵林和张冒烟儿轻松了许多。

一阵脚步声和碰到庄稼叶子的声音由远及近，果然是老母猪山的那些土匪来了，一贯狡猾的于老三特意让土匪们一字排开，成松散的横队前进，他们在眯眼儿屯抢了几头牛和几袋苞米粒子，牵着牛、驮着袋子奔这些土匪心目中的最有钱的地方——洪家围子就过来了。

等走到了一片树林的附近，突然"啪"的一枪，从杨树林里，打了出来，子弹声音嘶嘶的，低而且沉，接着就是一大片炒豆似的枪声。

"他妈的，坏菜了！这里有埋伏，赶快给我散开来！"于老三叫道，"卧倒！"他光顾让别人家卧倒，自己却没来得及，一颗子弹从他右耳朵上擦过去，擦破一块皮。这小子赶紧就趴下了，喊叫着："弟兄们，给我打，给我玩儿命干！端了洪家围子，我给兄弟们一人发一个女人，一个人发一百现大洋！"

众匪徒气急败坏，嗷嗷地叫着，向树林里疯狂地射击着。

子弹把庄稼的秸秆打得啪啪作响，有的折了，飞散着。

"三哥，你怎么样？你挂花了，要紧吗？"二迷糊喊着。

"我没事儿，兄弟，你赶紧给我往树林里多扔手雷！"于老三恼羞成怒地喊叫着。

"嗯哪，弟兄们，都他妈地千万别藏奸啊，玩儿命吧，给我扔手雷！"

二迷糊随手就扔出了一个威力巨大的日制手雷，这二迷糊个子大，力气也大，正好把手雷扔在趴着瞄准射击的赵林和张冒烟儿的附近，只听"轰隆"一声，赵林和张冒烟儿立刻就倒在了血泊里。卢忠愤怒地挥手一枪，正打在了二迷糊的前额，二迷糊连哼哼都没有来得及哼哼，就一下子四仰八叉地倒在地上，一命呜呼了。

"老赵！老张！怎么样了？伤在哪里了？要紧不要紧？"卢忠和小丁猫着腰跑上来问赵林和张冒烟儿。

两个人都没有回应，看起来伤得不轻啊，卢忠马上喊道："卫生员！快给他们包扎！"他抓过地上赵林的长枪和小丁一起迎着枪弹向匪徒们冲过去。

"小丁，你去告诉吴队长，从侧面迂回包抄过去，把这些土匪包围起来，一个都不能跑了！"卢忠甩手一枪撂倒了一个土匪，转头对小丁说。

"是！"小丁机灵地如兔子一样闪展腾挪着，通知吴占河去了。

卢忠对着正拿着冲锋枪扫射的警卫排长说："刘排长，给我架迫击炮轰他们！"

"是！架炮！"警卫排长一挥手，两门迫击炮就架了起来。

"轰！""轰！""轰！"迫击炮弹在夜空里划出奇怪的声响飞向土匪隐身的庄稼地。

庄稼地里血肉横飞，土匪们被迫击炮炸得鬼哭狼嚎。

"狗日的，你们这帮胡子，我干死你们！"李黑孩看到他旁边一个年轻的战士胳膊挂了彩，心里对土匪的仇恨更加强烈了，他把手里的长枪一端，跑出树林，到了离土匪更近的地方。正在这时，土匪一颗子弹把他军帽给打飞了。他光着脑瓜子，卧倒在地上，把枪搁在一个高一点的垄台子上，眯着左眼，一枪打中一个跑在前头的胡子的脑瓜子。再一枪，又整倒一个。打第三枪的时候，冲到跟前的几个胡子慌慌张张回头跑了，后面一大群胡子开始动摇观望，终于也都往南缩回去了。

过了不大会儿，土匪趁着这边没动静，又喊叫着凶猛地往前冲，有些还直着腰杆，眼瞅扑上土岗了，李黑孩一枪一个打着，土匪横躺竖卧又倒下了好几个。

就在这工夫，在前面的偏西南角，在土匪藏身处的左翼，响起了一阵急促的枪声。土匪们顿时乱套了。他们的长短枪，齐向枪声发生的方向，啪啪射击。土匪怕自己的归路被切断，又怕拖久了佳木斯民主联军的援兵过来，就集中火力对付那些包抄过去的人，只用稀不楞登的几杆枪，对着北面卢忠这面射击着。这说明吴占河带的那些人迂回包抄成功了。

洪家围子的民兵和来自部队的战士们，大伙儿有着同样的心思、同样的目的、同样的愿望，那就是全部干净利落地消灭这一伙胡子们。这个同样的心意、目的和愿望，使得洪家围子的军民们连死也不怕了。卢忠大声喊着："给我猛打猛轰，把炮弹都砸过去！不投降就是死路一条！"

怒火中烧的战士们手里的枪支也在黑夜喷出明亮的火舌，向着土匪射出雨点一样的子弹。

于老三在一顿迫击炮的轰炸后也没有了动静。

"别打了，我们投降！""投降！"土匪投降了。

吴占河的手里是一支冲锋枪，枪在他手里一阵阵响起。他听见投降的话，大喝道："缴枪不杀！都把枪举过头顶，一个跟着一个，到大路上集合！"

土匪战战兢兢地举着枪，都走到了南北的大道上。

而我们的战士却一个也没有露面。

"把枪扔掉！武器弹药都扔地下！"卢忠大声喊道。

没被打死、炸死的十几个土匪乖乖地照做。

"吴占河！你带人打扫战场，注意不能漏网一个！"

吴占河也在那边喊道："放心吧，一个也跑不了！"

"伤在哪儿？"卢忠飞一样地赶紧跑过来，蹲在血泊中的赵林和张冒烟儿面前。张冒烟儿伤得很重,血肉模糊,眼睛紧闭着,只有微弱的呼吸。赵林还睁着眼睛,但很呆滞,说不出来话,也动不了,卢忠用手扶起张冒烟儿还在流血的脑袋,大声地喊叫着,卫生员也在给他们俩包扎着。卢忠看到这个情景,心里很难过,后悔不应该让这两个人来屯子南面的伏击位置。他懊恼地拍着自己的大腿,对警卫排刘排长说:"赶紧回去一个人,去屯子里让黑老李套车,送伤员去佳木斯!快!""吴占河!清理干净,不能给我放跑一个!"卢忠又对吴占河喊道。

洪家围子勇敢的军民的枪声停下了。土匪一个挨着一个,双手把枪举在头顶上,齐刷刷地跪在大道上,吓得一个劲儿浑身瑟瑟发抖。此刻,月亮也好像心情好了起来,不再藏在云彩里,露出了快乐的色彩。

土匪都缴了枪,都用麻绳子五花大绑给绑起来了。这一股残匪全部歼灭了,他们从老母猪山下来是三十一个,活捉十三个,其余全都打死炸死了。指挥这次下山干洪家围子的行动的于老三被迫击炮炸死了,大个子二迷糊被卢忠击毙了。

赵老鸢儿急急地赶着大车回来了,卢忠安排警卫排长和卫生员带着几个战士送两个伤员去佳木斯,叮嘱一定要全力抢救赵林和张冒烟儿两位同志,告诉吴占河找地方关押俘虏,用电话向县委作了汇报,并请县委帮助抢救两个重伤员。

听到枪炮声已经停了的洪家围子的人们,从四面八方冲出来,把这些痛击土匪的勇敢战士们团团围住了,有的拉住吴占河,有的去拖着卢忠,有的拉着别的战士们,大家一起亲亲热热地往洪家围子里走。

县区的队伍和洪家围子基干队,留下一些人继续做潜伏的暗哨,就和其余的老百姓往回走了。月亮地里,弥漫着火药的味道,战士的刺刀在月亮的照射下在高粱地和苞米地里闪着光亮。大伙儿唠着嗑,谈起了新缴获的枪支弹药和打掉的土匪的数目。

第二天,急促的电话响起来了,传来了佳木斯城里省立医院那里的坏消息,赵林和张冒烟儿都因为伤势过重而没能抢救过来,光荣牺牲了。

武连山和赵老鸢儿默默地赶着大车,把这两位烈士用棺材拉回了洪家围子。洪家围子的男男女女、老老少少都迎了出来,李黑孩领着民兵队往天上放了一排枪,大家合力把两位烈士安葬了。

在会龙山的南坡,出现了两个高大的黑色大理石墓碑,分别是:革命烈士赵林之墓,革命烈士张树林之墓。

第二十六章　跑腿子与地主婆

几天以后，卢忠正在洪家围子农会大院的屋子里头和几个老头儿了解洪家围子的由来和风土人情，再安排一下两个革命烈士家属的优抚问题，安排屯子里出人掩埋土匪的尸首，让孟大眼镜儿查查土地台账，看看伏击土匪的战斗，毁掉的是谁家的庄稼，要照价给赔偿。

警卫员小丁跑进来说："卢书记，咱洪家围子去支前的担架队回来了。"

"啊，在哪里呢？我们得去迎一下！"卢忠站起来往外走。

正说着，院子里一个粗粗的声音喊道："卢队长在屋吗？"

这是王铁匠的声音，屋里的卢忠才回答说："我在屋啊。"高大粗壮的王铁匠已经进来了。只见他的左肩的衣服兜上还挂着一个美式步兵手雷，腰里别着一把勃朗宁手枪，走在王铁匠后面的是那个兽医中农李宝英。

卢忠起身迎接着他们，这两个人像模像样地敬了一个标准的军礼，卢忠紧紧地握着他们的手，瞅着他们两人的脸面和脖子都是漆黑漆黑的。两人都穿着美式军装，挂着个军用水壶，一看去，威风凛凛，这哪里还像农村人和庄稼人啊。卢忠把他们招呼到屋里，请他们上炕坐着，告诉战士给这两个人倒了两碗热水，笑着对两个人说道："坐下吧，你们辛苦了，都好吗？"

李宝英原来的小白脸是彻底没有了，一笑露出白牙，他兴奋地说道："辛苦啥，你们在家又'土改'又生产的，也估计累够呛。"

小丁平时就和王铁匠处得好，这个时候，不知道在哪儿找到一个长烟袋，装上黄烟，到灶坑里对着火，进来递给王铁匠。王铁匠说道："不用，不用，咱这儿有洋烟袋。"说着，他从军装右边上衣兜里取出一个短短的锅子很大的黑色洋烟袋，一面往烟袋锅子里装烟，一面说道："这是临回来的时候，独立一师的王师长，硬是送给我做纪念的，也是缴获的战利品。"

小丁靠过去，从王铁匠的腰里拽出了那把勃朗宁手枪，把玩起来，嘴里叨咕着："这枪真好，带劲儿！"

萧队长带着笑说道："我看你俩浑身上下都是战利品啊，怎么样？咱屯子去的人都回来了吧？"

王铁匠牛气哄哄地叼着洋烟袋问道："那还能有啥问题啊？咱们屯子三副担架，二十个人都回来了。"卢忠转脸看着李宝英，含笑问他道："怎么样？兽医李宝英同志？"

李宝英还没来得及回答，王铁匠就大声喊叫说：

"咱宝英这回可算给洪家围子长了老大的脸呢，这下可立下了一件大功哪，敌人还没有打退，炮火还没有停，他就冲上火线去抢运伤员，胆子真是够大的。还帮助咱民主联军的骑兵团给好多的战马看病呢。"

李宝英倒是有一些不好意思，有点儿脸红，他说："那算啥啊。咱们在前方打仗的民主联军的战士们，谁不都是这样勇敢和不怕牺牲呢？"

卢忠意味深长地看着眼前的中农李宝英，这人原来在洪家围子里是个胆子小又怕事的人，无论干啥都是先看看明白再说，从来是不说过头话的人，还特别爱占小便宜。这次从前线回来，这一看，确实大大地变了样子，人精神了许多，也感觉李宝英骨子里透出的踏实和坚定，尤其现在穿着一身美式军装更显示了不同往日的威武和强壮。

卢忠问道："看见国民党反动派的部队了吗？"

李宝英此刻笑盈盈着说："我们当然看见了，国民党反动派的兵都穿得板板正正的，可就是打仗完犊子，一点儿也不扛打啊。"

李宝英还在比画着连着笑着，他说："国民党兵手里的家伙什儿，那倒是真地道啊，可是在咱们英勇的民主联军的一顿猛冲猛打下，太完犊子了，一顿猛打，就他妈散花了。"

接着，这个李宝英滔滔不绝地唠起前方民主联军战士英勇战斗的故事，谈起轻伤不下火线的那些伤病员们，说起民主联军重伤员的坚强和有挺头，当然也说到了一些牺牲在自己抬的担架上的民主联军指战员，使得在场的所有人都被感动了。

卢忠对两个人说："你们参加担架队可是去对了，接受了解放战争硝烟的洗礼和正义战争的实际教育了。是不是？"

"嗯哪，咱扛着锄头的老庄稼人这回算是彻底地受了教育，心里已经有了主意了，有了定盘星了，有了主心骨了。"李宝英大声说着，两手也在挥动着。

王铁匠转过头，笑呵呵地对李宝英说："宝英啊，你就快点儿给卢队长和同志们讲一讲你自己一个人俘虏一个班国民党兵的事吧。"

"啊？啥？俘虏一个班？"卢忠和大家伙都感觉到很惊诧。

这时候，屯子里的好多人都来看王铁匠和李宝英来了。他们站在屋地和外屋地下，听李宝英说自己在南满的梅河口附近，一个漆黑的夜晚，伸手不见五指。当时民主联军已经全面发起总攻，敌人被打得四散奔逃，这个时候，李宝英自己从野战医院回前沿阵地，手里拎着担架，猫着腰正在小跑，跑到一个山谷里，看到十几个黑影子，像蛤蟆一样趴在地上，李宝英一想，这肯定是国民党兵，如果是我们民主联军早就进攻或者追击了，哪儿还能闲得没事儿猫在这里啊？这时候，李宝英自己不知道哪里来的勇气和智慧，一下子就卧倒在坡顶，把担架的杠子往前一举，大喊道："坡里的人你给我听着，我们是东北民主联军独立第一师，你们已经被包围了，放下武器，缴枪不杀！"趴着的一群黑影子一下子骚动起来，接着就一个一个都把枪扔到了一边，都蹲在那里，把两只手高高地举起来。原来是国民党军的一个建制班，一看兵败如山倒，就在一个老兵油子的带领下跑到这里猫起来了。因为他们猛听到李宝英一声大喊，都以为被包围了，都吓破了胆，马上就缴枪投降了。李宝英没有起来去捡枪，他机灵着呢，他命令敌人一个接一个站起来，离枪支远一点儿蹲着，自己还是没出来。国民党兵连头都不敢抬起来，哪知道李宝英就是一个人啊。李宝英更是机灵，他镇定地喊着："一班警戒，二班看守俘虏，三班待命！"自己还是趴在那里没有动弹。就这样李宝英坚持了一会儿，竟然等到了真正的民主联军独立一师不可思议地来了，才完整结束了这个中农李宝英活捉国民党一个班的传奇故事。

王铁匠比画着说："李宝英缴获了一个班的武器，清一色的美国冲锋枪，俺赖赖唧唧地央求王师长，冲锋枪让俺们背回来一支，王师长就是不干，这不，就给了俺这一支小手枪。"

大伙儿围拢来看那精致的小手枪，欢笑着，抚摸着瓦蓝的枪身和锃亮的枪把子。

李宝英笑着对大家说："别瞎捅咕，要是把这小手枪给整坏喽，估计得去外国修理呢。"

王铁匠对走进来的李黑孩说:"队长同志,我现在把这枪正式上交咱基干民兵队了。"又对屋里的人说:"你们可是都看见了啊,我把外国枪上交给黑孩子了!"

哈哈的笑声在农会的屋子里回荡着。

卢忠笑着说道:"你们俩现在回家看看,也歇一会儿吧。今天晚上咱屯子要开个欢迎大会,叫咱洪家围子屯子的人们都来听听你们在南满前线的精彩故事。"

王铁匠和李宝英一起出去几个月了,已经有了深厚的感情,两个人有说有笑地唠着嗑走出了洪家围子农会大院。分手以后,李宝英回到了自己的家里,他媳妇儿正在外屋地上烧火做饭,看见李宝英进了屋,急忙放下手里的活,倒是没和李宝英说话,就冲着里屋喊起来:"儿子,你快来看,看看是谁回来了?"

李宝英才迈进里屋,六岁的儿子跑了过来,一把抱住他的大腿大声喊叫道:"爹!"还没有等儿子再说出什么话,李宝英一下子就抱起儿子来,举过了头顶,让孩子骑着自己的脖子,在屋地里跳着、走着。李宝英老实巴交的媳妇已经乐得晕头转向了,里屋外屋,到处走着,也不知先干什么好了。她一会儿叫李宝英躺下歇一会儿,接着又不厌其烦地一遍一遍问李宝英吃饭了没有。李宝英也每次都乐呵呵说道:"在佳木斯城里吃了,县委的蔡书记亲自给俺们摆酒席接风了呢。"

"蔡书记说了,俺们这回去南满支前立了大功,前方的东北民主联军和后方根据地的老百姓都不会忘记了咱们的功劳,蔡书记叮嘱我们这些人,回到村里以后,要好好带头搞生产、配合好土地改革呢。"

李宝英把儿子放在了地下,让孩子自己玩儿,他走到了自己媳妇面前,郑重地对媳妇说:"会议上还表扬了我一个人俘虏国民党军一个班的事,部队上给我记了一次大功,号召全桦川县都向我学习呢。"

"啊?是吗?你真能!"李宝英媳妇的脸上乐开了花,她看到了丈夫从里到外的巨大变化,心里像吃了糖一样甘甜。

"见过卢队长了吗?人家现在是县委副书记,这不,前几天土匪来打洪家围子,卢书记领着部队和民兵们把土匪都给消灭了!"李宝英媳妇也拉开了话匣子。

"是吗?国民党大部队他妈都完犊子了,土匪嘚瑟个啥劲儿啊?还不活该被灭亡!"李宝英在屋子里踱着步子说道。

"只是可惜了咱组里的赵林大哥和冒烟儿大哥啊,让那败家土匪扔手雷给炸了，牺牲了。"李宝英媳妇感叹着，惋惜着。

"你说啥玩意儿？老赵哥和冒烟儿哥牺牲了？我说今天回来差不多都看到了，就没看到他俩呢，可惜了俩大好人啊，这可怎么整呢！"李宝英无比痛苦地坐在了炕沿上，眼泪如同断了线的珍珠，噼里啪啦地顺着脸颊落下来，嘴唇紧咬着，好久没有吱声。

李宝英在头脑里想了很多，想起解放战争的炮火连天，想起和赵林、张冒烟儿多年以来的过往交情，尤其是组成了一个互助组以后的朝夕相处。他紧咬着牙，坚定了自己坚决革命的决心，自己虽然是个中农，但这一辈子就永远地跟定共产党了。想到这里，他腾地站起来，擦着自己的眼泪，对着想劝他、可又不知道说什么好的媳妇说："今天晚上咱屯子里在农会大院开大会，卢队长叫我们讲讲前线打仗和担架队的故事，你也去听听吧。"

李宝英媳妇答应着，用一块布擦干了手，递给李宝英一条干净的毛巾擦了擦脸，自己也坐在炕沿上，这两口子唠开了家长里短。她告诉李宝英说："洪家围子屯子里的干部和贫雇农们对参加支前担架队的人的家属都非常地照顾，经常来看望她和孩子，卢队长和郭文声同志大会小会都一直在强调贫雇农和中农是一家，贫雇农是骨头，中农是肉，贫雇中农是骨肉至亲。"李宝英认真地听自己的媳妇唠着。听到这儿，他说："打仗的前线现在也闹这问题，王师长说，贫雇农和中农成分的战士，一样打仗，一样勇敢，贫雇中农，要团结一心，才能打垮反动派。"

李宝英媳妇乐得眼睛都眯眯着，笑着说道："听你这样说，俺的心里就敞亮了许多。我看你啊，也有点儿困了，快上炕里栽歪一会儿吧，离晚上开会还早着呢。我给你包点饺子吃，捎带着给咱儿子也解解馋，你出门这些日子里，倒是把咱家儿子也给折腾得够呛。"

李宝英就从自己家镶嵌着玻璃画的摆在炕头的炕琴上取下一个枕头，躺在炕头上，媳妇在外屋地烧着火。因为外面没啥风，所以不好烧，烟都弥漫进了里屋，呛着了李宝英的眼睛。

李宝英一想起赵林和张冒烟儿的牺牲就像刀割一样难受，这俩人都是和自己一个互助组的，在一起组合插犋，一起度过了快乐的几个月，就像李宝英所熟悉的小卫生员牺牲在解放梅河口的外围阵地上，李宝英哭了半天一样难受。他此刻再也睡不着了，翻身起来，下了地，就往外走。媳妇急忙问他："你怎么不歇一歇呢，这是又要干啥去啊？"

李宝英头也不回地回答："我去院子里看看咱的牲口。"

他看着院子里他在家时码的柴火垛子，几个月当中，也烧去了不老少了。他心里在合计着："改天得去打几车柴火了。"来到牲口棚子，看见谷草也下去一半了。他突然发现，自己家的枣红马的旁边还拴着一匹白马，就对屋里的媳妇喊道："哎，咱这怎么还有个白马呢？"

李宝英媳妇在屋里也大喊道："那白马是东院老王家的。俺寻思老王家就一个小子干活儿，还跟你一块去支前抬担架去了，家里就剩下老姑母俩，也伺候不明白大牲口，我就给牵过来了，帮他家喂养着呗。"

李宝英满意地点一点头，他感觉自己的小抠媳妇也在进步呢。他回到屋里，在外屋地的角落里拽出一块豆饼，用切豆饼的刀子切下一小半，再切成细块，泡在桶里，准备喂牲口。

李宝英就这样屋前屋后地转着，把自己的小家都拾掇得利利索索的。他打记事就是一个种地的好把式，庄稼活儿样样都拿得起、放得下，人又勤恳，又会算计，屯子里人没有不夸他的。洪家围子研究出担架队的时候，他赶紧去报了名。他积极到前线去，不是真的思想积极，而是去躲避洪家围子土地改革的暴风骤雨的。到了两军交火的前线，看到国民党反动派的败局已经是注定了，自己心里早就没有了以前的那些乱七八糟的顾虑了，前方民主联军的指战员们都对他亲热，凡事都很信得着他，王铁匠更是对他相当好。他自己在战场上抢运伤病员时，看到战士的坚强和不怕流血牺牲，这让李宝英受到了刻骨铭心的深刻教育。再就是到后来，他自己一个人抓着了一个班的俘虏，人们越发敬佩和尊重他，这好几件事赶到了在一块了，使原来那个胆小怕事的李宝英彻底改变了，并且这改变是骨子里的，是从里到外的。他在家里的媳妇因为总和老高二嫂和高玲、王娟在一起来往，也改变了许多，这个中农家庭的两口子现在已经完全站在共产党和贫雇农的一边了。

李宝英在屋里坐了一会儿，起身去外屋地拿了几个馒头，在柜子里翻出一壶烧酒，径直走出了院子，奔会龙山的南坡去了，李宝英媳妇一看，不用问就知道他去干什么了，所以没有叫住他，也没有吱声，知道他要去看为了洪家围子打土匪牺牲的那两位英雄赵林和张冒烟儿去了。

过了老半天，李宝英才红肿着眼睛回到家里，歇了一袋烟工夫，媳妇摆好炕桌，酸菜猪肉馅儿的饺子出锅了，一家人围着桌子吃起了饭。

晚上的大会上，参加支前的担架队员都或多或少地讲了几句话。当然了，最精彩的还是李宝英和王铁匠的发言，引起了一阵阵热烈的掌声。洪家围子的老少爷们儿都夸奖这些勇敢的担架队员给洪家围子增光添彩了。

"同志们，乡亲们，咱们虽然斗垮了地主阶级，地主和反动派的威风算是打下去了。可是还有王八犊子土匪祸害咱屯子，大家也都知道赵林同志和张树林同志的牺牲，让我们上火了好半天，今天下午我上山去看两位烈士哥哥了，我发了誓，我一样跟贫雇农站在一起，我们永远不要放下枪杆子，要用生命和鲜血保卫我们的胜利果实！"最后一个发言的担架队员李宝英那慷慨激昂的讲话，激起了一阵雷鸣般的鼓掌，这掌声响了足足有半袋烟的工夫，还没有停止。

卢忠很欣慰地看着洪家围子的贫雇农们。

洪德福的三姨太，在洪德福被镇压之后，自己就和丫鬟小翠香一起受着洪德福大老婆、二老婆的欺负。洪德福死了，家里也没有了主心骨，这大老婆却成了实际的主人，表面上这洪德福身后这一家人老实听话，实际上地主阶级贪图享乐、懒惰骄横的影子依然还残留着。做饭、洗洗涮涮都是三姨太和小翠香在干，面对这样的境况，被欺负得不像样的憋屈的三姨太林秀萍日渐消瘦，她一天都不想待在这里了，洪德福已经死了，这个家已经名存实亡了，绝不能再搁这个家里受气和艰难度日了，她在心里算计着自己的未来。

这些日子以来，她看好了洪家围子的一个跑腿子，住在他们这些地主家属分配到的那个破土房子的东面，是个坐骨生芽的贫雇农，家里啊，是啥也没有，就是有个还算周正的马架子，人老实，还能干，也算是个可以托底的人。这人就是四十啷当岁的老跑腿子王麻秆儿，本名王富，可惜啊活了四十年也没看出来他什么时候能富起来，倒因为瘦高的个子，落了个"王麻秆儿"的外号，丢了王富的本名了。

在一个漆黑的晚上，挨了大油饼一顿欺负的三姨太林秀萍，下了狠心，抱个铺盖卷，突然跑到了王麻秆儿的马架里来了。王麻秆儿快四十岁了，秀萍才三十一，林秀萍自己在想，只要是她看上了王麻秆儿，送上门去，那还不把那王麻秆儿乐背过气去啊，还不火急火燎、乐颠儿颠儿地马上同意，可她没承想自己因为这个差点就让王麻秆儿给她一顿揍。王麻秆儿对地主阶级怀着无比刻骨的仇和恨，尤其是洪德福这个恶霸地主害了他爹，他妈活不下去了也上吊了，他恨死了洪德福和他所有的家人了。在给洪德福家扛活儿的那些年里,洪德福铁青的长脸和凶恶的脸色,尤其那一帮地主婆子咋咋呼呼、噘嘴棒腮的样子,他这一辈子也忘不了。他还记得有一年,自己得了急性痢疾,跑肚拉稀,干不了活儿,好不容易回到家,可是连一点米面都没有了,实在没有办法,王麻秆儿虽然拉得面黄肌瘦,也得挺着去洪德福家去借点儿米,洪德福那王八犊子,瞪着眼珠子说道:"俺们家也没有米了,你去别处借去!"他记得当时就是这个三姨太正得势呢,她在里面屋里嚷道:"借啥啊,赶紧让他滚蛋,烦他妈人!"这些话,像针尖一样深深刺痛着王麻秆儿的心。到了土地改革胜利了,大地主洪德福被枪毙了,洪德福全家趴窝了,这个败家的娘们儿敢来挑逗他,让王麻秆儿感觉到这是对自己莫大的侮辱,非常来气,感觉自己的脸上都发烧,嘴唇都直颤抖。

　　王麻秆儿的小倔脾气来了,就想抬起手削几下子这个林秀萍。可是这个善良的贫雇农,看见了这个林秀萍站在马架子门边的那可怜兮兮的身影,怎么还能下得去手啊,别说是女人了,自己就是连男人也没打过啊。

　　王麻秆儿登时心里软了,粗糙的手放下来,对着林秀萍嚷起来:"你他妈来我家干啥?早先你们变着法儿地欺负俺们贫雇农,现在你们被斗争了,洪德福被毙了,你们彻底地完犊子了,想起来跑我这里收买人心了?你快点儿给我滚出去,要不然我削死你个瘪犊子!"林秀萍实在没有了办法,只好抽抽着脸走了,可是却没拿走自己的那几个包袱,就扔在王麻秆儿家那没有炕席、露着炕面子的炕梢。

　　这个老跑腿子王麻秆儿很好奇,他偷偷地翻动了一下,全是镜子、梳子、手绢儿,和女人用的一些零七八碎的玩意儿。这些东西,放在一个这四十年碰也没有碰过一下女人的跑腿子王麻秆儿的炕梢里,就和春药的功效差不多,无时不刻不刺激着王麻秆儿的敏感神经,逗得他整宿地都没有睡着觉,王麻秆儿用脚丫子踹着脚底下的墙,也不知道是十分后悔没留下这个林秀萍,还是痛恨这个地主婆子到他家来,反正王麻秆儿踹得可是挺使劲儿,一下一下发出了"咚咚"的巨大的声响。

　　就这样过了好几天的时间,也是在一个黑漆漆的晚上,作为积极分子的王麻秆儿在开完了互助组研究生产的会议,从外边回到家里来。他拉着了电灯,在明亮的灯光下,王麻秆儿又看见地主婆子林秀萍丢下的的铺盖卷和那些镜子和梳子,一股复杂的情感在心里快速地升腾。他知道林秀萍这个女人的娘家在笔架山一带,也是贫雇农,当时林秀萍嫁给洪德福做小妾,他娘家人还打仗声天的,好不愿意呢，说起来林秀萍也是个苦出身，现在闹了个落魄的地主婆子的下场，也真是够不容易的。刚刚想到这些，王麻秆儿就懊恼地自言自语地骂自己："你王麻秆儿他妈的，想这些乱七八糟的干啥？和地主阶级的原则性和斗争性都哪儿去了呢？我呸！操他妈的！"

又是一个夜晚，但是个月亮地，王麻秆儿从农会大院开完积极分子会议回来。半道上他琢磨着，要是林秀萍来到他家把她扔下的东西都收拾收拾拿走了，那就实在太好了，也省得自己这样操心了。进到自己的马架子里他拉起灯来，一眼看见炕梢的那些东西好像还没有拿走，但被子却展开了，里面好像还躺着一个人。王麻秆儿一猜就是地主婆子林秀萍，他惊讶得蹿起老高，生气地在屋地里连连跺着脚，挥舞着两只细胳膊，粗声粗气地骂道："你个不要脸的东西，你他妈的又来干啥？你个王八犊子！"

林秀萍在这个时候，却有了为了自己的今后不顾一切的决心和勇气，她一骨碌地翻身坐起来，在炕梢的角落里冲着王麻秆儿笑眯眯地说："你别急眼啊，我是来取东西的。"

王麻秆儿大声喝道："那你拿着你的东西，痛快地赶紧滚犊子！"

林秀萍低低地着说："老王大哥，你听我说，我曾经是个地主婆子，这倒是不假，可我也是穷苦人出身，再者说了，我现在已经接受了贫雇农的教育和改造了啊，我家里家外什么活儿都能干，我能帮你烧火煮饭，你上地干活儿回来，也能有口热乎饭吃，这还不行吗？"

"你别跟我扯王八犊子，你快别在我这啰唆了，赶紧滚犊子！"王麻秆儿嘴里还是在骂着，但声音却没有那么高了。

林秀萍一看有门儿了，岂能不马上趁热打铁，她就接过王麻秆儿的话茬，哀怨地说道："洪德福是地主，欺男霸女，无恶不作，是恶霸大地主不假，枪毙了也活该，可我就太冤枉了，现在像个要饭花子一样，大油饼那个胖猪还老是欺负我。我也是贫雇农出身，娘家也全是种地的，我四叔还给大地主扛过活儿呢。"

"那你不也是做了好几年的地主婆子嘛，帮着狗日的洪德福，欺负俺洪家围子的老百姓，你他妈还有理了？"王麻秆儿瞪着眼睛呲嗒着林秀萍。

"你啊，快别啰唆了，还是赶紧走吧，天也不早了。"王麻秆儿对着林秀萍说。

林秀萍听王麻秆儿语气温和了许多，一个希望在她心里萌发着，本来就漂亮的脸上堆着蜜意，说道："我才不敢走呢，多吓人啊。"

王麻秆儿问："你怕个啥啊？大彪月亮的。"

林秀萍露出可怜的样子，笑着说："反正我赖在你家了，你要打要骂，要报官要抓人，都任凭你了。"

"你？"王麻秆儿指着林秀萍气得有些结巴了。

"要不然你躺着睡，我就在这儿坐一夜？"林秀萍撒娇地看着王麻秆儿。

王麻秆儿此时，是老半天都没有吭声，一个跑腿子，又是一个无比善良的贫雇农，又是一个村子里的积极分子，这多重的身份和心思让王麻秆儿很为难，他其实也想拥有一个知疼知热的女人，这个林秀萍刚刚做洪德福的三姨太时，自己就偷偷地瞄过这个女人，挺漂亮，尤其是鼓鼓的胸脯和浑圆的屁股，曾经在无数个夜晚里，引起王麻秆儿无数次无尽的遐想啊。他觉得这个贪图富贵的地主婆子是怪可怜的，现在到了宁可躺地下，撵也撵不走的地步了，这样的一种同情和怜惜，冲淡了王麻秆儿对地主阶级和地主家属的仇恨。王麻秆儿彻底地心软了。面子上横眉冷对的他偷眼瞅瞅面前这个漂亮的女人和她挂着笑的脸，王麻秆儿不由得长叹一口气，喃喃地说道："你这个人怎么这样呢，你这样耍赖、不讲理，怪不得你就成了大地主婆子了呢？"

林秀萍赶紧说道："这炕这么大，你睡炕头，我躺炕梢，咱们井水不犯河水，天一放亮我就走了，你不留我，大油饼她们还往死欺负我，我只好回我笔架山的娘家去了。"

王麻秆儿没言语，独自在炕头躺下了。林秀萍也看出了王麻秆儿的善良，她更加佩服自己的眼光，王麻秆儿果然是个好人，也不花里胡哨，又心地善良，看来自己是可以依靠炕头这个人的。想着、想着，林秀萍也在炕梢躺着睡着了。

这个晚上，也不知道到底是井水犯了河水，还是河水犯了井水，反正是王麻秆儿第一次做了男人，并且做得很舒坦。

"地主婆子住在了贫雇农跑腿子家里了，和跑腿子睡觉了。"这一个爆炸性新闻就像这会龙山里的风一样，一下就传遍了洪家围子。全屯子的大大小小、老老少少都传冒烟了，连一些中农也骂起了祖宗。有不少人嚷嚷着把王麻秆儿开除出农会，还有和王麻秆儿一个互助组的人说他不配当组长赶紧换人吧，张罗着不和王麻秆儿配插犋了。在一次农会的大会上，人们突然提起了这件事，都再也压不住心里的怒火，七嘴八舌地喊起来、叫起来了，发泄着心中的不满和怨气。

"王麻秆儿，你小子挺厉害啊，你做了地主阶级的接班人了？"

王麻秆儿还没有来得及说话，旁边的人就又喊道："你现在这一步算是继承恶霸地主洪德福的遗志啊，你下一步是不是就是和人民群众为敌了？"

王麻秆儿刚刚想辩解，又有人指着他的鼻子说："你就是个叛徒！你不配做一个无产阶级的贫雇农了，你已经向地主阶级举起白旗，投降了！"

王麻秆儿此时，那是有一百个嘴也说不明白这些事了，他抱着瘦长的脑袋，蹲在了地上，脸扎在了腿中间，心里无限苦恼和悔恨地沉默着。

黑老李红涨着一张大脸，几步就走到王麻秆儿跟前，说道："谁是咱们的敌人，谁是咱们的朋友，你怎么到现在反倒认不清了呢？你和地主婆子搭伙儿了，以后你还怎么去工作，怎么去发动群众？咱们开会还能叫你参加？你那个家里边有个地主婆子，我看你也快成了洪家围子贫雇农的敌人了！"

武连山低低的大嗓门说道："你这就是立场问题，你是怎么想的啊，想女人想疯了吗？"

赵老鸢儿此刻想到自己必须说话，必须用自己的行动来教育王麻秆儿，所以也挤到跟前，眯住小眼睛道：

"四十年你都没怎么的，现在你怎么了？女人就那么有用，就那么离不开？你老哥我老伴儿也死了，我自己拉帮着三个孩子，我就没瞎整嘛，你看你倒好，整也就整了，还整个地主婆子，你真出息个豹了。"

看到王麻秆儿不吱声，赵老鸢儿更来劲儿了，他晃晃脑瓜子，说："地主婆子和咱们贫雇农，怎么也不能一条心，吃香的喝辣的都习惯了，能跟着你啃苞米面大饼子、喝土豆汤？"

黑老李对赵老鸢儿笑着，调侃地说道："你也别说啥风凉话，我看你要是遇到这样的事，投降的速度，可能比王麻秆儿还快、还利索。"

赵老鸢儿自信地回敬着："就凭咱这觉悟，哼，那肯定不带的。"

武连山还在气头上，他还是死死地盯着王麻秆儿。突然，武连山一拳砸在桌子上，吼道："王麻秆儿，我们可告诉你个实底儿，你赶紧地把那个林秀萍给撵走，如果你不干，那俺们就把你当成地主，拉出去批斗你！"

王麻秆儿一惊，抬起一双无助的眼睛看着大家，低声下气地说道："各位老少爷们儿，林秀萍真的是自己跑到我家来的，这个女人很勤快，烧火，煮饭，缝缝补补，也不像个剥削阶级啊。"

武连山已经彻底地没有了耐心,他打断了王麻秆儿的话,大声喊道:"你王麻秆儿先别跟俺们说废话,你就说这个地主婆子林秀萍,你到底是赶不赶她走吧?!"整个屋子里全是一片质问声,吓得王麻秆儿又不敢说话了。

这个时候,留守的工作队员郭文声站起来说道:

"大家别瞎吵吵,我们还是让王麻秆儿把话说完!"

会场里马上安静下来,只有人们喘粗气的声音。

王麻秆儿此刻抬起头叹口气,站起来对着大家鞠了一大躬说:"俺王富给地主扛了二十年的大活儿,累成个王八犊子样,也没能耐混上个媳妇儿,生个一男半女的。我爹妈在世的时候,年年都说给我说媳妇儿,年年却又都没说成。咱们这些穷鬼们一年到头扛大活儿,饥一顿饱一顿,谁家姑娘乐意跟着咱们遭罪呀?现在小溜地也有二十年了,俺还是他妈的跑腿子。我自己纳闷儿了,我们这支老王家,到我这辈就算完事了,绝户了!"

王麻秆儿说到这儿,不禁想起自己几十年间遭过的那些罪和吃过的那些苦,顿时难受起来。他的话停了下来,不住地抽泣。人群里也响起了哭泣声,洪家围子的贫雇农们听到王麻秆儿的话,都很同情他,但又生他的气,禁不住有的人也哭出声来了。坐在炕沿里的老高二嫂也拿自己的袖子,一个劲儿地擦自己的眼窝,这个刚强的女人也是早已经深深地知道了一个人顶门过日子是多么地不容易啊。

王麻秆儿说:"是我对不住咱大家伙儿,我给咱贫雇农丢脸了,请大家听俺说完,当跑腿子真不容易啊,遭的那个罪呀,说也说不清,道也道不明啊!"

会场里一个跑腿子在一旁,应声说道:"是啊,跑腿子一个人活得就是不易啊,去地里干活儿回来,还得烧火做饭,要不,就得吃凉饭、睡凉炕啊!"

王麻秆儿咬着牙、跺着脚,说道:"大伙儿也别生气了,我现在是下定决心了,绝户就绝户吧。我咽气了,没人给祖宗三代上坟,也不怨我,怨以前吃人的社会!"

黑老李大手一指王麻秆儿说:"'满洲国'都灭亡了,新时代了,你怎么还这样封建呢?"

王麻秆儿索性继续说:"现在,共产党、工作队让我们贫雇农翻了身,有了地和大牲口,可我也老了,你看我都有了白头发了,我算是啊,黄花菜都凉了。"

王麻秆儿偷着用眼睛瞄了瞄大家,又往下说道:"我在这撂下一句话,俺再也不想要媳妇儿了。那天晚上,这地主婆子上我家来,耍赖不走了,我撵也撵不走,你们叫我咋办？"

王麻秆儿不好意思地低下头来，屋子里静静地没人吱声。他又说道："今天我听大伙儿一说，我才忽悠一下想起来，咱们正在进行土地改革运动，正在和地主阶级算总账呢，俺和一个地主婆子搭伙儿了，搞在了一起，实在是对不起洪家围子的穷哥们儿，我也知道错了，可关键是，俺一时糊涂，就已经把生米做成了熟饭，这可咋办啊？"

会场里还是没有一点声响，只有呼吸的声音，此刻，掉地上一根缝衣服的针，估计也能听到声音。王麻秆儿愁眉苦脸地说道："更要命的是最近这个女人呢，还闹小病，估计是有了，这……可让我怎么办呢？"

还是没有人说话，大家都看着郭文声。郭文声去打电话和卢忠谈了好半天，然后回到了屋里，站在屋地中间，像要说话。人们都围拢来，妇女们都往前挤，盯着郭文声，都要看他怎么说。

郭文声对着王麻秆儿说："说心里话，你这个事，我也拿捏不准。这不，刚才我在电话里和卢书记汇报了。他说都到这地步了，就不用再把那女人撵走了，好好过日子吧。"

"卢书记还让我带话给你，说是他恭喜你了。"

在场的人们都松一口气，有的笑了。女人扎堆议论开了，有的说："还是新社会啊，要不地主婆子还有好日子过？"也有的说："嗯哪呗，王麻秆儿挺能耐啊，还挺快，没几天就饱揣犊了，呵呵。""那许是地主阶级洪德福上辈子做了损，揍不出孩子了呗。""哈哈你这大彪的娘们儿。"

"咱们啊，就是心好。反正都新时代了，地主婆子也翻不了天。"黑老李也笑着说。

"共产党、工作队就是英明啊。"赵老鸹儿喊道。

"嗯哪，你也赶紧地找地主婆子去吧！"武连山调侃赵老鸹儿。

"去你的，俺还是坚定的战士。"赵老鸹儿笑着回应。

郭文声又往下说道："咱们对地主家属的政策是宽大的。"他又面对王麻秆儿说道："但我可告诉你，我们贫雇农的事情别啥都告诉她。"

王麻秆儿不住地点头，拍着瘦胸脯，说："放心吧，我打死也不会告诉她，咱们农会的事情！"

郭文声不放心地说："往后你可得注意这个女人的一举一动，看她是死心塌地地和你过苦日子还是惦记着以前在地主阶级家庭那骄奢淫逸的生活，一个人是不是反动，不光看她怎么说，也要看她是怎么做的。"

开会的同志们都同意卢书记和郭文声的决定，王麻秆儿不用撵走林秀萍，要努力地改造她，叫她参加劳动。

会后，王麻秆儿请郭文声上他家串门，郭文声也正要去瞧瞧他搭了伙儿的地主婆子媳妇，就跟他去了。

到了王麻秆儿的小马架子跟前，远远看见一个俊俏的妇女，挽着袖子在门口喂这圈里的几只肥猪。

"那就是她。"王麻秆儿说。

林秀萍抬头瞅两个人一眼，仍旧低着头喂猪。郭文声还是在抓洪德福的时候见过这个女人，当时这个女人很不起眼，比洪德福的那几个老婆都老实服帖。郭文声在前面走进屋里，看见屋子里收拾得干干净净、整整齐齐，两床被子叠在炕梢，心里也为王麻秆儿感到高兴。他坐在炕沿，和王麻秆儿拉起了家常，林秀萍怯怯地进来拿水壶要烧水，偷偷地看郭文声，她感到很是胆怯、心虚，看见工作队的郭文声满脸笑容，才放松一些。看到这个女人开始忙活，郭文声忙道："不麻烦了，我还有事。"说罢，起身要走，又跟王麻秆儿说道：

"穷日子难过啊，顶门过日子还是整点副业吧。你媳妇儿都会干啥啊？"

林秀萍站在外屋地，支起耳朵用心听着，王麻秆儿说："你别说，这个娘们儿还中，啥都会干，原来也是穷人。"

"哦，那就好，还是好好过日子吧。"郭文声边说边走出来。林秀萍低头给让着道。

一边往院子外走着，郭文声一边和王麻秆儿唠着家常，谈着生产，郭文声说："只要她愿意参加劳动，就是可以改造的可以团结的力量。但要注意，在土地改革的运动过去以后，她反了性子。"

王麻秆儿大声骂道："她敢不听话，我揍她狗日的！"郭文声大笑着，说王麻秆儿："你是个老实人，怎么还老寻思动武把式呢，还是要改造和教育啊。"郭文声临了又笑道："恭喜你啊，安家立业了，可别忘了本啊。"

王麻秆儿慌忙说道："那我王富指定不能，我领共产党的情，没有共产党的土地改革呀，扛活儿扛到剩骨头渣子，也挣不到一根垄、半间房，还能说媳妇？咱死也不忘本！"

第二十七章　农会的新会长

　　1946年的秋收终于到来了，人们带着无比的兴奋，在收着自己地里的庄稼，广大的贫雇农乐得都合不上嘴了。这些劳动成果是他们这些贫苦的农民在开春替地主家种下的，如今他们收获的是自己家地里的粮食，几个月的光景就从奴仆变成了主人，洪家围子的人们沉浸在一片欢乐中。

　　根据省委和桦川县委的工作安排，卢忠同志调任依兰县委书记，吴占河同志调任集贤县委副书记，高玲也跟着吴占河到集贤工作任县妇联副主席，路雪峰任桦川县悦来区区委书记，老高二嫂调任长发区妇女主任，洪家围子的孟大眼镜儿抽调到桦川中学任教员，黑老李调桦川公安局任侦查员，在土地改革的历史洪流里，每一个坚定的共产党员和积极分子都经受了考验和锻炼，成长了，成熟了，进步了。

　　洪家围子经过选举，产生了新的农会，但是让不少的群众和县、区干部大跌眼镜，不过也要尊重选举的结果。农会会长余志坤，老家是洪家围子的，一直在外面做小买卖，回来一个多月竟然当选农会会长了。基干队长还是李黑孩，妇女主任是王娟，农会九个委员里有李宝英等三个中农，再就是武连山、赵老鸢儿和王铁匠，和开春土地改革运动开始时的情况发生了很大的变化。

　　工作队留下郭文声和田宇作为留守队员，负责屯子里的工作。郭文声和田宇从卢忠的身上学到了很多工作和斗争的经验，也真正地成长起来。

　　在一个收秋地的夜晚，郭文声和田宇召集了洪家围子农会干部会，大家都到齐了，就差农会会长余志坤。好半天，余志坤才气喘吁吁地跑进来，一个劲儿地向郭文声和田宇检讨，说是去佳木斯看病去了，知道开会才赶回来的。郭文声没说什么，只说了一句"下次注意啊"就宣布开会了。

　　余志坤用眼角看看这俩工作队员，他打心里是不服的，因为这个余志坤根本就不是个正儿八经的人，他和长发区的农会会长李文忠是磕了头、拜了把子的兄弟，恰好，当时洪家围子选举村干部时，李文忠是区里派来的工作队长，有了大哥的帮助，加上自己的小恩小惠，最主要的这小子油嘴滑舌，拉拢了不少投票的贫雇农，才当选了农会会长。洪家围子的选举和其他村屯差不多，说是投票，其实就是大海碗加黄豆。先由贫雇农提人选，有几个就在桌子放几个大海碗，候选人一人站在一个碗的后面，投票时，贫雇农在桌子一侧的大盆子里，拿一粒黄豆，走在一溜大海碗面前，选谁就把黄豆放进谁对着的碗里边，都投完了，把各自的碗里豆子数一遍，谁碗里的豆子多，谁就当选，余志坤就是凭着自己的伎俩，当选了洪家围子农会会长。

这余志坤自打当了洪家围子农会会长以后，又被一个人给盯上了，这个人就是曲大祥，这个不死心的老地主，故伎重演，他把在杨万生身上的计策在余志坤身上一使，果然好用。曲大祥的女儿莲花现在也是感到自己已经落了个"破鞋"的名声，更加自暴自弃，没有了任何的理想和追求，破罐子破摔了。而余志坤年轻力壮、长得白白净净，更是色中饿鬼，这两个人又有了曲大祥的默认和支持，那还不是一拍即合、勾搭成奸。今天开会，余志坤根本就不是去佳木斯看病了，而是在自己的家里和莲花拉上窗户帘，鬼混了一上午，把余志坤整得头昏脑涨、浑身没劲儿，下午睡得很沉，所以来晚了。

此刻他眯着眼睛坐在那里回味着和曲莲花的温存和缠绵，莲花的香吻、酥胸，不时还在他眼前直晃悠，但这个人很狡猾，表面上却不动声色。

还是在那个墙上贴着毛主席像的农会大院的正房里，郭文声看到人员到齐了，他就抬起头来，说："同志们，今天，我们开这个会，议题只有一个。"

参加会议的人你看看我，我看看你，不解地看着郭文声。

油头粉面的农会会长余志坤，往后抹抹背头，咳嗽了一声，显得很积极地对郭文声说："郭队长，就请你指示呗。"

郭文声白了余志坤一眼，心里挺讨厌这个油头粉面的家伙，但他只是看不惯余志坤的习气，根本没法儿知道余志坤的真实面目。他面对大家继续说："我曾经跟咱屯子的不少岁数大的人，唠过一些，咱们这个村子为什么叫洪家围子，据我所知，除了恶霸地主洪德福一家，咱屯子再就没有姓洪的了。虽然是个名儿，但新时代、新政府了，咱不能再叫洪家围子了，应该有个新的村子名儿！"

郭文声的一席话，倒是真把大伙儿吸引住了，脸上都兴奋起来，包括余志坤，大家伙儿头脑里都想着这个村名。

"后来我打听明白了，这个村原来叫扭劲儿屯，可是恶霸地主洪德福的老爹，当时在咱屯子是说一不二，一手遮天，为了他们老洪家光宗耀祖，愣是改成了'洪家围子'。"郭文声气愤地说，"现在地主阶级被打倒了，咱们当家的日子来到了，这个村名必须改，要敞亮、大气，还要符合新社会和咱屯子的特点。"

"是啊，多亏了郭队长，咱们以前还没想到呢，现在必须得改！"武连山坚决地说。

"姓洪的被枪毙了，倒台子了，我们必须改！"余志坤赶紧附和道。

赵老蔫儿自打"土改"以后，早就不"蔫儿"了。他吵吵着："咱贫雇农说的就算，改！"

"我同意！"

"我们都同意！"

会场都是同意的声音。

"可是咱屯子改成啥名字好呢？"王铁匠一直没言语，这个时候，他磕了磕烟袋，冒出一句话。

李宝英此刻也在琢磨着村名，他插话进来："要不咱找先生给看看，起个赫亮的名字？"

"我看行。"赵老蔫儿随声附和。

王铁匠一拍桌子，笑着说："你俩可拉倒吧，满脑子封建残余，我们是新社会的无产阶级，怎么还找上阴阳先生了，你还当嫁姑娘娶媳妇儿呢？"

郭文声也给逗乐了，他指着李宝英和赵老蔫儿俩人，自己乐得说不出话来了，田宇和王娟更是笑得肚子疼。

赵老蔫儿此时红着脸，嘴里嘟囔："那不是为了给咱屯子讨个好彩头嘛。"

"就是啊，不找就不找呗，俺俩就是说说，仅供参考，仅供参考。"李宝英坦坦荡荡地笑着对大伙儿说。

余志坤拉着脸，大声说："别胡闹了，请郭队长作指示！"

郭文声严肃地看了余志坤一眼，说："你说话要注意啊，啥指示啊，就是大家一起商量改名字的事，别整'一言堂'那套不利索的！"

"大家伙儿看看，咱起个什么名字好呢？"郭文声实在是不愿意多和余志坤废话，转过头来问其他同志。

大家都在思考，也不时地说几句。

"叫翻身村得了，咱们就是翻身了嘛。"

"哎呀，我的天哪，啥玩意儿啊，还翻身村？还打滚儿呢，多难听啊，不行！不行！"

"要不咱叫红旗村？"

"叫解放村？"

"要不叫羊草川村，咱东面就是羊草川。"

"刚才你说啥？羊草川？那我有了想法了，东边是羊草川，西边呢？"郭文声一下子接过了话茬。

"西面？那是会龙山啊。对啊，会龙山这个名字好，只有咱屯子靠着会龙山。"王铁匠说。

赵老鸢儿这时候来劲儿了，站起来，说："会龙山的山名起的那是有说道的，有好几百年了，老辈子人说这个山是个龙脉啊，是个九龙曾经在这里聚会的风水宝地，用这个做咱屯子的名字，那太带劲了，没谁了。"

这次还真就没有人说赵老鸢儿迷信，而是都感觉这次赵老鸢儿说得挺对。

"好啊，就叫会龙山村！"

"行不行啊？同志们！"

"行！"

郭文声笑着站起身子，说："那好，我们举手表决，同意把洪家围子改成会龙山村的请举手！"

所有的人都举起了手。

"好，那我就上报县里批准后，改名字换牌子！"郭文声手一挥，宣布散会。

打这一天起，带有家族色彩和地主压迫风格的"洪家围子"这个村子名称，永远地没有了，只留在人们的记忆深处了。"会龙山村"这个名字从此在三江平原上越叫越响亮。

会龙山村的人们，迎来了丰收在望的秋天的时候，田宇的爱情之花也在悄然地萌发着。

我们这个天真活泼、多欢多笑的田宇，自从到了会龙山村工作一来，的确有了心事。这心事，高玲、王娟和老高二嫂都没有看出来。大家都感觉田宇是个开朗稳重的青年团干部，是一个合格的工作队员，尤其是她和郭文声一起留守洪家围子，继续反奸清算的日子里，田宇显示了能力和水平，显示了对贫雇农的爱和对封建地主阶级的刻骨仇恨,最主要的是田宇能够很好地理解和把握政策,这使郭文声也对田宇敬佩有加。

　　田宇的心事在自己的心里,她的心现在只有她自己知道。她在洪家围子的工作和生活感到无比的幸福,她的心头一次迷恋着另一颗心。

　　田宇在洪家围子的战斗生活环境里,对郭文声微妙的感情就像一颗种子,在春天温暖的阳光下、春雨的润泽下,萌生着肥嫩的苗芽。这苗芽旺盛无比,是什么力量也抑制不住的。

　　可是她又不敢向郭文声吐露她的心,因为她不知道郭文声是否了解她的心。她也不了解他能不能接受她的心。在她看来,郭文声就好像晴朗的天空中一轮皎洁的明月,他是那样的透明可爱,但又是那样的无私公正。她总想把他的光明收到自己怀里,独占了他,可是他总像皎洁的月光一样普照着整个大地上的所有人,不管是有意赏月的人和无意赏月的人。

　　一段时间以来,田宇老是偷偷地看着郭文声,她的心无时无刻不在恋想着郭文声,就好像是生活中不可缺少的空气一样,她沐浴在幸福而甜蜜的爱的幻想中。

　　她喜欢郭文声那对不大但很明亮的眼睛,很清澈,而且里面蕴藏着无限的智慧和永远用不尽的真诚。他那丰满的脸腮上总是挂着天真热情的微笑,特别令人感到亲切、温暖,她甚至愿意倾听郭文声那健壮有力的脚步声。

　　但是头脑清醒的田宇知道,革命的感情要服从革命的需要,在这种关键的时候,一切还是要以革命的事业为最高的追求和目标。

　　一天,田宇淘气地用她的两手迅速地扯下小辫子上的扎带,被辫带扎得弯弯曲曲的满头黑发,像小瀑布一样披在她的肩上。她的脚步像她的心一样,是那样的愉快,像飞一样跑回农会大院。她想出其不意地出现在郭文声的面前。所以当她一跨进正门时,便蹑手蹑脚地向农会的办公室走去。只见炕上的小炕桌上摆着几本书,其中就有卢忠同志留下来的有关苏区土地改革的那两本油印书。郭文声在看着、思索着。由于思索的深切,使他那宽厚的双眉之间呈现出一线细细的竖纹。

　　当田宇看到郭文声在工作,便轻轻地吸了一口气,热乎乎的心略沉了一沉,她不好意思进去。但是好像郭文声的身上有一种巨大的吸引力,吸引着她不能进去又不能走开。她悄悄地、一动也不动地站在外间。倚着门框,抿着嘴,目不转睛地看着郭文声。

　　好半天,田宇才带着微笑离开了农会大院,去工作了。

第二十八章　李大胡子

忙忙碌碌的秋收到了最后的尾声，会龙山村迎来了日本鬼子投降以后的第二个丰收年，走在村庄和田野的道路上，阵阵秋风夹带着田野和粮食的清香，会龙山村的里里外外都是金黄的苞米、谷子和大豆，还有红红的高粱，衬托着北满大地一个普通村庄的秋的韵味。

余志坤背着手，在屯子里瞎转悠了一圈，村里的人们都在地里忙活着收秋地，没有几个闲人在街上转悠，自然也就没有几个人和他打招呼，但余志坤仍然美滋滋地享受着当了干部的感觉，没想到自己从洪家围子搬出去在佳木斯的福丰街开饭馆子已经好几年了，虽然说小日子过得还挺滋润，也挣了一些钱，但是现在却像做了一场梦一样，余志坤根本也没有想到自己还能在自己老家的屯子里出人头地，当上了这一千多号人的大屯子的农会会长，这也许就是算卦先生几年前和自己说的要有贵人相助？余志坤的贵人在他自己的心里已经认定了，就是结拜大哥李文忠。

几年前，余志坤在自己的小饭馆里结识了大哥李文忠，那时的李文忠是个单打独斗的江洋大盗，专门打家劫舍。当时李文忠被日本鬼子扶植的二狗子，横行佳木斯的特务队长马二驴子追杀，躲进了余志坤的小饭馆里，余志坤虽然也不敢得罪马二驴子，但也厌恶马二驴子当汉奸的熊样儿，就把李文忠藏进了自己饭馆后院的地窖里，躲过了一劫，两个人的交情顷刻间迅速升温，李文忠和余志坤在一起磕了头、拜了把子，成了兄弟。这李文忠是个有仇不过夜的主儿，不几天就把马二驴子的全家给灭了，并用血在墙上写了"李大胡子，前来索命！"的大字，这下子算把汉奸狗腿子们给镇住了，"李大胡子"的威名在佳木斯黑白两道那是如雷贯耳，传得神乎其神。

打那时开始余志坤就开始一顺百顺，走了上坡路，饭馆生意也火爆起来，也没有人欺负自己，因为他只要一报李大胡子的名号，一般人是给面子的。至于大哥李文忠，究竟是干什么的，他根本没问，也不想知道，他看见李文忠大哥腰间别的两支"镜面匣子"，装作没看见。只听大哥说自己是习武之人，专门给人家押运货物的，爱打抱不平，有李文忠这个大哥罩着余志坤的日子，加上日本鬼子前线吃紧，没有闲工夫在佳木斯城里横行霸道，所以竟然连小鬼子和二狗子都没有再找余志坤的麻烦，余志坤把这一切都归功于自己的结拜大哥李文忠。

日子就在平静里一天天度过。

头几个月的一个下午，李文忠突然来到了余志坤家的小酒馆。一年多不见面了，兄弟两个人都很高兴，余志坤让自己馆子里的厨子炒了几个硬菜，兄弟俩坐下来小酌起来。

"大哥，咱哥儿俩可是快一年多不见了，你这在哪疙瘩待着呢？干啥呢？"余志坤白白净净的小脸仰着，看着坐在对面的一脸浓密长络腮胡须的李文忠，举起手里的酒盅，让着酒。

李文忠一扬脖子，干了一盅酒，笑着对余志坤说："兄弟啊，说起来话长了，大哥我是东奔西跑，忙得很啊，现在你大哥我终于修成正果了！"

余志坤一听，高兴地说："大哥，那我恭喜大哥、贺喜大哥了，不知道大哥现在在哪里公干啊？"

"呵呵，呵呵，大哥我啊，现在是桦川县长发区农会会长！"李文忠用手将着满脸的大胡子，打着哈哈，拿着架子。

"啊，大哥，你现在是公家人了啊，佩服佩服。"余志坤倒是真心地佩服和恭喜李文忠，因为只要李文忠越厉害，他余志坤就越能沾光。

余志坤突然好像想起了什么，对李文忠说："哎呀，大哥，俺老家是洪家围子，也是长发区的地盘啊，也归你管啊，你是兄弟我的父母官啊！"

李文忠鼻子哼了一声："那当然了，洪家围子是咱长发区最大的屯子呢。"

余志坤赶紧端起酒盅，敬李文忠，他恭维地说："大哥，我敬你一杯，在头几年兵荒马乱、不好混的时候，大哥你就没少照顾兄弟我，现在呢，解放了，你成了俺的父母官，更得拉帮着你兄弟啊。"

李文忠爽快地和余志坤碰了一下酒盅，说："咱是哥们儿，一个响头磕在了地上，还说那些客套话干啥？再说了，日本鬼子和狗腿子，欺负中国人，那咱就死活也不能惯着！"

两个人都一饮而尽。

李文忠闭着眼睛品味着酒的香醇和浓郁，当他睁开一双大眼睛，看着余志坤在给自己斟酒，等余志坤放下了酒壶，李文忠看了看后门和通往前院的影壁墙。

余志坤是个很明白的人，知道大哥李文忠有话要对自己说，就笑着对李文忠说："大哥，这后院没有人，你弟妹和厨子都在前面忙活着呢。"

李文忠笑了，他压低了声音对余志坤说："兄弟，我这次从长发来到佳木斯，一是呢，来桦川县政府开个会，二一个呢，就是找你商量点儿大事。"

"哦，大哥有事儿你就吩咐啊，咱俩谁跟谁啊！"余志坤微红的脸上泛着光。

"这次开会，就是布置各个屯子农会重新选举的事，因为老的农会干部调动过于频繁，很多的村屯都没有几个干部了。"李文忠神秘地对余志坤说。

余志坤不以为然地抿了一口酒，没言语。他心里纳闷：这和我有啥关系，和我说这个做什么呢？大哥是什么意思呢？

李文忠接着说："因此，我设计了一步好棋，需要兄弟你出力帮忙。"

余志坤不假思索地说："大哥，有啥事儿你就吱声，兄弟没啥说的，必须出力！"

李文忠也抿了一小口酒，夹起一块肘子肉，大嘴叉子吧唧着吃了下去。

"兄弟，我想让你回洪家围子屯子去，参选农会会长！"李文忠用手背抹着满是油腻的嘴唇子说。

"啥？农会会长？我啊？"余志坤没有明白啥意思。

"是啊，让你想法儿当农会会长。"李文忠说。

余志坤的眼睛里放出异样的光芒，不过，这光芒一瞬间就暗淡了下来。余志坤对于自己的了解是透彻的，也知道别人对自己的看法，这点自知之明他还是有的。

"哈哈，大哥，就我？还选农会会长？别逗我乐了。"余志坤笑出声来了。

"怎么的呢？兄弟你这是怎么个意思？"李文忠也瞪着眼睛看着余志坤。

"我从洪家围子出来开饭馆都好几年了，一直都没有回去过，人家屯子里的老百姓怎么就能选我吗？就我余志坤这两下子，能摆弄了一千多号人？再说了，我现在在佳木斯待惯了，钱也不少挣，我何必回去遭这个罪啊？我这个小饭馆虽然不能让我大富大贵，但也是财源茂盛，每天都进钱啊，现在撒手不干，白瞎了啊。"余志坤把自己的想法兜了个明明白白。

"兄弟，我实话告诉你，我就是负责洪家围子农会选举的，长发区开会确定由我领导洪家围子和北边七八个屯子的工作，这是咱哥们儿最大的优势，你从洪家围子出来到佳木斯开饭馆几年了是不假，但你历史上清清白白啊，还是个贫雇农的老底子，再回去和一些贫雇农拉拉关系，兴许这事儿就成了。"李文忠说得嘴角直冒沫子，在给余志坤比画着、分析着。

李文忠端起酒杯，对余志坤说："老弟啊，你啊，是什么都挺好，就是舍不下小家子气，没个大气劲儿，男子汉大丈夫，眼睛要看远点儿，别总是盯着眼前那点儿破事儿。你可有点儿出息吧，别老离不开女人。"

听到李文忠说这些，余志坤白白净净的脸上掠过一丝尴尬。这李文忠说得对，余志坤人精明、能挣钱，但也花里胡哨，好搞个破鞋啥的，离不开女人，自己的媳妇儿挺贤惠、挺能干、挺漂亮，这余志坤却还是在外面找女人，因为这个原因，夫妻感情现在都远不如从前了。

"大哥，别哪壶不开提哪壶啊。"余志坤不愿意听了。

"大哥，你说的事儿能成吗？万一整不好突噜了，咱哥儿俩就丢大人了。"余志坤又一口干了一盅酒。

李文忠看着眼前的这个拜把子的兄弟，掰饽饽说馅儿地对余志坤说："你相信大哥，这件事我是经过细细琢磨的，你啊，赶在选举之前就回洪家围子去，我先不通知洪家围子选举的事儿，你先找曲大祥和白老毛儿这两个已经被打倒在地的地主，这俩老王八犊子现在正是难受的时候，正恨透了共产党和民主政府，你告诉他们帮助你动员自己家族中的贫雇农和中农都选你，你上来以后，不再重新审查他们，不再收拾他们俩；最主要的是你要在贫雇农里选一些跑腿子、二流子、爱占小便宜的，用小恩小惠拉过来，这样就有了一部分坚定的支持者，我带着人再去帮着你串络串络，就基本选上了。"

"如果还不够，有两步棋，一是找洪德福的大老婆和李永财的胖媳妇，也和曲大祥、白老毛儿一样的说头，逼着他们站在你的一边，这个我也可以出面吓唬她们一下。二是，如果这几个地主还不上道儿，你可以许诺他们，当选以后，你可以帮助他们低价往回买被贫雇农分掉的土地。"李文忠咬着牙，说着自己深思熟虑的计划。

"大哥，你可是农会干部啊，你这是和民主政府对抗啊，这可是挺危险的活儿啊，你……这？"余志坤有些惧怕地瞪着李文忠。

李文忠四周看了看，指着余志坤说："你啊，真完犊子，我们只有进入共产党的肚子里，才能安全地生存下来，等待东山再起的机会！"

"我告诉你我是干啥的？我和共产党有深仇大恨，我1941年就上了勃利的西山砬子，当了胡子了！我是一人之下、几百人之上的二当家的，日本鬼子刚刚投降，我们绺子就让共产党给灭了，我实在是不甘心，我就在南长发落了脚，成了一个铁杆儿的贫雇农，还想法儿选上了长发区农会会长，我就是要到共产党的肚子里，从里面咬死它！"李文忠恶狠狠地说。

"你小子别忘记，这么多年是谁护着你，日本鬼子和二狗子都给你大哥面子，不来欺负你。"李文忠看着已经听傻了的余志坤，大手抓起一把花生米嚼了起来。

"大哥，你是胡子，现在是农会会长？这是怎么回事啊，兄弟我蒙了。"余志坤装起了糊涂。

李文忠也看出来了，他笑着："呵呵，糊涂不糊涂，我还真不管这些，不过，兄弟，你得按我的计划行事，要是坏了我的事，或者去告密，那别说咱哥们儿撕破脸皮，伤了和气，断了多年的交情。"他说这些话的时候语气平缓而从容，但心里猴尖的余志坤却已经听出了这句话里隐藏着的无限杀机。

"大哥，看你说的，你就是坏得头顶长疮、脚底冒脓，也是我一辈子的大哥！"余志坤这是实话，别看他不是江湖人但却讲义气，这点也是李文忠一直没有放弃他这个小白脸的根本原因。

"兄弟你可拉倒吧，整得怪吓人的，啥疮啊，脓啊，扯哪儿去了。来，大哥我敬你一杯。"李文忠又恢复了宽厚的笑容，和余志坤喝起酒来。

"兄弟啊，人家都知道李大胡子挺厉害，根本就不知道我的本名是李文忠啊，所以我这个贫雇农积极分子就成了共产党的区农会会长了。"李文忠狞笑着。

余志坤对李文忠笑着说："大哥，你也知道，兄弟我也就是挣钱、玩娘们儿这两个爱好，什么党啊，派啊，我也没那心思掺和进去，不过，我相信大哥你不能给你兄弟我窟窿桥走，既然说到这里了，大哥，你放心，你怎么安排我怎么干！"

李大胡子笑着："这才是我的好兄弟呢，你不用担心你的饭馆，你留在佳木斯你也是啥活儿不干，净支嘴儿了，这饭馆有弟妹、有伙计差不了啥事，离洪家围子也没有多远，说话的工夫就打个来回了，放心吧。"李文忠挤了挤眼睛，说：

"再说了，你小子这都快赶上大儿马子了，离开了我兄弟媳妇儿的眼前，还不是可劲儿地尥蹶子吗？啊，哈哈哈。"

"哈哈哈哈。"余志坤没有接茬儿，但明显是说到他心里了，不由自主地跟着李文忠笑了。

接着两个人低下了声音，悄然密谋着。

余志坤几天后，回到了洪家围子，开始了他夺权的过程。

果然被李文忠料到了，这洪德福的大老婆大油饼、李永财的胖媳妇、曲大祥和白老毛儿在他和余志坤一番争取之下，都站在了余志坤的一边，李大胡子给了余志坤不少钱，让他收买洪家围子的跑腿子、二流子、爱占小便宜的，基本上都成功了。

在选举的腰窝时候，李文忠带着区上的工作队进了洪家围子，一手不断地串络、拉拢，一边适时地配合点威吓，真的就把很多贫雇农都聚集在余志坤的这一伙了，然后李文忠趁热打铁，一鼓作气，终于让余志坤选上农会会长。

余志坤没有在农会大院住，而是在村子的西北头找了间不错的土房子住了进去，这土房子原来是一户贫雇农的房子，余志坤让他们搬到了农会大院的西厢房，把基干民兵队也搬到了正房，和农会一个屋。

因为饭馆的生意还不错，余志坤惦记着搂草打兔子，两头都得利，就把媳妇儿留在了佳木斯，自己在洪家围子住下来。他那忙忙碌碌的媳妇儿，一看余志坤这个嘚瑟样子，劝说了几次，管不了他也就不管了，随他折腾去了，自己默默地在饭馆接着忙碌。

刚刚当上农会会长的第三天，余志坤就有了好事儿，曲大祥领着女儿曲莲花在一个晚上，来到了他住的地方。

曲大祥进屋以后，猫着腰，觍着脸，对正在一个木盆里洗脚、嘴里哼着小曲的余志坤说："余会长，你看，我来汇报一下我最近的思想，这是早先卢忠队长在的时候定下的规矩。"

余志坤听着曲大祥说话，眼睛一直没有离开莲花那漂亮的脸蛋儿，他用挑逗的眼神试探着莲花，结果她在莲花的脸上得到了回应，精于此道的余志坤马上意识到自己的又一次桃花运来了。

"老曲大叔，汇报啥啊，你这被打成大地主，我看有些冤屈啊，我没早回来，要不你家不能这样惨。以后这按时汇报，你就免了吧！"余志坤对曲大祥说，看到曲大祥和曲莲花父女俩还站在屋地里，他忙说："快坐啊曲叔，莲花，你也坐吧。"

曲大祥受宠若惊地坐了下来，莲花对着面前这个小白脸农会会长嫣然一笑，也坐着了椅子上。

"莲花，几年不见，你出落得这样好看，真是大美人啊。"余志坤三句话还是离不开本行。这让曲大祥心中一喜，看来自己用女儿换平安的计谋在这个时候还是能有用的。

曲大祥故意说："莲花这孩子啊，也跟着我遭罪了。"

余志坤根本就没有听曲大祥在说话，而是对着莲花在挤眉弄眼，曲大祥看在眼里，心情是非常复杂的，有了杨万生的那一档子事，曲大祥感觉自己对不起莲花，可心里对共产党、工作队和贫雇农的仇恨此刻已经在他的心里占了上风，一次是错，再错一次也没有什么大不了的，舍不得孩子套不住狼啊。

曲大祥提高了嗓门，有了一些底气地对余志坤说："余会长，我现在有实际困难，希望你给解决一下。我们家人口多，贫雇农给俺家留的那点儿地，干到下半辈子也缓不过来这日子啊。"

"哦，那好办，曲叔，你回去偷摸准备一些现大洋，我给你从贫雇农手里低价买地！"在莲花那妩媚的眼神注视下，余志坤想都没想，看都没看曲大祥，就答应道。

曲大祥不由得一阵狂喜，但这老家伙不动声色，对余志坤说："我们家的浮财都被贫雇农团收走了，还哪有什么现大洋啊？"

余志坤那贼溜溜的眼神这时像鬼魅一样盯着曲大祥，曲大祥感觉这眼神像看到了他的心里，余志坤不再说话，他掏出一个烟卷叼上，莲花赶紧给他点着了。

余志坤在拿捏着曲大祥父女俩，他不再看莲花，而是对曲大祥严肃起来。说："我叫你曲叔，是因为看你们家落到这步田地，也怪可怜的，路我是指给你了，走不走随便你吧！"余志坤是不会相信曲大祥这个老狐狸的家产全都一点儿不剩地被贫雇农主席团给没收了，就是不信，怎么说也不会相信。

曲大祥也看出了这点，他一边对莲花使着眼色，一边抽抽着老脸对余志坤说："感谢余主任为我想，我就想想办法，拆借拆借。对了，你一个人住，缝缝补补、洗洗涮涮的，你就尽管吱声，让我们家莲花帮你。"

莲花对着余志坤一笑，余志坤顿时软了骨头，莲花说："余会长，我爹这么大的岁数了，我又是一个姑娘家，以后我们家就靠你了。"

这样露骨的话，连曲大祥都有些不好意思了，可这花里胡哨的余志坤却欢喜得不得了，他站起身来，对曲大祥和莲花说："曲叔、莲花，你们放心，过去的事儿我管不了，现在我回来了，从今往后你们家就得好了！"

曲大祥如同认了个干爹一样兴奋，他装作无比感激地看着眼前这个小白脸，这个刚刚就任的农会会长。

莲花端详着面前这个精神头十足、白白净净的农会会长，在余志坤不怀好意的眼神里，看出了对方对自己的觊觎，这无非就是又一个杨万生，但她在潜意识里明显能感觉到，眼前的这个人和杨万生是没法儿比的，杨万生知道心疼她，知道在黑夜里牢牢扯着自己的手，带着她躲过每一处道路上的积水和污泥。而余志坤这个人，显然是个情场老手，不像杨万生的憨厚和善良，所以，莲花觉得对这个余志坤，自己也就是为了自己的家庭和爹，把余志坤利用一下，绝没有喜欢上这个人的一丝可能。

曲大祥看到这里，对这余志坤说："大侄子，你这当干部的，事情多，我就不打扰你了，你曲叔我就按你说的办。"说着他站起身来，要往外走。

莲花也站起来。

"莲花，爹先回去了，你在这待一会吧，帮着余会长收拾一下屋子，看他一个大老爷们儿把这屋子造的，烂糟的。"曲大祥说出了余志坤和曲莲花都没有想到的话。

顿时，屋子里沉默下来，余志坤心跳加速，曲莲花心生懊恼，曲大祥主意已定。

曲大祥一狠心，头也不回地推门就出去了。余志坤送到门口，看着曲大祥远去，消失在黑夜的暗幕里。莲花此刻已经静下心来，她拿起笤帚收拾起来。

余志坤回到里屋看到莲花在打扫，就说："莲花，你歇会儿吧，不用你打扫啊。"莲花笑着没有停下，在她打扫屋地的时候，一弯下腰，一对坚挺的大乳房在颤巍着，浑圆的屁股也在裤子里饱满地呈现着。余志坤不由得心神荡漾，火急火燎地赶紧插好了外屋门，几步就冲到里屋，搂住莲花就亲。莲花没有反抗，而是故意大声娇嗔地喘着气，惹得余志坤抱着她就倒在了炕上，曲莲花顺手拉住灯绳，熄灭了明亮的电灯。

在那以后，余志坤还真的不知道用啥招儿给曲大祥收回来几垧分到会龙山村那几个二流子手里的好地，而且价格很低，这着实让曲大祥和莲花高兴了好几天，当然，余志坤在磕头大哥李文忠的言传身教下，串通曲大祥把买地人写成了既不姓曲，又没有人认识的陌生名字，余志坤自然也在里面赚了一些白花花的现大洋。

　　余志坤漫无目的地在屯子里转悠一会儿，因为他就是一个很懒惰、不怎么出力的人，走了半天了，感觉到有些困倦，就抄近道儿回了自己住的那两间土屋，一进屋，看到面如桃花的曲莲花笑盈盈地坐在炕上，给自己缝被子呢，两个人低声唠了一会儿情话，余志坤渐渐地感觉到一股强烈的暖意充盈了心头，不由得搂着曲莲花，又是好半天的温存和缠绵。

　　李文忠和余志坤的计划里的第二步棋，是想把基干民兵队掌握在自己的手里，他们多次试图拉拢李黑孩，把这个基干队长拉到自己那一边，只可惜啊，这个李黑孩是个很难拉拢的人，对余志坤就是软硬不吃。孤儿的经历使李黑孩很少信任别人，现在更是执拗，在李黑孩的心里只有一个信念：听党的话，跟党走，只听共产党的指挥。过去只听卢忠和路雪峰的，现在只听郭文声、田宇和王铁匠的，因为王铁匠经卢忠和老高二嫂做介绍人，在卢忠调走之前加入了中国共产党。李黑孩带领三十几个民兵执勤、站岗一丝不苟，训练民兵井井有条，还在和土匪的战斗中立了大功，受到省委和省军区的通令嘉奖，成了远近闻名的战斗英雄，这样余志坤更加动弹不了他了，就是作为长发区农会会长的李文忠也拿他没有办法，摇着头，对余志坤说："你刚刚上来，不能着急，不能整太扎眼了，千万别再去招惹这个小嘎子，耽误了正事。"

　　余志坤在李大胡子李文忠的暗中扶植和指挥下，正在一点一点、一步一步地蚕食和篡夺着会龙山村的领导权，地主阶级、土匪武装以及国民党反动派豢养的鹰犬正在暗地里疯狂地掠夺着前期"土改"工作队和会龙山村广大贫雇农用生命和鲜血换来的土地改革胜利果实。

第二十九章　"郑主编"

秋天的意味在三江平原刚刚开始弥漫，经历了土地改革运动暴风骤雨的合江大地，在静谧和平和的丰收景致中迎来了新的一年。

东北局副书记陈放来到了合江省，他思念自己半年没看到的老战友郑天牧，也对这佳木斯产生了无限的遐想，他带着东北局和东北民主联军的战勤机关和后勤保障部门的同志们来到佳木斯，衔接支前对接与伤员转运事宜，也借机看看率先在黑土地开展的土地改革运动的成果。

通过剿匪、"土改"和普遍的部队诉苦运动，佳木斯已经成为巩固的革命根据地，大批的粮食、物资、兵员等源源不断地送往前线。与此同时，敌占区的大批文化名人也转移到了佳木斯，其数量之多、行当之广、名声之响，都是极为罕见的。

转移到佳木斯来的我党的文化机构有东北文化工作委员会、中华全国文艺协会东北总分会、东北大学鲁迅艺术学院、东北大学、中国医科大学、东北鲁迅文艺工作团、东北民主联军总政治部宣传队、东北日报社、东北新华广播电台、东北画报社、人民音乐社、东北电影制片厂、东北银行五十多个文化权威机构。

在解放战争中，硝烟弥漫在大江南北，炮火轰鸣在长城内外，在东北的战略后方——佳木斯，来到这里的文化战士也在殚精竭虑，以文化为武器，有力地配合前方作战。《白毛女》《血泪仇》《兄妹开荒》《夫妻识字》等剧目，在慰问前线部队中得到了极大的好评。为了配合解放战争的形势发展，又及时地编演了《大翻身》《李小二参军》《王家大院》《两个胡子》等剧目。电影《桥》《留下他打老蒋》就是在佳木斯拍摄的，歌曲《咱们工人有力量》就是文艺工作者深入佳木斯几个工厂体验生活时创作出来的。

陈放深刻地知道，在这个弃旧迎新、承前启后的大时代背景下，佳木斯在东北解放战争中无疑成为处于碰撞、争斗、交替、融汇的巨大旋涡的边缘地带。

郑天牧和省长于长录、副省长于国强、省军区司令员李龙陪着陈放同志检查和参观了兴山的东北电影制片厂和关押国民党高级战犯的俘房营，一行人回到佳木斯已经是快到了晚饭的时间。

在省委食堂吃完了饭，几个人在合江省委的会议室里开始了长谈。

"老郑啊，你来这里合江地区工作以来，成果十分显著，事实证明党中央对东北形势的分析和判断是非常正确的，佳木斯地区的根据地建设取得了不错的成绩，也已经发挥了举足轻重的作用啊，我看哪，这佳木斯就是东北的小延安啊。佳木斯和合江省的建设和发展上，你郑天牧同志功不可没啊。"陈放坐在沙发上笑呵呵地看着郑天牧。

郑天牧摆手，说道："不不，这是党中央和东北局的正确领导和全体同志共同努力的结果，我个人作用不大。"

于长录对陈放说："首长，天牧同志刚刚提倡了我们省委机关冬季吃两顿饭，便于节约粮食，我们也说服不了他啊。"

陈放看着郑天牧，说："这样做，你的身体行吗？"

郑天牧笑着说："当然没有问题啊，现在这个形势下，我们合江省就是要全力以赴地支援前线！"

陈放十分关心郑天牧的身体，在延安的时候，郑天牧的胃不是很好。但看起来，郑天牧在合江地区的工作打开了局面，郑天牧本人也精神抖擞、意气风发。

陈放说："那好吧，你自己多注意身体。"

郑天牧抬起头来，对着在场的同志们说："现在我们开会，由李龙司令员汇报合江地区剿匪情况，由于长录省长汇报一下工农业生产情况；请于国强同志就城市工商业和支前工作作汇报，最后由我作全面的总结和归纳，重点讲讲基层的政权建设和土地改革运动的经验和教训。"

合江省委的办公楼里，又是一个彻夜不眠的夜晚。

三江平原漫长而寒冷的冬天又到来了，土地渐渐封冻，天气还是那样的冷，冷的不单单是大地，其实最让人不寒而栗的是吹出声来的西北风，呼呼地沿着会龙山向东刮去。

进了 11 月，就早早地上了大冻，地里再也没有活儿可干，会龙山村的人们，又和往年一样猫起了冬。余志坤当了农会会长以后，贫雇农积极分子唠嗑儿交心会慢慢就不开了，农会的几个委员也很少在一起开会，一切都是余志坤这个农会会长在拿着主意，这不但让广大的贫雇中农委员和几个积极分子没有感到不满意，相反他们倒也都心满意足，想到土地分了、房子大牲口也分了，衣服被褥也分了，柴火各家也都预备够了，这个冬天，该好好歇息了。似乎土地改革、斗争地主、挖掘浮财把这些庄稼人给累着了。人们安逸而节奏缓慢地生活着，只是还偶尔看看《合江日报》，听听东北新华广播电台的广播，关注一下前线的战事，评论一下国民党败退的进度。会龙山村依然在忙碌的是王娟和李黑孩，王娟带着妇女们还在纺线、做鞋、编筐窝篓，支前和搞点副业收入。李黑孩每天都带着基干队的民兵坚持训练，战术、投弹、刺杀和瞄准，像模像样，有板有眼。

郭文声自己住在农会的办公室里，每天就是喝水、看报、听广播，偶尔找积极分子谈谈话，再就是给上级写些文字材料，接待一下来参观学习的外屯子人。郭文声对现在的生活状态很满意，他感觉会龙山村的土地改革已经取得了彻底的胜利。

田宇最近倒是很忙，郭文声也是很少看到她的身影，田宇和王娟就着搞支前和副业生产的机会，陆续走遍了会龙山村每一个劳动妇女的家，就连洪德福和李永财的那些家属她们也去看了，这一走不要紧，田宇和王娟实实在在地掌握了会龙山村的很多实际情况，发现了一些苗头性的事情，也掌握了一些值得注意的人。田宇虽然刚刚参加工作半年多，她敏锐地感觉到会龙山村现在平静的表面下，隐藏着巨大的危机，神神道道、人前人后大不一样的李文忠，油头粉面、传闻众多的余志坤，还有屯子里那些溜溜达达、好吃懒做的二流子，逐渐又在兴起的看小牌、推牌九那些赌博活动，买卖土地的传闻也有了，这些都让田宇很担心，她和郭文声说过几次，郭文声都不以为然，只是说这是翻身农民固有的庆祝胜利和享受幸福的一种方式，没有必要危言耸听。显得固执和刚愎自用的郭文声甚至在规划着，一旦条件具备，他要想方设法给会龙山村每一个跑腿子都说上媳妇，甚至郭文声都想把地主阶级的寡妇、闺女介绍给跑腿子们，让贫雇农的后代繁衍生息，让革命的家庭后继有人。

郭文声爱着田宇，田宇爱着郭文声，但这都无法阻挡田宇对革命工作的认真和一丝不苟，她一直在调查走访，了解情况，并准备把会龙山村的现状和存在的问题向桦川县委详细地作汇报，引起县委的高度重视，从会龙山村一个屯子的情况，就可以想象到全县几百个村屯的土地改革运动，绝大多数现在都处在这"铲地到头歇一气"的时候，甚至是"船到码头货到站、'土改'胜利享清闲"的局面，想到这里，田宇下决心要把会龙山村的情况摸个清清楚楚、整个明明白白，然后负责任地向组织上反映情况，不能让土地改革的成果流失，也不能让烈士的血白流。

田宇的举动引起了两个人的注意，一个是李黑孩，他知道田宇心里真实的想法，白天他领着民兵认真地训练，晚上李黑孩自己倒挂着冲锋枪，悄无声息地跟着田宇和王娟，暗中保护着这两个在李黑孩心目中如戏里花木兰一样厉害的女子，他绝不能让坏人伤害工作队员和贫雇农干部。另一个是叫锁柱子的跑腿子，这是个机灵的二流子，他就把他的土地经过余志坤的手卖给了曲大祥，自己拿着钱跑去佳木斯找了一个暗娼鬼混了半个多月，等钱祸祸没了又跑回了屯子，不经意间，这小子听到了田宇和王娟与妇女们的谈话，隐约听到打听余志坤和曲莲花的事，他感觉到事有蹊跷，就跑到余志坤那里，告诉了余志坤，想在余志坤那里卖个好。

出乎意料的是，余志坤倒没有怎么吃惊，因为余志坤心里十分清楚，他和莲花的事儿，是纸里包不住火的，暴露是早早晚晚的事，可这男女之间的事，要想整明白，那必须得捉奸捉双啊，按在被窝里才算数呢。哪能那么容易就让人抓住了呢？自己以后还真得加小心了，一旦彻底露了，对自己、对大哥李文忠的计划，有百害而无一利。他眼珠一转，就安排人整了好几个菜，借着和彻底的无产阶级光棍子谈话、交心的由头，和这个锁柱子在自己的屋子里一顿猛喝，在锁柱子迷迷瞪瞪的时候，和锁柱子也拜了把子，成了锁柱子的大哥了，还从兜里掏出一些钱，让锁柱子随便花，把锁柱子感动得眼泪鼻涕一起流，对余志坤更是五体投地。

余志坤告诉二流子锁柱子啥活儿也不用干，就是盯住田宇和王娟，随时报告这俩女的都到了哪儿、和谁接触了、都唠些什么，办明白这个事，大哥余志坤重重有赏。锁柱子自然满口应承，尽心尽力地办。

余志坤和锁柱子不会想到，在他们密谋的时候，另一双眼睛已经洞悉了他们的一切，这就是李黑孩。他现在心细得像一个老练的侦查员，故意在众人面前装作直率和粗鲁，暗地里心思缜密地观察着这一切。

此时，郭文声正坐在农会的办公室里，喝着开水，看着《中国土地法大纲》，想着给跑腿子找媳妇儿的事儿呢。在他的心里，确实是把会龙山村这些贫雇农们当成了自己的亲人，这朴素的感情使郭文声兴奋着，决心要在会龙山村留下自己曾经工作过的痕迹，雁过留声、人过留名嘛。

离开家乡也一年多了，郭文声很想念家乡的山、家乡的海和家乡的老母亲。

郭文声出生在山东半岛的一个靠海边的渔村里，他是爹妈唯一一个儿子。也是他父亲三个兄弟中唯一的后代，他的大爷有两个孩子都是女儿，他老叔打了光棍儿，根本就没娶上老婆。叔叔大半辈子给大地主家扛大活儿，积攒下的几个钱，都稀罕八叉地给了郭文声花。他大爷，动不动就对自己的姑娘骂骂咧咧，可是一看到郭文声，顿时就眉开眼笑，喜爱得要了命了，比郭文声自己的亲爹妈还要亲。天灾人祸的日子里，全家人勒紧了裤腰带，挺着脖子，都拿野菜和树皮吃着，而他呢，却享受着自己独自吃粮食的待遇。因为都知道，他是全家人的命根子，全指望郭文声传宗接代、兴旺门庭呢。

他的母亲，虽然一个大字都不认识，但也知道这个道理，对他更是溺爱，都有些过分了，郭文声都十一了，母亲还给他穿鞋穿袜子呢，邻居们都说，这孩子惯得没个样子了。可是母亲不管这些议论，依然溺爱着。每逢屯子里来了算命先生，他必定要领着郭文声去请先生算算，算命先生那可是四面见光的人，胡诌八咧，什么好听就说什么，把郭文声的母亲乐得都忘记了自己姓啥了。越这样，母亲就越爱儿子，她碰到人就说："俺的儿子，是个老天爷派来的福寿星，这也是该着俺们老郭家门楣有起色、祖坟冒青烟了，将来俺儿子必定发财兴家、光宗耀祖啊。"这么一来，郭文声就成了家族里的"特殊人物"，也成了村子里的"特殊人物"。全家、全屯子都挨着饿，就他郭文声能吃饱。一直到十四岁，还在满大街地玩儿，什么活儿都不会干。屯子里的人都指指点点，说："这个孩子算完了，出息到头儿也就是个二流子。"日本鬼子占了山东以后，他大爷的两个姑娘被糟蹋死了，他爹和老叔被日本鬼子抓去当劳工，再也就没有了音讯。在这家仇国恨的强烈冲击下，郭文声和几个一起玩耍的小伙伴，偷着离开了溺爱自己的母亲，参加了八路军胶东支队，那一年是1942年，那一年郭文声十八岁。

家里的仇恨、民族的仇恨和八路军里崭新的生活，彻底改变了郭文声娇生惯养的生活习气。同志们对他的深情厚爱和部队的培养教育，还有战火的洗礼，使郭文声成长为一个坚定的无产阶级战士。就这样，1944年，郭文声在战场上加入了中国共产党。1945年初，他被提拔为排长。

1945年9月，随山东军区的北上部队渡海，从大连的庄河进入东北，后来来到佳木斯，成为一名土地改革工作队员。

郭文声无疑是一个坚定的革命战士，只是对土地改革斗争的残酷性和复杂性缺乏全面清醒的认识，对国民党残余势力和妄图东山再起的反动地主的凶残本质没有足够的警惕。他简单地认为土地改革已经取得了胜利，应该让广大的贫雇农乐乐呵呵地享受胜利果实了。

里屋的门帘子一挑，那个老是被赵老鸢儿叫作"厨子"的贫雇农刘江进来了，刘江穿着一身青棉袄，戴着狗皮帽子，手里拎着直冒热气的开水壶。刘江现在和郭文声一起住在农会里，给郭文声做饭，连带做个伴儿。

"郭队长，中午吃点儿啥？"刘江习惯地叫着队长，郭文声也习惯于被这样叫了。刘江给桌子上的杯子续上开水，然后看着郭文声那和他一样年轻而活跃的脸庞。

"你看着整呗，对了，刘江，咱这炕烧太热了，别烧了，别把炕席整糊喽。"郭文声指着炕对刘江说。

"嗯哪，我已经用碎柴火给压上了。"刘江回答着，转身去外屋地的灶台边忙活起来，要准备"郭队长"和自己的晌午饭了。

这个时候，"丁零零"，桌子上的电话响起来，郭文声拿起电话，电话里传来县委办公室主任那洪亮的声音。

"喂，是会龙山村吗？"

"是啊，这里是会龙山村。"

"我找郭文声同志。"

"我就是郭文声，请讲。"

"哦，你好，现在通知你一个事情，明天上午，《合江日报》的郑主编要去你们会龙山村采访土地改革的进展，还要召开一个贫雇农座谈会，请你们组织好、接待好。"

"嗯，我们一定接待好、准备好，对了，来几个人，在这里吃饭吗？在不在会龙山住宿呢？"

"这些现在还不清楚，明天你们根据实际情况来吧。"

"好的，知道了。"

郭文声放下电话，感觉很蹊跷，来几个人不确定，吃饭不吃饭不确定，住不住不确定，这让他怎么安排接待呢？管他呢，反正现在咱会龙山啥吃的也不缺，现在最关键是准备好,《合江日报》是合江省委的机关报,会龙山村虽然没少上报纸,但这次是他郭文声牵头接待的第一次,决不能秃噜扣,必须整好。

想到这里,他对外屋地正在做饭的刘江喊道:"刘江啊,你赶紧整点儿快的、简单的,吃完还有事儿呢!"

"嗯哪,快好了!"刘江在外屋地回答。

郭文声趁这个工夫,赶紧拿出本子和笔,在准备着情况汇报,他意识到这次的任务很重要,必须完成好。

吃过了晌午饭,郭文声告诉刘江通知田宇和农会的委员们到农会开会,安排郑主编来蹲点调研的事情。在会议上,气氛很沉闷,农会会长余志坤自然是嬉皮笑脸地附和着郭文声,田宇看着余志坤的丑态,很厌恶。郭文声布置完任务,屋里就鸦雀无声了,武连山和王铁匠都看着田宇,田宇没吭声,他们就也没有说话。郭文声惦记着自己还没有拟定完成的情况汇报,就宣布散会了,抓紧准备。田宇会后也走了,郭文声想着迎接调查研究的事,也就没有叫她。田宇也想着利用这个机会听听大记者对目前土地改革的看法,一直没有心思和郭文声说话,就领着人准备起来。

大家就把村里村外的已经很旧了的标语撕下来重新贴了新的,又在显眼的地方写了几条白刷刷的大字标语,自然是郭文声出的词儿、写的字儿。

此时,在佳木斯,在合江省委书记郑天牧的办公室里,听说郑天牧书记要下去到村屯去蹲点,省长于长录和副省长于国强来到书记的办公室。

"正好,我正要找你们俩呢,我准备下到村屯去搞一下调查研究,和你们俩打个招呼,也安排一下近期的工作啊。"郑天牧笑着对进来的两个人说着。

"天牧同志,想去哪里啊?"于国强问郑天牧。

于长录也关心这个问题,他也直直地看着郑天牧。

郑天牧看到面前的于长录和于国强这样关心的样子,笑着说:"我准备去桦川县长发区的会龙山村去看看,听蔡强同志介绍说,这个村土地改革起步早,方法得当,成果显著,我去看一看,调查和总结一下,看能不能拿出指导全省土地改革的宝贵经验。"

于长录省长心里咯噔一下,站起来说:"天牧同志,会龙山村一带是城乡接合部,靠近老母猪山,土匪的残余势力比较大,就在不久前,还和土匪进行了一场战斗，牺牲了两位村干部呢。我看还是换一个别的村，稳妥一些。"

"是啊，天牧同志，还是谨慎点儿好啊。"于国强在一边也很着急。

"呵呵，没有关系，据我所知，那是杨老虎的残匪一部，已经彻底消灭了，再说，会龙山村的示范和引领作用不容小觑啊，我们的工作队员不也还在那里工作嘛。他们都不怕，我这个省委书记倒怕了，没有道理嘛。"郑天牧严肃地说道，他因为语速的原因，带出了浓重的江苏口音来。

于国强大声说道："那我和李龙司令员打个招呼，多派一些警卫部队，保护着你去！"

"那绝对不行，我去搞个调查研究，前呼后拥的架势还能了得啊，那就一点真实的情况都调查不到了，就和广大人民群众隔离开来了，那我们可就真真正正成了'瞎子'和'聋子'了啊。"郑天牧着急地说。

于长录也着急了，他说："天牧同志，这样做是不理智的，你是中共中央政治局委员，我们必须对党负责！"

"我们更应该对党的事业负责啊，我的省长同志！"郑天牧对这于长录郑重地说道。

"这……天牧同志。"于长录和于国强太熟悉眼前的这位文弱的来自延安的领导同志了，他决定的事就会做下去，轻易不会改变，可这样的情况下，作为省长和副省长也要对省委书记的安全负责啊，急得这两位直搓手。

看到这个样子，郑天牧笑了起来，对他们说："好了，就给我几天假吧，好吗？"看到二人抽抽的脸，他又说："好了，我带几个警卫人员，你们俩去军区选几个，这下放心了吧？"

于长录和于国强没法儿再坚持，只好同意。

郑天牧对他们说："你们俩也不必多虑，会龙山村毕竟是土地改革的试点地区，毕竟是我们的解放区啊，歌里唱得好，'解放区的天是晴朗的天'嘛，是不是？"

三个人都笑了。

第二天早上，天变了，刮起了"大烟炮"，虽然才刚刚到11月底，可却像三九天一样冷。

郑天牧一行迎着风雪，坐着一辆日制的轻型卡车，行驶在佳木斯到会龙山村的雪路上，驾驶室里是司机老何和郑天牧以及秘书小王，车后面是帆布棚，里面是六个荷枪实弹的警卫战士，不太放心的于长录和于国强找到了合江省军区司令员李龙，要来了前一段民主联军大整训、大练兵时的四个比武尖子参加郑天牧的警卫任务，其他两个是郑天牧平时的警卫员。

老何非常熟练地驾驶着汽车。他是土生土长的佳木斯人，原来是发电厂的卡车司机，经常往返于兴山和佳木斯之间运煤，因为省政府缺少技术娴熟的司机，就把他这个老共产党员抽了上来。

"首长，我们就带这几个警卫人员，能行吗？"年轻的秘书小王问郑天牧。

"怎么了？小王，心里没底儿了？"郑天牧笑着和蔼地转头看着小王问道。

"我才不怕，我也参加过战斗呢，我是担心首长您的安全。"小王说的是真心话，他曾经是东北大学的毕业生，沈阳学生运动的组织者和骨干，在沈阳解放之前就是中共地下党员。

"呵呵，放心吧，这靠近佳木斯，还是东北最早的解放区，我们有广大的群众，就不怕任何的黑势力。"郑天牧看着前方风雪弥漫的道路对小王说道。

老何和小王都不住地点着头。小王转头看着车窗外飞扬的雪花，自言自语道："'北国风光，千里冰封，万里雪飘……'应该就是现在这个样子啊。"

郑天牧和老何相视而笑。

卡车刚刚驶过铃铛麦河的小桥，就遇到了一个大烟炮刮起来的雪磷子，车过去一下子就陷了进去，老何前进和倒退了几次，也没有冲出来，老何打开车门下去看了看，上车后，不住地对着自己的手哈着气，说："这鬼龇牙的天气，真冷！首长，车打误了，你在这儿坐着，我去整。"说着从工具箱里拿出了狗皮帽子和棉手闷子戴上，又下车去了。

小王把公文包放在座位上，也穿戴齐整下车去帮忙。他和老何加上六个警卫战士，用铁锹挖，用手搂，用脚扒拉，把车底和前方的积雪清到一旁去。

小王对老何说："你上车开车，我们几个看不行就推。"

"嗯嗯，我看差不多了。"老何把锹递给一个战士，回到驾驶室。启动、前进，还是打滑，小王对几个战士说："来，咱们一起推！"

"一！二！三！"几个人喊着口号，使足了劲儿，终于把车推了出去，等车出去雪壳子了，小王才注意，看到身旁和自己一起喊号推车的是郑天牧书记。

"首长，你怎么下来了啊？"小王不知所措地说。

"我是下来和你一起欣赏北国风光啊，不行吗？"郑天牧只是用一个围脖护住了自己的头，手上连个手套也没有，他含笑对愣在那里的小王说道。

"哎呀，首长，你赶紧上车！你咋下来推车了呢？"老何停下车才看到驾驶室里郑天牧不见了，下车就开始咋呼起来。

郑天牧笑着和小王一起坐进了驾驶室，警卫战士们也上了后面的车厢。

卡车停在了会龙山村的农会大院门口，小王先下了车，然后郑天牧下车来到农会大院的门口，看着高大的门楼两侧"会龙山村农会""会龙山村基干民兵队"两块白底黑字的木头牌子，郑天牧点了点头，可是看到大门一侧的墙上写的标语，郑天牧皱起了眉头。那是郭文声刚刚在头一天写下的标语，内容是"贫雇农打天下坐天下"。

这时候，郭文声和田宇带着会龙山村的干部们从里面迎了出来，跑在前面的余志坤看到卡车上下来六个荷枪实弹的战士，清一色冲锋枪、短枪、手榴弹、匕首，一应俱全，心里寻思道：这来的不是一个报社的主编吗？怎么还有这么多的警卫呢？

郭文声跑过去，看到了小王和郑天牧，小王介绍道："你是郭文声同志吧？这位是《合江日报》的郑主编，我是郑主编的秘书，我们是来会龙山村采访和调查研究的。"

郭文声和郑天牧握手的时候，端详了一下，感觉这个郑主编身上透着一股凛然的正气，和蔼可亲，微笑着看着他，一副黑边眼镜透着睿智和博学，他赶紧握住郑天牧的手，说："欢迎您，郑主编，我是会龙山村'土改'工作队的留守队员郭文声，这是留守队员田宇。"郭文声指了指田宇，田宇敬了一个标准的军礼，说："首长好，我是田宇！"

郑天牧热情地和会龙山村的同志们一一握手，端详着每一个人，和余志坤握手时感觉余志坤的手很软，手指很细，像个女人的手，听郭文声介绍说是农会会长，郑天牧就格外地注意了一下，发现这个人的笑有些做作。这时候，郭文声赶紧说："请首长和同志们赶紧进屋吧，这外面太冷啊！"

"是啊，快进屋吧！"余志坤也在张罗着。

郑天牧在郭文声和田宇的陪着下，在前面进了屋，余志坤招呼着警卫战士进屋，大家都进了屋里，两个警卫战士一左一右在里屋门外立正站好，就开始了警戒任务，司机老何没跟着进院子，他认真地检查着卡车，这是他多年以来的习惯。

进到屋里，外屋地的灶台上热气腾腾，锅里的开水直翻花，刘江在拿着几个水壶灌着开水，看到有人进来，点头笑着没好意思说话。

　　里屋的南北大炕，暖意融融，东墙上毛主席和朱总司令的像崭新光亮，炕头贴着《民主联军大反攻》《分果实》《放下你的鞭子》等几幅画，衬托着农会的气氛，靠北炕有一个八仙桌，上面摆着茶壶和茶碗，还有一盘葵花籽。郑天牧在北炕靠桌子的炕沿上坐下来，郭文声倒了一杯热茶给郑天牧。郑天牧抿了一口，转头笑着问郭文声和余志坤："你们农会不错啊，还能淘弄到铁观音？"

　　郭文声说："主编同志，哪是我们淘弄的啊，是地主家没收来的，就是那个恶霸地主洪德福家里搜出来的。"

　　郑天牧点点头，指着余志坤说："这位白白净净的同志就是农会会长吧？挺年轻的一位同志啊。"

　　余志坤赶紧站起来，白白的脸上紧张得更没有了血色，说："是的，我是农会会长余志坤，郑主编，你好！"

　　郑天牧问："你这个农会会长是贫雇农选举的吗？"

　　"是的，首长。"郭文声答道。

　　"是用黄豆和瓷碗，一个粒儿一个粒儿选出来的。"余志坤赶紧补充道，好像说了这些，自己的底气就充足了。

　　郑天牧满意地点点头，突然他想起了农会外面大墙上的标语，就面无表情地对郭文声和余志坤说："让大家先去休息吧，郭文声同志和田宇同志留下，我们碰一下情况。"

　　大家都走出了里屋，但除余志坤出了大院，其他人谁都没有离开农会大院。

　　余志坤出了农会大院，就看见了不远处在大道上正转着磨磨的锁柱子了，这个二流子对于磕头大哥交代的事还挺用心呢，跟着田宇一路跟到了农会。

　　余志坤走过去，从兜里拿出几块钱对锁柱子说："你赶紧骑马去长发，告诉李大哥，咱会龙山村来了个《合江日报》的郑主编，让他知道一下。这个在路上用，有啥消息别耽搁，抓紧回来！"余志坤怕这个二流子有了钱跑佳木斯去鬼混，耽误了自己的事。

　　"那我马上就去，这边你好好伺候着吧，把这个大笔杆子整明白了，你也可以像李大胡子一样当个区干部，那多带劲儿啊？"锁柱子答应着。

　　"哎呀，这边你不用管了，快去！"余志坤挥了挥手。

锁柱子急急地走了，余志坤转身回到了农会大院。

看着郭文声和田宇坐在了自己的对面，掏出了本子，郑天牧对着郭文声问道："你们这个大院原来是地主的？"

郭文声回答："是的，没收了地主洪德福的套院，先是贫雇农团团部，现在做了农会。"

"墙上的标语是谁写的？哪里来的词儿？"郑天牧语调很平缓，但严厉地问道。

郭文声和田宇对视了一眼，郭文声站起来，说："报告主编同志，是我想的，我写的。"

郑天牧点点头："嗯嗯，你的字写得不错。"话锋一转，郑天牧严厉地说道："可是，这标语有问题啊！你是从哪里学来的奇谈怪论啊！'贫雇农打天下坐天下'，天下是贫雇农自己打下来的吗？我们党的工人阶级的领导地位呢？中农呢？城市手工业者呢？知识分子呢？这些人就没打江山？也没有坐江山的权力了？离开了广泛的各阶层的大团结，贫雇农就能打天下、坐天下？"

刚刚迎来郑主编的喜悦心情，正在郭文声和田宇的心里蔓延，现在听到这番话，犹如一盆凉水从头浇到脚底，自己在写这个标语时没有考虑周全，人家郑主编看出了问题。自己一想也确实如此，错误挺明显啊，这让两个自以为很有文化的年轻人更是羞愧难当。

两个人马上站起来，红着脸。郭文声对郑天牧说："报告郑主编，是我们考虑得太片面，这样的标语写出去，确实破坏了革命阵线的团结。"

郑天牧笑了，说："事情没有你们说得那么严重啊，你们马上把标语纠正过来就好了，不过你们要吸取教训，我们干革命不能光靠一股热情，也要动脑筋、多思考啊。"

"是！我这就去改！"郭文声转头就向外面跑，马上被郑天牧叫住了。

"午饭后，召开农会干部和积极分子的座谈会，我要听听群众的意见和呼声，你认为怎么样呢？"郑天牧带着征询的口吻问郭文声。

郭文声大声说："是！当然没问题！我们就按您的指示去办！"

"那你负责召集一下吧，好吗？"郑天牧对郭文声说。

"好，郑主编，我马上安排！"郭文声高声答应着。

"小王，你现在打电话告诉桦川县的蔡强同志，说我们到了会龙山村，咱们进了人家的地盘，不打招呼不太好啊。"郑天牧笑着对推门进来的秘书小王说道。

"是！首长！"小王马上抄起了电话，把郑天牧来到会龙山村的消息通知了桦川县委和蔡强同志。

原本郭文声和余志坤给郑天牧一行准备的饭是白面馒头和猪肉炖粉条子，可是硬是让郑天牧换成了苞米面大饼子和高粱米稀粥，好说歹说做了一个酸菜炖土豆儿，拌了一个芥菜疙瘩咸菜，刘江边重新做饭，边寻思：看着来的这个人，样子像个大官儿，奇怪的是，倒是不挑吃挑喝，这共产党的干部果然和过去的当官儿的不一样啊。

就在郑天牧一行人和郭文声、田宇和刘江正要吃完饭的时候，桦川县委书记蔡强风风火火地赶到了会龙山村。他和警卫员骑马从佳木斯赶过来，只来过一次的蔡强凭着记忆找到了会龙山村农会大院，在外边执勤的两个警卫战士自然认得蔡书记，他们把两人的马接过去，蔡强就往里屋走。一进屋，就看见郑天牧坐在北炕上，吃得很香，小王和老何一左一右也坐着，郭文声和田宇坐在地上的木头凳子上。郑天牧看到蔡强来到了，就先笑着说："老蔡啊，我们是来采访的，来到你的一亩三分地，原本不想告诉你了，可是感觉不告诉你有些不妥啊，看看，把你这'父母官'给惊动了。"

蔡强机智地听了出来，他笑着说："欢迎郑主编来我们桦川县调查研究，希望多给我们提出意见和指出缺点，我们虚心接受。"看起来郑天牧和蔡强还很默契。

"你吃饭了吗？没有吃饭就一起吃吧！"郑天牧指着桌子上的饭菜叫着蔡强。

"我还真没吃呢，那我不客气了。"蔡强不假思索地回答，找副碗筷就坐下吃起饭来，外屋地的警卫战士把蔡书记的警卫员也拉到外屋去吃饭了。

里屋外屋都是一样的饭菜，吃得也都是一样的香。

下午，会龙山村的贫雇农座谈会在农会大院的正屋里召开了，参加会议的有农会会长余志坤和农会委员武连山、李黑孩、赵老鸢儿和王娟等人，郭文声和田宇也参加了座谈会。同志们听说是省里来的大干部、大记者，与会人员都有些紧张，谁也不先发言，经过县委蔡书记的再三引导，屋里还是鸦雀无声。

"看起来，大家是对我这个人还不托底吧？是吧。"郑天牧笑着说道。

"那我就自我介绍一下吧，我叫郑天牧，是《合江日报》的主编，大家叫我老郑好了。最近党中央和东北局都有指示，叫我们组织起来，打倒封建势力，实现土地还家。我们合江省已经开始了，你们桦川县更是已经先走一步了，这是个艰巨的任务，几千年的封建势力，我们在短时间内就要扫除，困难能没有吗？可是，只要我们团结一心，形成一股强大的力量，就会取得土改运动的胜利！"郑天牧说着，握紧的右拳向面前举起。

他接着说："今天咱们讨论一个问题，你们屯子这四户地主，我们已经进行了斗争，但斗争的结果是不是彻底，是不是解决了会龙山村的根本问题呢？大家谈一谈。好吗？"

郑天牧的一席话把会场的气氛变得非常轻松起来，但大家还是没有发言。

余志坤感觉这是一个自己露脸的好机会，他有在会议上一枝独秀的自信，风头压过郭文声和田宇，所以他看看在场的人，决定第一个发言了。

"我呢，刚刚被选上农会会长，我说的不一定对，我就是认为曲大祥和白老毛儿不应该斗，因为他们自己也上地里干活儿，也是靠劳动起家的，不像有人命的恶霸地主洪德福和李永财，曲大祥和白老毛儿这俩人被斗争了，有些冤枉。"余志坤自以为很懂政策地说。他犯了一个致命的错误，没有认真学习相关文件就口若悬河地说话了。

郑天牧犀利的眼睛一亮，他不作声地看着余志坤。

"你说得不对！"一旁的李黑孩一下子站起来，大声说，"我就不同意你这样的看法！曲大祥是咱们会龙山村比较大的地主，咱屯子的不少人给他家扛过活儿，受过他的剥削。伪满的时候，曲大祥一家从来就没有出过劳工，你再看看会龙山村还有谁家没有出过劳工？这是个什么性质的问题？这不就是倚仗日伪势力压迫咱穷人吗？再说那白老毛儿，虽然是自己也去地里干活儿，但是他把高利贷放了大半个屯子，那是驴打滚儿，利滚利啊，他压榨和剥削我们农民的劳动血汗，他冤啥啊？"

经过土地改革运动和与土匪的生死拼搏，李黑孩已经成长起来了，听到余志坤为地主阶级鸣冤叫屈，气得真想大骂余志坤。

"你叫什么名字？"郑天牧问道。

"报告，我叫李黑孩。"李黑孩答道。

"大名呢？"郑天牧问。

"这就是俺大名！"李黑孩说。

蔡强附耳对郑天牧介绍着李黑孩，郑天牧的眼神由陌生变成了欣赏，边听边看着眼前这位皮肤黝黑、五官端正的年轻人。

"哦哦，"郑天牧点头，说，"你接着说啊。"

李黑孩坐了下来，说："我想我们屯子这四个地主都处理得都很恰当，很符合政策，杀人的偿命了，剥削人的没收财产了。"

李黑孩的一席话把余志坤的话彻底地整卡壳了，参加会议的几个中农是哪头也不敢得罪，李宝英想站起来支持一下李黑孩，想了想也没有起来。其他贫雇农的心中也没有一个赞成余志坤的发言的。

会场顿时又陷入了一片沉寂，每个人都有自己的看法和观点，但都不愿意表达出来。

熟悉群众工作的郑天牧看在了眼里，他看看蔡强，转头对到会的几名村干部和积极分子代表说："今天开会，可能是太过于匆忙，大家都没有准备好，我们今天呢，就到这里，我们再开会，临时通知大家，大家有什么问题也可以直接来农会反映，好不好？散会吧。"

开会的人都陆续走了，郑天牧把郭文声叫过来，对郭文声说："你把农会委员李黑孩和王铁匠以及武连山单独一个一个地叫过来。"

郭文声马上心领神会，说："嗯，我去安排。"

李黑孩先进来了，他向郑天牧敬礼，然后说："郑主编，我是基干民兵队长李黑孩！"

"来，我们的战斗英雄，坐！"郑天牧让李黑孩坐在了自己的旁边，并示意屋里只留蔡强和自己。

"李黑孩同志，我们刚才看到了，座谈会很不成功，原因在哪里呢？这个余志坤为什么还替地主阶级鸣不平呢？"郑天牧直接切入主题。

李黑孩脸上严肃起来，他对郑天牧说道："首长，你不知道，原来卢忠队长在的时候，我们贫雇农选出的贫雇农团的干部牺牲了两个，调走了好几个，现在这个农会这些干部都是在秋天选的。这余志坤原来是在佳木斯开饭店的，回来一个多月捅捅咕咕地就选上了，还不是他愿意搭理屯子里的二流子、跑腿子和爱占小便宜的那些人吗？还不是因为余志坤和长发区农会会长李文忠是拜把子哥们儿嘛。"

郑天牧脸色沉了下来："嗯？拜把子？这屯子里怎么还整上江湖这一套了呢，这是个不好的倾向。"

"他和这几个地主和地主的家属不沾亲带故吧？没有什么联系吧？"郑天牧

敏锐的嗅觉让他想到了好多可能性。

李黑孩说:"那倒不沾亲带故,也没有发现有啥联系。"

郑天牧问蔡强:"这个李文忠是个什么情况?"

蔡强说:"李文忠是个贫雇农,住在南长发的屯子里,没有家,是一个跑腿子,打猎出身,枪法很准,战斗中也异常勇敢,在与地主阶级的斗争中表现突出,去年长发区选举,被选为农会会长,政治上没有发现什么问题。"

"哦,你们桦川县委也要重点考察一下这个人,千万可别让坏人钻了空子啊。"郑天牧嘱咐道。

"是,我们一定提高革命的警惕性。"蔡强答应着。

"李黑孩同志,你的任务就是密切注意你们会龙山村这个农会会长,有什么情况及时向组织上汇报。"郑天牧拍着肩膀告诉李黑孩。

李黑孩挺起了胸脯,说:"郑主编,请组织放心,我保证完成任务!"

"好,那你去忙吧。"郑天牧和李黑孩握手。李黑孩转身出来,迎面正好看到了余志坤,余志坤会议结束以后,心里感到莫名其妙的烦躁和不安,回家后又不由自主地溜达回了农会大院。看到李黑孩从里面走出来,讨好地上前打招呼:"李队长,你做什么呢?"

李黑孩用平静的语气说:"我去看看民兵训练,再布置一下晚上的执勤。"说完,就大步地向场院走去,那是民兵们冬天的训练场。

余志坤看看农会的院子,犹豫着,他本来想在这个省里来的郑主编面前好好表现一下,没有想到自己太过于关心曲大祥家的事了,准确地说,就是关心曲莲花未来的命运,竟然公然在会议上为地主阶级鸣冤叫屈,也真的是笨到家了啊。这个郑主编,一看就是个聪明的大干部,自己这就是弄巧成拙啊。算了,还是不去农会了,别让人家再像个审讯犯人一样问个没完。余志坤想着,就赶紧跑回了自己住的屋里,倚靠在炕琴上迷瞪起来。到了现在这个程度,余志坤都后悔听大哥的话了,来这里遭这个罪,不在饭馆里好好享福。可是,一想到温柔似水的曲莲花,他又感觉自己所做的一切还是值得的,想着想着,不知不觉睡着了。

郑天牧接下来又和王铁匠和武连山唠了半天的嗑儿。王铁匠的直率和武连山的沉稳,都让郑天牧非常信任,也从这两个人的嘴里知道了一些余志坤和李文忠的情况,并且和李黑孩提供的情况相吻合。这样就对于会龙山村的整体情况也有了大体的了解:知道了会龙山村的农会会长余志坤是一个群众很不托底的人,他和地主以及地主的女儿、二流子都不清不楚，扯不清关系；余和长发区农会会长李文忠是拜把子兄弟，不能领导群众翻身；选举有拉拢的因素，余志坤本人存在作风问题。郑天牧只是在听在记，没有急于表态。

晚上，郑天牧和一行人住在了农会大院里，平静了很多时日的农会大院又热闹起来，南北大炕被刘江烧得热乎乎的，郑天牧和蔡强躺在炕上唠着黑土地的未来，警卫战士们在一起说着家乡分地、分马的趣事。做事严谨的李黑孩在农会大院警卫的外围又布置了很多的明岗和暗哨。他只有一个想法，那就是要保护好郑主编。

在这个夜晚里，李文忠骑着马，跑出了长发，偷偷来到了会龙山村的余志坤家。余志坤把村子来人的事和大哥李文忠详细地汇报了一下，李文忠仔细地询问着具体情况。

"说是《合江日报》的主编，姓郑，文质彬彬，戴个眼镜，像是一个大知识分子。"余志坤对着李文忠说。

"姓郑？"李文忠思考着。

"这次你记着，《合江日报》的主编来会龙山村，你要好好表现啊，要让他们信任你和我，我估计又是来总结什么经验和典型来了，你们屯子是一面他们搞土地改革运动的红旗，你好好表现一下，兴许会有收获的。"李文忠精心地设计着余志坤的未来。

"大哥，你也多加小心啊。"余志坤关心着大哥，他说，"大哥，你这当区农会会长的举着红旗反对红旗，自己一定要注意安全啊。"

李文忠大笑起来，狂妄地说："兄弟，放心吧，我李大胡子福大、命大、造化大，能整得了你大哥的人还没下生呢！"

余志坤根本就没敢告诉自己的磕头大哥一件事，就是自己在座谈会上为曲大祥、白老毛儿等地主鸣冤叫屈的事，他知道李文忠不会表扬自己，反而会怒骂自己的愚蠢和无能，所以余志坤决定继续隐瞒下去。

看着余志坤垂头丧气的样子，李文忠说："兄弟，你精神儿地，别像霜打的茄子似的，再忍耐忍耐，看看东北形势的发展，国军要是能打回来，咱哥们儿就见到天了！"

这些情况，都被李黑孩安置的眼线和暗哨知道了，并且汇报给了郑天牧同志。

第二天，农会的委员和积极分子继续开座谈会。这次没有让余志坤参加，这样的安排大家也没有特别在意，这次的座谈会就很成功，与会人员毫无顾忌，都争着发言，历数洪德福、李永财、曲大祥和白老毛儿的罪恶本质，拥护民主政府和"土改"工作队对地主阶级的处理决定。郑天牧同志没有在会议上作指示，县委蔡书记也没有作总结。

郑天牧临离开会龙山村，和桦川县委书记蔡强进行了深入的交谈。

郑天牧说："蔡强同志，你这段时间就把主要的精力放在会龙山村吧，你们在今后的工作中要着重注意两个问题。一是运动进行到现阶段是否有地主阶级的代理人进入到农会组织中来。要调查研究，多做具体分析。特别是李文忠、余志坤的问题要尽快调查搞清楚到底是什么性质的问题，向省委汇报。对于属于'两面光'的干部要立足于教育、使用，对确实属于敌特或者地主的狗腿子、坏蛋，要坚决斗争并予以清除。二是群众还没有觉悟起来，还没有明确地主的家底子是谁给他挣的。工作队要通过调查，多做一些地主发家史的剖析，让群众懂得地主是靠剥削穷人起家的，地主的家底子是农民的血汗，实现土地还家，把地主的家底子变成农民的家底子是理所当然的事情。"

"我们桦川县委一定积极发动群众，全力组织调查，尽快把结果报告给省委！"蔡强说道。

蔡强望着郑天牧的车和后面警卫班的车远去，他决心扎扎实实地落实郑天牧书记的指示，把会龙山村打造成土地改革运动的典型。

第三十章　枪毙暗胡子

县委书记蔡强在省委郑天牧书记离开会龙山村以后，马上召集会议，部署和落实郑天牧书记临走时交代给桦川县委和会龙山村贫雇农的任务。

会议参加者只有蔡强、郭文声、田宇、王铁匠、李黑孩、武连山六个人。

蔡强对这几个人说："同志们，《合江日报》的同志们走了，可他们这次来帮助我们找到了我们存在的许多缺点和问题，今天咱们这些人就在一起合计一下，怎么样去修正缺点和问题，加以改正，以全面推动我们桦川县的土地改革运动继续深入开展。"

大家都在记录。

蔡强挥动着缺了手指的右手，激动地大声说："目前，我们会龙山村的土地改革表面上已经完成，并且是很好地完成了，但我提醒同志们好好想一想，一个农会会长公然地为地主阶级鸣冤叫屈，这是什么性质的问题？广大的贫雇农不敢说话，又是什么性质的问题？为地主低价回收土地和大牲口的传闻是哪里来的？难道只是传闻吗？余志坤和地主曲大祥的女儿曲莲花究竟是什么关系？据我所知，会龙山村出现的杨万生为反动地主分子转移浮财的事件，这个曲莲花也是始作俑者啊，看来地主阶级是阴魂不散啊。再就是李文忠的问题，这个人动不动就和人拜把子，称兄道弟的，说轻了是这个人江湖习气太重，说重了就是在拉帮结伙搞小集团，会龙山村的农会选举有没有作弊和拉票的行为？他李文忠到底要干什么？这都是我们现在无法回避而又迫在眉睫、必须尽快处理的问题。"

蔡强书记的一番话，如同醍醐灌顶一样，让在场的人心里为之一震，郭文声的心里翻江倒海，田宇五味杂陈，李黑孩心里痛快淋漓，王铁匠怒火中烧，武连山陷入思索。大家都没有说话，眼睛都看着蔡书记那红彤彤的脸庞。

"当然了，这绝对不是危言耸听，现在的问题还有一个，就是我们的干部看到的只是表面，没有透过表层看本质，对错综复杂的斗争形势缺乏清醒的认识和理性的判断，尤其是土地改革驻村工作队的郭文声和田宇同志，在这里我要批评你们，你们前期的工作很好，但没有控制好选举，没有把群众工作做细，我承认你们做了很多的工作，但是只顾着拉车不看路，怎么能够不进壕沟？我在县里也听说了你们的传闻，说你们在谈恋爱，谈对象我们不反对，咱共产党人不是佛教徒，也有七情六欲，但年轻人还是要把事业和革命的工作作为自己崇高的理想和追求，耽误和疏忽了革命工作就是对人民的不负责任！"蔡强书记十分中肯而又严厉地说出了心里话，王铁匠、武连山、李黑孩不由自主地看了看郭文声和田宇，目光里既有担心，也有关怀。

此时，郭文声的头低着，都没有了抬头看蔡书记的勇气。田宇呢，已经抽泣起来，这两个年轻人对于蔡书记的话，是认同的，作为工作队的留守队员，应该对目前的情况和问题负责任，只不过他们两个人更多的是懊悔，一心就想和平斗争，没有贯彻好土地改革的全盘政策，致使工作中出现了中间地段塌腰的问题，怎么能不让这两个要强的人伤心、难过、懊悔呢？

蔡书记看到面前如同自己的孩子一般的两个年轻人，语重心长地说："你们俩也不要想太多，你们的成绩是主流的，出现问题的客观因素也很多嘛，工作队人员过少，老同志调出过多，尤其咱会龙山村还牺牲了两名优秀的干部。所以啊，我还是希望你们两个年轻人放下包袱、轻装上阵，把工作抓起来，把地主阶级的反把气焰打下去，实现贫雇农真正当家做主。"

田宇抽泣着，对蔡书记说："蔡书记，我请求给我们俩处分，我们对不起党的培养和信任。"

郭文声也站起来，说："嗯，我们是应该处分，我们没有干好工作！"

蔡书记笑了，对郭文声和田宇说："别着急到我这里要处分啊，现在还不到我们总结的时候，严峻的形势没有给我们评价功过的时间啊。"

众人知道蔡书记有更重要的话要说，都静静地看着蔡书记，郭文声也抬起了自己耷拉的脑袋，田宇一手擦着泪水，一手拿起了钢笔。

蔡书记此时，从口袋里拿出烟纸，伸手在武连山那里要来点烟叶，卷起烟卷来，不着急不着慌，一下一下地卷，可是脑袋里好像在高速地运转着，眼睛始终盯着桌子的一角。

卷完，划火，点燃。猛吸了一口，蔡书记抬起头来，转头对武连山、李黑孩、王铁匠三个人问道："你们三位农会委员认为我刚才对会龙山村当前形势和问题的分析符合实际情况吗？"

看到蔡书记征询的目光，三个老委员也不由得心一紧。

李黑孩说："蔡书记，你分析得很对，我们会龙山村的'土改'因为起步比较早，也有了轰动全县的成果，所以我们自满了，警惕放松了，让不地道的人钻了空子，但只要我们认识到了，改正缺点，把坏人揪出来，清理出去，再进一步发动群众，巩固和提高土地改革的成果，我们还是在全县报头子的！"

"黑孩子说得对，蔡书记，您别看贫雇农现在不说，但贫雇农一旦说起来、做起来，就够地主阶级和坏分子喝一壶的！"王铁匠在一旁插话。

武连山也在抽烟，他慢悠悠地说："真金不怕火炼，我还是那句话，一切为了群众，一切依靠群众，从群众中来，到群众中去。就没有过不去的火焰山、蹚不过去的金沙河。现在让地主阶级和坏分子自己好好表演一番，他们还能飞起来啊，他就是飞起来，我们手里的枪也不是烧火棍，再把他打下来呗！"武连山风趣幽默的风格，引经据典的话语把会场里严肃凝重的气氛给打破了，大家都忍不住笑了起来，就连田宇的嘴角也露出了一丝笑意。

蔡书记笑着说："看看，我们会龙山村的农会委员的认识很高啊，我们应该向你们贫雇农多学习啊。"说着，他看着郭文声和田宇说："你俩说是不是这个道理啊？"

郭文声点头，田宇破涕为笑，两个人回答："是！蔡书记！"

"好了，具体的事情咱以后再个别交流吧，现在我安排一下下一步的工作。"蔡书记凝重地注视着大家。

"我们这样来开展工作，关于余志坤的情况，我们分三个小组去调查。第一组，我和郭文声，负责走访群众，了解农会选举前后的情况，查清是否有拉票结伙的现象；第二组，李黑孩和王铁匠，负责调查余志坤低价为地主阶级收购土地、牲口和'土改'果实的问题，重点要在地主家属和跑腿子、二流子身上下功夫；第三组，武连山同志和田宇同志，调查余志坤与大地主曲大祥的女儿曲莲花到底有没有说不清楚的男女关系，田宇可以发动妇女们暗中监视，武连山同志稳重老成，要多配合田宇，多给她出主意啊。"蔡书记一番深思熟虑，果然抓住了事物的主要矛盾，指定出了精准的工作方案。

"对于我们长发区的李文忠李大胡子我们分两步去调查，前面我说的三个组，在调查余志坤时发现李文忠的问题，也要认真调查、记录，单独和我报告；至于长发区的选举和李文忠的历史背景的重新审核，我安排县里的公安部门秘密进行。"蔡书记用了言简意赅的几句话，就把会龙山村当前存在的问题和为了解决问题应该采取的方法和步骤安排得周密细致，其他五个人不由得连连点头。

"这件事情，关系我们会龙山村、长发区乃至于整个桦川县和合江省的土地改革是否经得起历史和人民的检验，所以同志们要注意严格保密，只能是我们六个人知道这次工作的真正意图，不能让任何人知道我们在调查这两个农会会长，除了口供、书信等直接证据之外，我希望同志们先不要留存书面文字材料。"蔡书记扫视着在场的人，强调着纪律。

"郭文声同志，田宇同志，我也希望你们俩别有精神负担，要放下一切的杂念去在工作中丰富和完善自己的人生。行不行？我相信你们。"蔡书记笑着安慰和鼓励郭文声和田宇。

"请您放心，我们一定努力工作，对党的事业负责，对人民负责！"郭文声和田宇几乎是同时站起来表态。

李黑孩对蔡书记说："蔡书记，这段时间，我们加不加岗哨和巡逻的人数？"

"不加不减，保持原来的规模，一切都要在暗中使劲儿。"蔡书记答道。

"嗯嗯。"李黑孩心领神会地点点头。

蔡书记对着王铁匠和武连山说："这段时间就要辛苦你们两位了，不比年轻人了，咱们这样的岁数早晚得把革命的事业交到他们的肩膀上啊，就配合他们把工作做好吧，是不是？"

王铁匠大嗓门子喊起来："那是啊，蔡书记你说得对！咱就是那周仓啊，专门给关二爷扛着青龙偃月刀啊。"

"嗯，那不打紧，我们一定把住舵、配合好！"武连山也表态道。

"好！那我们就这样定了，有啥情况和我单独汇报。"蔡书记笑着站起身来。

大家也都站起来，看着蔡书记。

蔡书记幽默地说："散会吧，回家吃饭去吧！咱们小刘江可没准备你们几个的饭菜啊。"

大家哈哈地笑着，散会了。

笑声里，余志坤进了农会大院。这余志坤在家待了一个上午，也没见有人来叫自己开会，八成是上午休息？八成那省里来的郑主编走了？越想越心里没底，他就往农会大院方向走去。

一进屋，余志坤看到蔡书记站在里屋的地上，就凑上去说："蔡书记，您好，省里的郑主编走了？"

"嗯，走了。"蔡书记面无表情地回答道。听了这话，余志坤很失望，他还想和郑主编好好唠唠，让郑主编把他写上报纸，出一把名，好升个区干部啥的，这没等自己和郑主编套套近乎，人家郑主编就走了，未免心里有些失望。

"蔡书记，您也要走啊？"

蔡书记看着这个白白净净的脸，不动声色地问："怎么？余会长不欢迎我们在这里长期工作？"

余志坤又蒙了，他后悔自己这破嘴，怎么什么都嘚嘚呢。他赶紧说："那哪儿能呢，蔡书记到我们会龙山村是我们的荣幸，我们求之不得啊。"

"那好啊，我最近这些日子就不走了！在这里多走走，多看看，多了解一下贫雇农的生活和土地改革给贫雇农带来的生活上的变化啊。"蔡强大声说。

"不走了？"余志坤在心里划了个魂儿，他多么想县里的人早点走，最好是郭文声和田宇也走，那自己在会龙山村可就一手遮天了，那大姑娘小媳妇儿的，嘿嘿，滋润啊。这还不走了，唉，闹心！

心里是这样想，余志坤嘴上没有这样说，他假装高兴地说："那太好了，我们有机会向您和工作队的同志们多学习了，多学习才能快进步啊。"

蔡书记拍拍余志坤的肩膀，夸奖道："你这小伙子不错啊，有培养前途，有发展潜力，好好干吧！"

余志坤马上就高兴起来，他大声对蔡书记说："您放心，我一定带着会龙山村的贫雇农和地主阶级斗争到底！"

"好！我相信你！"蔡书记意味深长地说。

"蔡书记，你看这吃和住的安排？"余志坤问。

"住就在这农会大院，吃就是一菜一饭，我们还是要艰苦奋斗啊！"蔡强对着余志坤也对着进来倒水的刘江说。

"听您的安排。"余志坤点头附和。

"小余啊，我给你安排个工作，你们几个先到别的屋待一会儿。"蔡书记让众人都出去了。这时候，余志坤感到了使命感和责任感，蔡书记都单独给我布置任务了，我这是算是蔡书记的亲信了呗，他那从没有在政治舞台上检验过的野心又在暗地里迅速膨胀起来。

"小余同志，你是个很有培养前途的干部，我看好你的能力和水平，也相信关于你的传闻都是捕风捉影、无稽之谈！"蔡强书记先给余志坤戴了个大帽子，吃了个定心丸。

这一番话说出来，余志坤可真是找不到北在哪儿了，心里乐开了花，没和郑主编挂上钩的失落感荡然无存，郑主编毕竟不是啥官儿，而蔡书记可是桦川县的一把手啊，取得他的信任，看来自己也许会比大哥李文忠还厉害，还有出息呢，想到这里，这小子强压自己的狂喜，假装平静地对蔡书记说："蔡书记，我只是一心为了老百姓，我只求问心无愧就行。"

"唉，年轻人要百尺竿头，更进一步啊，要跟上斗争的步伐，在革命斗争里成长起来。我们共产党就需要千千万万个你这样的优秀干部去撑起革命的事业啊。"蔡强还在夸赞余志坤。

余志坤都不知道说什么了。

"小余啊，广大的贫雇农信任你，才选你当农会会长啊，你要为人民群众多做工作啊。"蔡书记拍着余志坤的肩膀让他坐下。

"小余，我这次来到会龙山村，主要有两个任务，一个是郑主编来了，我陪同，二就是我们会龙山村又一个工作在全县落后了，那就是土地分到了贫雇农的手里，现在怎么能猫冬呢？我一进屯子就听说还有耍钱的，怎么就没有哪个农民捡肥往地里送啊，再说了，纺线做鞋支前的工作怎么也都落后了呢，这不应该啊！"

余志坤听傻了，他知道蔡书记说得没有错，自己也睁一只眼闭一只眼没怎么管，此时，也不知道说什么了，只是认真地看着蔡强书记。

蔡强看到了余志坤这样的样子，就说："会龙山村是我们桦川县土地改革运动的试点和红旗，我们一定要整好，下面我代表县委交代你几项工作任务，别人我还真信不着！"

余志坤听到这些话，心里升腾起很温暖的感觉，马上站起身来，对蔡强说："请您指示工作，我保证完成！"

蔡强示意余志坤坐下，对余志坤平缓但透着坚决地说道："你从现在开始别的什么都不用干,就是专心抓好我安排给你的工作,组织上信任你,说实话也是我们使用和考察干部的一个手段,你负责组织会龙山村的积肥、纺线、做军鞋、打击赌博四项工作,一定使出全力抓出成果,工作中直接对我负责,向我单独汇报!"

余志坤看到蔡书记如此严肃和郑重地布置任务,马上意识到自己的机会又来了,表现好了才能飞黄腾达啊。于是,他白白的脸上有了红晕,马上表态:"放心吧,我一定完成您交给我的任务!"

"好!我还是那句话,我绝对相信你的能力,努力吧,年轻人!"蔡书记在余志坤的眼里是那样的可亲可敬,使余志坤感觉自己前途无限光明。

在从农会大院返回自己的家里这一段路上,余志坤有好几次都差一点儿唱出声来,他知道自己所拿手的只是那几首淫词艳曲,哪里敢在会龙山村的大街上哼唱出来呢?但是,自己高兴啊,真是高兴,怎么办呢?对了,找锁柱子喝个痛快,喝高兴以后再去把高兴的心情和自己的相好莲花分享一下,对,就怎么办!

农会大院里,蔡强坐在那里沉思着。这个余志坤好像是个胁从,难道李文忠是主使?那这个李文忠确实真的是深藏不露啊。这样的人混进党员干部队伍,多么可怕的事情啊,看来和地主阶级和国民党的残渣余孽的斗争还将在一个相当长的时期内存在,而且很复杂多变,很耐人寻味啊。一个革命者就是要在错综复杂的环境下,理清头绪,发现问题,分析问题,果断彻底地解决问题。

想到这里,蔡强对着外屋地喊道:"郭文声,刘江,你们做饭,我们抓紧吃饭,然后开始工作!"

"是!""是!""是!"郭文声、刘江和田宇都回答着。

锁柱子听说余志坤找他喝酒,后脑勺子都乐了。他赶紧跑回自己的破马架子,取来了一个小坛子,里面是锁柱子在佳木斯烧锅里接的二锅头。那酒这个冲啊,喝下去从嗓子眼儿到肚子都火辣辣的,过瘾啊。锁柱子感觉大哥对自己不错,自己老是白吃白喝已经太过意不去了,这次就带着自己放了几个月的好酒去大哥家,意思意思。

余志坤看到锁柱子带着酒来了,感觉自己的脸上也很有光了,他故意说:"你来大哥这里喝酒,还带酒啊?你这是笑话你大哥我呢。"

"咱哥们儿还分你的我的干啥啊,来吧大哥,尝尝。"锁柱子也学会了顺情说好话了。

两个人就在这炕上喝了起来，余志坤整的饭菜还真不错，虽然这个家伙在自己的饭馆里啥也不干，但也看会了不少菜的做法，这到了会龙山村以后，自己就没少卖力地做菜给莲花吃，也得到了莲花好几次的夸奖，这余志坤就越发地努力，手艺也就在不经意间练成了。

"大哥，你这脑袋是怎么长的呢？就是个聪明，我真佩服！"

锁柱子一杯酒下肚，指着自己的脑袋，又指指余志坤的脑袋，比画着说。

"兄弟，人啊，得有头脑，也得有点子啊，大哥我现在就是走好运啊。你不知道，这刚才啊，桦川县委的蔡书记把我一顿夸，说我'有前途，有出息'呢！"余志坤把蔡书记夸自己的话添油加醋地学给锁柱子听。

"哎呀，大哥你真厉害啊。"锁柱子夸张地吧嗒着嘴，也夸着余志坤。

"蔡书记很信任我，和我自己一个人谈话，交给我一个很重要的任务啊，兄弟你得配合大哥完成任务啊。"

"大哥，啥任务啊，我肯定帮着你完成，在蔡书记那里露脸提气！"锁柱子表着决心。

"就是让我把咱会龙山村的积肥、纺线、做军鞋、抓赌这四项工作抓起来，就是我一个人说了算，其他人管不了！"余志坤说。

"那没问题，我配合你，谁让我是你兄弟呢。"锁柱子说着，对这余志坤叽咕了一下眼睛，说："再说了，纺线、做鞋这些都是娘们儿家的活儿啊，咱就有机会喽，是吧，大哥？"

"你滚犊子，人家县委蔡书记布置的工作，咱可别瞎整啊！再说了官提起来了，女人自然就来了，是不，兄弟？"余志坤也淫邪地笑着。

"嗯嗯，大哥说得对，来，让我们一起努力，必须完成任务！"

锁柱子和余志坤的第二杯二锅头一饮而尽。

余志坤对着已经喝得脸红得像个猴屁股一样的锁柱子说："咱哥儿俩明天就开始把这工作抓起来，你呢，就算我的通信员和警卫员，到时候，俺再给兄弟你整点儿工钱啥的，亏不着你啊。"

锁柱子虽然好吃好喝，但这酒量和余志坤却没有可比的，余志坤就是个酒漏子，酒量大，小脸儿越喝越白，非常人可比啊，就连李文忠李大胡子的酒量和余志坤比起来也不行啊。锁柱子现在的状态是迷迷瞪瞪了，他语无伦次地对这余志坤说着自己如何敬佩、如何向大哥余志坤学习机灵劲儿、如何辅佐大哥成功之类的话，听得余志坤的心里乐开了花。

又是几杯二锅头下去，锁柱子就蔫巴了，但这小子有个毛病，喝酒喝多了不睡觉，光是磨人，他和余志坤磨叨起来没完没了的，余志坤有一句没一句地在应付着。

余志坤几杯酒喝下去，也兴奋起来，他突然想曲莲花了，他看看磨磨叽叽的锁柱子，想起把锁柱子整走，自己好和曲莲花鬼混，他的头脑里已经全然没有了白天的紧张，已经被最原始的欲望占据了。

他对锁柱子说："兄弟啊，咱这也喝得差不多了，明天咱还工作呢，你回去睡觉吧！"

"大……哥，我不睡觉，我要和你唠……唠工作。"锁柱子已经醉了。

"唠啥啊，咱哥们儿明天起早就行动，今天早点睡觉！"余志坤有些着急，他大声吆喝着锁柱子。

"我再……来一杯，好酒……啊！"锁柱子还是赖着不走。

余志坤没有了办法，欲火中烧的他架起锁柱子就往屋外走，嘴里还叨咕着："兄弟，回家睡觉吧，大哥也着急睡觉啊。"

两个人踉踉跄跄地走出了屋门，天已经黑透了，这两个喝酒人一见冷风，都有些迷糊，这锁柱子就更醉了，他迷迷糊糊地一手抓住了余志坤的手，一手拉住了门框，在院子门口不动了，对余志坤说："大哥，你可不能发达了，就忘记我这个兄弟啊，你看我分的地也听你的，低价卖给了曲大祥，我还帮着你联系了好几块地呢，咱俩这比亲兄弟还亲啊。"

"是啊，咱兄弟就是亲骨肉，大哥我给你卖地也是为了你有钱花啊。"余志坤因为也喝酒了，再一个想快点儿把锁柱子整走，自己好和莲花温存一夜，就好话劝着锁柱子。

"大哥，上次你说让跑腿子们把大牲口也卖给曲大祥和白老毛儿，我也给你联系完了，基本上就是成了，大哥，我厉害不？"锁柱子在冷风的吹拂下，酒劲儿上涌，嘴上就更没有把门的了。

余志坤此时也让锁柱子给整得有些眩晕了，他说："兄弟，你厉害，你的能力大哥知道，李大哥已经说了，咱就这样在共产党的衙门里头里好好混，一旦国军能打回来，那咱哥们儿就是功臣，要是国军打不回来呢，咱还琢磨咱自己升官发财那点儿事，怎么的咱都是旱涝保收啊。"

"大哥,那你升官了以后怎么地也得给我整个差事儿啊。"锁柱子磨叨着。

余志坤一看锁柱子醉成这样,就对锁柱子说:"我升官以后那你就是我的副手啊,咱哥们儿永远不离不弃啊,走吧,睡觉去!"说完架起锁柱子的胳膊就搀扶起来,往西南面锁柱子的马架子去了。锁柱子嘴里磨叨着,心里知道余志坤答应自己了,心里一放松,就真迷糊了,也就听之任之了。

这一切没有逃过李黑孩和武连山的眼睛和耳朵,在接受了县委蔡书记给的任务以后,这本来是两组的武连山和李黑孩,不经意中遇到了一起,武连山和李黑孩相约一起来暗地里监视余志坤的一举一动。

看到和听到余志坤和锁柱子说的话,把武连山和李黑孩气坏了,这个农会会长余志坤的真面目是彻底地暴露无遗了。李黑孩想上前去抓住余志坤和锁柱子,带回去让蔡强书记处理,武连山拉住了他,小声说:"咱俩别着急,看看余志坤一会儿要干啥。"李黑孩马上就明白了,点头说:"嗯,听你的,武叔。"

余志坤根本想不到自己的所作所为已经在严密的监控之中,他怀着急切的心情,跟头把式地把锁柱子扶回了马架子,放在了炕上,然后余志坤直接往西,就奔了曲大祥现在住的两家土房子。

曲大祥住的土房子,只有前院,后窗户紧挨着大道,余志坤也没有进去,他猴精一样,就在窗户下假装和路上遇到了人打招呼:"哦对,我到屯子西头查岗去了,现在回家睡觉!""嗯嗯!"他装腔作势地想让曲莲花知道自己的真实想法,好去他的家里幽会,所以声音很大,他相信曲莲花可以听到他的暗示。

余志坤走回了自己的屋子。他没有猜错,曲莲花果然听到了他的话,也明白了他的意思,正在纺线的莲花不由得脸发红,看着曲大祥和自己的妈,曲大祥这个狡猾的地主当然也明白这其中的奥妙,他用眼神鼓励着莲花,在他丧心病狂的心里,女儿已经成了自己维系今后的好日子、实现自己反把的一个工具了,不再是自己疼爱有加的漂亮女儿了。

莲花放下了手里的伙计,洗了洗手,穿起棉袄往外走,她那又聋又呆的地主婆子老妈问:"黑灯瞎火的你干啥去啊?"还没等莲花回答,曲大祥就训斥道:"干你的活儿得了,是你管的事吗!"

老太婆顿时没有了声音,莲花转身出去了。

武连山在黑暗里看到莲花出来了,他惋惜地摇着头。看来传闻不是捕风捉影,看来莲花还真和余志坤有说不清楚的关系啊。他和李黑孩不动声色地暗暗跟踪着。

莲花躲躲闪闪地来到了余志坤的家门口，看到屋里的电灯发出明亮的光，莲花也犹豫了，可是对于这个真心给他爹办事的余志坤，因为对付女人很有办法，让莲花逐渐地迷恋了，最终她还是走进了屋子。

"莲花，我的宝贝儿，你可来了，想死我了！"接着余志坤借着酒劲上来就搂住莲花亲起嘴来，两个缠绵的身影，被电灯的光映衬到了窗户上，被外面的武连山和李黑孩，看了个清清楚楚，李黑孩看得一阵心跳加剧，端起枪就想冲进去捉奸，武连山拉住了李黑孩，低声对他说："走！去和蔡书记汇报！让蔡书记拿主意！"

"嗯嗯！好！武叔，听你的。"两个人就急促而又悄悄地回到了农会大院，把看到和听到的情况一五一十地向县委书记蔡强同志作了汇报。

灯火通明的农会大院里，同志们都在忙碌着，都还没有休息。听完武连山和李黑孩汇报的情况以后，县委书记蔡强没有表态，只是在屋里来回踱着步子，走着走着，他停住脚步，大声对在场的人说："再狡猾的狐狸也逃不过猎人的枪口，我刚刚布置完对他们的调查，他们这么快就露出了狐狸尾巴了，我原来的计划是通过余志坤让李文忠原形毕露，现在看来要先处理余志坤的问题了，现在的情况更加说明一个问题，那就是多行不义必自毙！"

他非常严肃地对郭文声和李黑孩说："你们俩马上集合警卫人员和基干民兵队伍！"

李黑孩和郭文声应声跑了出去。

"叫王娟和田宇马上来这里！"蔡强对刘江命令道。

刘江很高兴，因为他在县委书记蔡强的眼里也是一个革命战士了，也能够给大家给贫雇农作贡献了，所以他健步如飞地跑向了屯子南头，去叫田宇和王娟。

集合的命令下达了也就是几分钟，几十个全副武装的民兵战士，五六个警卫战士就集合完毕。蔡书记走出屋子，连帽子都没有戴，光着头对这大家说："由于时间关系，我不多讲，我命令全体民兵和警卫战士都统一听郭文声同志和李黑孩同志的指挥！"

这时候，王娟和田宇一人手里拿着一把手枪，跟在刘江后面跑进了农会大院。累得气喘吁吁，但精神头十足。

"郭文声、李黑孩、田宇、王娟，你们几个进屋来！队伍原地待命，检查武器装备！"蔡书记的脸此时很冷峻。

进了农会的屋子。蔡书记没等大家反应过来就说："余志坤这个混进农会干部队伍的坏分子，终于露出了本来的面目。我命令，现在开始抓捕行动。由郭文声和李黑孩同志具体指挥，先抓已经喝醉了的锁柱子，这是一个很重要的证人，然后再抓捕余志坤这个地主阶级的走狗，一个十足的坏分子，还有拉拢腐蚀余志坤的地主家属曲莲花，带到农会关押起来！田宇和王娟，这次叫你们参加的目的就是曲莲花是个地主的女儿，因为是个女的，所以怕在抓捕她的时候，出什么问题，不甘心失败的地主阶级是什么事都能干出来的，一定要防止她突然反咬我们一口。"

蔡书记说完，问这四个人："你们清楚吗？"

"明白！"四个人异口同声地回答。

"那就行动！"蔡书记大手一挥。

郭文声和李黑孩简单地碰了一下头，然后把兵力分成两组，郭文声大手一挥，低声喝道："行动！"

全副武装的战士和义愤填膺的民兵扑向了锁柱子家和余志坤家，他们对地主阶级的仇恨更深了，广大的贫雇农还处在土地改革的关键时刻，地主阶级及其走狗，妄图反把、翻天，真是令人愤慨。

也就是过了两袋烟的工夫，三个五花大绑的人就在全副武装的民兵和战士的押送下被带进了农会大院，余志坤和莲花根本没有来得及反抗，样子虽然很狼狈，但没有辩解和挣扎，余志坤和曲莲花知道自己都做了什么，尤其是在余志坤的心里，感觉升官发财找女人的愿望是多么的美好和朴素啊，可怎么就这样的短暂呢？刚刚蔡书记的表扬，和给自己安排的工作，看来是一个不折不扣的套儿啊，怪就怪自己能嘚瑟，喝的什么酒啊，找的什么乐啊，这下好了，连辩解的余地都没有了。认倒霉吧！他垂头丧气地被关进了一间黑屋。

莲花此时已经心神麻木了，她自己知道这也许是自己必然要等到的结局，她的羞耻和尊严已经早就被自己的爹曲大祥给无情地扔到了九霄云外了，她漠然地承受着，希望自己早一些毁灭才更好呢。

这锁柱子显然还没有醒酒，他嘴里淌着黏痰和哈喇子，脑袋耷拉着，心里糊涂着，不知道自己身在何处。民兵架着他，软得不行的腿在地上拖拉着，嘴里嚷嚷着："大哥，咱……再喝一杯？"

"报告，蔡书记，三个人都抓到了，没有遇到激烈的反抗，我们也没有使用武力。"李黑孩和郭文声向蔡书记汇报着。

"很好哦，干得很利索，对了，那个地主的女儿曲莲花起啥幺蛾子没有啊？"蔡强转身问田宇和王娟。

"报告蔡书记，余志坤是在外屋地过来开门时被抓住的，我们俩一人拿着一支手枪先进去的里屋，让曲莲花穿完衣服，郭文声同志和李黑孩同志才带着人进去的。"田宇说道。

"她要是敢起幺蛾子，我就狠抽她的耳光，这个不知道羞耻的玩意儿！"王娟气得胸脯直起伏，作为妇女主任，王娟也成长起来了。

"好啊，不错，初战告捷，李黑孩和郭文声，你们俩负责把这三个人分别看押，绝不能出意外！对了，给那个酒蒙子锁柱子灌点儿老陈醋，别再醉死喽。郭文声和武连山同志，抓紧时间连夜审讯，田宇和王娟配合！"

"是！"大伙儿分头去安排和工作了。

蔡书记再也无法入睡，他披着一件棉袄，伏在桌子上，在自己的本子上写着，把发生在会龙山村的情况详细地记录下来。

农会屋里院里的灯，照着初冬的会龙山村。

审讯并不顺利，余志坤只是承认和曲莲花搞男女关系，并不承认自己帮助地主曲大祥低价回收土地和土地改革的果实。看来这小子还是知道孰轻孰重，也在狡猾地避重就轻。莲花也承认自己和余志坤有奸情，但为了自己那地主的爹，她也不说出买地的事情，看来，唯一可以突破的就是锁柱子了。但这家伙，躺在黑屋子的地上，鼾声阵阵地睡得正香呢。经请示蔡书记，审讯暂时停下来，等第二天锁柱子醒了酒接着审。

黎明时分，锁柱子醒过来了，看到了自己五花大绑，被捆在一根木头柱子上，这是一间上了锁的屋子里，天已经蒙蒙亮。锁柱子还看到门口站着两个手持冲锋枪的警卫战士，自己就蒙了，他努力地回忆着：昨天我到底都干了什么了？怎么把我抓起来了，我可是贫雇农啊，不对，我是不是受我大哥余志坤的牵连了，这个小白脸捅捅咕咕地给地主们往回收土地，是不是这事儿露了。想到这里，锁柱子不由得脑袋"嗡"一下大了，洪德福和李永财被镇压的场面到现在还历历在目，鲜血和脑浆还在眼前直晃荡。当时，锁柱子和几个二流子跑人群前面去看热闹，都说自己不害怕，但回去以后又吐又头晕，折腾了好几天，自己发着毒誓，不做犯法的事，平平安安地种地，过活。现在看到这个情形，感觉到害怕了，怕什么来什么，自己终于跟着余志坤混进了笆篱子。

　　锁柱子一骨碌爬起来，就高喊："报告政府，我有冤屈啊！"他不知道怎么说，只好把戏词给搬上来了。这个吊儿郎当的贫雇农毕竟还是苦出身，首先想到的是赶紧和地主阶级划清界限。锁柱子琢磨了，坦白从宽抗拒从严，我别等政府提审我了，我自己先说罢，兴许还能宽大处理呢。至于余志坤嘛，对不起了大哥，你是你，我是我，我也得先保自己的小命啊。

　　喊声惊动了蔡强和同志们，也惊动了余志坤和曲莲花。

　　余志坤迷迷糊糊地睡了一会儿，现在一听到锁柱子的声音，他绝望地闭上了眼睛。此时，以他对锁柱子的了解，锁柱子肯定是竹筒倒豆子——哗啦，全出来了，自己和地主整的那点事肯定是暴露无遗了。他不由得后悔自己听了李大胡子这个大哥的话了，来会龙山村当这个农会会长，和土匪大哥一起和共产党作对，自己是太自不量力了，傻到了以卵击石的份上。

　　莲花根本就没有睡着，她也听明白了，锁柱子的喊叫就是一个信号，莲花和莲花爹曲大祥的又一次挣扎又失败了，自己将又一次在更大范围内丢了一个女儿家最要命的名声，成了千人指万人骂的贱女人，自己这辈子认命了，谁让自己出生在一个地主家庭呢，下辈子自己要托生在一个贫雇农的家庭里，平平安安地过自己的日子，或者干脆做个男人，少却了很多的烦恼。曲莲花突然想到一个问题：自己的爹能不能和洪德福、李永财一样被镇压啊？想到这个问题，曲莲花突然打了一个冷战，感觉到了比初冬还冷酷的不寒而栗。

　　锁柱子这一顿喊，睡着的没睡着的人们都醒了，都精神了，自然就要提审了，已经眯了一会儿的武连山和郭文声拿着本子和钢笔，进了西屋，开始提审锁柱子。

　　果然如大家所预想的那样，还没有等郭文声和武连山问呢，一被带进来，锁柱子就扑通跪倒，声泪俱下地把一切都说了出来，他感觉自己虽然是个二流子、跑腿子，但他不是恶霸地主、不是土匪，他骨子里还是贫雇农，他在关键时刻还是要站在贫雇农的一边，他所坦白的"一切"当然也包括锁柱子自己一厢情愿的估计和判断，还有胡子大哥李文忠的所有锁柱子能知道的事情。恐惧万分的锁柱子此刻是眼泪鼻涕一起流了下来。

　　李黑孩带着人，连夜到锁柱子家和曲大祥家，还有就是另外几个把地卖给曲大祥的人家去仔细地搜查。买卖土地的文书在曲大祥家被搜了出来，和锁柱子及其他几家的文书一模一样，都对上了，曲大祥这次是吓完了，他想：自己是不是真要跟洪德福、李永财做伴儿去了。想到这里，他吓尿裤子了，跪在地上一个劲儿地磕头。李黑孩没收了地主的土地买卖文书，宣布作废。锁柱子签字画押后就放回去了，曲莲花没放回去，在关押反省，交代其他问题。曲大祥被关押了起来，余志坤还在土屋里继续关押着。蔡强要求警卫战士和基干民兵轮流看管，提高警惕。

对于李文忠的事情，只是通过锁柱子的旁证，没有直接证据，余志坤把自己的事情都交代了，硬下心来说自己干的事大哥李文忠不知道，他宁可选择对不起农会和广大的贫雇农，也不想对不起一直信任自己的大哥，这让郭文声和武连山又气又急。蔡强书记告诉他们俩别着急，要讲究策略，先晾余志坤几天，也让李文忠继续蹩脚地表演几天。

蔡书记除了听取审讯组的汇报，告诉审讯组整理材料，准备上报，剩下的人分成几个组，在会龙山村一户挨着一户地走访，详细地了解情况，对于会龙山村的每一个干部和积极分子，每一个贫雇农，每一个中农、富农，每一个鳏寡孤独都掌握得非常详细，对于会龙山村的整体情况，蔡强做到了了如指掌。

在一个漆黑的夜晚，要临近午夜时分了，农会大院里的人们都睡觉了，只有警卫的战士看守着曲大祥和曲莲花，还有余志坤，战士们瞪着警惕的眼睛。

李文忠鬼魅一样地出现在会龙山村，他别着两把驳壳枪，兜里还藏着两把尖刀，他要干什么呢？李文忠是在第二天知道会龙山村的事情的，他知道余志坤和锁柱子已经被蔡书记给抓住了，李文忠心里知道，自己隐藏和潜伏的日子到头了，国民党已经派人联络他，已经许给了他一个旅参谋长的官职，虽然自己对这个职位不是很满意。他现在只有奋力一搏了，救出余志坤就能保证自己的安全，因为谋划和实施这些罪恶的时候，只有余志坤和自己知道，余志坤是不会说出去，这就是死无对证的事，别看余志坤白白净净、弱不禁风的不起眼的样子，但是义气在余志坤的心里和生命一样重要，要不然能在日本鬼子和汉奸的威逼之下，还能坦然地保护着他吗？

李文忠大摇大摆地走进了会龙山村的农会大院，门口站岗的两个民兵自然认得这个长发区里的农会李会长。

李文忠手里还拎着一包猪头肉和一瓶酒，他一步步接近着关押余志坤的那个屋子。

"谁？站住！"站岗的是会龙山村的两个民兵。看到有人靠近，马上警惕地低声喝道。关押余志坤的屋子在农会大院的二门外，和正屋子还有一段距离。

李文忠低声说道："是我，李文忠。"

站岗的民兵看到李文忠，放下了手中的冲锋枪，说："啊，是李会长啊。"

李文忠说："同志们，你们辛苦了，这天儿啊也太冷了，我给你们送点吃喝，来，吃点东西，喝口酒暖和暖和吧。"

两个民兵看看李文忠手里的东西，想起李黑孩队长叮嘱的话，马上又摇头说："谢谢李会长，我们不吃不喝，俺们队长让我们看好这个余志坤，"

李文忠通过和民兵战士唠嗑儿，知道了这间屋子就是关押着余志坤的屋子。

"哦，也对，我也是来查岗的，一定要看好这个坏分子啊。"李文忠说着，靠了过去。

李文忠帮着民兵整理着枪背带，突然他掏出尖刀扑向一个毫无戒备的民兵，一刀割断了年轻战士的喉咙，那个民兵无声地瘫在了地上，另一个民兵喊叫出来："你……"刚一开口，李文忠的袖子里寒光一闪，另一把尖刀飞过去直插民兵的咽喉，那个民兵也倒在了血泊中。

李文忠机警地四处看看，然后俯下身子，翻了翻民兵的尸体，在一个民兵的身上找到了钥匙，打开了房门。

余志坤迷迷糊糊地坐在屋里地下的一个草垫子上，他看到李文忠，顿时喜出望外。

"大哥，我没有招出你。"余志坤说。

李文忠帮助余志坤解开了绑绳。

"我知道，兄弟，快跟我走。"李文忠低声喝道，"兄弟，我护着你走，你跑得越远越好！"

"大哥，那你呢？"余志坤果然讲义气。

"快走，你别管我！"李文忠拉起余志坤就跑。

余志坤跑了几步就站下了，他对大哥李文忠说："大哥，我们把曲大祥和莲花也救走吧。"

"都啥时候了，你还惦记着那爷俩儿？你啊，真完犊子！"李文忠骂道。

"快走！"李文忠拉着余志坤就想往门外跑。

就在这个时候，警惕性很高的李黑孩去屯子里巡逻，刚刚回到农会的大门口，一眼就看到了这一幕，他怒目圆睁，端起冲锋枪就是一阵扫射，李文忠的双腿中弹跪倒在地上。余志坤吓得蹲在了地上抱着脑袋，对李文忠说："大哥，你怎么样了？"

李文忠此时双手拽出驳壳枪在射击着，嘴里还对着余志坤喊着："兄弟，你快跑啊，别管我啊。"

余志坤犹豫了一下，像个兔子一样转身就跑向了围墙，李文忠拿着双枪射击着。这时，屋里人也都惊醒了，依托着窗户和墙角在射击着李文忠，郭文声拿起一杆长枪，瞄准了李文忠，"啪啪"两枪，打在了李文忠的两个手腕上，两把驳壳枪掉落在地上。李文忠杀猪一样地翻滚着、哀嚎着。

这个时候，余志坤已经爬上了西墙头，正要往下跳，没有李文忠这面的火力威胁的李黑孩，对着余志坤的身影"突突突"一个长点射，余志坤哼都没来得及哼一声，就掉落在墙根，死了。这个只讲江湖义气、靠阴谋诡计混进农会干部队伍的流氓机会主义者，永远地带着难以洗刷的耻辱，死去了。

院子里和屋子里的灯都亮了，大门外的民兵和屋里的战士们冲出了屋子，几十只黑洞洞的枪口，对着李文忠，李文忠绝望地闭着眼睛，手和大腿因为疼痛在不住地颤抖着。李黑孩一脚踢过去，嘴里骂道："你这个王八犊子暗胡子，别他妈装死！"

郭文声马上告诉卫生员抢救两个站岗的民兵，卫生员忙活了一会儿，对着郭文声摇摇头，两个执勤的民兵同志牺牲了。这个时候，蔡强走出了里屋，对斜躺在地上的李文忠说："李大胡子，你终于还是出来表演了，你反动的本质早早晚晚会彻底地暴露在人民群众的面前。"李文忠头不抬、眼不睁地躺在那里。

蔡强指了指李文忠，对郭文声说："给他包扎、治疗，让他接受人民的审判！"

郭文声心领神会地说："是！卫生员，过来给李文忠进行包扎、治疗！"

彻底绝望的李文忠，被关押在原来关押余志坤的屋子里，同时他很清楚地知道自己在山上的兄弟们已经一个不剩地被民主联军的部队给剿灭了，他可以舍命来救余志坤，谁又来救他呢。

好汉做事好汉当。李文忠索性把自己从一个单打独斗的有正义感的江湖抗日志士，到一个无恶不作的土匪头子二当家，再被国民党三江伪特务机关收编，成了旅参谋长,山头被剿灭以后又如何伪装身份混进革命队伍,当选了长发区农会会长,上任后,又如何安插义弟余志坤进入会龙山村农会,破坏我们共产党和民主政府树立的土地改革运动的典型,帮地主回收土地、大牲口和"土改"果实,支持地主反扑。杀害贫雇农骨干,密谋推翻民主政权,这些李文忠都交代得一清二楚。

蔡强带着这些证据和口供,亲自赶回佳木斯,向省委书记郑天牧书记作了详细的汇报。郑天牧同志只是点点头,对蔡强说:"会龙山村的事情,不单单是在土地改革运动方面有好的做法,就是最近会龙山村出现的这些问题,在全省也很具有代表性啊,我们要抓住这个机会,举一反三,再一次地动员和发动群众,再一次地用事实向群众揭示地主阶级和国民党反动残余势力的险恶用心,通过扎扎实实的行动把土地改革工作引向深入!"

蔡强在记着,他也感到郑天牧同志的思路明确,方法得当,措施有力,高屋建瓴。省委在前天,也就是1946年的12月10日发出的《关于深入"土改"斗争的指示信》,也已经强调指出要彻底解决土地问题,就是消灭分地中的假分地、明分暗不分以及瞒黑地等现象,把地主应分出的土地真正实实在在地分到无地与少地的农民手里。这显示了省委已经对土地改革里出现的问题有了高度的警觉。

谈到具体这个案件如何处理时,郑天牧谈得很清晰、很明确。他说:"暗胡子李文忠,罪恶滔天,必须镇压!我看可以把会龙山村附近的几个乡的农会干部和人民群众都请到会场,通过法庭审理的方式,彻底揭发和公布李文忠对人民犯下的罪行,达到教育群众,推动工作的目的。"

"对于地主曲大祥和他的女儿曲莲花嘛,我看我们还是以教育为主,前一段我们在土地改革工作中,出手过重,力度过大,已经杀了很多人了。我们的最终目的不是杀人,我们要善于改造人的思想,教育人的心智,这样,我们才是真正的强者。"郑天牧开导和教育着蔡强,也像在和自己谈话。

蔡强点头:"嗯嗯,我懂了。郑书记,您那天有时间吗?"

郑天牧问蔡强:"你们定的在哪天公审?"

"12月22日。"蔡强说。

郑天牧站起身来,说:"你的意思是问我能不能参加吗?"蔡强点点头,郑天牧挥动着大手,斩钉截铁地说:"放心吧,我一定抽时间去参加,我要去给广大的贫雇农站脚助威呢！"

这是12月的一天，会龙山村召开有附近四个乡的群众参加的公审大会，审判混入革命队伍里的"暗胡子"李文忠。

公审李文忠的布告贴出去了好几天了，这个消息轰动了全县甚至整个佳木斯地区。一大清早，长发区四个乡的群众代表，都集聚在会龙山村的场院里，桦川县其他各区也都派干部和群众代表参加了公审大会。

日出三竿，郑天牧和警卫战士分乘两辆汽车来到了会龙山村，汽车开到农会的大院。郑天牧找了几个村干部唠了李文忠的问题，听取群众对李文忠的处理意见。

王铁匠气愤地说："没想到李文忠是个披着羊皮的狼，是个混在革命队伍里的暗胡子，必须枪毙他！"

李黑孩对这郑天牧说："郑主编，那还唠啥啊？这个暗胡子，潜伏伪装，坏事做尽，还杀人劫狱。必须坚决枪毙！"

"这个王八犊子，真恨人，这样的人混进农会，给土地改革拖了后腿啊！"武连山说。

赵老蔫儿的蔫脾气也上来了，他气完了，跺着脚，骂道："这个挨千刀的坏蛋，必须镇压！"

蔡强此时脸色通红，他对郑天牧说："我应该向省委作出深刻的检查，没有有力地甄别干部队伍，没有把好入口关，让李文忠和余志坤这样的敌特和坏分子混进了革命队伍。我有责任。"

郑天牧对着在场的所有人，大声地说："我们革命队伍里混进了坏人在现阶段那是不可避免的，是不足为怪的，关键是我们要时刻保持一个敏锐的鼻子，及时嗅出革命队伍里的蠹虫，才能亡羊补牢，避免我们革命事业的重大损失啊。"

郑天牧一行人从农会大院步行到做了公审大会会场的场院，一路上又问了一些会龙山村有关"土改"、支前、参军和党员队伍建设的问题。

场院里此时是人山人海，大家都盼着镇压暗胡子，保卫土地改革的胜利果实。

大会由县委蔡书记主持。由县、区、乡、村三级贫雇农代表组成的临时人民法庭的七个工作人员坐在主席台上，其中就有长发区里的妇女主任老高二嫂和会龙山村的农会委员王铁匠。

当暗胡子李文忠被押入会场时，愤怒的群众冲上前来，挥舞着拳头，"打倒李大胡子！""消灭土匪！""打倒反动派！"口号声此起彼伏。警卫战士赶紧搭成了人墙，控制着会场上已经彻底愤怒的群众。

当县里的公安局长兼临时人民法庭审判长大声宣布完李文忠的罪行后，对罪犯李文忠进行核对时，高大魁梧、满脸大胡子的李文忠低下头来供认不讳，在强大的人民群众的伟大力量面前，臭名昭著的李大胡子只能老老实实地低头认罪。

审判长最后宣布："暗胡子李文忠罪大恶极，根据犯罪情节和广大人民群众的意愿，决定对李犯处以枪决，立即执行！"话音刚落，整个会场立刻爆发出"拥护民主政府！""共产党万岁！"的口号声。还有几个会龙山村的年轻人在场院边放起了鞭炮，噼里啪啦的鞭炮声震动着冬天的原野。

鞭炮声停止后，蔡强大声说："同志们，广大贫雇农同志们，现在我们欢迎中共合江省委书记郑天牧同志给我们讲话！"会场上响起雷鸣般的掌声，经久不息。

死到临头的李文忠不由得也抬起了头，看看台子上的省委书记，他纳闷，这个原来《合江日报》的郑主编怎么就成了省委书记呢。活该自己倒霉啊，共产党人官兵一致，都能吃苦，所以根本看不出谁是大官儿啊。

李黑孩、武连山等贫雇农和农会干部也满脸的狐疑："啥？这是省委书记？"但随即就啥都明白了，不由自主地鼓起掌来，会场又是一片欢腾。

郑天牧含着笑，向会场上的人们挥手致意，郑天牧简单地总结了一下前一段土地改革运动的成绩，赞扬这次召开的审判大会开得很成功。最后，郑天牧站在台上，对着在场的群众说："今天，我抽时间来这里，参加这个公审暗胡子李文忠的大会，其实只有一个目的，那就是给我们桦川县、长发区和会龙山村的贫雇农撑腰鼓劲儿来了，有我们坚强的战无不胜的中国共产党，我们的土地改革和军事斗争都将取得成功！我们要依靠群众、发动群众，让群众真正地翻身做主人。从今往后，凡是破坏土地改革运动的坏人，我们一定要严加制裁！对人民群众的正义运动，我们坚决给予支持！让我们团结一心，把伟大的土地改革运动进行到底！"

郑天牧激动万分地提高了声音，大声地说："在这里，我不妨告诉同志们一个好消息，就在这个12月，我们英雄的东北民主联军根据党中央和毛主席的指示，采取了坚守南满、南打北拉，北打南拉，南北密切配合，集中优势兵力，主动打击国民党军的方针和部署。一次歼灭国民党军四万人的重大胜利，削弱了东北国民党军的机动力量，逼迫国民党军由攻势转为了守势，从此中国共产党在东北已经牢牢地扎下了根。东北全面解放的日子就快到来了！"

李文忠的头更是耷拉了，他什么都听到了，但看不出他在想些什么，是懊悔，还是绝望，不得而知。

会场上掌声雷动很长时间，笑脸灿烂，会龙山村的天空阳光普照。

作恶多端的暗胡子李文忠被拉到会龙山的山坡上。几声清脆的枪声在山间回荡，结束了李文忠罪恶的生命。郑天牧同志望着群情激奋的贫雇农们，脸上露出了胜利的喜悦。

第三十一章　重煮夹生饭

时光穿梭，转眼进入了1947年。

佳木斯杏林路，夜幕中的合江省委的大楼，依旧是灯火通明，人们还在为工作而忙碌着。在二楼的办公室里，省委书记郑天牧坐在办公桌后面，正在专心地看着文件。

1946年底，合江地区的匪患大体都已经被剿灭，合江地区"四大匪首"相继被抓获和镇压，剿匪的压力减轻了很多。于是土地改革中出现的一些经验和教训以及存在的影响较大的问题，如何去解决，如何去深入推进，就摆到了非常重要的位置。1946年10月，中共中央东北局副书记陈放同志来佳木斯检查合江省全面工作的时候，郑天牧同志就向陈放同志汇报了土地改革运动中的包办代替、强迫命令、地主威风没有打倒、农会不纯、农民不要地等情况。陈放同志把这种情况，形象地概括为"半生不熟的夹生饭"，并且发出了解决土地改革运动中"半生不熟的夹生饭"问题的指示。

越看文件，郑天牧的眉头皱得越紧，合江省土地改革进入了一个很重要的攻坚阶段，很多问题在不断地出现：有农会干部腐化堕落的问题，有地主阶级喊冤告状的问题，还有对地主镇压比例过大的问题，最主要的还有个别地区存在着假分地、藏黑地不分给农民的问题，这些问题都让郑天牧感到了隐隐的担忧。

看了一会儿，郑天牧摘下了眼镜，用手在眉心抚摸着，警卫员端来一杯热茶，郑天牧抿了一口，继续看材料。

这时，于长录敲门进来，手里捧着一张纸里包着的几个烤土豆儿，笑着说："天牧同志，这是警卫战士烤的土豆儿，我给你拿来几个，你饿了吧？你倡议省委机关冬季吃两顿饭，为前方节约粮食，我和同志们都怕你饿着了。"

郑天牧说:"说不饿,是假话啊,但我们还是要坚持下去啊。"

"那好,那就来一个!"于长录递给郑天牧一个土豆儿。

郑天牧咬了一口,说:"这个土豆好,熟透了,我看你吃的那个有些没熟透,夹生了。"

于长录点头,说:"那我换一个吃,一会儿把夹生的重新烤一遍!"

郑天牧若有所思地说:"我们全省的土地改革运动就像这土豆儿一样,也有夹生的现象啊。"

"是啊,这夹生可不是一个村、几个村的事,我也下去走了一些村屯,普遍感觉真正的农民没有很好地发动起来,各村屯的活跃分子基本上都不是踏实肯干的贫雇农,而是一些过去的二流子、跑腿子和地痞、无赖,现在农会的大权基本上都在这一部分人手里把持着。"于长录深有感触地说。

"我们省恐怕很多地方都出现了土地改革夹生饭的问题,我们应该考虑回过头来重新'烤土豆儿',要不土地改革运动就成了走过场了。"郑天牧说。

于长录指着桌子上的那个没熟的烤土豆儿,对郑天牧说:"是啊,是应该好好地重新烤烤了,像这个夹生土豆儿一样。"

"我们东北的广大贫雇农,受了几千年的封建地主阶级的压迫和剥削,再加上比关里长了六年的日本鬼子和伪'满洲国'的奴化教育,不敢轻易地起来革命,结果让一些敢于胡打乱闹的坏分子钻了空子,夺去了农会的领导权。"郑天牧神色严肃地说。

于长录把最后一块土豆儿放进了嘴里,说:"有的地方,表面是土地改革运动已经完成了,其实是走了过场,群众就是没有真正发动起来。"

郑天牧也用毛巾擦了擦嘴和手,对于长录说:"我在东北局开会时,陈放同志也认为东北根据地的'土改'存在夹生饭问题,而且相当地普遍,看起来我们的工作存在着问题,往往是雨过地皮湿,没有区别对待不同情况,走过场严重,工作队包办代替严重。"

"是啊,这种情况长此以往,必将对整个根据地和把我们合江省建设成为东北的战略大后方和战略基地产生不容忽视的影响啊。"于长录忧心忡忡地说。

"我们必须马上行动起来,我们佳木斯被大家说成是'东北小延安'在土地改革对待'夹生饭'这一点上,也要带个好头!"郑天牧用手拍着办公桌。

"我同意这样的方案,'重煮夹生饭'!"于长录也激动了。

"我们分头下去，我还是去桦川的会龙山村，那里的情况很典型，也很复杂，可以起到很好的示范和引领作用。"郑天牧对于长录说，"我想，我们几个省领导都要沉下去，通过调查研究，掌握工作主动，一线指挥，靠前解决问题，确保迅速地解决'夹生饭'的问题。"

"嗯，我这就安排。一定要把这'夹生饭'煮熟！"于长录说着，就往外走，突然，于长录好像想起了什么，他站住脚步，对郑天牧说："天牧同志，还有一个情况，就是城郊有个别村屯的农民进城来批斗和洗劫工商业者，引起了很不好的影响。有城里的群众传言，共产党只顾着土地改革，只照顾农民的利益，想让城市工商业者们自生自灭。这个情况我们应该引起重视，抓紧解决。"

郑天牧腾地站起来，对于长录说："这个问题省委已经多次发文强调，还有人顶风上，你安排公安部门严肃查处，不能养成因为自己是贫雇农，就为所欲为、'不服天朝管'的坏习惯，该严肃处理的必须严肃处理，切实保障城市工商业者的利益。"

"嗯，我马上就安排，一定尽快解决！"于长录走了出去。

郑天牧还是那辆车，还是那些人，还是顺着那条道儿，又来到了会龙山下的会龙山村。处决李大胡子已经半个多月了，曲大祥已经押到佳木斯去参加学习班去了，曲莲花放回去一直闷在家里，除了吃饭、睡觉，就是不停地纺线、织布，似乎只有干活儿能让她心里舒坦，莲花的娘也小心翼翼地照应着自己的女儿。日子就这样在平淡无奇中一天天地度过。

余志坤被民兵击毙后，他的那位自己在佳木斯家里开饭馆的媳妇，也知道了余志坤在洪家围子的所作所为以及和地主女儿曲莲花的奸情，生气得很，就连余志坤的尸首也没有来领，只好由村里安排几个民兵找了个山坡给掩埋了。而被李文忠杀害的两个民兵战士，经中共合江省委批准为革命烈士，和赵林、张树林烈士挨着安葬，也是每座墓前都树立起高大的墓碑，家属享受烈属待遇。正义和非正义，革命与反革命，如此天和地一样巨大的反差，让会龙山村的许多人们感慨不已。

会龙山村的农会大院里，全面主持工作的郭文声，正在布置武连山带着大车往佳木斯送一批军鞋，另外捎带着给农会买几节炉筒子。就在这个时候，省委书记郑天牧乘坐的卡车到了农会的大院门口。

郭文声、田宇和武连山、王铁匠都跑了出来，和郑天牧书记一一握手，这个时候，已经不能再叫主编了，就一口一个"首长"地叫起来。

郑天牧呵呵笑着，走进里屋，坐在北炕上，把鞋脱下来，盘腿坐在炕上，乐呵呵地看着郭文声，说："你们先忙自己的事儿，我暖暖身子，这日本鬼子造的车就是不怎么样，驾驶室里也跟个冰窖似的，坐了不到二十里路就冻脚丫子了啊。"

"那怎么办啊，咱也没有别的办法，这是省委三辆车里，状况最好的一辆了。"秘书小王接话。

郑天牧笑着说；"怎么没有办法呢，将来我们要有我们国家自己造的汽车，里面就给它整得像个炉子一样，暖和。"

众人笑了，笑得很开心。

"刘江，给炕上加点火啊。"郭文声一边对刘江说，一边给来的同志们一人倒了一碗开水，接着说："首长和同志们先暖暖身子，这天，是够冷的。"

刘江答应着，在灶坑里加了一把柳条子，灶台顿时红彤彤地烧起来。刘江看到郑天牧脱了鞋子，就急忙默默地走过去提起郑天牧的棉鞋往外走。

"我说，这个同志，你这是？"郑天牧不知就里地问。

刘江红着脸说："首长，俺是给你烤烤鞋子和鞋垫儿，同志们一会儿也都脱鞋烤烤吧。"

郑天牧哈哈大笑，指着刘江说；"你啊，我还以为你要把我的鞋子煮汤喝呢。"

屋里屋外笑成了一片，一边看着的赵老鸢儿，这时也不害怕了，他说："首长啊，你不知道，俺们的刘江是个厨子，能做满汉全席呢。"

"是吗？那是个人才啊！"郑天牧夸奖道。

刘江对着赵老鸢儿瞪起了眼睛，说："老赵，我和你说过多少次了，别管我叫'厨子'，我给地主做饭也是没有办法啊，那不是万恶的旧社会嘛。"然后对着郑天牧说："首长，你别听他狗戴嚼子——胡勒，满汉全席我是听说过，也都知道都有什么菜，但咱这些吃了上顿没下顿的穷人，哪里还会那个啊？"说完，刘江的眼泪就要掉下来了。赵老鸢儿在首长面前调侃自己，使他感觉自己给地主家做饭的那段历史很不光彩，自己被地主欺负、凌辱的场面又在眼前晃悠，不由得难过起来。

轮到赵老鸢儿蒙了，是劝也不是，不劝也不是了，他不好意思地望着郑天牧，望着刘江，说不出话来。

郑天牧哈哈大笑，对刘江说："哎呀，这位老哥也是说句玩笑话，你也不要当真，我明白你们俩的意思，我希望刘江同志以后永远不再做地主阶级的厨子，要做就做个无产阶级的好厨子！"

"嗯，我一定做一个无产阶级的好厨子，为咱贫雇农做满汉全席！"刘江说出了心里最朴素的语言。

"嗯，我相信你！"郑天牧笑着，对着刘江也对着众人说。

正说笑着，蔡强领着六七个干部走进了农会大院，郭文声赶紧迎出去，对蔡强说："蔡书记，省委书记郑天牧同志刚刚来到了我们这里，我还没来得及给县里打电话呢。"

蔡强笑着说："没事儿，我已经知道了。"

进屋之后，蔡强对郑天牧笑着说："首长，您这可是又一次私自进入我的地盘啊。"

郑天牧也笑着说："那就请'县太爷'高抬贵手啊。"

两个人握手，一起哈哈大笑起来。

蔡强对郑天牧说："我们也是刚刚开完县委扩大会议，研究我们桦川县的'三进三找'工作，这不，我蹲点的地方也是这里，没有想到首长您也来到了会龙山村啊。"

"'三进三找'？"郑天牧很感兴趣地问道。

蔡强解释道："就是动员全县党员干部进村、进户、进一步落实土地改革的各项政策。在土地改革运动的实际工作中找问题、找偏差、找典型。"

"哦，不错嘛，你们的提法和做法不错啊，来，小王啊，记录一下。"郑天牧对着秘书小王说。小王赶紧地记在了随身的本子上。

"首长，你看，咱们省和县今天都来到了会龙山村，其实都是一个目的，那就是都是为了摸索土地改革运动的特点和规律，如何把握防止出现'夹生饭'的问题，如何解决'夹生'了以后再'煮熟'的方法和措施，您说对吗？"蔡强对郑天牧说。

郑天牧哈哈大笑，对蔡强说："是啊，蔡强同志，这就是我们共同的目的，我们就不如在一起搭个伙儿、结个伴儿吧。"

蔡强高兴地说："那当然好了，我们桦川县的干部们和广大贫雇农求之不得啊！"

第三十一章　重煮夹生饭

郑天牧和蔡强带着省委和县委的工作人员，一起连夜召开了会议，就蹲点工作的有关原则和工作方法、步骤进行了细致深入的研究，并把省、县的干部合理搭配，一个周密细致的工作体系开始运作起来。

就从这个晚上开始，会龙山村又激情涌动，热闹起来，在每一处街道、民居、炕头和劳动现场，都有干部们在和群众交谈。基本群众的交心谈心小会，也恢复了每天一聚的规矩，贫雇农和中农、富农乐乐呵呵地在一起，讨论着生产、组合插犋、种子预备等事情。几个大地主的家里也没有闲着，有专人给地主家里的人上政治课、算剥削账、讲民主政府的各项法律、法令。对于没有彻底地向广大贫雇农交代自己的资产的洪德福的家属、李永财的家属、曲大祥本人及家属、白老毛儿本人及家属，每家都开了几天的培训班，收到了很好的效果，让地主阶级认清形势，心甘情愿地交出了没有坦白的财产和土地。

郑天牧和蔡强在走访和调查的过程中，发现有两个群体是参加运动最不积极和最不活跃的，那就是老年人和跑腿子、二流子。郑天牧和蔡强商量了一下，决心专门给这些人开会，区别对待，分类推进。

太阳照着窗户的上半截。窗外，柳树间的家雀在积雪的枝条上蹦跳和叫唤。郭文声从炕上爬起来，穿好衣服，一面洗脸，一面和王铁匠、武连山合计着布置开两个会：一个老年人的会，会场在农会的里屋；一个是二流子的会，地点在农会的西厢房。老人的会，叫王铁匠和赵老蔫儿张罗。二流子们由李黑孩和刘江张罗。

吃过中午饭，开会的人都来了。有的老年人走不动，农会派几挂大车，来来回回接送着。

全屯的二流子都来到农会的西厢房。大家伙儿彼此一看，都忍不住笑出了声。这些人祖祖辈辈住在会龙山村的屯子里，谁什么情况，大家都心照不宣。看西边炕边的桌子上摆着一堆葵瓜子，一个烟笸箩，一叠卷烟的废纸，二流子们有的嗑瓜子，有的卷烟抽。有一个二流子站起来，对刘江说："我说刘江，找俺们来开啥会啊？俺们啥都听政府的听农会的，这会就不用开了吧？"

刘江一本正经地说道："就是找你们来谈谈'土改'，唠唠家常。你们对咱会龙山村的农会有啥意见，都提一提。"

那个二流子叫唐秃爪子，过去老是小偷小摸，也被人抓住过好几次，也挨了不少的打。有一次，因为偷洪德福家的东西，被洪德福把手指头给剁掉一个，就落了个"唐秃爪子"的外号。他用半嘶哑的嗓门儿说道："俺们都没啥意见。"

一屋的二流子们有的挤眉弄眼，有的东倒西歪，有的吐着烟圈儿。唐秃爪子靠在炕梢的墙上，像是在闭目养神。把李黑孩气得火冒三丈，他手啪地拍在了桌子上，桌上的瓜子飞了一屋地，把个满屋的二流子都吓得一哆嗦。

　　"你们都给我坐好喽！说！为什么不积极参加'土改'运动？"李黑孩大声喝道。

　　这工夫，郑天牧和蔡强听到声音走了进来，蔡强拍了拍李黑孩的肩膀，郑天牧笑着对屋里的人说："你们这些也是会龙山村的一分子，和地主的斗争怎么还不愿意参加呢？"

　　大家都鸦雀无声。这个时候，唐秃爪子嬉皮笑脸地对郑天牧说："有贫雇农同志们去斗争，俺们轻巧儿地得个现成的多好啊。"

　　蔡强问道："你是什么成分啊？"

　　唐秃爪子笑道："会龙山村好像没有几个比我穷的了。"

　　李黑孩告诉说："他是贫农。"

　　唐秃爪子嚼瑟得自己也忍不住笑，嘴里没有一句正经话。郑天牧和蔡强也不急也不恼，就和这些人唠着嗑儿。

　　李黑孩在郑天牧耳边说着："首长，这个二流子外号叫'唐秃爪子'，他本名叫唐永发。1939年，他从关里闯关东，来到咱屯子，媳妇抱个五岁的孩子，和他一起来的，来到这屯子。租了大地主洪德福家五垧地。租地种三年，家里啥都赔光了，媳妇改嫁了，孩子得病死了，从那时候开始，他啥活儿不干，专门偷偷摸摸，手指被恶霸地主洪德福剁掉一根，就落了个'唐秃爪子'的外号了。"

　　郑天牧走到屋子的当间，大伙儿都敛声屏气。郑天牧对着眼前这些人说："兴许大家都知道我是谁了吧，今天找大家来呢，就是来谈谈心，彼此见见面，认识认识。你们都是正儿八经的老庄稼人，都姓穷，不姓富！就是咱这里有人干过一些不该干的事，也是那封建地主阶级给逼迫的，民主政府是不会追究的。"

　　郑天牧接着说道：

　　"比如说，唐——"他说个"唐"字，差点带出"秃爪子"三个字来。

　　他停顿一下，才说："唐永发，"唐秃爪子听到省委书记叫自己的名字，一下子就愣住了。多少年来，这个屯子里人没有叫过他的本名，光叫他那个让他上火、生气的外号。这次让他很吃惊，也很感动。吃惊的是共产党的省委书记连他名字也知道，感动的是这共产党的大官儿不叫他外号，叫他本名，把他当个普通的贫雇农去看待。唐秃爪子的媳妇改嫁以后，这些年来，他就是自轻自贱，都已经习惯了，破罐子破摔，不想学好了。做梦也没有想到还有人提他的名字，他用心地听省委书记郑天牧往下说道："唐永发刚刚来到咱会龙山村，不也是一个正儿八经的老庄稼人吗？租地主洪德福的地种，家产赔个精光。孩子死了，媳妇改嫁了。"

"原来我们干过或多或少的一些坏事，都是那罪恶的旧社会逼迫的，不能怪咱们，如今共产党和工作队把封建地主阶级斗倒了，你们再不学好，再不朝前冲，那就要怪你们自己了，到了人民当家做主的时候了，分了地，好好生产，做个好样的人，才是正儿八经的大写的人！"郑天牧高亢的声音在西厢房里回荡。

"您说得对，我们拥护！"唐秃爪子带头表示着敬佩。

"你们多唠一会儿，我去看看老年人那个会。"郑天牧和蔡强交代李黑孩和刘江继续开会，就走出了西厢房。

两个人悄悄地坐在门外的木头凳子上，屋里开会的人们都没有看见他们。郑天牧和蔡强听见赵老鸢儿正在说道："咱们贫雇农闹翻身，是八仙过海，各显其能。老爷子，别说你岁数大了，再早那姜子牙老不老？不还照样七八十岁才挂丞相印嘛。咱们现在才是五十啷当的岁数，大啥啊？"

王铁匠见他扯远了，就打断他的话，说道："没有共产党，咱们贫雇农不能有今天，咱们感谢共产党、感谢毛主席啊，那怎么感谢呢？就要积极地参加活动，参加'重煮夹生饭'的斗争中去啊，老在一边卖呆儿不行啊。"

一个花白头发的老头儿吧嗒抽了一口大烟袋，不紧不慢地接过话来说："是应该感谢共产党和毛主席让咱们穷棒子得了好啊。这眼下咱穷人算是彻底翻身了，比先前强了百套了。"

王铁匠说："就是啊，咱贫雇农现在有了当家做主的权利，但我们得说啊，不说话，不参加斗争，这地主阶级的罪恶怎么能都给他抖搂出来呢？"

"是啊是啊，咱岁数大的还得加把劲儿啊，别落后啊！"赵老鸢儿兴奋地说道。

白头发老头儿辩解道："我怎么不积极呢，我把孙子都送去参加咱民主联军了呢，我还是军属呢。"他骄傲地撇着嘴。

"你可拉倒吧，你孙子走的时候，看你那老脸抽巴的，都能夹死苍蝇了。"旁边一个老太太在揭老头儿的短。

老头儿不服气，他站起来说道："我就是腿脚不利索，要不我参加斗争都不带落空的，我那孙子是个独苗，去的时候确实是舍不得，可一想啊，穷人分了地，要自己起来保卫咱自己的胜利果实，蒋介石要抢咱的土地，咱还不跟他拼老命？"

"这位老哥说得很好啊。"郑天牧听到这里，按捺不住地站起身来说了话。他和蔡强走进屋子，坐在了炕沿上。

"各位老哥哥、老嫂子，我告诉大家，这就是咱们合江省的省委书记郑天牧同志，这位是桦川县委书记蔡强同志。大家鼓掌欢迎！"王铁匠介绍着。

大家鼓着掌。

白头发儿老头嘟囔着："这是再早的巡抚和知县啊。"

大家一阵哄笑。

郑天牧慢声细语地说："各位老同志，大家在封建地主阶级的压迫下过了大半辈子，吃尽了各种各样的苦，现在我们和地主阶级作坚决彻底的斗争，就是为了大家不再重新回到老路上去，绝不能！"

在座的老人们也在咬着牙说："绝不能！"

"我这是第三次来到了会龙山村蹲点，目的就是把现在土地改革运动的'夹生饭'再煮一遍，煮熟了！因为我对情况不是太了解，但我也要和大家分析一下，你们在屯子里德高望重，也希望你们给我们当参谋，帮助我们更好地做好土地改革的各项工作。"郑天牧诚恳而真挚的话语打动了老人们的心。

郑天牧接着说："会龙山村最开始的土地改革运动是非常成功的，成果是显著的，也很好地指导了我们合江省全省的'土改'工作，因为会龙山村的'土改'，没有胡乱杀人，也没有按比例揪出地主，只是枪毙了两个罪大恶极的、手上有多条人命的地主，分地、分牲口、分浮财、分衣服也都很好地把握了'土改'政策。但是，也存在着不少的问题，由于后期工作队和农会的干部调动过多，缺乏有力的组织保证，领导力量偏软，致使地主阶级的代理人混进了农会队伍，还使暗胡子混成了农会干部，所以把咱会龙山村的'土改'往后拽了一大截，整成了一锅不折不扣的'夹生饭'。"

郑天牧的话像一下一下的敲打，让这些在会龙山村住了几辈子、闭着眼睛就知道屯子里发生了什么的老人家们陷入了沉思。

"现在我们带着省里和县里的工作队全都来到了会龙山村，就是要把这一锅'夹生饭'重新煮一遍，熟透透的，永远不让它再夹生！"郑天牧激动地举着拳头。

"这样就给我们全省和东北地区所有地方的'土改'树立一个标杆、一面旗帜，用会龙山村的经验和教训来指导其他根据地的'土改'，这样我们就可以少走弯路，少犯错误啊。"郑天牧满怀深情地说。

"所以啊，就需要各位老人家多帮助我们出主意，你们的经历就是我们的财富，咱老人家也要发挥大作用啊。"郑天牧谦卑的话语让老人们感到心里格外的舒坦。

"放心吧，我们不在一旁卖呆儿了，我们拄着拐棍也得参加活动！"白头发老头大声地表态着。

"嗯哪，我们就是活到啥时候，就斗争到啥时候！"一个老太太喊着，把大家都逗乐了。

郑天牧和蔡强对视了一下，会心地笑了。

会龙山村通过重新发动群众，又两次批斗了大地主曲大祥和白老毛儿，几次找洪德福的大老婆和二老婆谈话，迫使地主彻底地向人民群众投降，又起出了地主藏匿的几支枪和子弹，取得了辉煌的战果。会龙山村的每一个农民每人又分到了一亩一分地，人们高兴得合不拢嘴。

郑天牧和蔡强在实际工作中总结了土地改革"夹生"的具体表现：假分地，瞒黑地；转移浮财，利用村干部往回收地和土地果实；组织"假农会"，由地主阶级的亲戚或者狗腿子掌权，没有从政治上和经济上将地主彻底打倒，以致仍在猖狂地活动。

那么土地改革"夹生饭"产生的原因也就清晰了：执行群众路线不够，工作方法、作风上存在着包办代替、强迫命令等问题；对斗争的长期性和复杂性缺乏认识，对积极分子培养不够，群众没有真正发动起来。

郑天牧在一个午饭后，对蔡强说："我看在这个节骨眼上，应该以县为单位给农民发土地新照，你看呢？"

"首长，我也认为应该搞一个集中的烧毁旧土地执照、发新照的仪式或者活动，这样，既能鼓舞广大贫雇农的士气，又能给你们吃个'定心丸'。"蔡强很赞同首长这个提议。

"好啊，我看就从你们桦川县开头吧。你们准备一下，具体时间我们再议。"郑天牧下了决心。

"好的，我马上落实。"蔡强饭后就着手地照发放的事宜。

第三十二章　心底的呐喊

在省委、县委的直接领导下，会龙山村经过群众民主选举，选出了新的农会。选举当然也是老方法，那就是群众用黄豆加瓷碗的办法。这些农会成员都经过了桦川县委组织部门的认真审查，保证了政治合格、立场坚定、群众信任、革命坚决。

会龙山村农会会长武连山，委员李黑孩、王娟、李宝英、王铁匠、赵老蔫儿、王麻秆儿、李东和刘西泽。这个农会的新委员的构成涵盖了会龙山村各个阶层，具有很强的代表性。

李黑孩在县大队的直接帮助下，整顿了基干民兵队，进行了短期培训，正式更名为会龙山村自卫队，李黑孩任队长。

天色阴沉，零零星星地飘起了清雪。

郑天牧看到忙碌的同志们，心里很高兴，他用自己独特的语言给同志们鼓劲。他招呼同志们聚拢过来。

"我说同志们，可不能满足于现在已经取得的成绩啊，要把会龙山村的所有人家走到，包括地主家，地主家也要和他们讲道理，让他们对我们党的土地改革政策心服口服嘛。"郑天牧笑着对同志们说。

郑天牧脸色一沉，说："一个政党，一个执政党，最容易犯的也是最危险、最致命的错误就是脱离了广大的人民群众啊！在这个方面我们的教训太深刻了。"

"所以，历史的责任落在了我们的肩上。我们要充分依靠群众，广泛地发动群众，发挥群众的主观能动性和主人翁责任感，要知道，群众才是创造历史的原动力啊。所以啊，我说，我们就做到两条，一是广泛地走访发动，让群众动起来；二是只为群众和贫雇农把关，不包办代替。做到了这两条，我看'夹生饭'就快熟了。"郑天牧的一席话，让在场的人都深深折服，都把这些话记录下来，作为工作的指导原则。

"大家都去忙自己的吧！"郑天牧说完，转身对蔡强和李黑孩说，"今天咱们三个一组，走！"

李黑孩和蔡强跟着郑天牧出了农会大院，外面寒风凛冽，郑天牧戴着一顶狗皮帽子，穿着棉乌拉，如果不是戴着眼镜，那就是一个地地道道的庄稼汉。蔡强和李黑孩撵了过去，对郑天牧说："首长，你看咱去谁家呢？"

"就去那个唐永发家！"郑天牧边走边说。

"唐永发？"李黑孩蒙住了，忘记这个人是谁了。

郑天牧停下了脚步，用手对着李黑孩抓了几下，李黑孩顿时笑着说："啊，我知道了。"

蔡强也明白了，他知道郑天牧同志说的是唐秃爪子——唐永发。

唐秃爪子此刻正躺着自己那冰凉的炕上，哼着小曲儿，他懒得连炕都不烧，东游西逛，能蹭就蹭，不能蹭就饿着，也是怪受苦的，分给他的土地和青苗他也没有怎么好好侍弄，也没打多少粮食，不过倒是够他吃的了，可是，这粮食有了，自己懒得做也没有办法啊，混吧。

就在这时，破门帘子一挑，郑天牧、蔡强跟着李黑孩就进到了他那四面透风的破土房子里了。

"唐永发？"李黑孩喊着。

"在呢，谁啊？"这唐秃爪子连动弹都没动弹，懒得动弹。

"首长来看你来了，赶紧起来啊。"李黑孩先进到里屋，看到唐永发躺着炕上，闭目哈赤眼的，用手抓拉了一下唐永发。

唐永发一骨碌起来："啥玩意儿？"

此刻，郑天牧和蔡强进来了，唐永发马上就不知所措了。他说不出话来了，赶紧下炕，把鞋趿拉上了。

郑天牧坐在了炕沿上，用手往这炕上一摸，顿时眉头紧皱，对唐永发说："你这怎么能睡凉炕啊，这可对身体不好啊。"蔡强和李黑孩一听也赶紧一摸，果然炕上冰凉。

"首长，我这是小伙子睡凉炕——全凭火力旺。啥事儿没有。"唐永发腆着笑，对郑天牧和蔡强说。

郑天牧问:"小唐,你今年多大年纪了?"

"我三十四。"唐秃爪子才三十四,看上去却像四十三。

郑天牧哈哈笑着:"那你还敢自己说自己是'小伙子'?还'火力旺'呢?你倒是很乐观啊。"

唐永发不好意思地笑着。

"我说小唐啊,我们来到你家串门,你怎么还不预备饭呢?怎么的,不欢迎我们啊?"郑天牧说出了让蔡强和李黑孩都吃惊的话。郑天牧用手制止着想要发问的蔡强和李黑孩,眼睛始终注视着唐永发。

唐永发惊到了:"欢迎啊,欢迎,可是我这跑腿子家,能整出啥好吃的啊,我这是一人吃饱全家不饿啊。"

"不能让你为难,我点几个菜吧,你肯定有。"郑天牧笑着。

唐永发也笑着说:"嗯哪,您说。"

郑天牧愉快地笑着:"冻白菜你家总能有吧?大酱家里有吧?你就给我把冻白菜用水焯了蘸大酱吃。那才好吃呢。"

唐秃爪子心里暗想,自己的白菜因为没保管好,都冻了,首长要冻白菜?管够!大酱是谁家都有的玩意儿。他点头应承着。

"我来东北的时候啊,有人就告诉我,东北的大酱可是一绝,那是一家一个味儿。都是一样的黄豆,有的人家下的大酱味道就好,有的人家下得就有邪味儿,还有的人家是怎么下酱都长蛆。小唐,你家的大酱下得怎么样?"郑天牧如数家珍地叨咕着。

"我家的大酱还行。"唐永发说道。

郑天牧指着唐永发说:"你可别吹牛啊,一会儿尝尝就知道了。"

"好咧,您就瞧好吧。"唐永发脸上笑容很灿烂,自打自己的媳妇儿改嫁了,孩子死了,就再没有人这样近距离地和自己唠一些知心的话呢,今天有了,而且是两个大官儿,省委书记和县委书记啊,这让唐秃爪子兴奋不已。

"对了,你这手艺是拜师学来的吗?"郑天牧坐在炕沿上,右手做了一个剪刀的动作。唐秃爪子脸腾地红了,他明白郑天牧说的是什么。

"啥啊,拜谁去啊,都是笨法子,十回让人家抓住八回,"唐永发苦笑着摇头,看到唐秃爪子这个样子把郑天牧、蔡强和李黑孩都逗乐了。

"那你为啥要悟上了这个道呢?"蔡强问道。

唐永发无奈地说："皮裤套棉裤，必定有缘故，不是皮裤没有毛就是棉裤絮得薄啊。"

这唐秃爪子的俏皮嗑儿说得还很溜。

"谁愿意干这个，当时我就一个破土房子，没有地，没有牲口，媳妇走了，孩子死了，不会手艺，还不是个整劳力，干活儿都不如半拉子呢，怎么保命啊？"唐永发叹了一口气后接着说，"再说了，我都这个熊样儿了，我也不想好了。能活一天是一天吧。"

说到伤心处，唐永发不禁泪流满面。

郑天牧拍拍唐永发的肩膀，语重心长地说："小唐啊，你别难过了，在地主阶级的压迫和剥削下，穷人哪有好日子过啊，现在我们来会龙山村重煮'土改'的'夹生饭'，就是要把和你一样的穷人带上一条幸福的道路，我们的日子一定会越来越好的。你放心。"

唐永发望着郑天牧那慈祥而又亲切的脸，说："首长，我知道，你看我这个熊样，干啥啥不行、吃啥啥不剩的货色，也没有人愿意和我配插犋，在一个互助组啊。"

"我愿意！"李黑孩忍不住了，他拉住唐秃爪子的手，说："唐大哥，咱们配插犋、在一个互助组！过去我看不起你们这些二流子，但现在我知道，咱穷人是一家，一家人就要手拉着手，一起跟着共产党，挺起胸膛往前走！"李黑孩的眼睛也湿润了。

"好！"郑天牧和蔡强都不约而同地赞许着。

"行了，别尿叽了，小唐，你看我刚才点的菜？"郑天牧还真有些饿了。

"嗯，我这就去整！"唐秃爪子说着，哦，不对。应该是唐永发，往外走去，准备饭菜去了。

"唐哥，我帮着你整！"李黑孩看了看郑天牧和蔡强，得到默许后也忙不迭地跟着唐永发忙活起来。

郑天牧和蔡强在里屋聊着近期的工作安排。

吃过饭，离开了唐秃爪子家，唐永发是依依不舍啊，自己多少年一个人守着破土房，哪有人来看他啊？现在有人来看他了，而且是共产党的省委书记和县委书记啊。这让他激动不已。

深夜里，郑天牧让小王在农会的热乎乎的炕头上放了一个小炕桌子，郑天牧披着棉袄，拿起了纸和笔，起草了给党中央和东北局的工作汇报：

从 1946 年 5 月开始，我们合江省委带领全省人民度过了东北解放战争最困难、最艰苦的阶段。在这艰苦的岁月中，合江省委领导合江省广大人民轰轰烈烈地开展了剿匪灭寇、"土改"分田、建党建政、生产支前等运动，使合江成为巩固的东北战略后方。

审时度势，辟建东北革命根据地

日本投降后，东北是国共两党必争的战略要地。1945 年 10 月，中央陆续派二十名中央委员与中央候补委员率领两万干部十一万大军挺进东北。大家一致都感觉到佳木斯周边这一片广大的区域，就好像一把沙发椅，背靠苏联，一边是朝鲜，是极好的战略后方。要把三江平原建成巩固的东北战略后方，一旦哈尔滨被迫放弃，合江就是支持东北解放的总后方。

合江被选为东北根据地的总后方，是因为合江地区与其他地区相比具有八个特殊条件。一是地域辽阔，远离战争前线。二是沃野千里，盛产粮食。三是毗邻苏联，利于被援助。四是资源丰富，经济较发达。五是交通便利，利于调动供应。六是富有革命传统，党有基础。七是解放最早，中苏关系友好。八是群众基础好，视党为救星。正是佳木斯具有地域、经济、政治、国际、军事、群众、思想意识等诸多方面的特殊条件，党中央、东北局毅然决定，选中它为东北根据地的大后方、总后方。

1946 年春，合江的形势非常动荡，土匪横行，敌伪残余势力猖獗，经济萧条，民不聊生，困难重重。我们合江省委、省政府经过一段调查后，很快在错综复杂的局势中找出主要矛盾，结合当地实情，明确提出"一个中心，三项任务"，即以发动群众改革封建土地制度为中心，完成剿匪、支前、发展生产的任务。根据这一指导方针，一年多的时间里，肃清了全省匪患，摧毁了日伪残余势力，镇压了一批民愤极大、罪恶昭彰的汉奸和其他反革命分子，建立和巩固了城乡各级人民政权，使社会秩序日趋稳定。在开展的土地改革运动中，采取了全面发动群众，紧紧依靠贫雇农，紧密团结中农，中立富农，孤立小地主，集中力量打击大地主的政策，又及时纠正了"土改"运动中存在的右倾与"左"倾错误，彻底改革了农村封建土地制度。

因势利导发动大生产运动

老区"土改"取得很大胜利，后方根据地日益巩固，在这种情况下，我们合江省委、省政府及时地把党的工作重心要转移到恢复和发展生产上来，把生产、支前作为两大中心环节工作来抓，一场轰轰烈烈的大生产运动在合江大地上蓬勃展开。

中共合江省委、合江省政府发出联合通告：一是结束分浮产、分地斗争，二是确定土地财产的所有权，三是保障人权，四是保护私人工商业，五是奖励劳动致富，六是允许租佃、借贷、雇工、奖励开荒等。省政府又发布《生产动员令》，号召全省党政军民紧急动员起来，组织起来，全力进行大生产。

为领导好大生产运动，我们合江省委非常注重发挥党员干部的带头作用。全省有一万八千名在"土改"运动中成长起来的区村干部。这些干部工作时间不长，没有领导生产工作的经验。因此，提高他们的文化、政策水平和工作能力，是搞好大生产运动的关键，省委及各县有计划地开办了短期培训班。之后，省委组织大批干部下乡，指导开展农业生产活动，并结合实际情况，制定与完善了有利于发展生产的政策和措施。政策上有产权政策、奖励政策、公平合理、公私兼顾的负担政策、扶助政策。这些政策有力地调动了农民发展生产、改善生活、支援前线的积极性。如产权政策规定，凡是农民分得的土地、耕畜和其他财产，均归分得人所有，给予颁发地照、房照，允许自由处理和交易，法律予以保护。扶助政策上，省委、省政府尽最大努力发放农业贷款和农贷粮，扶助农民发展生产。

为促进生产力的发展，不误农时，省委、省政府遵循自愿互利的原则，及时引导农民组织插犋，组织互助合作的劳动组织。这种互助组织强调，只要有利于生产，规模可大可小，可分可合，很受农民欢迎。全省互助合作发展很快，据1947年初的统计，仅佳木斯市郊区就有一百八十个常年互助组，占郊区总户数的83%；放眼整个合江省，参加互助组的农户占农户总数的70%以上。全面组织动员，提高群众生产热情。组织动员生产互助组之间开展劳动竞赛，从而推动了农业生产运动的发展，保证了及时播种、铲蹚和秋收；组织动员妇女参加大生产运动，不仅增加了农民的收入，还使她们成为农业生产战线上一支重要的力量；组织动员城市居民下乡从事农业生产。

为改变农村技术缺乏、生产落后的状况,我们合江省委的领导同志经常深入一线调研,并在全省各地还因地制宜地采取了推广优良品种、增施粪肥、精耕细作、推广新式农具等一系列科学措施,提高了农业生产技术,改良了耕作方法,增加了产量和劳动效益。在大生产运动中,为防止水患,保护农田,确保粮食增产增收,全省要求政府投资,动员群众利用农闲兴建农田水利工程。在大生产运动中,我们注意发挥典型的作用。如富锦兴建全省最大的富锦致富大壕,是大型排水工程的典型;勃利县的抢恳屯、桦川县的王家屯、集贤县的小明甲屯、桦川县的四合屯等是组织互助、开展大生产运动的典型;鸡西县平阳区兴办的农村供销合作社,是搞好农村商业工作的先进典型。这些典型各具特色,影响带动了全省各项工作日新月异地开展。经过大生产运动,繁荣了根据地经济,改善了农民生活。

制定政策,推动城市工商业繁荣发展

日本宣布无条件投降后,合江的工商业遭到严重破坏,工厂煤矿停产,能源匮乏、粮食短缺、大量工人失业,经济问题极为突出。合江省委在实践中借鉴苏联的经济政策,在贸易、工业、物价、工资、税收等方面推行了一系列繁荣经济的政策,并成立了省市县财经委员会,指导合江经济迅速发展起来。

在大力建立发展公营经济上采取三步走:第一步,在省委省政府成立初,立即接管了旧政权管理的银行、邮电、铁路、航运、电力等事业和经济部门,留用了一批管理、业务、技术人员,恢复了社会公共事业;第二步,是建立掌握国计民生命脉的公营经济。如建立了粮食局、贸易公司、米面油加工厂、供销社、东北第二纺织厂、制药厂、印刷厂、木材厂、制砖厂、农具厂、文具厂、火柴厂、肥皂厂等一大批公营工商业,产品供应东北北满地区军民需求;第三步,为适应战争需求,建立了一批军需企业,如兵工厂、军械厂、被服厂等,将军需物资源源不断输往前线。同时,合江省委、省政府了解到了私营工商业的存在和作用。针对在平分土地高潮中,全省各地出现的农民进城侵犯工商业的现象,我们合江省委立即召开会议研究解决办法。会上明确指出:一定制止这股进城"挖浮财"之风,如果搞垮了城镇工商业,不仅会严重影响城乡生产和人民生活,而且会妨碍支前任务的完成,那就从根本上损害了国家和人民的利益。

合江省委连续多次发出关于保护城市工商业的决定、指示和通知。明确规定：凡属封建买办资本家，政治上坚决打击，经济上适当给予清算，绝不留情；对于逃跑了的官僚资本家，没收其全部财产归国家所有。对民族工商业者分两种情况：对于少数与敌伪有联系有一定民愤的，政治上给予应有的打击，经济上给予适当的清算，以平民愤，但不采取消灭政策；对于大多数则采取保护政策，以利发展生产。对小手工业者，不仅要保护，还要扶持发展，以活跃经济。同时指示中还规定：农民不得直接封工厂、商店，或者直接没收工商业者的财产，或私自捕人、罚款。为明确辨别城市清算对象，我们合江省委、省政府及时地制定防止清算扩大化的具体文件，发现问题及时纠正，使合江城市工商业在"土改"初期避免了清算扩大化和平分土地中"扫堂子"风的冲击。

合江省委从实际出发，制定了一整套保护城市工商业的政策，因此合江省工商业不断发展壮大。仅就佳木斯市统计：在"土改"中工商业者被斗户为一百四十七户，占工商业总户数的6%，打击面很小。各级政府还努力把商业资本变为直接生产的工农业资本，组织工商业向农业投资七千万元。《东北日报》曾经刊发关于此事的一条消息："佳木斯最近每天平均至少有六十家大工商业到哈尔滨办货，日购货额可达两万万元左右。"

大量公营工商企业的建立形成了地方经济的基础，对推动经济发展起到了带动作用。迅速发展私营工商业和手工业使其成为地方经济的补充，起到了繁荣市场的作用。

后方保障，支援前线解放战争

东北战争的初期，敌我力量对比悬殊。国民党在东北的总兵力达二十八万五千人，且装备精良，配备了坦克、装甲车、大炮、冲锋枪等美式装备。我军主力部队十二万人，是从延安、山西、山东等地徒步而来的，武器差、弹药不足、服装破旧单薄，没有越冬准备。前线急需扩充兵力、粮食、服装、弹药、武器等军需。此时，"发展生产，支援前线"是合江省党政军民的中心任务。

抗战胜利后，国民党为抢占胜利果实，派重兵大举向东北进攻。东北民主联军奋起自卫，予敌以重创。同时，主力部队兵员急需补充。1946年4月27日，中共合江省工委发出《关于扩充新兵给各县的指示》。指出：主力的补充成为当前迫切严重的问题。决定在全省扩充新兵，补充主力。到6月份，扩充新兵一千五百名，到9月份，合江军区又向前线主力部队输送兵员达五千多人。同时，合江省委、合江军区按照东北局的指示，将合江地方兵团的六个团五个警卫营中的一万一千四百二十人整建制地补充给东北前线主力兵团，二千人补充给炮兵纵队。

在前方胜利消息的鼓舞下，特别是经过土地改革以后，全省广大翻身农民参军参战的积极性更加高涨。桦川县屯屯成立反攻班，区区成立反攻连，县里成立反攻营，千余名青壮年参军涌入反攻营，参加前线大反攻。佳木斯市三百余名青年参军入伍，三区竹板屯基干队十一名队员全体去参军，他们说："如今咱们翻身了，分了粮食、土地、牲口，拿了印把子，我们必须保卫它，快拿起枪上战场，不打垮老蒋不回乡。"

在党和人民政府的领导下，家家户户齐出动，克服困难，自愿踊跃地参加战勤支前活动。他们出动担架队、大车队奔赴前线，抬担架、救护伤病员，运送军火物资，修工事筑道路，创造出许许多多可歌可泣的英雄事迹，为东北解放战争的胜利作出了重大贡献。

为了保证前线军粮的需要，按照东北局分给我们的任务，合江省广泛发动和组织群众，合理负担征收公粮任务。广大翻身农民以饱满的政治热情，努力生产，千方百计多打粮。他们为了及时交上公粮，家家户户男女老少齐上阵，抢收、抢打、抢送，多交粮、交好粮。桦川县湖南营子区的妇女在选交公粮时说："人是铁，饭是钢，选好粮食送前方，战士吃了身有劲，拿刀拿枪打老蒋！"

……

"重煮夹生饭"，进行了接近一个月了，眼看着就要到了大年了。

在一个阳光明媚的上午，在会龙山的东坡，在埋葬着四名洪家围子的烈士的那块土地上。

这一天的清晨，我们所熟悉的破锣又被敲响了，会龙山村又在这锣声中沸腾起来了，"各家各户听着啊，今天召开发放地照大会，县里给咱们发土地新照喽。都快一点儿到场院里集合啦！对了，大会过后，还有省里文工团的演出啊！"这声音在屯子的四周飘扬着、回荡着。

人们在会龙山村的各个角落汇聚到场院里来，这场院见证了土地改革运动的所有大型集会，对大地主的批斗会，贫雇农分车马、分农具、分衣服，对暗胡子李文忠的公审大会，都在这里召开。今天，会龙山村的贫雇农同志们要在这里发放地照，把对土地的权利牢固地掌握在自己的手中。

场院里，李黑孩带着好几十个贫雇农，在清理场院里厚厚的积雪，他们用几个由马拉的木板钉的雪铲子，在场院里来回地奔跑着，把雪都推到了场院的外头，里面剩下就是干净、平坦的开会场地了。

在场院的北头，王铁匠和赵老鸹儿领着十几个贫雇农在搭台子，经过一阵忙活已经差不多了，台子离地有一米来高，都是木头方子做框架，然后用木板钉好，台子的两侧是郑天牧写的标语——"重煮夹生饭，坚决巩固'土改'成果""再上会龙山，努力培养农业典型"。中间的门楣是"会龙山村贫雇农土地新照发放大会"场院里曾经关押过四个恶霸大地主小屋里，生起了烧红了炉膛的大铁炉子，里面东北鲁艺文工团、东北大学文工团的演员们在化妆，准备着大会后的演出。他们排练了歌剧《白毛女》《小二黑结婚》，秧歌剧《兄妹开荒》《土地还家》《参军》《送公粮》等剧目，在大会以后慰问"土改"工作团和会龙山村的乡亲们。

郑天牧和蔡强以及会龙山村的农会成员，陆陆续续地来到了会场，并坐在了主席台上。

上午九点钟，大会正式开始。

大会由县委书记蔡强同志主持。

他大声地说："同志们，广大的会龙山村的贫雇农同志们，今天，我们在这里召开大会，向广大的贫雇农发放民主政府颁发的新的土地地照，就是为了让贫雇农同志们心里有底，从今往后，土地就永远是我们贫雇农自己的了。下面大会进行第一项：销毁已经作废的旧土地地照和地契！"

这个时候，李黑孩领着两个民兵抬着一口大黑锅放在了台子下方的前边，在里面倒进了一些灯油，点着了火，火着得很旺，在冬日里的雪地里显得格外的热乎。

郑天牧的秘书小王领着几个警卫战士捧着几摞旧地照走上了主席团，郑天牧、蔡强、王铁匠、李黑孩、武连山、王娟、郭文声、田宇等几个都拿起了一些颜色不一的土地地照和地契扔到了燃烧的油锅里，火苗子呼呼地往起直蹿。

贫雇农们的脸红涨着，郑天牧示意小王把地契拿到群众中间，让贫雇农自己亲手去烧这凝结着苦难和凄凉的旧地照。

贫雇农们一起上前，成把成把地抓起旧地照，使劲使劲地扔进火里，就像扔掉了几辈子的霉运似的，开心得不得了。赵老鸹儿还把地照恶狠狠地撕成了细条，然后扔进了燃烧的火里,还告诉着其他人:"撕撕烧得快,快把这玩意儿撕撕。"

所有的旧地照很快就化为灰烬,李黑孩组织民兵把铁锅里的火用大雪块子整灭了,抬出了会场。

蔡强那洪亮的声音又在会场上回荡:"下面向贫雇农发放新地照!"

主席台一边的一个长条桌子后面,田宇和王娟在念着贫雇农的名字,然后发新地照,地照是个红色的本子,本上盖着大红印章,镰刀和斧头的图案格外醒目。

王铁匠和武连山拿着自己领到的地照,乐乐呵呵地翻过来掉过去地看起来没有个完。

看到所有贫雇农新照都发完毕了,蔡强书记对场院里的人们大声喊道:"广大的贫雇农同志们,请大家静一静,大家都知道,我们合江省委书记郑天牧同志这些日子以来,不辞辛苦,和我们一起工作、生活和斗争,给我们会龙山村的'重煮夹生饭'增加了无穷的力量。我提议,我们欢迎省委书记郑天牧同志为我们讲几句!"

"好啊!"

"欢迎郑书记讲话!"

整个场院都回荡着掌声、欢呼声。

"好!那我就说几句。"郑天牧站起身来,绕过长条桌子,走到了主席台的前面,对着欢呼的人群摆了摆手。

"会龙山村的乡亲们,同志们,大家这些日子可能都已经认识我了。我这是第三次来到会龙山村这个地方,第一次是来熟悉情况,第二次是来参加公审暗胡子李文忠的大会,第三次就是这次,我们来会龙山村重'煮'土地改革的'夹生饭',也就是第三次我在美丽的会龙山村这里待的时间比较长,也走遍了会龙山村的角角落落,结识了会龙山村的不少同志们,可以说感情深厚啊。"郑天牧深情地望着台下一张张真诚、可爱的脸庞,心中激荡着革命的情谊。

他又对着也在回味这段时光的会龙山村的贫雇农们说:"同志们,我当初提出了'重煮夹生饭'的时候,有的同志很不理解,说这是自己否定自己,没有看到广大贫雇农的在土地改革运动中的斗争成绩,挫伤了群众的积极性。我没有反驳,这些问题需要在实践里去验证,需要在人民群众的评价中得到答案!"

"事实证明,我们前期的土地改革是成功的,但不彻底,地主阶级的嚣张气焰没有完全打住,他们硬的不行来软的,明的不行来暗的,他们在农会干部身上打主意，或是拉拢腐蚀，或是混进干部队伍，把农会的大权当成了自己保家产、对抗土地改革运动的护身符，致使土地改革运动陷入了困局。"郑天牧扫视着全场，那些熟悉和不熟悉的面孔，静静地注视着这个朝夕相处了接近一个月的郑天牧书记。

"由于我们广泛地发动群众，很好地贯彻执行了我们党'一切为了群众，一切依靠群众，从群众中来、到群众中去'的群众路线，工作队不包办不代替，让全体的人民群众在土地改革运动的一开始就实现了当家做主，人民群众的主观能动性和创造性发挥得淋漓尽致，所以我们取得了'重煮夹生饭'的胜利。"会场上又是一片欢腾。

"我们在会龙山村这个点上得到了宝贵经验和做法，我们还将认真总结，形成体系，指导我们桦川县乃至全省的土地改革运动。最后，我衷心地祝愿会龙山村的父老乡亲今后的日子越来越好！"郑天牧说完在一片掌声中回到长条桌子后面坐下来，带着微笑看着会场上激情万丈的人们。

空旷的场院里群情激奋，人们在大声地呼喊着口号。

"毛主席万岁！"

"共产党万岁！"

"民主政府万岁！"

"土地改革万岁！"

这些发自农民心底的呐喊，震动着三江平原冻结的土地，震动着华夏大地即将迎来的崭新明天。

（二〇二〇年七月于佳木斯）